# 月涌襟江

李长贯 著

南京出版传媒集团
南京出版社

**图书在版编目（CIP）数据**

月满襟江 / 李长贯著. -- 南京：南京出版社，2024. 8. -- ISBN 978-7-5533-4865-0

Ⅰ. I267

中国国家版本馆CIP数据核字第2024UJ5310号

**书　　名**　月满襟江
**作　　者**　李长贯
**出版发行**　南京出版传媒集团
　　　　　　南 京 出 版 社

社址：南京市太平门街53号　　邮编：210016
网址：http://www.njcbs.cn　　电子信箱：njcbs1988@163.com
联系电话：025-83283893、83283864（营销）　025-83112257（编务）

**出 版 人**　项晓宁
**出 品 人**　卢海鸣
**封面题字**　幸　平
**责任编辑**　刘　娟
**装帧设计**　石　慧
**责任印制**　杨福彬

**排　　版**　南京新华丰制版有限公司
**印　　刷**　南京工大印务有限公司
**开　　本**　787 毫米 × 1092 毫米　1/16
**印　　张**　24.75
**字　　数**　472千
**版　　次**　2024年8月第 1 版
**印　　次**　2024年8月第 1 次印刷
**书　　号**　ISBN 978-7-5533-4865-0
**定　　价**　68.00 元

用微信或京东APP扫码购书

用淘宝APP扫码购书

# 序一

## 《月满襟江》的深情呼唤

常　康

2023年9月，我应邀出席由香港李家超特首与江苏省委李伟华部长共同主持举办的“国庆74周年”庆典。走出会场时打开手机，立马跳出一行字：“尊敬的常康教授，拙著《月满襟江》出版在即。恳请您为之作序。不胜感激！”我心头一热，超群脱俗的李长贯形象即跃然眼前。作为江苏省泰州历史文化研究所的老所长，我虽然正修纂并敲定再版《中国文化通论》（南京师范大学出版社2000年6月版）而忙碌之时，着实抽不出身写序，但面对深度研究泰兴家乡文史的著作，我又似乎没有婉拒作序的理由与勇气。

当我由港返泰后，那本沉甸甸的《月满襟江》早已呈现在我办公桌上了。打开目录扉页，一排排、一列列的章回标题映入眼帘。我欣喜地翻看着，阅读着，品味着，鉴赏着；渐渐地，也就汩汩涌出了一连串的话语，于是稍作排列组合，遂成此序。

《月满襟江》是一部颇具史学传统、不乏文学色彩、充溢个人性情的著述。该书史料掷地有声，阐述有理有据，文笔流畅灵动，可读性较强，字里行间洋溢着作者对故乡文史的笃厚情意，着实是一部不可多得的泰兴文史研究专著。通览全著，栩栩如生的沿江风土人情，浓郁的泰兴文化传统特色，刚柔并济的审美风范，婀娜多姿的传奇情趣，无不一一扑面而来。你看那：史家文笔的挥洒自如（《三垈之垈莫道怪，首垈王垈吾说来》），凿地有声的桐城派考据风格（《满满乡愁三井头，一水三井游子心》），捧着赤子之心迸发的心灵诉说（《水道纡曲龙河湾，美传故事满云帆》），折射哲理思辨之光的睿智阐释（《道是祖籍在龙港，京剧大师梅兰芳》），浓墨重彩绘制乡土风情昭示的时代烙印（《智慧女神吴贻芳，铿锵玫瑰风采扬》），追踪民间说唱剧情演绎的乡愁文脉传承（《严振先著〈玉如意〉，“泰兴红楼”妇孺知》），红色“封神榜式”人物的诗魂塑造（《革命先贤朱履先，一生传奇功名留》）……所有篇章，无不环环相生，丝丝入扣。在这里，文史资料、故事情节、浮雕图案、神话传奇、考据论证，应有尽有；那一篇篇、一章章、一件件、一幕幕、一行行，无不重重敲击着每一位泰兴人的心！

作家李长贯是一位勇往直前的拓荒者，《月满襟江》是泰兴文史研究的深度开发。文如其人，几十年来，“花开花谢，云卷云舒，岁月如沙指缝过，流年似水人白头”，他常伫立于长江断流处，遥想当年滔滔江水，慨叹人生之坎坷，直到一轮满月汇入襟江方肯姗姗而返。正是这种对月满襟江之意境的陶冶和瞻仰，才驱动着李长贯捧着一颗赤子之心，周而复始地躬耕于乡恋乡愁的热土上，将人生的喜怒哀乐、酸甜苦辣一股脑儿地倾诉到他著述的字里行间。与其说《月满襟江》是部泰兴文史著作，毋宁说这是部古往今来泰兴游子乡恋乡愁的心灵序曲。值得一提的是，《月满襟江》的可贵之处在于它具有某种学术性。作者往往能以学术的眼光去伪存真汇集史料，进而深度阐释其文化宝藏价值，往往善于通过篇末的感悟式评点文字，传导出自己独特的哲理人生感悟，这就为读者源源不断地提供着人文精神的补给性营养。应该说，这种区域文化研究的创新理念和研究模式，构建了与众不同的史学意识和学术风尚。于是我们在《月满襟江》里，不仅可以得到颇具泰兴文化底蕴的第一手珍贵史料，而且还能领略到作家独特的思辨方式和审美视野，激发读者对真善美道德情操的向往与敬仰。从这个意义上说，《月满襟江》又不失为一部青少年爱国恋家的乡土教材。

我在拙著《泰州文学史》中曾经说过，文学家贵在以史学的眼光去创造作品，史学家贵在以司马迁《史记》笔法“文艺化”地去书写历史。而无论是文艺家还是史学家，能以哲理思辨和审美眼光去书写文史篇章，揭示出人生真谛，在文史真实与生活真实结合中展示出真善美的文史艺术真实，这才是难能可贵的。当然，果真能达到此境界，对一般人来说，简直比登天还难！令人欣慰的是，留心的读者似乎在《月满襟江》的不少篇章里，若隐若现地窥视到作家有意无意地将文学、史学、美学融会贯通于一体，人们从篇末附注的感悟性的评说文字里，似乎能触摸到作家哲理思辨的神经，隐约可见到阐发人类命运生与死的理性光泽。李长贯秉承“史料第一性，阐释第二性”的史学传统，走街串巷，瞻仰遗迹，勘探遗址，拜访“活化石”非遗传承人，坐热图书馆冷板凳，奔波劳碌，上下求索，捕捉第一手真凭实据，然后去粗取精，去伪存真，由此及彼，由浅入深，由表及里，旁征博引，反复推敲，左右论证，以保证所引用史料的确凿性和可信度。作家坚持以史为鉴的原则，注重对文史资料的价值判断，注重揭示其人文精神内涵，阐发当今时代之感悟。《月满襟江》以史引事，由传说追踪史实；以人叙事，以事述人；创造性运用中国古代章回小说的结构模式，提炼出一系列耳目一新的“章回标题”，各章各节既独立成篇又环环相扣，将似乎不相关联的人、事、物和时、地、空诸因素珠联璧合地融会贯通，给人匠心独运浑然一体之感，显示出作家谋篇布局的功力不浅。

我在江苏省地域文化研究会暨苏州市文史高层论坛发表学术报告时强调：地域文化研究应牢牢扎根在各类文化实证史料里才能获得累累硕果，否则任何文史研究论述皆成“无源之水、无本之木”的臆说。即使那些自诩为所谓“高、大、上”的文史著述，一旦失去真凭实据，那也是苍白无力的一堆废纸。我在拙著《中国泰州文艺美学理论史》（中国戏剧出版社2014年4月版）一书中亦指出，文学、史学和美学之研究，都是那些文学家、史学家、美学家用各自独特性情对所捕捉到的第一手实证素材加以筛选和提炼、熏陶和穿刺，进而激活独创出颇具真善美意蕴的生动作品。同样，作家李长贯的《月满襟江》，无不充盈包孕着他那刚柔相济的人格性情。他将书名锚定为“月满襟江”，刨根究底是经一番心灵历程考量之后“千呼万唤始出来”的。读他的《后记》不难看出，他著述《月满襟江》，不只是为诠释“我从哪里来，又到哪里去；悠悠桑梓事，焉能不了知？”——人们在这种莫名其妙的创作动机表述中，似乎隐约看到了泰州学派中那位愤世嫉俗学者李贽的背影。

毋庸讳言，才华横溢的李长贯的人生历练是幸福中包蕴着艰辛，甜美中充斥着苦涩。尤其是人到中年的那些峥嵘年月，令人难以忘怀。作家多少次向着金色海滩奔跑着、呼啸着，试图屹立于海边看“日出东方红胜火”的壮观意境，但天公并不作美，他等到的往往却是“风云突变寒潮急”。功夫不负有心人，终于，作家坚韧地踏着坎坷人生路，在拥抱不到第一缕阳光的迷茫中，却迎娶了温馨无比的月光！你看，李长贯多么珍爱着充满月色的襟江呵，他每次由金陵回归延令时，总是要绕道拐弯走进王垈他那生于斯长于斯的乡地村庄。有诗为证：“烟火乡味暖我腹，文化润我读书台；虽说曾经酸辣苦，热土酿出醇香来。”（《月满襟江·后记》）是的，作家以往很少采集到灿烂的早霞，但大自然却奖赏他美不胜收的无限迷人的月光。于是，他披星戴月，用毕生精力撰写出上百万字的著作，去回馈他那不离不弃可爱的月光。于是乎，我们仿佛看到作家在《月满襟江》的美好时刻，一头扎进柔情似水的月色怀抱里，诉说着、哭泣着、欢笑着、跳跃着、奔驰着……用他著述的每一个字词幻化成美妙的音符，谱成一曲又一曲书香扑鼻的乐章，萦绕在三井头，穿越黑松林，飞舞于老龙河，徜徉在新一代泰兴儿女心坎上。

同样毋庸讳言，《月满襟江》虽然不失为泰兴文史研究的一方瑰宝，但也有个别史料值得进一步考证，有些评述仍有必要进一步商榷。章节目录表述仍有待提炼升华。章回结构、谋篇布局仍有优化提升的空间。《月满襟江》多是一家之考证，某些阐释乃一家之言。俗话说得好，著无百科书，金无足赤亮。相信著作出版后，必将不断“彰显价值”，持续“冶炼成金”。为此谨提出三点设想：一是弘扬中华文化研究的史学传统，确立地方文史研究的创新理念，坚持以史为鉴，彰显文史研究的人文时代精神特质；二是贯彻落实“古为今用”的史学观念，广泛征集挖掘本土文史资料，从地理、地貌、地名、水文、建筑、宗教、移民、迁徙、流变、物种起源、生态环境、传记、典章、制度、史册、方志、民谣、神话、传说、掌故、民间艺术、出土文物等多种途径，深入挖掘有价值的史料证据，还原文史的本来面貌；三是发扬求真务实的史学精神，大处着眼，细微处入手，切忌海阔天空，浮而不实，慎用孤证，杜绝捕风捉影。只有探索出本土文化各自的独特个性，才能精准把握本区域文史研究的精髓，彰显出区域文史的时代精神。

众所周知，区域文史研究是一项漫长而艰巨的系统工程，需要一大批专家学者和各界人士投入更多的人力物力和精力。《月满襟江》的出版，是泰兴乡土文史研究界的重要成果。历史告诉我们，文化越拥有本土气息就越是区域的；越是区域的就越是中国的；而越是中国的就越是世界的。从某种意义上来说，《月满襟江》不仅是泰兴的，也应该是中国的和世界的。作为长期痴恋于东方文艺美学及其中国史学理论研究领域里的一名老兵，我热情期待着有更多部类似《月满襟江》的区域文史研究著述问世。

2024年元月9日急就于香港常康街金湖斋书院

（作者为江苏省十大藏书家、中华文化研究会会长、中国政协泰州市最美常委、江苏省有突出贡献中青年专家、泰州学院三级教授）

# 序二

## 情满故乡

严寅贤

李长贯先生的大作名为《月满襟江》，我决定以“情满故乡”作为这篇拙序的标题。因为正是长贯先生情满故乡，才有了清辉迷人的《月满襟江》。

2024年元旦，收到乡贤李长贯先生的贺新年微信，中有一件事让我喜出望外，其大作《月满襟江》将由南京出版社正式出版。此前，我早就知道长贯先生近90万字大作的出版之事。几经周折，终于尘埃落定，实在是可喜可贺。

微信里长贯先生同时希望我为其大作写序，我当即满口应允。原因有二。一是长贯先生浓烈的故乡之情深深打动我心。多少年来，他脚步不停，思考不断，走遍泰兴大地，对泰兴地区的历史文化、风土人情、乡间习俗等做过长期的实地考察和学术研究，然后呕心沥血，笔耕不辍，写了洋洋90万字的华章，难能可贵！二是我和长贯先生有诸多相同相近之处。吾二人职业相同，年龄相近，都是一辈子献身基础教育，都是一辈子从事语文教学；长贯先生立杏坛四十三载，我站讲台四十年。此外，我们爱好相同，都喜欢读书，喜欢舞文弄墨。

长贯先生好读善写，多是他浓郁的桑梓情萦于心化于行使然。据我所知，先生退休后，把更多的时间都投入“游泰兴想泰兴写泰兴”这样一件极有价值的事情上去了。他以传承挖掘地方历史文化为志趣，在自己的公众号“乡风儒语”和地方有关杂志上发表文章近一百万字。少小离家的我，正是从长贯先生的诸多文章中获取很多闻所未闻的家乡历史、风土人情和名人轶事的。

先生还曾由中国文联出版社出版过一部洋溢着浓烈乡土气息的长篇小说《杏雨烛泪》。然后，又不辞辛劳，利用各种路径，去探究挖掘泰兴地区很多地方的前世今生、来龙去脉，去搜寻讴歌故乡的英雄儿女、贤才俊杰的感人事迹，弘扬故土人杰的浩然正气。最终，先生历时五年，含辛茹苦，苦中有乐，苦中含情，终成90万字——以地方地名文化、方言习俗和地方历史名人为主要题材的散文集《月满襟江》。遗憾的是，种种原因，《月满襟江》很难以丛书一次性出版，几家出版社都要求压缩到20万字左右。

无奈，长贯先生踌躇了很长一段时间后只能从命压缩，但还是有38万多字，幸运的是有两家出版社给予了方便，最终书稿交给了南京出版社。

不难想象，先生取舍之时举棋不定、左右为难和忍痛割爱的心态与神情，于我而言，真正可谓感同身受、历历近在眼前矣！我又想，先生这90万字的“泰兴大全”，何时能与世人见面，那该是一件怎样的幸事？！

谁言寸草心，报得故乡情！

通常，越是远走他乡之人越怀乡。我少小离开故土，18岁即远走他乡，在外漂泊一生。随着年岁增长，怀乡之情越浓，此乃人之天性。长贯先生呢，生于斯长于斯，一辈子未曾离于斯。可是，他的爱乡之情、歌颂故土之心、弘扬故乡文化之精神，竟随着自己的岁月流逝而与日俱增，这怎不让我这游子感佩万分！

于是，长贯先生约我写序，我觉得是我的荣幸，我的责任，我的意外惊喜，也是我难得的精神回归故乡的机遇！我要感谢长贯先生给我这个机遇，我怎能不满口应允，当即应允？——为讴歌故土的作品写序，我是求之不得，唯恐力有不逮呀！

梦回故乡，且从序中行。

于是，我想起了几年前，先生在他的公众号上连载我十几年前写的怀念故土、怀念双亲大人、怀念儿时趣事的系列旧文。我一直觉得，这不只是先生对拙文的认可，更是他爱乡之情的另一种表达！

山东滨州，是我投身革命的“第一根据地”。在我的心灵深处，向来视为第二故乡。这几年，他们喊响了四个大字——“在知爱建”——“在滨州知滨州爱滨州建滨州”之谓也。这实在是一种强有力的精神感召。从伦理社会学角度看，它不仅体现了一种清晰而严谨的内在逻辑关系，更彰显了生命个体对故土、对自己的居住之地的一种情怀，一种责任，一种德行，一种义不容辞。

由此，我想到了长贯先生。他和陌生的山东滨州，岂不也是心有灵犀——长贯先生作为泰兴的土著居民、普通百姓，他凭着自己的一颗赤子之心，不也把“在知爱建”做到了属于他自己的完美、自己的极致？！

古往今来，讴歌故土的文字可谓绵绵不绝浩如烟海。只不过，那多数都是载入史册的大家之作。长贯先生，作为一名普通社会公民，有这样的作品不断问世，恕我孤陋寡闻，恐不多见。

我坚信，李长贯与《月满襟江》，在泰兴乡土文化发展史上定有一席之地。

从全书的结构体例看，《月满襟江》虽是独立文章集缀，但长贯先生匠心别具，所有文题均采用传统章回体的文题格式，所以整部集子并无支离破碎之感，而是浑然一体，文气贯通。通览全书，不是在读单篇散文，而是在欣赏一部完整的古今传奇、乡土文化之作。

是这样。这部作品不仅创作形式美，内容情节也颇具故事性、知识性、历史性、传奇性和趣味性。细品之，既能领略散文艺术的形神兼具，又可欣赏小说的情节跌宕、波澜起伏之美。先生的衣胞地，是一片历史悠久的襟江带海之地，其古名为延令、济川、羌溪、襟江，有着丰厚的文化底蕴。这里又是革命老区，是苏中第一个红色苏维埃诞生之地。据我所知，“文革”后首次出版、此后不断修订的《辞海》，一直收录著名的苏中“七战七捷”条目。而苏中“七战七捷”的首尾两仗，都是在这里打响的，红色血液浸润着这片热土，流淌在这片热土上的所有儿女的血脉之中。在这片热土上，涌现了许许多多可歌可泣的英雄模范，许许多多的名贤才俊。

毫无疑问，这些历史，这些代表性杰出人物，都镌刻在长贯先生的心灵深处。于是，皆化作涓涓清流，流淌在《月满襟江》的优美文字之中。

通览全书，《月满襟江》通篇弥散着长贯先生浓郁的乡愁，洋溢着长贯先生馥郁的乡情，更昭示着长贯先生的拳拳赤子之心。它的问世，必定生成故乡文脉传承的魅力，接力前贤的动力，弘扬故土文化的能量，从而向着美好的未来，向着那诗和远方，走去！

正所谓——

乡情如长江波涛永奔涌

华章似贯带彩虹久生辉

又觉得——

长歌长颂故土百姓安泰

贯才贯穿珠玑家国旺兴

**甲辰龙年正月初三于海南五指山：海南省农垦实验中学怡园小区临时寓所**

（作者祖籍江苏泰兴南新街严家堡，全国教育系统劳动模范、全国优秀教师、全国推动读书十大人物、中国语言学会学术委员会委员、北京市语文特级教师，曾任北京一零一中副校长、北京市海淀区责任督学及北京市海淀区、朝阳区和通州区名师工作室导师等）

# 目　录

## 卷上　济水延土

## 卷下　龙河腾蛟

# 卷上

## 济水延土

## 沧桑几度古韵悠，寻痕觅脉知龟城

桑梓泰兴是一个非常吉祥的名字，是天赐之名，也是天赐之地。古泰兴原为深海，约在公元前2500—前2200年，由海陵向南逐渐延伸而成陆地，故名“延陵”；又因地处襟江环海，乃江海交汇，积沙孕育所成，而名“襟江”。汉武帝元狩六年（前117），海陵设县后，延陵设为“济川镇”（据《南畿志》“泰兴本海陵济川镇”推论），故有“济川”之称。海陵上升为州，名“泰州”，以南部济川镇等五乡设泰兴县（含义是“泰州兴出之县”，见历代县志和《雍正泰州志》），由此得名泰兴；后因坍江与战争，县治由柴墟移至延令，故又别称延令！

遥想三国时，戎马一生，指挥过千军万马的魏文帝曹丕曾作《济川赋》，对古济川镇江边大潮有过生动描绘，其赋曰：临济川之层淮，览洪波之容裔。濞腾扬以相薄，激长风而亟逝。漫浩汗而难测，眇不睹其垠际。于是龟龙神嬉，鸿鸾群翔；鳞介霍驿，载止载行。俯唼菁藻，仰餐若芳；永号长吟，延首相望。美玉昭晰以曜辉，明珠灼灼而流光。于是游览既厌，日亦西倾；朱旗电曜，击鼓雷鸣。长驱风厉，悠尔北征。思魏都以偃息，讬华屋而遨游。酌玄清于金罍，腾羽觞以献酬。

曹丕在历代帝王中称得上是文韬武略之人物了，所以，他能写出如此气宇雄壮、气势不凡的诗篇。为统一全国的大业，曹丕在他称帝的短短七年时间内，曾三次御驾亲征伐吴。他曾行幸广陵城，临江观兵，戎卒十余万，旌旗数百里，而赋有《至广陵于马上作》一诗，云：“观兵临江水，水流何汤汤！戈矛成山林，玄甲耀日光……”《济川赋》则是他渡济水，“遇暴风雨，江水暴涨”时所作。

据有关人员考证，“泰兴三国前便有人口居住”。传说汉朝灭亡前，从宫廷逃出来的汉宫后裔曾流落到泰兴故地，今刁铺、口岸一带原住民的方言中尚有当年汉宫遗音就是明证。事实上，历史上的泰兴就曾襟江带海，并与泰州、海安、如皋一样，于夏、商、西周时都隶属过吴、越和楚，亦曾共属于扬州之城，因此差不多也就有了共属的方言区，尤其是与海安、如皋，都属于官话方言区江淮官话泰如片。由此也可说明泰兴历史之悠久。

明代著名文人王穉登，万历年间曾来泰兴修《（万历）泰兴县志》。修志之余，老先生和泰兴文人饮酒赋诗，写下了留传千年的名著《延令纂》。中国明代著名的小品文作家、泰兴名士张京元为其作《延令纂序》。在序中，张京元对泰兴的历史进行了回顾与描述："地故属吴，今于吴远，无三吴之藻绣，然亦无其淫浮；吴后属楚，今于楚远，无三楚之精悍，然亦无其深怨。"从张京元的文中不难看出，古泰兴于春秋战国时期就早已存在了，先属吴，后属楚。事实上，夏、商时，即已有泰兴之地，彼时泰兴故地为《禹贡》所载扬州之域。周时（周朝），泰兴故地为海阳属地。春秋时期，泰兴故地属吴；周元王四年（前472），泰兴故地为越地；战国中期，泰兴故地归属楚。秦时（秦朝），泰兴故地为广陵地，属九江郡；楚汉之际属东楚，为东阳郡地。汉高祖六年（前201），复为广陵地，属荆州；十一年改属吴；十二年，名海陵仓；武帝元狩六年（前117）置海陵县，时泰兴故地为海陵县之济川镇。

南唐升元元年（937）置泰兴县后，济川镇即变为泰兴县治所在地，只是，从公元937年至964年（宋乾德二年），仅仅过了28年，就"县治移至柴墟"了。为什么这么短时间之内就要迁徙呢？有人以为迁治的理由是"宋太祖为了要统一南壁山河，首先要攻南京（南唐都），需得以柴墟为桥头堡陈兵渡江，即将泰兴县治迁往柴墟，原城界更不变"。964年，距宋太祖赵匡胤陈桥兵变登上皇帝宝座仅四年，虽然当时的中国仍处于宋王朝统一中国的战争中，但早在六年前，即公元958年，南唐就已经臣服后周，原来南唐与后周的疆界在今江苏的赣榆、楚州（今淮安），安徽的蚌埠、淮南，河南的信阳一线，寿州之战后，南唐去年号，尽献江北之地，划江为界，每年纳贡，因此，北宋没有进攻南唐的理由。再细读《宋史》，这一年宋王朝的主要用兵方向是四川的后蜀，两年后（966），后蜀灭亡，970年，北宋倾全力猛攻南汉，直至泰兴县治移柴墟后十一年（975），北宋才进攻并灭掉南唐。所以，宋乾德二年（964）泰兴地区应是比较太平的，没有战乱，战乱远在几千里外的巴蜀地区，因此，没有迁县治的外部的政治形势，只能是自然条件。1992年版《泰兴县志》的编纂者以为"县治移至柴墟"的原因是"坍江"，此观点似乎应该认可。

县治迁移缘于坍江，是有志、史可考的，江岸线历史上时涨时塌是一个客观事实。当代也有类似的例子：解放后，口岸镇杨湾江边于1956年春，退建二道备用江堤。杨湾江边于1971年9月13日，有十三圩、廿九圩、六九圩三个生产队和口岸镇养殖场380亩（含河塘）土地坍入江中；60多户245人迁移至东夹江围江（1967年冬）造田地区安置（口岸镇养殖场，提前于1968年搬迁至东夹江围垦地区搞养殖等副业）。这就是济川镇乡民迁移柴墟沙洲，对应当今杨湾西部坍江南迁的历史和现实的考证。

至此，我们基本上可以得出结论：古济川镇，近海、濒江、倚河，属长江下游冲积地层，从海陵母体延伸而出，为海陵南部之人口聚居集镇，始建于汉朝元狩年间，形成集镇街市于公元前110年之前，坍江殁于公元964年。济川镇从集镇兴起至坍江，历经1000余年。

南唐升元元年（937），置泰州，治海陵县，划海陵南境五乡置泰兴县前身，县治济川镇，直隶泰州。从公元937年至964年（宋乾德二年），自设镇至坍江，共28年。济川镇由于年代久远，具体情况失考。

1992年版《泰兴县志》还说：“至于以后，泰州南门出现的济川桥、济川港、济川里、济川路、济川镇（民国初年设），似因济川河而得名；泰兴城内出现的济川街、济川桥（今日之济川中学、济川药厂、济川酒家、济川茶社）等，皆因纪念济川镇而得名。”这一说法也是基本符合历史事实的。

宋乾德二年，柴墟成为县治，成为古泰兴县的政治中心和经济中心。在抗击金兵的战争中，还一度成为州治，通泰镇抚使兼知泰州的岳飞就驻在柴墟。

史书中关于宋代泰兴县记载很少，关于县治柴墟城的记载更少，尽管如此，但从现存的古志资料中，仍可以窥见宋代柴墟古城的变迁。

初设县治垒土为城。按常规，县治驻地需要围城，然而限于当时的财力，不可能正规有序地筑城。时任知县（姓名无考）就按其不规则的集镇轮廓外围“顺其地形垒土为城”，《（光绪）泰兴县志》卷第六记载：“宋徙县故有城而隘。”这表明宋代泰兴县治从济川镇迁徙到柴墟镇后筑了县城。垒土可作两种解释：一为开挖壕沟，取土堆于一侧形成高于地面的圩堤。壕沟蓄水可作护城河，圩堤作城墙，能起到限止行走的一种屏障；二为宋代以前筑城通用的夯土城墙，就近取土形成护城河。

不管当时使用的是哪种筑城方法，建成后的城墙都属于简易屏障，并无多大的御敌作用，只作为一种治安设施和县城的尊严象征。初建城郭并非常规性的四方城，而是顺其地形垒土为城，其形像龟，号称龟城。1992年版《泰兴县志》也记载：四周累土为城“肖龟，周长九里，号为龟城”。龟是长寿吉祥的两栖动物，唯神论时代，从崇拜角度上称龟城很容易为人们所接受。在中国以四方城为传统格式的古代，具有神话色彩的龟城是罕见的城池。

柴墟简易城郭使用了160余年，相对安全，但在靖康之乱时期却毁于金兵之手。《（光绪）泰兴县志》卷第六记载：柴墟城“靖康之乱，金人毁焉”。所谓靖康之乱，即北宋靖康二年（1127），金兵攻破北宋都城汴京，俘虏徽、钦二帝，并俘虏后妃和民间美女六千余人，以及大臣、宗室家属数千人，靖康之乱是

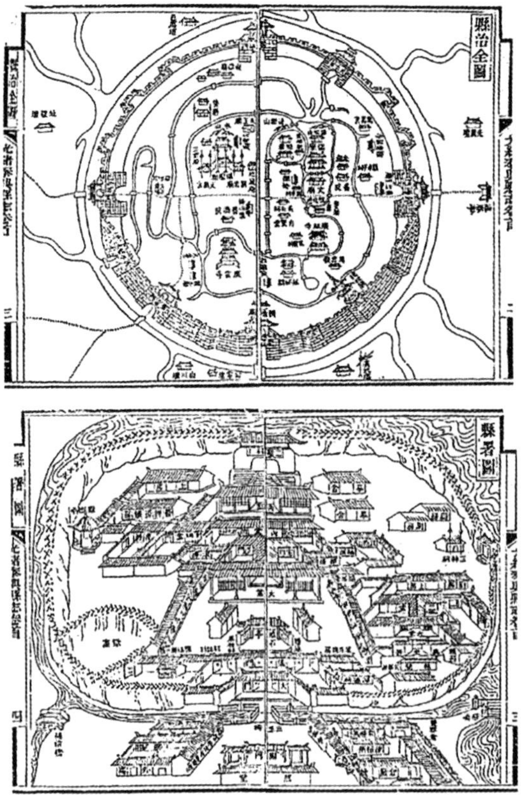


泰兴古城平面图

中国历史上的一大耻辱，亦称为“靖康之耻”。靖康之乱使北宋灭亡，金兵长驱直入继续南犯，正是在这一背景下，缺乏防御功能的柴墟城遭到毁灭性的劫难。

柴墟城于靖康之乱被金兵毁后的次年，高宗“南渡”建立了南宋政权，建炎元年（1127），知县马尚临危上任。《（光绪）泰兴县志》记载：“南渡时知县马尚坯其旧”“马尚廉能仁厚，视民如子”。马尚凭这种做官为民的道德水准，看眼下的柴墟已成一片废墟，自感责任重大。为不让城破民亡的悲剧重演，他决心“修城增陴”。限于当时的财力不可能以砖包墙，而流行的夯土墙施工又费时费工，战局紧张，为防金兵卷土重犯，马尚召集部下议事。他采纳了部属建议，果断以快捷手法构筑新城墙。沿江地带的黏土是制作土坯的最佳原料，土坯是当时百姓民房广泛使用的砌墙用材，具有坚韧的牢固性。只要加强墙体的宽度，土坯照样可以用来砌城墙。马尚动员柴墟沿江地区的百姓，就地取材，制作土坯运往工地，专人验收，点数付钱，以此取信于民。饱受金兵劫难之苦的百姓深知筑城御敌的重要性，尤其是城外的百姓一旦战事发生可以进城避难。知县马尚的动员和取信于民的做法，使得百姓制作土坯成了一种自觉的积极行动。由于有百姓的广泛支持，筑城一事很快动工，马尚“坯其旧”，意为用土坯仍在城墙旧址上修筑。1992年版《泰兴县志》也这样记载：南宋建炎元年（1127年），知县马尚就原址用土坯修筑县城。虽然城郭没有扩大，但为了适应当时的战争实际需要，城池的防御功能必须要加强，“修城增陴”中的陴，就是城墙上凹形的箭垛，用于射箭和防身。而用土坯砌成的墙呈垂直状，有陡峭之势，同样增加了城防功能。城墙的高度和宽度，虽未见史书记载，但按当时常规的建城标准，一般高两丈、宽五尺，城墙之上经过土法防水处理，可供士兵在战时机动运行，其防御功能一切均合乎实战需要，这在柴墟建城史上是飞跃的一步。知县马尚仅任期一年，当年完成了筑城工程，就工程速度和质量而言，堪称奇迹。筑城是一项浩大工程，在财力拮据的情况下，由于马尚“视民如子”，没有强征强夺，深得民众拥护。《（嘉庆）泰兴县志》人物传中记载，筑城过程中他“不扰民”。这充分反映了他为官的道德和才干，事毕被“擢判泰州”。州判之职相当于现在的市法院院长或市分管司法的负责人。百姓知悉后，纷纷请求继续留任马尚，但这是朝廷吏部的事，岂能抗旨？柴墟民众只好焚香送别，事后为怀念他的功德，自发捐款在柴墟为马尚建了生祠。《（嘉庆）泰兴县志》人物传中记载：“士民请留不可，立生祠祀之。”

从靖康二年（1127）至建炎四年（1130），五年内金兵三犯柴墟。金兵虎视柴墟城，主要是因为它是泰州出江入海的咽喉之地。

凡是战略要地必然是兵家必争之地。当朝应屯兵于此，但史志中宋代柴墟无常规屯兵的记载。北宋时国风是重文轻武，军力不强，设防重北轻南，内地空虚，由于崇尚文昌，君皇畏敌如虎，一旦战事发生，总要听信文官中主和派的意见，靖康之乱即出于这个原因。柴墟城在毫无戒备的情况下第一次遭金兵劫难，城池毁于金人之手。痛定思痛，马尚筑了御敌之城，虽有城池，但无军驻守。建炎二年（1128）由民团首领严起组织了地方守城武装，新任知县段傅积极支持，筹集粮草打造武器，做好御敌准备。

《系年要录》记载：“宋严起，建炎三年，金兵犯城（柴墟），起率军民拒之，赖以免者甚众。”严起，据《宣统泰兴志》介绍为宋荐辟，泰兴民团首领。建炎三年即1129年，金兵第二次犯柴墟，此次守城军民早已在严起领导下严阵以待，金兵攻城受挫，采用围困战术。严起是本地人，对周边情况熟悉，事前组织了城外的乡村民团相机策应，利用水网地形，袭击骚扰敌人，使金兵不知虚实，无暇顾及攻城。当时的刁铺、嘶马地区均成了抗金袭敌的战场，现嘶马竖立的抗金纪念碑，在碑文中记载的时间是1129年，实际就是严起领导的柴墟保卫战。这次城池的防御战和城外的游击战，打得敌人晕头转向，迫使金兵撤离，柴墟军民运用自己的力量，发挥了城池和城外水网地形的有利条件击溃了来犯之敌。由此严起受到朝廷褒奖，被诏授“保义郎合门祗候”，后于淳祐七年（1247）诏严起为“柴墟边备”。

《金陀粹编》记载，建炎四年（1130），金兵第三次犯柴墟，这年八月金兵围攻承、楚二州，宋高宗“擢（提拔）岳飞为通泰镇抚使兼知泰州”担当江北抗金重任。八月十九日从宜兴誓师北上，二十六日到达泰州城，为救楚保泰经三墩（三垛）开赴前线，承、楚二州沦陷后，宋高宗“诏飞还守通、泰”，岳飞以“泰无险可恃，退保柴墟”，“从承州（高邮）北炭村旋师”在柴墟城外扎营。金兵随后也在泰州城外扎营，前锋营屯于南坝桥，隔天然屏障环溪两军对峙。岳飞奉旨“如不可（守），但于沙州保护百姓，伺机掩击”，为防金兵追击，岳飞于十一月初三，对屯于鸭子河口南侧的南坝桥敌军前锋营进行突袭，歼敌数千，挫败了敌军锐气，这就是《宋史》所记载的南坝桥抗金大捷。十一月初五，在呜咽的号角声中，岳家军掩护柴墟及两淮难民撤离，安全抵达阴沙（靖江），初七过江屯兵于江阴军沙。

岳飞奉旨忍痛弃柴墟，金兵虚得一座空城，恼羞成怒，纵火毁城，柴墟变废墟。

柴墟城与周边地区连遭金兵三次劫难，损失惨重，元气大伤，知县段傅审时度势，决意离开这个战乱之地，故于绍兴元年即1131年将泰兴县治从柴墟迁往延令村，历经一百六十七年沧桑的古柴墟县城在战火中宣告结束。

史载：南宋绍兴初年，相度县境延令村（今泰兴镇）为龙开河（俗名老龙河）所环抱，利于防守，县治遂迁至延令村。初筑为土城，城外环以濠河，河上有桥4座，东为朝阳桥（今胜利桥），西为阜成桥（今民主桥，一说位于今鼓楼西路长征路口的原西小桥，今废），南为文明桥（今仍其名），北为通济桥（今北小桥）。其实，宋绍兴初年，定县治由柴墟迁至的延令所处之地，早在唐初贞观元年（627）就有了谯楼，就已有了内坊外市的城的雏形了，据说唐名将尉迟恭曾镇守于此，有人说，谯楼就是他所建，以观察和瞭望敌情，定时敲鼓以告时辰。《（光绪）泰兴县志》载："延令村今县治。其西南镇安街，古济川镇也。衢术平夷。相传唐贞观时闢。既立县，建谯楼其上。"这里所说的镇安街实际上就是后人所说的东西鼓楼街，唐贞观年间就建的谯楼即后来的鼓楼；因战争迁治所至延令后，曾一度赋予纪念古济川镇之意的镇安街等终渐为延令所代。的确，延令村本在县家汪一带，四面环水，既然成为县治，其村域无疑外延不少，由此以延令村为中心的县城的规模也就自然形成了。彼时，县治迁延令，可谓是明智的不二选择！

绍兴三十一年（1161年），尤袤任泰兴县令。当时宋室山河破碎，偏安江南。泰兴处于南宋边区，金兵时常入侵，"县旧有外城，屡残于寇"。尤袤上任后，一面将泰兴经济穷困的实情上奏朝廷，免去了泰兴百姓向北方金国进贡的负担；一面率领军民整修城郭，"复增外城"。当金兵大举南侵时，扬州、真州（今仪征）等城都被攻陷，只有"泰兴以有城得全"。一次，金国的大队骑兵进攻泰兴，泰兴守军将领统制王刚主张弃城撤退，尤袤坚决反对，抱定誓与泰兴城共存亡的决心，击退了金兵的进攻。因此，早在宋代，泰兴百姓就专门为他建了尤公祠。在泰兴文庙大成殿东侧的名宦祠中，尤袤名列第一，在岳飞之前。

宋元之交，忽必烈至元十二年（1275），蔡济率领泰兴、江阴百姓迎接河南张宏纲军，蒙古大军渡江。至元十三年（1276），忽必烈以左丞相阿术破扬州功，以县为阿术食邑，实封泰兴二千户。所以，宋元之交泰兴相对平静。

《（光绪）泰兴县志》云："元明之交，伪吴窃据数年，明克之，垣堞残毁。”元至正十三年（1353），张士诚部将占领泰兴，至正十七年（1357），朱元璋军徐达部将冯国用攻克泰兴，造成泰兴“垣堞残毁”，连年的战乱也使泰兴百姓“家道荡析”（《延令张氏族谱》），原有的城墙和城内的民房，包括宋高宗绍兴年间（1131—1162）建的孔庙都“毁于兵”。明弘治五年（1492），知县原秉忠始用砖砌筑四城门，东名寅宾门，西名迎恩门，南名南薰门，北名拱极门。嘉靖十一年（1532），知县朱篪于城西南隅增辟一门，题名延薰（俗名小西门）。但是他们都未能把城墙筑好。直到嘉靖年间（1522—1566），“海氛孔亟”，倭寇经常骚扰大江南北，针对这种情况，“朝议设二巡抚及提督操江画地而守”，派大司马郑晓担任负责泰兴一带防务的巡抚。嘉靖三十三年（1554），泰兴也遭到倭寇的骚扰。针对泰兴无城墙，易遭倭寇荼毒一事，扬州府太守吴桂芳深感忧虑，认为泰兴“变生而无城，民将安守？”当时的泰兴县令杨敷虽说才上任不久，也立即上书倡议修筑城墙，退休在家的张虢还直接致书郑晓，除要求筑城外，并建议郑晓为保证工期，在朝廷下令修筑之前，就要做好各项准备工作。于是，郑晓和御史李时逢、莫如士联名上奏嘉靖皇帝，建议修筑泰兴城墙。城墙修建详情可参见本书《史痕犹在五城门，最有故事小西门》一文，本文不作详述。

2017年11月，作为泰兴古城历史见证的泰兴城墙澄江门遗址公园复原工程开工。现在复建的城墙长约126米，高10米，宽5.1米，用砖10多万块。其中，6万多块是从各地搜集来的原城墙城砖，并采用工字型砌法，最大限度地恢复城墙古貌。尽管这座城墙是新建的，但在它的背后却藏着属于泰兴城的厚重历史，也承载了一代又一代人的时光记忆。

思来，我桑梓泰兴，曾西濒长江，北通济水，东面大海；曾先后隶属吴、越、楚，故人在三水中，拂江、淮、海之风，得吴、楚、越之韵，焉能不“泰”？虽沧桑几度，有这般独特之风水宝地，悠悠文脉，又怎能不兴？如今登上古城墙，眺望四方，古城的水网格局大多保存完整，内外城河与龟蛇之城的独特格局依然清晰；抚今追昔，仍可将泰兴悠久的历史文脉尽收眼底，实是幸哉！

# 概溯桑梓古地名，有史有传有来历

伲（方言，指我们）泰兴史脉悠悠，无论村庄、街巷，自然多有来历。从《（光绪）泰兴县志·乡聚志》（1886）的记载来看，泰兴历经上千年甚至更长时间的古村庄有400多个。今除去现划归泰州高港区的原口岸镇所辖40个村和原孔桥、胡庄2个乡镇外，境内尚有3个街道（济川、延令和姚王）、13个镇、1个乡，计319个村，67个社区，总人口120余万人。时至今日，许多乡村名称虽多有变更或改动，但大部原貌尚存。透过这一灿如晨星般的古村（庄）名，追溯这些名称的由来，历史逝去的一页，又如同电影画面般，一一从人们眼前掠过。

让我们先从泰兴以盐命名的地名说开去吧。唐天复四年（904）有古姓渔夫，在泰兴东河网密布之地以捕鱼为生，故这里即有古溪之称，而其地理位置濒临东海，到西汉时期，因境内南北流向的一条河道，成为私盐贩子将盐销售至大江南北的唯一水上通道，由此得河名私盐港。后又有一人工开挖之盐运河，此河称为私盐河，河上有桥，名曰私盐桥。港河边有庄，称盐河庄（现称沿河庄，有东沿、西沿等自然村）。如今新定名的沿河村（旧为东盐、西盐两个村），就是由“盐”字的谐音而来。当年私盐河蜿蜒至西南南湖之秀才港，自珊瑚境内的漾港（现名洋港）出江。古溪镇，这一“东北汙泽之里”，从现存的氏民族谱看，至今仍留有两个当年以海水煮盐，用盐命名的村名——盐场头、盐泥厂。

泰兴负淮临江，自古水运发达，据《（康熙）泰兴县志》记载：“河之在东北者，可连如皋八场，西通大江五港，南接靖沙，北通兴泰诸河，接会为商贾要津，接济为盐漕孔道。”盐，作为专控食品，而于民日常则不可缺，故彼时为盐而拼者也就不足为怪。古溪镇西北部的鸭儿湾，虽说村名是由傍鸭子河而来，但流传至今的“鸭儿湾的强盗——硬上”那句民谣，除向人们展示这里剽悍的民风外，而其来由，却正是这里村民们的先人为生存计，到东边海安处的盐场盗运私盐，与官兵搏斗时前赴后继精神的真实反映。

由此南行10多里，现名珊瑚镇的这处地方就是因大海中的珊瑚礁而得名。这里最早仅有一个常、王、黄三姓居住的小村庄，名“三户庄”。《（嘉庆）重修泰兴县志》：“三户庄在城东南六十里。”后因“三户”之谐音正是“珊瑚”，故名“珊瑚庄”。不仅如此，还可以因一代代口口相传，从老一辈人的言谈中得知。现今黄桥镇的老辈子人，就除认为旧时的黄桥镇是“七沟八岔一垄地”外，更有“先有三柳庄，后有黄桥镇，再有泰兴城”的这一说法。

故而，现黄桥镇西北侧的东西坍江头村，自是由当年江堤倒塌而得名。距这个村南面近8里处，一个名叫老岸的小村，现今仍存；城南门外更留有秦老庄、刘家老庄这两个古庄名。更有甚者，城东十里名十里甸的这处地方，早年间就曾喊作白水荡，而原城南门护城河南侧的西园，虽系由清初藏书家季振宜幼时读书处而留名，但现从这里的成氏族谱和老年人的习惯称呼来看，原名竟唤作黄天荡。民国初年，从镇江赶来这里的王姓刨烟店老板，就曾将店名取了个带谐音的黄天昌（荡）。这一系列由江滩淤积而形成陆地的村庄，昔年在原蒋华、新市一带，西边七圩地区的人都将这里喊作老岸。

综观这一从东到西，由古溪，经黄桥，到县城，再到现沿江片虹桥镇长达百余里曲折的江岸线，如若再联系上原泰兴北部的海潮子这一古村名来看，历史上的泰兴，面朝东海，长江为襟这一地理状况应准确无疑。这一点，从明万历二十九年（1601）于城东南建的望江楼、民国初期在城东从土中掘出的大鲨鱼骨骼、20世纪70年代张桥镇开河时挖出的大船遗骸等遗物遗存来看，更能为此证明。

于此还能作佐证的，是沿江星罗棋布的大小村庄，诸多以江滩围堤所形成的陆地，圩、垡、匡、园、段、汊、洲等这种以表意词定名的地方，内中单带“圩”字的古庄名，就多达23个。其形成的历史，内中99丈圩应为最具代表性的一个。传说中，当年这一处因被江水冲毁，人们抛家离舍准备外逃时，村中一位德高望重的老者振臂高呼，将全村男女老少召集到一起，号召人们重建家园，筑堤围滩，当时各家各户所摊的任务（地段），总长度为99丈。围堤筑成后，人们为纪念这位未留名的老人，以此定为村名。

作为泰州府治东南屏障的泰兴，战略地位十分重要。“宋时旧城狭小”，后因抗击金兵，曾修筑土城。明弘治年（1488—1505）后，除以砖石代土再建城墙外，又进一步加强了对所设军营的建设。当时，由泰州界过迁善铺（今刁铺镇）至县境内共有12个营，屯驻在县北（今口岸区内）的有曹官营等8处，县南的有李家营、杨家营、朱家营、王家营4处。现境内除城东南五里的李家营已建成住宅小区外，余下的多早已圮废。而李家营，从《延令李氏家谱》来看，明时从安徽太平府（当涂）迁徙定居于此的李姓人，将这里定为李家，南面则叫小营，后因营寨扩大，才改称李家营。在当地高龄老人的记忆中，当年驻守在这里的军士，为抗击从长江水面入侵的倭寇，就在南面三里外的岛（倒）石桥村巡逻轮值，其原因是在明时，这里还是天水一色的浩瀚江面。

同样，为通报敌情，加强联系，明正统末年（1449），李家营的北侧，又建造了一座以举火为号的烽火台。当时，这种烽火台在县境内共有17处，分有三路：一路由泰州庙港、迁善铺、口岸、仇家桥、伏龙桥至泰兴，再从城西詹徐庄至江都界；一路由县城西南洋思港至新开河、余泗、界港至靖江；还有一路从城东往黄桥直至如皋城。这一由土堆叠高形成的建筑，因每隔五里设一个，故称五里墩。而现位于城东五里处的墩子之所以留存至今，实因万历年间（1596年）知县陈继畴再行修建的原因，而其余大部都为人所倾毁。这一土墩，到新中国成立前依然存在，故这一古地名也就留存至今。

除此以外，现滨江镇的马甸村委会，就因曾为宋、明时军马牧养处而得名。笔者衣胞地南面的七里群，北边的汪群、毛群、马群等庄，其地名也都与当初曾在此处屯养军马有关。从历史上看，这些“群”在明初都是养马的场所。军屯和养马的地方都是人烟稀少的荒地，刁铺、口岸以东、泰兴城以北当时有成百上千顷的一大片地方，城南也有一些地方，至明初都还是荒野之处，杂草丛生，故养马最为适宜。《（光绪）泰兴县志》载，当时养马“以一儿四骒为群，立群头；五群为一大群，立群长。……泰兴例派养骒马八百四十八匹、儿马一百六十九匹”。泰兴派养的这些骡马、儿马都分配在汪群、马群、毛群等地，其中也包括七里群。因为养马，是以群为单位的，故养马处成庄后庄名也就带了个群字。原群长中德高望重者的姓氏则冠于庄名之首。当然也有依据地势状貌和位置等有关情况来加一个群字作为庄名的。七里群就是因为此处曾养过马，又离泰兴城七里，故而立庄名为七里群。

在泰兴，与屯养军马相关的还有一个叫官才场的庄子。官才场，据《延令顾氏家谱》记载，这里本名老顾庄，后得名官柴场，据《惟扬志》记载，明初时曾为泰兴全县六个牧马场内中的一个，因系官方所设，故名。后改写为“官才”，乃因“绍定年中（1228—1233）李全犯扬州，游骑薄泰兴城下”，庄中子弟顾绪、顾珣出城作战时战死（《宋史·列传第二百一十一·孙益》）。康熙五十年（1711）将这二人列入县忠烈传后，为示纪念，遂将“官柴”改称为“官才”。

河失镇境内的军田庄，那是明开国皇帝朱元璋以廉养军，让士兵自食其力，减轻国库开支时的屯田所在地，故名。在泰兴境内，共有屯田274顷1亩。屯垦的军士，死亡或逃跑后，则由亲属或征调补充。境内所有屯田，《（光绪）泰兴县志》虽对其具体位置留有记载，但今河失镇军田庄之所以留名，起因是到1935年时，官府与县内劣绅勾结，私下交易，将原田契卖给个人，税赋由原收几个铜圆一亩增加到一亩九斗租粮。这一超过几十倍的负担，引起佃农的强烈反抗，斗殴不断。事实上，这些军田因由耕作人世代相传，土地权已属私人所有，一直到民国建立后也未变其制。为争取自己的合法权益，爱国青年黄云祥（离休时为扬州专区专员，享受副省级待遇）在党的进步思想影响下，率800多名屯农上告到当时的省府南京，申诉时，呈文中的“军田”一词，后被人喊开，从而成了庄名。

频繁的战事，驻军所待过的营寨也由此而得名。宣家堡，传说中为北宋岳飞麾下大将宣秉驻守而来。朱吴家堡、戴家堡、于家堡、芮家堡、张家堡、曹家堡，这6座自东到西沿长江江滩所建的土堡，都为当地村民明时抗击倭寇时修建的掩体而留名。虽说带“堡”的亦为过去的庄园所筑而成，并由其命名，但毕竟这里曾是岳飞抗金扎营之地，所以这些庄名与岳飞抗金这段历史更是密切相关的。

就人文情怀来说，这是泰兴不少地名命名的又一个缘由。泰兴原住民，除少数为北宋年间从中原或安徽迁徙到此外，其余大部为元末明初，特别是明“靖王之难”后从江南苏州、镇江一带辗转来到这里的。故而在这一片旧属吴国的领地上，除留有将睡觉喻为“上苏州”，旧历二十四夜读成“念四夜”诸类俗语和方言外，“侬侬”吴语仍对人们的日常生活带有深深影响。黄桥镇西的原华家庄，所有姓氏没有一家华姓。据老人们讲，其村名是因这里地处老龙河旁，河沟众多，荒草遍地，夏季时蛙声齐鸣而来。而“华”字，实为吴语读音“wǎ”（佤）雅化而来。这里首位住户闾姓的先人，就是明时从苏州迁徙来此的。

张桥镇西的旯旮圈村，这里的“旯旮”，本系北方方言，意为角落；圈，应指不规则的圆形。之所以得这一地名，是因四周环水，占地仅为0.5平方公里，且又处于张桥与蒋华交界处的偏僻处。取定此地名，自是由北方中原迁徙来的家族惯用的家乡俗语而来。另外，像现属虹桥镇的嘌喔镇、宋子桥也都各有来历，将专篇另述。

作为人文情怀，更多的是出于对故土的思念。现被人们誉为最美乡村的黄桥镇祁巷村，是在明永乐年间（1403—1424），从扬州西山迁到这里的丁氏家族，因怀念昔日在扬州所住的古街巷，旨在建造一条比那里更大的街巷，从而取含光大之意的“祁”字作为村名。广陵镇亦如此，这支明初从扬州迁徙来此的北宋皇帝赵匡胤后裔，为训勉子孙，不忘根本，故而以原居住地广陵定这一村名。

立夏庄，虽说现对立夏日迁徙到此，还是书信中所提江堤“立泻”“立下”的自然状况定下庄名，尚留有争议，但就所写书信这一历史事实来看，这支在清嘉庆年间（1796—1820）从如皋搬迁到这里的丁姓村民，向老家告知平安消息，对故土的眷念之情还是让人铭记在心。

天宁庄，从《三槐堂王氏族谱》的记载来看，这一庄名源自这里的天宁寺。而这座寺庙，始建于宋咸平二年（999），是泰兴设立县治62年后又一规模较大的佛教建筑。以庙名定庄名，出自对太平生活和安居乐业的理想追求。

长生庄，由长生桥而得名。建造者卢如兴为如皋人，《如皋卢氏族谱》记载，其高祖为明时大将徐达麾下的偏将，到他手中时，成了一个以手艺维生的木匠。他乐善好施，省吃俭用，纵然是馊粥也舍不得倒掉。为了给人们创造外出通行的方便，他终生未娶，所有余钱都用在造桥上。长生桥经他重修后，曾易名东皋桥。他病死后，人们在近旁建了一座庙，将他当作长生菩萨供奉起来，后才叫长生桥。对他建桥的善举，《（嘉庆）重修泰兴县志》专门作了记载。

与此相似，出于对和平宁静生活的追求，以“太平”二字命名的村庄，旧时的整个泰兴县境内曾有4处。而黄桥镇西北四里一个名叫太平庄的地方，是因庄中的何、王二姓，双方族长为争定庄名，赶赴黄桥镇内茶馆请人评议的途中，从路边土堆中捡拾到一枚太平钱后，从而才握手言欢，取定此庄名。

当然，更多的庄名是来自姓氏、地形地貌之状态和曾经发生的事件或美传，如王垈、渡子河、丁家庄、南沙楼、元竹等；还有因音近而误称的，像丁厂村，本因吴家建造敞厅闻名四方，称吴家敞厅，后卖给丁家而改称丁家敞厅，并误为丁家厂头。总之，一庄一村，一街一巷，其名皆有来历，尤其是这一大批历史岁月留存下来的古村（庄）名。虽说这一群“活化石”现已离我们渐行渐远，但明月依旧，透过这一切，我们仿佛又看到了当年先辈们的筚路蓝缕，时空变幻的这一方土地，晨露夕阳，秋霜冬雪，内中的人和事，亦更为清晰地向我们走来。

## 三水中人枕西江，江畔五大佛指港

西江在哪里？西江本是中国的第三大河流，也是珠江流域内最大的水系，古称郁水、浪水，发源于云南省曲靖市乌蒙山余脉马雄山东麓，流经滇、黔、桂、粤4省（区），至广东省佛山市三水区思贤滘（jiào）与东江、北江交汇，与珠江三角洲诸河合称珠江，在磨刀门注入南海。只是笔者要说的不是这个西江，而是指笔者家乡泰兴的西江，确切地说是指长江在泰兴段拐了个弯，从东西走向变成南北走向所形成的西江。

我们知道中国的第一大河流为长江，第二为黄河，它们都是哺育中华儿女成长的母亲河。长江在江苏流域有两处是南北走向的。一处是自金陵以上至九江一段，古时中原进入南方吴地的主要渡口，江之东地区称为“江东”。三国时江东是孙吴政权的属地，所以也有把孙吴统治的全部地区都叫“江东”。三国两晋开始江东以文化繁荣、经济富庶著称，至唐以后逐渐被江南的概念取代。另一处就是江苏泰兴江段，泰兴虽在江北，但绝大部分滨江地带在江之东岸，即长江在泰兴城西面，在江苏长江北岸的滨江城市中唯有泰兴地理位置在长江主干道的东侧，唯有泰兴不是地理意义上的“江北”，故而古人也曾将泰兴归之为江南。钮琇《觚賸续编》卷三《事觚·季氏之富》就有这样的记载：“江南泰兴季氏，与山西平阳亢氏俱以富闻于天下。”

其实，我们的古人对泰兴与长江之间的方位关系的认识的确是很准确，明代诗人朱昶所作《江城八咏》中，有一首《西江暮雨》是这样写的：

云湿寒沙望不开，晚风吹浪隐龙堆。渔依葭菼谋鲜食，僧掩茅茨叹劫灰。

潮势东来疑卷雪，江流北去若奔雷。令人忆得潇湘夜，诗罢猿声入梦哀。

《西江暮雨》，描写的正是泰兴西边长江潮汛时江水上溯逆流的情景。明初，长江自江都流入泰兴段后折而南流，这南北走向的江段，即是泰兴西江之称的由来。元明之际，长江下游海潮多发，十分汹涌，每逢八月十八大潮汛之时，江水似千军万马，奔腾如雷。身为泰兴籍的明代诗人朱昶此时来到西江边，只见暮霭沉沉中的神秘西江，浪水滔滔，烟雨蒙蒙，怎不触景生情，思绪缠绵，诗潮漫涌呢？

泰兴境内长江岸线约24公里，由北向南历史上依次有著名的通江十大港，分别为庙港、凌家港、李家港、龙梢港、过船港、洋思港、王家港（天星港）、通济港、七圩港、靖泰界港。这十大港犹如西江伸出的双手十指相拥托着泰兴这一不凡之地。泰兴西江畔的这十港又以龙梢港、过船港、洋思港、天星港、七圩港更为泰兴人所熟知，自然也更有名气，因而在民间被誉为“五大佛指港”。

按由北向南之序，先说龙梢港。此港位于泰兴城西十二里。据《（嘉庆）重修泰兴县志》记载，该港原在灌溉港（嘉庆年间称灌济港）西边近三里处，后因坍江，而到了灌溉港南侧的江边口，成为东西流向的一条自然河，东与泰兴城西门壕河相连，西与永安洲、扬中隔江相望，南与蒋家港、过船港毗邻，北接灌溉港。

关于龙梢港名称的由来有两种传说。一说是龙头在黄桥，老龙河作为龙身，这里是龙尾，由此得名龙梢港。另一说是龙头在口岸龙窝口，因东夹江弯弯曲曲，延伸到这里时势如龙尾，故又叫龙梢港。笔者在龙港村与该村支书闲聊时，他介绍龙梢港名称的来历正是第二种说法。他说，他小时候曾听他爷爷讲过这方面的故事，具体内容不太记得了。历史上的龙港江面开阔，若是走上江堤，一眼望去，既可见百舸争流，白帆点点，还可见江对岸镇江东面的据传由康熙皇帝赐名的圌山。所以清朝泰兴籍御史王令树观看了这里的江景后，即吟诗曰：

江洲遥在江中间，无数桃花杳莫攀。我欲挐舟江上去，依稀望见江南山。

龙梢港与扬中东新港隔江相望，抗日战争时期，敌人在泰兴龙梢港西江边设有伪据点。1945年2月21日，龙梢港的民兵和横渡长江天险的扬中民兵联合起来，奇袭敌据点，一举攻克。战斗历时20多分钟，我方无一伤亡。俘伪军50余人，缴获步枪52支，掷弹筒两门，子弹千余发。这一胜利，在泰兴和扬中民兵斗争史上写下了光辉的一页，打通了扬中东新港与苏北的交通，更鼓舞了泰兴和扬中军民夺取抗战胜利的英勇士气。

第二，说一说过船港。过船港之名，多数人都认为来自明代诗人朱昶的《船港春潮》那首诗。笔者在本书《船港春潮始得名，过船江段两断流》一文有专叙，故这里就不赘述。

第三，就是洋思港。这本是一条东接老龙河，西入长江的自然河道，北五里为过船港，南五里为天星港，均为东西走向河道。此港名称由来据说与相传的泰兴籍状元“季三嗒子”回故里省母有关。季三嗒子在县城督建“庆云寺”，闲余时于江边游览，见一港口浊浪排空，大有“衔远山、吞长江”之势，而两岸滩边则是“芦丛鸟儿鸣，渔樵相对饮”之景，不由感慨，即问随从：此港何名？答曰：无名。季状元即兴而曰：“叫‘洋思港’吧。”状元命名，故而使洋思港名声大噪。

泰兴有“心大过不了洋思港”之说。据泰兴历史文化研究会的资料记载，此说亦有来历。清初，洋思港由于独特的水域位置，逐渐成为官商达人的水上枢纽。官家搜刮的民脂民膏要从这便捷、安全又不惹眼的小港输出去；商旅客人，无论是南北贸易还是东西沟通，也都被这淳朴的民风、乡情给吸引，继而纷至沓来。同时，也惹得一些江湖豪杰、绿林大盗的光顾，过往船只越大，货物也就越多，受打击的目标也就越大。不过，小本经营商人、两袖清风之官倒是相安无事。因此，江湖上便有“心大过不了洋思港”之说，渐渐便成了乡坊俗语，意为做事要稳妥，不要贪心不足。

2020年，洋思港附近一施工现场，挖掘出了一处明代家族墓葬群，发现了一座石鼓和两块墓碑，其中一块刻有“印处士沙汀墓志铭”。泰兴有关部门人员闻讯后赶到现场，但墓葬群在施工中已遭到破坏，现场还遗留着一些碎瓷片和棺椁碎片。经勘查，这里属于家族墓葬群。由于被施工损坏，已经无法测量出规模和形制。初步推测，该墓葬群距今已有500多年历史。从墓志铭来看，墓主人印沙汀生活在明朝成化至嘉靖年间（1465—1566），是当时泰兴滨江一带的士绅，家境富裕。这里埋葬着他们家族七位兄弟。由此亦可知洋思港也算是历史悠久之地了。洋思港不仅因历史、美传出名，在当代更因洋思中学的办学经验而闻名于全国。

再说王家港，此港就是天星港，旧称王家港，亦称新河。因港口东二里处有天星桥，故命名为天星港，是沟通苏南地区的主要通航河道，同时也是北新河（今两泰官河）的入江河道及口门，明清时期系苏北漕运入江河道之一。

据说王家港中段建有一座大孙桥（后为大生桥），清代颓圮。王家港中段、西段居民商定重修大生桥，并在西段再新建一座桥，约定同日动工。经过几十天努力，大生桥比西段桥梁提前一天竣工。西段桥晚一日竣工，人们便在“大生”二字上加“一日”，得名“天星”。

明初，由于江南大运河常州以西河段时常淤堵，漕运不畅。因王家港与常州武进的孟渎、德胜两河隔江相对，永乐四年（1406），陈瑄督漕运，遂开泰兴北新河，用以接通南北大运河。正统八年（1443），北新河及新河被辟为漕运河道，漕船遂由“孟渎渡江入黄家港（即王家港），水面虽阔，江流甚平，由此抵泰兴以达湾头、高邮仅二百余里，可免瓜、仪不测之患”。直至清中叶，王家港一直是漕船过江入漕的运口，此处商舟贾舶云集，为泰兴江淮之门户，清中叶后航运衰落。

王家港地理位置十分重要，曾是泰兴的军事设防重地，明万历年间（1573—1620）曾驻兵把守。据《（康熙）泰兴县志》载：“王家港，在县南二十里，斜连孟渎河，江面辽阔四十余里，中有巴斗山、黄山，门埠尤为盗贼出没之渊薮，往岁倭寇临城，大盗劫库，皆从王家港入。”“嘉靖中，因海夷猖獗，设把总一员，领兵四百有奇、战船二百余只，驻扎周桥。”万历间，县令高桂、陈继畴将周家桥把总转驻王家港，与永生洲南北接应，遂“泰兴安”。清康熙十一年（1672），以京口水师右营把总驻王家港，辖江丸18处。康熙三十五年（1696），改归泰兴营防守。

民国二十八年（1939）9月28日，日军兵舰曾停泊天星港江边，炮轰泰兴城。天星港的历史上曾发生了两次沉船事故：其一，1945年2月7日，外国商人的“万吉”轮在天星桥附近江面触及鱼雷被炸沉，淹死旅客100多人，震动了外国商人，轰动了上海。天星桥杂货店老板皇甫文曾捐地作义冢。其二，同年10月15日，我新四军苏浙军区第四纵队队部、十支队部分指战员、苏南解放区部分地方干部及民兵近千人，从武进荫沙乘“中安”轮北渡长江，不幸于天星桥附近沉船，沿江群众奋力抢救，但获救者不足百人，纵队政委韦一平等800余人遇难。当时，烈士忠骨被安葬在天星桥南边的龙王庙，1986年迁葬泰兴公园中安轮遇难烈士纪念馆。

天星港曾是中国人民解放军“打过长江去、解放全中国”的主战场之一，诞生了“全国渡江支前特等功臣”丁广田。他机智勇敢地以一条木帆船截获敌人“永纪号”巡洋舰，迫使120多名国民党海军官兵投降。1950年9月，丁广田应邀出席全国战斗英雄劳模代表大会，参加国庆观礼，受到毛主席和朱总司令的接见。

最后说一下七圩港。此港位于江苏泰兴市南七圩镇。七圩港由此西出通大江。清光绪《江苏全省舆图》作“七圩市”。我国古籍文献对“圩”字的解释时间相对较晚，而且释义主要围绕“堤岸”这一意思，也就是长江下游江淮等地区的地名通名“圩”的意义来源，其最初的读音是念“yú”（即“于”音）。“圩”字有了第二种读音“wéi”，是因为沿江地区有了大量的圩田，并按序而称，七圩的来历正源于此。

七圩港所发生的大事件莫过于“紫石英”号事件了。1949年4月20日，国共和平谈判破裂，解放军准备发起渡江战役。这一天也是解放军通告所有外国军舰务必撤离长江水域的最后期限。当天清晨大雾弥漫，长江江面十分平静。九时许，大雾渐渐散开，在江苏泰兴西南七圩港江面出现了一艘外国军舰，经辨认这艘悬挂米字旗的军舰正是英国轻型护卫舰“紫石英”号。

当时正是百万解放军待命过江、攻克南京的时候，而英国的“紫石英”号军舰在这个时候从这里驶往南京，理所当然是被视为其以军事行动来支持摇摇欲坠的南京国民政府。中国人民解放军的炮兵当即开炮示警，然而“紫石英”号军舰没有返航也没有停航，在舰长斯金勒指挥下反而加速向南京方向驶去。于是人民解放军的炮兵向“紫石英”号开炮，“紫石英”号也开炮还击。在炮战中，“紫石英”号受到重创，指挥台中弹，正、副舰长等20人重伤，17人阵亡。“紫石英”号慌乱中向南岸逃跑，仓促之中驶入一处浅滩搁浅，动弹不得。这时“紫石英”号只好挂起了白旗投降，人民解放军也停止了炮击。

七圩港在解放后令老百姓忘不掉的是这里的汽渡。人们从泰兴去常州几十年来基本都是靠七圩汽渡前往的，而今以泰兴和常州两地级市命名的过江“泰常大桥”已经建成，并将于2025年正式通车，七圩汽渡口或将退出历史舞台。但这一行驶了数十年的汽渡口最好能保留下来，作为一个教育基地，使老人有个念想，对后人也可起到一个改革开放的里程碑作用。

2021年11月12日，从七圩港还传来一个好消息，这天，中国铁建首个投资建设运营的公用码头工程——泰州港泰兴港区七圩作业区公用码头取得港口经营许可证，正式开港运营，长江“黄金水道”又添一重要的物流枢纽港口，该港口也成为长江智慧港口绿色港口最新建设的“代表作”。

呵！泰者，三水中人也！泰兴西枕长江，北接古济水所通的淮水，东临大海，水泱泱，地昌昌，焉能不兴旺发达？展望未来，佤泰兴这颗西江畔和苏中大地上的明珠将会更加璀璨！江城泰兴将会更加成为人们的向往之地，尤其是游子们的永远的念想和精神的寄托！

# 说圩道圩好个圩，泰兴的圩泰兴圩

2022年12月8日，笔者参加泰兴市历史文化研究会第三届一次会议，于休会时，和泰州谱牒协会理事葛先生以及老同事朱先生闲聊；我们聊到了泰兴带“圩”这个字的有关村子，聊到了“圩”这个字在我们泰兴的两种读法，即“wéi”（音“围”）和“yú”（音“于”），然后稍作了探讨，只是因时间关系，虽意犹未尽，也只能匆匆作别。不过，这话题既已引发，又意未尽，言未了，因而笔者只得就此知无不言，言无不尽，以求教于大方之家。

据笔者所知，“圩”字最早史料记载是在《史记·孔子世家》：“孔子生而圩顶，故名丘。”“圩”是衣虚切，音“于”，意为“凸起，隆起”，并不作地名，但已有“圩岸”之意了。查《说文解字》《广韵》《集韵》等古汉语字典并未发现收录此字，而明代的《字汇》则有了关于“圩”的解释：“云俱切，音于。岸也。”清代《康熙字典》对“圩”释义为：“《字汇》云俱切，音于。岸也。……江淮间水高于田，筑隄而扞水曰圩。”由此可见，我国古籍文献对“圩”字的解释时间相对较晚，而且释义主要围绕“堤岸”这一意思，也就是长江下游江淮等地区的地名通名“圩”的意义来源，其最初的读音是念“yú”（即“于”音）。

“圩”字有了第二种读音“wéi”，是因为沿江地区有了大量的圩田，而且像围滩成田这样的工程至少要有一个大家族或几个家族才能完成，这样“圩”的意义也就更加明确，并同时赋予了地名的意义，由此“圩”字作了地名，并且更多的时候念成了“wéi”（即“围”音）。“圩”字的另一种读音是念“xū”（即“虚”音）。《中国地名通名集解》解释为：“集市；村庄。用作自然村落名称，主要分布于我国华东和中南地区。”广西民间一直流传“客家人创圩，广府人旺圩”的俗话，该俗话也说明客家人在创建和扩展广西圩市上发挥了重要作用，所以地名词“圩”的“集市”之义很大可能是来源于广西地区的壮语词已经得以论证。农村集市，有墟场的居民点有时是以“墟”为名的，由此可知，当“圩”作集市之义时，实际是“墟”的借用字，它的本字应为“墟”，故将“圩”读成了“xū”。

综上所说，“圩”是一个多音多义字，它的读音就三个，即“yú”“wéi”“xū”

三音，当读“wéi”时，指的是中国江淮低洼地区周围防水的堤；当读“xū”时，指的是中国湘、赣、闽、粤等地区所称的集市；当读“yú”时，表示窊、凹。所以，《汉语大词典》中收了“yú”“wéi”“xū”三音，但将“wéi”和“yú”合并为了一项；《中华字海》中只收“wéi”和“xū”；《现代汉语词典》（第7版）已不再见到“yú”。照此观来，笔者以为“圩”字古音中本有“yú”的读法，但因俗读作“wéi”，便渐渐取代“yú”而作为了官话通用读音。

然而，“圩”的“yú”音并未就此消失，不说别的地区，就在泰兴，还有邻近的靖江，都还依然存在着。像泰兴的曲水圩、霞（蛤）蟆圩等就念“yú”。霞（蛤）蟆圩，旧名老圩，亦称老岸，新中国成立后取二圩首字，置曲霞乡。泰兴沿江地区，是有滩里话和老岸话之说的。老岸人多称“圩”为“yú”，滩里人则称圩为“wéi”。其实，泰兴称为老岸的地方并不止老圩，也就是蛤蟆圩。泰兴市黄桥镇西南10里，有一占地面积仅0.36平方公里的村庄就称为老岸。因这里的整个地貌宛如一只高昂的公鸡头，故在民间，这里除有老岸这一地名外，还另又有一名称，即鸡头。除此之外，在泰兴城南张桥镇也有一个以老岸定名老庄的村子，而在泰兴沿江的新镇市，原圩田七圩地区的人都将这里喊作老岸。据说，老岸人的先祖原是江南的大家和富户，是逃难来此落脚的，有的是“洪武赶散”时从苏州阊门赶迁过来的，所以他们以古音称圩为“yú”，一直传承到今天。非老岸人居住的其他江滩之地，这里的居住者多是北方迁徙过来的，一般都说滩里话。他们所住的村子也普遍以圩相称，且将圩说为“wéi”。

泰兴称圩为“wéi”的村子，有的“圩”前加姓氏以表示是某姓最先到这里创建圩田的，这和将圩念成“yú”的村子差不多；更多的是以序号排圩为自然村，如泰兴虹桥镇的三圩、四圩、七圩、八圩、九圩，滨江镇新星村的十圩、十二圩、七十二圩等，可谓不胜枚举。虽然其他地区的圩也有排序的，但都没有泰兴的这么多，这么广，序号排得这么高。由于泰兴仅以数字命名的圩就有百十多个，所以，1983年《泰兴县地名录》统一将“圩”读作了“wéi”。

泰兴的圩如今成了长江中下游地区的一道特殊而美丽的风景线。沿江一带，建了长江生态廊道和“圩上人家”特色沿江风光带，真正是滨江如练，链圩如虹，人与水和谐相处、和谐共生，老百姓的幸福感、获得感与日俱增，尤其是长江两次断流地点附近的母子圩更向人们展现了其非凡脱俗的空间肌理——圩的特色景观，让人到了这里就会流连忘返，叹为观止。

这就是泰兴的圩。还有一条风景独特的圩，它不在泰兴，却与泰兴渊源很深，它在靖江，就叫泰兴圩。这条圩在靖江滨江新区华阳路北侧，呈东西向，有三里多长。这里与泰兴还有一段距离，周边其他地方的人都说靖江老岸话，独这里的说泰兴话，而且有的人还说得相当流利。老泰兴圩的人都认为，他们的祖先是从泰兴过来的，说他们的先辈是泰兴人，当时挑着担子来到靖江种沙田，后来就在这里安家落户，繁衍生息，这样人越来越多，便形成了泰兴圩。有人说他们老家就是泰兴马甸的，他们至今还保留着过年做豆腐的习惯。

泰兴过年有一个民俗风情，就是打“元宝囤子”。打“元宝囤子”就是用小蒲包装上石灰粉，把家前屋后四周路口扫干净，拎着这小蒲包从自家大门口，每隔一段距离打上一个石灰印记，从屋里打到屋外打到路上。这一个个“囤子”，预示这些囤子来年都装满元宝，或曰五谷满仓，生活美满，表达人们对日子越过越美好的企盼与向往，同时也不失为人们对讲究卫生、祛病除灾优良传统的继承。“囤子”打好以后，还要用石灰粉画上弓箭，以防邪祟侵袭，扰乱幸福家庭。在泰兴圩，一直到今天都仍然有人保留着这样的传统习俗。

呵，圩，泰兴的圩，泰兴圩，曾经有着怎样的不凡来历，怎样的筚路蓝缕的历史，又有着怎样的悲壮，怎样的美传，怎样动人的故事啊！是的，笔者溯源一个圩字，顺着它，走进泰兴的圩，走向泰兴圩，一路如袅袅江风拂面，如穿越历史的隧道，感受到的是泰兴这块土地文化底蕴的无比深厚，是泰兴大地所发生的天翻地覆的变化，是作为一个泰兴人的骄傲与自豪！

## 古城十景细漫言，且道不凡一鼓楼

鼓楼这个地标名，几乎在每个有历史的中国城市都存在，在京城、州府及县级以上的城市中，几乎没有不设鼓楼的，以至于鼓楼从开始的一座建筑发展成了后来的大街乃至区域。“泰兴城，好风光，十样景，听我唱，一鼓楼，二水关，三井头，四关厢，五城门，六角桥，七星池，八善堂，九条巷，十院寺，劝诸君，莫记忘。”这古情悠悠的十景民谣，穿越了千年时空，记录了古城泰兴的辉煌，至今仍鲜活如初，使众多的泰兴人铭记不忘。

虽然这十景中的“一”，有人有不同看法，以为这“一”指的是“一城隍”，即城隍庙，不过这只能作为一家之说，因为史料记载只有“一鼓楼”，而没有“一城隍”，泰兴民谣十景中的“一鼓楼”在泰兴县志残本上则是有明确的记载的。当然，言城隍庙为泰兴十景之首者，自有其理由，因为泰兴老城隍庙不仅和泰兴鼓楼一样都位于市中心，而且还有于全国来说都独一无二之处。

据考，泰兴鼓楼遗址在今泰兴鼓楼中心，原信合联社（今称泰兴农村商业银行）门口略北，即老泰兴人熟知的三层楼（泰兴饭店）处。但也有老人说，在今鼓楼商场（鼓楼购物中心）的东南角。老城隍庙则在原商会街，今襟江巷处，坐北朝南，大门直对天瑞巷，庙内厅堂殿宇上百间，是一个庞大的宫廷式建筑群。相传，南宋绍兴初年，县治由柴墟南迁至延令村，城隍爷当然要请过来，而宋咸平二年（999）延令村这边已建有城隍庙，两位城隍爷谁也不能偏废，只好同时供在庙里形成叔伯格局，每年正月初一子时，前殿后堂两位城隍爷轮换供奉，每年一位，轮流坐堂问事，这于全国城隍庙建设中的确尚是独一无二的。然而，即便这样，鼓楼的历史、鼓楼街的繁华，也都是城隍所不可比的。况且，从泰兴老城隍庙的地理位置看，即便老城隍庙再怎么辉煌，它也只能是鼓楼街的景中之景。

泰兴的鼓楼，在泰兴人心目中犹如南京的新街口、北京的王府井，是个特热闹、特繁华的所在，可谓“王者至尊”！“鼓楼街的麻雀，经过阵龙（中）阵”、“鼓楼街，忙不开”，这些泰兴人口口相传的熟语，即是对鼓楼繁华的一个生动诠释。所谓“一鼓楼”，其实说“一”，并不是说具体的一条街，而是指一个街区。这街区以十字路口为中心，东到影墙口，西至三井头，南接岳师桥，北达甘桥口，历来是泰兴城内最繁华的地段。

据《（光绪）泰兴县志》介绍，鼓楼街因鼓楼而得名。泰兴的鼓楼始建于唐贞观初年，相传由唐初开国功臣、镇安将军尉迟恭建造（后来鼓楼形成十字街后，东西街曾叫镇安街，就是为了纪念镇安将军尉迟恭的），当时名为谯楼，主要用来观察和瞭望敌情，因谯楼上置大鼓，有士兵值守，定时敲鼓以告时辰，故后人俗称鼓楼。南宋绍兴元年（1131），县治迁至延令村（今泰兴城区），谯楼重建，以利内治外防。《（光绪）泰兴县志》上载：“既立县，建谯楼其上。”据传，楼房的基脚为四个石头人，县衙处决犯人前，先要将其绑在石柱上示众，然后才押赴刑场。事实上，清末时还有四根残存的石柱，直到清末维新派人士龙璋任泰兴知县（1900—1906年在任）后，他认为这种做法有悖仁道，才将此刑处之法予以废除。

《（光绪）泰兴县志》又载：“明嘉靖四十五年知县许希孟易故材而三重之，寻废。”这是说，明嘉靖四十五年（1566），知县许希孟对这座上下三层的谯楼进行了修葺，后来随着新城墙建起，五个城门分别设了城楼，谯楼失去作用，人去楼空，但鼓楼街的地名却保留了下来。因为鼓楼街早已形成了繁华并具一定规模的十字街，以鼓楼为中心，分别有了南街、北街、东街和西街，东西街还有一个名称，那便是镇安街。

我们知道，中国是一个以“中”为大、美、尊的国度，故名中国。这片神州大地上处处体现“中”的思想。从我们的心理，从我们的言行，甚至古代城市规划、设计也是如此，有中心点，有中心轴，有中心区，有政治的“中”，有文化的“中”，有地理、交通的“中”。泰兴古城规划里的“中”是泰兴地理（交通）的中心轴。古代城镇主要有水陆两种交通方式，相应的是河道与街巷，空间形态也即是水陆两脉。有研究者说，泰兴古城的水脉由神奇的内外城河构成，外城河如神龟，内城河如灵蛇，双水环绕，形成独特的“龟背腾蛇”古城风貌，颇有玄武皇城之象；同时，用龟形营造城池，还体现了天人合一，完全符合古代文化“天圆地方”的思想。这一说法是有一定道理的，泰兴城池的确营造了一个浓缩的世界，一个微型的宇宙；圆与方犹如阴阳太极，古人用自己的哲学思想、高超的智慧，营造了这座神奇的古城，也由此体现了泰兴古人追求一种永恒的美好境界。古城的陆脉由简洁的“十”字形大街构成。这“十”字大街，就是我们耳熟能详的有着深厚历史文化底蕴的繁华的鼓楼街。

据县志记载，清嘉庆年间（1796—1820），鼓楼街上有三馀堂书店、葛天瑞酱园店、胡开文笔墨庄、洪盛泰茶漆店、艳阳天花粉店等；道光三十年（1850）有钟表修理业；光绪五年（1879）仁源生药号开张。除此以外，还有开设于咸丰年间（1851—1861）的春生堂、庆春余两爿药店。至民国年间，西街上又有中典、中华书局、美味斋饭店。东街上有出售时令水果的孙泰昌八鲜行、四五六馄饨店、华老二扁食店、沈家百货店、米店。南街有以制作桂香糖闻名的天香斋茶食店、元康布店、帽子店、鞋子店、宁保寿眼镜店、瑞芳钟表镶牙店。北街有中法大药房、裕昌祥布店、王家字画店、老其升香店等。随着这一大批饭馆、商、饮、服务及杂货店的相继出现，整条街面店铺鳞次栉比，整日里人头攒动，熙熙攘攘。“到了泰兴鼓楼街，也就到了上海的外滩”“上不了苏杭，就到泰兴鼓楼街逛一逛”，这些民间俗语，无不从一个侧面反映了当时鼓楼中心区的热闹景象。

根据泰兴图书馆发布的有关资料，可知民国及其后的泰兴鼓楼街之况。民国二十九年（1940），日寇侵入泰兴，县城沦陷，此后商业日渐萎缩，冷落萧条。解放战争时期，国民党军盘踞县城，农村处于游击环境，很多商家化店为摊，惨淡经营。1949年解放后，政局稳定，商业复苏，国营和集体经济得到迅速发展。20世纪50年代末，鼓楼中心区的街道做了拓宽，十字路口西北角建起了百货公司，该店为两层建筑，营业面积大，种类齐全，是当时泰兴最大的零售商店。同时，又在东北面建起两层楼房一幢，即俗称的“泰兴镇合作食堂”（由原在城8家饭店、4家机面店组成），后挂牌为“公私合营泰兴饭店”，为当时饮食业中第一家全民所有制企业，开张后轰动全城，不久便闻名遐迩。其后，人们曾用“到鼓楼街三楼坐茶馆店”表示宾主的品位和饮食的高档。此时的鼓楼街，除原有商店外，还增设了图书馆、文化馆、电影院、新华书店等文化单位，中医院也在此开设门诊。笔者的记忆中，20世纪90年代前，鼓楼十字街口的北西是百货大楼，北东是人民饭店，南东是照相馆、文化馆，南西是布店、钟表店。那时与现在比只能说小小的鼓楼街，虽然店铺林立，但大多数破旧矮小；虽然商品繁多，但品位不高。街道窄小且购物集中，一年四季都是人挤人，“鼓楼街，忙不开”也因此成了其写照而名副其实。

1981年，泰兴县人民政府将鼓楼街十字街口以南的鼓楼南街、越街、南大街命名为鼓楼南路，以东的鼓楼东街、学院街、东大街、胜利街为鼓楼东路，以西的鼓楼西街、西门大街为鼓楼西路，以北的鼓楼北街、天王庙街、北门大街为鼓楼北路，并以此为商业中心，逐渐向四周辐射。1986年，第一百货商店在顶层增设了钟楼，并安上大钟。1994年，鼓楼商场将原三层楼扩建为七层楼，顶层钟楼高宽均为四米，用于报时的机械钟更换为电脑控制的电子钟，同时在钟楼四面安装了八只高音喇叭，报时的钟声方圆数里都能听到。其后，百货公司先改称鼓楼商场，后称之为鼓楼购物中心。1994—1998年，先后拓宽改造了鼓楼南北路。1999年，在鼓楼西路改建了500多米长的街道，并对鼓楼东西路分段扩建。2006年，随着东线镇海门桥的落成，鼓楼东、西路全线贯通。这样，在城内以鼓楼街为中心的四条商业街已全部形成。

经过改造的鼓楼街，以全新的面貌展现在人们眼前。先是水泥路面，后是沥青柏油路面，宽阔平整，车辆行人通行方便；路两旁的行道树有香樟、广玉兰；两边店面房高大宽敞，装修高档大气，经营商品无论是种类还是档次都跃上了新台阶。入夜，鼓楼街上华灯初上，商店门前的霓虹灯广告闪烁不停，营造出浓厚的商业气氛。改造后的鼓楼街，由此而更加确立了其在全市商业中不可替代的中心地位。

现在的鼓楼街，十字路口东南是一幢高10层、占地面积为1500平方米的文化艺术中心大楼。楼前是鼓楼广场，面积1.5万平方米，为泰兴目前最大的城市广场。清晨和傍晚，人们在这儿跳舞、打拳、做操；节假日，这里则成了儿童乐园。而今，鼓楼北路已向北延伸至北二环路，鼓楼大桥（原迎幸桥）下的商娱式广场——吾悦广场、凤凰广场均已建成，鼓楼北路接近北二环路的万达广场亦早已落成开张。一个繁华、热闹的新鼓楼将以更加靓丽妖娆的姿态展现于世人面前！

# 保土益民二水关，水脉贯通小南海

唐朝诗人卢纶有诗云：“晓月朣朦映水关，水边因到历阳山。千艘财货朱桥下，一曲闾阎青荻间。”此诗既说明了水的灵气，也说明了水关的繁荣。是的，自古有水便有灵气，故有“水灵”一词。泰兴之所以人杰地灵，也正是在于其因水而成，曾襟江带海；其县城和其他滨江古城一样，都是临水而建，赖水运交通而兴起和发展。

临水之城，建水关当是自然和必须的。明嘉靖三十四年（1555）至四十年（1561）间，先后建造了西水关和北水关。水关从城墙下穿过，有门可启闭，北水关上还设置了关楼，据考，关楼是知县许希孟于嘉靖四十五年（1566）所建。楼上有匾曰“应奎”。考其取名寓意，或来自《康熙字典》和《前汉·天文志》。《康熙字典·丑集下》“大”部：“奎，星名，二十八宿之一。”《前汉·天文志》：“奎曰村豨，主沟渎。”故楼上匾额曰“应奎”，就是说建楼于此，应着上界星宿，主沟渎的星宿。

据《（康熙）泰兴县志·姚公生祠碑》载：“泰兴僻处广陵之东南，邑之水皆逶迤西流而入于江，潮汐早晚及岸，百川会通，民利灌溉，故土田之饶沃，物产之丰盛，唯西南为最，江南诸郡舟航商贩者皆由之达于邑。”

《（光绪）泰兴县志》亦有载：“嘉靖三十四年……复闢其（城之）西南更曰通济门，门之右为水关。”

今存的光绪十二年（1886）所辑的《泰兴县志》和宣统又辑的《泰兴县志续》及《泰兴县志补》则录有嘉靖二十六年（1547）进士、授南京户部主事的奚世亮所作的《泰兴县城北水关记》：

泰兴县治旧无城，内惟小河自东北逶迤西流，盖淮河之派而会同于海也。地理家最不易得者，往往名贤奇节多出其间，下至编氓，无不既寿且乐者，此岂非其故耶？近因倭患，嘉靖乙卯岁（1555）始城焉。时属仓卒，不遑审处，仅于城之西南隅建一关以泄水，北城尚未及关也。既而虑其倾圮，并已建复湮之，积流淤秽，地脉靳然；比年来不惟文风少衰，而民（情）变故，亦频且巨矣。邑之人惑之……北关成，则水有来矣；西关启，则水有往矣。往过来续，则风气完，人文著矣。可以饮，可以濯，可以运，可以溉，则百害祛，百利兴矣。

再查《（民国）泰兴县志稿》，发现同样有载：

嘉靖时重建邑城，仅辟西水关。原来，此前因水路交通发达，泰兴城之西南部早就市井繁荣，人烟辐辏。后来倭奴为患，泰兴等县不得不筑城自卫。知县姚邦材奉旨率民筑城。因事出仓促，当时未留小西门，造成不良影响，后不得不更改之，复闢小西门。

由此可知，泰兴二水关是建西水关在先，建北水关在后，建此二水关完全是保土为民之举。泰兴水的流向奇异，是由东向西，县城也不例外。平时，水由北水关入城，进入单家汪后南流，经安泰桥，过太平桥、通江桥，进西水关出城注入长江；另有支流流经北小桥、西小桥，便于城内外船只来往，战时，则关闭以防御敌人。

同时，二水关还有控制城内水位高低的作用，城内单家汪面积很大，是个天然的蓄水池，天旱时关闭西水关，保持城内一定的水位，涝时则关闭北水关，切断来水，开西水关排涝，泰兴百姓受益匪浅。两关一汪实是城内水系控制调节的枢纽，其匠心独运、巧夺天工，体现了滨江古城泰兴人的智慧。

然而，毕竟世事难料，历史的进程中常会发生难如善良人之愿的悲剧。到了民国时期，以1937年七七事变为标志，日寇全面发动了侵华战争，民国二十九年（1940）泰兴城沦陷；日寇占领泰兴城后，无恶不作，先拆孔庙大成门，继毁古城，致使旧城被夷为平地，两座水关亦荡然无存。

其实，泰兴城池是极其独特的。城池被两条城河环绕，外城河形如龟，内城河如盘旋于龟甲之上的巨蛇，蛇盘龟身，乃玄武之象。龙蛇之状的内城河与龟形外城河两道相交融的水脉，共同构成泰兴的城脉。世事沧桑，时光流转。1951年，泰兴古城墙被拆除。1952年，原城墙的城基辟为环城公路。两座水关虽然不再，但小南海水脉贯通全城，古代水利布局沿用至今。

泰兴古城内小南海、老县衙地块与北京皇城中南海、紫禁城布局也极为吻合。小南海，水以海名，海纳百川；北京皇城紫禁城边有南海，泰兴县衙一侧为小南海；紫禁城在南海旁，泰兴县衙在小南海一侧；紫禁城与泰兴县衙四周都被水环绕、保护；紫禁城北有万岁山，泰兴县衙北面有后乐山；南海与小南海中皆有一圆形岛屿，岛屿上都建有亭台，岛与岸皆有一桥相连，形神兼备。小南海水脉贯通古城，联通老龙河及长江。

如果说泰兴城池是一种整体的宏观之美，那么孔庙建筑体现了泰兴城池的中观之美。孔庙南北狭长，四水环绕，宛如一座水上殿宇，又如水面的一叶扁舟，这在中国众多孔庙中难得一见，更妙的是孔庙之内还有一东西向河流横穿其中。孔庙建筑从南向北有鲲化池、奎文阁、牌坊、大成殿、尊经阁、笔架山等，这些建筑从空中俯瞰如文房四宝错落其中。笔架亭，雕刻精美；奎文阁，形态端庄，犹如笔锋，立于鲲化池这一砚台之旁；鲲化池，一个标准半圆，西北角留下一出口，一个精妙绝伦的设计使鲲化池与小南海、仙鹤湾的水脉相连，体现了个体与群体的和谐之美。

泰兴古城由水串联、水城相伴。县衙、孔庙等城池的主要公共场所，四面皆水，不失灵气。城内水利工程的设计非常科学，两水关的选址很考究，泰兴地势东北高，西南低，所以两水关分别位于城池东北、西南位置，便于水进出与城外（外城河、老龙河、长江）水系相通。至今，泰兴城内水利还是沿用古代的布局。

“手挈东风上水关，凤书迎日看新班。”宋代李石的这两句诗，也是笔者对桑梓泰兴水系与水关的感受。泰兴的水穿梭于城池之中，绵延不断，城内的水通过两水关与老龙河、长江相通。泰兴的水脉与文脉是相融的，县衙、后乐山、笔架山、孔庙、仙鹤湾、千年古银杏、朱雀桥、老虎巷、泰山、襟江书院、孝子祠、朱东润故居、观音禅寺等都在这水脉之中，皆由这神奇的龙蛇状城河相串联。由此可见，泰兴的历史文化内涵是多么的丰富，又是多么地让人感慨万千啊！

## 满满乡愁三井头，一水三月游子心

泰兴古城的十景之三有二。一曰“三井头”，二曰“三妃墩”。这里介绍的是泰兴鼓楼一条街街西的三井头。三井头以该处有三井而得名，三个井口呈品字形，但井身却是一个整体。井旁有碑，碑首有“古三井”三个大字。《泰兴县志》有载：泰兴旧城有水井十一，而三井头的古三井为其最。

那么这古三井乃何时何人所建呢？据原碑铭记载，三井始建于明万历年间（1573—1620），由地主生员张明球捐地凿井。这座井称得上泰兴城的瑰宝，不知撩动了多少泰兴游子的乡情幽思，人们无不将它引为家乡的骄傲。它井深水足，常年不竭。更为奇特的是一井三门，俯视井中，三井口都倒映水中，叫你情不自禁地为古代劳动人民的聪明才智而赞叹。时至今日，三井仍不失往日风采，居民们仍常在这里淘米、洗菜、汏衣服（即洗衣服，方言）。

传说，张明球，捐地凿此井，是得到神明之助的。张明球懂水脉，相信风水。他祖父张锦曾为如皋县民解决吃水问题打了十口“张公井”。张明球和他祖父一样，都是关心民瘼的善人。他信佛，据说造此井，冥冥中感到是菩萨所助。泰兴兴起于水网之地，泰兴城乃玄武之象。玄武为主水之神，龟蛇合体。龟蛇都是水中之物，故泰兴筑城时肖之，以借其灵秀之气。据传东晋帝室皇胄逃经泰兴时，匆匆中失一金盘于江心，引起一鳗鱼精盘踞修炼。这修炼的鳗鱼其实是玄武中的蛇体，由于玄武是龟蛇同体，龟已被城所肖，而此蛇因被人误伤，而大发雷霆，翻江坍岸，遗祸苍生，由此使泰邑之民受其荼毒，苦不堪言。朴实的泰兴人，遂年年焚香顶礼祷告大慈大悲的观世音菩萨收服此蛇。菩萨终于动了慈悲之心，设法收服，头尾镇以腾蛟阁和法轮塔，且穿一井供潜伏于泰兴城内之身交通天地、修炼正果。同时，井上镇以三座井栏，谓“天”“地”“人”三才；三即叁，与参相通，亦谓参天地之造化，而扬正压邪。

这一说法使古老的三井头增添了一种神秘感。而今，这位早过了耄耋又耄耋之龄的三井老人最起码已经近四百五十岁了，斑驳陆离的井台和井沿上留下的道道绳印见证了它的历史。历经近四百五十年的风雨，近四百五十年的沧桑，井口里的水依然甘甜澄碧，这的确是个奇迹。一井三口、一井三月是三井头独特的景致，“一月照千井，井井有明月”写的就是这里的风景。净空皓月的夜晚，从井口往里看，倒映在井底的三个井口里都清晰地映挂着一轮明月，这景叫“一水三月”，这“一水三月”的三井头便是老泰兴著名的十景之三。井里的水，是近四百五十年前的水，幽幽静水深流了近四百五十年，依然清冽淡雅。井口里的月，是近四百五十年前的月，静静地映照在青苔满壁的井里，依然皎洁庄穆。远看，似一幅描笔精工的水墨画，美得能让所有驻足井边的人流连忘返。

三井口曾流传过许多美丽动人的故事和传说，常被三井巷里的老人们说起的是清朝驸马季三嗒子的事（其实考证下来，季三嗒子之嗒子应是鞳子，季三嗒子的原型应是元初刚恢复科举时的状元驸马泰兴的蔡梦祥；但既是传说，这里就不必认真了）。季三嗒子是出身于泰兴的才子，身为泰兴人，他为泰兴的父老乡亲做过很多有益的事。当年他得罪权贵被贬泰兴后，据说就住在三井老巷里。在他被贬的那些日子里，每天他都会带着夫人在三井头梳妆打扮。三井头的三座井台里最矮的那墩，盛传就是季三嗒子的公主夫人常坐的地方。不苟言笑的公主，每每到此，脸上都会泛起红晕，笑靥如花。如今，岁月的洗礼早已抹去了昔日高贵公主遗留的痕迹，却抹不去三井口的老人们对季三嗒子的怀念。

另一个关于三井头的传说则尤具神话色彩。相传，明朝末年，战乱不断，民不聊生；泰兴当时属扬州府，百姓饱受战火摧残，又逢连年大旱，农作物颗粒无收，庆云禅寺宗惠禅师心急如焚，决心救一城百姓，在走遍全城一无所获的时候，他决定请求龙王发慈悲赏百姓一眼泉水。龙王应允了，但要求有人用生命交换。宗惠禅师毫不犹豫地答应了。回到人间后，禅师拿起身边的竹向地上一插，大喝一声“开”，只听见“轰隆”一声，那地方塌陷下去十几米，一股清泉激涌而出，水花四溅。消息很快传遍全城，前来取水的人络绎不绝，人们相互争抢，一片混乱。禅师喝住人群，指挥大家在泉眼处砌了一口大井，并留三个井口呈品字形分布，方便取水。大家喝着甘甜的泉水，都来拜谢禅师，只见禅师盘坐在一个角落处，已经圆寂了。百姓哭泣着把禅师的遗体送回庆云禅寺，只见宗惠禅师的遗体化作七色彩虹直冲云霄，似火的骄阳顿时暗了下来，转眼空中乌云密布，电闪雷鸣，一场倾盆大雨把泰兴干旱了几年的大地浇了个透。老百姓欢呼雀跃，叩拜天地，把宗惠禅师圆寂的那个地方叫作“三井头”。

三井头的不同寻常，不仅使这里流传着不同寻常的故事，自然也使这里出了不同寻常的人。远的不说，清末和现代史上就有两位。一位是吴存义（1802—1868），字和甫，道光十八年（1838）进士，清朝清官，他是民国时曾任金陵女子大学校长、解放后曾任江苏省副省长的吴贻芳的曾祖父。吴存义的为人、为官事迹，笔者曾有专文介绍，这里就不再详叙。另一位是刘延陵（1894—1988），原名延福，小名福官，字苏观，笔名言林等，之所以叫延陵，是因为家乡泰兴的古名有延令、延陵、济川之称，叫刘延陵，就是无论走到哪里，都会永远留念故乡延陵，永远记住自己是延陵人。他是中国第一代白话诗人，也是第一个介绍法国象征派的新诗及其理论至中国的拓荒者。他是1894年2月在泰兴鼓楼西街三井头旁的一个小院中出生的，并在这里度过了他的童年和少年时光。

1911年，17岁的刘延陵考入通州师范学校，毕业时，受到学校创办人前清状元张謇赏识，保送他到复旦大学并资助他到毕业。从复旦毕业后，刘延陵从事教职。1921年，他与朱自清、叶圣陶等任教于上海吴淞的中国公学。工作之余，他们常常写诗作文，成为文学研究会的会员。当时的中国，随着白话文运动，新刊物纷纷出现，《新青年》是其中之一。时任北京大学文科学长的陈独秀编辑该杂志的同时，经常在刊物上宣传新思想。受新思想影响，许多文学青年纷纷为各地杂志写文章，刘延陵、朱自清、叶圣陶也不例外。

1921年下半年的一天下午，刘延陵与朱自清、叶圣陶在校外散步闲谈，他们想编印一种专载新诗的月刊。于是，三人就跟当时上海中华书局编辑部商谈，由他们编辑，中华书局印行，编者不受酬报，也不负经济责任。双方一拍即合。经过长时间筹备，《诗》月刊终于在1922年1月1日创刊，编者除了他们三人还有俞平伯。刘延陵在《诗》月刊不但发表诗篇，还译介西洋新诗和写一些有关诗的理论文章。

1922年，刘延陵与朱自清、俞平伯一起转到杭州一师教书。第二年，叶圣陶也到了杭州一师教书。刘延陵、朱自清、俞平伯、叶圣陶在教书的同时积极编《诗》月刊杂志。当时，《诗》月刊的作者除了四位编者，还有刘复、胡适、周作人、汪静之、徐玉诺、冯文炳等人。主编《诗》月刊不久，刘延陵与郑振铎、郭绍虞、周作人、朱自清、叶圣陶、俞平伯、徐玉诺等合出了一本诗集《雪朝》，收入刘延陵的十三首诗，他的代表作《水手》便是其一。

《水手》

（一）

月在天上，
船在海上，
他两只手捧住面孔，
躲在摆舵的黑暗地方。

（二）

他怕见月儿眨眼，
海儿掀浪，
引他看水天接处的故乡。
但他却想到了
石榴花开得鲜明的井旁，
那人儿正架竹子，
晒她的青布衣裳。

这首诗写出了他的乡愁，写出了他对三井头、对母亲的无限思念，诗中将故乡、故乡的老井和井旁晾衣的母亲放在一起写，可谓意味深长，让人读来泪沾衣裳！1937年8月，抗日战争全面爆发后，暨南大学毁于炮火，教职员纷纷逃散。刘延陵本想去后方支援抗战，但是没有如愿。恰好这时，星（新加坡）马（马来亚，今扩大版图改称马来西亚）报社号召华侨支援抗战，并从祖国聘请编辑人员加强抗日宣传。刘延陵在复旦校友部力子的介绍下，于1937年渡海到马来亚，先后在吉隆坡《马华日报》和槟城《光华日报》任编辑两年。

1939年，刘延陵移居新加坡后，在《星洲日报》电讯组任编辑。新加坡沦陷后，刘延陵一度在狮城摆书摊维持生活。移居新加坡后，刘延陵只在1939年经过上海的日军占领区，往江苏北部故乡泰兴省亲一次。此后，就不曾离开过新加坡。刘延陵的女儿刘伍芳曾在《我的父亲刘延陵》一文中写道："我父亲晚年很少参与社交活动，将绝大部分时间花在他心爱的书本上，直到1988年10月18日谢世。"

刘延陵虽客居海外直至去世，但他的《水手》永远是他不灭的乡魂，也是所有泰兴游子们的乡魂，因为诗里有故乡、有三井头、有母亲！所以，每当风尘仆仆回家，放下行装后总要问一句：三井头还在吗？泰兴走出的当代名人企业家、“新东方”创始人之一，也是影片《中国合伙人》原型之一的徐小平就创作了同样蕴含了浓浓乡愁的一首歌《三井巷》。

有介于民心民情，泰兴市政府经慎重研究，决定将这口体现地方历史文化的古水井予以保存，并于2000年10月进行了再修缮。现在的三井头，已成了繁华闹市中的一个亮点。白天，居民汲水洗菜淘米，晚上，捣衣声声。游子回乡，兴致所至，掬水畅饮。那回家的感觉、那乡味的甜蜜是任何语言都无法表达的！

泰兴城里鼓楼商场西的这三井头能够至今都保留完好，至今都为这里的人们淘米和洗衣浆衫提供方便，这真是幸事！愿三井头永远佑福泰兴人民！

## 迷雾重重三妃墩，史话传说双流承

泰兴古城十景中的第三景有两种说法。张连莹老先生认为不是“三井头”，而是“三妃墩”。不过，笔者倒以为是两者并存，也就是说，泰兴古城十景之三，当既指“三井头”，亦指“三妃墩”。“三井头”上篇已说，这里便专来说说“三妃墩”。

说到三妃墩，在泰兴素有史话与传说之争。只是有一点可以肯定，泰兴古城池中，当年的确埋葬过宋代皇妃，且有诗为证。程泰象《妃子墓》诗云：“问是何年墓，人言宋代妃。魂应追帝辇，葬或旧宫衣。秃树乌三匝，荒墩水一围。东风吹又暮，愁见柳花飞。”孙枝蔚《延令题妃子墓》诗亦云：“樵夫与牧竖，至今为悲伤，所悲非翠钿，但惜君不明。官嫔命胡促，丞相寿何长？六陵皆芜没，此土骨犹香。”朱景纯同样有《妃子墓》诗云：“歧路苍黄出宋都，香销南国惜亡珠。苔尘不记春风怨，环佩虚随夜月孤。废垒荒江经铁马，新蒲细柳乱烟凫。镇南塔下千年恨，翻羡遗簪墓草枯。”由此可见，泰兴古城的宋代皇妃墓是存在的，这便是“三妃墩”。

三妃墩位于市内凤凰天西侧，延祐观东侧，香花雨桥南头。相传宋室南渡时，有三个妃子卒葬于此。老百姓传说，每逢春天，墩边的流水中，水面上浮有许多桃花，随波流去，三妃墩周边并没有栽种桃树，怎么会有桃花随波逐流呢？于是人们都说，是那死去的三个妃子在冥冥之中梳洗打扮，这些桃花是她们洗落的胭脂花粉；也有人说，这是三妃哭泣的泪水所致。据《泰兴县志》（1993年版）载：“三妃墩在泰兴镇国庆路南。相传宗高宗南渡时，有三个妃嫔从迁，卒于泰兴，葬于泰兴香花桥南。原有三个坟墩，面北而立，四面环水。”老人们说，三妃墩孤零零地在水中央，上有一挺拔的榆树，榆树上面老鸹特别多，给人一种惆怅凄然之感。故清黄桥诗人何龙光在《寒食步延祐观吊妃子墓》诗中写道：“幽磷飞夜水，芳草怨春风”。

泰兴现代的出版物，介绍“三妃墩”的文字，较一致的观点是高宗南渡扬州一年后，遭金人追赶，携妃子逃到了泰兴，随行的三个妃子病殁水葬于此。其依据主要有三：一、泥马渡康王的传说；二、延祐观匾是高宗所书；三、清代程泰象《妃子墓》诗中记述三妃墩为南渡时宫中三个妃子合葬墓。对此，有地方史研究专家觉得似可商榷。一、据正史记载：高宗南渡长江而逃，渡江后在镇江开过一次御前会议，然后继续南逃到绍兴，金人退兵后，复归杭州，建立了南宋政权。若是高宗向泰兴方向逃跑，金人多骑兵，速度快，扬州至泰兴，一马平川，早就没命了，这是不可能的。二、敕赐“延祐观”匾，这种可能是存在的。《（光绪）泰兴县志》记载，敕赐时间是绍兴廿一年（1151），而岳飞死于绍兴十一年（1142）。人们对抗金英雄岳飞敬佩尊崇，岳飞被害时，朝野上下十分愤怒，这对高宗是很大的压力，为了安抚人心，敕赐“延祐观”三字匾完全是政治的需要。三、清代程泰象的《妃子墓》诗说三妃墩是三妃合葬墓，“问是何年墓，人言宋代妃”，道听途说，不足为凭。四、“泥马渡康王”的传说，更不可信。高宗逃离扬州，很是狼狈，为了树立皇帝尊严，弄个传说来美化一下，倒是极有可能的。

有专家认为：一、妃子要逃到泰兴，一定要乘车。扬州到泰兴一马平川，目标太大，有危险。二、即使妃子逃到泰兴，兵荒马乱，口说无凭，官府不可能无缘无故接纳，并给她一定的礼遇。三、高宗逃离扬州后，离金人到扬州，还有一段时间距离，文武百官、太监侍卫都逃离了扬州，作为皇室的妃子，没有理由不逃离扬州。那么，剩下的一个可能，妃子是疏散到泰兴的。疏散到泰兴的妃子，级别不低，是爱妃以上，可能有封号，名正言顺地享受着规定的礼遇，香花供养，并把一座桥命名为香花桥，葬时以“墩”的级别安葬。

那么，这究竟是高宗还是其他哪个皇帝的妃子呢？皇家对妃子的管理，有一套严格的典章制度。妃子是终身的，不能外出。一般情况，皇帝死了，妃子可以疏散到庙里，但不能嫁人，如武则天。若是高宗的妃子，按制不可能疏散到泰兴。退一步说，倘若真是高宗妃子，也一定会留下文字记载，这个墓没有留下一点文字记载，一定有它隐蔽的东西。有记载说：高宗的哥哥钦宗被金人俘虏，有两个妃子逃出。一个是已册封的妃子，另一个是没有来得及册封的妃子。据此，有专家推断，这两个妃子逃出后，有可能找到了高宗，于是高宗把她们带到了扬州。建炎二年（1128）七月，高宗疏散嫔妃时，疏散到了泰兴。泰兴离扬州不远，又是通往江南的便捷之地，应是理想的疏散地。而泰兴的三妃墩墓就是这两个妃子中的一人之墓，一墓成三墓这是后人所为。这位没有名姓的妃子死于钦宗之后，她成了真正的闲妃。

有专家考证认为，水冢是一个特殊的葬制，它只能葬一次，一次葬了以后，不能葬第二次、第三次，除非三个妃子一起死（这种可能性很小）。泰兴是金人辖区的前沿，死者是钦宗的妃子，葬时可能是秘密的。墓是国耻的象征，皇家不便宣扬，群众也不愿谈论。南宋统治150年，元朝统治近百年，沧桑岁月湮没了部分事实，人们口口相传，本应是“闲妃墩”，因“闲”与“三”谐音，传到后来变成“三妃墩”，以致程泰象和《（宣统）泰兴县志》都将错就错了！若葬的是高宗的妃子，与闲妃不符，而且不会绝无文字记载。若葬了三个妃子，与水冢不符。若三个妃子一起死，也不会合葬，而是三个坟墩。葬了一个妃子，等级较高，可能有封号，葬时隐蔽，葬后不大肆宣扬，合乎这种情况的，只有是钦宗的妃子。

传说则是靖康之变，宋室南渡时，跟随高宗的三位妃子途经泰兴，被金人追杀，最后投河自尽。后来邑人将三妃葬于城河南边小河香花桥旁，那块墓地称之为三妃墩。三妃所投水域就是今天的国庆路所在位置（国庆路古时为泰兴城河，后来填埋了这条城河成为今天的国庆路）。三妃南下时其中有位已有身孕，身怀龙子（本应是高宗的太子），妃子纵入河中，龙子即刻变成一条小龙融入城河（所以今天的内城河就形似一条盘龙），永驻泰兴，扼守江北，康王半壁江山才得以保全，赵宋王朝才得以延续。以后泰兴古城营造的布局类似皇城风格，这是泰兴独特的地理环境以及这些美好的印迹潜移默化的产物。

钟意传说者以为我们无需怀疑这个传说是否属实，因为印证它似乎比批驳它要容易多了。彼时高宗的狼狈实属无以复加。在扬州立足未稳，忽报金兵临城，这位尚称弓马娴熟的大宋唯一幸存的皇子，连一个大臣也来不及召唤就打马穿城而过，连夜逃至江南。金兀术率五千铁骑穷追不舍，“搜山检海”擒赵构。由于过度惊吓和劳累，这位日后的皇帝竟丧失了生育能力，终生没有子嗣，只好将皇位传于太祖后人，太宗一脉就此断绝。扬州瞬间失守，在金兵的铁蹄下，任何人间惨剧都是可能的，三妃罹难并不奇怪，而且相比跟随徽钦二帝到五国城“坐井观天”的几十位凤子龙孙们的命运，这又能算什么呢？

笔者以为，不管是史话，还是传说，都构成了泰兴古城深厚的文化底蕴，都会让人浮想联翩，让人抚今思昔，感叹不已。有人说泰兴古城的三妃墩就是泰兴宋时的马嵬坡。是啊，“如何四纪为天子，不及卢家有莫愁”，这都是皇家演绎的悲剧，无非一个是宋高宗，一个是唐玄宗，历史又是何其相似乃尔耶！

## 四关厢内龙凤舞，满园春色关不住

泰兴古城池本是圆形的，俗称西瓜城。初建时鼓楼东西路、南北大街正对四座城门，然而，四门内各建有一座庙宇，东门内是广灵王庙，在今胜利桥东；南门内是关帝庙，在今四牌楼北；西门内是司徒庙，在今城西小学东侧；北门内是天王庙，在今小桥南。这四座庙均建于明洪武十八年（1385）。因为城门和庙宇合围成四合院的厢房模样，故称四关厢。

这四座庙既挡视线又挡大道，直走看不到、走不到城门，街道至此均需拐弯，才能走出城门。按过去的说法，这种设计在风水学上含有深意，寓意瓜城的甜水不外流。徽派建筑的“四水归堂”，四合院的屋面雨水，全部往天井里汇流，道理也一样。用现代眼光看，这显然属于迷信，但古人在这类问题上向来不肯含糊，煞费苦心，不惜财力，忠实遵循风水学。另外，从科学的角度看，十字街四端各有一座庙宇，也的确有一定的防护道理。因为若遇城外强风、寒流，四座庙宇便可起减缓、筛选之用，而且阳气里也会有掺和着的邪气，寒流里也会有正气，故此城市设计正融入了辩证的思想。从民国泰兴县城图可以看出，泰兴城门不正对吊桥，这是军事上的考虑。城外的敌人要想攻入城内，总得弯一下，不给外敌便利。泰兴城门本无瓮城，这样设计也起到瓮城的一点作用了。儒道思想在泰兴影响深远，至今孔庙大成殿、城隍庙大殿，这些代表儒、道建筑的核心仍在，仍然活在泰兴城。泰兴县衙也即将再现，千年城脉得以延续。这一切实在是难能可贵，也是今天任何一座历史文化名城所憧憬的。遗憾的是后来拆除旧城时，这些庙一并被拆。

不过也有不少人认为当年拆除未必就遗憾。这是因为明洪武年间（1368—

1398）泰兴古城四关厢的兴建另有说法。据说是因明代朱元璋的军师刘伯温到泰兴，看到这里风水好，是块龙地，担心泰兴要出人才。他要帮朱元璋保天下，于是在四门各建庙一座，城内人出城，必经庙前绕一下，而不能直达城外，这样形成四关厢格局，以关住泰兴人才。四关厢，四座庙，以忠孝仁义彰于世，以忠孝仁义教化人，使得居于其中的泰兴人既能出人才，建功立业，却又敦于教化，而绝不会越于雷池；其壅于四方，庙门皆向中，含义明显，即关住泰兴人之心，以故土难舍，故乡情深，一丝眷念牵着泰兴志士之志，而难于放开手脚叱咤风云，只能惯于循规蹈矩作良臣顺民，由此使泰兴这钟灵毓秀风水之地出来的人才只能辅佐帝王一统江山，而绝不会去夺取江山。所以，泰兴流传一段民谚："三山不出头，逆水向西流，文官不拜相，武官不封侯。"泰兴人在外做官，文官做到尚书、侍郎的很多，但从未有人做到过宰相，武官也只能做到总兵一级就结束了。

事实上，四关厢的传说却从反面透露出泰兴的确挺出人才的，但泰兴的人才在封建社会却受到了封建的压制这也是事实。明清以来，泰兴人才辈出，名家迭起，经学家张金镜、李宗孔；文学家何南金与张京元、张茂枝、张桂枝昆仲，季振宜、季娴兄妹；音韵学家何萱、书法家陈潮、音乐家朱人特、史学家朱铭盘，画家曹秋岳、季应召、褚章等皆名噪一时，近代医学家杨百诚、地质学家丁文江、戏剧作家丁西林、水利学家郑肇经等，皆是名闻四海的人物。

四关厢，四关厢，满城秀色怎关住？思乡游子之心总留住，今日泰兴更锦绣！泰兴的四关厢，终于成为历史陈迹。泰兴城厢如今早已突破旧时的格局，形成地域宽广、高楼林立的现代化新都市。抚今思昔，回忆当初的四关厢城区和闭关锁国的旧封建王朝，不禁感慨万千。俱往矣，数风流人物，还看今朝！今朝，泰兴的人才终于走向祖国的四面八方，与全国各地的人民一起掌握着国家的命运、自己的命运，用自己的聪明才智为我们伟大祖国的复兴做出了和正做出杰出的贡献！

# 史痕犹在五城门，最有故事小西门

古城池无论大小，多为东西南北四个城门，偏偏泰兴古城与众古城不同，竟是五个城门，多了一个小西门。这是为何？无疑，个中定是有缘有故的了。

原来，北宋末年，金兵南下，泰兴县治柴墟与周边地区连遭金兵三次劫难，知县段傅审时度势，决意离开这个战乱之地，考虑到县境延令村（今济川街道）为龙开河（俗名老龙河）所环抱，利于防守。绍兴元年（1131）段傅将泰兴县治从柴墟迁往延令村，初筑为土城，城外环以濠河，河上有桥四座，东为朝阳桥（今胜利桥），西为阜成桥（原西小桥，今废），南为文明桥（今仍其名），北为通济桥（今北小桥）。绍兴三十一年（1161），为防御金人侵扰，在宋旧城基础上，邑令尤袤增筑土城，使旧城扩展到今一环的范围。弘治五年（1492）知县原秉忠始用砖筑四城门，东名寅宾，西名迎恩，南名南薰，北名拱极。嘉靖十一年（1532）知县朱篪又于城西南增辟一门，题名延薰门，俗称小门。但因未能把城墙筑好，倭寇经常来此骚扰。嘉靖三十三年（1554），针对泰兴无城墙，易遭倭寇荼毒一事，皇帝批准拨官银27850余两，责令回任的泰兴县令姚邦材具体负责筑城，并派御史大夫陈儒，监察御史吴伯鹏、崔栋，江防使张景贤督工，“惩奸劝勤”，因此，施工人员“莫敢怠遑”，加之施工期间姚邦材体察民情，调度周详，富家量力出钱，贫者计口给粮出力挑堑，民心趋一，畚锄鳞次，城墙“阅期月而功告成”。

建成后的泰兴城墙，城墙上有五个城门，分别取名曰镇海（东）、阜成（西）、澄江（南）、拱极（北）、通济（西南），五个城门同时建有吊桥供军民进出。通济门“门之右为水关”（俗名西水关）。泰兴城墙落成后，退休在家的京官张聰虽已77岁高龄，但仍提笔据实纪事，撰写了“泰兴县城堑落成记”碑，记述了这一段史实，这块碑即为现在仙鹤湾风光带奎文阁旁的“大明碑”。文末颂扬道：“广陵下邑控大江，睠兹民物阜而康。胡然海寇扇祸殃，繄谁屏翰如苞桑。金城望望百雉翔，清流环带何泱泱。……君侯（指姚邦材）遗爱比甘棠，吾民世世铭肺肠。”碑文写成后不久，张聰就去世了。

碑文没有注明何人书写，但据分析，碑文的书写者很有可能是张聰的九弟张昫。张聰兄弟姐妹共九人，张羽是长兄，张聰是老八，张昫最小。据史书介绍，张驹的书法是很有名气的。按照张家当时不成文的规矩，刻石立碑之事，包括长辈及亲朋好友的墓志一般都是由张羽撰文，张驹书写，张羽去世后，因仲兄张翀也已去世，撰稿之事则由张翾担任，这些都有资料可查。此碑所立之处五四巷2号是原张家三风堂的祠堂，是张家的祖居之地，碑立在自家祠堂中，兄长撰文，自己又擅长书法，更是平时常为之事，因此，和兄长配合，张驹书此碑文当是理所当然之事。

嘉靖三十五年（1556），城刚竣工，倭寇即来侵犯并迫近城下，城上卫士射杀两倭，余倭逃命而去，泰兴城遂得以保全。嘉靖四十年（1561年），知县奚世亮增辟北水关。嘉靖四十五年（1566），知县许希孟建楼其上，榜曰应奎。万历二十四年（1596年），知县陈继畴于城垣上建敌台41座。清康熙二十五年（1668年），知县吴朴修葺敌台，增建五门敌楼。乾隆三十九年（1774年），知县陈沣就旧城加高加宽，减敌台为16座，改通济门为盈宁门。至光绪年间，城垣"周七里，延袤一千三百九十丈四尺，高二丈五尺六寸，面广一丈四尺五寸，基广二丈九尺"。解放初期，因市政建设需要，城墙渐次拆除。今环城东路、环城西路以及大庆路中段，就是城墙的遗址。

另小西门的增建，传说有二，一说是小西门有陆家仓房，在今陆家湾，陆氏乃泰兴望族，陆家有人在朝廷做大理寺正卿，他家的粮草仓库在小西门，为运送粮草方便，故增开一门。不过，陆家多是船运，走水路，如果去东面的黄桥就要转个弯了，于是便有了"小西门上黄桥——大转"的歇后语，流传至今。

又一说是刘伯温认为泰兴是风水宝地，有王者之气，要出人。泰兴城形似西瓜，他要在西瓜上开一刀，破其风水，于是打算再开一城门。有个盐商知道了，为巴结朝廷，承担了这项工作。他家的盐仓正好在小西门（今西门仍有盐仓巷，现称劳动巷），说开了门，西瓜口正好放在盐上，西瓜最怕盐。这样便出现了古城门的建设奇观。

其实，刘伯温于洪武八年（1375）就已死去。小西门之设与他并无瓜葛，倒是与当时商业经济的发展有关。泰兴城内河之水西流入江，在明代时，土田之饶沃，物产之丰盛，以西南为最盛。江南大商船由西水关进入城内，所以城西南不仅成为交通枢纽，而且成为货物交易的要冲。这里不仅居民集中，而且形成重要集市。"鱼市、花市、布市、木市、竹市、草市在焉"，陆家仓房、盐房都是当时的物资仓库。明代成化、正德到嘉靖初，县令们一直打算开设五门。到倭寇侵扰泰兴时，姚邦材急于一邑生民之命，无暇为小西门之计，只先筑城和开了四门。谁知当城筑起后，西南路塞，严重影响了这一方居民的生活和交易活动。在百姓的呼声下，县令姚邦材组织开筑了小西门，并名之通济门。通济者，交通济川也。可见小西门是明代经济兴旺、交通运输发展的产物，也是以水兴市的物证。五城门，原址均在今内环线上。到20世纪50年代初随着旧城墙的拆除，五城门已荡然无存。

写此文前，笔者去泰兴城南有事，忽见朱东润故居西，老图书馆前，四牌楼东修建了一座古城墙和城门，恰是当年澄江门景之再现，不由大喜过望。如此，甚好！

## 六角桥畔古风光，朝阳寅宾两相望

泰兴十景中的“六”，大凡泰兴人都知道，指的六角桥。其桥自然成景，历史悠久。靖康二年（1127）至建炎四年（1130），金兵三犯柴墟，柴墟城损失惨重，元气大伤。绍兴元年（1131），时任知县段傅审时度势，看中了境内延令村（今泰兴镇）为龙开河（俗名老龙河）所环抱，利于防守，遂将县治从柴墟迁至延令村。初筑为土城，城外环以濠河，河上有桥四座，东为朝阳桥，西为阜成桥，南为文明桥，北为通济桥。这泰兴最古老的四桥之一的朝阳桥便是后来成为泰兴十景中一景的六角桥。

早在延令村成为县治的当年（1131），这座桥就横跨在东护城河上，因其在东门（今鼓楼东路原省泰兴中学东），最早迎接第一缕曙光，故而桥名为朝阳。《（光绪）泰兴县志》载：“最钜者朝阳、阜成、文明、析津，所谓四门大桥者也。”或许由于此桥最早见证了古延令成为县治和泰兴古城池的形成，又位于城东朝见日出而取名朝阳，故众人皆云，这朝阳桥大概是第一位迎接朝阳的泰兴使者呢！

的确，泰兴六角桥正是因其位置居东而名朝阳，且自古有桥即有景，况六角桥又形制特殊，故其成为泰兴一景也就很自然了。其实，此桥能成为泰兴一景，应该说还与后来的泰兴城门中东面的寅宾门相关，因为寅宾门之“寅宾”其意恰契合了朝阳桥的“朝阳”二字。《书·尧典》云：“分命羲仲，宅嵎夷，曰暘谷，寅宾出日。”孔传：“寅，敬。宾，导。东方之官，敬导出日。”孔颖达疏：“令此羲仲恭敬导引将出之日。”《尚书考灵曜》卷二：“春夏民欲早作，故令民日出而作，是谓寅宾出日。”据县志记载，泰兴城池形制如龟，初为土城，明朝弘治五年（1492），知县原秉忠始甓四门，东名寅宾门，西名迎恩门，南名南薰门，北名拱极门；四门通衢，且与朝阳、阜成、文明、析津四桥相对。由此可知，朝阳桥是正对着寅宾门的，“寅宾”出日，“朝阳”迎日，细细想来，是多么富有诗意之景呵！

朝阳桥桥身有长五六米的长条石拼成为两节，中有大桥墩架接，桥墩南北面各成一个等腰三角形，故人们又俗称此桥为六角桥。三角形的稳定性在六角桥设计上得到了充分运用。当时泰兴城的水系由北边进来，一支流入单家汪，另一支经延庆桥向东转南到六角桥，再绕城南向西过通江桥入江；此支东南边的外城濠水湍急，河面船只往来频繁，且六角桥与街道衔接的又是向东的大道，人烟辐辏，可谓车水马龙。为了保证水陆两路畅通，建桥时便于桥台两侧砌了八字墙，河中桥墩则砌成了两个尖头朝水面的正三角形，为的是劈波斩浪，减少洪水冲击力，从而大大增强了这座桥的稳固性。这和水利工程的分洪坝，俗称鱼嘴的那种尖角朝外的原理是一样的。这样，水流由北经此就顺势循桥墩两边的通道平稳向前而去，既保证了行船的安全又不致桥墩受冲击，可谓一举两益。后来城池外扩后，六角桥即朝阳桥仍然正对城门，仍是交通要道。到了明代，六角桥改建为拱桥，过往行人需要沿着石级上下，为方便独轮车通行，桥面铺有两行坡道。不过，人们依然称此桥为六角桥或朝阳桥。

解放战争时期，解放军一队人马曾走过这桥，汇合其他部队一道渡过了长江，打到了江南，取得了胜利。新中国成立后，六角桥改建为平面水泥桥，虽不见了六角桥墩，但仍保持了六角桥的原形，仍有那古桥卧波的古韵。固然，桥名更名为胜利桥，只是，“泰兴城，好风光，十样景，听我唱，一鼓楼，二水关，三井头，四关厢，五城门，六角桥，七星池，八善堂，九条巷，十院寺，劝诸君，莫记忘”的民谣依然经久不衰地在传唱！

# 藏风得水七星池，北斗永佑吾桑梓

泰兴古十景之七，历来众说纷纭，各执一词，最为普遍的似乎都以为是“七条巷”。此巷东自原鼓楼南路医药公司门市部，西至三井南巷银锭巷口，是一条很狭窄的小巷，人称一人巷，巷内原有七个弯折，每段单独命名，故称七条巷。

也有人认为是“七贤祠”，又叫集贤祠，“七”与“集”谐音。祠堂在过去的“万慈会”，位于原泰兴国际大酒店处，有五六间屋宇，专门收集、陈列乡贤名录。不过，季氏德基堂家族的后人却说，七贤祠确有其祠，就在原育婴堂内，他幼时因住在育婴堂巷东侧，亲见人们用小酒杯供奉过七位贤人，至于是何方贤人，他也说不清。

还有人认为是“七院寺”，即庆云寺，内分钟鼓楼、准提楼、千佛楼、定慧斋、西竺庵、普同塔院和崇福院等，故名七院寺。

这些说法皆与“七”有关，且的确不无道理，然而细细推来，倒是十景之“七”为“七星池”的说法更为确切！笔者以为至少有两大原因应这么确定。一是七星池有显赫的声名和广泛的分布。七星池是趋吉避凶的象征，分布于全国的许多地方，如同全国有许多的文庙一样，非常普遍。泰兴作为一座颇有历史的古城，具有自己的且富本土特色成为古城景观的七星池也就不足为怪了。

据考，泰兴古城七星池位于今鼓楼文化广场处，因有七口唐代古井，呈北斗七星状分布，故名。由于七星池这一历史遗迹湮没已久，县志上都无记载，所以，曲高和寡，目前持此说者寥寥无几。但2001年建设鼓楼文化广场时，古七星井遗址出土，并由市博物馆收藏了部分唐代井砖，从而为泰兴七星池提供了最有说服力的实物佐证。

二是建七星池是当时创建泰兴古城风水的需要。泰兴襟江带海，地理位置独特，根据风水学中有关地理与星宿的原理建七星池能起到逢凶化吉、趋吉避凶、蓄气聚财、藏风得水、人丁兴旺的作用的。故而，在当时的延令邑即古泰兴城建一具有本土特色的七星池便成了首选，而以七口井为池呈北斗分布，并在唐代就已成为城邑一景，这在全国来说，恐怕都是难出其右的。

北斗七星最完整之记载，始见于汉代纬书。北斗七星有具体的名称，有各种说法，最通行的名称为《春秋运斗枢》所记，曰：“第一天枢，第二旋，第三玑，第四权，第五衡，第六开阳，第七摇光。第一至第四为魁，第五至第七为标，合而为斗。”道教形成后，以北斗为天神加以崇拜，并对之作种种神学解释。天枢、天璇、天玑、天权合称“魁星”，即二十八宿之一“奎星”的俗称，后道教尊其为主宰文运的神，作为文昌帝君的侍神。魁星信仰盛于宋代，从此经久不衰，中国很多地方都建有“魁星楼”或“魁星阁”，泰兴仙鹤湾亦有“魁文阁”，又称“奎文阁”。几乎所有的“魁星阁”正殿都有魁星造像，其面目狰狞，金身青面，赤发环眼，头上还有两只角，俨然一副鬼模样。右手握一管朱笔，左手持一只墨斗，右脚独立，脚下踩着海中的一条大鳌的头部，意为“独占鳌头”，左脚后扬，脚上是北斗七星，意为“魁星踢斗”。

如此塑像，这般造型，定然自有说法的。据传，古代有一个秀才，聪慧过人，才高八斗，过目成诵，出口成章，可就是长相奇丑无比，满脸麻子，还瘸了一只脚，走起路来一拐一拐的。某一年，他乡试、会试连连高中，终于到了殿试，皇帝一见到他的尊容，心中不悦，问道：“你那脸是怎么搞的？”他回答：“回圣上，这是‘麻面映天象，捧摘星斗’。”皇帝觉得这人怪有趣的，又问：“那么你的瘸腿呢？”他又回答：“回圣上，这是‘一脚跳龙门，独占鳌头’。”皇帝非常赞赏他的机敏，又问：“那朕问你一个问题，你要如实回答，你说，如今天下谁的文章写得最好？”他想了想说：“天下文章属吾县，吾县文章属吾乡，吾乡文章属舍弟，舍弟请我改文章。”皇帝大喜，读毕他的文章后，更是拍案叫绝：“不愧天下第一！”于是钦点他为状元。

这个丑文人的才学、智慧和发奋，使他后来升天成为魁星——北斗七星的前四颗，主管功名禄位。“魁”字拆开来，一半是“鬼”，对应魁星的面目丑陋，一半是“斗”，对应魁星才高八斗，也对应北斗星座。据说魁星手中的朱笔批你是什么你就是什么，“任你文章高八斗，就怕朱笔不点头”就来源于此。据说从此开始，皇宫正殿台阶正中的石板上雕有龙和鳌鱼图案，一只魁斗放在旁边，殿试完毕发榜时，应试者都聚到皇宫门前，进士们站在台阶下迎榜，状元则一手持魁斗，一脚站在鳌头上亮相，寓意“一举夺魁”“独占鳌头”。

天枢、天璇、天玑、天权组成斗身，古曰魁；玉衡、开阳、摇光组成为斗柄，古曰杓。北斗星在不同的季节和夜晚不同的时间，出现于天空不同的方位，所以古人就根据初昏时斗柄所指的方向来决定季节：斗柄指东，天下皆春；斗柄指南，天下皆夏；斗柄指西，天下皆秋；斗柄指北，天下皆冬。因为北斗有辅助定向的作用，所以“北斗”才被用作我国自行研发的卫星定位系统的别称。况且，道家认为北斗七星与人之命运有着密切的关系，各人根据自己的生辰，即可于北斗找到自己的主命星。由此可知，古人为什么特别重视七星池的建造了。

居住于襟江带海的泰兴人对道教一直就十分推崇，尤其在古代。古延令邑初始就建七星池就是最好的说明，后来由唐宋到明中叶泰兴形成了规模独特的瓜城，更充分证明了这一点。所有这些，皆足以表明七星池为泰兴古城十景之“七”，才是最准确也是最具代表性的。况且，泰兴的七星池和笔架山、后乐山、鲲化池、洗钵池、三妃墩、凤凰天等这些泰兴丰厚的古遗存的确也曾是古泰兴特有的风景，如斯风景与那时泰兴仙鹤湾一带的孔庙、奎文阁、来鹤亭、古县衙、遗带亭、广福寺、香花桥、延祐观、腾蛟阁、张氏宗祠等古建筑群相互映衬，可谓美轮美奂！这，都是千真万确的历史事实！

一瓣心香一井月，一池碧水一池影；七星棋布泰兴城，佑福后人挚情深。虽然，不知何年何月，泰兴的七星池遭废弃；亦不知何情何因，《泰兴县志》竟无明确记载，但鼓楼文化广场七星井古遗址的出土，却让人们留下了广阔的想象空间，也让人们有了重修七星池的美好愿望。相信七星池也可以说七星井总有一天会再现泰兴城，北斗四射的光芒一定会照亮泰兴人民的心，将泰兴人民所有的美好憧憬都变成现实！

## 慈善济困八善堂，关联堂号民风扬

泰兴古十景的第八景为泰兴八善堂，只是说到这八善堂，总让人会联想到积善堂、重德堂、同仁堂等堂号。的确，八善堂与这些堂号是有关联的，不过，关联中又有区别。由此，笔者还是先说作为桑梓泰兴古城十景中第八景的这八善堂的边缘话题——堂号。也就是说得先解其意，从根本上的堂号说起。

那么，什么是堂号呢？所谓堂号，其本意是厅堂、居室的名称；然后发展而成了家族门户的代称，为家族文化重要的组成部分。因古代同姓族人多聚族而居，往往数世同堂，或同一姓氏的支派、分房集中居住于某一处或相近数处庭堂、宅院之中，堂号就成为某一同族人的共同徽号，以作为祠堂的名称或称号。这一名称或称号，一方面是区别姓氏、宗族或家族的标记；另一方面也是家族文化中用以弘扬祖德、敦宗睦族的符号标志；同时又是寻根意识与祖先崇拜的体现。

从功能上说，堂号的意义主要在于区别姓氏、区分宗派，劝善惩恶，教育族人。如果说，郡望是高一级别的宗族寻根标志，那么堂号就是比郡望堂低一级的宗族标志。郡望往往可以作为堂号，但堂号却大都不能用作郡望。一个姓的堂号要比郡望多得多，一姓的郡望只有数个至多数十个，但堂号往往有数百甚至上千个之多。郡望在宋代以后就开始走向统一和固定，但堂号却随着宗族的发展，一直在不断地增加，同时还扩展了它的外延，使许多的厅堂管所包括慈善机构都有了堂号。泰兴的八善堂从考证的情况看大概应属于八个慈善机构的总称。

泰兴是一块襟江带海、人杰地灵的风水宝地，同时深受理学熏陶，文风颇盛，因此历史上不仅郡望大族为避战乱，前来泰兴，即古延令，如笔者所属的李氏陇西堂；许多理学家的后裔也都选择泰兴作为落脚点，如朱氏资善堂始祖朱宝明，据称就是朱熹族人的后代，朱氏资善堂家谱中，列祖列宗的画像中有朱熹的画像。另外，泰兴张氏三凤堂家族是北宋五子之一张载的后裔。张载（1020—1077），字子厚，宋嘉祐二年（1057）进士，北宋著名哲学家、教育家、思想家，中国理学的奠基人，“关学”创始人和领袖。南渡时，张载后裔中的一支迁徙到泰兴，繁衍生息，仅明清两代，张氏三凤堂家族有状元一名，进士十二名，成为泰兴最为有名的望门大族。还有，官至丞相的陈康伯，他的六世孙中就有三人分别落户泰兴，并各自开宗立派，成为本支陈氏家族的始迁祖，他们是：敦行堂陈岩，颍川堂陈载一，尚义堂陈玉湖。

正是由于泰兴有这样的名门望族，有这样的理学之风，有这样的名流官绅，因此泰兴在全国也就成了历史上最早有官倡绅办的慈善机构，泰兴八善堂也正是在这样的历史背景下应运而生的。之所以叫八善堂，是因为旧时城内设有育婴堂、保节局、善济院、同善堂、体仁堂、粥局、同仁堂、普济堂共八个慈善机构；一说为八仙堂，是指八个作善举之用的同乡会的会馆，位于三井头北边，即（1）育婴堂，1699年建；（2）板桂铺育婴堂，1875年建；（3）体善堂，施棺材，1850年建；（4）保节堂，寡妇福利，1875年建；（5）养济堂，救济收养无子女老人，1876年建；（6）同仁堂，浴室业专设，1815年建；（7）同善堂，道光年间建；（8）慈善堂，建年不详。大致说来，就是为弃婴、寡妇、鳏夫、残疾人等提供生活资助以及捐棺、施粥等免费服务的民间组织。

需要说明的是，这八处慈善机构，都不是官府投资建设的，也不是同一年一次性建成的。这八座慈善机构列入景点，既是智举，也是善举。这八座堂馆，没有一座是富丽堂皇的，有的甚至很简陋，但因其闪耀着人道主义的光芒，故而显得格外庄严，作为景点，其教化意义非同寻常。

当然，也有人说，泰兴八善堂就是泰兴浴室业的慈善堂。这个浴室慈善堂也有“八仙堂”之称。相传几百年前，城厢八家浴室按比例出钱，共同购买了三间房子。凡年老多病、不能工作又无家可归的浴室工人，可以住入该堂治病休息。

堂内还专门设有阁楼，存放已故浴室工人的牌位。每年农历正月二十，借祭祀浴室业鼻祖分水司的生日之际，举行悼念已故工人的仪式。堂址在今鼓楼商场西侧，原天瑞巷邮电局宿舍，解放后被拆除。这也是善举，也很具理学之风，也符合泰兴的实际情况，所以也不失为一说。

至于为何这浴室的慈善堂也有“八仙堂”之称，八仙分别代表了男女老幼、富贵贫贱的说法，这或许是其一；八家浴室出资所建，这应当是其二。男女浴室的确是不分老幼贵贱的，氤氲的蒸汽中，各式人等千姿百态，朦朦胧胧也确乎颇有一种八仙过海的味道，且浴后再享受修脚、按摩等服务，更是快活如神仙，所以，浴室工人对八仙崇敬有加，同时泰兴浴室业的这养老机构又是由当时八家浴室出资所建，这样将这慈善堂叫成“八仙堂”自然也就不难理解了。

话说回来，无论哪一说，即无论是泰兴的八个慈善机构还是泰兴八个浴室澡堂组建的慈善堂，其实都与堂号相关联，都以弘扬祖德民风为旨要，而有着一定的历史渊源。固然天津也有八善堂，广州还有九善堂，但从产生的年代看，都不比泰兴早。古老的道学之风和由此而演化的并由张载所倡导的“为天地立心，为生民立命，为往圣继绝学，为万世开太平”的理学之风，及其所形成的人道主义精神，可以说都是泰兴这块土地上为泰兴人所继承并弘扬开来的！

## 沧桑智慧九条巷，九隐回望意深长

长江三角洲有一条黄金水道，苏中大平原有一座传世华表，矗立在这里的泰兴古城美丽富饶，传奇故事的确不少！泰兴的古城十景，笔者和葛正浩先生互为补充，各有叙述，亦各有侧重。这里所叙的第九景，历来有两种说法，即九条街与九条巷之说！葛老所叙为九条街，撰文曾刊发于笔者的微信公众号“乡风儒语”上；笔者于此之叙第九景指九条巷！

泰兴自南唐升元元年（937），析海陵南五乡设县后，南宋绍兴初年，县治由柴墟南迁至延令村，围筑土城，疏通河道，整治街道，到清康熙二十七年（1688）时，县志记载已有街十九条，巷五十四条。整个城池状若西瓜，十景亦已基本形成。然而，这第九景，也就是九条巷究竟是指具体的九条巷子，还是对众多的巷子从确定的一个方向数到第九条？如果是指具体的九条巷，则是哪九条巷？如果是从一个方向数，又是从哪个定点往哪个方向数？为此至今也没有定论，谁都说不清楚。

有人讲，九条巷实际上指的就是九条街。哪九条街呢？普遍认为是鼓楼街（又名镇安街）、县前街（即府前街的前身）、书院街、朝阳街、迎恩街、济川街、越街、红袍街、北大街这九条街。其依据是：（1）严格意义上的鼓楼街是指市中心向北至春林巷（春林巷街对面为商会街）短短的这一段，再向北叫北大街，而市中心向南叫南门大街，向东至影墙口叫鼓楼东街，向西至三井头叫鼓楼西街；（2）延令村作县治后，县衙前的街巷很自然地便叫县前街，也就是今天的府前街，此街最显著的特点是在原春林巷向南数米处的路中央建有一个大照壁，行人要从两边绕行；（3）书院街，今泰中大门口一段，因襟江书院而得名；（4）朝阳街，在今胜利桥以东一段，街名因朝阳拱桥而来；（5）迎恩街，今鼓楼西街三井头至长征路（西小桥）一段，街名由西城门曰迎恩而来；（6）济川街，今鼓楼西路长征路至民主桥一段，民主桥，旧称司徒庙桥，亦称济川桥，街名由此而来；（7）越街，又写作钺街，原鼓楼南路自安泰桥至文明桥一段，此街因形似古兵器钺而得名，也有一说是与清末住在此街的朱铭盘有关；（8）红袍街，旧为封建达官贵人聚居之处，乃穿红袍一族的世界，街在庆云宾馆西，今名八一巷；（9）北大街，鼓楼中心向北至北小桥一段。因为这九条街，都不是名副其实的那种大街，多为一段，所以持这种观点者认为这九条街便是九条巷。可像这样的街道实际上据县志载有十九条，事实上也不止九条，为何偏偏就说是这九条呢？由此也就无怪九条街的版本有多种多样的了，如翁家藩老先生就认为九条街应是鼓楼街、县前街、东大街、西大街、南大街、北大街、越街、红袍街、塌耙街。其实，这都是一家之说，而且跟九条巷联系起来总未免有点牵强。

据考，叫九条巷的地方，南京最多，有三十四处；成都有三处；另外，南通、北京、广州、厦门和鄱阳也有九条巷。这些地方大多有具体的巷子，有的还真有些来历。由此，笔者推论，泰兴古城的九条巷也应该是有具体的巷子，而且同样应该是有来历的，否则也就难以列入泰兴古城十景了。从县志记载看泰兴共有五十四条巷，六九五十四，估计当时是从东南西北四大城门和东西两个水关去界定的，六个指向，各有九条巷子，这便构成了泰兴城特有布局的一大景观。这样去看，比较符合事实。即便不从县志记载看，而从直到民国时期都事实存在着的三十六条巷子来推论，若以鼓楼十字线为中心，三十六条巷四分为九，九条巷之景也是成立的。这三十六条巷分别是：

（1）蔡家巷，因巷内居住缙绅蔡光熙（蔡竹泉之父），故名“蔡家巷”，

"文革"中改为"五四巷"，现为仙鹤湾住宅区。这支蔡姓，祖籍福建，宋时娶宋徽宗长女为妻，封为驸马都尉。元朝时从福建迁徙至泰兴，后辈蔡梦祥文武双全，才干出众，月憁公主下嫁于他。作为"双凤堂"家族居住地，"总管驸马蔡梦祥宅，四世同居。裕宗（元成宗铁穆耳之父）表其门曰孝义"。这里有前后六进住宅，大门外有一块照壁墙，门两侧竖有一对半人高的方形石狮。宅院内有假山水池，名贵花草。一株"六朝松"，虬枝粗干，盘旋弯曲，冠盖如云。前厅屋梁上曾挂有六块黑漆金字匾额。如果考证"季三嗒子"传说中的"季三嗒子"原型，笔者以为就是蔡梦祥无疑。对此，笔者另有专述。

（2）观前巷，延祐观门前的一条东西巷，即现在飞凤路农行后门至鼓楼南路一段。延祐观建于唐永徽五年（654），为泰兴最古老的庙观之一，这里留有岳飞题写观名，因金兵入侵，"观"字只写了一半的传说。此观毁于20世纪30年代，残址被改建为延令中学（即原中心小学旧址）。

（3）育婴堂巷，位于鼓楼街十字路口东南，清康熙三十二年（1693），泰兴始建育婴堂。乾隆五十二年（1787）移址重建在这旧称攀桂铺处，前后四进，有39间房屋。泰兴市博物馆内现仍存有一块长约1.5米、宽60厘米的《重修育婴堂记》石碑。此巷"文革"中改称"兴盛巷"，现已不存。

（4）礼义巷，位于旧县衙西近百米处，南北走向，明洪武年间（1368—1398）任过刑、户部尚书的李俨曾住在这里。这里曾名镇安巷，后因巷内出了一名为人豪爽，行侠仗义的陈七，他虽为落魄秀才，但能用手中的笔为穷苦百姓免费代写诉状，且为不识字的农民打官司；陈七的义名在社会上广泛传开后，人称"义讼陈七"，这里也就被人喊成了陈七巷。民国二十五年（1936）地名普查时，出于这段历史，得名礼义巷。解放后此巷改名"团结南北巷"。礼义巷在鼓楼北、南路东侧并与之平行，从监桥口直至仁源生巷东头。1948年《泰兴县城地图》上标"陈戚巷"。

（5）狮子巷，此巷始于明万历二十五年（1597）前。巷名的由来，有巷道西高东低，从西面看去，状如一只俯伏的狮子及原文明桥栏杆上有狮子石像等几种传说。究其根本，因这里是清康熙十八年（1679）进士王令树的府第所在地。王令树曾"被授蜀之官""取历礼刑工部""授山西道监察御史"。任职山西期间，未出现一次科举考试舞弊案。有人以此向朝廷进谗言，招致皇上不满，王令树上书解释如同狮子吼叫之声，"朝野服，共识朴"。晚年告老回乡时，康熙帝手书"池花春映日，窗竹夜鸣秋"一副对联以示奖掖。巷名的形成，当与此相关。

（6）铁匠巷、（7）布巷、（8）米巷、（9）仁源生巷，皆分别因旧时巷口有一铁匠铺、布店、米店、仁源生药店而得名。"文革"中"铁匠巷"曾名"工农西巷”，“仁源生巷”曾名“卫生巷”。

（10）太平巷，位于现飞凤路西口南端。旧称“烧场头”，是因这里的棚户区常发生火灾而来；为避灾消难，人们冠以“太平”这一吉祥的名字。

（11）里仁巷，取《论语》“里仁为美”之意。“文革”中改为“朝阳巷”，1981年恢复原名。现仍保持原样，仅是将条石路面换成水泥路面。位置在鼓楼南路东侧，从飞凤路进去，与鼓楼南路平行。

（12）鹰扬巷，取《诗经》“维师尚父，时维鹰扬”中“鹰扬”二字。“文革”中曾名“向阳巷”。位置在鼓楼南路西，电影院北侧，中心幼儿园门口。

（13）苏利巷，三井南巷南头，旧时有一木质牌坊，古时漆成红色，民间就喊出人尽皆知的“红牌坊口”。红牌坊将略北东西走向的巷子截然分成“两段”，向东本是苏家巷；牌坊向西，却喊出一个古怪的名称“尼寺前”。原来，这里有个小寺庙是一个尼姑庵，原先还有几个尼姑，以后逐渐还俗，尼寺改为民舍（20世纪90年代，两扇土红色的庙门尚在）。尼寺门外的东西巷道近中偏东处，向北曲折沿现在中心幼儿园南围墙东出，向南几乎在同一南北线上，也有一条小道，曲折向东出三井南巷，这些小道以尼寺为中心构成“卍”字形（民国地图注得不错）。加上东侧的三井南巷、西侧的南草巷，巷道多而曲折，好像蜘蛛网一样，民间就喊出“尼寺缠”了。后来又觉得“缠”字不怎么样，于是顺口喊出“尼寺前”。这一块地段，做生意的居多，为图吉利，故意喊成“利市钱”。1935年，警察局局长张恨愚钉街巷门牌时，就取东、西巷的头一个字，统一巷名为“苏利巷”，直到现在。“文革”曾改为“人民巷”。如今东段已扩建，西段（尼寺前）大致旧巷面貌仍在。

（14）七条巷，位于鼓楼街口西南侧。这条巷，宽有三尺，是当年棚户区住户建房时留下的通道。曾名青龙巷，后因整条巷弯弯曲曲，朝向不一，长的40米，短的仅7米，从东到西又有七条，从而得名。“进了七条巷，如吃迷魂汤”，城内上了岁数的老人对此仍留有记忆。20世纪80年代工商银行扩建时将此巷拦腰横截，西边鼓楼派出所也照样拦截，建一后门直对三井南巷。此巷的末尾仍名“七条巷”，实际上是名不副实了。20世纪90年代城市改造后，已荡然无存。

（15）银锭巷，巷内原住邵、杨两缙绅，当初铺条石路面时各有银锭埋入，作为镇巷之宝。又传说在铺路时，挖出一个银锭，故名“银锭巷”。20世纪80年代，时任镇党委书记特别关照保留石巷道，故今仍存，即中心幼儿园北侧，东起三井南巷、西接南草巷的那条巷。

（16）老虎巷，位于西城区西北侧。传说中这里曾为老虎出没之地，儿子遭虎所伤的一位老奶奶忍住悲痛，不计前隙，以仁爱之心驯服了这只老虎，并以此教育规劝了当时欲去县城抢劫的五个强盗，促使他们改邪归正，后个个在朝廷做到司徒这样的大官。

（17）南北草巷，原为岳家军堆集马料草处，后衍生出南北草巷。“文革”中，南曾名东升巷，北曾名旭日巷。

（18）茶巷口，原巷北口设有两家清茶馆。民国改为“中华街”。设复兴村后，原小西门大街并入中华街的东西一段改称“复兴街”，南北一段仍称“中华街”。“文革”中，改街为巷。现仍称“中华巷”，在鼓楼西路南侧，民主桥东。

（19）盐仓巷，因巷口西侧有官盐仓而得名，是一条狭长的南北巷，在鼓楼西路南侧。20世纪80年代改建为住宅区，即劳动新村（因“文革”时改为“劳动巷”）。

（20）铺巷，原县衙外护衙河南面的堤岸，驿政曾设于东巷口，旧称驿铺。后因进城告状无处投宿的农民在此打草铺歇宿，形成巷道后，才得名“铺巷”。

（21）春林巷，铺巷南面的一条小巷。原名封家巷，建于明万历二十五年（1597），因路面整修后，巷中铺起三块青石板，宽敞整洁，从而取《乐府诗集》中“春林”之诗意，得此名。

（22）姐姐巷，旧县衙监狱河西，位于鼓楼北街东，单家汪西，东西长不足百米。当年，因殴打训斥犯人之声传至这里，让人寝食难安，仅有的几家住户天刚黑便关门睡觉。一天晚上，一名外地客人到此访友，正想寻人问路时，有姐妹二人手执灯笼为之指引。后只要天黑下来后，总见这二人穿梭其内。乐于助人的这一神话传说在民间传开后，人们便在巷对面的山墙上勒石立碑，以示纪念。这块石碑长宽均60厘米，上刻一对姐妹像，圆脸，梳发髻，发髻上各安一盏长明灯。

（23）包家巷，姐姐巷前行百多米，跨过小桥转身向西处。这条小巷，并非巷内有包姓而得名。旧时，这里为县衙秋季处决犯人，去小校场的必经之路。巷内张姓住户（清朝武状元张兆璠后人）见被押解之人顿足捶胸，连呼冤枉之声，惨不忍睹，恻隐之心油然而生，于是便在巷口东面空地上，直对巷口烧饼店，塑了一块高60厘米、宽20厘米的石碑，上刻包公头像，以示要求执法者清正廉明，不得贪赃枉法，草菅人命。该巷后便以此得名。“文革”中改为“支农西巷”，后恢复原名。20世纪末已改造，大致位置即鼓楼北路北小桥北，西进荷花池市场的东西通道。

（24）严家巷，位于包家巷北斜对面。巷内严姓中医，医术精湛，尤擅内科。近邻陆姓中医，又以医治痈、疮、疽等外科闻名。每日间，来此求诊的人络绎不绝，门庭若市。因严姓早于陆姓来此，出于民间约定俗成的规矩，由此被人喊成严家巷。“文革”中改名“支农东巷”，现改造掉了。

（25）南隆盛巷、北隆盛巷，这两条巷由县治东南仙鹤湾风景处的隆兴桥而得名。桥的东面，是北宋靖康之变（1127）后，由河南开封避战乱迁至泰兴的张氏一世祖本真公居住地。清乾隆十三年（1748），其后辈子孙张兆璠廷试得中武状元，由此人们才从“隆兴”衍生出“隆盛”二字，并以一前一后而定名。这里，巷南面为唐光化二年（899）建成的广福寺，因内有十座寺院，故又被人称作十院寺。传说中以降服老虎闻名的法响和尚，就是这里的僧人。他洗饭钵时不用手洗，用木拐子搅拌捶打，物品完好无损处叫洗钵池。

（26）天瑞巷，城隍庙门口的南北巷。此巷是往城隍庙烧香的必经之道，传说每逢除夕晚，四乡八镇的人赶来抢着在城隍菩萨面前烧头香，祈求来年天降祥瑞，福寿延年，故名“天瑞巷”。民国年间设有水产市场，巷内终日水淋淋的，又称“天水巷”。解放后城隍庙改为襟江小学，“文革”中此巷曾名“六一巷”（因在小学门口）。

（27）三井巷，由鼓楼街向西，有一条几乎纵贯大半个城的南北通道，因位于两巷接壤处的“三井”得名三井南巷、三井北巷。这座一大两小有三个井口的水井，是明朝崇祯三年（1630）一位名叫宗惠的僧人历经三年募捐而竣。井旁立有石碑一块，正面刻“古水井”三字，下刻有《重修三井碑记》，碑的背面刻有施主姓名及钱粮数目。

（28）邑庙巷，位于县治西南。这里有一座建于宋咸平二年（999）的城隍庙。传说中，宋高宗赵构为纪念自己泥马渡长江的经历，曾将这里封为忠佑伯府。城隍庙门口的南北巷是天瑞巷，其门口的东西巷便是邑庙巷。民国时，邑庙巷东首北侧设县商会，此巷又称“商会街”。“文革”中改名为“襟江巷”。今襟江小学迁走，巷名仍为“襟江巷”。

（29）都天庙巷，原城隍庙后楼东侧，依土山设有都天庙，故名。“文革”中为“为民巷”东段，遗址即现在鼓楼小学东大门通鼓楼北路那一小段。

（30）土山巷，位于原城隍庙后，系建庙时取土堆积而成。这个大土丘南北长二十多米，东西宽十五六米，高近四米，上栽满树草，春夏季节，郁郁葱葱。西侧曾设一座土山小学。东侧和北侧有何氏、陈氏祠堂。何氏宗祠后大门上，一副“开门见山，绿荫遍地”的对联几十年不变。

（31）火巷，全称“火星庙巷”，因原有火星庙而得名。“文革”中改为“爱国巷”。现经改造后仍存，即鼓楼小学东边的那条巷子。

（32）整洁巷，土山巷西头往北，原系城北阴沟洞汇流入内城河处，终年臭气熏天，行人无不掩鼻而过，称之曰“臭沟头”。民国初期加以整治，逐渐改建成住宅区。1935年，警察局局长张恨愚钉搪瓷路牌时，用了一个掩盖真相的反义词，名“整洁巷”。

（33）花园巷，位于鼓楼北大街西侧。曾名桑园巷，后称为花园巷，可能由巷内王、吴二家有私家花园而来。新中国成立后曾任中央首长保健医生的杨虎大夫，还有名中医陆沛泉、水利学泰斗郑肇经先生皆出生在这里，他们后来都是从这条小巷走出去的。

（34）水巷，是人们到河里取水必经的一段巷道。因为短而窄，县志记为“短巷”。旧时的泰兴城内，共有两条，皆由南北草巷内西延至内城河（现长征路）。当年，水巷两旁的住户是青砖瓦屋，青石板铺就的路面上常年湿漉漉的。来此取水的左邻右舍，河边汰洗衣服的主妇，住户围墙内沁人心脾的各种花卉香味，呈现出一派田园诗般的民俗画。

还有两条巷，有人讲是指龙开河（老龙河）河阴之师家巷与河阳之蔡井巷；多数人不同意这一说，以为另两条巷理应为内城的南北草巷和南北隆盛巷所包含，这样才与古城的构造相一致。笔者亦以为是。

呵！泰兴古城的九条巷，是隐秘于三十六条巷中的四分亦是四份九条巷，是智慧的九条巷，虽千百年风雨沧桑，依然坚定地守望！千百年的时光足以让所有的喧嚣尘埃落定，然而千百年的回望中遗留的已不仅是记忆，更多的是“直挂云帆济沧海”的梦想和情怀。

（此篇曾发表于《泰兴精英》2024年第2期）

## 享誉佛门十院寺，难忘法响伏虎义

泰兴十景之十，历来存在着两种说法。一种说法是十寺庙，即泰兴的十大名寺——广福寺、庆云寺、建安寺、东岳庙、城隍庙、龙王庙、将军庙、药王庙、都天庙、火星庙。这十座寺庙都有其掌故传说，都可专篇介绍，所以于此暂不细说。只道这十景之十的第二种说法为十院寺，即指泰兴十大名寺中的广福寺，倒是为许多人所认同的。

十院寺是泰兴人的俗称，寺院全名“敕赐广福律寺”，故址位于老城区的攀桂铺，今仙鹤湾以西，府前街以东，即泰兴国际大酒店处，为仙鹤湾风光带的一部分。这座寺始建于隋末，再修于唐光化二年（899），至今已有1300余年历史。因寺院由弥勒、慈氏、文殊、大悲、普贤、释迦、地藏、观音、罗汉、吉祥等十座院落组成，故称十院寺。

清代鼎盛时，寺院占地几百亩，是名闻大江南北的律宗道场，法嗣于扬州石塔寺。泰兴设县前于济川古镇即有两座古刹，其中最大的便是这十院寺。另一座是建于南朝梁天监四年（505）的水月寺，当时均属淮南道扬州广陵郡海陵县。南唐升元元年（937），设泰兴县，县治位于柴墟镇（今高港区），十院寺时位于泰兴县济川镇延令村。南宋初年，因金人入侵，迁县治于延令村，并筑高城，十院寺始于城内。宋末元初，泰兴频历战火，寺院渐颓。

元至正十三年（1353），泰州张士诚起事，国号大周，攻占泰兴，驻兵寺内。至正二十七年（1367），朱元璋打败张士诚，攻克泰兴，十院寺再遭兵劫，殿宇毁坏，僧人渐散。明代前期和中期寺院有修有废，未能复其盛况。嘉靖年间（1522—1566），江南文坛领袖王穉登在泰兴看到一片颓败的十院寺，写诗叹道："广福唐年寺，禅灯白日昏。无僧礼龙像，偏地牧鸡豚。法已三车废，名空十院存。乐邦金可募，重布给孤园。"

明嘉靖四十三年（1564），寿州（今安徽寿县）道士李道明来泰兴，占十院寺，"时广福寺圮，道人募修之，补饬故物，崇建新制"。这里的"崇建新制"即是改佛制为道制。时浙江上虞人陈继畴出任泰兴县令。陈继畴是一位有作为的官员，上任第一年重修庆云寺，第二年重修十院寺，他将道士逐出了十院寺，请来僧人心慧主持寺院，并与心慧住持共同募修十院寺，"数年顿还旧观"。同时，他又让工匠在古城东南城墙上建起瞭望阁，即声名远扬的腾蛟阁。他还主持修编了《泰兴县志》。当时泰兴也因此有十二景被人称颂，且产生了著名的《江城十二咏》。十二景的后四景，即由陈继畴首先赋诗推广，并得到公认。

陈继畴进士出身，是位诗人，在十院寺即广福寺修建完工后，陈继畴曾赋诗《广福疏钟》《修庆云广福二寺》记之。《修庆云广福二寺》，开头四句是："去年修庆云，城隅表甲观。今年修广福，丹粉亦灿然。"从中可以看出，十院寺虽经重修，其风头已大不如前，泰兴第一寺的名号，从此让位于庆云寺。不过，十院寺并未从此淡出历史舞台，香火一直持续。作为泰兴十景之一的十院寺和作为泰兴十二景后四景之一的"广福疏钟"，知名度一直很高。

后来，寺庙被再次修缮，"营构层阁庨豁殊胜其遗志也"。至清代乾隆年间，十院寺又一度颓败，残破不堪。住持僧钦文和乡绅季葆仁决心再度募修十院寺，寺院规模也由此再次扩大，修成后季葆仁也曾赋诗《广福寺募修告成赠钦文方丈》记之。乾隆四十五年（1780），在县令孔继榦的主持下，乡绅张家熹、桂耳顺、陆显宜、何志贞等，出资重修十院寺，并在寺东增建准提院，其规模远过十院。光绪年间，“更建丈室，别构毗卢阁五楹”。至此，寺院规模已近百亩，其后华枢法师建起尊经阁，高大轩敞，引人注目，并传数次三坛大戒，名闻大江南北。1938年3月7日，日寇两架战机轰炸泰兴县城，投弹5枚，炸死军民10人，炸毁民房11间，十院寺大雄宝殿也被炸毁。

解放后，十院寺残余的寺舍约50间逐渐被拆，部分被辟为县政府第一招待所。“文革”期间，寺院其余部分被拆，后被县广播站和民居分占。寺内藏经楼内藏的一部明版《大藏经》，也在“文革”期间散失一部分，余下部分所幸被文化部门保存。寺内的一座厢房，则被移建于城外的庆云寺。如今，重建的泰兴国际大酒店之地，连同仙鹤湾西部的大部分地块，即是当年寺庙的遗迹所在。十院寺的影子，只留在陈继畴那首《广福疏钟》诗篇里：“斗转参横漏欲沉，钟声缥缈出丛林。九霄曙色分仙掌，十院残灯照幻心。风绕泮宫疑振铎，月来宫舍伴鸣琴。逢僧漫订山中约，净业无如此地寻。”曾有一泓清水的洗钵池遗迹，则位于今仙鹤湾风光带内新建的隆盛拱桥向西地段。

十院寺是泰兴唯一的律宗寺院，担负着弘扬律法、僧人受戒、僧才培训，以及对本地破戒僧的处罚等重任。在清代，其是与宝华隆昌寺、泰州光孝寺、扬州石塔寺齐名的律宗道场，是泰兴境内最古老的一座佛教寺院。十院寺的影响还在于其积极参与社会公益事业，造福乡人。清同治五年（1866），寺院开办慈善义塾免费招贫困学童读书；光绪三十年（1904），寺院又在知县龙璋支持下，腾出华严境所创办初等小学，我国近代著名的传记文学家、史学家、书法家、教育家朱东润先生曾在此启蒙；据老人们回忆，每到灾荒之年，十院寺僧人还省出粮食，开办粥厂救济灾民；每年农历七月三十，还到县城各处“放斋孤焰口”，救度孤魂，如此等等不一而足。

光阴荏苒，岁月流逝，沉寂了50多年的十院寺遗址迎来一次机遇。2001年6月，泰兴市启动建设仙鹤湾风光带。原十院寺洗钵池、明代鲲化池、古牌楼、清代奎文阁、泮池、大成殿、古延陵村、朱东润故居等景点古迹均在建设范围内。2003年3月12日，清华大学美术学院教授程允贤、李念祖（泰兴籍）联合创作的伏虎禅师塑像，由北京运抵泰兴仙鹤湾，从此十院寺遗址上又多了一大景观。

千百年来，十院寺高僧辈出，享誉佛门。其中，尤其以隋唐时期的伏虎禅师法响最为出名。根据唐代《续高僧传》、清代《泰兴县志》和《靖江县志》等文献，人们可以整理出法响的传奇一生。“释法响，俗姓李，扬州海陵葛冈人。年十六出家……”法响，生于公元553年，即南朝梁承圣二年。光大二年（568），16岁的法响在十院寺出家。

相传，法响在十院寺出家后，潜研经藏，精进修持数十年，即得成就。饭后，他总在寺后一池塘洗钵。他洗钵的方法和别人不一样，他把钵一起放在一个大篮子里，浸在水中用一根棍子反复搅拌锤打。坚硬的陶钵到他手里变得就像棉布一样柔软，任其锤打成什么模样皆不损坏，洗到最后他还把钵的里面像翻布袋一样翻来覆去地搓揉浆洗，看得人目瞪口呆。镇中毁僧谤佛者，皆被慑服。此池塘因此得名洗钵池。此外，法响常常独自静坐池边，凝视虚空，若有所思。此时总有白鹤伴其左右，长而久之当地人即称此地为仙鹤湾。让人遗憾的是，现在洗钵池遗迹湮没在仙鹤湾风光带中，即便许多土生土长的泰兴人也不知所踪。

有关法响的传说很多，除了著名的《洗钵篇》，再一个就是《伏虎篇》了。古籍云："邑有虎害，响设斋召虎，虎至，弥伏不动，响杖其胫背，自是绝迹。"意思是，本县有虎害，法响做法事唤老虎前来。老虎乖乖地来了，老老实实伏在法响面前，一动不动。法响用法杖敲击老虎的腿和背，让它老实点，不要找麻烦。从此，老虎在泰兴境内绝迹了。据传唐时，海陵济川一带较为荒凉，林深草密，时有虎患危害乡邻。为此，百姓常凑钱请猎户捕杀，皆无功而返，甚至被其所伤。为保众生和谐相处，十院寺法响择日设斋召虎。设斋当日，一只猛虎冲入人群，攫取一人而走。禅师大喝：今日法会，即是专为你等举办，快将此人放下！猛虎听后，果然将人放下，慢慢退去。不一会儿，几十只猛虎成群结队，来到会场。众人大惊，四处躲避。这时，禅师来到虎群前，用手杖轻轻敲打猛虎颈部，为它们说法。完后，猛虎纷纷退去，从此隐声匿迹。法响将虎赶走后，名声大噪，被称为"伏虎禅师"，求法者络绎不绝。

晚年，禅师听说长江中的孤山环境清静，"于济川镇南小孤山建寺以居"，在孤山建正见寺，即后来的孤山寺，座下常有两虎听他讲经说法。这种记载，颇有几分神话意味。但海陵当时濒临海边、树木茂盛，有野兽出入应为实情。所谓"命虎放人"的说法，或许是佛教典籍中用来宣扬佛法神力的一种说法。据唐代《续高僧传》记载，贞观四年冬初，……（法响）面西而终，年七十八。法响在孤山圆寂后，"弟子造浮屠葬之，名伏虎禅师祠"。后来，小孤山部分山体崩塌于江中，伏虎禅师祠便向北迁徙，清代初年"移县东南莲子荡"，建禅师殿供奉，当地人称"伏虎罗汉"或"禅师菩萨"。后此地便改"莲子荡"为"禅师殿"，即今泰兴市广陵镇禅师村。据老一辈村民介绍，禅师村原名宁界乡莲子荡，在很久之前就改叫禅师村了。伏虎禅师殿古庙，原来位于禅师村四组、现已废弃的禅师小学北面，占地约八亩的一个方形小岛上，建有正门、前厅、大雄宝殿、东西厢房、藏经楼、方丈室、偏门及四周院墙等。经宋、元、明、清多朝扩建修缮，颇具规模，是与泰兴庆云寺、广福寺齐名的千年名刹。古庙多次被毁后，近年来人们在禅师小学内又重修了一座新的禅师殿。

古庙是为纪念伏虎禅师三个师兄弟舍身求雨而建的。相传，有一年，泰兴久旱无雨，百姓在广福寺即十院寺设坛求雨，许多天却滴雨未下。农历六月初二，为一方众生，伏虎禅师义无反顾地披上袈裟走上祭坛，请人在台下架满柴草，当他拔下点燃的蜡烛丢向柴草时，台下人惊呆了。他催同来台上执事的两位师兄赶快下去，可两位师兄面对大火毫无惧色，执意要与他共度众生。求雨成功了，但伏虎禅师师兄三人已葬身火海，众人都跪下来失声痛哭。雨过天晴，坛台的灰烬中清烟冉冉上升，结成一朵形似三人戏虎的美丽祥云。

对照文献史籍，虽然这则传说与史料描述的法响圆寂场景有些出入，但伏虎禅师舍生取义、造福乡邻的故事早已经深入人心，他传奇的一生连同十院寺、仙鹤湾、洗钵池、禅师殿等历史遗迹，已经融入泰兴深厚的文化积淀之中。伏虎禅师的传说也已被列为地方非物质文化遗产保护项目之一，加以传承和保护。今日泰兴，老龙河上座座大桥如长虹卧波，两岸高楼大厦鳞次栉比，龙河湾风光带、羌溪河风光带、仙鹤湾风光带、宝塔湾风光带让人叹为观止。相信不久的将来，古城老十景也一定会再现其中，一定会令这美丽的城市既有现代的繁华气派，又有历史古韵的诗情画意，而成为江畔苏中的一颗璀璨的明珠！

## 傍水古城美三湾，话说城西宝塔湾

江西井冈山有个“三湾景区”，江苏泰兴也有个“三湾景区”。井冈山是妇孺皆知的中国红色革命的摇篮，泰兴则是闻名全国的苏中红色革命老区。井冈山的“三湾”是以著名的“三湾改编”而闪光于史册的，泰兴的“三湾”则是以其自身的文化传承闪耀着光辉的。泰兴的“三湾文化”，就是以龙河湾为泰兴母亲河的水文化，以宝塔湾为代表的泰兴佛教文化和以仙鹤湾为缩影的泰兴历史文化。这里且将“泰兴三湾”之一的宝塔湾来叙谈一番。

宝塔湾位于泰兴城西五里处，因此处有一座法轮塔而得名。宝塔湾系片村，包括宝塔湾、徐家庄、王李家岱、杨家园子、张家园沟五个自然村，现为泰兴济川街道办管辖。宝塔湾形如葫芦，旧时曾名葫芦湾。又因此地形若金瓶，亦称金瓶湾。据说，清顺治中，僧人宝莲宴坐，经行于此，故而在成延珍等诸多善信资助下，建造了法轮塔和法轮庵，由此金瓶湾也就有了宝塔湾的称法。但据《（光绪）泰兴县志》记载，法轮塔是清康熙二年（1663）本地人季式祖等所建。法轮塔建成后，高七层，近三十米。塔身内呈正方形，外为八角形。由于当时尚未有高大建筑，十里外都能看到。

十分奇特的是法轮塔自建成之日起即无塔顶，原因何在？民间有多种传说，其中较有代表性的是：泰兴自隋唐时就有佛教流传，历经千余年仍兴旺发达。上界的一位神仙听到了建造此塔的消息，自是高兴万分，于是便化装成一个木匠下凡，总揽了该塔的设计建筑任务。开工后，木匠将活计分派妥当，便独自一人用斧头砍削斧柄，旁人总以为他是在安斧头，也就没去过问。但整整一天，他仍砍削不停，一连五天，依然如此，这就不得不让人感到奇怪了。不巧的是第六天早上，知县从城里下来视察，见大家都忙得热火朝天，唯独木匠一人蹲在一旁砍削斧柄，十分生气，遂上前责问。人们满以为木匠会认个错，赔个不是，就此下台。谁知，他不但不接受知县的批评，反而说知县不该下车伊始，便居高临下，横挑鼻子竖挑眼。木匠越说越气，激动中，便将手中的斧头使劲向砍削了几天的斧柄上一劈，说，既然你不能容人，嫌我干活慢，我也就只能造成这样了。话音刚落，被砍削的斧柄处霎时金光闪闪，一座无顶的七层宝塔便矗立在人们眼前。

又一传说是，当年泰兴人诚心学佛感动了天人，故上苍派神仙赐佛塔给泰兴。老神仙一手托着塔顶，一手提着塔身驾鹤到了泰兴。时值中午，他化为一老和尚把塔身暂搁在县城西郊老龙河畔的金瓶湾，将塔顶变为一钵，到城内托钵乞食。不巧，他乞食的第一户人家，夫妻两个刚吵完架，丈夫赌气出去了，妇人一人在家生闷气。任凭老和尚怎么敲门，她就是不开，老和尚一气之下把钵搁在妇人门前，驾鹤而去。下午，丈夫回来看见一个塔顶躺在自家门前，而城外不远处突然耸立起一座塔身，一问缘由，方知得罪了神仙。夫妻二人后悔不已，建寺赎罪，还募化在塔下建了一座宝莲庵。

还有一说与第一种说法相似。据传当年佛塔将要造塔顶时，因工程艰巨，一般工匠难以胜任，便到江南拜求名匠。老师傅到工地后，休息了三天，没有动工，主人十分气恼，前往责问，老师傅说斧头柄坏了。主人不理解，发了几句牢骚，老师傅便收拾工具告辞而去。他到了丹阳城外的一座塔旁，自言自语道："他们不要，就扔在这儿吧。"于是将那斧头向丹阳宝塔旁的空地上一砍，那柄斧头便变成了一座塔顶，盖在丹阳塔旁，老师傅便不见了，从此泰兴的这座佛塔便再也没造成过塔顶，成了残塔。

这些都是神话传说，当不足为信。不过对此塔无顶的原因，至今仍一直争论不休。有人以为是资金不足，不得不停工。然而，塔身这么大的工程都完结了，加个塔顶能花多少银子呢？即便是季式祖本人在塔竣工之前去世了，他的后人也一定会把塔顶盖好以了却先辈的夙愿的。那么，自康熙二年（1663）至民国的二百八十余年间，历届地方政府和季氏后人为何没再给法轮塔加顶呢？这种功德无量的善事为何一直没人做呢？显然有悖常理。

另有人以为是原设计无顶，或因停工后不得不改变设计，重新增添了泄水设施，但为何要设计成无顶呢？却是谁也道不清真正的缘由来。于是又有人以为是战争的炮火或自然力的破坏所致，只是并无史料记载予以佐证，亦无其他有力的考证资料。所以，宝塔湾的宝塔，即法轮塔的无顶，一直尚是有待进一步考证的一个谜！

1989年，泰兴佛教协会正式成立，重修法轮塔和重建塔院的事被列入议程。1993年，古建筑专家戚德耀先生，参考明末清初江南楼阁式塔，重新进行了设计。1994年，泰兴市人民政府拨出专款修建，古塔焕然一新。

新修葺的法轮塔，位于庆云寺西，仍为砖木结构，高四十米，上下五层，每层四面真门，四面假窗，回廊护栏，旋状楼梯，八个翘角悬挂铜铃，微风吹过，如山间泉水般奏出悦耳动听的音乐。三十二尊石刻佛像嵌于宝塔内壁，释迦牟尼佛像端坐其中。塔院朝西的碑廊上，还陈列着上百块功德碑，镌刻着建塔时捐赠者的姓名和金额。台胞陆跃先领捐助者之先，捐二十万元人民币。在改革开放不断深入的年代里，宝塔湾迎来了成千上万的观光者，成为泰兴大地上的一道靓丽风景。

宝塔湾的宝塔重新修建后，笔者曾去观赏过一次。望着巍巍的宝塔，笔者确确实实地大大为之而“赞叹”，为地方政府和善贤之士的这一功德而赞，也为其这一功德而叹。

笔者之所赞，是地方政府和善贤之士抢救性地保护了宝塔湾的这一宝塔，且将其修缮一新，似补遗憾；笔者之所叹，则正是“似补遗憾”的安装了塔顶和将塔身莫名地少了两层而由此留下了新的遗憾。没有按照“修旧如旧”这一文物古迹的修复原则进行，虽然面貌焕然一新，但古朴沧桑的韵味没有了，也使得文物古迹本身的价值大打了折扣。一番好心却未能把事情办圆满，怎不令人遗憾？好在有领导从善如流，欣闻今塔已加所缺二层。

# 水道纡曲龙河湾，美传故事满云帆

思来，笔者深情聊叙搜集整理桑梓泰兴的故事已百几十篇了，从泰兴由来，襟江带海，三阳开泰，说到济水川流，唐风宋雨，县立城定；说到街巷掌故，乡村传奇，“三湾”之景……是呢，“三湾”已道“宝塔湾”，现来话说“龙河湾”。龙河，龙河，龙河长长龙河老，老龙河是泰兴人的母亲河。千百年来，龙河儿女在这里繁衍生息，饮水思源，谈古论今，尽情地享受老龙河带来的无穷欢乐。老龙河水养育了泰兴大地上一代又一代儿女，也留下了一摞又一摞的故事。

泰兴于西汉时就已成陆。其时，南境大都由江中沙洲涨接而成，洲与洲之间原有之夹江逐渐形成港河，所以，泰兴河流九曲十八弯，最有名的首推龙开河，亦名老龙河。老龙河自黄桥西流，河流委曲，舟行先后，帆樯相见，因名相见湾。泰州著名诗人颜训称其“水道纡曲可爱”，写出了“帆风时顺逆，窗口忽东西”的名句。

老龙河水千年流淌着无数传奇故事：银杏仙子请龙王开河的神话传颂至今；书院内孔子五十二代孙孔元虔书声琅琅；洗马池、司马墩、李家营回响着岳家军气壮山河的呐喊；缓缓驶过的乌篷船上，载着泰兴士子蟾宫折桂的希望；老龙河岸边一座座高耸的牌坊诉说着教育的兴盛；黄桥决战、宣堡战斗等著名战史彰显了龙河儿女的博大胸襟和英雄气概。1958年起，老龙河裁弯取直，拓宽浚深，直通长江，引、排、航条件大为改善，两岸景色更为秀美。随着市政府新规划的实施，龙河湾风光带必将且已成为一个别开生面的特色旅游文化景点。

龙河湾景点别开生面的最大特色就在于龙河的水文化。笔者在说泰兴黄家溪园子的故事时曾专辟了一个章节讲了老龙河的传说。只是重点要讲黄家溪庄，有些便省略了。笔者的同仁荣昌亦曾专文叙写了老龙河和发生于老龙河畔的故事，其笔墨则主要放在儿时记忆中的老龙河的彼情彼景的描述上，而于龙河湾来龙去脉的美好的传说及有关考证自然也就未怎么涉及。由此现在笔者话说龙河湾，心下便觉实有进一步补充之需要和必要了。

《泰兴县志》记载：“老龙河，历史上河线畸形弯曲。有大小弯九十九个。”老辈人说其从泰兴到黄桥，共有九十九道弯，而黄家溪就有十三道弯，即十三个道子，后来也就有了黄家溪十三个半园子，也就有了十三个半园子的故事。老龙河之所以称之为老龙河，顾名思义就是龙游之河。泰兴原为长江冲积平原，民间流传一段美丽动人的神话故事：长江有龙，居于镇江处的龙潭。有一天，龙潭的一条雌龙携子遨游长江到采石矶（现为扬中），当到泰兴过船港时见一沟壑小渠，涓涓细水十分可爱，雌龙寻源溯流而上，所过处波光粼粼，即成河。

这龙行时如万马奔腾，波起云涌，有雷霆万钧之势。当到河头庄时，有一猎户见之，大骇，急取弓箭射之，中雌龙之颈，龙负痛，头左右甩晃，想把颈上的箭矢抖落，行走缓慢。其子小龙尾随在后，不知其母负痛。本不耐烦嫌其缓慢，即向北分道（即现在的分龙港），而雌龙仍艰难前行。头每一次甩晃即为一弯（人称道子），遂成多弯，而河头庄到黄桥更是弯多。当时河头庄的猎户又去纠集多人鸣锣执杖呼喊追逐，雌龙急甚，乃长吟一声，声震长空。居于龙潭的雄龙知道雌龙有难，飞而往救，雌龙衔住雄龙尾急向东而去。由于后边追赶，声势越来越大，人也越聚越多，到黄桥时雄龙转了一下头，见状大惊，乃长吟一声飞驰东去入海，至今杳音。

缘于此，故老龙河的“龙首”在黄桥镇，这条河由古镇黄桥向西，经河失镇、姚王镇、县城，到龙梢港入江，横贯泰兴腹地，这样早先此河也就被称之为龙开河。“龙开之河”的老龙河是泰兴境内最重要的入江黄金水道。曾几何时，河面商船如梭，桅杆如林，河畔纤夫号子粗犷，声闻数里。江南的绿茶、药材、轻工商品，东海滨的食盐，里下河的粮米，泰兴的猪、油、酒，无数的商品在这里集散，老龙河真是大腹能容，吞吐自如。

老龙河现在的地理名字是如泰运河，即如皋至泰兴的运河，但泰兴老百姓至今还是习惯地称之为“老龙河”。相传元初年间，有个名人叫季三嗒子，做过驸马（其实原型是元朝泰兴人蔡梦祥），他的老家就住在老龙河的南岸姚家岱（其实是龙河南岸蔡梦祥的居地蔡家巷），可见老龙河应该在宋朝甚至更前的年代就已出现，而如果根据“龙开河”的名称推算，确实应该是更早些的。

说到老龙河的曾用名为龙开河，其实又有一段故事。据老辈人所传的掌故讲，泰兴当时虽襟江带海，不过内河甚少，人们的生活颇受影响，是银杏仙子请东海老龙王带领三太子来泰兴开河通水的。银杏仙子本是老龙王与白果女神相会后所生的女儿，长得如同龙王的眼睛那样光彩照人。天庭王母娘娘见其漂亮，深为垂爱，称其为“龙眼”，并收为义女。

后来，因泰兴境内有个蝙蝠精突然作祟，使村民们的生活笼上了一层浓浓的阴影：大人小孩常生病，家禽家畜不断失踪。此时，恰逢观世音菩萨驾临泰兴上空，知有妖孽作祟，便派银杏仙子下凡，为老百姓祛病消灾。银杏仙子化作一棵银杏树，生长在孤身青年金泰的家门前，受到金泰的精心护理，迅速成长。金泰劳作回家，常发现锅里有饭，脏衣被洗得干干净净，感到十分惊奇和不解。

一次偶然的机会，银杏仙子的行踪被孩童小豆子发现。蝙蝠精吃掉小孩毛毛，金泰率领村民四处搜寻，发现了它的藏身之地，放火逼出妖魔，并一箭射中妖精后腿。妖精继续对村民报复，在水中放毒，全村老少十有八九染上瘟疫。金泰受乡民重托，准备前往佛山寻找仙果救治乡亲，不料自己也染病卧床不起。银杏仙子用银杏救活了金泰。金泰苏醒后，只见门前的银杏树上果实满枝头，随即用银杏治愈了全村乡邻。

银杏仙子又考虑到这里的小沟汊的水毕竟受了蝙蝠精放毒的污染，不加以治理，不开大河引进活水是不行的，于是她便去龙宫请了老龙王来开河。老龙王是带着三太子一块来泰兴的。老龙先从分界开到黄桥，这一段叫龙游河；再从黄桥向西开到泰兴，这一段就叫老龙河。从黄桥向西开到溪桥的时候，老龙叫三太子小龙学着干，小龙就从溪桥向西南方向开了另一条河，与老龙分手的地方就叫分龙港，小龙开的这条河就叫小龙河。

小龙河的水之所以特别清澈，河里螃蟹特肥，那是当年小龙吐出的龙涎，滋润着这里的螃蟹，加上河阔水深，河床土质疏松，两岸芦苇丛生，最适宜螃蟹生长。所以河畔溪桥市场上卖的小龙河螃蟹是青背白肚，膘足黄多，比其他地方的蟹多两只角，味道极其鲜美。过去县官和豪富之家请客，溪桥螃蟹是首选的美味。连苏州、无锡的富商都专程来买。

小龙开完了小龙河，回头在回龙港找到了老龙，一起继续向西开河，接到长江，游回了东海。这是龙河湾的又一美好的传说。

一条老龙河，河水淼淼，历史悠悠，传说多多，的确堪称泰兴的母亲河。在这里产生了泰兴的特有方言，这是介于江淮方言与吴方言交汇处的有语音、词汇、语法等内部特征和文化、语言应用等外部特征的方言。泰兴方言内部的一致性很强，略有地域差异。根思、刘陈、新街、河失等乡镇区别于泰兴镇（今济川街道），当地人称为“老龙河话”或“咬舌子音”；黄桥以东（古溪除外）地区的泰兴话夹有一些如皋、海安话的特点，被称为“东乡话”；泰兴西南的虹桥、滨江两镇的泰兴话被称为“洲上话”；泰兴东北角的古溪镇语音既与“老龙河话”有别，也与“城里话”有别。从龙头到龙尾，这些泰兴话都是龙河湾的龙河水滋生出来的。

龙河湾景色秀美，风光旖旎。龙河民歌唱道：“天上的银河啊光啊光灿灿，地上的龙河啊九十九个弯，东起黄桥西到江，香花朵朵赛牡丹……”老龙河哺育着一代又一代的龙河儿女，一个个传奇故事在龙河两岸上演。史料记载，南宋绍兴年间（1131—1162），孔子第五十二代孙孔元虔在龙河之滨建起了“龙河书院”；明清时期，仅泰兴何氏一族就出了四名进士、十名举人；近代以来，中国地质事业创始人之一的丁文江、著名教育家吴贻芳、传记文学家朱东润、著名作家陆文夫、特级英雄杨根思、“按住蒋介石脉搏”的红色女特工沈安娜等都是龙河的儿女。而今，喝着龙河水成长起来的闻名四海的人民科学家叶培建，还有中国科学院院士、国家天文台台长常进，更成了泰兴人的骄傲！

是的，今天的龙河湾更加龙腾虎跃，气象万千！泰兴大桥、鼓楼大桥、文江大桥如长虹卧波，横跨在老龙河上，极显非凡的气势。龙河两岸，树木扶疏，花团锦簇，高楼林立，泰兴公园、龙河湾公园携手迎宾，佳园天地、吾悦广场隔河相望，真是好一派美丽的风光。龙河湾天蓝蓝、水蓝蓝，老龙河留下的华夏龙文化的串串印记，让龙河儿女对繁荣昌盛、和平团圆、新时代的幸福美满充满了快乐，对更加美好的未来充满了自信与憧憬……

## 三湾最美仙鹤湾，仙鹤胜迹今犹在

说到“泰兴三湾”的文化，从历史遗迹、文物保护和修缮还原的角度来看，目前仙鹤湾风光带应该是打造得最好。古来泰兴仙鹤湾的位置就非同一般。自南宋绍兴初年，泰兴县治迁至延令村，仙鹤湾就成为靠近县衙、孔庙的中心地块了。这块风水宝地之所以叫仙鹤湾，普遍认为是因鹤得名，鹤聚水湾，寓意吉祥。取名的时间向来是有争议的，最早的说法是明弘治年间（1488—1505），最迟的说法是清顺治末、康熙初。

不过，仙鹤湾原本叫大孝里，据考是人们为纪念北宋末年“靖康之变”时，徙居泰兴的张氏家族的一个名叫张本真的孝子而命名的。张本真是北宋著名理学家张载的后裔，张本真落户泰兴的过程充满了悲壮而传奇的色彩。有意思的是后来叫作“仙鹤湾”依然与这张家有关。

1127年，金兵包围并攻陷开封，史称“靖康之变”，襁褓中的张本真被绑在狗身上，其父亲杀出重围，父子随高宗南逃途中，来到泰兴地界，张本真父亲见小镇安谧，民风淳朴，就干脆将家安在泰兴城居住下来。张氏落户泰兴后，择地于原五四巷2号处兴建了住宅。仙鹤湾西宋代就建有两座并列的小桥，一名淮海桥（后改名天池桥），一名隆兴桥（民国后改名隆盛桥、龙盛桥），因张本真家族居于隆兴桥东，故泰兴百姓称其家族为隆兴桥张氏家族。

泰兴仙鹤湾公园一角

据泰兴图书馆发布的《地名溯源·仙鹤湾》一文说："张本真性至孝，随父落户泰兴后，每天出入起居都要向父亲禀报，说话从不大声。有一年，泰兴病疫流行，父亲也感染了疾病，张本真为此'忧疑失色'，白天找医生调治，夜间则焚香告天，祈求以自身代父。经过张本真的精心服侍，他父亲的病终于痊愈。几年后，张本真的父亲又因陈言得罪了地方官，被抓进衙门，张本真到衙门叩头哀求放了他的父亲，叩头叩得额头上鲜血淋淋，地方官被其感动，放了他的父亲。因此，泰兴的老百姓都称张本真为张孝子，称张本真住的地方为大孝里。金鉽在《（宣统）泰兴县志》中曾对'大孝里'进行过认真的考证。"

这"大孝里"正是仙鹤湾，《泰兴县地名录》"泰兴镇·仙鹤湾"条下注云："相传河湾有御史养过仙鹤而得名。"泰兴共有御史十二名，他们是：宋御史中丞朱宝明，明都察院副都御史茅誧、张聽、李植、朱一冯，江西道监察御史张羽，福建道监察御史张翀，陕西道监察御史何棐、李柄，清广西道监察御史季振宜，山西道监察御史王令树，福建道监察御史瞿伯恒。至于哪一位御史在此养鹤，则争议较大，众说纷纭。

有人说是季振宜兄弟，也有人说是张羽兄弟。查《泰兴县志》载："季宅位于城内东门朝阳街（即今襟江书院以西以北）"，"惟嘉树园的部分水池尚存（在今泰兴中学内）"，括号里的说明为县志原有。张羽的住处"东田草堂"据《（光绪）泰兴县志》记载在"城东隅"，那么，在"城东隅"何处呢？这在《四库全书》中有明确的记载。

《四库全书》中收录有明中叶著名文人程敏政的《篁墩文集》，其中收录有一篇名为《东田》的诗，生动地再现了当年的美景，诗曰："泮邻有居东有田，田上结屋穷遗编。水云四拥足渔乐，更辟小圃临回川。可渔可圃未宜稻，傍人莫讶非东阡。租鱼课蔬亦田尔，何必銍艾求丰年。"程敏政在诗后面加一注释："张君凤举（张羽字凤举），世居泰兴，亡友中舍世琏之从子也。所居学宫之傍，其东有田数亩，君尝构书屋其上，四周多水可渔，有小圃可蔬，因以东田居士自署求志之时也。"（《篁墩文集》卷九十三）程敏政的上述叙述是再明确不过的了，张羽的住处在学宫之傍、泮池之东，即仙鹤湾处。可见“御史在此养鹤”当指的是张羽。有“耿介御史”之称的张羽，与其二弟“挂印知府”张翀、八弟“铁骨诤臣”张聰，被时人称为“张氏三凤”，著名的泰兴“张氏三凤堂”即由此而来。

从前面的叙述中，我们知道，早在南宋初年，泰兴张氏三凤堂家族的祖先们就已定居于仙鹤湾一带，这应该是史实。其实，这一带也是张氏家族的世居之地。从北宋末年到民国年间基本上没有大的变化。居住在仙鹤湾的张氏家族中历史名人众多，在科举考试中仅明清两代就有进士十二人，举人三十余人，其中状元一人，亚元（会试第二名）一人。不少人在文化上有突出的贡献，如有著作入选《四库全书》的张羽，小品文为国内大家的张京元，这二人文化上的成就在泰兴古代名人中无出其右者。张氏宗祠堂上高悬的各式各样的“进士”“举人”匾额和别具一格竖挂的“状元及第”匾额，无不折射出张氏家族曾经拥有的显赫和辉煌。

仙鹤湾因历史悠久，在泰兴流传着许多美好的传说，诸如洗钵池因法响和尚洗钵而得名的故事，鲲化池原共72根栏杆上皆雕琢有精美桃形柱头的故事，奎文阁与魁星楼共为一体的故事……不过，更多的则是与“张氏三凤堂”相关的故事，比如张本真择地、武状元张兆璠舞刀等，都是大家耳熟能详的。由于这些美传故事多有资料介绍，另外，笔者在泰兴历史文化研究会的同仁、资深地方文史研究者张定先生亦有专文细说过仙鹤湾，所以笔者在这里就不再去一一详叙了。

笔者要说的是今天的泰兴仙鹤湾已开辟成了仙鹤湾风光带，这是笔者最感欣慰和最为称道的。因为历史上，这一带就古建筑成群，孔庙、奎文阁、来鹤亭、古县衙、遗带亭、广福寺、香花桥、延祐观、腾蛟阁、张氏宗祠等，相连相环；古遗存丰厚，笔架山、后乐山、鲲化池、洗钵池、七星池、三妃墩、凤凰天等，史痕犹在；私家花园众多，嘉树园、东园、封园、桐竹园、老鹤巢等，依可寻迹。由此可知，桑梓泰兴的仙鹤湾风光带当是泰兴自然景观和人文景观最集中、最优美、最深厚的所在。而今，人们可在这里沐浴古风，畅游赏景，赋诗挥毫，尤其是中老年朋友，更有了一个休闲的好去处。因此，这里每天都风景独胜，花香鸟语，琴悠歌扬，实在是让人赏心悦目，流连忘返。

是的，笔者曾三次走进中老年朋友“仙鹤湾大家唱”的队伍中，和他们一道放怀高歌，如鹤起舞，而倍感愉悦，犹觉回到了那芳华之龄。呵，仙鹤湾，仙鹤湾，仙鹤湾在歌唱，仙鹤湾人将鹤寿绵绵……为抒胸臆情怀，笔者曾赋七律和填词各一首。现特录于此，以为本文作结。诗词云：

七律・仙鹤湾

夕阳红豆倚雕阑，籁曲仙歌是鹤湾。

古韵桥莹隆盛泰，鲲池莲碧卉香姗。
佳园谁晓何年榭，胜迹孰知彼岁轩。
只道张公仁孝爱，翁娥共唱乐忘返！

苏幕遮·仙鹤湾

乐悠悠，歌袅袅。佳境神驰，延令城中道。仙鹤湾惊鸿翩窕。莺啭流珠，翁妪童腔调。

洗钵池，伏虎妙。隆盛如虹，犹记张公孝。鲲化奎文香墨烙。胜迹诗情，欢唱何言老？

## 双水润泽古城悠，羌溪河唱英雄歌

人常言，一座城市无论大小，有水才有灵气，有水才有生机。唐朝诗人刘禹锡则有名句："山不在高，有仙则名；水不在深，有龙则灵。"说来桑梓泰兴这座城乃滨江之城，虽不算大，却水源丰沛；河池亦不算深，却有龙的美传；护城内河六十六，尤有"三湾"和"双水"，"三湾双水"景如画，更留下了许多的历史佳话。笔者曾有专篇详叙了泰兴的龙河湾、仙鹤湾及宝塔湾这"三湾"和"双水"中的老龙河（如泰运河），此篇则是专叙的"双水"中的另一水，即羌溪河。

泰兴的这条羌溪河，自古有之，龙开河传说中不仅说老龙开了泰兴的老龙河，还说龙转身蹚出了个羌溪河，并带小龙戏出了个小南海。至于这羌溪河为何叫羌溪河，那自然也是有来历的。其实，它不单是只叫羌溪河，历史上它还称为姜溪河和将军河。

羌溪河位于泰兴城东邑，这东邑有个靠近张家营的庄，名羌庄。据考这羌庄原是从陕西羌村移民过来的人居住的，因怀念故土而取庄名为羌庄，羌庄所傍之水便叫作羌溪河。"羌"通"姜"，甲骨文中，姜和羌的区别只是在性别上，男性姓羌，女性姓姜。《羌族史》叙：实际上羌和姜本是一家，"羌"从人，作为族名，“姜”从女，作为羌人女子姓。“姜”和“羌”都是羊字头，只不过“姜”的下半部是“女”字，“羌”的下半部是个拐弯的“人”字。因此又有人称“羌”人，是“披着羊皮的人”。所以说，“羌”是十分形象的牧羊部落，其历史渊源更早，这也是羌庄的羌姓人后来虽又迁徙他处（泰兴的姜姓是否就是这支羌姓，当有待考证），而这个地名却一直沿用至今，且是羌溪河又叫作姜溪河的一个重要原因。

羌溪河，称为姜溪河，这就很好理解了，然又为何称之为将军河的呢？相传，这与宋时岳飞麾下的佘姓偏将奉命率兵守护泰兴城，抗金殉难，葬身于姜溪河这历史事件有关。笔者在撰文考叙泰兴李家营、官沟庄、野庙口、王坌三龙路、宣家堡等地名时，亦考证了岳家军在泰兴抗金的历史，并对佘将军的英雄壮举有过简叙。

南宋初年，泰兴所属的柴墟、黄桥、延令等地是与金兵交战的前沿。建炎三年（1129），金兵侵犯泰兴，邑人严起率军民抗击获胜。建炎四年（1130）十一月，岳飞任通泰镇抚使，率兵抗金，在柴墟（时泰兴县衙所在地）大败金兵于南坝桥，歼敌数千，军威大振。后金兵企图再犯，岳家军严阵以待，急派三千轻骑护送百姓渡江至阴沙。传说岳飞中军大帐曾扎在延令即现泰兴镇原县衙所在地，县前街北头。那时候的地形是四面都是大河只有一条路可进出，相对易守。时，牛皋镇守黄桥，牛将军的旗杆在黄桥历经八百多年风雨直到“文革”时才被毁掉。佘、卞二位将军长期驻守延令，二将军上马管兵，下马管民，凡利民之事无不尽心竭力，深得邑人爱戴，军民关系和谐。金军历经几番较量，对泰兴军民恨之入骨、时刻伺机荡平泰兴而后快。

绍兴三年（1133），岳飞奉调换防，大军开拔。佘、卞两位将军等待交接。金兵细作得到情报，岳家军的探马暗哨均已撤离，延令空虚。金营派轻骑长途奔袭夜破延令（现泰兴延令镇所在地），当时延令虽为大镇，却无坚固城池可守。佘卞二将军奋勇上阵，将士个个拼命，以一当十，来犯金兵全军覆没，护城宋军也与之同归于尽。人们在佴家桥附近（现劳动新村一带），找到了卞将军的遗体，即在佴家桥畔造卞将军墓纪念。佘将军的遗体没有找到，没过多久，人们惊奇地发现羌溪河畔池塘边芦苇丛中，依稀立着佘将军杀敌用的神枪。人们估计那芦苇丛中就是佘将军身负重伤后的殉难之地，也许是将军部下见将军殉难而战事紧急，情急之下将佘将军遗体草草掩埋在芦苇丛中，插枪为记号，而这位部将也壮烈殉国了。为了纪念将军，人们便将姜溪河，也就是羌溪河又叫成了将军河。

后来，宋孝宗为岳飞平反，凡是随岳飞为国殉难的将领皆有追封，佘将军被追封为“忠烈”，在神枪影子出现的地方造将军庙纪念。南宋朝廷旌表殉国忠烈将士，为后人爱国守土做榜样，自然是殿宇巍巍，门庭华美，气势恢宏。在东门、北门城楼上的守城士兵，转身就能见到壮观的将军庙，敬意油然而生，士气亦颇受鼓舞。将军庙经宋、元、明、清乃至民国，虽不像宗教庙宇能消灾祈福而香火鼎盛，但敬仰凭吊的后人却不因此处偏僻而怕费路程。每逢民族危亡时期，香客云集，诵经的木鱼不绝于耳，祭拜的香火经久不息。

明中后期，佘将军庙因年久失修，被废为民居。天启年间（1621—1627），邑人张京元捐资重建，《（光绪）泰兴县志》记载："佘将军祠在东关铺，明天启中邑人张京元建。京元记：'吾邑城东北隅，有佘将军庙久矣，将军官阀名字，志不能详，弟闻将军为宋岳武穆王偏裨，金人之乱率一旅以卫吾邑，甚有功德于民，后竟死金难，相传庙所即其死所，庙东小池则其身躯在焉，将军为忠臣义士，非若他淫祀可祈祸福，而地又偏僻、香火间寂，庙仅一楹，往往为亡赖汉窟宅。其中，爨燎污秽，摧毁已极，余每过而弔之，思为修葺而奔走四方。穴穴未遑。今年卧病家居，偶一念及，因为市材甓撤而新之，以旧庙另构一室。令居司香火者，第庙地废为民居，不可恢复，阔狭长短皆仍其旧而已。立庙之日忽梦将军自言曰，予名达道字德立，仿佛间是否不能为定，姑识之以待后之博识者採焉。'"

县志还记载："清乾隆十六年（1751），季坤元、戴国恩、杨康衢、张家熹、封应昊维修，嘉庆元年（1796），张祈，三年，杨希嶺、张增福、陆树，光绪九年（1883），知县陈谟、邑人朱春柳、朱绂基、王恩煦、李世翰、张鎧丛修堂三楹，寝室三楹，旁为配房，前为楼，祀宋佘将军，后寝袝祀卞将军。……有诗云：千年劲骨埋泉壤，一夜忠魂到薜萝。海阔欲嫌南士窄，天寒几信北风和。卞公生死同胆膽，遗像分明尚枕戈。

佘将军庙自天启年间恢复重建以后，清代的几次维修，皆是在天启年基础之上，庙门顶额蓝底金字端书"宋忠烈佘将军庙"，进庙门过甬道，主殿是三间敞开的飞檐翘角式建筑，殿内神龛内奉供金甲、金面的佘将军塑像，一副忧国忧民的神态，再向后一进后寝袝祭卞将军，旁配房为管庙僧人住所。

日寇侵犯中国，泰兴沦陷后，将军庙的香火特别旺，一批又一批的邑人受到将军誓死抗敌、保家卫国、忠烈思想影响，投奔解放区参加抗日队伍。鬼子从将军庙的香火中觉察到异样，将设在北门小桥口西南边曹家楼的司令部迁到将军庙所在的体育场，并彻底摧毁了将军庙。

将军庙作为历史遗迹虽已不复存在，但羌溪河叫作将军河的故事，泰兴儿女世世代代都不会忘记。羌溪河永远记住了佘将军的英雄壮举，佘将军的爱国精神，将和羌溪河一样源远流长。英雄的羌溪河就是英雄佘将军的永远的丰碑！

是的，羌溪河是英雄之河，羌溪河与老龙河一样，亦是泰兴人的母亲河。一河三名，实在不凡！据有关方面和有心人考查，古羌溪河北起环城河，向南出毗卢市穿靖泰界河，由靖江夹港入江，境内长13.28公里，是沿江圩区和高沙土地区高低分开的截流河及两泰淮水入江分流河道。此河北接老龙河（两泰官河），西与漕沟河、王家港连为一体，明正统八年（1443）被辟为漕运河，成为连接南北运河的四条漕运河道之一，该河河床一直稳定，能终年通行30吨帆船，兴盛百年不衰。

羌溪河如此之要，如此壮观，如此不凡，自然也就成了泰兴古来已久的一景，也就有了诗情画意，而被列入了泰兴古十二景之一，颇具人文情结。早在明初，宋御史中丞朱宝明的后代，诗人朱昶就有感于羌溪河的美景，写下了千古绝唱《姜溪牧笛》："吹竹群儿渡早沟，争夸牛背稳如舟。丰年景物堪图画，太古遗音谱不收。旧令喜功同鲧殛，何人扣角更齐讴。我思抱犊昆仑远，夜月箫声隐凤丘。"

今天，羌溪河更加美丽如画，她就像一条玉带静静地环抱着泰兴这座魅力无限的城市。我们徜徉河畔，遥想千帆过境，尤感古韵悠长；听欢歌笑语，看绿柳碧水，鱼游鸟翔，蝶舞花香，更觉心旷神怡。羌溪河、老龙河，双水悠悠润古城，今人深谙古人意，"扣角齐讴"正当时，当我们走过羌溪人文生活走廊和济川风情走廊，走过老龙河文化广场、羌溪生态公园和羌溪河澄江花园等景区作环视，再站在羌溪大桥、泰兴国际大酒店高楼等高处俯瞰，有谁不为今天美秀灵气的泰兴城而吸引、而赞叹不已？又有谁不涌起挚爱与诗意的情怀？愿桑梓泰兴的未来更美好，在苏中如明珠般璀璨辉煌！

## 刘半街不同凡响，当铺伙计成侍郎

东当铺，西当铺，东西当铺当东西；南通州，北通州，南北通州通南北。这一对联，因其带有颇具趣味的故事，而广为人知。不过说到泰兴早先的当铺，刘半街这个名字，现在的年轻人肯定是不知道的，但上了年纪的人则会讲，你说的是早先西大街上的刘家当铺啊。由此可知，刘半街是在泰兴城的西大街上，与早先的刘家当铺密切相关。

这泰兴西大街的刘家是太平天国时由安徽迁徙而来。刘家来到泰兴后，凭着雄厚的经济实力，不仅在西大街买下了吴家盐商的一亩多宅基地，建起了豪华的具有徽派特色的大宅院“刘家大门堂”，还在泰兴繁华的鼓楼街西开了泰兴城最大的一个典当及一家布店，同时还在西大街上开了一爿洋杂货店，这条街的人气差不多都被刘家的店铺占去了。于是，这鼓楼西大街也就被人们称为“刘半街”。然而，正当刘家雄心勃勃地准备在泰兴大干一番的时候，却遭到了灭顶之灾，一场大火烧毁了泰兴鼓楼街上百家店铺。

说实话，从前最怕的就是起火了。街上或者乡下一般都有救火用的木与铜制的“水龙”，置放于祠堂和大户人家的专库里。据说附近哪里失火了，十里以内的“水龙”都会叫，声音犹若现在的警报，但比警报凄厉多了。老人们说，当时街窄，火鸽子（泰兴人称失火时烧红的瓦片为火鸽子）都烧飞起来，飞到哪儿烧到哪儿，至今他们还记得当时的几句顺口溜：“锣哐哐，烧的王瑞昌；息呼呼，烧的薛达户；火窜窜，烧的刘半街上大当铺……”说是当时街上几条“水龙”都一起叫，叫得每个人都心惊肉跳！在这场大火中，刘家的典当、布店俱化为灰烬，片瓦无存。所幸的是，刘家当时才9岁的小儿子刘寿明，失火的当天他正好宿在店中，失火时他连鞋子都没来得及穿，赤着脚逃出来，但他却将典当的账簿抢出来了，避免了更大的损失。无奈之下，刘家不得不将刘家大门堂的一干祖屋全部典于他人。只是说到这机灵的当铺少东家，就要说到那会儿的当铺小伙计吴存义，因为泰兴民间一直流传着当铺小伙计吴存义刻苦学习、努力读书的故事。

吴存义自小便遇家庭变故，出生数年后，其父不幸病逝，留下孤儿寡母，生活日渐窘迫。为了抚孤，母亲不得不为人缝补浆洗，所幸家临当铺，洗涤的衣物较多，勉强能维持母子温饱。吴存义虽年幼，颇知母亲劳苦，常代母分送洗净的衣物，从未发生差错，因此当铺上下无不喜欢和同情他。在来往当铺途中，吴存义要经过一座学塾，总听到一阵阵琅琅书声，不禁心慕而求母送他读书。母亲力不从心，便凑钱托人买了两本书聊慰孩子的思读之心。吴存义拿到书后，终日将它带在身边，每次送衣物后，便站到学塾窗口聆听，并向平时一起玩耍的学童问字求解，没多久已能粗读全书。

吴存义十二岁时，母亲恳求当铺管事向老板说情，收留孩子为学徒。老板慨然应允，吴存义成了一名当铺学徒。他既勤快又肯吃苦，颇得管事朝奉们的欢心。然而学徒之间不免产生了嫉妒之心。一次同室学徒深夜起身小便，发觉油灯未熄，凝神一看，原是吴存义就灯阅读。旧时当铺最忌者乃火烛，学徒们上床后是禁止再点灯的。这个学徒发现吴存义冒犯典规，马上去后房报告管楼。管楼急去前楼追查，了解真相后，深为吴存义好学精神感动，出于怜惜，仅严厉训诫一番而罢。

自此，吴存义不敢夜间看书，白天又忙得无暇读书，怎么办呢？他灵机一动，找来一个小坛子，夜里横放着将灯盏放进坛内，这样既可就坛口亮光看书，又不易被人发现，也不会招惹火灾。不过后来还是被那学徒发现并直接报告了老板，老板听后大怒，立传管楼及吴存义问话。吴存义吓得战战栗栗，只好如实回禀，老板不信，叫把书取来。书拿来后，老板一看，竟是《论语》《孟子》等书，惊疑之间乃抽选书中两节考问，吴存义对答如流。老板又指佛龛出对说："观音"，吴存义应声回答："流火"。老板说怎好这样对呢？存义说："音不可观而观，火不可流而流，取其义相似罢了。"老板一腔怒气顿时烟消云散。

原来老板本系读书人，因累试不第才弃学从商，今见吴存义当学徒劳累之余还能如此刻苦向学，不禁产生怜才之心，但又考虑典规不守难警他人，于是叫吴存义离开典铺搬住后院，与少东家伴读。

吴存义后来官至工、礼、户三部侍郎，派充浙江学政、巡抚，并成咸丰帝师。虽居高官，然吴存义未忘童年孤苦，铭记当铺老板培育之恩，时常趁便回乡馈问。当铺老板因遭火灾而家道中变后，吴存义奉养恩公一门于家，还携带少东随任去云南充当书吏。家乡人无不称颂他富贵不忘本的品德。据考，吴存义是智慧女神、原金陵女子大学校长、曾任江苏省副省长的吴贻芳的曾祖父。

刘半街有了这些故事，我们就更应该记住，更应该了解，更应该将其非遗文化传承下去了！

（本文曾发表于《泰兴历史文化》2020年第3期）

## 千年古镇皆史韵，黄桥经典令人醉

泰兴黄桥是千年古镇，文化底蕴深厚，可谓历史悠久，人杰地灵，传说多多，自古至今，仁人、志士、大师、名家辈出。仅"丁何朱韩"四大家族就足以让人惊讶而生佩，单出了中国现代地质之父丁文江、中国现代喜剧开山鼻祖丁西林这"二丁"便可令人赞叹而生豪，更莫说发生于这块土地上的永载于红色革命史册的著名的“黄桥战役”了。所以，黄桥历来为许多的文人墨客所书、所咏、所颂。

作为家乡的一个名镇，笔者自然也少不了会有一些拙文为之而叙而歌，杏园挂鞭退归后亦在个人公众号“乡风儒语”这块“自留地”上作过发表撒播。今特对黄桥地名及有关历史再作追溯，且结合曾经所文和有关资料做些充实，遂缀此章以飨诸君。

泰兴黄桥，距泰兴城40余里，是古镇，也是名镇，始称“黑松林”。据史料记载，黄桥地区约成陆于新石器时代。早在五六千年前的原始社会末期，这片古老的土地上，就留下了我们祖先活动的足迹（姜堰天目山遗址的出土文物可资佐证）。泰兴曾襟江带海，黄桥地区属冲积平原，当初海岸线曾濒临黄桥，这从后来发大水时，东寺庙的飞檐挂过水草，就可说明黄桥原是海边的一个小镇。“黑松”是一种生长在海边的松树，因其成片生长，葱郁茂盛，远看似一片黑色而得名。现在的东海边和大连等近海处仍有。故黑松林边的小镇黄桥始称“黑松林”也就不难理解了。所以，也就有了后来季驸马传说中曾有“黑松林的蚊子大似麻雀”的说法。

相传季三嗜子原名季川，宋熙宁年间（1068—1077）人，出生于泰兴黄桥的一个农民家庭（其原型蔡梦祥为元朝驸马）。他自幼聪颖过人，能言善辩，寒窗十年，终于学有所成，京城殿试，高中状元，且被皇帝招为驸马，委以“左都御使”。季三虽然在朝为官，但他心系家乡百姓，他看到皇帝特别喜欢吃柿子，就在皇帝面前诉说泰兴百姓的柿树税重。皇帝动了恻隐之心，下旨泰兴“柿树”免税。季三巧用谐音，对拟圣旨的官员转述泰兴“是树”都免税，大大减少了家乡百姓的税负。然而，这事传到了奸臣那里，他们借题发挥，添油加醋，联名弹劾季三假传圣旨，欺君罔上。皇帝动怒，要将季三发配充军。季三掌握丈人的心理，故意正话反说。他对皇帝说：天涯海角都愿去，唯独不去黑松林，黑松林的蚊子有麻雀大。皇帝一听，哦，你不去黑松林，好，我偏将你发配到黑松林。就这样，季三被发配到家乡黄桥来了。季三也如愿以偿将公主带回到了家乡。

话题收住，回到黄桥之古名。黄桥经过数千年生生不息的繁衍，至汉代时又出现了一个名称，叫“永丰里”。汉高帝十二年（前195）封刘濞为吴王，都广陵，设海陵仓于今泰州，武帝元狩六年（前117）置海陵县，永丰里属海陵县。黄桥因仓而取名永丰里。三国时曹操尽移滨江民，废海陵县，此处成隙地，吴孙权听吕岱议乘机移民居住，此地为吴所统。至晋武帝一统天下，于太康元年（280）复置为海陵县。南唐升元元年（937）析泰州南五乡置泰兴县，黄桥在县之太平乡境内。

唐末战乱，黄桥仿佛桃花源，故有昭宗乾宁四年（897）王建杀东川节度使顾慈，顾妻携子顾昕避居永丰里之事。顾昕的母亲钱氏带着时年十岁的顾昕“还吴，家泰兴之永丰里”，正准备潜心教儿读书，谁知遭此变故，钱氏到永丰里不久竟一病不起。顾昕自此担负起照料母亲的责任。他衣不解带，侍奉汤药，为省下钱给母亲滋补，十年中没有吃过荤腥。后来，顾昕草草成家，并生有一子，每天一早起来，他便领着妻、儿到母亲房间里请安，问母亲要些什么，想吃些什么，总是顺着母亲的心意，从不违拗。如此五十年如一日，未尝懈怠。母亲年老后双目失明，顾昕每天号泣，并“刺血写佛经数卷”，祈祷老天保佑，后来母亲竟奇迹般地复明了，能在烛下缝补衣裳，一直活到九十多岁，无疾而终。由此，顾孝子的故事不仅在黄桥家喻户晓，而且顾昕也成为泰兴载入正史的第一人（《宋史》卷四百五十六《孝义》篇有载）。顾孝子去世后，其墓葬于黄桥西门桥外。明万历十九年（1591），泰兴知县段尚绣立碑亭于墓前；清道光十四年（1834），泰兴知县李震与里人重建，增石刻对联曰：“孝列史书五十载晨昏不改；墓凭碑石二百年风雨无伤。”

神宗熙宁年间（1075年左右），永丰里升为永丰镇，为黄桥建镇之始。南宋建炎四年（1130），岳飞任通泰镇抚使兼知泰州，部将牛皋驻扎黄桥，现有牛皋洗马池、藏兵洞（武器库）、牛皋旗杆等遗址、遗物。赫赫有名的黄桥望族何氏正是于宋室南渡时避居黄桥的。在黄桥古镇有一条马巷，因为何氏来黄桥后就住在这巷子里，他们往来都会骑着高头大马，所以人们便将这条巷子称为马巷。黄桥何氏，以耕读为业，家族人才辈出，仅在明清两朝，何氏家族就出了四进士、十举人、三十二贡生、三百多秀才，在黄桥这里可谓显赫一时，乡人赞誉“头顶何字值千金”，清朝文华殿大学士张玉书题泰兴何氏为“江左甲族”，甚至今天他们家的祠堂也被誉为“江北第一祠”。何氏家族中任职的官员大多正直廉洁，很受当地百姓爱戴，至今仍然流传着很多动人的故事。

明武宗正德初年（1508），由于朝廷宦官弄权，把持朝政，国家经济状况每况愈下，民不聊生，致使天下大乱，各地百姓纷纷起义。当时长江北岸有一支农民起义大军，首领为刘六和刘七。1510年，刘氏率领的起义军自江西九江东下进攻通州（今南通市），与官兵（明朝的军队）激战于通州的狼山。起义军得胜后挥师西进，又激战于永丰里和济州。

时任泰兴县主簿黄连，直隶人（今河北省），明朝正德三年至五年（1508—1510）任泰兴县正九品主簿。此人率当地的地主民团组织的武装与官军策应，夹击刘氏起义军。致使起义军失利撤往西北江都方向。黄连年轻气盛，是个好大喜功之人，见起义军撤退，忙率领民团乘胜追击。在追到今江都大桥镇（亦说洋港）时，遭起义军设下的埋伏，黄连带领的民团迅速溃败，黄连本人亦遭伏击身亡。

明王朝闻奏，认为黄连帮助朝廷镇压起义军立下大功。为表其功，颁诏表彰其“不卑其官，以死勤事，英风余烈”。同时在泰兴五圣庙建立“黄公祠”，供人瞻祭。不仅如此，又下令在永丰里建一座桥，取名“黄公桥”，同时将永丰里改名为黄桥。由此黄桥之名一直沿用至今。

不过，对永丰里改称为黄桥，当地还有另一版本的美传。据说明初泰兴有位县令姓黄，两榜出身，一身正气，疾恶如仇、执法如山，深得民之称颂，尊为“黄公”。其时里人正在永丰西门建石桥，公议将桥命名为“黄公桥”，在桥侧镌“黄公桥”三字以颂黄县令之德。岂料好事多磨。地方一班地痞讼师因恨黄县令之刚正无私，屡屡搅其“好”事，使之不能随心所欲，为非作歹，遂联名诬告，谓黄县令自大，连桥上也刻名颂德，使百姓“只知有黄公，不知有皇上”，犯了欺君大罪。皇上命严查。里人得知，不知所措，暗悔好事反而害了黄公。一老秀才曰：“无妨，但将桥石三字中间公字凿去，使其成‘黄桥’，便无把柄可抓。”受命查办的钦差亦是一位正直的监察御史，一路微服访处，尽闻赞颂黄公之声，待及永丰西门，但见石桥“黄桥”二字赫然入目，全无恶棍所告“黄公桥”之影。钦差心知肚明，连赞“黄桥好！”据实上报。皇上闻奏，龙颜大悦，破格升七品黄县令为四品黄堂。从此“永丰镇”便改称“黄桥镇”，至今再未改变。

到了近代，黄桥更是出了许多名人大家和重大历史事件，由此使黄桥誉满九州，名扬四海。近代的黄桥才俊们传承了黄桥悠久的历史文脉，发扬了泰兴黄桥的灿烂的历史文化。他们将自己的名字刻进了中华民族的碑林：中国现代地质之父丁文江，万里青山，留下他科学实践的脚印，先生的心血彩墨，丰润了中国地质学的精彩篇章；著名物理学家丁西林，曾任文化部副部长，戏剧成就斐然，有“东方莫里哀”之美誉；中国科学院院士王德宝，是中国核酸生物学研究的先行者；辛亥元老，民国中将朱履先，曾为孙中山就任非常大总统时的阅兵式总指挥，他的堂侄女朱宝莘在重庆则多次冒着生命危险掩护和解救共产党人与进步人士，被誉为“重庆的阿庆嫂”；黄桥中学创始人之一的韩秋岩，身擅多艺，他与同为黄桥人的苏中地区著名的资深教育工作者韩百城，并称苏中“杏坛二韩”，生于同年，亦去世于同年，都寿至103岁；作曲家何彬，人人都熟悉、都能唱的唱遍中国和世界的歌曲《东方红》正是由这位泰兴籍黄桥人修改和整理的；还有脍炙人口的现代革命京剧《智取威虎山》也是由泰兴籍剧作家黄桥人章力挥任主笔创作的。

中华民族的红色记忆中，黄桥更是一曲气壮山河的华彩乐章，是民族解放丰碑上的一幅撼人心魄的浮雕。1921年，最早于泰兴播撒革命火种，创建了苏中地区第一个党支部的沈毅就开始在黄桥以做耶稣教牧师为名，开始革命活动了，他的夫人正是黄桥马巷名门丁芳梅之次女。1924年正月，余学善（余道人）组织黄桥周边108庄农民起义，反抗横巷八大家征收“猪子捐”，火烧震东市，同时也点燃了泰兴农民运动的第一把火。1930年8月，红十四军在黄桥发起了总暴动。

1940年，抗日烽火熊熊燃烧，陈毅、粟裕打响了著名的黄桥决战。据新编《黄桥镇志》载，战斗打响时，古镇49条街巷、72家烧饼店家家做烧饼，男女老少推车挑担、肩扛手挽把烧饼送往前线，支援子弟兵。新四军战地服务团团员触景生情，火线创作“黄桥烧饼黄又黄，黄黄烧饼慰劳忙”的歌曲，黄桥人民当年支援革命的热血激情，随着《黄桥烧饼歌》的旋律汇入了共和国历史的恢宏乐章。是的，新中国成立后拍摄的电影《决战黄桥》，更是再现了黄桥军民那种不畏艰险、奋勇争先的精神。

《黄桥镇志》载：黄桥自古有“三步两座庙”之说，镇内大小古庙40多座，福慧寺规模最大，历经战火和天火的磨难，至今仍香烟缭绕、钟声依旧；定慧寺文化底蕴深厚，多有文人墨客在寺中休息，赋诗作对，“永丰惟二寺，此是小长干”。颇多的黄桥寺庙只是黄桥古迹的一个方面，如果说到黄桥的其他文物古迹与红色印记，那就更多了。不说那宋砖明瓦的街巷古建筑，也不说那何氏宗祠、御史府，就说丁文江故居、韩秋岩史料陈列馆、朱履先中将府、裕泰和茶叶店等明清古建筑，那屋脊上高耸的兽头，屋顶青黛色瓦垄、鸽灰色砖墙、幽深的庭院、半掩的木门，也无一不呈现出昔日的繁华和温馨；再说新四军黄桥战役纪念馆、黄桥战役旧址、黄桥战役革命烈士纪念塔，更是让人的眼前如拂当年战争的硝烟，如现陈毅元帅和粟裕大将那叱咤风云的形象！

有关黄桥的传说、故事、名人、史志及古迹很多很多，本文不可能一一去涉及，只能就其大概追溯这些，具体细要，笔者已有一些专叙发布于微信公众号“乡风儒语”里，有兴趣的读者朋友当可查阅。

黄桥以“桥”为名，自是与“桥”有着不解之缘。在黄桥可见一弯弯石桥，似是玉带系在河水腰间，静静伫立，默默聆听。秀美瑰丽的龙河风光叠合着兴废盛衰的印记，连缀起流光溢彩的历史。在黄桥，随处驻足，凝望沉思，日光映衬下的木雕窗，别具风韵，方井上残留的时光印痕，耐人寻味。古韵古香无处不在，浸润每一块砖瓦；人文景点风采依然，遍布每一处角落。相信每一个人只要踏进黄桥，踏进这古镇的小巷，都会被她浓浓的古韵所吸引。

# 中国银杏第一镇，宣堡之名谁不闻

“彩云从这里飘过，留下了七彩霓裳；仙子从远古飞来，播下了深深的情愫。”这歌唱的是泰兴的又一个名镇——宣家堡。大凡知道一点中国现代革命史的人，都不会不知道在泰兴大地上奏响的两大“革命序曲”，即在泰兴黄桥打响“黄桥决战”的“东进序曲”和在泰兴宣家堡打响的苏中“七战七捷”首仗的“解放战争序曲”。这两大“序曲”都是载入中国革命史册的。自然，黄桥、宣家堡这两大古镇也都于这样的史册上闪耀着其灼灼的光芒！

不过，宣家堡这一古镇的出名，还绝不止于其有这一段辉煌的革命历史，还在于其名富有一段爱国纪念意义的来历，还在于其是“中国银杏第一镇”“国家级生态镇”和“江苏省环境优美乡镇”。她位于泰兴市北部，宣泰线、宁通公路穿境而过；南与泰兴市根思乡接壤，东与高港区胡庄镇接壤，北部与高港区许庄街道接壤，西与口岸街道接壤，西南与泰兴市滨江镇接壤。由宁通高速泰兴北出口下来，不上镇海路即可拐向与济川北路相接的宣泰公路，然后经王垡，过杨根思烈士陵园，向北几华里的路程，便可看见一高达12米的石坊，石坊的牌额上是书法家陈仲明书写的“宣家堡”三个大字。跨进石坊牌楼之门，不消说，也就迈到了宣家堡这块热土之上了。

宣堡镇始建于南宋高宗建炎四年（1130）。相传，岳飞麾下大将军宣秉在此安营建堡，抗击金兵，宣家堡由此得名。这一说法由2018年于宣堡镇银杏村对庄台进行整治和对庄河曹家河进行清淤疏浚过程中，陆续发现的五处古井遗址和两只疑是韩瓶的陶罐等实物得到了证实。

当时发现古井遗址后，扬州市文物考古研究所的专家特来进行了前期的考古勘察和性质认定工作。这几处古井遗址，位于新浚的东西向曹家河河道处，大致呈排状分布，间距500米左右。其中1号井位于曹家河北岸边，在今银杏村五组村民居区一处竹林内，经对井口部位初步试掘，此井保存尚佳，井口上还存留有两层井盖，均为砂石质。其中顶层井盖为圆角方形，井口内径28厘米；上下层井盖间存4层弧形榫卯砖，砖规格为长21.2厘米、宽8.5厘米、厚4.5厘米。与其他四座井砌法不同的是，此砖属平铺套合，所以更趋稳固，砖的子母口仅见方形榫卯。由于下层井盖与井壁及井底等未全面清理，井底下情况不详。2号至5号井分别位于曹家河河岸或河中。

从现场采集的井砖看，其井壁是用规格为长26厘米、宽11.5厘米、厚3厘米的弧形砖侧向套合砌就。井壁内径70厘米、外径78厘米。个别砌砖外壁尚存箍木残留。按砖的子母口的形制不同，大致有两种：一种是长条形子母口，数量较多；还有一种是方形双子母口，数量较少。据专家现场勘察，这5座古井均属砖砌，是用弧形榫卯砖套合而成，一端出条形或方形凸状榫头，另一端是相同大小的凹状榫孔。这种构造便于依照砖的弧度、首尾相连，整体砌筑成井壁。这种构筑方式在宋代时沙土冲积沉积分布地带，如江浙沪一带十分常见，是当时居民针对特定的易散沙土地层条件而采用的筑井方式。据此，专家初步判断，银杏村发现的这几座砖井，其时代可能在宋代。其中，1号井因为采用弧形砖平铺砌筑，其构造更趋稳固和先进，时代似乎稍晚，或可至宋元时期；2号至5号井由于采用弧形砖侧向砌筑，其时代似乎稍早，约在宋朝。

此外，在对河道清淤过程中，在古井遗址处，还挖掘出2只疑是宋代韩瓶的陶罐。其一，高26.5厘米，上口外径9厘米、内径6.5厘米，底部直径11厘米，瓶罐最凸处直径15厘米，上有系耳孔，缺损1个。其二，高23.8厘米，上口外径9厘米，内径7.5厘米，底径9厘米，最凸处直径15.5厘米，瓶罐外侧有握把，有倒水嘴，两侧有双系耳孔。韩瓶是一种流行于南宋时期的瓷瓶，之所以称为韩瓶，相传这种陶罐是南宋名将韩世忠攻打金兵时，军队士兵用的汲水器。

结合千年古镇“宣家堡”的历史传说，宋代民族英雄岳飞麾下大将宣秉在此安营建堡抗击金兵，宣堡因此得名应该是有历史依据的，合理的，属实的。同时，据当地居民称，此地周围以前在基建过程中也曾发现过相似的古井遗址，并分布有“西城堡”堡寨遗址，古井分布疑为当时岳飞抗金时屯兵所建，发现的韩瓶也间接说明当时屯兵现状。

另外，银杏村境内有两株千年古银杏，这片地区古井分布密集，间接说明宋代这一地区村落居民分布规模可能较大，不排除周边存在聚落房址、道路、窖穴或者城墙等遗迹。

说到宣家堡的银杏，便要说到宣家堡的古银杏群落森林风景区（江苏泰兴国家古银杏公园），如果说泰兴是银杏之乡，那么宣家堡则是银杏之乡的最大的寨堡，其银杏占据了泰兴银杏的半壁江山，是名副其实的“中国银杏第一镇”。这里的银杏生态红线区域保护规划占地总面积28.68平方公里，辖张河、联新、银杏、纪沟、西宣、郭寨、北森庄、毛群9个行政村。2003年9月被江苏省林业局批准为江苏省泰兴省级古银杏群落森林公园，2013年12月被国家林业局批准为江苏泰兴国家级古银杏公园。

公园内森林风景资源具有极高的独特性和观赏性。园内古银杏资源极为丰富，古银杏密集程度世所罕见。现有定植嫁接银杏树20余万株，其中挂果树15余万株，百年以上树龄1.1万株，200年以上树龄5226株，千年古银杏2株。古银杏枝繁叶茂的巨大树冠和矮干形成了泰兴银杏的独特姿态，片片大树或围于村庄，或分布于沟边、路旁，浑然形成，映衬成趣。据中国银杏协会和国家林业局调查规划设计院专家现场考察，确认公园古银杏群落达15个，是全国面积最大、数量最多、树龄最高、林相最佳、保护最好的古银杏群落。

宣家堡有这样的被称为“活化石”的国树古银杏，又有岳家军在此安营扎寨的抗金的爱国史实，这就不可能不受到一些爱国志士和文人墨客的关注。据说“先天下之忧而忧，后天下之乐而乐”的北宋政治家、文学家范仲淹则在岳家军驻扎这里之前就关注这不凡之地了。北宋大中祥符八年（1015），范仲淹和滕子京同登进士第。天圣元年（1023）同到泰州，范仲淹任西溪盐监，滕子京任州府通判，结下深厚友谊。他们又结识了泰州人胡瑗、周孟阳和随父来泰州的洛阳人富弼，皆意气相投，遂成莫逆之交。这时范仲淹35岁，滕子京33岁，胡瑗31岁，周孟阳24岁，富弼20岁，是一群胸怀天下的有志青年，以后都走出泰州，为国家和人民做出了各自的贡献，留名青史，乡人称之为“五贤”。

范仲淹与宣家堡有着剪不断的关系，其一支嫡系后裔在明洪武年间（1368—1398），乃奉旨迁徙到今天的泰兴市宣堡镇范徐庄一带定居。范徐庄村民范家华家中的两套民国丁丑年（1937）修编的范仲淹家谱可以为证。

这两套家谱一模一样，均为4卷装，共200余页。每卷长近30厘米，宽20厘米左右，厚薄相当，宣纸刻本。第一卷的封面中间，书写“范氏族谱”，左下角有“万笏堂辑”4个字。堂号是一个姓氏的特殊标识，它能显示姓氏发源的地缘关系。在家谱中，堂号具有联系姓氏与宗族关系的意义，也是后代寻根问祖的重要线索之一。堂号名称一般取自郡号或为纪念家族史祖或名人而自创。“万笏堂”正是范姓的特殊标识。

范姓发展史上，最有影响的莫过于范仲淹，他在显贵时，曾在苏州城郊置良田千亩称为“义田”，用于祭祀和给养族中鳏寡孤独者，以及兴办学校，资助读书人。范仲淹死后葬于苏州万笏山（今江苏吴县灵岩北天平山）。其次子范纯仁自幼好学，官至宰相，夏夜蚊虫叮咬仍不肯罢读，用功程度使蚊帐都变成了墨色。为了纪念范仲淹父子，后裔以“万笏”为堂号，以“义田世泽、墨帐家声”为堂联。由此可见，这套家谱确实为范仲淹家谱。

翻开内页，清楚记载了家谱从乾隆三十五年（1770）创修，至民国丁丑年第11次重修期间，每次重修的起因和家族的延续。第11次重修发起人为范仲淹第41世孙范呈五，主要修编人为范国鼎。范呈五老人已经过世，范国鼎还健在，至笔者写此文时已96岁。

在其家谱中，范国鼎还画出了始祖范仲淹的肖像；家谱“族谱外纪”中，则清楚地画出范仲淹世系总图，从中可以看出，范徐庄范姓村民是范仲淹的长子范纯祐支系后裔。

谱中记载，范仲淹共生四子范纯祐、范纯仁、范纯礼、范纯粹，范纯祐之子范柏年官至梁州刺史。范仲淹第21世孙范大顺（范纯祐支系），原籍苏州阊门，洪武年间（1368—1398）为避兵乱，举家迁徙到泰兴，“见其地沃，风俗淳美”，便在此盖房耕种，繁衍生息，后将此地命名“范家庄”。范大顺死后，葬在范家庄河西“坤山艮向”。当时的范家庄就是现在的范徐庄。

范氏后人，60多岁的范家华，对范大顺的墓还有印象。他说他小时候经常到河西玩，那边确实有个很高很大的墓，墓前有墓碑，还有石人石马，但在“文革”时期被挖掉了，墓里挖出许多随葬品，后来都不知去向，石人石马也被砸掉了。在范徐庄，除了范大顺的墓，原先还有范氏宗祠，祠内供奉范仲淹像。据80多岁的范国仕老人回忆，以前每逢清明或过节，都要到祠内焚香祭祖、做法会的，全村范姓族人都去，吹唢呐、敲锣鼓，比过年还热闹；可惜的是宗祠在“文革”中也全被拆毁了。

这里的范姓老人说，范家庄自始迁祖大顺公定居以来，至清雍正年间（1723—1735），都只有范姓，没有他姓。雍正三年（1725），漳州总兵徐左柱去世，回乡安葬，墓地选在了其老家口岸镇戴家集东边的范家庄，此后，就有徐氏后人安家范家庄，至民国时期，范家庄改名范徐庄。现在，全村500多人，除几户徐姓外，其余均为范氏族人。

宣家堡不仅有如许的文化底蕴，更有辉煌的革命历史。最著名的当是苏中“七战七捷”在宣家堡打响的首仗“宣泰战”。“七战七捷”的苏中战役是解放战争时期中国人民解放军之战略防御阶段初期，华中野战军在江苏中部地区反击国民党军进攻而连续进行的七次作战的总称，因而又称其为苏中“七战七捷”。这是解放战争初期共产党人重要的决策转变，它将影响和决定后来的战争走势，为三大战役奠定了基础，可谓是解放战争的序曲。

大家都知道“黄桥决战”不仅让新四军在苏中立了足，而且还让黄桥烧饼出了名。宣泰战役呢？这一仗则让宣家堡的小馄饨更加名扬四海。如果说银杏之乡”的泰兴有“三宝”，一宝当首推“银杏”，二宝为“糖生姜丝”，那么第三宝便是“宣堡小馄饨”。宣堡小馄饨以产于千年古镇——宣堡镇而得名，具有皮薄馅嫩、味美汤鲜等特点，深受广大消费者喜爱，中央电视台曾拍摄《宣堡小馄饨》专题片。其实，其他两宝也都是以宣堡的为代表的。

宣堡小馄饨形成至今已有百多年的历史。相传民国时宣堡镇的赵鸿福，人称赵锅子，经营饮食小吃，经过多年反复实践，终于形成特色小吃。其制作工序较为复杂，全为手工制作，分为擀皮、拌馅、做汤、捏包、下锅。其中小馄饨的面皮，薄似宣纸，几近透明，可以用火柴点燃，堪称一绝。

20世纪80年代后，许多客人都慕名前来品尝，宣堡小馄饨名扬中外，颇为中外人士所称道。一碗香喷喷的小馄饨端上桌，只只馄饨像一条条小船，在水面上很悠闲地漂着，热乎乎的汤上浮着一层金黄色的油和碧绿的葱花，煞是好看。一阵诱人的香味扑鼻而来，那香味是浓烈的、细腻的，透着一股股农家气息，使人食欲大增，满口生津。用小汤匙轻轻地搅一搅，碗里的馄饨立马活跃起来，一只只打着旋儿，在碗里转圈，互相碰撞，像一只只戏水的小鸭子，十分可爱。舀起一只来仔细端详，重叠在一起的皮呈半透明状，薄薄的，软软的，好像薄纱一般，依稀可见那嫩红嫩红的肉馅。宣堡小馄饨，的确是“舌尖上的泰兴，舌尖上的宣家堡”！

而今，宣家堡以林果花卉、生态旅游、工业集聚区、重点镇建设等四大产业为支柱，更让古镇增添了她的魅力。2015年，宣堡镇郭寨村被评为江苏省最美乡村；宣堡镇张河村被评为全国生态文化示范村。人们可以品尝过小馄饨，带着唇齿间的香味，从古银杏森林公园步行至千亩桃园。这里不仅是银杏之乡，也是十里桃花的桃园人家。“桃花春色暖先开，明媚谁人不看来。”宣家堡正张开双臂欢迎八方客人的到来！

## 船港春潮始得名，过船江段两断流

泰兴过船港古来已有，现隶属泰兴市滨江镇，它跟天星港一样，早就有不凡的历史，包括不凡的现代红色革命史。特别是过船港至天星港段的两次长江断流，更是为许多的研究家和文人墨客所竞相探究，或立说或演绎，几乎弄得洛阳纸贵！

说到过船港，就不能不说到明代诗人朱昶的《船港春潮》那首诗。此诗被诗人列为咏泰兴八景之首，诗曰：

船港春潮

东风吹雨海扬波，一道溪回百折涡。别岸桃花生锦水，征帆鹭影拂银河。

朝宗江汉空愁绝，过客乾坤可奈何。却忆钱塘秋唤渡，素车白马倏来过。

朱昶是泰兴城区西南朱家巷人，宋御史中丞朱宝明后代，生活在元末明初。明洪武年间（1368—1398），以才德双全被推荐为秦府长史。朱棣发动“靖难之役”时，昶已去职。成祖招至京师，辞之。朱昶写的这首诗咏泰兴船港之景，船港即过船港。泰兴这里的港湾，本是内河船只进江的集结之处，也是白帆点点、百舸争流壮观景象之处，故而人称这里为船港，由于朱昶写了这首诗，在诗中描写了千帆竞过的壮观景象，又被列为咏泰兴八景之首，于是人们即称船港为过船港，同时这里的集镇也因过船港而得名，称之为过船镇。

《（光绪）泰兴县志》载：“惟过船、天星平揖圌山、旁枕孟渎成两要口。然沙埂之隐伏，港汊之歧出”，由此可知，泰兴西江的繁荣，船只往来之频繁在于过船、天星两港口。因沙埂之隐伏，港汊之歧出故江潮至此平缓而宽阔、壮观，潮面呈百折千转的縠纹亦可知，过船港江口因沙埂之隐伏，大船难靠岸，必须用小船过驳，故名过船港。这是过船港的又一说。

过船镇因过船港而得名，这是肯定的。过船镇因过船港而繁荣，这也是肯定的。过船镇位于泰州市泰兴市西部，是泰兴城区的西大门，西以黄金水道长江和过船港为门户，南邻国家级精细化工经济开发区，北与泰州市高港区接壤，总面积40.5平方公里，人口26638人。过船镇是历史悠久的鱼米之乡，是长江泰兴段盛产刀鱼的地方，也是河豚美食文化所在地（刀鱼、河豚、鲥鱼并称为“长江三鲜”）。今天的过船，更是名副其实的“过船”之处。如泰运河连接江苏如东和泰兴，东接黄海，西接泰兴过船镇与长江连通，是江苏省“三横两纵”航道网的主要支流，被列入长江三角洲高等级航道网。由如泰运河入长江，必须过过船套闸。所谓套闸，顾名思义即两个或两个以上的闸。这里的套闸是两个闸，当进运河的船进港时，长江方向的闸门打开，运河方向的闸门关闭，港内船只停满后，双闸关闭，货船进行缴费，办相关手续，待港内全部船只办完手续后，运河方向闸门打开，港内船只进入运河，待港内船只全部进入运河后，出运河准备回长江的船只进港缴费办手续，这时运河方向的闸门是开闸状态，长江方向的闸门是关闭的，同样港内船只停满后双闸关闭开始缴费，办手续，全部缴费完毕后，长江方向闸门打开，港内船只驶向长江，这样进运河的船只又开始进港，周而复始。

长江每天都涨潮退潮，每天涨潮退潮时间都要比前一天推后40分钟（如今天涨潮时间是14：00，明天涨潮时间就是14：40）。潮起潮落对长江和运河的航行影响很大，尤其是运河。许多搁浅于这里的货船，都等着涨潮时间的到来而开船，货船上的人对长江的潮起潮落几乎了如指掌。

历史上长江的泰兴段曾出现两次断流现象。一次据《（光绪）泰兴县志》记载，为元朝至正年间，江水一夕枯竭见底，沿江居民，捡江中遗物，获利无数。日潮骤至，人不及走，多数溺死。又一次是1954年1月13日下午4时许，天色苍黄，灰沙漫天，突然江水大落，几乎江底朝天，除中泓留有白带状的水槽外，余为沙底，江上航轮，搁浅中泓，汽笛长鸣。江边不少居民，步至深槽，捉鱼虾，拾遗物。历经两时许，滚滚江水，汹涌而来，民闻其声，奋力奔跑，幸未发生事故。原泰兴师范校长叶震生和水利局的几位同志，曾为弄清发生这一现象的原因，向中国科学院紫金山天文台咨询，该台台长张钰哲答复是：江水枯底，如何发生，是人为还是自然现象，难以答复；在望远镜的投影下，经常看到太阳上的黑子，数目时多时少，但发生此现象时黑子显得特别多，加之浓雾遮盖着太阳光辉，肉眼可看到黑子；黑子成因，说来话长，简单地讲，可称它是太阳上的一种旋风现象；江水断流，原因何在，是不是天文之因，很难肯定；根据多方面资料分析，江水枯底，也许是属于凌汛的一种现象。

其实，1954年（泰兴）江水断流这件事在当时的泰兴城西区可谓家喻户晓。当时的城西区区长杨如东接到群众汇报，曾第一时间赶到江边，看到突然断流的江水，杨区长觉得特别奇怪，所以亲自下到江底，前行数百米，后怕江水复流，行进数百米后，号召跑到江底的所有干部群众，全部返还，果然，数小时后，江水汹涌恢复。江水断流那天，高港（断流点上游地区）也有水，靖江也有水，就是泰兴没有水！泰兴市交通局过船港交管老所长戴绍余说，除1954年江水断流事件外，还有一件自己工作数十年碰到的奇事：20世纪80年代中期，在泰兴过船港与扬中铁匠港之间，突然冒出一座“幽灵沙洲”，水浅时露出江面，水大时消失水下，因为是“幽灵”一样，出现在主航道之中，所以常常碰到一些大船搁浅，数年之后，沙洲宽达30米左右，长有数百米，几年之后，沙洲又像幽灵一样消失，到现在都没有出现。

这些事都发生在长江的泰兴过船港至天星港江段。宽达数公里的长江，为什么在泰兴段断流两次？

学界有较多解读，如江水蒸发说，江水逆流说，中国东部大裂缝说，还有更为玄乎的地心之门说。不过，笔者更倾向于长江泰兴江段江水断流，是古老“广陵潮”的“僵尸复活”之说。如果不出意料，1954年1月13日泰兴过船江面，江水断流事件，不可能是最后一次。从出生于淮阴的西汉时期的辞赋家枚乘在《广陵潮》中记载看，广大苏中地区，唐宋之前，就是长江入海口，曾被大片江水覆盖，当年水域形状，即为容易形成江潮的喇叭口，所以隋唐以前，此区域，每年都会出现像钱塘江一样的秋季大潮，因为长江江水含沙土量高，沧海桑田，把当年的水域，全变成陆地，形成秋季大潮的水虽然消失了，但形成大潮的天文力还在。江水断流，至少有两次，其中一次发生时间，与钱塘江大潮出现的时间靠近，不能视为巧合。这样推断，较为科学。

泰兴一位叫徐林的研究者曾撰文说，网络上流传记述的长江断流是1954年1月13日下午4时许，这次长江断流事件发生的时间段离现在较近，而1992年版《泰兴县志》却未载入，但此事件发生时泰兴过船江岸边许多老人确实亲见过，一些老人都还健在，可信度很高；只是面临长江经历此事时，他们眼前大部分江底现出水面，也看到一些船只搁浅在江上，当时主航道仍然有水，只是在江心中间看不见而已，这样的惊奇与恐慌，也只是仅仅出现在泰兴过船到天星段这数公里的江面和江边村落中，其他地方并没有断流记载，过船至天星段断流事件，历经两个多小时，江水便已经恢复如故，所谓地下大裂谷吞掉江水的说法，乃是不顾事实的臆断。

我们可再来看泰兴著名诗人明时朱昶的诗。他在江城八咏《骥渚渔灯》中诗曰："马驮沙明隔夜江，钓船篝火出蓬窗。"这两句诗说的是靖江当时和泰兴之间，隔江相望，钓鱼的小划船停泊在江面上，船中守夜的渔舟灯火点点，描绘的是静谧、祥和的江面夜景，可以想象，江面不阔，波澜不惊，对岸的靖江仿佛就在眼前；马驮沙那会还是和泰兴隔着一条小江的陆洲，说明这条江并不是长江的主航道，长江主航道应当在马驮沙的另一边，这可以从诗人同一时期的另一诗《西江暮雨》中得到充分的证明。在此诗中，诗人形容长江在泰兴的江面"潮势东来疑似雪，江流北去若奔雷"的这一具体景象，其实都写了当时的潮汐现象，是海潮顶托遇江水东流而产生的浪花，它是在上游和下游的潮流交汇作用下，出现的波浪似雪的一种景观。

诗人朱昶的观察细致入微，描述得极其到位，不管海水还是江水，唯有海床不高、江水较浅时才会有此现象，江流北去，却是天文现象引起的涨潮，海潮从长江口溯流而上，在江面极宽的江阴经过靖泰之间的夹江涌入较窄的江面时，势必会发生极其壮观的大潮，恰似万马奔腾，其潮浪高激涌，其声势如雷鸣。我们知道，长江水是东流不息进入大海的，这个目标、方向始终不变的流水，我们称它为径流，而潮水是一种天文现象，它的流向根据月亮围绕地球的旋转，潮水在月亮引潮力作用下所产生的规律性的涨落潮，早潮为潮，晚潮为汐，每天两次潮汐，涨落潮发生的流水，我们称它为潮流。这是我们可以天文潮汐来推断这段江面两次断流的依据之一。

再以此七百多年中，过船居然没有一次坍江的记载，只有涨滩的数据，到天星段更是涨多坍少来看，这个沧桑巨变，在长江下游数百公里的下游是一个很特殊的变化。这个变化加上长江深泓摆动的作用，会在一个特定的时期，造成泰兴江面的中段，也就是过船港到天星段，江底抬高淤浅，泥沙沉积。在海潮最低时，上游大通来量最小时，江底高于其他长江段的江面，水位就会急剧下降，甚至会裸露出部分江底，长江断流就此产生了，待海潮上涨，上游来水始终不断的情况下，断流现象便会在数小时内恢复原状。这个道理，就这么简单。长江东流，带来的泥沙虽然不如黄河，但这个量也是很惊人的，长江口的崇明岛，因为江水入海涨滩几乎每年向海中延伸数公里，长江千百年的沧桑巨变，显示了大自然的力量。长江在泰兴过船江面发生过的两次断流现象，看似怪异，而我们综合以上分析，就可以发现这其实也是一种很正常的现象。

我们研究解释一些历史现象，一定要克服文化界中浮躁的态度，沉下心来去进行深入细致的研究，从而得出科学的结论。决不可以不顾史实，去做任意的猜想。不过，根据有些现象及历史资料有时去作一些大胆的推断，也不是没有必要，笔者以为仔细玩味过船港、天星港这两个港口名称，联想到历史上在这里发生的两次长江断流现象，总觉得这两处港名隐隐中似乎都与长江在这儿发生的断流现象相关。

限于篇幅，对于过船港在解放战争中的红色革命史就不去多说了。笔者可告诉读者的是，在解放战争中，为了保证华野特种炮兵按时进驻泰兴过船港江边阵地，泰兴人民仅用10小时就修路6公里，保证了部队按时开赴前沿阵地。过船港和天星港的人民乃至全泰兴人民都为当年人民解放军横渡长江以解放全中国而做出了巨大的贡献。特别是天星港的渔民渡江英雄丁广田，笔者曾专文对他作过介绍。

由于区划调整，过船镇和天星镇一样都已成为历史了，但这两个港依然存在，过船、天星这两个地名依然保留着。2007年7月，泰州市人民政府根据省人民政府苏政复29号文件，印发泰政复47号文件，调整了泰兴市部分镇行政区划：撤销过船镇、大生镇，将原过船镇所辖区域与原大生镇管辖的天星桥居委会、芦碾、翻身、天星、新星等4个村委会，以及委托市经济开发区管理的洋思、蒋榨、红旗、五杨、中港等5个村委会合并，设立滨江镇，镇政府驻五杨；将原大生镇管辖的大生、三联、三阳、蔡巷、蔡桥等5个村委会划归泰兴镇管辖。

过船现在的行政名称是过船村，地理位置得天独厚。其南有隔江相望的经济发达的沪宁线大中城市，东有对外开放的南通港，北有扬州、泰州两市以及农副产品丰富的里下河地区、西有素称“黄金水道”的长江。过船港万吨级客货两用码头今天依然是沟通高港、江阴、张家港、上海等地的重要门户。

过船港的“金三角”已被国家确定为中国精细化工（泰兴）开发园区，是一个以发展化工为主的开发型工业园。近年来，园区已投入10多亿元用于水、电、汽、通信、排污等基础设施建设，并在区内6公里的深水长江岸线建成通用化工、建材、液化气、油品等多座专用码头。区内已有企业56家，其中三分之二为中外合资、外资独资企业。过船港为泰兴经济的腾飞所做的贡献是巨大的，过去是，现在依然是，愿过船港越建越好，有繁荣景象，更有天蓝蓝、水蓝蓝的美丽自然景观！

## 西江明月照马甸，点点过往依在心

常言道：月是故乡明，水是故乡清，天是故乡蓝，人是故乡亲。笔者每想到五年前（2018年）所写拙文《聊马甸》所引发的反响，对此语就特有体会。那篇文章在微信公众号“乡风儒语”发表后，许多读者纷纷留言，尤其是一些马甸的游子其言其语更让笔者动容，他们说笔者的文章让他们切身体会到了什么是“桃李春风一杯酒，江湖夜雨十年灯”，什么是“此去经年，应是良辰美景虚设”。有的则给笔者留言，补充有关内容，要笔者整理后再度刊发。直至今日，依然有着这样的强烈要求。故而笔者重拾旧文，修改后写下了这篇《西江明月照马甸》。

其实，笔者再写马甸，并以“西江明月照马甸”作题，还有更深层次的缘由，那是因为笔者对长江有一西江段的泰兴爱得深沉，对西江畔东岸的泰兴马甸爱得深沉；是因为笔者与马甸有着剪不断、理也不乱的血浓于水的关系。马甸有笔者的许多亲人。笔者的生母是马甸西江蔡家桥的；大母是马甸大马庄的；姨母，一位在马甸彭庄，一位在马甸苏垄，一位在马甸西马甸街上；妻子是马甸季家庄的，岳父生前是马甸有名的西医医生，四内兄曾任马甸粮管所会计，五内兄曾任马甸制氧厂厂长……所以，笔者真可称得上是半个马甸人呢！所以，写马甸于笔者几乎是义不容辞，实在是理所当然！

说到马甸，据笔者所知，中国有三个马甸：即北京的马甸，江苏省淮安市的马甸和江苏省泰兴市滨江镇的马甸。一个“甸”字，含有多种意思，但用作地名，基本是这两种：一是指郊外之地，古时都城的郭外称郊，郊外称甸；二是指放牧的草地。由此可知，以马甸作地名，应该是与马（包括马姓）有关系，或此处曾是牧马之地。

北京的马甸在德胜门外今京藏高速路和北三环交汇处一带，建有马甸立交桥，如今过往的各路公交车以马甸为原点，分别设立马甸桥南、桥北、桥东和桥西站，足见马甸在交通上的重要性。车辆川流不息，人流熙熙攘攘，高楼鳞次栉比是今天马甸的特点。然而，在民国前，这里叫马店。这源于明清时期的中原文明和草原文明交汇后的马匹贸易。

明成祖朱棣1421年正式迁都北京后，为抵御北方蒙古军事威胁，加强军事力量需要大力建设骑兵部队，而北方蒙古族人善骑射，马匹品种优良，体高力大奔跑速度快，奔跑耐力强。为改进优化汉族地区的马匹，培育更适合骑兵作战的良种军马，明朝政府即实行扩大与蒙古等北方少数民族马匹贸易的政策，一方面官方购进，另一方面鼓励民间交易，官民并举。出京城北部德胜门向北的大道直通北方，经张家口以及向北各驿站可达库伦，即今天蒙古国首都乌兰巴托。中原汉族和蒙古族以及俄罗斯通商便利用这条大道。明成化年间（1465—1487），明政府便在距德胜门五六里的道旁荒地设置马匹交易场所，与来自蒙古的马匹商人及民间马贩子进行马匹贸易。一些汉族百姓见贩马能够获利，也纷纷聚集于此开始马匹交易，中原和蒙古的马匹商人无论官商和民商交易时又需要住宿，于是马厩客栈草料点又随之发展兴旺起来。到了清朝，北方的蒙古马牛等牲畜贸易在民间的扩大及需求远远超过官方军需，清廷又继承了明朝官方的政策，而人们经营的这些又都与马有关，固定的马匹及相关物品交易处开始形成，随之出现了固定村落，康熙年间（1662—1722）这一带便开始叫马店。

民国以后，近代工业文明引入，马匹作用日衰，马匹贸易急速衰落，与贩马相关的店铺场所大批消失，马店已经名不副实，而这一带地势低洼，水草茂密成片，于是马店便称作了马甸，直至今天。

江苏淮安的马甸位于楚州区南部，东临溪河镇、朱桥镇，西傍大运河与淮江公路，南接上河镇，北邻建淮乡，京沪高速徐宿淮盐高速穿境而过，水陆交通便捷，区位优势明显。因此处临水而地势低洼，却又有马跃之状，故曰马甸。

泰兴滨江镇的马甸则是颇有点故事的。据传宋代名将岳飞，曾在长江下游北岸屯兵抗金，江边百草丛生，又肥又嫩，正是官兵们放养军马的好地方。当时岳家军在这里秋毫不犯，老百姓十分崇敬这位精忠报国的英雄，为了怀念、纪念他，称其官兵放养军马的草甸子为马甸，连拴马的草也命名为寄马桩子。宋建炎四年（1130），岳飞任通泰镇抚使，率兵抗金，因泰州无险可守，退保柴墟，大败金兵于南坝桥时，岳家军也确在这里屯过军马，包括原马甸境内的大马庄和小马庄，所以马甸、大马庄、小马庄这样的地名与当年岳军在此屯养军马应该是有很大关系的。

不过，查阅《泰兴县志》，泰兴古马甸的原名跟北京的马甸一样，不叫马甸，而叫马店。其位置于柴墟（口岸）向东南、泰兴向西北大约二十里之间，当时有几十户人家住在长江北岸，有简易码头和几家商店，主要做江边船上生意。这里因设驿站而得名马店，除几十户人家外，还有几条践踏出来的羊肠小道，其余芦苇杂草丛生。后来据说有位姓马的人在此开了大商铺，除经营商铺外，同时还设有买卖马匹的市场和驿铺，故明嘉靖《维扬志》称此地为马店铺。据《（万历）泰兴县志》和《（嘉庆）泰兴县志》记载，马店镇在城北二十里，时与黄桥镇、口岸镇齐名。

《（光绪）泰兴县志》则称马甸为新马甸。之所以称新马甸，相传这里原地坍于江，居民东移新建村庄的缘故。笔者的外婆家住在马甸的西江村，那是笔者儿时常去的地方，那时就听说那边有个当铺桥，小时候，笔者以为叫大母桥；听母亲讲，在当铺桥西头，也就是西江村和临江村西头靠近马甸养殖场的地方是当初的古马甸，但后来发生了坍江，古马甸就被坍到江中去了。在古马甸坍进长江的时候，当街的商铺主人为保住自家性命及财产，便纷纷向东搬移到高岸，所以有时大家又称现在的马甸为新马甸。现在想起这些，也就豁然明白，无怪乎《（光绪）泰兴县志》有“新马甸”之称了。光绪三十三年（1908），马甸首创公立临江初等小学（解放后改为当铺桥初级小学），在老马甸的东首，已百年之久。马甸之名，自宋朝近千年来，虽几经变化，但真正沿袭下来的还是马甸。

《泰兴地名录》载，马甸在《（康熙）泰兴县志》称马店镇，在《（光绪）泰兴县志》称新马甸，后以人口递增，又分东马甸、中马甸和西马甸。民国时，马甸以乡制属泰兴第六区；解放时，马甸仍以乡制属泰兴城西区；解放初至1958年属城北区。1958年实行公社化，成立了马甸人民公社，公社管委会驻西马甸，驻地西马甸为马甸大队，中马甸叫中甸大队，东马甸与焦彭庄合为一起叫东兴大队。1983年改变“政社合一”体制，复置乡，马甸亦以马甸乡称之。1987年，设马甸镇，镇政府所在地依然在西马甸。2010年4月，马甸镇与泰兴市滨江镇合并设立新的滨江镇。

东马甸现位于江平路马甸大桥南首50米转弯向东一华里处，在现马（甸）根（思）大路北边。东马甸原系东西对面而居，逐步形成南北一条街，南北街头有一丈二尺的大门，早开晚关。北街有一张石桥，架在老马甸港河上，连接着东焦彭庄——《泰兴地名录》上载，因焦、彭二姓首居于此，故名。不过有人不称这里为焦彭庄，而叫焦孟庄，说是宋代有焦、孟二将在此驻扎过，开始住这里的又是焦、孟两家，因此得名焦孟庄；有人喊成焦彭庄，庄大了又分为东、西焦彭庄，可西焦彭庄并没有焦、彭两姓，东焦彭庄到解放前却还有姓焦和姓孟的各一家，倒是东、西焦彭庄刘姓为多，庄上还建有刘祖（刘邦）庙，每年农历二月廿八，这里都要兴集场（农村各地于约定俗成的日子和地点自发聚集进行自由贸易的场所），所以叫焦孟庄还有点来历，叫焦彭庄却难以找到依据。说到这连接焦彭庄的石头桥（后改建成木头桥），这桥于马甸的发展真是起了大作用。每天，特别是早上，过桥的人南来北往，可谓络绎不绝，由此而带来了东马甸街的市场兴旺。记不得是在哪里，笔者曾看到中国作家协会会员泰兴作家傅文章先生忆马甸的一篇文章，且作过一些摘录，同时我知道他老家大概是马甸彭庄的，他本人可能还做过马甸镇镇长。据傅老回忆，直到解放前夕，东马甸街上还有赵（正先）杂货店、张（金湖）药店、季（良鉴）酒行、李（九如）粮食行、李（文斋）当铺、吴（天王）客栈、屈（金宝）锅子厂、刘（金德）烧饼店、季（庆生）鲜腊行、陈（达官）磨坊、姚（金兰）白面店、季（立生）布店、刘（玉章）茶馆店等。后西马甸兴旺起来，东马甸不少商贾又向西马甸搬迁。

由于东马甸与焦彭庄联系紧密，地缘相交，所以自公社化起行政上一直将其合为一体以东兴称之，直到2010年，马甸镇与滨江镇合并为新的滨江镇，东兴村则与中甸村（即中马甸）合并，命名为中兴村。虽说新的行政区划后有了新的名称，但人们还是忘不了老名称，说到马甸中学在哪，都说在中马甸。

据说中马甸桥北路西曾经是宋代岳家军的马房，后变为民宅。中马甸没有东马甸商店多，更没有西马甸繁华，可能是在浦启大道上，常年兵荒马乱，商贾遭受连累，因而商店不兴。仅有刘荣卿、刘金余、曹宗俊三家酒行，刘荣卿兼开粮食行和做煤炭生意，并行中医。还有傅家腌腊行、卞家杂货店、曹家药店以及刘、李两家银匠店等。有位马甸人叫刘勇，他曾给笔者留言，说他是刘荣卿的后代，刘荣卿在中马甸及周边很有名气，他行中医专治跌打损伤，因曾治好过一位乡长的伤病而名声大振。一位姓曹的朋友告诉我说，当初的曹家药店就是他爷爷开的，他爷爷叫曹德卿，他的中医同样非常出色，那时没有马甸医院，解放后，他爷爷的曹家药店和另一个鲍家药店都并给了马甸医院，他爷爷和鲍爷爷自然也就成了马甸医院最早的医生。

傅老讲，中马甸街上当年有和尚居住的小庙，桥北设有坛屋。据他回忆，抗日战争时期，日寇在中马甸桥南北筑有土围子，设有明碉暗堡；为对我抗日根据地中心地带实行分割封锁，民国三十年（1941）4月，伪19师蔡鑫元部亦在口泰线中段的中马甸安筑了据点，日伪军常一起或轮番由此出动，下乡“扫荡”，老百姓深受其害。此间前后，出于战争原因，中马甸北首木头桥被火烧几次，烧了再修，修了再烧，后移建于现江平公路马甸大桥东数米处，当时人们称“洋桥”“握筋桥”。称“洋桥”是因为此桥为东洋鬼子（日寇）所造（建桥木材大多来自当地老百姓家前屋后的大树干）故称之；称“握筋桥”是因在建桥过程中，日寇打的老百姓的握筋（指耳光，泰兴方言）太多，因而老百姓以此为桥名，即让人们世代记住历史的耻辱和日本侵略者的惨无人道。

中国人民自古酷爱和平。但是面对外侮，为捍卫民族利益、民族独立，我中华爱国将士和广大民众，从来就没有屈服过。泰兴独立团在马甸人民的支持和配合下，就多次给盘踞在中马甸据点的日寇以沉重打击，直打得他们龟缩于据点，不敢露头，从而终使驻马甸日军小队长三山厌战，进而反战。民国三十三年（1944）7月5日，三山在泰兴马甸以佩刀自杀于士兵前，其尸体被士兵用火油焚烧成灰。

说起当年抗日，有一个人，笔者还是想说一下，他不是新四军，也不是共产党员，而是国民党军少尉，是泰兴马甸人，是一位值得尊敬的抗日老战士，他叫陈俊生。民国二十六年（1937），陈俊生在南京金钟学校学习，淞沪战争时，日军轰炸南京，学校迁至安徽当涂，遇同乡徐秀清在国民党军独立工兵三团二营任司务长，由他引荐遂投笔从戎参加抗日，先后在连、营里任文书（少尉）。

1937年部队由安徽当涂走水路沿长江经芜湖、安庆、江西九江，同年秋到达武汉，部队暂住武昌菊湾西街。春节后乘船行至湖南衡阳湘乡，经过为期4—5个月的集训后，部队在1938年夏到重庆。1938年秋，部队接胡宗南令，经宝鸡到达咸阳北窑洞，扩充新兵训练，翌年部队受命到潼关向北沿黄河西岸边训练边建筑永久工事，部队大部驻扎于河套潮邑平民县，二营驻守潮邑南北阳洪舟桥渡口，二营四连一排驻禹王渡（龙门）开辟战争码头以作对日进攻，二、三排驻扎淤水交通口维持南北交通大道。独立工兵团驻扎于黄河西岸一线建筑防御工事防日，所有这些战前准备与其后发生的对日军之战，陈俊生皆参加了。

陈老服兵役直到1945年日军投降，遂请假回乡省亲，后因国民党挑起内战，便决定在家务农，直至解放，直至今天。2021年泰州市侨联派人到马甸看望他时，他已102岁。

当然，为了抗日，为了人民的解放，为了新中国，当年马甸有许多热血青年都走上了战场，其中40多位献出了自己年轻的生命。笔者有一位姨父叫成大山，是笔者大母的妹夫，他和陈俊生一样，也在国民党军队里干过，任过排长，后来加入了共产党领导的革命队伍，他虽未牺牲，但受过伤，退伍后在家开了个肉店。说来，笔者这个姨父倒是标准的马甸人，他住在西马甸，现在马甸50岁以上的老马甸人，大概没有谁不认识他或没有谁不听说过他的名字。

儿时，笔者常去过西马甸，多从古马干河马甸段的河南，穿过横跨于河上的节制闸（此闸1958年建，1974年建为抽水站，也叫翻水站；2022年改建为壮观的马甸水利枢纽），顺闸北码头左转向西，过了当时的马甸公社管委会办公处一点，即可到笔者姨父成大山家。

据傅文章先生及有关人介绍，西马甸原位于古马甸港河以南，现于马甸闸北。西马甸街有一条较长的南北街和一条较短的东西街，青板石街道（石头于

1958年时作为烧石灰的原料被毁）。北街头有木头大桥，架于马甸港河上，连接马甸北岸和焦彭庄、西三义等村子。西有船码头，连接永安洲东夹江。马甸街建有关帝庙，意为镇住马甸不再塌江。庙外长江边坍岸上，系梅兰芳祖籍之根（大房十二、十三世）居住地。马甸还建有古武庙、平王庙和基督教堂。南北街东翼有张石头桥，连接东西彭家庄。彭家庄现没彭姓人家，也许历史上住过彭姓人家；有传说是由彭祖而得名，带有长寿色彩；还有人说居住最早者是彭城（古徐州）或山东彭庄的移民，因而取名彭家庄。传说彭家庄曹姓为曹操家族后裔，并建有曹氏宗祠。彭家庄后庄住有从苏州搬来的蒋姓人家。彭家庄西庄姓曹、姓张的为多，还建有一座张飞庙、张氏宗祠，张姓是否源于张飞后裔，难以考证。彭家庄东首江平路东系东埜（野）田，最早的傅家由明代泰昌年间（1620）迁入定居。西联季家窪（洼）子、三角庙等，东西长度有两华里之多，位于东中西三马甸南首。彭家庄由于地理位置独特，庄上的人家底富裕，待人热情，历史上流传着“宁做彭庄的伙计，不做某某村的女婿”的话语。

西马甸的一条南北街和半条东西街似“丁”字形，人们俗称“榻耙街”。当时有句顺口溜广为流传：“马甸是个榻耙街，十家就有九家卖。”其本意是指西马甸街市场繁荣，十家就有九家做买卖、开商店。解放前后街上商店星罗棋布，有周家布店，何家车匠店，刘家草行和刘家烧饼店，葛家小猪市，李家猪行，陈家竹行，王家大烟店，陈家旱烟店，徐家冥器店，蒋家理发店，马甸有名的照相师成仁美开的成家照相馆，田家老虎灶，常、焦、袁三家药店，李、周两家粮食行，殷家汤圆店，周家油漆店，戴家当铺，朱家绳匠店，常家烧腊店，叶家银器店，龚家衡器店，李、严两家猪行，戴家铁匠店，戴、曹两家浴室，梅、周两家杂货店，出生于马甸丁氏大家族的丁瑞生开的丁家酱园店，侯家灰竹行，徐家杂货店酒行，孙家杂货店，张、李、戴三家茶馆店，王家布店杂货店，傅、王两家鱼行，刘家布店，高家皮匠店，成家猪行及肉案子（成家即笔者姨父成大山家），以及其他肉案子无数家等，商贾大约六十多家，还有苏家武术馆。街两边卖蔬菜、副食品的排列成行，叫卖声不断，市场十分繁荣。

据《泰兴县志》载，1949年前马甸集镇街为一丁字街，南北长200多米，东西街长约150米，仅有一幢砖木楼房，至今尚存（其实原东兴6组和中甸1组也各有一以前的街店门面）。不过，街虽不大，却因此地为水陆要冲，而历来繁荣，况且西马甸还有关帝庙、天王庙、古武庙、天主教堂、基督教堂等。有人说，西马甸街上的伢儿（孩子），甚或成年人几乎都有一种与生俱来的优越感。这话笔者信，因为笔者多次去过西马甸，知道西马甸人特喜欢吃早茶和泡澡，颇有点码头范儿的味道。记得20世纪60年代末期的一次，笔者送东西去姨父成大山家，见他桌上放着三种烟——飞马、大前门、牡丹各一，还有被茶叶水浸成焦色的紫砂壶，就觉得这姨父可了不得。因为那时对抽烟流传着这样的民谣：大队干部抽的四脚奔（飞马），公社干部抽的两面分（大前门），县里干部抽的长三分（有过滤嘴的牡丹）。这三级干部抽的烟笔者那姨父全有，可见他绝非等闲，在马甸算得上是个角色了。在计划经济“关系”吃香的时代，他开肉店兼营猪行，手上还是有点钱的，一些紧俏商品部门的关系上自然也是很转得动的，加之又有一点旧军人的习气和江湖人的义气，还有曾先后参加过国共两支队伍打过仗的资历，所以在马甸，不少人既敬他又怕他。

每天下午泡澡，几乎是笔者姨父必不可少的。那天吃过午饭，笔者跟他去闸北往东一点的马甸浴室泡澡，不料却发生了意想不到的事情，甚至可称得上是事件。那天进浴室，他见自己每年都预订好的位置被人占了，而且还将上方的气窗给开了，于是气不打一处来。姨父先问那人有没有人告诉他这是有人预订了的固定位置，知不知道气窗打开，别人容易着凉；岂料那人毫不买账，非但不让位不关窗，还说知道了又怎么样，说他是县工作队的某负责人，就是要破破这马甸人的规矩。这一下激怒了姨父，只听“叭”一声，那人就被打了一个耳光。这还了得，成大山竟敢打县工作队负责人，派出所很快介入。成大山说自古有两个地方打人不犯法，一是洗澡堂，二是茅厕房，都是吊儿郎当的地方，何况打的是不讲道德、不守规矩的人，因而不肯认错。派出所知道没有个处理结果是交代不了的，就向成大山晓以利害，告诉他这动手打人够得上拘留了，念他对革命有过功，方予宽大处理，写下悔过书即可。成大山说他不识字，结果派出所代他写了一份，才算了结。我后来每每忆及，竟要笑喷，便写了篇散文，题曰《洗澡》。

“洗澡”之事，不论其他，唯从西马甸人骨子里与生俱来的优越感来看，应该说在那个年代在西马甸还是能普遍感知到的。或者可以这样说，就是西马甸人自己会本能地普遍地为其衣胞地，为其生为马甸人而骄傲和自豪。笔者以为这种骄傲和自豪与古镇马甸历来作为水陆要冲的商贸集聚地的历史沉淀几乎是分不开的。西马甸是苏中长江北岸的一个重要港口，有通往江南的小火轮船码头，有袁、李两家邮局。设有江海关，从外地来泰兴、黄桥、泰州的船只货物都要在马甸登记过关。站在古马甸木头大桥上，俯瞰马甸港河，船只来来往往，如穿梭一般，常有几十条大小粮食船、猪油酒船、灰竹船、江灰（运外地垃圾当肥料）船和木排等，停靠在港面上。满船卸，空船装，劳工们肩挑背驮，上上下下，忙个不停。历史上马甸、泰兴的猪油酒在杭州市场上具有举足轻重的位置，傅家几乎天天有去杭州一带的猪油酒的船队，当时市场上十分抢手。马甸设有船行、过载行、交易所等，还设有捐局即税局，征收猪捐、酒捐等。为保证物资安全畅通，设有江南公司、镖局、保险公司。过往船只可请保镖押船，物资可受委托通过水路运往各地，办理保险后如发生短缺由保险公司理赔。大自然给马甸港形成了潮起潮落，历史也给马甸街带来了兴衰盛败。

解放后，马甸曾几度辉煌，马甸人也有理由为马甸而骄傲。1952年、1957年、1958年、1963年、1969年经五次整治，一条西接长江，贯通原马甸港、新庄子河、众安港、王庄河、陈赵河、古黄河的古马干河连接着古溪和马甸两个重要古镇，加之1958年马甸闸的建成，不仅确保了旱涝无忧，而且运输便捷畅通，大大加速了两古镇，尤其是码头古镇马甸的发展与繁荣。1959年，马甸的集市贸易额在全县就已榜上有名，到了20世纪70年代，马甸的企业发展则进入了快车道，位于马甸镇的有养殖场建的国有渔业机械厂，有马甸环保设备厂、马甸制氧厂、马甸冷机厂、马甸玉器厂、马甸沙发厂、马甸服装厂、马甸砖瓦厂、马甸电厂、马甸电讯器材厂、马甸废品加工厂、马甸树脂厂、马甸钢锹厂、马甸五金工具厂、马甸大东纺织厂等，这些犹如雨后春笋一般的企业的崛起，给马甸带来了空前的繁荣与繁华。特别是马甸冷机厂，其名声和规模绝不比泰州的春兰集团逊色，当时的马甸可谓是西江东岸古马干河西端的一盏明灯。

西江明月照马甸，烟波江上寄乡愁。马甸的一水一舟，一草一木，一店一铺永远都在所有马甸人，尤其是所有马甸游子的心上。如今在马甸，东西走向的古马干河，满载货物的船只依然西去东往，百舸竞流，老闸已改建成了水利枢纽，扩大了港口；两横一竖的交通线上，大小汽车，川流不息，穿梭如织；甸上市场繁荣，商品琳琅满目，更有了新的景象，但马甸人依旧怀念着那印着沧桑、透着古韵、渔歌唱晚的老马甸，因为那是马甸人的魂！

## 新街北新与南新，建街故事传至今

新街镇，位于泰兴市北部，东邻元竹镇，南毗黄桥镇，西界泰州市，北接姜堰区。面积72.06平方公里，人口6.2万人，辖28个行政村，因2000年由原南新街和北新街两大乡合并而成，故称新街。镇政府驻倪浒庄，地处新广、古高公路交会处。主要河流有古马干河、新曲河、宣堡港等。地理位置优越，区位优势独特，连接沪宁、宁通高速的宁靖盐高速公路穿越腹地，并设有新街出入口。镇村公路联网畅通，水陆交通十分便捷，全镇铺设通村公路150公里，拥有3条六级以上干河航道。

南新街、北新街在解放初期属梯青区，公社化时曾统称梯青公社，后恢复原称。之所以曾以梯青命名，是因为解放战争时曾任泰兴县委书记的叶梯青在北撤至众安港后，遭敌袭击，不幸中弹牺牲，当时的新街人民将叶梯青的遗体偷偷安葬在杨村庙；1947年4月4日，泰兴集中为叶梯青召开万人追悼会，为纪念叶梯青烈士，当时的新街区改名为梯青区。

其实，全国许多地方都有南新街、北新街这样的地名，而且皆有故事，山东济南趵突泉就有这个地名，亦有故事。泰兴的南新街、北新街自然也是有故事的。

泰兴新街镇的北新街地名的形成早于南新街，它既不是聚族而居形成的村落，也不是农贸交易形成的集市，更不是市民聚居形成的街道，而是人为策划建起的街市，这个街市既为县境北部之重要集市，也是远近闻名的大村。原来的北新街叫双泰桥，之所以叫双泰桥，是因为这里有一桥，横跨两泰——泰兴和泰县（即现在的姜堰区），故名双泰桥，此地也就因桥而命名。1913年，邑人蒋占元动员附近100余农户，各以土地半亩、房屋两间，在老黄桥河南侧新建街衢两条，北新街由此诞生。

当年，蒋占元开辟北新街于黄桥河边，正是看中其水运优势。黄桥河北通姜堰，南接黄桥，当时是泰兴北部交通要道。双泰桥两端，河中停满粮船、猪船、油船、酒船。每到夜晚，延绵几百米的水上人家，灯火闪亮，人声嘈杂，喝酒谈笑声、讨价还价声混杂在一起，格外热闹。

这里插叙一段北新街的红色革命斗争史。据《泰兴县志》载：民国三十二年（1943）6月16日，伪军37师独立第3团杨开石部进驻北新街构筑据点；19日，泰兴独立团和泰县独立团配合分区主力一部，在敌立足未稳之际，对其发起攻击，激战一夜，毙伤伪军100多人，生俘伪团长杨开石、副团长以下334人，缴获轻机枪1挺，掷弹筒1枚，步枪170余支，子弹3000余发。如此辉煌的胜利，自然也就载入了泰兴的革命史册。

话题回到北新街建街后的繁荣。北新街建街不久，桥梓头南荡有个名叫严适贤的人在北新街租下两间门面房开店。其同庄人到北新街赶集购物，常在他店里落脚。一天，几个乡邻聚在一起议论：我们何苦每次跑这么远到北新街赶集置货？人家能做的，我们就不可以做？干脆，在自己老家也建个街市。说干就干，在严、谢、叶、李、王诸姓发起下，当即动员了36户，以每户入股建房两间、抓阄定位的方式，很快在桥梓头南荡建成长约200米、宽约2.5米，有78间门面房的街衢，因其位于北新街南，故名南新街。南新街东至管凤村，南邻鞠山村，西接白马村，北界金干村。

这些建南新街的人，他们都是桥梓头南荡的，桥梓头南荡就是南新街的原名。300余年前，此地段荒无人烟，随着李、叶两姓到此开荒种地，经过几代人的努力，这里终开发成一片良田，并在庄中间的村河上建了座石桥。从此便把庄名定为桥梓头。古代庄前后五节田内称庄田，五节田外称野田，十节田外称荡田。因桥梓头南北足有3公里长，故桥最南的一段便称为桥梓头南荡。

桥梓头南荡本是老叶庄祠堂的祖田。起初，关于将街衢建于何处，有两种不同的意见。有人提议建于桥梓头南五六里的梅家庄，说是梅家庄风水不错，一些大户都是从老叶庄、鞠家山来这里定居的，还有个出了名的鞠家大院。大多数人则认为桥梓头南有众安港，东有龙凤河（今取直疏浚为新曲河），且有陆路通河头庄（今河失镇驻地），水陆路皆甚便捷，街衢建成后，更便于发展。于是，众人以举手表决形式，确定将街衢建于桥梓头南荡。

建议建街于梅家庄的人，均未入股建街。所有入股者，人手持红色股单（相当于股票凭据）一份。单上除记载股民地名居住位置、股份外，对股民也有明确要求，主要内容有自觉维护街道治安、防盗营火、不窝藏坏人、不卖淫嫖娼等。为确保街道安全，旧时南新街南北两头均建有圈门（其防卫功能类似于城门），天黑以后，圈门紧闭，内用两道粗木杠加固，并有专人值班巡逻。

1944年冬，敌我对峙形势最紧张时，为防止日伪军侵占南新街对抗新四军和地方游击队，圈门和部分门面房被拆除。新中国成立后，被拆门面房陆续重建。南新街虽不算长，但凭借其有利的地理位置，很快形成集市。街上有周家杂店、祝家盐店、周鞠土烟店、王德和酱园坊、朱老五纸坊、严家烧饼店和黄家烧饼店，还有李家包子小吃店、朱巧剃头店、叶家染坊等。街南头是李家磨坊，用驴子拉磨给人加工面粉、粯子等，同时还兼营挂面，生意红火。

大概是这李家磨坊磨出的面粉和制作的挂面质量特好，且质量为上的优良传统一直为后继经营者所传承，所以直到机械加工乃至自动化加工面粉的今天，这南新街老字号面粉及挂面不仅声名不衰，而且更加饮誉四海，深为人们所喜爱。在南新街，名气较大的还有张家开的仁济生药店和鲁家开的德和园药店，另有季天成药店。仁济生药店5间门面分设街道两侧，由张家兄弟5人共同经营。德和园药店有前后两进房屋。此外，朱万顺金店名气也不小。抗战时期共产党曾在南新街开设过华东银行和邮局，银行旧屋至今尚存。

据《泰兴古村》载：南新街生意做得最大的是个外地人，在桥旁开壮猪（成年生猪）行，有4间店面，生猪可直接赶至船上。他将收购来的生猪用4艘船运至天星桥，再转江轮贩至苏、沪、杭等地，每天成交量四五十头。南新街的街南有条河港，即众安港（开挖古马干河时裁弯取直），街南首偏西100多米有座南北桥，成为当时南新街的集市中心。有人利用众安港西行达江的优势，做商贸运输业务，由此大大促进了南新街的繁荣。

20世纪30年代，此地就有快船来往于南新街和泰兴城之间。所谓快船，实为一种木质篷船，内设坐凳，每船能坐20人，动力舵盘加两人摇橹，遇逆风或需加快航速时，则有二三人在岸上背纤。在陆路交通不便的当地这算是比较快捷的了。这样的航班船一直延续到20世纪60年代。《泰兴交通志》记载："1960年，个体船民有快船一只，30个客位，每日一个班次，由泰兴经航行众安港（现已淤塞）至南新街，后转为泰兴轮船站经营。1965年停航。"

20世纪50年代，中共泰兴县委将原第五区的政务移交给梯青区，区政府从北徐庄迁移南新街北首，建立南新区公所，管辖南新、北新、元竹、老叶等乡，设立区公所后，来南新办事的人多了，增添了南新街的人气，生意也越发红火。随着行政区划的调整变化，南新街建起了医院、学校、供销社、粮管所、油厂、食品站、银行、邮政、新华书店等，这使南新街不仅成了当地的行政中心，还成了经济、文化和商业中心，南新街因此也变得更加繁荣和繁华。

改革开放后，南新街的个体工商业迅猛发展，街面兴旺，生意兴隆，泰兴市规模最大的三零面粉厂就坐落在南新街的中央，全自动化生产作业，凭借宁靖盐和京沪高速公路的便利交通，产品畅销全国，出口国外。

南新街曾是梯青区、新街区和南新乡、社、镇驻地。1958年公社化建大队时，以驻地南新街命名为南新大队；1983年撤社建乡体改时更名为南新村；2002年行政村合并时，经泰兴市人民政府批准，命名为新街镇南新街居委会。当年的南新老街，现已挂上"迎幸巷"的牌子。南新街居委会也已由原来200米长、78间店面的小街，发展成两纵四横贯通、住房林立，教育、卫生、邮电、金融设施齐全，有22个村民小组，4100多人，面积4.32平方公里的新型农村集镇。

南新街经改革变迁，街面更为兴盛发达，消费水平高于周边之镇街。现在的南新街比过去的老街面扩大至10倍以上。北新街乃至整个新街镇也都面貌焕然一新，处处呈现出一种蒸蒸日上、让人赏心悦目的新气象。正是：北新南新成新街，新街更加惹人爱！

# 天大地大无须道，小镇乾坤名玄妙

乾坤本是《易经》上的两个卦名，后借称天地、阴阳、男女、夫妇、日月等。唐杜甫诗云：“吴楚东南坼，乾坤日夜浮。”宋陆游亦有诗曰：“闲愁掷向乾坤外，永日移来歌吹中。”由此可知乾坤之意。乾坤既然可指天地、阴阳、日月，则以“乾坤”作地名一定是因为此地的不凡，故而鲜闻。不过，在笔者桑梓之地有一镇之古称，其赫赫之名正是“乾坤”二字。这镇便是古溪镇。

古溪，地处泰兴东北隅八十里，与如皋、海安、姜堰接壤，历史悠久，且具有光荣的革命传统！1928年，沈毅领导的“五一”农民大暴动，就发生在古溪，1940年，新四军东进的第一个目的地就是古溪。据《（万历）泰兴县志》载：古溪庄，黄桥东北二十里；古溪者，一说苦溪，又名乾坤镇，境内颇多历史遗存和民间掌故；有三国之雁往口，菜园子张青之张家桥，牛皋抗金之官柴场，并鸭儿湾、凤凰墩、开花池、松杨垛、六角井，凡此数景，皆故老相传，因袭至今；又三步两座桥，三里五座庙，古韵流芳，溪浣乾坤，物华天宝，钟灵毓秀，商埠繁荣，人文鼎盛，此古溪镇之概览也。然古溪之名动江淮吴楚至斯，何哉？问诸路人，其必曰，东方禅寺居焉。

由此可见，近千年之前，古溪便是有名的村镇了！传说古溪在宋代时即名为“乾坤镇”，但史志均无记载，无从考证。而“古溪”名称的由来，据“扬州风物知识公历”之“地名掌故”中云：“古溪位于泰兴县东北隅，相传五百年前此地小溪纵横交错，有一‘古’姓渔民在此捕鱼，设店卖鱼，遂名‘古溪’。”

古溪自古以来，就分东西两部分，相隔不到一里，惯称“古溪东头”和“古溪西头”，外地人称古溪为“西古溪”，“西头”因“东方寺”出名，俗称“西庙”，为周边几个县烧香敬佛的圣地！有三个传统的庙会（俗称“香期”），一个是农历二月初八（开庙门），一个是三月二十八，还有一个是四月初八（关庙门），在此期间各地香客（以靖江人居多）每天数以千计。“西庙”庙会期间，香客丢的“香钱”（铜钱）都以窝桔（装粮食的用具）屯装！长期以来，寺庙前西南角自然形成了一条以卖香烛纸马、小吃点、客栈、小买卖为主的百米小街，这就是所谓“西古溪”。“东古溪”为商业区，京广杂货，绸缎布庄，各种服务行业，应有尽有，一派繁荣景象！街道为条石铺成，长一里许，最东头也有一寺庙，叫“广福寺”（俗称“东庙”），这就是所谓“东古溪”，民国初年，有一位秀才撰写了一副对联：“东古溪，西古溪，形似古，并非古，神灵佛旺庙宇新；南新街，北新街，名虽新，实不新，墙烂壁倒瓦灰飞”，古溪面貌，可见一斑！

那么为什么又称古溪为乾坤呢？这与其地理环境及传说密切相关。古溪位于东胜神州，东海之边的名胜之地泰兴，地形有其独特的象征，镇区内外溪河纵横，更有在大江南北享有千年古刹之称的两座寺庙，即东庙广福寺和西庙东方禅寺；在二庙中间又有一条南北小河，南通往东西龙河，北通往小塘池，于南北河中段则有一座小桥，原名“奈河桥”，据说凡是地府捉拿的人魂或投胎之魂，分别经十个阎君审理后，善良的由转轮王择放投生，作恶的由阎罗王打入地狱，按情节轻重严格惩办，有“上刀山”“下油锅”“锯捣磨松”等不同的刑罚。不管是投胎的或者是捉拿的鬼魂都必须从此桥经过，其他无路可行。相传东岳大帝降魔坐镇东方禅寺后，专管阴曹地府的阴魂鬼怪，他根本不懂医学知识，当时年景不济，疫病不断发生，死亡人数逐年增多，不幸瘟疫流行到镇上，就连探亲的亲友都难免此难，人们只好求东岳大帝，可他也无解决办法，只好上天庭向玉皇大帝奏本，请求派神医下凡。玉皇大帝恩准，派遣神医张王菩萨下界治病，张王菩萨坐镇广福寺内，掌管阳间疑难疾症，治病救人，接受阳间人类的求神问卜，有求必应。

有一年，瘟疫又流行，并来势凶猛，药铺撮药都来不及，张王菩萨想了一个万全其美的办法，将大量的药品倒入水井中浸泡，然后让人们取井中的水饮喝，结果避免了一场大灾难。地藏王菩萨订了规矩，把每年的农历七月三十日订立为小鬼“放赦日”，这一天他把所关押的鬼魂，除咬脐郎不赦外，其余一律放赦一天。众多鬼魂出狱逛游，它们到处寻非闹事，弄得人间不得安宁。到了这天家家户户都要在路边、河边、厕所边、三岔路口、阴暗处烧纸化钱，祈祷平安，有的还请和尚回来做斋会，诵经文，超度鬼魂早日投胎转世，求得一家人平安度日。至今泰兴各地大多有七月三十日（农历）在路口“斋孤”烧纸钱的传统。

再说那奈何桥，由于常年无人看管和维修，日久天长就倒塌了，一些孤魂野鬼进进出出无阻挡，经常骚扰人间，人们又闹得东岳大帝和张王菩萨不得安宁，他俩一商量，就从磨盘山上取了一块大磨石放在原桥址上，并压上一道法旨“阴阳交界磨子桥”。桥东属阳间，桥西属阴间，从此阴阳两界才太平安宁。因为是阴阳两界的必经之路，平时有人开个玩笑或者骂人咒人时就说：“你不要凶、不要狠，你的魂灵已到了磨子桥了。”这种说法就是咒人要死了。这个磨子桥的传说已近千年之久，它的遗址只有六十多岁以上的人才记得，但它的传说还将流传甚远。

话说回去，正是因为传说中的东岳大帝和张王菩萨坐镇压魔，保住了一方平安，从此男耕女织，五谷丰登，大江南北的商客川流不息，古溪的人们才受佑而富甲一方，所以为感恩便在镇东建了座张王殿，并配备一匹枣红马、一匹雪白马和两个马童，在殿门口竖了一根高旗杆，且于农历四月初八这天，把张王菩萨从东方禅寺内请到了张王殿登位。恰巧东庙和西庙前又各有一条龙河，东边的一条通往东海的弯曲的河道取名青龙港，西边的一条通往长江的弯弯曲曲的河道取名为老龙河。由于当时两条龙兴风作浪，泥土从空中落到西北方十里之处，堆成了一个几十亩的高大黄泥堆，后来人们就把这个地方取名为黄泥墩（今横垛镇塘弯村北侧），此名一直流传至今。

当时，东岳大帝为了制服这两条龙，便将龙的胡须用捆妖绳捆钉在东方禅寺的西北角。若干年后，这个地方就出现了不少条几百米长的龙埂。后来，人们就在这些龙埂上开荒耕种，居住生息，逐渐形成了一个上百户的村庄。所以人们就把这个村庄取名为龙须庄。龙须庄上的龙埂，到1958年成立人民公社，实行河网化，规范河道，改造良田，挑私盐港时才被填掉，留下的残迹，直到1973年平田整地运动时才彻底整平，改造成了良田，只有现在张家桥北侧的东河边上，还残留着一条龙埂的遗迹。

大概正是因为古溪有这独特的地理环境与传说，故而古溪镇也就有了乾坤镇之称。

另外古溪镇在语言上也十分独特，地处吴淮方言语区交汇处，通、泰方言语区边缘。同时，又是四县市八乡镇结合部。加之，早期四面八方涌向本地的移民，后期人员的大量流动，以及婚迁等因素，使古溪在方言的发音、语意的表达、词义上出现了许多混杂、多样的现象。甚至一河两岸、路两旁、一庄前后都有很大差异。而且，有些语音、词汇显得很特别，找不到准确的汉字记代。有的甚至都难用拼音来与之对应。比如其语言的语意就带有混杂性，口头表达上体现得尤为明显。例对“今天、明天”，古溪境内有三种不同的读音。镇中部读为“更到，门到”；西部读为“今儿，明儿“（淮语方言音）；还有的人读“今朝、明朝”（吴语方言音）。这些都表明了古溪方言语音南腔北调的特征。

从历史上看，古溪春秋属吴，周元王四年（前472）越灭吴，遂为越地。战国中期，楚威王灭越后归于楚。秦时，为广陵地，属九江郡；楚汉之际属东楚，为东阳郡地。汉高祖六年（前201），复名广陵地，时属荆州。十一年改属吴，十二年为吴王刘濞封地，复为海陵仓。武帝元狩六年（前117）置海陵县，时古溪为海陵县所属。东汉建武年间（25—56），仍属于海陵县。三国时，曹操强令滨江郡民迁徙，成为空隙之地，此后海陵县废。晋武帝太康元年（280），复立海陵县。咸康四年（338），改名海阳县。南朝宋、齐年间，海阳县复名海陵县，古溪故地仍属海陵县地。其后历经隋、唐两代未有变化。自五代十国（南唐）泰兴于南唐升元元年（937）置县后，本镇一直属泰兴管辖。

《（万历）重修泰兴县志》记载：“古溪，在城东八十里。”“东方寺，在县东六十里古溪庄，宋嘉祐二年（1056）建。”《（康熙）泰兴县志》记载，镇域内古溪庄（古溪）、尹家垛（含东、西尹垛）、官垛（含东、西官垛）、雁陵（岭）庄（含东、西雁岭，北高、南高、野田）等自然村庄均建于明万历二十五年（1597）前。在行政区划上，《（万历）泰兴县志》《（光绪）泰兴县志》均云：“古溪庄属太平乡，黄桥管辖。”宣统二年（1910），续修县志载：“古溪属太平乡十保十五都。”清嘉庆十七年（1812）境内增顾庄、香店头；光绪十一年（1885）又增鲍顾庄、段庄（含野、南、北段庄）、周家庄、房家庄、鸭儿湾（鸭湾）、任庄、官柴场（含大、小汪庄）、南钱庄、王家庄、刁家汪（“汪”又作“网”。含东、西刁家网）、宫（黄）家垛、野秦（芹）庄（含东、西野芹庄）、钱家荡等自然村庄。民国以后属东溪乡，1934年建镇，属第四区。抗日战争和解放战争期间，均称“镇”，直至1958年，建立人民公社称“古溪人民公社”，范围扩大到原尹垛、顾庄、溪南、溪北5个乡，紧接着又与横垛、分界、沿河、浩堡、钱汤、野芹等原古溪区的17个乡合并成新的“古溪人民公社”，公社领导机关设在横垛，60年代初，重新分为“古溪公社”“横垛公社”“分界公社”等，1963年，上述三公社合并为“古溪区”（区政府设在横垛），下设若干个“小公社”，历时7年后恢复古溪乡、横垛乡和分界乡，1988年撤乡并镇，“古溪乡”首先改称“古溪镇”，辖地不变，人口27000多。2010年4月，乡镇合并，横垛与古溪合并为中心集镇“古溪镇”，镇政府设在古溪。

在抗日战争爆发前，古溪虽经改朝换代，联军过境，均未遭到破坏。抗战爆发后，京沪相继沦陷，1937—1940年，江苏省政府流亡苏北，古溪成为省保安四旅何克谦指挥部所在地，当时，国民党官僚政客及一些兵痞流氓群集于此，古溪一时成为苏北军事政治中心之一，因此，一些工商业、服务业随之畸形发展，形成一度的虚假繁荣，可以说，为千百年来的极盛时期。1940年夏，新四军东进古溪歼灭了保安四旅，接着黄桥战役胜利！如泰地区抗日民主政权相继建立，社会相对稳定！但从1942—1947年，敌伪构筑据点，实施“三光政策”，国民党反动派、还乡团反攻倒算，几经拉锯式的战事，古刹东方寺及东西街道均毁于兵燹（xián）。到1948年解放时，古溪已经面目全非，全镇一片狼藉，居民迁逃过半，是历史上的极衰时期！

新中国成立后，在党和政府领导下，古溪人民重建家乡，特别是改革开放以来，古溪的面貌日新月异，工农业全面发展，重建了东方禅寺，家家脱贫奔小康，“弘古开今，积溪弄潮”的“古溪精神”更加发扬光大！如今的古溪将以更加崭新的面貌向世人展现她的传统魅力和风采！古溪，终将成为一座耀眼的乾坤之镇！

## 广陵地名缘于何，来龙去脉浅叙说

说到广陵，许多人都知道这是扬州的古称。但是为什么其他地方也有称广陵的呢？比如绍兴，比如笔者的家乡泰兴，就有叫广陵的地方。还有，扬州称广陵始于何时？有何历史沿革？与其他地方的广陵有没有一种联系，这便是笔者所要探究的，并与大家所要谈的。

广陵之名，最早得于春秋战国时的扬州。据考，春秋时期，今扬州城西北部一带为邗国。公元前486年，吴王夫差在蜀岗上筑邗城，并开凿中国历史上最早的人工运河之一——邗沟，沟通江淮水系，为扬州开发之始。公元前319年，楚怀王在邗城基础上筑广陵城，广陵之名始于此。秦统一中国后，设广陵县。

汉代，今扬州称广陵、江都。吴王刘濞受封广陵，建立吴国，借助近山临海之利，“即山铸钱”“煮海为盐”，盐铁两大“官卖”业迅速发展；兴修水利，开盐河，种稻栽桑，进一步奠定了广陵水路交通运输的基础。广陵作为一方都会，经济开始发轫。刘濞宾客枚乘名赋《七发》，描绘了当时曲江广陵波涛的壮丽景象。为了改善和巩固民族关系，汉武帝把江都王刘建的女儿刘细君嫁到乌孙国。东汉末年，张婴率领的农民起义军在广陵一带转战十余年，被广陵太守张纲劝降。不久，许多农民响应了黄巾起义。

三国时期，魏吴之间战争不断，广陵为江淮一带的军事重地。南北朝时期，广陵屡经战乱，数次变成“芜城”。由于劳动人民数百年的辛勤开发，经济地位在恢复中不断提高。山东青州、兖州一带的移民南迁广陵一带，促进了广陵的经济发展。北周改广陵为吴州。公元589年，隋改吴州为扬州，后改为邗州。公元626年，唐复称扬州；公元742年，改称广陵郡；公元758年，再改称扬州。此后扬州之名为本地所专用。

民国元年（1912）废扬州府，置江都县。1949年1月25日，今扬州市区解放，设置县级扬州市，后设为地级扬州市。1983年3月，改革地市体制，调整行政区划，在扬州市城区置广陵区，区人民政府为县一级机构。行政管理区域16平方公里，人口24.31万。2002年1月，扬州市人民政府调整广陵区行政管理区域，广陵区行政管理区域增至67平方公里，人口29.36万。由此可见，广陵一直是代表扬州的主名称。

说到广陵，还有一个曲子与广陵有关，这便是《广陵散》。因为此曲传说为“三明大仙”传与嵇康之手，而此仙恰掌管扬州地区，故称“广陵”。又说广陵乃扬州古称，之所以用广陵二字，是因为民间有“广陵三月，宫中长乐”的歌谣言扬州地区音乐造诣之高，而《广陵散》不知何人所创亦不知始于何处，且当时晋朝崇尚扬州音乐，故命名“广陵”，并且因此而有了广陵琴派。自古琴派就有好多家，而源于扬州的广陵派则是中国古琴艺术的重要流派。其溯源悠久，风格独特，为历代琴家所重视。明清之际，文人雅士云集，琴坛名家辈出。清初的扬州琴家徐常遇被视为广陵派的开山祖。广陵派的代表性曲目有《墨子悲丝》《梅花三弄》《山居吟》《樵歌》《渔歌》《龙翔操》等。

这里我们既然谈到了《广陵散》，谈到此曲传说与嵇康亦有关系，那我们就又不能不说到绍兴的广陵。奇怪的是，广陵虽是扬州的古称，然而绍兴历史上却有多个叫“广陵”的地名，至今仍在使用的尚有广陵村和广陵桥。广陵村在上虞区长塘镇。传说魏晋时“竹林七贤”之一的嵇康就曾经在此隐居，因而该村有“嵇康故里”之称，上虞一作家还著有长篇小说《广陵散主人——嵇康》。广陵桥在柯桥区钱清镇象山脚下，桥侧有一座大王庙，为县级文保单位，内祀围筑鉴湖的东汉会稽太守马臻。大王庙南二里有枢里村，村口有座灵镇庙，庙后一道石库门，上刻“广陵枢里”四字。当地人说这原是一个凉亭，处在夏履镇到钱清镇的路上。

此外，绍兴历史上曾有广陵斗门、广陵里、广陵坊、广陵乡。据南宋《嘉泰会稽志》卷四：“广陵斗门在县西北六十四里。”《嘉泰会稽志》卷十二又载：“禹会乡在县西北五十里，管里一：广陵里。”南宋宝庆《续会稽志·坊巷》载，城区第二厢有“广陵坊”，同一厢尚有日池坊、月池坊等。明万历《绍兴府志》中仍有城区广陵坊和山阴禹会乡广陵村。民国二十一年（1932），绍兴县第八区设广陵乡，辖龙山、塘湾、潘家溇、大王庙、道士溇、马家庄、枢里、王鉴山、江灶溇、郑家溇、丁家桥、外大坞、里大坞13村，处今广陵桥周围。据《嘉庆山阴县志》卷二十一：“马太守庙，在县西六十里广陵斗门上”，同时还记“旧志有利济王庙，在县西南五十五里，祀太守马臻，疑即此县西之庙”。

现上虞区的广陵村一直没有变，城区的广陵里，地名没有得到延续，绍兴的广陵乡、广陵里的地名也没有延续。广陵斗门作为古鉴湖的水利设施，早已不存，从现存的广陵桥位置看，正是广陵斗门的原址，处古鉴湖西端。广陵桥北接象山，南近虎山，东北还有一座狗山，象山与虎山之间正是古鉴湖泄水斗门的理想位置，现在九曲河流经这里，广陵桥连接九曲河两岸。马臻作为创建鉴湖的太守，为民造福，百姓在广陵斗门这一重要水利设施的相近山坡上建庙祭祀，也是合乎情理的。

我们知道，现在扬州的主城区是广陵区，而扬州古代就称为广陵。广陵名称最早见于春秋战国，据《史记》载，周慎靓王二年（前319），“楚怀王槐城广陵”，即在邗城旧址重筑新城。三年后设置“广陵邑”。那绍兴又为什么有这么多的广陵名称？

《周礼·职方志》谓：“东南曰扬州，其山镇曰会稽”；《吕氏春秋》：“东南为扬州，越也。”扬州建城虽然比绍兴早，但作为镇山的会稽山在绍兴，越的中心在绍兴。绍兴南部是成片的山地丘陵，推测广陵的名称原出自古越国。扬州作为古九州之一的州治，生活着部分来自会稽山区的越民，他们将那里称为广陵以怀念家乡，后来又有别的地方使用这个名称，如广东大埔县茶阳镇广陵村，山东寿光市上口镇的广陵村，江苏靖江县孤山镇广陵村，江苏泰兴市广陵镇广陵村等。当然这是推测，但绍兴与扬州的关系确实不容忽视。

笔者以为，这个推测还是说得通的。因为笔者家乡泰兴的广陵就是相传为赵、董、杨三姓从扬州迁此，而取扬州古名广陵为名的。亦说为600多年前有扬州的竹器商和铁器商到此落户，而将此地取名为扬州的古称广陵的。

经考，这里赵姓居多，与赵姓相关的传说也不少，且600年前的这里原为荒滩，确有赵、董、杨三姓由扬州来此定居，垦荒种植，正是他们念及扬州古为广陵郡地，乃定名此地为广陵的。由于这里水陆交通方便，因而其后又有人陆续来此开设酒行、木行、竹器行、铁器铺、陶瓷行、粮食行、京广杂货店、客栈等，其中扬州来此定居的竹器商和铁器商为多，从而使这里成为农村的一个颇为繁荣的集镇，故名广陵镇。《（嘉庆）泰兴县志》载：“广陵镇，县东南四十里。”解放前，广陵镇街道呈丁字形，路面并排以三块条石铺砌，主街道为东西走向，长500多米，两侧店铺林立，各种南北货品琳琅满目，“来的五湖四海客，说的东南西北腔”，令这里赢得了“小扬州”之美誉。一度，泰兴东南乡诸村也多以此镇为中心，购物买卖，逢年过节，尤为繁忙。

广陵镇地理位置独特，是泰兴东南之门户，靖泰界河穿镇而过，一河分两县，南为靖江，北为泰兴。横跨于界河之上有一混凝土石拱桥，名镇龙桥，《（光绪）泰兴县志》记载：“镇龙桥在广陵镇。”据说，当初集资建此桥者为广陵镇上坐南朝北的恒和堂药栈栈主赵庭栋（又名赵老三）。赵老三成立了个近200多户的建桥筹备会，筹得60多万银两，又去南京找到为官的老乡赵曹西，筹得50万银两，由此建成了一座长15米、宽5米、高8米的混凝土石方孔桥，并取了一个霸气的桥名叫镇龙桥！旧时广陵镇人则戏称：一桥跨两省——“河南”“河北”，虽为戏称，又似乎有几分贴切。两岸居民凭河而居，依河而生，因河而富。平日里，这里鸡犬之声相闻，炊烟袅袅相见，虽然一河之隔，但两岸居民的语言及风俗却截然不同，“河北”人称“河南”人“靖江蛮子”，“河南”人称“河北”人“泰兴呆梓”，相互取笑。有时为抢占地盘，也常常争吵，但过后倒也相安无事，互不计较。

人们忘不了在抗日战争和解放战争时期，靖泰界河两岸的泰兴、靖江人民团结一致，共同对敌那血与火的战斗之史。据《靖江当代人物专题》载：“民国三十六年（1947年）初，敌人在靖中实行‘搜剿’，斗争形势日趋紧张。3月17日，中共靖江县委书记王倬与靖中区区委书记徐梓人带领靖中大队和地方干部100多人转移至泰兴县广陵区小唐家庄，与泰兴路南游击营会合。3月8日凌晨，敌一〇二旅二〇六团及三〇四团在当地反动派的配合下，突然向小唐庄包围合击。王倬当机立断，指挥部队胜利突围。突围中，由于他的腮间、手臂、臀部等三处负伤，不幸被捕。民国三十六年4月1日清晨，敌人将将王倬押至团结乡广陵村，绑在六圩埭腰沟的一棵桑树上，用刀割下了他的耳朵、鼻子，剜下了他的眼睛、舌头、心肝，最后砍下了他的头颅。在受刑过程中，王倬始终昂首挺立，表现了共产党人的硬骨头精神。王倬牺牲时年仅32岁。”王倬虽然牺牲，但他的英魂犹在；据说，杀害王倬的刽子手没多久便都生重病死了。

话题回到镇龙桥，此处后来因多次发生撞船事故，所以镇龙桥最终被拆除了。桥虽拆了，但广陵桥畔的历史事件和广陵版的“清明上河图”却永留于人们的记忆深处。

历史总是要向前发展的，在这样的发展中，遗憾也总是难免的。今天自有今天的成就与辉煌，广陵自然也是旧貌换新颜，家乡泰兴的广陵也在老镇龙桥近处另建了一座大桥，名广陵大桥；广陵顾周的中华红枫园则已成旅游胜地。何以要镇龙？龙腾虎跃的新气象多好！古称广陵的扬州，今天更是美如西子，更有其特具的风韵。所以，我们现在只要知道一些文化的根脉，留一份乡愁于心，便可有了一些弥补，亦便有了一份传承和一份精神力量所在与一种新的美好的憧憬！

# 曲霞原名蛤蟆圩，神奇故事几人知

又到秋深菊黄蟹肥时，这个时令是品尝蟹黄汤包的最佳季节。欲品赏蟹黄汤包，最佳地点当是泰兴，因为蟹黄汤包是泰兴的传统早点，又以泰兴蛤蟆圩（yú）的蟹黄汤包最出名。“早上皮包水，蛤蟆圩的蟹黄汤包轻轻地提，快快地移，先开个小窗，再慢慢地喝汤；晚上水包皮，府前街上下个澡堂子，修个脚，搓个背，快活实在如神仙。”这民谣十分形象地描述了泰兴人最理想的休闲，也将吃蟹黄汤包的细节描绘得惟妙惟肖。

是的，“来到泰兴，不吃蛤蟆圩的蟹黄汤包等于不到泰兴一游”。说到泰兴的蛤蟆圩，其实就是曲霞镇。那么为什么蛤蟆圩又叫曲霞镇呢？为什么这曲霞也就是蛤蟆圩的汤包就这么好吃，就这么出名呢？这就不能不说到与其地名相关的一位重要的中华名人——明代地理学家、旅行家、文学家徐霞客。

崇祯五年（1632）四月二十七日，曾任泰兴县令后调任靖江的陈涵辉带领著名旅行家、地理学家徐霞客在去雁荡山途中单程来曲霞品味蟹黄汤包，他们二人从这门厨艺之中以独特的观察力发现了蟹黄汤包除包含着饮食本身的知识，也涵盖了天文、地理、力学、生物、艺术之类的学问，二人兴致盎然，诗情大发。

那时，有一条靖泰界河，这是靖江和泰兴两地友谊的纽带，曲霞人与靖江孤山生祠镇人交往甚密，一衣带水，孤山船民传宗靖，因做面粉生意与曲霞汤包师傅花江山结交为兄弟，传宗靖一次在江中遇难，花江山将其子收为膝下，并向他传授了蟹黄汤包制作技艺。陈涵辉任靖江知县将其召回靖江定居，并在其县府居所后的土山上建成江峰阁取名“梦江斋”。其七间房屋供传宗靖之子向厨子艺人传授曲霞蟹黄汤包制作技术。

蟹黄汤包制作之33道工艺与包子上的33道褶暗合，徐霞客发现这个称之为“圩”的蟾蜍集镇地处在北纬32.9度上，四舍五入为33，这是天与地的融合，33道褶，又是一幅易经八卦图。蟹黄汤包的面皮必须经过两次发酵，首酵酵面最佳的时辰是凌晨4点，这时万物俱静，气流畅通，天光地气，宜于面团吸收，加注活性能量。这个时辰也是当地故人落葬最佳时辰，寓意人升入天堂的良辰时光，汤包道褶犹如沧桑之人的皱纹，他们由蟹黄汤包联想到人生，不禁感慨万分。陈涵辉遂写下了《又登孤山》：“何烦千列山章，仰止一孤岑，海阔沧桑眼，江涛草泽心，有田

环小诸，足野荫长林，无限登临意，高山独无琴。”（《陈寒山文集》）

据考证曲霞是长江冲积平原，因形似蟾蜍，故称蟾蜍圩，后人俗称蛤蟆圩。崇祯十四年（1641）正月，徐霞客卧病，觉得自己将不久于人世，于是拖着病躯写了一封书信给长子徐纪将书信送交陈涵辉，陈涵辉见信后立即过江赶至江阴梧塍里看望病中的徐霞客。两人回忆起蟾蜍圩，品尝蟹黄汤包吟诗作对的情景，徐霞客反复咏吟“神驹起渥洼，千里亦腾越”（《寒香集》），用手比画着靖泰界河的弯曲，界河的弯曲根据潮水规律和土壤结构特点防止水土流失设计而成的，赞扬他惜民爱民，自强不息导民以善的非凡的人格和伟大的爱民情怀，同时也是以江河见证他们两人的友谊，所以临终前，他用手在陈涵辉的手掌上写下了“曲霞”二字，故昔日的蟾蜍圩由此而易名为曲霞。“曲”是嘱咐陈县令官场上要学会人生弯曲的艺术，“霞”是他在蟾蜍圩亲眼看见了蟹黄汤包面皮的二次发酵时太阳冉冉升起，而面团随着四射朝霞升腾的神奇景象，故写“曲霞”二字于陈县令，陈县令自然也就明白了徐霞客的深意。

这里还想特别提一下靖泰界河。明朝天启年间（1621—1627），北大江自西而东逐渐淤塞，自靖江泰兴两县接壤后边界土地纷争数年不息，杀伤颇多，崇祯九年（1636）泰靖边界又起争端，陈涵辉会同泰兴知县共同劝说边界百姓并主动谦让，根据潮水特点，调整土地，避免两县大规模械斗杀伤，争端得以平息，靖泰界河成为靖泰人民世代友好的纽带，沿靖泰界河的村庄大都以“太平”二字意思为首，太平市、太平圩、安乐桥、季平市。由此，陈涵辉被靖泰两地人民奉尊为神，立“陈公堂”修庙建宇，传至今日，陈公堂庙会由此而来，到了十月金秋，“黄金大地蟹正肥，天地合一祭神明”，陈公堂庙会即隆重举行。

曲霞古镇历史悠久，既然形似蟾蜍，且名为蟾蜍圩，也就肯定有了许多美好的传说。的确如此，曲霞因蟾蜍而神化，蟾蜍因曲霞而流传。相传很久很久以前东海龙王开蟠桃会，螺仙、贝仙、鲤鱼仙、鹅仙等各路神仙云集东海龙宫，螺仙路过王母娘娘的后花园，看到了白雪公主和白马王子正性情相交，那白马王子正是鹅仙；螺仙心生醋意，当众状告到王母娘娘。王母娘娘勃然大怒，随手将嫦娥月宫中献来的月精盆砸向鹅仙的头。蟾蜍用身体挡住了鹅仙，瞬间化作一道白光，恰巧白雪公主和白马王子愉悦之情发出呻吟声与白光相遇，侵入蟾蜍体内。

蟾蜍救鹅被打入寒宫，天庭圣主认为蟾蜍的行为是善心良德仙人之举，命雷神监督海龙王给蟾蜍平反，并将蟾蜍放出寒宫。蟾蜍一出冷宫，重返仙界，正逢春暖花开，快活得不得了，满腔激情，一泻千里情，一路排出了黑压压的一大片精卵。雷神见此，心生敬意，放出了心电，雷雨刚过，太阳光照着，蟾蜍一路的精卵慢慢地活动起来，变成一群大脑袋长尾巴的蝌蚪，快乐地游在水中。月精盆侵入蟾蜍体内使蟾蜍成了最美的神，神力无穷。天庭欲册封蟾蜍为东海美王，蟾蜍为了不让海龙王、王母娘娘遗憾，自己请雷公施加神力，瞬间蟾蜍光滑细腻的皮肤，浑身长满疙瘩痛苦无比，吐出了月精盆，完璧归赵。海龙王念其真情，用定海神针给蟾蜍定律，托其一块陆地，让其栖息，这块陆地称之为蟾蜍圩，由此也就有了“蟾蜍圩”这一地名。

时过境迁，南海龙王有个公主名巧姑，自幼得知皇母的月精盆失而复得，对蟾蜍很好奇。一次龙王带她去东海龙宫赴宴，路过蟾蜍圩，往返途中的美景给她留下了极其美好的印象，她便趁龙王外出之机，变作一只金色的蟾蜍伏在花园中。花园一片翠绿的荷花，让她美不甚美，她正在聚精会神地享受美景，突然一条凶神恶煞的大青蟒向她扑来，正在秧田边踏轮车水的张祖，用扁担与大青蟒展开了生死搏斗救下了她。金蟾蜍醒来，得知是张祖将她从恶蟒口里救出后，便从口中把一颗龙珠吐在荷叶上，作为给张祖的纪念之物，然后恋恋不舍地跃入水中，回龙宫去了。

巧姑回到龙宫后深深爱上了张祖，一天她思念张祖心切，偷偷相约螺仙、贝仙、鲤鱼仙，变成凡女来到蟾蜍花园庄，盼望能见到张祖，不幸的是张祖遭抢劫一贫如洗，无家可归，他坐在海边手转龙珠说：“龙珠啊，我把你送还主人后，将死而无憾。”这时突然从后面来了一个怪物嵌住其腰，夹住张祖的身段，抢夺龙珠，张祖拼命挣扎，也无济于事，他宁可被夹死，也不把龙珠交出来。张祖一看原来是一只大螃蟹，奄奄一息之时把龙珠扔进了大海。巧姑见到了龙珠，终于找到张祖，可张祖已被夹昏了过去。巧姑与螃蟹展开了一场搏斗，终于救下了张祖。贝仙、螺仙和鲤鱼仙，看出了巧姑的心思，用神法给张祖建了一座花园，并在荷花池边建了一个凉亭，后来蟾蜍圩就有了花园庄和亭子这样的三圩。

说来也怪，张祖自从遇到巧姑后，每天到了饭期，就见餐桌上盛满了白花花的米饭和鱼肉菜肴等，他百思不得其解，于是站在凉亭寻找蟾蜍。中秋半夜时分，天空当月，从月亮里走出了一个白发老汉随风飘来，不断地呐喊：“你是蟾蜍的儿子，青蛙王子。”此时半空中神歌四起，歌舞升庭，张祖似梦似醉，巧姑来到他的身边，告诉他自己就是龙珠的主人，南海龙王巧姑公主。从此两人结为恩爱夫妻，日月复月日，孝敬父亲张蟾，一家三口过得十分欢喜。第二年春天，巧姑十月怀胎期满生下一男孩，取名为张兆璠（张八），张兆璠考取状元。蟾蜍的传说也随泰兴产生武状元之时产生，人们把“金蟾脱壳”误传为“金蝉脱壳”，这样蟾蜍、花园庄、亭子三圩的故事也就流传了下来。

另一个传说亦与蟹相关。蟹原来是天庭院中的黄桔，天庭圣主召开仙会，特邀蟾蜍仙、蝉仙，黄桔见到蝉仙心生邪念，身上吐出了黄粉射向蝉仙，蟾蜍眼明手快，用两手挡住了黄粉，黄粉落在了蟾蜍的头上，瞬间蟾蜍浑身似火，眼额长出了两角，蝉用嗓子高呼它跳入清水池，于是浑身长了疙瘩的蟾蜍在头上又长出了两个角。蝉感到内疚，整天用嗓子为蟾蜍歌唱，让人间知道蟾蜍见义勇为的美德。

黄桔看到蟾蜍中了自己的黄粉长出了两角，又羞又惊，伸出了千年练成的枯蒂。这时王母娘娘羞涩成怒，用仙扇封闭了黄桔的蒂口，让枯蒂变成了八只爪子，并在它的肩上插上了两只天锤，让它捶头顿足，使它的头和腹连在一起，变成了怪物下凡，那封闭了的枯蒂成了蟹的嘴巴，只可向外吐恶气，以净化心灵，改邪归正。由此蟹与蟾蜍结下了不解之怨，蟹怪知道只有龙珠才能使它重返仙境，恰巧蟹又见到了龙珠，张祖又把龙珠还给了公主，蟹旧仇加新恨，见到张祖丰收在望的稻田，原形毕露，于是分身若干，从江河湖泊一拥而上闯进稻田，吃稻粒，还用螯伤人。

蟾蜍先民吓得畏之如虎狼，大禹之后派壮士巴解到蟾蜍圩督工。张祖在一天晚上点起了火堆，一只只口吐泡沫的蟹，江水般汹涌而来。不多时，蟹吐出泡沫把火堆淹熄，双方在黑暗中混战到东方发白，蟹才纷纷退入水中。张祖寻思良久，想出了一个办法，在他的住宅边掘条很深的囤沟，待天晚升起火堆，囤沟里灌进沸腾开水，蟹席卷过来就纷纷跃进沸水沟里烫死了，沟里的尸体越积越多，张祖便用长挠钩挂起来，继续放开水作战。烫死的蟹浑身通红，堆积如山，发出一股引人开胃的鲜美香味。张祖掰开甲壳，将味道鲜透的黄块送入口中，觉得比什么东西都好吃。张祖吃了那蟹黄后，原来身上的水麻疹也随之消失。张祖的智慧赢得了人们的尊敬，蟾蜍圩的百姓用长挠钩挂蟹的地方从此便称之为挂钩圩。

张祖的父亲因年老无法食螃蟹，张祖为了孝敬父亲，于是将螃蟹去壳，将蟹黄加上了食草的猪的骨髓和鸡、鸽等二十多种动物和植物油，做成包子，可不用牙就能品螃蟹的美味，这就形成了蟹黄汤包。曲霞的蟹黄汤包几经演绎，时至今日就更加鲜美可口，成了泰兴颇具特色的一道美食，而传扬九州了！

## 话说泰兴戴家窑，歌谣变奏实写照

“戴家窑，戴家窑，明皇要将城墙造，一道圣旨到戴窑。”这民谣说的戴窑就是指的泰兴和兴化的戴家窑。南京明城墙的一些城砖上就有“泰兴县提调官县丞王鼎……窑匠张兴二”这样的铭文。据考，戴家窑在全国有多处，而且于宋代时就已响名四海了，这从景德镇的御窑戴家弄窑的产生便可得知。只是，专造城砖的官窑大概也就泰兴的戴家窑排得上号，其他的戴家窑虽然也造城砖，但不是专造，有兼造瓦片的，也有造陶瓷的。《泰兴县志》明确记载，位于泰兴曲霞镇北部的戴家窑（今戴窑村）为“城砖窑遗址”。

是的，泰兴的戴家窑最初的确因泰兴城筑城墙所需城砖而建。在漫长的封建社会里，城池的地位颇为重要。对于城市而言，护城河是抗击入侵者保城平安的屏障。南宋绍兴元年（1131），泰兴县治由柴墟（今泰州市高港区口岸街道）迁至延令村（今泰兴市延令街道），一开始城池较小，后又遭金人毁坏。绍兴三十一年（1161），知县尤袤修好原城池，又扩建了一道外城。外城为夯土建筑，故址在现在的环城路。明弘治五年（1492），泰兴土城的西门改为砖砌。明嘉靖间（1522—1566），倭寇骚扰我沿海一带，所到之处，烧杀抢掠，无恶不作。嘉靖三十四年（1555），泰兴知县姚邦才奉诏筑砖城。城砖需专门官窑烧制，于是戴家窑应运而生。县志载：“相传明代有戴姓在此建窑十八座，专烧城砖，供修建泰兴县城墙之用，俗称戴家窑。”

戴家窑离泰兴城较远（今直线距离11公里），旧时交通不便，运输沉重的城砖非常不容易。那么为什么选在此处建窑呢？原因可能是泰兴东北乡皆为高沙土，其土质不适宜烧砖，而戴家窑一带为临江的黏土地，不仅适宜烧砖，且烧出的砖坚如青石，同时制砖、烧砖取水也比较方便。据《泰兴古村》载：“戴家窑的18座窑建于庄后头、老焦土港南，占地面积100余亩，窑上用工150余人。过去的制砖全部是手工制作，生产的城砖有三种规格：即大号砖35×16×7（厘米）、中号砖33×16×7（厘米）、小号砖31×16×7（厘米），每天生产的成品砖若干。由于当时交通运输落后，城砖运至泰兴城还是很费时日的。传说，知县令全县百姓从泰兴城至戴家窑排成人靠人的‘一’字形队伍，用人工传递的办法，将城砖传递至泰兴城，确保筑城使用。”因为到戴家窑搬运城砖用人太多，几乎是县内老百姓全体出动，加上搬运也太过累苦，所以也就有了这样的民谣：“你不要叫，你不要吵，让你去上戴家窑；你也搞，他也闹，最后一起去上戴家窑。”这“上戴家窑”的意思就是去“挨搞”（吃苦），让你受苦受难。

其实，运砖苦，制砖、烧砖更苦。制作成品砖要经过取泥、捂泥、造泥、制坯、装窑、烧窑、窨水、出窑等若干工序，每一道工序都无不掺和着窑工的辛劳的汗、辛酸的泪。旧社会窑工生活在社会的最底层，素有“窑花子”的贬义称号，也就是讨饭的生活，曾经有窑工形象地说“一年做到头，落到了两个大拳头”。这就是说窑工干的是最累最脏的活，累死累活的一年忙到头，二年忙到稍，却还是过着衣不遮体、食不果腹的生活。这是说的窑工，再说戴家窑之地。

因城墙用砖多，有时皇城征砖，又需提前准备，故戴家窑18座窑连续烧砖若干年，制砖用土量大得惊人，几乎所有良田的黏土皆被取之一空，从此戴家窑就变成低凹地区，坑塘遍布，常遭洪灾。于是泰兴南乡便又流传了两句民谣："旱煞个张家桥，淹煞个戴家窑。"同时还将原有民谣中的一句"一起上戴家窑"的话变成了俗语，使这句话带有了"一起完蛋"的含义。

不过，我们也由此可以看出戴家窑这块土地，戴家窑的百姓、窑工为泰兴城（甚或为皇城）曾经的建设，为泰兴人民御敌、抗寇做出了多么巨大的贡献乃至牺牲啊！那时的泰兴城墙规模周长有1300多丈，高2.5丈，宽1丈，内城墙环马路，外城墙绕濠河（即护城河），这一雄伟的建筑，可称为"铜墙铁臂"，屹立在城周。修筑城墙耗时一整年，泰兴城"七里有奇"的高大城墙方才修筑完成。自然，戴家窑地名也从此被载入史册，并沿用至今。史载，明嘉靖三十九年（1560），十年九淹的戴家窑被淹得颗粒无收，灾民向县衙报荒，知县恩准放粮济困保民。为抗灾，戴家窑的村居一般3—5户住一个小岛似的园子，在园子四周围堤筑坝以防水患。新中国成立后，尤其是改革开放后，戴家窑建了排涝站、节制闸和许多涵闸，从而才真正确保了排水畅通，涝灾无忧。

如今，戴家窑已与原拾圩、普圩两个村于2001年合并而为一个大村戴窑村。戴窑村已成为江苏省第十二批省级"民主法治示范"村（社区）、江苏省卫生镇（村）和江苏省第二批生态文明建设示范镇村。戴家窑人终于让戴家窑的面貌焕然一新，为戴家窑谱写了新的篇章，唱出了"戴家窑、戴家窑，官窑福地是块宝；新的时代生活好，人不'挨搞'地不涝；村里处处景色妙，谁都要来戴家窑！"的新歌谣！

## 三垈之垈莫道怪，首垈王垈吾说来

笔者为泰兴"三垈"人，确切地说，笔者的衣胞地就是三垈的王垈。不过，何为"三垈"？"垈"念何音？却难住了好多异乡之客，甚至于非三垈不少泰兴老乡也是茫然不知，故而笔者只得不惜笔墨，将"三垈"之各"垈"来一一说之。这篇要说的是“三垈”之首“垈”——王垈。

的确，以“垈”名庄是很罕见的。据笔者考证，全国带“垈”字的庄只有四个，而泰兴就占了三个，还有一个在山东。在泰兴的这三个带“垈”字的庄都是古庄，分别是王垈、井垈和苏垈。山东的则叫垈窝村。泰兴的这“三垈”不仅是古庄，而且自古就是大庄；王垈包括了大王垈和小王垈，井垈包括了大井垈和小井垈，苏垈则包括了大苏垈和小苏垈。这三个庄虽然相邻，但在行政区划上，现在却分属于泰兴的一街、一乡、一镇，即王垈隶属济川街道办，井垈隶属于根思乡，苏垈隶属于滨江镇。

带“垈”字的庄名固然少见，庄名中的这个“垈”字则不一般，且非常独特。“垈”字一般字典是查不到的，在过去唯《康熙字典》可查。现在网搜为“垈dì，古同‘地’，地球表面的土壤。垈làn，方言，平地涌泉（象征发财之处）。垈zhuài，方言，地名、村落：王垈。”《康熙字典》注解为“【丑集中】【土字部】垈；康熙笔画：7画；部外笔画：4画；《集韵》与地同。”《说文解字》卷十三“土部”以“垈”归“地”，所作说解是“元气初分，轻清阳为天，重浊阴为地。从土也声。墬，籀文地从隊。徒内切。〖注〗埊、嶳、埅，亦古文地。”

由此可知，“垈”与“地”是通假字。当地人自然是说方言的——王垈、井垈和苏垈，包括泰兴城北边方圆十公里的地方都将“垈”念“zhuài”音，泰兴城里人则念平舌音“zuài”。只有，乘公交车到王垈站点报站名时，自动播音将“垈”读成“dì”。然而，三垈中的王垈关于这个“垈”字的来历却有其独特的美传，所以，介绍“三垈”必先从王垈说起。

王垈这个村落元末明初时就有了，庄子位于泰兴城北邑约十里。《泰兴县志》载：“建（庄）于明万历二十五年（1597年）以前的有顿汉（车）、王垈（含大、小王垈）。”《（光绪）泰兴县志》卷第四载：“城北少东……八里王垈。”《泰兴地名录》载：“《康熙字典》载：垈，与地同。王姓首居于此，故名王垈。后因人口递增，分大、小王垈。”

据考，王垈、井垈和苏垈这“三垈”，原先都是茫茫江水中的三块高地，故在襟江带海的延令成陆后，这三处先后就有了东坨、北坨、西坨和东楼、北楼、西楼的名称。东楼之所以后来称为大王垈楼，那是为纪念隐居于这里的一个姓王的状元而命名。

相传，王状元金榜题名时，恰逢元朝乱世，他眼见得朝廷昏庸腐朽，不由大失所望，为求自洁，便远离庙堂，来到这延令的东楼归隐。王状元在此传道、授业、解惑，感觉这里有水有土，是人杰地灵的一方宝地，由此而想到了古人曾将“地”写成过“垈”，遂大悟，而称此宝地为“东垈”，北楼、西楼也就随之相继改称为“北垄”和“西垄”。王状元去世后，东垄人为了纪念他，便将“东垄”称之为“大王垄楼”，直到笔者先祖士镇公携眷迁此，同时庄南头又有了一些迁徙来的新户，于是这“大王垄楼”才有了“大王垄”和“小王垄”的分称与“王垄”的统称。

又传，旧时王垄原名横垄，当地口音将“横”读成“王”，后因村里人联合苏垄、井垄两庄对付余家庄，王垄比其他二庄的势力大，故又称大王垄。但这种说法是对王垄原先相传说法的断章取义，王垄原本相传的说法与之有本质的不同。笔者曾听王垄老一辈人多次讲过，说是“三垄”原先就称为三坨，王垄居于东，故称东坨。王垄是因李氏士镇公携眷由延令东邑八角井迁至东坨（即大王垄）后才有了大王垄楼这一称法和王垄、井垄和苏垄这三个庄名的。至于王垄现在并无一家姓王，那为什么又叫王垄的，这与资料中所说曾有一王姓首居于此和一些记载中说“三坨”与邻庄的余庄人发生纠纷确有一定关系。个中详情，王垄自有一美传版本。

据说，“三坨”的邻庄余家庄，原来不叫余家庄，因多是渔民居住，故称渔庄。渔庄人比较富有，似乎有点霸气，这就惹怒了“三坨”人，于是分别将东坨、西坨、北坨更名为横坠、竖坠、劲坠，亦说为横拽、竖拽和劲拽；因为渔庄前有条河，名为猫儿河，“三坨”取“三拽”之名就是你横拽、我竖拽、他用劲拽，大家一起拽，将渔庄的鱼都拽到猫儿河喂猫去。

此时在士镇公之前就隐居于东坨的一王姓状元染疾于榻，由八角井迁来的士镇公特去看望，他拉着士镇公的手说：“吾与汝相见恨晚，今有一事托之。盖因吾东坨与西、北二坨之人，愤于猫河之阳渔庄人之霸气，欲将三坨更名为横拽、竖拽、劲拽，意拽渔庄之鱼至猫河于猫食之。余以为此谬而不德，故托公说之，以公之望，以坨土为基，联三坨以择庄名，睦四邻，泽八方，令三坨庄民皆安居乐业也哉！”言毕，竟作揖而去。士镇公感其仁德，厚葬之。数日，士镇公由王氏之言悟得一字为“垄”，犹言以水浇土，润泽万物，造福子孙；为纪念王氏，则更东坨之名为“王垄”，而立业建庄。又，以水浇土令万物苏，且西坨人多为苏州移民，故西坨更名为“苏垄”；汲水于井，北坨则更名为“井垄”。自此睦邻友好，渔庄亦更名为余庄。

改朝换代后，康熙帝闻之，以为“垄”字所制，意义非凡，一为地方独有，二为人品如兰使然，故命收“垄”入典，并将“拽”音改为“地”音和“兰”音。然“垄”字唯《康熙字典》可查，他典皆不可考。后《辞海》亦作收录，且注音与《康熙字典》基本相同，只是延令邑北人（即泰兴城北人）至今仍念“拽”音（zhuai）。后来，也就是清代时，山东茁庄有一商贾来延令闻“垄”字之趣，想到自己家乡是山水从上而下将土冲成的窝，顿然醒悟，何不回去将庄名改成“垡窝”？于是山东就有了个“垡窝村”，只是山东人zhuai音念不来，老是念成zhua，这样“垡”的方言“拽”音，到了山东就成了“抓”音。

但毕竟“垡”字很古的时候就出现过，就有人将“地”写成过这样的“垡”，或写成三点水加“土”，所以王垡的关于“垡”的这一版本自然也是历史的演绎了，然而却又绝不是空穴来风，而且跟《泰兴县志》《泰兴地名录》和王垡《李氏族谱》等记载非常接近。据《元史》载，元至正十七年（1357），确有一左榜状元叫王宗嗣，出生地不详，生卒年亦不详，因受歧视而不知所终。《（光绪）泰兴县志》则载，清御史王令树次子王新铭死后葬于王垡，由尚书任兰枝作墓志铭。

无论是历史记载，还是王垡的美传，共同的一点是都让我们知道了这个庄子的历史悠久和文化底蕴的不凡与深厚。如果说王垡的李氏始祖士镇公当年是看好王垡这块风水宝地而携眷来落脚生根、开枝散叶的话，那么自他起，所演绎的历史故事则滋润了一代又一代的王垡人。当年，王垡曾为状元隐居之地，若干年后，士镇公的十八世孙长林于晚清时居于江南竟也状元及第了。民国时，王垡的绅士李祖述四乡八村没人不知道，可谓大名鼎鼎。还有一个很有名气的人，他是民国时王垡唯一的读过大学留过洋的人，对工业和金融都很在行，他叫叶冠群。《泰兴县志》和《扬中县志》对他都有记载。

话题再回到王垡庄本身的故事上来。王垡不仅其庄名和这个“垡”字有故事，而且还有其他的美传故事。王垡的小王垡由前头和后头两个小庄组成；大王垡则有摸瞎子汪（亦称麻雀汪、麻夹子汪）、薛家野田、小西庄、碾坊里、洋桥口、坝床口、三和庄（亦称山后庄）、大庄上、庙头、杨家田、陆家坨、东野田共十二个小自然庄组成。颇有历史的十四个自然小庄子构成了王垡这个古村落。这十四个自然小庄都各有其来历和故事，而最典型的莫过于摸瞎子汪和庙头这两个小自然庄了。

摸瞎子汪位于王垡村子的西南部。清道光（1821—1850）前，此处少部分为李姓田亩，大部分为荒地，甚为偏僻，因河汊较多，羊肠小道七里八拐，又地处荒僻，故有“摸瞎子汪”之称（摸瞎子，泰兴方言，指眼前一抹黑，什么都看不见；汪，指水塘）。在农业靠天吃饭的年代，这处既能抗旱又能排涝的地方，自然成为人们的首选之地。清道光二十八年（1848）夏天，泰兴西乡永安洲一带遭遇飓风，江堤倒坍，田亩被淹，陈、叶、马三姓氏携家逃难至泰兴城北，见此地高出河面甚多，无洪灾之虑，且周边河汊纵横，耕地有水浇灌，稳产有望，于是打定主意，买地开荒，建房而居，从此繁衍生息，慢慢形成村落，而与王垡大庄融为一体。

庙头位于王垡庄的东北头，有文字记载、有据可稽的是这里在明嘉靖四十年

（1561）建了一座圆通庵。最盛时圆通庵占地六十余亩，殿宇重重，巍巍壮观，晨钟暮鼓，法务繁忙。因圆通庵位于王坔的庄头，由此而称此处为“庙头”。

民国初年战事频繁，导致圆通庵失火，将塑有极大弥陀佛像的山门烧个精光，面对残破的寺院，当家和尚慧宁收拾行李去了上海，从此杳无音信，二和尚领着弟子顺德、顺富不畏艰辛四处化缘，募了两年时间，将庙门重新修好。二和尚持戒严慎，弟子顺德、顺富皆不开色戒，直至“文革”，因庙被拆、佛被毁，其弟子贵根、长明、影德、影亮、长宁、长发才迫于无奈还俗结婚。

自民国县政府教育局派人封庙拆迁置办校舍，至解放后20世纪60年代初，尚存庙房有山门、天王殿、大雄宝殿、厢屋僧舍20余间，庙僧6人。铜钟宝鼎一应俱全。圆通庵山门里供奉笑佛韦驮，佛殿里供奉佛祖如来，还有观音、东岳、华佗、财神爷等。出会主要是观音会，佛像最远请至几十里外的鞠顾庄。每年二月十九日、六月十九日、九月十九日三次出会。出会前先由各附近庄上的坛头来议事，定出多少人，什么节目，如七里群历来是出武扮，徐家庄出文扮，丁家庄出旗阵。走哪些路线，哪个庄，安排多少人吃饭，都是很有计划，井井有条的。出会的队伍走不快，因为随时都有人拦路求事，如解决纠纷、问病求药方等。

村里的老人们都记得出会的老马夫叫常留经，由他起批（代菩萨讲话），扶轿扛的李振源眷判，即将马夫代菩萨讲的话记下来。圆通庵马夫的名声极响，曾有两家为地界争斗，常留经跳到两家屋前，将嘴上的钢锥拔出来往天上一抛，钢锥从屋顶上飞过去，立在两界之间，人们挖开一看竟是立界的粉桩，于是争斗即止。

有一年出会到李家河，前面有一假马夫挡道，常留经一手托起烧得红红的作香炉的大铁锅，穷追那挡道的假马夫，吓得假马夫落荒而逃。常留经以后的马夫是李天祥，开始他跳到一个叫达宝的地主家募缘，达宝不信，说如你是真的可代菩萨讲话的话，就上前梁，即用粗钢锥插进两嘴巴上，李天祥当即插给他看，并约定过三日再会。三天后，达宝家的十一个壮猪在圈里狂吼，达宝家人买了二斤大香去庙里认缘谢佛，方才无事。

旧时王坔有前庄（陆家坨、碾坊里、坝床口）的人、后庄（杨家田、大庄上、庙头）的神之说。讲的是前庄道人（即居士）多，所设的福德坛，办忏有声有色，吹拉唱无一不精。而后庄积德坛有慧眼机手出名，机手叫杨瑞祥是个盲人，平时求佛有事出药方皆由他来表，名声极响。前庄的人不服气，办千佛忏，万佛忏，培养出的机手叫李学鼎，人们有事找他无论贫富贵贱，他一概应承，尽心尽力，小到婆媳纠纷大到地方争斗，由他出面皆能化解，有口皆碑。

福德坛，积德坛，历来兴旺，贫穷人家的孩子参坛念经识字，学会吹拉弹唱，有饭吃。地方上抓丁派工能得保护，参坛的人在当地受人尊敬，坛主们对庄上聪明好学的大小子有意栽培，有两大民间佛坛在庄上支撑，圆通庵的法事历来红火。

据信佛之人讲，圆通庵的佛很灵验的，对当地百姓和行善之人多有护佑。笔者父亲就受过这样的“护佑”。那是解放战争初期，身为我方红色乡队长的父亲，一次在庙头遭敌人追赶而遇险，他当时就躲在圆通庵后的一户农家，敌人一梭子弹将这农户家的门打了个凉篷子（斗笠）大的一个洞，却硬是没伤着父亲一根毫毛，而且父亲竟在敌人的眼皮子底下一溜烟地跑走了。父亲后来打趣说，这大概是圆通庵的菩萨保佑呢。

不过，说来庙头还真出现了一桩怪事。自“文革”中庙头的佛像被烧毁，庙房彻底拆去后，庙头的人口就似乎很不太平，而且大多丧的都是男人，以致有人将庙头称之为“寡妇队”（公社化时，村即为大队，生产组即为小队）。国家实行改革开放后，四乡信众要求重修圆通庵的呼声极高，于是推举办事精干、公道之人组成圆通庵筹建小组，募集资金，造屋塑像，在极其困难的条件下于2004年2月，于圆通庵遗址修复圆通庵，供奉佛祖如来和观音、财神、华佗等神像。2006年泰兴市佛教协会慈善功德会圆通庵活动点建成挂牌，民间宗教活动走上正轨。自此，庙头不仅人口太平，此地还成了宁通高速泰兴北出入口的风光带，真正的是一方宝地了。

2020年，圆通庵再次修建，主事者特登门邀笔者为圆通庵写个简介，以便制成铜牌挂于庙中，我欣然应允，一挥而就。庙管会计议，一旦政策允许，圆通庵还计划扩建佛殿为二层楼堂，将现在的庙房前移作山门。但愿不久的将来，这里能重现辉煌，而成为泰兴北大门的重要一景。

王垈，除了构成其大庄的各自然小庄都颇有来历，颇有故事外，庄中的三条纵向河流也来历不凡。这三条河流原本都不称为河，而名之为“龙路”。东边的一条称为东龙路，在陆家坨东，原来一直通到后来的房袁中沟，现在只到新建的504省道北，变成了陆家坨的养鱼塘。中间的一条称为中龙路，在陆家坨与碾坊里和坝床口之间，是能通到后来的联盟中沟的。西边的一条自然称之为西龙路，即现在的薛马河，在小西庄垛子上和薛家野田的东边与洋桥口的西边这之间，一直通到摸瞎子汪。

这三条称为“龙路”的河流，据说是当初岳飞安营抗金，开挖战壕，上苍为助岳飞，刮起了龙卷风，由此而形成了三条壕沟，故名“龙路”。这虽是传说，但同样是有一定真实性的。因为20世纪70年代，人们在杨家田平田整地，挖到了8口古井和一些韩瓶，由此可证，这里确实驻过宋代的抗金大军。只是，非常遗憾，当时人们缺乏文物保护意识，将井砖拿回去铺猪窝，后来又打碎铺场地了。笔者曾几次去杨家田寻访，试图找到哪怕一块当时挖到的井砖，遗憾的是至今尚

王垈村百姓大舞台

未找到，但笔者依然未曾放弃，或许有一天，会如愿以偿的。

王垈文化底蕴深厚而独特，这里所叙固然是开了先河，但还有好多历史事件、历史人物、美传故事，包括一些红色革命故事，都有待进一步的挖掘和整理。古村王垈，在行政区划上远的不谈，近的于民国时隶属一区渡井乡；解放后至1958年则属城北区渡井乡；1959年公社化扩大时至1963年属城北公社，建大队时，以大队部驻地大王垈而得名王垈大队；1963年至1969年，王垈大队分成两个大队，即薛马大队和王垈大队，小王垈（前、后头）以及摸瞎子汪、薛家野田、小西庄、碾坊里、洋桥口和坝床口共八个生产小队属薛马大队，其余六个自然小庄即六个生产小队属王垈大队，两个大队统属渡王公社；1969年至1983年，撤并小公社，恢复以前的大公社，王垈和薛马亦恢复为以前的王垈，隶属于城北公社；1983年撤社建乡体改中称为王垈村，先后隶属燕头乡、燕头镇，20世纪90年代，燕头镇并入泰兴镇；2001年行政村合并时，王垈村因独特的地理位置，没有与其他村合并而独立存在，现为泰兴济川街道管辖下的王垈村。

王垈村位于泰兴城北大门，北与根思乡接壤，毗邻苏中最大的农贸批发市场——泰兴市农副产品批发市场。现在，庄中有镇海北路、济川北路、宣泰公路纵穿南北，504省道横贯东西，宁通高速公路泰兴北出入口处就设在王垈的庙头地界，23路公交车站点亦在村委会门前，交通十分便捷。村庄内，高楼比肩接踵，王湖河碧波荡漾，岸边杨柳轻拂，道旁花点灌木，百姓大舞台歌欢舞劲。野外，夏梨冬枣、花卉庄稼，一望无际，美丽村景尽收眼底，更有农家乐任君品尝的美味佳肴，一个个鱼塘供休闲垂钓。如此王垈，怎不可爱？！是的，我爱我的衣胞地王垈！

# 根思故里看井垈，赓续传承红血脉

古村秀水三垈地，牌楼乡轩令人怡；老井安在先祖梦，根思英魂兴故里。这是说的泰兴济川街道王垈的邻庄——泰兴“三垈”又一“垈”，英雄杨根思故里根思乡的井垈。从位于王垈的宁通高速泰兴北出入口，由镇海北路左拐不远到济川北路，即可看到泰兴农副产品批发市场对面的井垈村的高大牌楼，还有牌楼旁边石头上镌刻的“根思故里”四个红色大字。穿过牌楼，顺着井垈大道向前走，映入眼帘的便是小桥流水，绿树村边合的秀丽古村——井垈村。

笔者前文写过泰兴“三垈”之一的王垈，对何谓“三垈”及“垈”的读音、来历与美传都一一作了介绍，这里当不再赘述，而是专述一下井垈，谈一谈井垈的前世今生，风土人情。

1992年版的《泰兴县志》在区划设置章节中介绍根思乡时有这么一句，境内自然村建于明万历二十五年（1597）以前的是井垈（含大井垈、小井垈）、许家堡（增小许家堡）。因县志记述不详，为此，笔者特到井垈村作了走访，寻访了知情人——泰兴周氏贻谷堂井垈宗支族谱壬寅年（2022）重修主修者周照年先生、副修周忠裕先生，以及井垈“常聚欢饭店”老板周乐平先生（其父为井垈大姓周氏原族长、民国时就从事教育工作的周文堂先生），还有在井垈有“小灵通”之称的泰兴建筑公司装修队原队长赵倍生先生与其他有关知名人士；同时查阅了由赵倍生提供的《赵氏族谱》、周乐平提供的其父生前于2006年倡修的《周氏族谱》和周照年提供的由他主修的2022年新修《周氏族谱》，从而对井垈的古今人事有了一个基本的了解和自己的一些比较确切的考量。

从井垈2022年新修《周氏族谱》看，井垈周氏宗支所属的堂号是泰兴周氏贻谷堂，泰兴贻谷堂的周氏始迁祖当是利贞公（山东利津人）；在元世祖忽必烈在位的至元八年（1271）至元成宗铁穆耳在位的大德元年（1297）期间，利贞公从子绍卿宦游海陵（泰州），随之迁徙延令（泰兴）定居，从此在延令散枝开叶。这说明井垈周氏贻谷堂的始祖，在元朝初年就已到泰兴了。新修族谱上表明井垈周氏和泰兴晚清举人周家俊（字绍西）是同一堂号，都是泰兴周氏贻谷堂，利贞公是一世，至第五世，有朝贵公、朝尚公、朝玉公、朝用公、朝杰公、朝义公六房，朝贵公是辛家垈支之祖、朝尚公是东门支之祖、朝玉公是周家里支之祖，朝用公是井垈支之祖……因旧谱所载五世所处年代列表失缺，故只能推算为元末接近明初这个时期。

由于这新修谱所参照的旧谱非同一般，此旧谱乃有心人于2007年在泰州花木市场收购而得，谱中所载旧序相对完整，清光绪泰兴翰林金鉽所作谱序亦在其内，且经泰州市谱牒文化研究会会长张定先生等有关专家进行审阅，以为此谱所记与历史事实吻合，可作为泰兴周氏新修谱的重要参照，所以笔者认定壬寅年井垈周氏新修谱所载朝用公是最先到井垈这个地方的，其年代应在元末明初，而他们的先祖则是元初从山东来泰兴的，至于周文堂先生生前所修谱转引贻谷堂16世孙新池在道光八年（1828）所作的谱序中"始祖因燕王兵变从姑苏（苏州）避迁泰邑环溪镇"之说，并无充分依据，明正统年间（1436—1449）周氏始修谱也无此记载，故应该是不够准确的。

笔者通过查对井垈《周氏族谱》《赵氏族谱》和王垈《李氏族谱》与《泰兴县志》《泰兴地名录》并走访考证，据此得出结论：井垈之庄，最初名应为周李庄（井垈《赵氏族谱》上有载），因为是周姓贻谷堂井垈支之祖朝用公于元末明初最先到这里的，继之与王垈李姓始迁祖士镇公同为陇西堂同宗支的一房李姓亦来到这里，于是共同建庄，立庄名为周李庄，后来又来了赵、于、蔡、戴、高、唐等姓氏，人口渐多，庄子渐大，又打了许多井，且井水丰而甜，庄上绅士由此想到一含有"平地涌泉"之意的"垈"字，这里的甘甜井水，即是地之泉也，故而复定庄名为"井垈"（《泰兴地名录》载：《康熙字典》注，"垈"与"地"同；相传此地井内水多味甜，故名井垈。），并由庄民聚居点位置分布及人数多寡而自然形成了前井、后井（即大井垈）和小井（即小井垈）。

虽说周李庄改名为井垈，但周李庄的庄名却一直没有消失，直到今天，人们依然将井垈前面靠近王垈这里的村居之地习惯性地称作周李庄，因方言关系，"周李庄"听起来似乎说成了"纠（周）遛（李）庄"。

1934年，井垈属泰兴第一区渡井乡；1949年，井垈的前井和大井属泰兴宣堡区渡井乡，小井属井湖乡，彼时笔者的父亲李正坤任红色渡井乡乡长；1950年，渡井乡和井湖乡划为城北区，区公所驻大井北邻的李秀河，前井、大井和小井原乡属关系不变；1963年，前井、大井、小井统属根思公社；1969年，前井大队改名为前进大队，其第八生产小队则列为泰兴居民试验点，成为泰兴学大寨的模范队，在省内产生了较大影响，大队支书周登光因此而破格进了县革委会的常委班子，大井（即后井）也改了名称，将大井大队（也称后井大队）改称为跃进大队，该大队同样是当时的模范，大队支书是高如勋，只是高书记其人与其领导的大队在笔者的记忆里似乎都颇为低调。笔者因为父亲的关系，当时与时任前进大队的支书周登光和跃进大队的支书高如勋都很熟，笔者的亲姐姐就嫁在周支书所居住的彼时特有名气的前进八队。

1983年，农村恢复乡村建制，前井由前进大队改为前进村，后井由跃进大队改为大井村，小井由小井大队改为小井村，三村统属根思乡。2011年，根思乡进行了新的行政区划，大井村（即后井）与前进村（即前井）合并为井垡村；小井村则与西湖、北湖、南森、根思、大新、凡荡七个自然村合并为一起，以英雄的名字命名，称为根思村。

岁月流沙，岁月亦留痕。虽然在历史的进程中，井垡这个古村，其建制随历史沿革或分或合，名称也曾有过一些改变，但终究还是将井垡这一行政村名保留下来，这让深爱家乡历史文化的我，感到由衷的欣慰。的确，井垡这个村名是值得保留的，因为其庄也大，其史也久，其名也响。她在泰兴“三垡”（王垡、井垡、苏垡）的位置是绝不可或缺的，缺了，历史上泰兴的“三垡”就不完整了。笔者曾考证过，全国带“垡”的地名就四个，除山东有一个“垡窝村”外，其余三个全在我们泰兴，而且泰兴“三垡”虽分属三个乡镇，却相邻相近，并有着其独特的美传。

别的不说，就说庄名，井垡这个庄名就有两个传说。一个传说与“垡”字相联，自然也就与王垡的美传相关。那是说井垡还称周李庄、王垡还称大王楼、苏垡还称苏坨时，相邻的渔庄因打渔而比较富有，部分人成了渔霸，常与邻庄人发生械斗，于是苏坨（又称西坨）就派人到周李庄（又称北坨）和大王楼（又称东坨）游说，要求三庄拽在一起，大王楼改庄名为横拽，苏坨改庄名叫竖拽，周李庄改庄名叫劲拽，这样横拽、竖拽、用劲拽，将渔庄的鱼拽到临近其庄的猫儿河喂鱼去，拽穷渔霸，他们就不敢霸道了。后来，还真就改了一段时间，终于渔庄求和，四庄主坐在一起，重新商定庄名。他们不约而同地想到了一个大吉的含有人们生活所不可或缺的水土的字——“垡”，以水浇土，夯实基础，万物复苏，那多好！由此，大王楼为纪念最先到该庄隐居落脚的王状元而定名为王垡；周李庄因井多，井水甜而丰沛，可饮亦可汲水浇地，定名井垡；苏坨之人因多是从苏州迁徙过来的，且此地水多土肥，自是要称为苏垡；渔庄呢，就不必随“垡”而称了，改“渔”为“余”，年年有余，叫“余庄”

井垡村村口广场和牌坊

最是吉祥。因为“垈”字，水在上土在下，既有“平地涌泉”的意思，又会让人联想到夯实打基的情景，所以就不念“dì”和“làn”，就以“拽”音读之，算是创造了“垈”的一个独特方言，而念为“zhuài”！这一议定，四庄人无不赞同，从此王垈、井垈、苏垈和余庄这四个庄名一直叫到今天。

这一美传真的特有意思，更富有意义，虽与王垈的美传略有不同，但内容大致相似，用现在的话说，都蛮具正能量的。井垈这一地名来历的另一个美传与朱元璋跟张士诚之战有关。据传，元至正二十五年（1365），朱元璋派徐达为大将、常遇春为副将一道率军攻打苏北，攻克延令（即泰兴）后，徐、常乘胜向张士诚苦心经营的称霸之地高邮挺进，大有直捣“黄龙”之势。途径大王垈楼北邻的周里庄（后称周李庄，即井垈）时，众将士饥渴难耐，又因战乱与灾荒，庄河里漂浮尸体，水不能饮，常遇春杀性便起，刚要命士卒杀人饮血，徐达赶到，他将鋻金枪一横，当即予以阻止，又将枪往地上一插，只见枪插处，平地泉涌，现出一口井来。众人惊奇万分，遂叩头作揖，又掬水而饮，如甘露沁脾。自此，这里便有了“井垈”的名称。

井垈村上了年纪的老人说，井垈当初确实有一口大井，这口井位于现在的前井和后井（即大井）之间，具体位置就没有谁能说得清了。民国十六年（1927）春，军阀孙传芳手下的一支部队败退江北，途经泰兴县境时，沿途勒索钱粮，杀人放火，无恶不作；路过井垈，一个孕妇因抗拒这帮家伙抢劫，竟被他们活活扔在了这井里，两条人命就这样没了。大概从那以后这井里的水就再没有人饮用过，后来这井竟慢慢枯竭了，庄上的人于是就填平了这井，然后在其他地方打了几口小井，只是井水的味道多了些苦涩。那时，井垈村的百姓们就盼望着能早一天过上和平安宁的生活！井垈村的许多热血青年都投身到了革命队伍里。特别是抗日战争的初、中期，有一大批井垈村的好儿女参加了革命，走上了抗日救亡和为人民解放创建新中国的道路。据壬寅年新修《周氏族谱》井垈宗支谱副编、原泰兴老叶乡人武部长周忠裕说，那时井垈参加革命的有解放后曾任南京市人武部政委和曾主政南京秦淮区工作的周山林、曾任福建省图书馆馆长和文化厅副厅长的于金元；有当年曾任区委群众干事，后不幸牺牲的周忠阳烈士；还有周和林、周月清等志士，以及他的父亲周洲。

年届八旬高龄的周忠裕老人告诉笔者，他父亲周洲原名周心巧，1944年春，他父亲和邻村羊货郎店的羊庚玺（即革命烈士，中国人民解放军全国战斗英雄、中国人民志愿军特等功臣和特级战斗英雄杨根思）一同报名参加了新四军，1946年加入中国共产党。周洲参加过苏中“七战七捷”、莱芜战役、孟良崮战役、淮海战役、渡江战役、上海战役、抗美援朝和舟山备战，立三等功一次，获国务院解放奖章、朝鲜二级国旗勋章各一枚，获淮海战役纪念章、渡江战役纪念章、抗美援朝纪念章、浙江省人民政府杭州市人民政府颁发的抗日战争50周年纪念章和抗日战争60周年纪念章各一枚。解放后，周洲任过杭州301厂厂长、原沈阳军区副参谋长等职。2010年3月31日，周洲病逝。

笔者父亲李正坤生前也曾回忆过他在井垈参加过的一次战斗。那是1946年底，我城区区公所得到情报，渡子河据点的敌人为了过春节要到大井垈抢钱抢粮，区长冯策、武工队队长周震、武工队政治指导员周山林经商量，决定伏击。不料特务告密，当我区队、武工队在凌晨埋伏于大井垈戴家垛子时，匪乡长周某带领自卫队从后包抄我们，另有马甸、泰兴城赶来的敌援军。战斗打响后，虽然我们的战士勇敢顽强，不仅突了围，还打得敌人掉头改道，逃进渡河据点，但井垈人民的好儿子、区委干事周忠阳不幸中弹被捕，献出了年轻的生命，年仅24岁。

周忠阳烈士家可谓是一门忠烈。其祖父周和厚是私塾先生，其父周心田也是私塾先生，但暗中参加了我党地下组织，并兼任我五区秘书，他以教书为掩护，搜集敌人的情报；1945年10月，周心田为掩护战友而光荣牺牲。周忠阳的亲三叔周心灵也是中共党员，是我红色乡财经；1946年5月17日，周心灵执行任务后从王垈的山后庄返回，不料路遇敌人被追杀而英勇牺牲，年仅27岁。周忠阳的堂叔周心情，亦为我党地下工作者，因被国民党特务跟踪发现而暴露，1946年6月在马甸遭敌人突袭逮捕，面对敌人威逼利诱和严刑拷打，周心情为了保守党的秘密，志坚如铁，始终未吐一字，最后被凶恶的敌人在其身上绑上石头投进了长江。

为了替烈士报仇雪恨，笔者父亲和两名武工队队员奉命参加了抓捕匪乡长周某生的行动，周某生最终伏法。至于抓捕周某生的具体过程，我父亲生前讲得挺惊险的，我已记得不是太清楚，只隐约记得是凌晨时分翻院墙到他家去抓捕的。

另外，笔者父亲还常提到一个人，这个人是小井垈（小井现属根思村）的，他不仅是我父亲的朋友，还是我读小学时的校长，因而自然印象深刻。他叫唐宏，15岁就加入了革命队伍，1943年入党，参加过多次战斗，好几次子弹与他擦肩而过，后因病治疗，组织上让他以教书为掩护做地下工作。新中国成立后，唐宏先后在泰兴王垈、井垈、苏垈这“三垈”任教，并担任校长，他是唯一在“三垈”三地都长期工作过的老资格的教育工作者，他也是2021年统计时泰兴6.3万多名党员中党龄最长的人，78年党龄，96岁；在接受“光荣在党”证书时，他激动地流下了泪水。为表彰他为乡村教育做出的积极贡献，2016年，教育部、人力资源和社会保障部曾共同给他颁发了荣誉证书。

历史是不能忘却的，也不应该忘却，我们走进历史，了解历史，正是为了铭记历史和赓续红色的血脉。令笔者欣慰的是虽然今天的井垈村老井不在，但井垈人先祖的精神尚在；虽然为了今天的幸福，当年井垈许多儿女都在这块土地上洒下了鲜血，甚至献出了自己的宝贵生命，但他们的血没有白流，他们的丰碑永远在井垡人民的心中。英雄们的精神在井垡正代代相传，并发扬光大。有“沉井大师”之称的井垡人周忠寿就负责过建设江阴长江大桥时的沉井施工重任；曾任扬州邮电局局长、党委书记，出生于原前进（前井）八队的周劲光所领导的扬州邮电局在其任上，被评为全国邮电先进单位，并连续12年保持省级文明单位称号，其本人则被评为省市级先进个人和全国劳动模范。1964年出生于井垡的周国宏，1981年参军，曾参加过对越自卫还击战，在战场上400多次架线、查线；1985年12月，他担任攻打405高地突击队队长，第一个率先冲上顶峰，占领了阵地，在身上8处负伤的情况下，仍坚持亲自指挥战斗，而圆满完成了“拔点”任务；1996年，他被中央军委授予少校军衔。

井垡啊井垡，真是人杰地灵，“垡”得不凡。今天，井垡的村民们在村委会一班人的带领下，正把井垡村建设得如同大花园一般，绿堤岸柳，花木扶疏，村河潺潺，桥如卧月，真的是如诗如画。井垡村因此而先后获得泰兴市五星示范村和示范村综合一等奖及江苏省环保示范村、新农村建设先进村、泰州市全面小康建设十强村、江苏省三星级康居乡村等荣誉称号。2023年有四位井垡能人在政府的支持下合作成立了江苏景泰园生态旅游公司，造价3000万元的生态旅游工程正在建设之中。相信不久，根思故里的井垡村将会变得更加美丽而吸引着四方来客！

## 怀念故土名苏垡，更有美传乡间谈

说“三垡”道“三垡”，“三垡”就是王垡、井垡和苏垡；说了王垡和井垡，接着要说的自然是苏垡。这苏垡过去差不多一直隶属于泰兴马甸镇，2010年4月，马甸镇与泰兴市滨江镇合并设立新的滨江镇后，苏垡隶属滨江镇。苏垡，庄名来自“洪武赶散”。何为“洪武赶散”？这是历史上的一个“运动”，是明初朱元璋下令搞的将江南民众尤其是苏州民众迁往苏北的“移民运动”；因是强制性地驱赶，又发生在洪武年号里，故民间称之为“洪武赶散”。

至于朱元璋为何要搞这个强制性的“洪武赶散”，原因大概有两个。一是朱元璋一直对包括苏州在内的江南人民不满，因为苏南这富饶美丽的地方人民曾长期支持张士诚与朱元璋对抗，而对抗中张士诚建立大周政权的国都苏州则被朱元璋攻破，张士诚自认大势已去，被虏后即自缢身亡，由此朱元璋胜者为王，对拥戴张士诚的苏州人实施报复也就成了必然。第二个原因，就是朱元璋建立大明政权后，害怕江南地主豪强家庭实力雄厚，尾大不掉，给其统治造成威胁，所以为排除异己，拆散江南这些富裕的地主豪强家庭，很自然地成为其考虑之首选和必做之事。朱元璋曾说：“近代以来风俗非常奢侈，地方上富民的衣食住行，竟然和公卿贵族一样。”于是，在大明朝刚刚建立的第二年，朱元璋就效法汉高祖刘邦徙天下富豪于关中的做法，将江南的大地主、豪绅家族，整族整族地迁徙到苏北。据史料记载，这些江南移民大多分布在扬州、盐城、淮安等地，主要在时为三地所治的延令（即泰兴）、姜堰、兴化、江都、高邮、淮安、灌南、响水、建湖、阜宁、滨海、灌云等地。其中，以延令、姜堰、兴化最为集中。

经过元末明初的战乱，苏北平原社会生产力遭到严重破坏，人口伤亡流散，土地荒芜，在这种背景下，发生于明初的著名的“洪武赶散”事件——朱元璋徙苏州居民充实淮、扬两府，对苏北平原的开发和地名文化产生的影响也就不言而喻了。《民国盐城县志》载：“元末张士诚据有吴门，明主百计不能下，及士诚兵败身虏，明主积怒，遂驱逐苏民实淮、扬两郡。”苏州移民遍布苏北平原，但首先集中分布于兴化、泰兴等地，然后向盐城、淮安、宝应、涟水等处扩散。谱牒资料表明，兴化有大量苏州移民的后裔，其中包括出生兴化的三个明朝宰相之一、状元出身的李春芳，“扬州八怪”之一、生于兴化的郑板桥。

这里探讨的主要是移民地名，当然不是指自发性质的移民所形成的地名，而是特指“洪武赶散”导致的强制性移民所产生的地名。泰兴“三垈”之一的苏垈（即大苏垈和小苏垈），就是明初“洪武赶散”苏州移民迁此而得名的。“垈”字十分冷僻，方言读音为zhuài。这一读音和字的结构，王垈人和井垈人都有各自的说法，苏垈人自然也有自己的说法。苏垈人认为，这个“垈”字是他们的先祖从苏州迁徙来时造的，因为苏州人读“垈”的古写字为zhuǎi，意为吉祥之地；苏州人刚迁此，见此地有土有水，水土相宜，认为是个好地方，于是就定居下来，并造出了“垈”字，而取名苏垈，后经不断发展，就扩大成了大苏垈和小苏垈。

笔者在写王垈时，叙到王垈人说垈字的来历，即提及了自己的考证；同时认为，虽然“垈”字毕竟很古的时候就有出现，就有人将“地”写成过这样的“垈”，“垈”与“地”应是通假字，但“三垈”当地人对“垈”字都有各自的版本，也许这些版本都是历史的演绎，然而却又绝不是空穴来风。是呢，无论哪种说法，都说明了“三垈”之地的不凡，都说明“三垈”这个地方的确是一个充满传奇色彩而富有故事的地方。

在谈王垛、井垛时，笔者特分别讲了这两个村庄的相关故事；苏垛是“三垛”之一，毫无疑问，同样也是有美传故事的。广为人知的苏垛村仙姑庵的故事就是其中的一则。这座仙姑庵始建于清康熙二十二年（1683）二月，到解放后改建成学校前，有庙房三十多间，以七开间为一排的连山门就有三进。山门口有一对石狮子，活灵活现，气势非凡。此庵与王垛的圆通庵一样，虽说是庵，其规模却不小，可谓是泰兴的名庵。

苏垛大凡上了年纪的老人，都能讲得出仙姑庵的来历。据说，清康熙二十一年（1682），苏垛西北角有个老婆婆每天都到一坟地去扒茅草晒干当柴草烧。有一天晚上发现扒回来的茅草发光，细看又不是火，她马上想到这个地方的茅草，自己天天去扒，今天扒完了明天又是长得满满的；再扒，后天还是满满的；会不会这茅草下有宝贝呢？第二天，这老婆婆又去了那茅草之处，她用锹往深处挖，竟挖出一个僧人坐化的荷花缸来。缸上有盖，她请村里人帮忙，合力揭开缸盖，只见一个栩栩如生的女尼盘膝坐在缸内，缸内的墓志上写有女尼的名字——仙姑。于是苏垛的庄民们将仙姑请出荷花缸，结草庵供奉这尊肉身菩萨。

彼时，泰兴城西门有个姓翟的大户人家，独生儿子十八岁还不知道喊要吃饭，也不能下床走路。忽然有一天这差不多成了残疾的翟家少爷竟突如其来地开口讲起了话，大声喊着家人说要吃饭。全家人被这一喊，都惊讶得几乎不敢相信自己的耳朵，慌忙一边应诺，一边问其原因。翟少爷说有个老太太来给他喂过一颗丸药，于是就清爽了；那老太太还承诺帮他能走路呢！翟氏夫妇听儿子一说非常高兴，遂嘱咐儿子下次老太太来一定要喊父母，以便重谢。果然没几天儿子说老太太来了，可家人看不到。只听那老太太借翟少爷的嘴讲话，说她是马甸苏垛的，现住在一破茅草棚里，难以安身，如可能就帮造三间庙屋。

翟家人十分诧异，赶紧去苏垛探访，果见有一仙姑肉身供奉屈居于茅屋。翟家赶忙找来地保，提出愿出钱修庙。当地求之不得，大家同心协力，只花了一个月功夫，三间庙屋终于落成。翟家有一张姓邻居，为有钱却无儿无女烦恼，打探得翟家儿子病愈是苏垛仙姑所治，来苏垛仙姑庵烧香许愿，他喜得贵子后，即还愿给庵庙又造了瓦屋三间，并塑关公像一尊。

苏垛跟王垛一样，旧时都有庙会，而且庙会的跳马夫都很了得。这里的老人回忆说，有一年二月半庙会，苏垛邀请戏班子唱戏，戏班被中马甸一名人刘坤安拦住，硬要留在马甸先唱，不在马甸先演唱好，就不准去苏垛。苏垛的跳马夫闻言，便跳了起来，直冲到刘坤安家边跳边上大梁（类似魔术钢钎插腮）。刘坤安家十八个壮猪不一会即倒在窝里，刘坤安不介意；接着是刘坤安的马倒在槽边，刘还是不买账；转眼间其独生儿子又不省人事，刘坤安这才吓破了胆，遂跪下来祷告，并当即送戏班去了仙姑庵。从此，仙姑庵名声大震，不断有人家来帮助造屋扩庙。

20世纪60年代中期，苏垡的仙姑庵被毁，仙姑像毁在庵旁小河边；有见者言，小河里的水几个月都是红色，令人目不忍睹，感叹不已。2002年泰兴市宗教局道教协会派人找到一殷姓谋事者，商议重新修复仙姑庵。当时殷氏对仙姑庵之事一无所知，就去仙姑庵遗址处烧了一炷香，此后两天，竟有人主动找上门商议募缘修庙事宜，并很快得以落实，仙姑庵随之而重现于苏垡。

有关苏垡的美传故事，当然绝不仅是仙姑庵一则，就是仙姑庵也还有与王垡圆通庵相关联的其他说法，这里就不再一一赘叙了。

笔者要说的是明初“洪武赶散”时从苏州来泰兴的移民很多，若干年的岁月，他们都一直怀念着自己的故土，苏州一直都伴着他们在夜夜的梦乡之中，泰兴方言将睡觉说成“上苏州”就是明证；同时要说的是苏垡之庄名含有一个“苏”字，苏垡于泰兴独有一仙姑庵，而含有一“姑”字，按序和古时从右往左的读法，就是“姑苏”，即苏州，这究竟是天意还是巧合呢？不管怎么说，许多不同姓氏的苏州移民举家定居一庄，且为怀念故土，而直接将苏州之名隐含于庄名和庄上的古庵之中的，这在泰兴及周边恐怕也只有苏垡哟！

## 话燕头谈昔说今，城中村名副其实

“家乡美，最美是那柔柔的家乡水，水边的风儿轻轻吹，天空的燕子悠悠地飞”，这是《家乡美》中的两句歌词；说来有趣，退休后这几年，只要我去石城的孩子那儿小住，我就总会将这两句歌词，反反复复地唱上几回。孩子说我人老恋家，其实并不尽然，那是因为我的泰兴老家——近年来发展变化太大，尤其是龙河北岸济川街道崛起的新城，让我不能不浮想联翩，感慨万分！是的，唱起《家乡美》歌中的这两句，我就会由“天空的燕子悠悠地飞”想起龙河北岸的“城中村”——燕头，想起燕头的过去和现在，而感慨于她的沧桑巨变，感慨于那筚路蓝缕的历史，感慨于今天继续砥砺前行的新时代！

燕头这村子，在全国共有四处，一是江苏泰兴城北郊的燕头，二是安徽省濉溪县孙疃镇的燕头，另外两个叫燕头的村子在河北省。泰兴的燕头现在是城中村，一度以其为乡名、镇名，乃原燕头镇人民政府驻地，现在隶属于泰兴市济川街道办，为济川街道行政驻地。据《泰兴地名录》载：相传该地西首原是一条小街道像燕子头，全村像一只燕子，故名。

从《泰兴县志》和泰兴水文等资料来考证，燕头村这个地方以“燕头”称之，已有二百多年的历史，在此之前最早因有蒋姓居住于此，曾一度称为蒋家堡，但后来这里来的陈姓人口渐多，就有了小陈庄之称，而泰兴的北边早有了蒋家堡这个庄，并因其鼓儿书而彰庄名，此处呢，则是水陆要津，史上即有“分龙口”之称，于是这里便有了“堰头”的名称。从地理位置看，南北走向的北新河（即两泰官河，从李秀河至泰兴城的河两岸的人又称其为鼍河）与横跨泰兴中部的东西走向的老龙河（即如泰运河，泰兴人又俗称其为龙开河）在燕头这个地方交汇，西为江水，东为淮水，一清一浑在此相接，泾渭分明；分龙口处，一流经北水关入城，流经城内诸河后从西水关向天星港入江；一流顺老龙河绕金瓶湾往西出龙梢港（今过船港）入江；还有一流经泰兴南门外羌溪河向南由靖江入江，因而以“堰头”称此地可谓名副其实。再后来因为有了街道，街道西首临近分龙口处又像个燕子头，由此“堰头”便喊成了“燕头”，直到现在。

燕头为乡镇建制辖区名时，1949年称燕黑乡，1958年更名为城北公社，1981年更名燕头公社，1983年置燕头乡，1993年撤乡建镇，1999年后并归于泰兴镇，而今则隶属于区划调整后的济川街道办。宁通公路、江平公路穿境而过。

这里在20世纪20年代至40年代，有两家陈姓的大庄园：一家叫陈雨人，另一家叫陈壮吾。一家有面积很大、高墙耸立的大花园，一家有气势不凡、雕梁画栋的大豪宅。这两个大地主以陈壮吾名声最为显赫，当时，不只在泰兴，甚至周边县市都知晓他的大名。

《泰兴县志》在记述民国十七年（1928）泰兴人民“反丈田斗争”情况时，就特别提到了大地主陈壮吾等丈田阴谋未能得逞的历史事件：

1928年6月，国民党泰兴沙田局办理清丈，大地主陈壮吾等以九尺二寸五的篁子作为一丈来重新清丈田地，多出的田卖给佃户，每亩索取大洋12元，另加丈量费每亩一角二分。州总李子美和沙田局长金鑫在北沙丈田之时，女英雄“八把浆”集合群众不准丈田。李子美、金鑫在愤怒的群众面前只得狼狈逃去。接着，知识分子黄万友、佃户黄万朋、蒋锡九、吴二侉子等集中在下桥公所开会商量反抗丈田的计划，随即召开群众大会，黄万友的话音未落，群众直奔李子美住所，将金鑫拖上大街，用粪桶套在他的脖子上。当群众寻找李子美时，金乘机逃走，李子美躲在床下没有被找到。接着，群众放火烧掉李子美和大地主姚立甫、陈壮吾的庄房。李子美、陈壮吾向泰兴县政府告状，警察下乡捉去黄万友、蒋锡九、黄万朋三人。农民黄万根听到三人被捕的消息，连忙召集群众商量，决定围困泰兴城。他们发誓，县府不释放三人，誓不罢休。6月10日，800多个群众围困泰兴城门。第三天，泰兴县长丁作则内心恐慌，假装仁义，散发烧饼给群众吃，答应三天之后放他们回去。群众不信，丁作则软化黄万朋，叫他动员群众回去。不久，黄万朋被释放，而蒋锡九、黄万友则被毒死在狱中。大地主陈壮吾等在农民反抗怒潮的冲击下，丈田的阴谋终未能得逞。

解放战争期间，燕头设有国民党的一个重要据点，这个据点就设在燕头庄东的大地主陈壮吾家。据点的头目叫卜用世。此人出生于泰兴蒋华，本在国民党驻长沙的军队里任营长，是当时国民党泰兴县县长请调让他回来任县五区的区长。1947年11月，五区“自卫队”在老叶庄港上一带抢粮抢草拉壮丁时被我县独立团伏击，损失惨重，由此卜用世逃到燕头后整顿人马，重建了据点。自撤至燕头后，卜依仗泰兴城内驻有大量的国民党军队，反动气焰更加嚣张，更加敲诈勒索当地百姓，更加凶狠地残害我地方干部。单在1948年元月中旬，卜用世就带领“还乡团”配合国民党顽军，一次捕捉了我地方干部几十人，其中大部分被他们活埋。面对这样凶残的刽子手，我独立团一致认为，如不将这颗钉子拔掉，是对我方开展革命斗争极为不利的，于是决定立即收拾燕头据点。

其后不久，我燕头地下党组织和民兵即配合独立团，通过内线，里应外合，终于拔除了国民党设在燕头的重要据点，除卜用世等六人被我县独立团战士击毙外，其他220多人皆被我方活捉，无一漏网。其中有一个巫某，是巫家庄的保长，因充当残害我地方干部的刽子手，怕被我军找他算账，而躲到了燕头据点，不想躲得了初一，没躲得过月半，最后还是被我军活捉了，且交给了地方群众公审枪决。

拔除燕头据点这一仗，干净利落，共缴获轻机枪4挺，汤姆枪6根，卡宾枪4支，短枪50支，步枪130余支，以及其他军用物资若干。我军则无一伤亡。这一仗挫败了敌人的嚣张气焰，大大地鼓舞了我军的士气，并为后来解放泰兴城打下了坚实的基础。

无论是在抗日战争还是解放战争中，燕头儿女都发扬了坚定的斗争精神，都为之做出了牺牲和莫大的贡献，陈少卿烈士就是其中的一位，这位燕头人民的儿子，1940年参加革命，1944年12月10日入党，生前任泰兴城黄区武工队指导员，1947年2月13日，在泰兴城黄区南阳村战斗中壮烈牺牲。陈少卿虽然牺牲了，但陈少卿的精神则在燕头人身上发扬光大。

30年后燕头人民的又一个优秀儿子李俊新，在解放军三五一六二部队服役期间，在参加老山、八里河东山对越自卫还击作战中，因工作表现突出，不怕流血牺牲，带领全班积极防御，多次打退了敌人的偷袭，取得了歼敌五名而我方无一人伤亡的良好战绩。战后，他所在的部队报请上级领导机关批准，为他荣记个人参战二等功、三等功各一次；他所在的班，荣记参战集体二等功、三等功各一次，并予以通报表彰；1985年7月，他作为参战代表，参加了老山、八里河东山对越自卫还击作战庆功大会。赓续红色血脉，燕头人始终未忘初心，今天在建设美好家乡的新征程中正奋然前行。

说来，燕头早就在我的心中留下了深刻的印象。解放后，燕头一直都是泰兴城北郊的行政中心，曾经的燕黑乡、燕头公社、城北公社、燕头乡、燕头镇的行政办公地就在燕头。那个时候的燕头，狭长的青石板街道两旁是商铺，顺着石板街道西行折向南边可径直走到老龙河的北河沿，跨过河，也就进入城内了。笔者年少时常去燕头。家父的战友——我的干爹徐少林，解放初期曾在燕头工作过，并任过乡长，后来又在燕头创办了城北公社的第一家社办厂——五金厂，也就是后来的钢管厂。干爹的厂办室和他所办的五金厂的工作车间据说都是原来地主家的，可能是陈雨人家的。厂办公室是个别致的二层小木楼，干爹的办公室在二楼上。每次去，他都会给笔者讲当年这里的地主的事，讲在这里发生的战斗，还有其他一些关于燕头的掌故，可惜笔者那会都没有很好地听进去，都不太记得了。

彼时家中没啥好吃的，常常是三月不知肉味，去燕头干爹那里主要是想打牙祭，蹭吃他厂办公室西隔壁的侯家卖的包子，以致干爹给我讲什么，全没那侯家的包子有吸引力。在我的记忆里，那侯家的包子特别好吃，那个包子店主侯老板也有点与众不同，大块头，绸缎衣，夏天摇一把蒲扇，嘴里叼一个非常特别的烟斗。所以，于燕头即使有很多都一时不太想起，但对那个包子店和那个侯老板的印象却是特别深刻。我似乎觉得这个人就像这个燕头，有点古韵，有点神秘，甚至有点像干爹讲的那些模糊的故事中的某些人物，或者其本身就有着许多为人知和不为人知的故事。这个特别的人做着那特别有味道的包子，在那个特别的时代，竟然未曾有什么特别的事，真是太特别了，故而实在是让我感到特别的奇怪。

斗转星移，尘埃拂去喧嚷，蓦然回首间，家乡的容颜在不知不觉中已焕然一新。尤其是燕头更是由城边村变成了城中村，如小上海一般繁荣，似大花园一样美丽。燕头最初由小石板巷形成南北兴燕大街，是笔者的同村人——出生于现济川街道王垈村，曾受过笔者父亲一手培养的原燕头乡党委书记张余堂在任时建成的。真正成为城中村的燕头，则是设立济川街道后，燕头成了济川街道行政办公地，这才从根本上发生了令人欣喜的巨变。

而今的燕头，就像一块璞玉一样，正不断被能工巧匠雕刻出绚烂的纹路，正不断显露出隐藏在深处的独特的风姿与韵味。在济川街道近几年对泰兴城北片区实行的“九横九纵”道路网、园林绿化、污水管网等一系列工程建设中，燕头既是这建设的“衔泥之燕”，也是分享这红利的“报春之燕”。由此，燕头的变化可谓日新月异。鳞次栉比的楼房拔地而起，穿村而过的河流重焕生机。济川北路、园林路、兴燕路、根思路、龙河路、银杏路，于村内纵横交错，犹如春燕展翅；市二高、市级医院和社区医院坐落在兴燕街道上，给村民、市民创造了良好的教育与卫生医疗环境；两泰官河相连于村内的两条村河，石坝护栏，柳丝飘飘，从而使城乡成为一体，使“分龙口”燕头成了名副其实的城中之“村”。

的确，现在进了燕头村，也就进了泰兴城，整洁的街面，商铺相携而列，各种商品应有尽有，琳琅满目；消闲游玩之处更是近在咫尺，踱步即至，可到燕头廉政文化公园陶冶情操，可去泰兴公园、羌溪花园跳舞欢歌、打拳健身。置身于今天的燕头，真是犹如人间仙境，处处莺歌燕舞，花团锦簇，美不胜收。

燕头人如今的幸福还不仅于此，尤在于生活的无忧无虑和真正当家作主的自豪。在这里，老有所依、弱有所帮、幼有所爱、病有所治、残有所助，因为这里有敬老院、燕文留守儿童关爱中心、燕文助残中心、公益志愿中心、村民自治组织……如此如许的组织机构与单位，村民们何愁之有？何虑之忧？今天在燕头，像笔者年少时所见的包子店侯老板那样的人早已不是“特别”，而是司空见惯，不足为奇了，胜过侯老板的人真的是太多了。因为这是一个新时代！这是新时代的燕头！这是赓续着红色血脉的新时代的燕头人！

谨以此文献给泰兴建市32周年！

## 三家村泰兴北邑，观新联归去来兮

话庄道村，据说叫新联村的在全国有一百多个，而且皆颇有来历与故事。笔者居地的邻村，也叫新联村，位于家乡泰兴北二环处的城乡结合部。家乡此地的新联村由原燕头镇的新升村（许家庄）、耿王村、联盟村（小坟头）三村合并而成，现在属泰兴市济川街道办所辖，济川路、阳江路、镇海路贯穿全村，泰兴客运总站也坐落在这个村。因此，这个新联村是泰兴市的交通枢纽，也可以说是真正意义上的迎来送往的“三家村”。

是的，新联，新联，新的组合将三家村联在了一起，成为一个新一体的大村。但三家村各自的根没有变，各自的文化元素依然存在着，新联村的新鲜血液里也将会永留着三家村的各自的原始基因。

且说耿王村，这个村如同闻家岱没有姓闻的，笔者所居的王垡村没有姓王的，以及已与它结合为一体的许家庄没有姓许的一样，其庄虽名为耿王，却并无姓耿之户，而多是姓焦之家。据说，这焦姓来自山西的耿庄。山西耿庄始建于明朝初年，当时朱元璋有个义父叫耿再辰，是一员猛将，为讨伐元朝立下了赫赫战功，死后葬在了这里。朱元璋命靳氏七人在此地看守坟墓，渐渐地形成了一个自然村落。最初叫看坟庄，因名字不雅，后改名为耿村。有传说耿再辰在滹沱河畔与元军打仗的时候被敌人杀死，后来天黑刮起了一阵狂风，把停放灵车的地方旋起了一个大土疙瘩，后来人们就把这沙丘叫耿王坟，为纪念耿王的功德，又将村名改叫为耿王村，并于村南建有耿王庙，以每年的四月初四为庙会，以祭祀耿王。

那么为什么焦姓要从山西来到江苏泰兴？又为什么将泰兴的这块地方叫作耿王呢？这与明朝洪武六年（1373）至明朝永乐十五年（1417）共进行的十多次大规模移民中的一个重要移民部分——山西“洪洞大槐树移民”紧密相关。元朝末年，朝廷连年对外用兵，对内实行民族压迫。受蒙古贵族及封建地主对农民残酷剥削压迫，阶级矛盾与民族矛盾日益激化，加之黄淮流域水灾不断，饥荒频繁，民不聊生，各地的农民纷纷揭竿而起，反抗元朝的暴政。战争连绵不断，加上各种灾害严重破坏了社会经济。到了明朝初年，中国许多地方，特别是江淮以北大部分地区呈现着田地荒芜、人烟断绝的凄凉景象。而这时候的山西，却是另外一种景象，相对显得安定，风调雨顺，连年丰收，较之于相邻诸省，山西经济繁荣，人丁兴旺。再者，外省也有大量难民流入山西，致使山西成了人口稠密的地区。明朝推翻了元朝之后，为了巩固新的政权，发展经济，增强国力，朱元璋根据当时国家的现实状况做出了一个重大决策——“移民屯田，开垦荒地”。

已经迁移到安乐地的老百姓自然对迁出山西不情不愿，这时明朝廷连哄带骗，告诉老百姓们：不愿意迁走也行，不过得去大槐树这个地方报到，将情况说明。老百姓们一听不必迁走，自然纷纷赶往大槐树，这时候明朝军队包围了大槐树的人们，最终，拿绳子一串串地将他们捆起来强行迁出山西。这移民的姓氏中有一个姓便是焦氏。这些被反绑着手的移民路上需要大小便，每每内急就得向押解官报告：“老爷，请解手。”所以在很多地方的方言中“解手”即成了大小便的代名词。

焦氏移民中来泰兴的一部分人多数去了泰兴城南邑安家，所居地称之为焦家荡；其中来自山西耿村的，则在泰兴城北邑落户定居，因怀念家乡耿村即耿王村，于是便将在泰兴定居的这个地方，也称为耿王村。这就是泰兴耿王村的来历。自古乡愁是一脉，苏州过来的移民当时念乡之情更切，几乎是夜夜都梦家乡，因此泰兴这里至今都有将睡觉称为“上虎丘”“上苏州”的方言。明朝的山西洪洞大槐树移民和江苏苏州阊门移民是历史上的大规模移民，这一点笔者在微信公众号“乡风儒语”中亦有记述，这里就不再赘述。

再说新联“三家村”中的联盟村，即“小坟头”。这联盟村为什么原来的庄名叫“小坟头”呢？说法不少，主要有二。一说：当初泰兴城北有个谢员外，他家连续生了两个孩子都夭折了，员外心想一定是同一个“讨债鬼”投的胎，必须要有镇得住这“讨债鬼”的鬼神，让其安分守己，不再乱跑，否则还有可能悲剧重演。在他第二个孩子夭折时，他听说邻近不远处有个耿王村，他知道耿王的故事，以为此处一定有个耿王墓，于是就将这夭折的第二个孩子埋在了耿王村前面的荒野里，做了个小坟头，然后焚香烧纸，祈祷耿王看住“讨债鬼”，保佑他家人丁兴旺，他家一旦有嗣，将举家迁此居住，以谢耿王。后来果真员外家生的孩子没有再夭折，于是凡有人家的孩子夭折大都葬在这里，并做个小坟头。员外家也迁到了此处定居，以后又有了许多人家到此定居，从而成庄，庄名便叫小坟头。

二说：古来就有许多谢姓连着其他一些姓氏落户定居于此，为耿王的前庄。解放战争初，国民党军102旅一部和地方保安队等反动武装，对泰兴发起疯狂的“清剿”。敌人以五倍于我的兵力，包围了我县团宿营地姚家庄，由此发生了“姚庄惨剧”，我县独立团的官兵在突围时大部分牺牲，中共泰兴县委书记兼县独立团政委叶梯青也不幸中弹牺牲。因姚庄离这里很近，当时，这里的群众尤其是姓谢的进步人士就将一些牺牲了的不知姓名的战士的尸体收集起来，再掩埋到庄前的空野里，并做了一些小坟头。从那时起，这里的庄名便叫成了小坟头。后来，实行公社化，要大团结、大联盟，才将庄名叫成了联盟，但人们还是习惯着叫小坟头。

这些说法虽然不一，但有一点是肯定的，这就是这里的地貌状态，确实存在过不少小坟头，因此人们才将这里俗称小坟头。

至于新联“三家村”中的新升村，也就是许家庄，事实上没有一户姓许，倒是有于、凌、郁三大姓氏，其他还有刘、陈、徐、赵、曹、谢、叶、张、房、肖等近二十个姓氏。姓刘的有两支，属不同的宗族。许家庄之所以没有姓许的，反而有这么多他姓，原因就在于以许姓为庄名的那个最先落户这里的员外后来又搬迁到别处去了，至于为什么要迁走，是不是就迁在许家庄东边的耿家庄，也就是说现居住于耿家庄的许姓的祖先是从许家庄搬迁过去的，这一点笔者未曾考证，自然是不得而知。

话说许家庄的前庄有一单门独户的刘姓人家，因为贫穷，几代人曾在姓郁的一大户人家当过“家人”（也就是家奴），但刘氏几代人也都有一个愿望，那就是一定要攒钱为刘家供出一个读书人，以求出人头地，一洗低人一等的屈辱。到了清末，刘家有个子孙叫刘荣善，自幼发奋苦读，并考取了当时有名的省立常州中学。当时全省只有三所重点中学，即省立苏州中学、常州中学和扬州中学。中学毕业后，刘荣善休业两年，去镇江教书，积了一点钱，然后考取了江苏法政大学。毕业后，刘又去北京北洋政府司法部与清华大学合办的“司法储才馆进修”。这是当时全国法学界最高的学府，全部就读的不足百人，可谓司法界的精英。

在读江苏法政大学时，刘荣善当时的同学王修文，在经济上给刘荣善以很大的帮助。另一个对刘荣善读书期间帮助最大的人就是张国柱。他是那时的泰兴南古乡人，读过几年书，有一定的文化知识，善于经商，拥有一艘装载数吨的大木船，开过粮行、酒行、油行，将泰兴的土物产诸如生猪、烧酒、食油，用自家的船运到江南去卖，一年贩运多次，自己押船，由此做生意发了财。

必须说一下的是刘荣善与张国柱那会曾共同谋划了一件于许家庄的大善举，即创办许家庄小学。办学经费主要由张国柱出资，刘荣善赞助一部分。办许家庄小学，这在当时太了不起了！这是他们热心教育，为许家庄人办的值得许家庄人永远记住的一件大好事。彼时许家庄是一个有二百多户人家、一千多口人的村庄。别说庄上没有一个小学，就是周边几个庄也没有小学。所以办一所像样的小学，在许家庄乃至县内都是一件轰动的大事，这让许家庄人的子孙受了多么大的益啊，改变了多少许家庄人贫穷落后的命运啊！

1929年，当时刘荣善在烟台地方法院任检察官（那时无独立的检察机构）。约在1930年，刘荣善调往济南法院任检察官。任职期间，发生了一件中学女教师死亡案件，刘荣善对案件性质的认定，与当时山东省最大的官员——山东督军（省长）韩复榘发生了分歧，对自杀还是他杀的认定不能统一。韩要求刘改变案件的定性，刘荣善以“司法独立”及现场勘察、法医鉴定为由，进行顶撞。这下可招来杀身之祸了，为了自身的安全、免遭报复，也为了社会正义，刘荣善毅然辞职回家，回到了泰兴老家许家庄。

刘荣善在家赋闲不久，就去了苏州（当时称吴县）地方法院任推事。1934年，刘荣善调往无锡，任无锡地方法院稽事，全家随同迁往。无锡的住处是西门外棉花巷96号。刘荣善在无锡任职直到1936年底，奉调任江苏省高等法院第二分院推事，地点在淮阴，于是全家返回泰兴老家过年，以便于年后赶往淮阴。然而过年后，刘荣善到任不久便病倒了，虽在当时淮阴有名的教会医院——仁慈医院得到全力救治，但最终还是回天无术，刘荣善竟然英年早逝，享年43岁。

往事如烟，岁月有痕，这里的人们不会忘记自己的根，不会忘记这块土地上的历史与所发生的故事，还有那些值得家乡骄傲和自豪的人物！如今的新联村正以崭新的面貌展现在世人面前。无论是耿王、小坟头，还是许家庄，都大大地变了样，有街有铺有高楼，有饭堂，也有休闲赏景的好地方；新联“三家村”，村中三条大道通四海，迎来又送往，一派城乡一体的好风光！正是：新联，新联，新联天天如新年！

## 邻村庄名渡子河，庄名来历知几多

渡河村是笔者衣胞地王垄村的邻村。笔者说的三垄，即王垄、苏垄和井垄分别在渡河的东边、西边和北边，也就是说渡河为三垄所环抱，位于三垄的中间，并与三垄水土相连，直接接壤。儿时，笔者是孩子王，经常带着小伙伴跟渡河的与笔者一样的“皮猴子”们玩“打仗”，土坡、坟地、沟坎都是我们的“战场”。或许正因为此，笔者自认为对渡河这个庄，如同对笔者的出生地王垄一样，是再熟悉不过的了。

然而，活了大半辈子，直到笔者退休，有趣、有闲来搜集、整理和挖掘地方历史文化，且做一些相关的研究时，笔者才发现，自己所知道的和所谓的“熟悉”是多么的肤浅，这方热土的历史是多么的厚重，底蕴是多么的深丰，有多少故事传说让我们回味，有多少先贤志士可歌可泣！

这是一个颇有历史的古庄，官名渡河村，俗称渡子河。旧时，多以渡口连接河流两岸交通，据清康熙十四年（1675）《扬州府志》载，时泰兴境内有渡口10处，著名渡口有二，一是刁家渡，设在南宫河东岸；二是渡子河（又名通泰河），设于两泰官河东岸。相传旧时一僧人月子和尚在这里的岳王庙落脚，见村里大河相隔，便自用渡船摆渡，10年间摆渡分文不收。人们为感激其善举，便称这条河为渡济河，后讹为渡子河，依傍渡口的村为渡河村。

另有一说法是渡济河地名与相传八仙之一的吕洞宾有关，渡济河称为渡子河则与河东庙上的度尘和尚相关。

我们知道，传说中的吕洞宾对道家福地五峰山总是情有独钟，可以说九州所有的五峰山他都游历过。江苏有两座五峰山，一在苏州，一在镇江。据传，有一次吕洞宾从苏州五峰山来到镇江五峰山，他立于山顶，俯瞰滔滔江水东去，形如巨龙奔腾，忽在扬中、柴墟方向蜿蜒斗折，于是乎便飘然至此，但见蜿蜒处宛若龙口，江岸车水马龙，人流如织，不由即兴赞叹曰：好一个口岸！由此柴墟便有了另一个名称——“口岸”。

吕洞宾沿江南行，又见西江东岸有块地方土肥草茂，闻说曾是岳将军屯养战马处，遂曰：“此地，马甸也。”故而即有了“马甸”地名。伫立马甸南望，忽见不远处还有两处形似马的地方，且闻亦曾作过岳将军的军马场，吕洞宾笑之曰：“此二处，近者大，大马也；远者小，小马也。”这便是大马庄、小马庄地名的来历。

却说吕洞宾拂尘一扬，瞬间便来到了大马庄的北端，只见这里曾是龙体回转之处，有一条大河纵贯南北，蜿蜒处波涛汹涌，旋流湍急。这条大河与延令的西江接流，因长江的扬子鳄游到过这里，且在这里逗留戏耍过，所以当地人俗称这条河叫鼍河。

这鼍河，既通长江，便于水上运输，自然亦为官河。明宣德六年（1431），漕运总兵武兴、巡抚周忱用民力疏浚此河，北连姜堰（即原泰县）鸭子河、南至延令（即泰兴）老龙河（即如泰运河），时称北新河（即两泰官河）。

彼时，吕洞宾站在这鼍河蜿蜒的西岸，他发现这里有汪河港汊、寺庙人家、农田桃园，且对岸有一大土墩，地势平坦，犹似人耳，土墩上有住户二三，港湾处飘出一舟，上立一人，竹篙点水，舟荡波上，正缓缓向他这边驶来。此情此景，似乎可与他常住的洞天福地的仙境媲美。观乎间，小船已荡过来，撑船人手搭凉篷正在喊他过河。原来，这是一叶摆渡船，奇怪的是摆渡人竟是一位和尚。于是吕洞宾一边上船一边问道：“请问师父，居庙何处？怎称法号？师父因何在此摆渡？”那和尚竹篙一点说：“贫僧法号济仁，人称月子和尚，居于河东庙上，因寺庙香火银两钱币皆为鼍河两岸百姓所捐，故为方便两岸百姓烧香敬佛、求医耕种、交际来往，寺庙特让贫僧在此摆渡！一晃，贫僧已在此摆渡十载矣！”不知为何，此次和尚摆渡，小船竟如离弦之箭，平平稳稳，飞快向前。

说话间，小船已抵东岸。吕洞宾对济仁作揖道：“汝于此摆渡，渡人渡己，功德无量，此处可称渡济河！”说罢，一阵风过，吕洞宾已腾云消失不见。半天，月子和尚济仁才回过神来，自知这是神仙显灵，看那拂尘依臂的模样，可能是吕洞宾呢！从此，他将此遇天天讲给渡河的人听，并管这鼍河叫渡济河。日子一长，渡济河的美名也就传开了。

月子和尚济仁圆寂后，当地百姓把他供奉在河东岳王庙上，同时为记住济仁的功德，河东岳王庙又称为“渡济庙”，这儿的庄名也随之定为“渡济河”！

话说月子和尚济仁圆寂，河西的一户陈姓人家遂挑起了摆渡的重担。这陈姓人家共有四人，一对老夫妇和一对年轻的小夫妇，靠打鱼为生，以摆渡行善。

有天晚上，月黑风高，小陈忙了一天，疲惫万分，正想休息，不料这时有人喊着要摆渡。小陈忙起身开门，见是河东庙上的会给人医病的和尚度尘，就问道：“师父这么晚才回呀？”度尘告诉他是到苏垈救治一个病重的小孩的，所以回来晚了。小陈叫他稍等，便回屋拿了斗笠，就向河边奔去，哪知老爹也跟着追了上来，说是风大水急，又是黑夜，儿子一人上船他不放心。于是父子二人和度尘一起上了船，小陈竹篙一点，船便向河东荡去。

谁也没想到，船行到河中时，突然风急浪高水旋，船剧烈的一颠簸，立在船头的度尘便扑通一声落了水。说时迟，那时快，小陈慌忙将竹篙交给老爹就跳下水去救度尘。最终度尘倒是被救上来了，可小陈却体力不支，让急流给卷走了。后来度尘为了报恩，就常常来帮助老陈干活，来照顾老陈夫妇。可老陈老想儿子，老是为没有个后长吁短叹。他的儿媳也在想，不孝有三，无后为大，于是就渐渐地对度尘有了意思。加之两位老人尽力撮合，度尘终于还俗来到老陈家，并为他家渡了后。

由此，河东渡济庙里的住持和尚便提议将原来的鼍河即渡济河更名为渡子河，既作为这段河的河名，也作为这段河两岸人家居住地的庄名。从此以后，渡子河这个庄名便一直延续至今。

其实，当年有了那小陈舍己救人的故事，曾有人提议将渡济河改成小陈河，后又有几次，但都未改成。渡子河这庄名终于约定俗成了。有了历史，也就有了传奇，笔者以为还是不再做改动而称这富有传奇意义的约定俗成了的庄名更好些！

渡子河曾是泰兴境内第二大渡河，村居处河段两头稍窄，中间较宽，呈船形。睹河思名，名副其实。这渡子河庄名正是一种质朴善良的精神引导，故旧时有“过了渡子河，就到泰兴城，济公曾从渡河过，他还丢下三尺布”之说。在渡子河，河东人家称河西人家为西庄。当时东庄有两地主，西庄有两私塾先生，因此“东庄富、西庄文”的俗语也就流传至今。常言道“为富不仁”，但在渡子河东庄，却有一富而乐善的大户，户主陈良斋热心公益，助民济贫。他曾是孙中山领导下的同盟会会员，很有一定的知名度，深为当地百姓所敬重。为方便通行，改变过河靠渡船摆渡的状况，陈良斋卖掉自家30多亩地（其土地总数不过百十亩），并到河两侧的余家庄、马甸、宣堡、羊货郎店（今根思乡根思村）集资，最终在渡子河上建起了一座3搭头、4块石板铺成的石桥，名万泰桥，寓意年年太平吉祥。为方便大船航行，后将中间一段石板换成木质吊桥。由陈良斋出资和集资共在渡子河建了四座桥，分别是大港桥、小港桥、小桥、万泰桥；其中，万泰桥横跨于渡子河也就是两泰官河的渡河段上，是陈良斋出资和集资所建的四座桥中规模最大的一座桥，从此人们过渡子河不再需要摆渡了。

渡河村因传说而美妙，更因有了这座桥而闻名。这是两泰官河的南官河上唯一的一座桥。解放前，人民要太平，日寇和国民党反动派却不让太平，这座桥曾是敌我双方争夺控制的焦点，演绎了许多惊心动魄的故事，也孕育了一批忠于党和人民的革命者。袁志峰、徐伯堂、杨伯余、杨伯书、杨伯景、封少祥、陈荣清、陈风章、陈大狗子9位革命烈士，先后为人民的解放事业英勇献身。解放初，南官河实现水上快船客运，这里则成了南来北往的驿站，站在桥上，时不时就会传来远处船民拉纤的号子：“泰兴城外有快船，拉着纤儿往前走；肩拉脚蹬弯弯腰，纤儿长，板儿弯，一曲号子到万泰；一尺纤板忽桥过，再唱一曲到宣堡。”

而今，拉纤的快船早已被轮机船所代替了，但背纤的号子仍流传于民间，常让人唱得热泪盈眶。至于万泰桥，也已历经四次修改建，旧貌换了新颜。同时，在万泰桥南约二百米处又建了一座颇具现代特色的两泰官河大桥，贯通了504省道，从而让万泰幸福之花在新时代的渡河两岸真正地傲然盛开起来，并越开越艳！

渡子河，渡河村人的母亲河；万泰桥，渡河村人的自豪桥！渡河村虽是笔者的邻村，但笔者爱渡河村如同爱王垈村一样爱得深沉。这不仅是因为她的河，她的桥，更因为这方热土有那可敬的英雄、可亲的百姓，还因为这里有笔者父亲当年革命的足迹。渡子河解放前和解放初都属渡井乡，首任乡长是陈风章烈士，父亲是第二任乡长。所以，笔者到渡子河，总有一种特别的感情，渡河村的许多人知道笔者是老乡长的儿子，对笔者似乎也特别热情！

## 英雄故里有五湖，沧海桑田故事多

大家都知道，我国有洞庭湖、鄱阳湖、太湖、洪泽湖、巢湖这五大名湖，只是笔者这里要说的五湖不是这五大名湖，而是泰兴英雄杨根思的家乡——根思乡的“五湖”。或许有朋友会感奇怪与疑惑：泰兴根思乡会有五湖？对！特级战斗英雄杨根思的故乡有“五湖”——这就是南湖、北湖、东湖、西湖和小湖五个庄子。

那么这五个庄子到底是否有过五湖呢？有人说，不管大小，历史上这儿还真有过五湖，这五庄正是因五湖而起。五千年前，泰兴地区是一片茫茫大海，长江入海口还在镇江、扬州之间。到西汉，泰兴老龙河以北地区才形成了一片沙洲，地属海陵县界。该地历经千年江岸变化、陆面浮沉，古称泰兴“襟江带海”也正是缘出于此。那会泰兴往东便成为长江的入海口了。也正是彼时，在泰兴王垈的东面因江水的冲击即形成了按方位排列的东湖、西湖、南湖、北湖和居中的小湖这五个湖泊。不过，这一说法可能是根据泰兴成陆的历史过程推测的，笔者尚未查到所说的泰兴这五湖形成的确切记载。

《泰兴地名录》上倒是有一关于“南湖头”的简短记述，说这里原有一条大湖塘，因陆续有人来湖塘南居住而聚集成庄，故得名南湖头。为此，笔者曾专门去南湖村作了一次走访。据这里的老人说，这里有湖是肯定的，应该是一条大湖，成庄是明朝初先人从苏州阊门迁徙过来的，有陆姓、朱姓、刘姓、樊姓等，因人多就环湖而居，分别居住在湖的南边、北边、东边和西边，形成了四个庄子，泰兴人喜欢按方言将南边、北边、东边和西边说成南头、北头、东头和西头，因此就有了南湖头、北湖头、东湖头、西湖头这四个庄名；同时因湖的南头居住的人更多一些，又形成了一大一小两个庄子，所以南湖头就又叫成了大南湖头和小南湖头，大南湖头就是南湖，小南湖头就是后来的小湖。这一说法比较接近实际，也有一定的依据，笔者以为更可靠些。

据陆氏族谱载，明朝“靖难之役”时，陆秀夫之五世孙陆奇率家人从苏州阊门迁徙至泰兴北邑北湖头（一说为重庆云阳迁来）……其实，陆奇是抗元名臣，与文天祥、张世杰并称为“宋末三杰”的南宋左丞相陆秀夫的嗣人之后。在当年崖山海战中，因那时宋朝的小皇帝已经被围堵而走投无路，陆秀夫估量已没法护卫幼帝走脱，故而先敦促妻儿投海，继之自己背着小皇帝赵昺从悬崖上跳入了海中，以此殉国。后来，有人经多方考证说他儿子大难未死，而是流亡于海外。陆氏族人以为陆秀夫阖家殉难无后，故以本族人过继承嗣。陆秀夫的嗣后五世孙陆奇于泰兴北湖头落脚生根后，他的后辈中有一位在清朝曾为皇室缝制龙袍而发迹致富，衣锦还乡时在泰兴小西门购得唐家湾，做起了船运生意，从此更是富可敌国。一时，陆家声望鹊起，有“季家的园，陆家的船”之说，唐家湾也被称作了陆家湾，陆家即由此跻身于当时泰兴城内八大家——“蔡陆封黄朱张李季”之列。

北湖头陆氏族谱的记载，既验证了这里成庄于明朝的说法，同时从陆家先人特迁北湖头后又购泰兴小西门唐家湾来看，也表明他们是怀念跳海殉国的先祖——民族英雄陆秀夫的，故多择傍水之地而居。反过来，同样也可证明这里的确早就有过湖塘存在，环湖而居的庄子之名都是因湖而名的；不管是一条湖，还是五条湖，这“五湖”都包含了因湖而名的五个庄子，所以现在的“五湖”就是实指的南湖、北湖、东湖、西湖、小湖这五个自然庄。

这“五湖”中要数北湖头的陆家和南湖头的朱家最有来历，其家族背景也最为不凡。由上所述，我们可知泰兴城内的“八大家”，陆家是有“五湖”的北湖头直接跻身其中的。那么南湖头的朱家呢？南湖头的朱家虽与城内之朱家有关联，却又有明显的区别——泰兴城朱家的显赫是其功名，南湖头朱家的显赫则是其财富。南湖头的朱家祖上就一直很富有，到了民国朱细豪这一代，用老百姓的话说更是富得“冒油”，有良田千亩，豪宅百间。

抗战期间，为了保住家业，朱细豪与出生于邻庄的汉奸伪团长顾凤山多有来往，相互勾结，还做了伪乡长，日本投降后他又摇身一变成了顽乡长，由此而引起了民愤。1946年8月，我城区区委决定，贯彻执行惩治汉奸条例，开展惩奸反霸斗争，由区委派人带领群众去抓朱细豪，拆其房屋，分其财产。后因朱细豪携家人逃至泰兴城里，结果我区委所带群众只拆了其房屋30余间，另将他家的财产全部分给了穷苦百姓。

为了深入开展土改运动，严厉打击罪大恶极的反动分子，1946年底，泰兴的城西区并入了城区，合组了武工队，由周震任武工队队长，由从“五湖”邻庄井垄村走出来革命的周山林任指导员，同时由他们组成惩奸人民法庭，周震为人民法庭庭长。年底的最后一天，周震同志行使人民法庭庭长的权利，在大南湖头庙前广场召开了千人参加的公审大会。城区各红色乡长或乡队长都参加了这次公审大会，原五区、六区也都派人参加了大会，时任红色渡井乡乡队长的笔者的父亲李正坤也参加了这次大会。公审大会宣判毓秀乡的汉奸常某某、袁家庄的汉奸许某某死刑，当场执行枪决；城区伪乡长唐某某也被捉拿归案执行了枪决，同时还处决了暗藏的敌特人员巫某某、蔡某某、陈某某、顾某某，由此狠狠打击了反革命分子的嚣张气焰，为以后我方人员坚持斗争奠定了比较稳固的社会基础。

英雄杨根思故里的“五湖”，有着光荣的革命传统，这里的人民曾惨遭日寇和国民党反动派的蹂躏，因此他们最具革命精神，无论在抗日战争，还是解放战争中，他们都为革命做出了宝贵的贡献，做出了许多牺牲。当年，邻近“五湖”的毕家庄战斗、老叶庄战斗，以及“七战七捷”的宣家堡战斗，都有“五湖”的儿女支援我人民子弟兵或直接参加了战斗。这些人中，有的则像英雄杨根思一样献出了自己的生命。原红色井湖乡乡长樊振家就是其中的一个。还有一个叫樊留章的烈士，他虽是高港人，但1946年他在反顽斗争中却将自己的一腔热血洒在了北湖头这片土地上，献出了自己年仅20岁的生命。

而今，英雄杨根思故里的“五湖”之庄隶属于以英雄名字命名的根思乡，只是与时俱进也发生了一些变更。小湖与相邻的巫庄已合并到南湖，依南湖命名叫南湖村；东湖先是与西湖合并叫湖头村，后又由湖头分开与虾港、曹荡、东湖、羌庄、小新一起合并为新的村子叫新港村；北湖先是与虾港合并叫港湖村，后又与西湖、南森、根思、大新、小井、凡荡共七个自然村合并为一起，以英雄的名字称之为根思村。于是过去的五湖之庄先是变成了三湖之村，其后经新的行政规划，“五湖”之庄带“湖”的村名，今天就只剩下了“一湖”，这就是南湖村。

南湖村一度属于经济薄弱村，但在被称为“拐棍书记”“泥腿子书记”新的村支书的带领下，南湖村人赓续“五湖”的红色血脉，发扬英雄杨根思的“不相信有完不成的任务，不相信有克服不了的困难，不相信有战胜不了的敌人”的“三不相信”精神，现已甩掉了薄弱帽子，进入了先进行列，成了根思乡的“三甲村”之一。不仅南湖村，而且融入新港村和根思村的其他“四湖”，乃至英雄故里的所有村庄也都无不呈现出一派欣欣向荣、美丽如画的可喜景象！英雄故里的人民今天正在新征程上以“敢”字当先，阔步前进！

## 李秀河钟灵毓秀，古庄镇双河育才

笔者的衣胞地王垄的北面是井垄，井垄的北边则是与之相连的两个甚为不凡的大庄，一个是以国际主义战士、特级战斗英雄杨根思烈士的名字命名的村庄叫根思村（原庄名为林七庄，土名羊货郎店，杨根思原名羊庚玺）；一个是革命烈士樊达生前战斗过的地方，也是当今航天总师、“人民科学家”叶培建于此度过儿时时光的地方，庄名叫李秀河（原庄名叫李薛河，又叫李家河，一度曾分成光明和毓秀，李秀河和毓秀，后又统称为李秀河）。这两个庄，根思村在东，李秀河村在西。根思村无疑已为大家所熟知，这里主要来说说李秀河村，即俗称的李家河。

在中国，叫李家河的庄子是很多的，共有47个，分布于全国各地。这么多叫李家河的村庄，虽各有故事，但其庄名的来历却有一个共同的相似之处，就是庄上原本皆有河，因最早有李姓族人或李姓商贾到此环河而居，立庄或建镇，而以李姓名河，再以河名名村，故河、村之名合一，曰为李家河。

江苏省泰兴市根思乡的李秀河村即原李家河村自然也是一样的。这里的李姓始祖是明朝初年差不多与王垈村的李姓始祖同时代由延令邑分别向北迁徙的。据《光绪泰兴县志》载："邑水自泰州鸭子河南流三十里迳大泗庄入县境，又西南十里至孔家桥，又十里至毛家群，又七里至李薛河（一名李秀河），又五里至渡子河，又十二里至通泰河（俗名米粑子河），又一里入北濠河。"这实际说的就是今天的两泰官河水道。两泰官河是泰兴至泰州泰县（今泰州姜堰区）的纵向通航河道，又是通南地区（通扬运河以南至古马干河北）引排骨干河道。其中，大泗庄至李秀河段俗称李秀河，长约2.5公里。因此李秀河在泰兴水利史和交通史上均占有重要地位。那么为何有李秀河之称，又是何时称之为李秀河的呢？

李秀河村《李氏宗谱》上是这么记载的："第一世望六公，名祐尔，字公望，号无疆，行六。公世居姑苏阊门，明太祖平伪吴徙其民实江淮空地。公携子迁于泰邑城北18里之河右，因名其地曰李秀河。盖以姓而得名也。"据此可知，这里先以李姓名河，后又以河名村。如此看来，李秀河距今至少也已有600余年的历史。旧时李秀河庄东西约1公里，南北6排民居，李秀河穿庄而过，将庄一分为二，河东周姓居多，河西李姓居多。

相传当年来李家河的这支李姓始祖原本有经商之历，看到两条大河于此地交会，河水浩渺，可通长江，且鱼虾嬉游，船来舟往，两岸槐杨伸臂、柳丝飘拂、水草茂盛，实在是一个宜居立业、恬静毓秀的好地方，遂于此定居立庄建镇，并苦心经营，让这里慢慢发展繁荣起来。李氏在此定居后不久，即出了一个李秀才，其妻为一大户薛氏之女，故而这里的河、这里的庄便称作了李家河、李薛河；又因这里钟灵毓秀，于是李秀河便成了这里河、庄的官称，也是书面之称，李家河则是俗称，口语之称，李薛河之称则渐渐消失。

后来李秀河纵向的一条河即南北河因与北新河相连，于明朝正统八年（1443）由当时漕运总兵官武兴、巡抚周忱于泰兴北新河的基础上，动用了15.5万的民工，花了一月有余的时间开扩而成了两泰官河。横向的一条河即东西河，几经官府疏浚而成了横贯泰兴的大干河，也就是古马干河（古，即泰兴古溪；马，即泰兴马甸）。

光绪元年（1875），李邦治、刘宗宽出资在庄中李秀河上建起木桥，名毓秀桥（后名李秀桥）。由此，李秀河有路有桥，交通便捷，也就有了街巷，成了既有田园亦有商铺的庄镇。光绪三十三年（1907），这里更有了一所公立毓秀初等小学，这在现根思乡境内，当时是首创。

新中国成立初期，原木桥被翻建成石头桥。20世纪50年代，李秀河桥旁建成简易码头，有快船（轻便载客木船，非轮机船）通泰兴、泰州等地。新中国成立后两泰官河多次疏浚整治，2010年石桥翻建成现在的水泥桥，仍名毓秀桥，即李秀桥。

横贯李秀河庄东西的古马干河原不是直通长江的，它向西到马甸即止，直到1971年至1977年，国家为了灌溉、给长江分洪，才第一次大规模地疏浚古马干河，让它得以从马甸穿越永安洲腹地直奔长江。而今，一艘艘驳船货轮，在古马干河大桥、毓秀大桥下自由通航，交织于两条大河河面的渔网，让我们仿佛看到了刀鱼、鲥鱼、河豚在欢悦游荡；夹岸而生的花树如同蘸满颜料的画笔，亦让我们不由得欣叹它们在蔚蓝的天域里绘就的点睛之笔。两泰官河、古马干河两条大河交会于李秀河，以一种无私奉献的精神养育着这里的儿女。在情感的相互浸润中，李秀河的村民们早已将这两条大河视为母亲河。

旧时毓秀桥西北建有李氏宗祠，两进三间。东南一华里外是常氏宗祠，有房六间，“文革”中被毁。庄后（现古马干河）处建有药师庵，庭院内有几棵古银杏树，正殿供奉托塔李天王像，身高两米有余，脚踩鳌鱼。七月半为庙会日，人潮涌动，后因庙会期间发生踩踏事故，故庙会停办。李秀河地处马甸、宣堡、根思三乡镇中心，水运便捷；就陆路而言，也是孔桥、毛家群等进出泰兴城必经之地，而彼时经李秀河又必经这药师庵。之所以建药师庵，是因为李秀河村曾出过名医，有过大药房，且素有种中草药和收中草药与研制药方的传统，秀河村方和生中药店在县内十分有名。

是啊，毓秀之地自不凡，双河乳汁育英才。在泰兴李秀河这块钟灵毓秀之土上，留有先辈们筚路蓝缕在此创业的身影，更留有一代又一代的贤人志士、英雄儿女为国为民的可歌可泣的故事！

清末，从李秀河曾走出了一位学贯中西的大师，被《泰兴县志》载于“人物篇”，名叫周铭，字明诚（1888—1968），他是泰兴知县龙璋派去美国攻读物理的学者，是与被称为“中国地质之父”的同乡丁文江差不多同时由泰兴知县派去国外的。在美十年，周明诚获美国麻省理工学院博士学位，回国后长期担任上海交通大学物理学教授。日军侵占上海租界后，周明诚即辞职兴办中国工业专科学校。抗战期间，国民党高官宋子文、孙科先后登门拜访，有人劝其回访，周皆置之不理。新中国成立后，周明诚被选为第一届全国人民代表大会特邀代表、上海市政协委员。

李秀河还有一个美丽的名字，叫“光明村”。这一名称源于民国时期李秀河出了个眼科名医。这位名医叫李希贤，字书城（1884—1949）。《泰兴卫生志·人物篇》载：泰兴西医眼科鼻祖当数李希贤。其幼承祖训，攻读古籍，立志以医济世，曾留学日本7年，先后就读于日本早稻田大学、日本千叶医科大学，

1913年于日本千叶医科大学毕业。回国后，李希贤任浦口陆军医院军医。1928年9月，李希贤与李煜瀛、于右任、李宗仁、秦汾、何玉书、钱永铭、张轶欧、许璇、荣宗敬、周威、吴兆曾、徐肇钧、张孝若等19人，组建私立南通大学校董会。1930年11月南通大学更名为南通医科大学，李希贤主持南通医科大学及附属医院16年，桃李满门。他专治眼科，诊疗技术卓著，被时人誉为“光明先生”。淞沪会战后，李希贤回老家行医，其为人仁义，收费视病人家境而定，富人必先议明诊金再施诊治，贫者则不计报酬送医送药。故而登门求医者络绎不绝，重见光明者争相传颂，李秀河遂被尊称为“光明村”。1958年李秀河正式改名光明大队。因有重名，后又恢复为李秀河大队。

据说后来李秀河眼科传人——名医李茂孝（又叫李懋孝），就是师从李希贤而得到真传的。他所开的眼科医院闻名遐迩，笔者儿时曾患有严重的眼疾，就是到李秀河让李茂孝医生给亲自治好的。

说了李秀河的贤人，再说与李秀河这块土地密切相关着的并注定会载入史册的英雄。先说现代的一位叫樊达的英雄。他是革命烈士，原名叫孔繁淦（字厚光），又名孔繁达，1917年1月8日出生于原泰兴县孔桥乡西孔村一个农民家庭；樊达，是他1939年参加革命后任我方第六区区长时改的名。

1941年春，伪军在李秀河设立税所，三个收税人员住在一个老百姓家里，据说有一支短枪和其他武器。樊达得知后，即带区警卫连星夜赶到那里埋伏起来。清晨，当那家老百姓开门早炊时，他们突然冲进屋，捉住了三个收税的，缴获了那支短枪、三颗手榴弹和一把刺刀。然后，樊达对那三个家伙进行了一番教育，将其释放。

1941年10月15日，有一股日军从马甸出发，到田河李庄村抢掠。樊达率领二十多名干部和战士经李秀河前去阻击，不幸中弹牺牲。

与李秀河这块土地密切相关的另一位英雄是当代的，也是广为国人所熟悉，更为家乡人引以为豪的著名人物，他就是航天总师，被国家授予“人民科学家”光荣称号的叶培建。1945年1月，叶培建出生于泰兴胡庄镇海潮村一个军人家庭。1946年，苏中“七战七捷”的第一仗——宣堡战役打响。叶培建的父母随部队北撤时，将不足一周岁的他送到毓秀乡（现根思乡）李秀河村的外婆家。由此，叶培建在李秀河他外婆家度过了童年时光，李秀河也永远刻在了这位赤子的心上，成了他永远的乡愁！

1951年，叶培建在李秀河村小学开始接受启蒙教育。他是个从小就有“怪”想法的小孩，常向外婆和其他人提一些刁钻古怪的问题。据他姑父回忆，培建就曾问过他，为什么公鸡不下蛋？鸡为什么只大便而不小便等问题。培建在李秀河读书一年后，他父亲抗美援朝回来，此后他便开始跟随父亲“转战四海”。

李秀河的水土养育了叶培建，叶培建后来终于成长为祖国的航天大师，成为卫星研制的总师与卫星发射的总指挥，成为中科院院士、人民科学家。家乡人为叶培建而自豪而骄傲。叶培建也始终惦记着家乡，惦记着家乡的李秀河。他曾几度回家乡泰兴，看望这里的父老乡亲，并到李秀河去寻觅他童年的足迹。

2020年10月，叶培建再次回到家乡泰兴，再次来到了李秀河。面对家乡媒体的采访，叶培建动情地说："家乡，是一个不可变更的要素。只要你生在这儿，无论你以后成为一个什么样的人，无论走到世界上什么地方，这一点是不可变更的。我的父母是泰兴人，我在这里生活了八年，而且上过小学，我的很多生活习惯和我的一些文化基因的积淀，都受这儿影响，它是要影响一辈子的。因为我的秘书经常帮我打东西，他知道我描写我的家乡有两条河，我家的房子就在河边上，他就要去看看是啥样。于是我们就走到老家，房子已经没有了，但是，竟然找出我小时候的两个玩伴。一条两泰官河，一条古马干河，和我一块儿上过小学的还有两个人，我们还在一起聊了一会儿。我还记得家乡那些事情，挺开心的，就去看一下。"叶培建院士的这番话，不由让笔者想起了几句古诗："露从今夜白，月是故乡明""唯有乡园处，依依忘不迷""千古苍茫青史梦，一年迢递故乡心"。我想，这应该是叶院士爱乡、恋乡、思乡之深情的真实写照。愿叶院士有暇之时常回家看看。家乡泰兴，家乡的李秀河永远都会记着你，想着你！

心里话，笔者深为叶培建院士对家乡、对李秀河的赤子情怀所感染、所感动，同时也引发了笔者自己对李秀河的美好回忆。笔者儿时，因家离县城较远，那时又没啥交通工具，上城都是徒步，故很少进城，倒是附近的李秀河去得比较多些。李秀河在那会儿虽是乡间小镇，却很是热闹繁荣，而且还是泰兴城北区公所的所在地呢！其时桥东有邮局、银行、粮管所、医院等；桥西则有供销社、五金厂、油厂等；只有到泰兴城里才见到的那青石板的街道小巷，那包子、油条、烧饼、麻团、金刚脐小吃店，那布店、木行、码头、油坊、酒坊，那理发修面、洗澡搓背的招揽顾客的花边旗，还有分于街道两旁的卖鱼卖虾的、卖鸡卖鸭的，卖葫芦串，玩蛇玩鸟的……在这李秀河也都无不应有尽有。所有这些，至今都常萦绕于笔者的梦中。

那年代，人们的生活尤其是农村人的生活非常艰苦，笔者只有跟着父亲去李秀河——我们称惯了的李家河时，才能一饱口福。因为父亲有位战友在李秀河区公所做文书，后又分管木行、油坊等，笔者去时，他每每都要让人下两碗油荡荡的葱花肉丝面，由此那特香的诱人的肉丝汤面味道也就成了笔者挥之不去的儿时的味道！

是的，笔者忘不了儿时在李秀河吃的葱花肉丝面的香味，也忘不了那会父亲与老战友侃大山所侃到的李秀河。听他们说，李秀河庄曾经很大，包括河南部较小一点的自然村猫儿河、河西的有着独特年俗的黄家西庄都曾隶属过李秀河。

黄家西庄、猫儿河后来虽分别独立成村，但一度与李秀河一起皆属根思乡管辖；再后来，黄家西庄划给了滨江镇，猫儿河则与毓秀回归为李秀河，统称李秀河村。

说到猫儿河，也是颇具故事性的。相传，明末清初这里迁来几户人家，沿着一条东西长约100米的小河定居，在河两岸开荒种地，维持生计。后因人口增多，土地有限，生活越来越窘迫。他们发现南边余家庄人生活富足，便请教其致富原因。余家庄村民介绍，庄上的东西河，中间又宽又深，常年能养鱼；两头细长，天旱时能拦水，洪涝时能排水。有这条河，就有水浇地和有水养鱼，所以年年有余，应了余家庄的庄名。

猫儿河人一听，果然有理，小河弯弯曲曲，有涝不能排，有旱不能灌。大家一合计，全体动员，苦战数月，将河道裁弯取直，中部拓宽浚深。竣工后，效果明显，大家非常高兴。有人提议，余家庄河，两头尖，中间胖，像一条鱼；而此处的河，身子胖，尾巴长，像一只猫，猫会捉鱼，还愁不肥？干脆，把这条河取名猫儿河。从此，猫儿河便成了这里的庄名。

可几年过去，猫儿河人生活如故，并无大的起色。于是大家又静下心来思考，终于悟出，岂能光凭一个好庄名就能过上好日子？只有跟余家庄人一样，勤劳吃苦，农、林、牧、副、渔多业发展，才能改变贫困面貌。此后，他们将土地重新规划，家前屋后、河沿路旁栽植果树乔木，猪、羊、鸡满栏，鱼、鸭、鹅满塘，加上年轻人纷纷学木工、瓦匠等手艺。果然不出几年，河中鱼儿变多了，地里庄稼长好了，栽种果树挂果了，村民财源变宽了，生活渐渐好了起来。从此，连余家庄人也对猫儿河人刮目相看，猫儿河一名也响当当叫到现在。

李秀河添了猫儿河，可谓更加钟灵毓秀，更加故事多多。说来，这不凡的李秀河与笔者真是有缘，以致笔者本人也因李秀河而有了自己的故事。那横贯李秀河的古马干河里的鱼就曾在李秀河的古马干河大桥下向笔者报过吉兆。笔者曾于所著长篇小说《杏雨烛泪》里的“负使命杏雨成大婚，鱼报兆晓雪生龙凤”这一章节里有过详细描述，虽写的是小说，但这一章节却是依据笔者所经历的真实的素材而创作的。

有此二因，又焉能不令笔者对李秀河心存感激？故而写下此文，固然有多种情愫，只是为感恩而抒怀也同样蕴含其中的！李秀河跟马甸一样，乃一方傍水好去处，且有着悠悠的古韵，实是得天独厚的宜居之地。笔者多么希望这里再现那美妙所在，真正成为让人憧憬向往的乡村花园、诗韵古镇啊！

（此篇发表于《泰兴精英》2023年第14期）

# 纵谈泰兴最大庄，赫赫有名老叶庄

说庄道巷，在泰兴要说其境内最大的村庄，莫过于地处泰兴市北郊根思乡的东部地区的老叶庄了。的确，老叶庄不仅是根思乡，乃至于泰兴市都应该是最大的村庄；不仅最大，而且相当的有名气，尤其在现代革命史上，是绝对占有一席之地的。老叶庄也可以算是一个集镇，规模远大于所属的根思集镇，一直以来，多以其名为乡级体制；为纪念国际主义战士、特级战斗英雄杨根思，老叶庄从而隶属于根思乡。

老叶庄，顾名思义，“叶”姓乃为老叶庄的第一大姓，俗称“叶半天”，可谓闻名遐迩，故而以叶姓为庄之称也。当然因庄较大和人口流动，顾姓、周姓、鞠姓、李姓、肖姓于庄内也是比较多的。其实泰兴叶氏基本上都源自根思乡的老叶村。据泰兴《叶氏族谱》记载，老叶村的东叶在解放前有祠堂，称“培德堂”。培德堂后又分南北二十三甲，现分居全市十六个乡镇（街道）。目前，泰兴叶姓人口达七万多，基本上都是培德堂始祖福一公的后人。

根据有关资料考证，泰兴叶氏始祖福一公为苏州吴中叶氏后裔。福一公中了举人后，任浙江遂安县令，因宋室（宋朝）不振，兵溃渡江而北，其举家迁至泰邑东乡，即现在的根思乡老叶村。溯其祖，五代十国时期叶氏世孙叶逵在吴越国任官，后随吴越国归顺赵宋，以功授刑部侍郎，定居吴中，创立吴中叶氏，并被公推为吴中叶氏始祖。叶逵系叶望四世孙叶琚之次子叶俭之后。《吴中叶氏族谱》云，吴中叶氏是叶姓中重要的一支，形成于公元十世纪的北宋太祖年代，生活在以太湖为中心的苏南、浙北、皖南、上海等地区。宋龙图阁大学士叶梦得为叶逵第六世孙，他在《族谱序》中阐明了吴中叶氏的渊源，及吴中叶氏分布的范围。吴中叶氏主要是在苏州沿太湖的地域，但并不仅仅局限于吴中一带。上海的松江、青浦、嘉定以及浙江的湖州、杭州、慈溪，皖南的徽州地区等地的叶氏都属于吴中叶氏。而洞庭东山是吴中叶氏的最主要的发源地和定居地。叶梦得次子叶桯，字叔轸，历任临安通判、永州太守、中奉大夫，为吴中叶氏洞庭东山始祖。吴中叶氏家族为明清时期江南的一个著名巨族，不仅世代簪缨，科第显耀，更以诗礼传家、著述丰盛而闻名。至清宣统年间（1909—1911），涌现了许多杰出人才，有进士举人上百人，明清时期叶姓在外任县以上官职者有二十八人。当代更是名人辈出，在全国各地的高级知识分子（博士生导师、中科院院士）及地市级以上领导人达上百人。但给后世影响最为深远的，要属叶逵六世孙、宋翰林学士、尚书左丞叶梦得。他是在北宋末年到南宋前半期的词风变异过程中，起到先导和枢纽作用的重要词人，开拓了南宋前半期以“气”入词的词坛新路。由此我们可以得知，因战乱而来泰兴东乡即老叶庄这里安家的泰兴叶氏始祖培德堂福一公，虽为浙江遂安县令，但祖籍姑苏洞庭，正是吴中叶氏始祖叶逵之后裔子孙，与叶梦得为一脉。

补充一说的是据《淳安县志》记载，福一公曾任县令的遂安县城又称狮城，与淳安县城（又称贺城），因电力工业部建设新安江水电站，故于1959年9月“沉入”碧波万顷的浙江千岛湖底。由于福一公当年于乱世来泰定居后，枝繁叶茂，人丁兴旺，所以他所定居之处，才以其姓而称为老叶庄。只是可惜，赫赫有名的培德堂祠被毁于历史的变迁之中，而令人不胜唏嘘。

然，福一公当年来老叶庄之地定居，老叶庄自是一块福地。这块地方人杰地灵，泰兴许多叶氏名人的根其实都在这里。在古代，这里的泰兴叶氏始祖培德堂福一公，固然是名声显赫；就是从2010年元月在这里出土的一块碑石所勒的墓志铭来看，墓主叶处士生于明朝洪武年间（1368—1398），殁于明成化八年（1472），虽只是一个员外，却拥有颇有规模的庄园，亦足见这老叶庄不仅古老，而且古来就庄业兴旺，人才济济，具有了大庄之风。同样可看出的是叶氏族人则一直为庄之主流，处于不可动摇的核心地位。到了现当代，这里更是人才辈出。先后从这块土地上走出了中北大学理学院党委书记的叶玉刚，对航空航天工业部有突出贡献的专家叶万庚，上海交通大学博士生导师、原副校长兼研究生院长的叶取源等。有人讲，包括航天总师叶培建虽老家在泰兴胡庄海潮村，但其祖上也是与老叶庄有着割不断的联系的。笔者因未做考证，故不便去做定论。但有一点是肯定的，这就是泰兴叶姓绝大多数都根植于这泰兴老叶庄的培德堂，换言之，都应该是福一公的后人。还有就是这个庄的的确确是大而古老，一个庄自古就有学校，就有许多的读书绅士，到了当代甚至一个时期从小学到高中全有了（后来高中合并至现在的市二高），这恐怕作为一个庄来说是极鲜见的。这样看来老叶庄之所以称之为老叶庄，真的是名副其实呢！

老叶庄的不简单，当然还绝不止于这些，因为她还有一段辉煌的革命历史。在现代革命斗争中，这里是一块革命的热土，是红色的革命堡垒。1929年11月初，红军特派员薛衡竞从上海来到泰兴东乡，任如泰地区红军大队大队长，率领红军连续作战两个多月，初步开辟了如皋城、九华山以西，石庄、西来以北，季家市、黄桥以东，曲塘以南一大块游击区。1930年2月，红十四军军部建立，薛衡竞被任命为参谋长。

1930年1月18日，呼啸的东北风带来一场鹅毛大雪。此时，驻扎在泰兴县北新街一带的如泰工农红军战士，正分散在群众家中取暖休息，而这支红军大队的指挥员薛衡竞则在反复思虑着下一步的作战方案。红军原定计划要攻打老叶庄。老叶庄当时是泰兴有名的地主庄园，为反动地主集中之地。当地党组织曾发动农民对其围攻，但因反动武装力量强大，农民伤亡惨重，未能攻入。当薛衡竞率领红军决心捣毁这个地主老巢、狠狠打击反动气焰时，不料敌人先下毒手，于1月17日拂晓，分别从老叶庄、宣家堡、黄桥三路对工农红军发起围攻。

面临敌情的突然变化，薛衡竞迅速改变原计划，移兵北新街一带寻找战机。根据掌握的情报，泰县东南乡顾高镇敌人据点虽处于四周据点中心，且驻有四十多人，装备精良，但官兵骄横麻痹，如我工农红军雪夜奔袭，攻其不备，有相当的取胜把握。薛衡竞与其他领导交换意见后，即令县、区赤卫队分别向黄桥、古溪、蒋垛等据点进发，阻滞援敌，红军大队则乘着雪夜向顾高庄驰进。红军大队的突击班先逼近敌营大门，摸掉岗哨，破门而入，大部队也跟着冲进屋内，向敌人展开了猛烈攻击。睡梦中的敌人惊恐万状，束手就擒。这一仗捉了40多个俘虏，缴了长、短枪38支，手提式机枪3挺，小炮1门，而红军战士无一伤亡。

这是一次漂亮的袭击战。此后我红军又打了两个胜仗。这样老叶庄的反动武装便成了孤立无援的瓮中之鳖，自然也就最终被歼灭了。后来，抗日战争爆发，老叶庄则成了我新四军根据地的重要据点，那时中共泰兴县委就驻扎在那里。

而今，当年的战争硝烟早已弥散一尽，但革命的传统已被老叶庄人继承了下来，且得到了发扬光大。老叶庄人以吃苦耐劳的精神正在建设自己的美好家园，村内民居错落有致，村河清清，杨柳依依，根鞠路穿境而过，村公路四通八达，水陆交通十分方便。老叶庄正以崭新的面貌呈现于世人面前，但如果我们环庄一走，再入庄内，我们仍然会感到其庄之大之古老，会觉得有一种真正的乡村之风扑面而来，会顿生出一种诗意。大概这便是老叶庄的庄魂，我以为！

# 这个庄叫蔡家巷，非凡故事巷里藏

老辈人的记忆中，原泰兴城城里城外，有两个地名相同。城内的一个，现仍能从《（康熙）泰兴县志·疆域篇》“街巷”栏目中看到。这一地名，《（嘉庆）泰兴县志》除对此作了进一步记载外，对城外的一个，又注释为：蔡家巷，城南少西四里。这两个地名，1982年出版的《江苏省泰兴县地名录》泰兴镇地名名称中，“五四巷”条目下备注为：旧名蔡家巷，解放后改名，取以“五四”精神鼓励青年之意。在城西公社地名名称蔡巷大队的备注栏里，注释为：以大队部驻蔡家巷而得名。两个相同的地名，在行政体制改革中出现变更，自是一件情理之中的事，具体原因经过我们暂且不去赘述。但从后一个位于城西公社蔡巷大队的地理位置和实体标识来看，应为农村中的一个自然村。

城内的这条蔡家巷，早在泰兴《蔡氏家谱》中就有记载，内中的叙述为：这里是其先祖蔡梦祥的居住地。这支蔡姓祖籍安徽徽州，梦祥父有战功，他本人文武双全，才干出众。元朝时因得到皇帝赏识，将月臈公主下嫁于他。泰兴作为其夫妇的世袭地得以分封后，传说中，城内有名的佛教寺庙庆云寺就是由他夫妇二人捐助房屋建成的。据史料载，江苏泰兴历史上共有两个状元，一文一武；文状元正是此文中的元朝驸马蔡梦祥，武状元则是清朝的张兆璠。泰兴民间传说的驸马季三嗒子之原型实际上就是蔡梦祥。在蔡梦祥后辈子孙中，因又有一人被召为驸马，故这里的蔡姓，除奉蔡梦祥为一世祖外，并将这里定名为蔡家巷。编纂家谱时，又将堂号定名为“双凤堂”。

那么，位于“城南少西四里”的蔡家巷，又与这里有何渊源呢？在少数老人的口中，认为此处为昔日西乡蒋华一带农村通往泰兴城的一条通道，因路两旁的住户大多为蔡姓，且村中一条从东南到西北，夹在蔡姓住房中间的泥土路，又像巷道那样狭窄，常年来往之人在时间长后，才喊出了蔡家巷这个地名。在他们看来，因蔡姓而得名，是历史上约定俗成的传统。

据泰兴历史文化研究专家何锡龄老先生所撰的《蔡家巷》一文说：“至于城里的蔡家巷子弟为何又来这里定居，其家谱中虽未作记载，但据熟悉蔡姓家族史的几位老人分析，其原因应有下列两种：一是城里的蔡家巷因人口增多，老宅住不下，兄弟们分家后，便有人选择这处风光秀丽、地势平坦且又离城不太远的地方落脚；二是在当年元朝残暴统治，民不聊生，全国各路农民起义军风起云涌，为避兵燹战火，才迁居于此。事实真相如何，虽尚待进一步查考，但这两种说法大概七不离八，是有一定的道理的。现在，回溯蔡姓当年到这儿定居并在此后形成村庄的历史，已经是一件不太可能的事。”

据《蔡氏济阳世系之图》，泰兴蔡氏祖上为福建济阳蔡氏，名人辈出。入闽的第一世为南唐司空蔡三公（晋从事中郎蔡克之的后人），第四世恭公（蔡恭）为“赠工部员外郎”、功惠公（蔡功惠）为“太师越国公”。第五世蔡氏共有四公，开始在科举考场上崭露头角，四公中蔡准为进士出生，是宋朝名臣蔡京的父亲，卫尉寺丞蔡琇则是宋代另一名臣蔡襄的父亲。

蔡襄（1012—1067），字君谟，宋代政治家，先后担任馆阁校勘、知谏院、直史馆、知制诰、龙图阁直学士、枢密院直学士、翰林学士、三司使、端明殿学士等职，后转职地方，主持建造了泉州洛阳桥（我国最早的跨海大桥）。蔡京为熙宁三年（1070）状元，宋朝权相，因为《水浒传》，他的恶名传四海。在《泰兴蔡氏宗谱》中，尊蔡襄为“襄公”：“天圣庚午进士，端明殿学士，谥忠惠”；尊蔡京为“京公”：“熙宁庚戌进士，‘太师鲁国公’”。蔡襄和蔡京两位是堂兄关系。

蔡氏为何会立足泰兴呢？大约在元代，蔡氏迁往泰兴一带居住。在《泰兴蔡氏宗谱》中，泰兴蔡氏第一世为蔡襄的元孙（第五代后人）。第三世昊公为“永宁侯”；第四世“济公”曾为泰兴县县尹和扬州路总管官。第五世蔡梦祥是泰兴蔡家最关键的历史人物。他克绍箕裘，事母至孝，文武双全，官至扬州路总管，并为元帝赏识，与公主成婚，辟举“驸马都尉”。另据泰兴《蔡氏家谱》的记载，下嫁于蔡梦祥的元帝女儿是月牕公主；元帝同时把泰兴作为世袭封地赏赐给蔡家，从此蔡姓在泰兴繁衍开来。据笔者考证，蔡梦祥实际就是泰兴最著名的三大传说（《季三嗒子的传说》《银杏仙子的传说》《吉高的传说》）之一的“季三嗒子”这个传说人物的原型。《皋邑蔡氏源流考》，如皋蔡氏的第一世是“蔡勋，即文四公”，为月牕公主驸马都尉梦祥公之四子，姻联如邑，迁徙皋城之南，为皋邑之蔡氏始祖。

一位状元，二位驸马，多位名臣和进士，可见如泰蔡氏的确系出名门。虽历经时代变迁，但蔡姓仍然是这里的名门望族。其子弟蔡仲英曾参加过科举考试，为清时秀才，后又在蔡家巷村中办过小学，声望之高在泰兴城内也算得上是一号人物。蔡筱甫作为绅士，家就有一字型并排六间、穿堂三进的一个大宅院。蔡仲英虽说仅有穿堂三进房屋，但因从事商易，思想又较为开明，供其女蔡宏英在国内读完大学后，又将她送到美国留学深造。这在解放前，一个女子能漂洋过海，去异国打拼，不说是在全村第一例，就是在整个泰兴县也是极为稀罕的一件事。

再一个就是蔡学雯家，也曾拥有三间瓦房，家中还养过马。不过，在解放初上小学时，她家因生活困难，缴不起学费，不得已将家中的一块匾送到学校代作黑板作为抵算。匾上的题字，虽说蔡学雯已了无印象，但可想而知的是，这种匾，在封建社会里，普通老百姓家是难以享受此殊荣的，应为官方或达官贵人对其先祖作出的褒扬和赞美。

这里，除蔡仲英、蔡学雯等人外，其他的蔡焕章、蔡志远、蔡知方、蔡彭年、蔡鹤庚也是其中的佼佼者。他们都是饱读诗书的知识分子，蔡志远曾在民国政府时期出任过乡长，其余几位或为执教鞭的老师，或为蔡巷小学校董、校长。从其后搬迁至此的黄、陈、李、王、常、鞠、沈、朱、杨等10多个姓氏的情况来说，都是以耕读传家的。纵然在原夹巷处，这里因住户多为蔡姓，杨姓夹在中间而得这一地名。但这里的杨廷真、黄亦尘亦是开过碾米坊的殷实户。最具代表性的是后称朝西庄的地方，这处位于路西边蔡姓住房后面的七八户人家，因都为草棚且大门朝西而得名。其地域后又扩展至一定的规模，且从蔡东、蔡西这两个地名来看，这里正是有他姓加入，人们通过开荒种地、平沟填塘、搭棚砌屋才慢慢形成了一个大庄。而这一切，历经了元、明、清、民国长达六百多年的时间。

虽说这里已是多姓杂居，但因蔡姓首居，故人们仍将这里称为蔡家巷。无论是这里的蔡家巷，还是城里的老蔡家巷，即后来所称的五四巷，都走出了不少很不一般的蔡氏子弟。建于民国十七年（1928）的中山塔，全称“中山纪念塔”，共四层，底层与二层接界处正面原有“泰兴县政府”五个大字，二层与三层之间是“天下为公”，最高层正面是“中山纪念塔”，传为邑人蔡宝廉手迹。“天下为公”书写人蔡宝廉正是城内蔡家巷（今五四巷）人，字竹泉，又号彦水，为蔡光熙之五子，故邑人均尊称“五老爷”。

在风云变幻时代浪潮的冲击下，蔡姓子弟也由此作出了各自的选择。国共合作进行北伐战争时，城西蔡家巷村中的蔡毓如南下广州，经过考试，成为黄埔军校第一期学生，毕业后随军在徐州讨伐张勋辫子军时，负伤后救治无效死去。当年作为总司令的蒋介石曾颁发嘉奖令，以期表彰，其后人曾将此制成匾悬挂于家中，后虽在“文革”中被毁去，但蔡毓如这个名字现仍镌刻在南京忠烈祠碑墙上。其子蔡鹤庚浙江大学肄业，解放前夕从香港碾转到台湾，经其父亲同学顾祝同介绍，到蒋介石侍从室当秘书，后又弃仕求学，毕业后为台湾当局“经济部”农水方面负责人。

改革开放后，在时任县统战部部长又是其幼时老师蔡彭年的多次写信催促下，蔡鹤庚回乡省亲。回乡后，他受到中共泰兴市委原书记黄龙生的热情接待，为回报家乡，他曾在城西建起了金城别墅，同时，他还给黄桥老区人民医院捐赠了3台透析机，计人民币50万元；资助泰兴中学10名贫困学生，供学杂费至大学毕业；同时与金城别墅老总陈世允一道，先后给市慈善总会捐赠100万元。为修建祭祀先人的“敬先堂”，他又在台湾与泰兴同乡会的卞堃、陆耀善、金桂生等人，组织成立了“泰兴敬贤堂筹建委员会”，筹集了300多万元。在家乡蔡家巷村，他捐助5万元用于修路；为解决村民出行的方便，又于原上横港河上修建了一座百龄桥。

蔡姓另一子弟蔡焕章，通过刻苦自学，投身教育岗位后，先后在上海、南通等地中学任过总务主任。他不但抓好自己子女的教育，还曾将村中众多子侄辈介绍到这两地上学、就业。其长子蔡学霖在上海交通大学读书时，曾与一些要人同级、同班。一个普通农夫的孩子能到这样的高校学习，在当时可算是一件破天荒的大事。其二子蔡学沛从学校毕业后，在国民党空军服役，新中国成立前夕，随整个中队起义，从香港驾机飞回内地，成为人民解放军空军部队的航校教练。

作为另一个蔡姓子弟的蔡鑫元，在解放前出生的泰兴人中，也是无人不知无人不晓。他因家境贫困，由族人携手资助抚养长大，供其读书至省立吴江师范毕业。1937年抗日战争全面爆发后，身为毗卢市巡警的他在一次日寇下乡“扫荡”时，曾将一落伍的日本兵活捉处杀，这个士兵被枭首示众于东门大操场时，蔡家也曾因此而引以为荣。但在其后汪精卫组织伪政府时，利欲熏心的他，竟背弃祖训，忘恩负义，卖主求荣，将日本人领进泰兴城，摇身一变成为汉奸，当上伪暂编陆军第十九军师长，从而成为众人所不齿、群起唾骂的对象。

1945年8月15日日寇宣布投降后，新四军发起了围攻泰兴城的战役，为敦促蔡鑫元迷途知返，改邪归正，族中长老、清时秀才蔡仲英，在年高体衰的情况下，经与三分区司令陈玉生商量后，亲笔写下一封义正词严的劝降书，然后派人用箭射进城去，令其在24小时内放下武器，缴械投降。但因其执迷不悟，负隅反抗，城破后被我方活捉，经过公审后，被我人民政府处决。1988年底，其遗孀陆怡吾（舜清）在党的和平统一两岸政策的感召下，积极投身其中，后被吸收为泰兴市台胞联谊会成员。

这里，除蔡姓子弟外，人们至今还留有记忆的是，作为外来户的凌姓，因老实本分，勤快能干，到其后辈凌家和时，虽曾为大户人家代收过租，但因良心未泯，收租时又半睁半闭着眼；天灾人祸时，还帮着向主家求情。由此虽劳碌一生，留给其后辈的仍是三间草棚。另有朱姓子弟朱德正，在解放战争的残酷岁月中，曾冒着生命危险，为我党掩护过地下工作人员，后被国民党反动派杀害。现今提起这些事，人们还念念不忘，称道赞美。

新中国成立后，蔡巷村从根本上发生变化，最富特征的是贯穿全村南北的村道。这条村道先由弯曲小路变成大土路，又由土路变成水泥路、柏油路；在给道路命名时，为纪念泰兴抗日民主政府县长、解放战争中英勇牺牲的革命烈士张鹏举，在其出生处王家巷，特此冠名为鹏举路。现在，在这块状如长方形玉块的土地上，有着三横三竖三条路、横贯其间的三条河（金沙中沟、老上横港、新上横港）。纵然是雨雪天，外出的游子回村，坐上汽车都能到达家门口。

蔡家巷，从行政体制上来讲，在历史上曾隶属过捕辖、城厢市、大杨乡、汤阳乡、汤王乡、张桥乡、大生镇、泰兴镇、济川街道办，现为泰兴延令街道办辖下的蔡巷村民委员会。全村新划定的22个村民小组里，共有1071户，3771人，家家户户都已住上了新房。最具说服力的是昔日的蔡东生产队，当年，这里的16户人家都为草房，而现在册的49户，一家就拥有3间，整个小组的四排连体别墅，在蓝天白云下显得格外壮观。今日的蔡家巷可谓村大、景美、人富、气象新啊！

## 延令江烟阡陌上，牧童遥指王家巷

王家巷这个地名在全国是颇多的，单泰兴有据可查且颇有点来历和颇有点不凡的就有三处。一处是泰兴城西的王家巷，另一处是泰兴城东的王家巷，再一个就是泰兴黄桥王家巷。泰兴城西的王家巷和泰兴黄桥的王家巷在民国都出了杰出的历史人物，城东的王家巷则与王氏历史名人有着割不断的血脉渊源。王家巷之所以称之为王家巷，肯定与王姓这个姓氏是分不开的，所以说王家巷还得先从泰兴的王姓之根脉说起。

王姓在百家姓中乃大姓之一。天下王姓主体支派当共同追奉的祖先为太子晋，甚至可追溯到中华民族的共同人文始祖黄帝。延令王氏作为天下王姓人中的重要一支，诚然也像其他诸姓氏之人一样，历来是很重视自己的根脉的。根据其保存至今的延令王氏老谱内容可见，泰兴的王姓按聚居地所分应有上百支，但按照支派来讲主要有两大派：琅琊王氏和三槐王氏。过去，泰兴王氏的门联多为“两晋家声，三槐世泽”，即是指这两大王氏（泰兴市二高王健老师曾有考定）。

泰兴属于琅琊王氏的并不多，有一重要支派为东晋时期的书圣王羲之后裔。王羲之，字逸少，世人皆知他是有“书圣”之称的东晋著名书法家，其代表作

《兰亭序》被誉为“天下第一行书”。泰兴堂号为“银杏堂”的王姓其实都是王羲之的后裔。王羲之的玄孙中有位叫王超之的，字世昌，武举状元，授南朝梁武毅将军。王超之还有一个特殊身份，即为东晋政权的奠基者王导的五世孙（以王导为第一世），王导与王羲之是叔侄关系，因王导的玄孙王员之与夫人虞氏无子，于是入继了王超之延续香火。王超之则有一支后人叫王洪一，其定居镇江当江沙后种了一棵银杏树，开始立祠创谱，取其堂号为“银杏堂”，俗号王家山乡人。所以琅琊王氏银杏堂的开宗始祖乃是王洪一，又称润东安港王氏。

安港王氏经过两百多年的发展，人丁兴旺，其族人中相继有人离开故土去往他地开基创业。有很多族人相继来到了泰兴，散居泰兴沿江各地，其中就有位叫王士道的一支渡江来到了泰兴，定居在天星母子圩。另有一人在泰兴城西王家巷处落脚，因这里跟附近的蔡家巷一样，曾有一条南北走向的道，并沿道成庄，又因这城西蔡家巷乃城内蔡家巷后人，据此而称其庄为蔡家巷，故王家巷这边也就因这里居住过一位王羲之的后人而称其庄为王家巷。这在泰兴是一件很有意思的古代之趣闻趣事。

延令江烟阡陌上，牧童遥指王家巷。据说现在的王家巷未见王姓，却是他姓较多。泰兴民国时我方的县长张鹏举就是这城西王家巷的。张鹏举1937年10月从外地回家乡泰兴参加抗日救国活动，1939年加入中国共产党。1945年春，张鹏举任泰兴县县长，他与新任县委书记叶梯青领导广大军民保卫抗战胜利果实，开展锄奸反霸斗争和减租清算运动。1947年3月，国民党军疯狂“会剿”，县团驻地姚家岱被围。突围时，张鹏举弹尽无援，不幸被俘。4月11日，张鹏举临刑直立不跪，执刑者对其膝部连发数枪，张鹏举仍屹然挺立，壮烈牺牲。泰兴城西王家巷人和所有泰兴人民至今都十分怀念从这块土地上走出的英雄张鹏举。

延令王氏另一支的始迁祖是明朝初年因品德高尚而被尊为王孝廉的王维亩，远祖则是五代十国时期的后汉状元、后周枢密使王朴。王朴，是当时的国家栋梁之材，所写的《平边策》犹如诸葛亮当年的《出师表》一样著名，为后周的开疆拓土和北宋的统一都发挥过重要作用。也正因如此，王朴能够以状元之才辅佐周世宗，周世宗也把他当作股肱之臣，甚至在他病逝时先后四次亲临治丧；曾经与他同朝供职的宋太祖也在称帝后感慨地说“如果王朴还健在，朕就没有今天”。一个人能够得到两朝皇帝的敬重，其威望可见一斑。延令王氏有这样一位著名祖先，以及作为状元和名人之后，足以与其他任何王姓支派相媲美，门庭也同样是荣耀无比的。

延令这支王氏在状元王朴和孝廉王维亩之后，于明朝永乐年间（1403—1424）由苏州迁居泰兴城东王家巷，因当地旧称延令而以地为名。经过600多年的生息繁衍，如今已传20多代，人口将近一万，分布在周家堡、七姓、厂头和如皋林上、磨头郭家庄等多个村庄，以及日本、新加坡、美国、澳大利亚、泰国、加拿大等国家和台湾地区，俨然已是王姓的一大支派。其中有王姓后人居于现在城东张家营附近的羌庄，据考这羌庄原是从陕西羌村移民过来的人因怀念故土而取庄名为羌庄，后来陕西人又迁徙走了，王氏居住这里后考虑到原羌村之名与大诗人杜甫的《羌村三首》五言诗有很大关联，况且“羌”通“姜”，炎帝的部落系姜姓，这王姓于姜姓原就有一些扯不断的联系。甚至有人说，城东的王家巷原本就是羌庄，此说因无据可查，故不足为信。

延令王氏再一支则是明时由山西太原迁居到此的黄桥王家的一世祖。此一世祖当时主要是因为挨了场官司，被捉进监狱，服刑期间，家中有一张姓仆人挺身而出，替主坐监，这种义仆救主的行为感动了全家，王家便将这位恩公的名讳写在牌位上，视同祖宗般供奉起来。对方知道后，重新上诉至衙门。为避免再遭祸事，才千里迢迢逃避到黄桥落脚。因为王家是最早来此落户的，依照民间不成文的习俗，便称之为王家巷。

泰兴黄桥的王家巷虽不长，住户不足三十，但出了很有名气的朱、王、韩、何四大家，其住宅建筑皆檐墙相接、错落有致，且房屋大都为前庭后院，前后几进。在这里，建于清嘉庆初年的韩氏大院，前后六进，除第五进毁于战火外，尚余二十四间房，现为泰兴市文物保护单位。东邻的何姓故宅，也是前后六进。这两家大院内的门堂、仪门、对厅、敞厅、厢房、书房遗迹尚存。韩家大院对门的汪家大门内曾为闾氏宗祠所在地，清末民初时是黄桥镇上较大的一座私塾，学生多至一百多人。后在解放战争时期被国民党飞机炸毁。巷子西首尽头处南侧的南庵庙，建于明初。庵中供奉药师菩萨。这里的道姑精通医学，庵大门上镶嵌着一副“仙山采药，佛国求师”的对联。巷子北首是宗镜庵（俗称北庵庙），关于它的历史，《宗镜碑记》有记载：“永丰宗镜庵创于明初奚尼师，初名奚家庵，在镇西王家巷外。”碑记立于嘉庆八年（1803），由此可知王家巷实际上最短也有六百多年的历史。宗镜庵原有正堂三间，禅堂五间，门堂与厢房十二间，共二十间。现尚存房屋十六间，也为泰兴市文保单位。

王家巷名气较大的四姓中，王、韩二家因家中既有租田，又经商做买卖，是镇上有名的殷实户。朱姓中，朱履先先生（1884—1959）的名字最为响亮。他原籍安徽凤阳，先祖搬迁至黄桥后，曾在镇东面封家庄落户，后从珠巷迁到这里。据讲，他居住之处是从何家买来的。清光绪三十四年（1908），朱履先从日本士官学校毕业，回国后受到慈禧接见，参加游学考试时被奖给举人，并出任清王朝新军第九镇某营管带。辛亥革命时，他高举义旗，第一个登上中华门城楼，后授陆军中将衔。孙中山就任临时大总统，于南京举行首次阅兵式时，朱履先为阅兵式总指挥，时年28岁，被誉为“江苏三杰”之一。

黄桥决战前，朱履先曾协助陈毅、朱克靖参加“海安和谈”；黄桥决战时，他挨家挨户动员镇中居民和63家烧饼店赶制黄桥烧饼送至前线；决战胜利后，被推选为苏北临时行政委员会参议长，并于1943年加入中国共产党；随军北撤时，他与武装部队一起打游击，坚持斗争。解放后，他曾任苏北行署副主任、江苏省人民政府委员、政协委员、苏北抗美援朝分会主席、省抗美援朝分会副主席等职。1959年，朱履先病逝于南京，葬于雨花台。1996年，地方政府为其立碑于烈士陵园内，叶飞书写“朱履先先生纪念碑”。

对黄桥历史文化颇有研究的延南林先生所写的《王家巷》一文中说：“何姓中，在‘中将府’斜对门何家大门堂里，住有一位人称‘饱学之士’的何卓甫（1883—1956）老先生。他是何氏始迁祖的二十二世孙，清末最后一期秀才。曾在家设塾馆授课，并在朱履先等家任过塾师，后任黄桥公立崇实两等小学（今黄桥小学）校长。现代著名剧作家、物理学家、社会活动家丁西林既是他的姨弟，也是他当年开业启蒙时的学生。1962年秋，任文化部副部长的丁西林巡视江苏时，途经黄桥，曾专程登门探望这位老师的遗孀，此事至今还在小镇传为美谈。”

民国十三年（1924），何卓甫与韩士元、丁廷标、丁廷楣、严维镛、何绍祖6人一起创建了泰兴县第一所中学——私立黄桥初级中学。开办时先由他出面从黄桥布业公所租来校舍，并为黄中校歌作词。在校内他虽是校董事会成员，但做到了枵腹从公，任职十余年中未支分薪。创办初期，还曾将家中的6张红木座椅无偿送至学校作办公用具。而在公务活动时，他还自付车钱、应酬费用。对困难学生，还代交学费和赠送笔墨纸砚等学习用品。学生毕业后，凭着他的社会地位和名望，又曾帮助过好几个人安排工作，其中甚至被介绍进上海商务印书馆。董事中丁廷楣、丁廷标皆是他设塾馆时的学生，但这二人执掌校务时、每周一早晨举办训示会时，他仍和学生一样在下面恭立聆听，毫无难色。

更为引人注目的是，当时他在黄桥中学主持校务期间，曾出过一期黄中校刊，上有胡适、蒋梦麟、翁文灏、王云五等几位时代精英和文化名人的题字，这些人，都是著名地质学家、曾任中央研究院总干事丁文江的生前好友。校刊为黄色道林纸，16开本，文章除文言文外，还有诗歌，小说。淞沪会战失败后，江阴沦陷，难民纷纷逃至黄桥，何卓甫迅速组织起“黄桥灾民救济会”，先将黄中及黄小等学校的所有教室和校舍全部腾空，供难民住宿，又及时与泰兴县红十字会取得联系，获得一定数量的钱物支持，同时，又在黄桥广泛开展捐钱捐粮、捐衣捐物活动，时间持续一年多。

何卓甫执教一生，桃李满天下，自己还笔耕不辍，曾著有《天涯叹命录》小说一部，由商务印书馆出版，时得稿酬60大洋。晚年，他曾将自己毕生创作写就的100余首诗歌装订成册，后在友人传阅时丢失。

何姓宅内西首的韩家大院中，骨伤科医生许仿周也是赫赫有名的人物。他祖籍安徽，是许氏伤科十九世传人，自明嘉靖年间（1522—1566）其七世祖至今，已行医450多年。许氏独特的疗术和奇妙的秘方是中医伤科的瑰宝，曾治愈过多例疑难绝症。许仿周因高超的医术上调至省中医院，并有专著及方剂传世，现仍被人们使用。

历史进入新时期后，随着党史搜集工作的广泛深入，人们又发现，泰兴共产党的创始人——沈毅（1900—1928），刚到泰兴时，也曾在此巷内开办过私立中和小学，校舍就在原南庵庙东南的两间平房。他曾以教书先生的身份，进行革命活动。现校舍一部分房屋仍存，而那些上了岁数的老人，谈起沈毅，至今仍能记得他当年在南庵庙广场上慷慨激昂的演讲和鼓动人心的话语。同时发现，还有一位巾帼英雄出生于此巷，她可以和沈安娜、吴贻芳并称泰兴民国时的三朵铿锵玫瑰，她就是朱履先的侄女——朱宝粹。

朱宝粹1906年出生在江苏泰兴黄桥镇王家巷的“朱履先中将府”内，16岁时朱宝粹被送到上海入读圣玛利亚女校，这是当时上海滩一所著名的教会学校，抗战爆发后，她积极参加了“一·二八”淞沪抗战战地救护队，勇敢地在战地救护伤员。后来朱宝粹在周恩来、邓颖超和赵君陶等人的教育引导下，进步很快，忠心赤胆，干练负责，热情奔放，敢于担当，赢得了党对她的高度信任，也使她结交了许多革命挚友，如罗叔章、郭沫若、李德全、李公朴、史良、夏衍、章乃器、胡子婴、陶行知、刘清扬、许涤新等著名社会活动家，与他们保持着密切的交往。她曾保护过郭沫若和参与营救过渣滓洞革命志士，为革命事业做出了很大的贡献。因她长期居住于重庆，曾被誉为“重庆阿庆嫂”。只是许多人并不知道，这位“阿庆嫂”其实不是重庆人，而是泰兴人，是泰兴黄桥镇的王家巷人。

鉴于朱宝粹抗战时期和解放战争时期的贡献以及中华人民共和国成立后在国家儿童保健事业中取得的突出成绩，1953年她参加第一次中国劳动妇女代表团访问苏联，团长是许广平。她连续担任第一、二、三届全国人大代表，还担任过几届重庆市政协委员。1979年，朱宝粹患脑血栓住院治疗，邓颖超及中央统战部曾派人慰问。1985年，朱宝粹因乳腺癌去世，结束了她传奇的一生。

泰兴的王家巷，我们透过这巷风帘的丝丝缕缕，似乎看到了那远古的刀耕火种，似乎听到了那悠悠的汉乐晋歌；又于这巷的宋瓦明砖，这巷的水土草木，我们知道了她的许多许多的不平凡，不平凡的根脉沧桑，不平凡的人物传奇和那不平凡的历史春秋。这都是我们忘不掉的乡愁，这也是我们需要挖掘和传承的家乡文化。传承她，就传承了我们家乡的一种精神；传承她，我们就找到了建设家乡的力量源泉，我们就看到了希望，就看到了家乡更加美好的未来！

# 知根知脉知原委，深情叙说八角井

“井”是一个最简单的汉字，讲的则是最古老的故事。“黄帝穿井”“伯益作井”，都是史前的事。《击壤歌》据说是帝尧时代的歌谣，这么唱：“日出而作，日入而息；凿井而饮，耕田而食。”古人凿井耕田，劳动作息，就这样，围绕着井慢慢生出村落城镇。自古以来，老巷与古井始终是无法分开而谈的话题，有井才有巷，有井才有庄，有井才衍生出那一个个鲜活的故事。

在古人眼里，“井”，就是“有方形护栏的水坑”，于是一个“井”字，就像河姆渡的那个井框，两横两竖，几千年不变。在金文和小篆里，井的中间多了一点，变成“丼”，到隶书以后，那一点又去掉了。中间加一点，是表示井里的水，还是舀水的容器？或者是，一个正在俯瞰水中容颜的姑娘？古井古井，井虽古，却是永远不会也无法让历史忘记的！如延令泰邑东的“八角井”，笔者的先人巧妙地用心良苦地让后辈们记住了这李氏陇西堂于延令之根源的“八角井”。

据笔者衣胞居地王垄《李氏族谱》载：“溯吾家系出何时？由陇西西谅公嵩之后，遂平随乱代久世，远及五季作乱，难以同柬，而迁延令泰邑者，历唐、宋、元、明代多贤士，先序已明，无待更曰矣；至吾族谱始祖士镇公携眷于延令泰邑东东沙村八角井迁居泰邑城北大王垄楼止，后生文贵公、文盛公、文武公，三公以下又各生支派，传之诗书，教之礼乐；唯文武公生显宗公，其子播迁镇江，生娶数世，迨至长林状元及第，不知归宗，无足深考，是以族人立谱遂以明八角井迁居大王垄楼之士镇公为王垄李氏不迁之宗，而尊为王垄李氏族谱一世。”由此可知，泰兴八角井这个古庄名至少明代就已有之。那么，八角井究竟在泰兴城东何处？此处又因何称作八角井的呢？

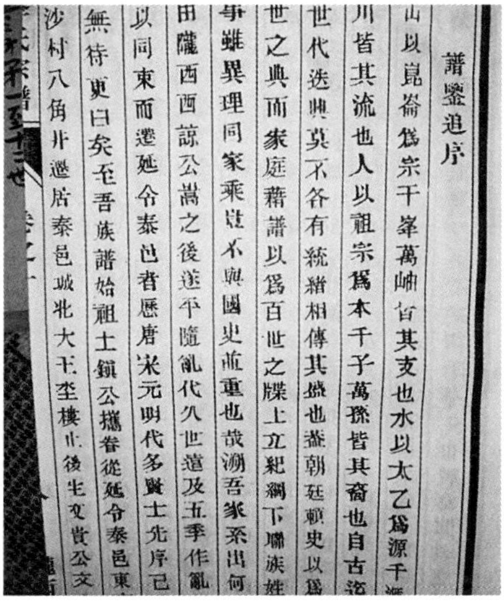
譜鑒追序
山以崑崙爲宗千峯萬岫皆其支也水以太乙爲源千
川皆其流也人以祖宗爲本千子萬孫皆其裔也自古
世代迭興莫不各有統緒相傳其盛也豢朝廷賴史以爲
世之典而家庭藉譜以爲百世之牒上延紀綱下聯族姓
事雖異理同家乘豈不與國史並重也哉溯吾家系出何
田隴西西諒公嵩之後遂平隨亂代久世遠及五季作亂
以同東而遷延令泰邑者歷唐宋元明代多賢士先序已
無待更曰矣至吾族譜始祖士鎮公攜眷從延令泰邑東
沙村八角井遷居泰邑城北大王垄樓止後生文貴公文

泰兴大王垄《李氏族谱》序页

光绪十二年（1886）《泰兴县志》载：“（城东南）五十五里梧桐树八角井。”这告诉我们，八角井是这里的标志物，庄名之称亦起源于这个标志物。八角井庄之庄名由古沿用至今，庄子在现在的珊瑚镇境内。庄台西濒季黄河，南眺焦土港，位于新姜八线的两侧、老姜八线的西边，新长铁路在庄东贯穿南北。

古井多来历不凡，“三井头”“仙井汪”的美传便是很好的说明，“八角井”自然也不例外。有关资料表明，早在唐代，泰兴就有李氏先人了，元末明初时，王垈李氏一世士镇公就是这李氏中的一支之后，士镇公应该是最先到八角井的开辟者。

相传，当年士镇公携眷到这里造屋建舍，打井取水。挖井时，下挖数丈，却不见水，故特请资深地理先生观之。地理先生观察一番，在八角井的位置，取出罗盘摆弄良久，掐指默念“乾、坤、坎、离、震、艮、巽、兑”，然后断定此处“上坤下坎，为师卦，井下数丈，水养一方”。果不其言，井成水至。因见罗盘八角之灵气，故取名“八角井”。这一说与延令城的建造多用地理之象还是比较一致的。

又传，古时候延令邑四周是一片汪洋。一天，东海龙王来到这里，龙颜大怒说：“这里有清风明月，本是个藏风聚气、人杰地灵的风水宝地，怎么会变成大水一片呢？”龙王立即吩咐道：“查个清楚，是哪个水怪盘踞此地？”查的结果是黑龙小妖在横行霸道，兴风作浪，还淹死了上千个黎民百姓。龙王听后，把脚一跺，下令道：“捉拿黑妖，就地问罪，将此地变成人杰地灵、物华天宝的好地方。”说话之间，黑龙小妖捉到，被用粗粗的铁链子锁着，动弹不得。就在这一夜，在龙王爷东归大海时，其龙尾处四周出现了城墙，环绕城墙还有清凉的河水。城墙上长满花草，红的，绿的，鲜艳夺目。百姓们高兴地唱出了这样的歌谣：“花城环四壁，清水弯弯转，鹤啼松头月，金银福寿天。”歌谣唱得起劲时，不知谁喊了一句：“快往东看呐，那儿出了八角井了！”人们闻说便一下子涌了过去。是真的！通往东海的地眼变成了八角井，砖砌得整齐平滑，井深无底，井口大如磨盘。井的水面横着一条铁链子，这是龙王把黑龙小妖锁在了井底，永远不让它危害延令的百姓。从此，延令年年风调雨顺，五谷丰登。

话题回到王垈族谱李氏始祖士镇公，既然士镇公彼时到此筑室而居，按卦掘井，那他为何又要离开八角井而迁至大王垈呢？或许是爱心使然，谦让于后来者吧！元末，朱元璋起兵抗元，张士诚亦起兵抗元，并与朱元璋争雄，且得到了苏州人的拥戴；后来，张士诚兵败，朱元璋建立明朝后，就报复性地将苏南人驱散到江淮之间，史称“洪武赶散”。八角井的陈、袁、吴的祖先就是随着“洪武赶散”的人群，从苏州阊门一路颠簸来到这里的，士镇公也正是于此时离开八角井让居于他们，而再次携眷迁居至大王垈的。

且说陈、袁、吴三姓先民们来到现在的八角井区域垦荒造田，栽树种粮，并定居在这个地方。《易经·井卦》曰“改邑不改井，无丧无得，往来井井”，意为改邑落而不改建水井，等于什么也没有干。井水汲之不竭，注之不盈，无丧无得，喻井德之有常不变，始终无改。居民来来往往不断取水而赖以为生，比喻井德养物不穷。先民们住到这里50年左右，因原来的井破损，加之人口渐多，用水紧张，故决定将位于官路（由官方造的大道，季黄公路的前身）西侧旧井改扩建成一口更大一点的新水井。先民们围绕水井建舍筑房，陈姓居住在井的西南，袁姓居住在井的南边，吴姓居住在井的北边。因水井紧靠交通要道，行人多，仿旧制设八角形青皮石井栏一座，以防人畜、盲人跑路不注意而发生意外。据说还在井台上增建了一个八角亭。由于井栏是八角形的，井亭又是八角形的，加之先前这里的八角井已小有名气，又有了一些美传，从此，八角井名声大振，四乡八庄无不知晓。

《玉篇·井部》曰“井，因井为市也”，井是人口聚居之处，更是乡里家宅的一种表达。井水深深，庄史悠悠。八角井距今至少已有600余年的历史了，以八角井为庄名自然也就有了多种说法。除上所述外，还有一个路客定庄名的说法。据说，因八角井、丁家垈两庄的人们分别居住在官路的东西两侧，丁家垈西头第一家万老扒（本姓丁名万，老扒是诨名）紧挨官路而居，与八角井周围的陈、吴、袁三家相距不到三丈远，有路从两庄的中间穿过，它的东侧有一条似蚂蚁槽子的南北小沟，小沟上有一座耀桥，丁家垈人到井上来玩很方便，丁老扒也喜欢到井亭来坐坐；官路是过去人们北上姜堰、曲塘，南下苏、锡、常的一条陆上通道，因此跑路做生意的人不管是严冬还是酷暑，赶路口渴后都要到这井上打桶水喝个够，有个路客一次到这里来打井水喝，就问在井亭休息的丁老扒这里的庄名叫什么，丁老扒告诉他，还没有个正式庄名，路客一听，便指着井栏说，就叫八角井呀！由此八角井的庄名便叫了开来。

“八角井”的水质清甜无杂质，较其他井水更黏稠。人们都爱伏到井上照井水，并久而成为习俗。井水中的身影近在咫尺，有一种身在水中荡漾的感觉。《泰兴古村》载：“八角井几百年来备受人们的厚爱，特别是姑娘嫂子奶奶们，在严冬，她们聚集在井边洗衣裳，东家长，西家短，张三好，李四刁，世态炎凉，评头论足，蜚短流长，都在井台周围汇聚、交流、沟通，形成了特有的风景线。曾经的这里，每天早晨四更天，挑水的人就到井上排队打水，等待打水的人，大多是肩上的扁担往两只水桶上一横放，便坐在扁担上抽烟讲山海经。这种等待打水的场面，一般要持续到太阳出来树头高，井上才能恢复平静。大年三十夜更是热闹，家家户户都要图个吉利，家中的水缸装得满满的，那是因为有正月初一‘不汲水’的禁忌。一般从下午三点钟就有人到井上来挑水，一直到家家户户放炮仗、敬菩萨，井边才能平静。井栏上留下的吊桶竹子、绳子磨出一道道沟槽，是井的年轮。这年轮见证了古井的历史悠久；这年轮也是井的日记，记载了几百年来它所奉献的甘泉清水，滋润着这里的一代代的人。”

随着社会的进步，人们的生活条件改善，八角井庄20世纪70年代起，几乎家家户户都修了一口井，八角井至此基本完成了其历史使命，而差不多单纯地成了地理坐标，井亭早了无踪迹，井栏则被太平庄文物爱好者收藏。而今，所有的庄户均用上了自来水，八角井从此变成了人们的记忆和老人嘴上的故事。是的，故事传承了八角井的悠悠历史。八角井成了非遗历史文化。古老的八角井是见证明代“奉旨迁徙”“洪武赶散”的活化石，也是笔者寻根的根脉所在。八角井今与丁达、二甲合并而称为八达村，隶属泰兴市珊瑚镇。

## 泰兴曾经有五市，且说虹桥毗卢市

泰兴是年轻的，撤县建市到2022年刚满而立；泰兴又是古老的，自南唐升元年间建县至今，亦有近1100年的历史了。虽说泰兴建市才30年，但泰兴以“市”名庄、名镇的地方，却是古即有之，且不止一处，可谓不凡。笔者所知，老泰兴以市命名的地方就有5个，即原新市镇现在隶属虹桥镇的毗卢市、新镇市、小市和张桥镇西桥村的通江市，还有原属泰兴今属靖江的季家市。岁月沧桑，然这些地名至今未变。

这里要说的是毗卢市。这个叫毗卢市的地方位于江苏省泰兴市省道江平线和广七公路交会处，在羌溪河西侧，泰靖界河北侧，为泰兴南大门，是一个美丽富饶的鱼米之乡。笔者小时候，听大人们说到毗卢市，都是听的他们当地话的误称，将毗卢市说成了纰漏市，由此也就把毗卢市当成了一个危险之处，似乎人到了那里就会出纰漏。想想那时真是幼稚可笑。

其实，毗卢市是一个江畔古村，据县志记载，成庄于明万历年间（1573—1620），因当地建有古庙毗卢寺，且信徒众多，附近村民为香客提供配套服务，逐渐发展为集市，故名毗卢市。毗卢市与毗卢寺不仅音相近，而且毗卢寺供奉的毗卢遮那（大日如来）佛，法量无边，名列众佛之首，是光明理智的象征，据言供奉者能够得以保护，并由此带来光明理智，通天地之灵气，取万物之精华，勇往直前，光明快乐，所以，取名毗卢市自然也含有祈愿佛祖保佑之意。

泰兴毗卢市的毗卢寺所建年代稍晚于南京市的毗卢寺。南京的毗卢寺始建于1522—1566年，清咸丰年间（1851—1861）毁于兵火，1884年，两江总督曾国荃在原址重建。1909年，请谛闲法师到寺主讲天台宗教义。1912年，太虚法师在毗卢寺筹办中国佛教协进会，从事讲学和教务活动。1939年，方丈务道法师于寺内创办毗卢佛学院。1955年周恩来总理陪缅甸吴努总理到毗卢寺参观、访问、拜佛。1998年恢复正常宗教活动。2004年万佛楼复建完工。毗卢寺曾成立中国中医院，成为中国佛教研究和中国中医学研究的中心，对中国佛、医及文化有着不可估量的影响，但它却是南京最低调的名刹。

泰兴毗卢市的毗卢寺后亦毁于兵火。不过，也许是这里地处沿江，水运方便；也许如众信徒所言，是“大日如来”的护佑，不管怎么说，毗卢市的“市”虽经风云变幻，还是终成了气候，而且这里的酒行、粮食行等商贸行业更是大大拉动和带动了周边的经济。旧泰兴县志和《泰兴地名录》等资料显示，正是在毗卢市商贸的带动影响下，清嘉庆年间（1796—1820），才有朱姓于毗卢市毗邻处开店经商，从而有了朱家新市，即新镇市，也叫新市；同时也才有了封姓开店经商形成的小集市，名封小市，也就是今天的小市村。“楚江葭苇带青枫，小市鱼盐一水通”，应该说正是当年小市的真实写照。

物华天宝，人杰地灵，一方水土养一方人，毗卢市的“市”不仅繁华了此地，也繁华了这一带，并使这一带出了不少非凡之人。1896年阴历九月出生在毗卢寺与新镇市当中的西六圩的朱右白就是其中一位。他是清华大学国学研究院的国学大师。他的叔祖朱铭盘（曼君）先生以诗文享誉公卿间，与周彦升、张季直同参吴武壮幕府，且曾跟随大军入驻过朝鲜。

由此可见，毗卢市之“市”对这一带的影响之深之远。

时至今日，毗卢市依然保持着农历二月初八举行盛大集场的习俗，方圆十里的人们踏着春天的脚步，蜂拥而至。集场上车水马龙，人声鼎沸，各有观赏，各有买卖。无四海之珍奇，有农家之必需。毗卢市的商贸迄今可谓繁荣至盛。而今，毗卢市的年三业总产值数亿元，村集体收入数百万元，农民人均纯收入亦达数万元，是远近闻名的“泰州市小康村”“泰兴市新农村建设示范村”。老泰兴的这个“市”，这些“市”，在今天的新时代愈发生机盎然，如璀璨的明珠一样耀眼于长江之畔！

# 桑梓虹桥两村名，怪而有趣有来头

气度不凡的新镇——虹桥镇，是由蒋华、七圩、新市三镇合并而成的，濒临长江，如虹贯日。这个新镇与滨江镇和黄桥古镇一道，已于2017年跃居于全国千强镇，为泰兴三大土豪镇。不过，新镇也好，古镇也罢，文化才是其发展的动力，才是其根深枝繁叶茂的底蕴。那些古老的传说与掌故就是这底蕴之一。无论时代如何变迁，地名如何变化，它的存在便是根的呼唤，因此我们应该将其传承，也必须传承。这不，现虹桥镇虽是新镇，却有许多古老的故事，限于篇幅，这里仅说两个属原蒋华镇的村庄的掌故。

泰兴人有个独特的方言，当见一个人吃饭狼吞虎咽，咀嚼有声或者吃饭不顾人，吃得又多又快时，便说：伢观，咯个人多嘌喔哟！亦说：咯个人多牢偷啊！“嘌喔”（亦说“嘌忽”“嘌哇”）这两个字，按古汉语解释：“嘌”，应为疾速之意；“喔”，作为拟声词，是形容公鸡叫的声音。泰兴人将此二字叠用为词，犹言吃相丑陋。牢偷、嘌喔、嘌忽、嘌哇这几个词都是泰兴方言，从字面意思即可明白都是说吃相丑陋。只是“嘌喔”这个词作为原蒋华镇一个小庄的庄名，而且不称此小庄为庄，称之为镇，叫嘌喔镇，倒真的有点让人觉得颇为怪异，不好理解，而想探个来龙去脉。

原来，这嘌喔镇位于泰兴原蒋华镇西南处地段，据史书记载，200多年前，这里则是一片江滩地。后来，因长江改道，随着泥沙淤积，除中间留下一长条形的夹江（又叫夹港）外，南北两岸慢慢成为陆地。后来人们在这里围堤造田，盖屋居住，从而才渐渐形成村落。其实，这个镇并非行政编制的单位，而是指集镇。之所以这么喊，是因为当年从常州渡江过来的旅客，大清早出门乘船，要过五六个小时才能到达这里，船到岸后，茫茫江滩又有36里路，及至北岸，早已是饿得前胸贴后背，因没有吃饭歇宿的旅店，在此情况下，人们便不管三七二十一，随便找块地方坐下，各自掏出随身携带的鸡鸭肉和大饼等干粮，爱喝酒的人则解开酒囊，邀朋呼友，大吃大喝起来。其中有些人喝得面红耳赤时还划拳猜谜。这一来，自是引起当地村民的议论纷纷，说这些人衣服整齐，又是经商的，吃得又这么好，可这种吃相太难看了，难以让人恭维。感叹之余，从而也就喊出了“嘌喔”这两个字。就因这一句戏谑语，时间长了，人们便将这里称为嘌喔镇，习以为常，怪而不怪，“嘌喔镇”也就由此成了这里的庄名。

当年，这里的一港两岸，有20多家住户，除一爿肉店和小杂货店开至20世纪80年代外，余皆为种田为生的农户。在抗日战争和解放战争期间，这里又成了各方争夺的焦点。村子东头有一座小石桥，是通往原蒋华镇的必经之地。该桥桥面原本铺有三块石头，后经你毁我修，最后只剩下一块石头宽了。解放后，为保村民出行安全，政府才出资予以修复。时至今日，旧貌尚存。

这一地名，直至20世纪60年代，在南京军区航拍的军用地图上仍可找到。1983年8月，原泰兴县地名委员会经过研究商量，定名为飘划镇。到2001年时，因行政村合并，这里又改名为虹桥镇孙元村同心组。

现在的同心组，在新农村建设中，已是楼房高耸，宽敞的水泥大道直通各家各户门前。绿树掩映中的村子，可谓鸟语花香。回顾这一历史，由原先的嘌喔到飘划再到同心，先辈们艰辛创业的历程，仿佛又出现在我们的眼前。

再说另一个村——“送子桥”，现在叫“宋桥村”，原为蒋华镇的一个农村自然村，北与天星、大生两镇接壤，东为新埂村，南为朱家前庄、曹家湾，西为东蒋家堡、焦家汪。这个村庄，《泰兴嘉庆县志》对此的记载为：“位于城西南十五里，原名算子桥。”这个“算”字，应为对明嘉靖十年（1531）建于焦土港西边的一座普济庵所作出的褒扬和赞美。据说这座庵，内中的道姑以善治妇女不孕症而闻名。

翻阅典籍，求子之事，古已有之。先秦时期，禖官就是专门求子的场所。这“禖”字，就是时为求子时的一种祭礼。而在《诗经》《生民》这一章，“克禋克祀，以弗无子”一句之“禋”，就是举行祭天典礼时，烧牲后而升起的烟。作为自南唐建立县治的泰兴，虽说至清嘉庆（1796—1820）这近千年来的历史进程中，志书未留有求子事项的记载，详情也不得而知。但据此村高龄老人回忆，这里在清晚期乃至民国初期，前来拜佛求子的善男信女，不光有四周村民，还有特地从泰兴城赶来的。这若干民众，在这里烧香拜佛，抱着一大堆用中草药制成的药丸回家后，往往会出现奇迹，多年不孕的妇女竟生了个大胖小子。因人们进入庵内，必跨越南北流向河道上的一座小木桥，故此桥渐被大家称为“送子桥”，后官方也就将这里人们的居住地定下了“送子桥”这个庄名。其后，因这座庵的名声越来越大，到民国初年，人们由“送”字讹化为“宋”字，进而才又喊出宋子桥这一地名来。尽管如此，但当年外出读书的学生或经商的人寄信回村，抬头仍写有“泰兴南门外送子桥×××收”的字样。至于这座普济庵，后战争中遭到破坏，现已了无踪迹。

当年，来此求子的人先到殿堂内进香磕头，陪同的道姑在一旁低头祈祷，念经不止。待给所有殿堂内的菩萨都进完香后，道姑便将来人领进厢房，敬奉上一杯香茗，通过交谈，将不孕原因及时间问清后，方才从屋东侧的药橱里，取出各种大小不一的药丸给对方。一年后，若来的香客经过服药调治，已经生育，不管是男是女，则必须要备大香大烛和厚礼前来敬谢。时间长后，由此又形成一个不成文的习俗，即生儿子者必须在庵门前广场上竖一根旗杆，既为报答菩萨，也为这座庵扬名。这一来，虽说曾在这里求过神，吃过道姑所赐仙丸的人家，但妻子或女儿的肚皮仍未鼓起来，从而又出现了抢旗杆的活动。此后，因来这里抢旗杆的人越来越多，庵东面那张又窄又小的木桥，经不住众多人的你踏我踩，一下子断裂了。后又经几个在此求过菩萨生了儿子的人家共同集资，于原址又新建了一座长有四五米、宽有一米的木桥。昔日那座小木桥，后又在解放初改建为石头桥。

时代的列车在滚滚向前，留下的是厚重的历史痕迹，我们有责任挖掘和保护。今日的虹桥，一派欣欣向荣的崭新气象，只是我们要不忘初心，才能三阳开泰，永兴旺发，如虹贯日！

## 原住原垛大元垛，几多来历与美传

泰兴市元竹镇在江苏省泰兴市北部，东、西姜黄河间，北邻姜堰市。镇人民政府驻大元垛，镇以驻地大元垛与境内野竹园自然村各取一字命名。南唐时期，属泰兴县。清宣统三年（1911）后，属泰兴县五区。民国二十三年（1934），为第五区元竹乡。1949年，为梯青区元竹乡。1957年，撤区后，仍为元竹乡。1959年5月，设立元竹人民公社。1983年复改为元竹乡，2001年置镇。历史进程中，虽几多变迁，但元竹这个行政区划名却一直保留到现在，且行政驻地也一直在大元垛未变。

20世纪70年代初、中期，笔者大叔在元竹大元垛食品站做过站长，另外，笔者有个要好的高中同学也住在大元垛，所以笔者去过大元垛几次。印象中这大元垛就是一个小集镇，顺着街道般的村路向北不多远，走过一座大桥，便是与泰兴相邻的泰县即现在的泰州姜堰区的地界了。从地形上看，大元垛实乃水陆交通之要冲。

旧县志称大元垛为原垛，《（嘉庆）泰兴县志》载：“原垛，在城东北六十里。”《（光绪）泰兴县志》载：“城东北十二里野庙口……五十五里原垛。”后来人们习惯将原垛简写成元垛，于是元垛也就代替了原垛；同时由于人口的递增及居住地的分布，元垛又分成了大元垛、小元垛、大元垛前庄和北荡，但都统称元垛或大元垛。一般来说，以“垛”为名的村庄，地势较高，在泰兴方言里“垛”多指高沙土地区高出地平线的环水沙丘；以“荡”为名的村庄地势则较低洼或比较空旷。泰兴老龙河以北偏东，就均匀分布有黄泥垛、芝麻垛、横垛、官垛、龚家垛、大元垛、小元垛、叶家垛、陆家垛等近20个自然庄。老龙河以南，小龙河以东也有一些以“垛”为名的村庄，但与老龙河以北相比则很少，而以“荡”为名的村庄在泰兴的高沙土地区和沿靖圩区也都可见到。据考，以“垛”定名的村庄形成的时间稍早于以“荡”为名的村落。

不过，大元垛这里有垛有荡，因而当地人说，这里本就是一片大的垛田之地，所以官名叫原垛。据传，当初八仙过海，刚来到东海之滨，那铁拐李趁何仙姑不防，偷偷摘下一片荷花瓣随手一扔，这花瓣飘落而下落在水上，竟在那水中慢慢变化成个土墩子。就在众仙惊讶之时，何仙姑索性又摘了几片撒落下去，水里又长出些土墩。何仙姑边撒边对铁拐李说，我人虽说无才，花瓣倒还有些灵气吧。铁拐李却颇为不屑，即从破衣兜里摸出一把瓜子悠悠然嗑起来，边嗑边将壳子吐下，不想那瓜子壳落下后也在水里变为一个个土墩。两仙人较起劲来，一个撒花瓣一个嗑瓜子，于是长出这一片垛田来。这片垛田就是原垛。

当地人又说，元垛，其实最初是叫“原住”。元竹镇周氏古槐堂族谱载：“惟自宋茂叔公以后于苏阊门迁居泰邑东北原垛庄，而以此庄。公生于元，卒于明。始迁祖乃明初育南公，因庄有粗如磨盘之古槐，遂定堂号为古槐堂，并以有南公为线堂周氏一世祖。”这里的周氏后人说，600多年前，周氏因古槐定堂号不久，是年忽逢洪涝，暴雨数日，汪洋一片，房屋冲毁，周氏族人无奈而逃返苏州阊门，待水退再回，但见面目全非，无所适从之时，方见远处赫然现出原来庄中那棵高大古槐，顿时欢腾雀跃而呼：“古槐处吾原住之地耶！”自此“原住”就成了元垛的初“名”。随着时间的推移，“原住”的名称逐渐发生了许多变化。同时，由于古槐的这一缘故，古槐树也就成了旧时大元垛的地标，更成了元垛周氏一族的根。神奇的千年古槐，直到20世纪60年代还傲然在庄中东南，其后因多种原因而遭毁，实是遗憾万分。

大元垛之所以由原住、原垛，叫成了大元垛，是因为“原”与“元”同音，都含有“起端”“开始”之意，且“元”还有“居首、第一”和“大”的意思，基于此，这里的周氏族人认为是他们的先祖首居原垛的，又曾是这里的大姓，故而“原住”“原垛”就渐渐地很自然地喊成了“大元垛”。不过，较早到这里定居的不单是周姓，还有王、吴、陈等姓，王姓中则流传另一种解读，以为“王者，元也”，因而才将“原垛”称之为大元垛的。

大元垛现在为元竹镇的大元社区，“垛”字于是也就渐渐淡隐了。名称虽随行政区的划分，略有变化，但我们不能忘了来时路，记住史志，记住美传，可以使我们不忘初心，踔厉奋发，去把我们的家园建设得更加美好。而今，元竹镇大元社区的村居和美，提升了群众人居环境的自主性、主动性，老百姓以自家庭前院后为提升范围，建设绿美村庄。泰兴大元垛将会以更加美丽、富庶、花园般的景象展现于世人面前！

## 最美乡村看祁巷，八大碗里满小康

家乡泰兴的祁巷位于中国历史文化名镇——黄桥镇南首，东临分界，南邻珊瑚。2001年，由东小湖、丁庄、周堡、祁巷四个自然村合并组建而成，从2011年起，先后获得全国文明村、中国美丽乡村、全国“一村一品”专业示范村、全国巾帼现代农业科技示范基地等全国性荣誉，同时获得江苏省民主法治示范村、江苏省现代农业示范村、江苏省林业绿化模范村、江苏省生态村、江苏省社会主义新农村建设先进村、江苏省科普示范基地、江苏省和谐社区、江苏省最美乡村、江苏省四星级乡村旅游区、江苏省水利风景区、江苏省菜篮子基地等省级荣誉。2019年12月12日，祁巷村入选“2019年中国美丽休闲乡村”名单。2019年12月25日，国家林业和草原局认定黄桥镇祁巷村为国家森林乡村。

泰兴祁巷民居一角

如许荣誉的祁巷村是祁巷人的骄傲，更是所有泰兴人的骄傲。不过，笔者虽是泰兴人，以前对祁巷却不是很了解，而且一直也没有去过祁巷。了解她，并且零距离地接近她、了解她，那是完全偶然的。那是2017年笔者陪南京的客人到泰兴黄桥参观新四军黄桥战役展览馆并顺游了黄桥古镇，才知道了祁巷村的不凡，才知道祁巷村竟是中国地质学之父、地质学家丁文江和中国物理学家、戏剧学家、中国现代喜剧的开山鼻祖丁西林的故里，才知道泰兴美食的八大碗就源于祁巷的传统美食八大碗，同时也才知道这祁巷村的历史沿袭和庄名的来历，才知道现今的祁巷村竟有如许的荣誉。正因为知道了这些，所以便油然萌发了我们要去亲睹祁巷村芳容的心愿和大大吊起了去亲尝祁巷八大碗美食的胃口。这样，那一次笔者和客人也就真的去了。虽是走马观花，但却不虚此行，我们亲目所睹了祁巷村的美丽毓秀，亲口品尝了祁巷村的八大碗，祁巷村由此也给我们留下了十分美好的深刻印象。

笔者因生于农村，长于农村，而于乡村别有一番情愫，尤对村庄之名颇感兴趣，未到祁巷前，笔者原以为祁巷村跟王家巷一样，一定也是以姓氏命名的吧，然而到了祁巷后，笔者才知道那是想当然。这里的祁巷算来已有近700年的历史，然有意思的是近700年来，该村并无一户姓祁。祁巷之所以称之为祁巷，原来“祁”有宽广众多的含义，明永乐二年（1404），原籍扬州的丁试宝携胞弟丁维宝来此定居，因怀念昔日扬州所居古街巷，遂在此兴建比扬州故地更大的巷道，故名祁巷。祁巷不用丁姓名庄，而是用“祁”来祈愿人丁和庄子的兴旺与前途的无量，谁想日后竟愿望成真，祁巷不仅出了中国现代地质学之父丁文江和中国现代喜剧开山人丁西林，还出了一个当代的带领祁巷人将祁巷建设成全国文明村和“中国最美乡村”的最美书记、感动泰州十大人物、江苏省十佳残疾人创业明星、江苏省道德模范丁雪其。

如今的祁巷村已成为江苏沿江旅游的重要区域。菊（鞠）花港自东向西，穿村而过；秀才港濒东而流，通江达海，是祁巷村的母亲河；河道两岸，亭台轩榭，杨柳依依；小南湖碧波荡漾，舟泛湖上，渔歌唱晚；香荷芋田田如荷，清香远溢，让人醉畅。这美丽如画的祁巷村，的确如祁巷村村歌《祁巷，我的好家园》所唱的那样：“我的祁巷呀，美呀美家园哪，小康路上春色如酒、春色如酒；我的祁巷呀，好呀好家园哪，幸福相伴天长地久，幸福相伴呀天长地久。”

是呢，祁巷而今出落得如此漂亮，即使上推二十年都难以想象。以前或许是因为黄桥古镇的名字太响，或许那时的祁巷在泰兴黄桥东南荡，如同一块未开垦的处女地，还很荒凉，人们大都如笔者一样，只知二丁大师故土在泰兴黄桥，却不知二位大师的根其实是在黄桥的祁巷。今天，大师的故乡，祁巷的声誉已同样在全国传响。

记得那会儿，笔者和南京客人沿着祁巷的村河走进祁巷人家，恰似走进了江南小镇，又如走进了风情古寨，更如走进了人间仙境，但见眼前牌坊巍峨，小河弯弯，河水潺潺，亭台楼阁，彩旗飘飘，百姓舞台歌美、舞美、人更美，一切都让我们美不胜收，而大饱了眼福。我们在一家挂有"西南风情"招牌的农家歇了脚。在这里我们又大饱了一下口福。我们喝了刚磨出的豆浆，喝了泰兴人一辈子都爱喝、到哪里都想喝的粯子粥，吃了泰兴人都爱吃的荞麦扁团，还有豆腐脑等，同时，我们绝不放过并如愿以偿地品味了慕名于心的祁巷八大碗，即清炖土鸡汤、三挽红烧肉、红烧菊花巷鲢鱼、肚肺汤、黄豆焖猪手、祁巷老鹅、家常卤水豆腐、农家摊烧饼这八样正宗的泰兴祁巷菜，真正地与客人们一道在舌尖上领略了泰兴故乡的风味，笔者也因而对家乡泰兴的挚爱更深了一层！

"盛满的是吉祥，端上的是希望，看到的是幸福，尝到的是小康，祁巷八大碗，把富裕的梦想，装进你的行囊！"这是祁巷八大碗歌的歌词，也是祁巷人的生活与热情、幸福和希望的写照！享有"人民科学家"光荣称号的叶培建回故乡泰兴省亲时曾去了祁巷，他非常感慨家乡的变化。2020年1月9月，辽宁万沣集团投资7亿元的水上主题乐园项目——黄桥奇幻水世界已决定落户黄桥镇祁巷村。祁巷的未来将更加美丽、更加富裕和更加富有魅力！

## 魅力之村有郭寨，古红底蕴又现代

中国银杏第一镇——泰兴市宣堡镇的南大门，有一个千年古村，这个村不仅古老而底蕴深厚，同时亦现代而美丽如画，是国家级"一村一品"示范村、国家级生态文化村、国家级森林示范村、省新农村建设先进村、省三星级康居示范村、省绿化模范村、省民主法制示范村、省最具魅力休闲乡村、省最美乡村、省文明村、省健康村、省特色田园乡村。在这里，鸟在翠林鸣，村在树丛显，绿在水边生，人在花中行；在这里，犹见当年抗金烽火和民国时的风云，可以追寻到先辈的足迹，红色的基因。这里就是泰兴市宣堡镇郭家寨——如今的郭寨村。

郭家寨，旧县志称郭家舍，以为是舍讹为寨。其实这是泰兴方言的一个通用。"舍"与"寨"在泰兴方言里不仅都念"xie"音，而且"舍"与"寨"都有"营房"的意思，郭家寨之"寨"最初正是此意。有意思的是，泰兴人真正的口语化方言称郭家寨都是说成"郭嘎猜"。的确，这"郭家寨"竟无一郭姓，却叫成了郭家寨，而且苏中平原地区不同于丘陵山区，以"寨"作村名的亦不多见，从这个角度来看还真应了方言"郭嘎猜"，令人颇为费思猜度的。

笔者在郭寨村将军亭留影

说来，这郭家寨，确乎来历不凡。据考，宋建炎四年（1130）八月，民族英雄岳飞任通泰镇抚使兼知泰州，同年九月，岳飞率军进驻泰州，随后奉命进援楚州（今淮安），又进兵承州（今高邮）。此时，岳飞"差张宪权行守（泰州）城"，张宪亲兵郭进（《三朝北盟会编》卷一百五十一载："郭进者，趫勇有膂力，每以夥饭不饱为言，乃自制大马杓打饭，火头亦笑而与之，无忤意，军中呼为'大马杓'；郭进每随宪执马枪。"）同守泰州，并于宣家堡西南部的一个村庄安营扎寨，后人随称之为"郭家寨"。其后，岳飞率军在承州等地与金军鏖战，因众寡悬殊，被迫弃泰州退守江南。十一月三日，岳飞率军退到了柴墟镇（现高港区口岸街道）。绍兴二年（1132），岳飞命前军统制张宪攻打荔浦县莫邪关，其亲兵郭进在莫邪关之战中率先登城，挥枪刺杀敌军旗头，曹成军乱，岳家军乘势夺关。岳飞当即解金束带及银器赏郭进，并补秉义郎。郭家寨因之而名显。

在郭家寨庄中偏西有个大汪塘，据传，这汪塘原是郭进当年在此安营扎寨挖的抗金战壕。因这壕深而大，壕之西狭长，形似刀柄，壕之东稍宽，犹如刀首，故时称为斫刀汪。由于郭进勇猛过人，抗击金兵时挥着大铡刀，冲锋在前，杀得金兵丢盔弃甲，尸横遍野，他自己也是浑身是血，令侥幸活着的金兵见之以为神，皆抱头鼠窜，落荒而逃，因而后人又称此汪为铡刀汪。为彰显郭进功勋，岳飞曾命人给他造了将军亭，并将众人所称郭家寨定为庄名。现在郭将军亭就在郭家寨的村口，石刻上亦有郭家寨之称的文字记载。郭进是在后来中原的一次抗金血战中被金人的冷箭射了要害而壮烈死去的。虽然他死了，但郭家寨这个庄名让这里的人世世代代都记住了这个郭进将军，世世代代都传承和弘扬了郭将军的抗金精神。

是的，郭进当年在郭家寨挖掘的铡刀汪历经岁月沧桑，池水漾漾，哺育了一代又一代的郭家寨人，让郭家寨人的血脉里注入了爱国爱家园的基因，在抗日战争和解放战争中又注入了红色的基因。这里有曾在抗战时期历任泰兴宣堡区参议员、区参议长、泰兴县政府行政委员等职，多次参加或主持召开全县及地方参政会议，帮助地方政府征集公粮、动员参军、拥军优抗等，积极参加反“扫荡”、反清乡等抗日救国活动且以教师为职业的刘苏民先生（1900—1997，郭寨村郭西六组人）；有年轻时就对孙中山先生非常崇拜，十分赞赏“天下为公”的理念和“联俄、联共、扶助农工”的方针，真诚拥护中国共产党，积极投身民族解放大业，后来成为新四军挚友，冒着生命危险为新四军购药，给新四军治疗伤病员，获陈毅司令员赠诗褒奖的一代地方名医刘伯齐先生（1916—1989，郭寨村郭东四组人）；有新四军的另一位挚友，从泰兴老虎巷走出的一只“虎”，卢沟桥事变后就被任命为国民党中央少将参议，后又任江苏省民众自卫队通如区右翼指挥部指挥官，鲁苏皖边区总指挥第三司令员，曾提出“不问党不党，只问抗不抗”“工农兵学商，一起来救亡”的口号，也曾和新四军挺进纵队首长叶飞、管文蔚、梅嘉生、惠浴宇等频繁接触，并与陈毅军长多次晤谈，将部队经常驻扎在红色热土郭家寨，为跟新四军肩并肩联合抗日做出了重要贡献，后因患“溶血性黄疸症”，医治无效，于1940年12月6日不幸去世，葬于宣堡镇郭寨村郭西二组的张公任将军；有新四军老一团班长，四纵队八支队排长，对敌作战80次之多，在部队曾荣获二等功一次、三等功一次，1945年6月在江南桃花山战斗中头部、胸部中弹负伤，被评为三等乙级残废军人的刘永山英雄（1912—2003，郭寨村郭西一组人）……在郭家寨，这样的红色人物、红色故事真是不胜枚举，铡刀汪的池水不仅被当年郭家军，也是岳家军抗金的鲜血染红过，更被抗日军民的鲜血，尤其是被郭家寨百姓配合陈粟大军一部在宣堡、在郭家寨打响苏中“七战七捷”首仗，有对国民党军的包围战变成与其遭遇战的恶战中所流淌的鲜血染红过。

岁月沧桑，历史难忘。如今，那些发生在这里的血与火的真实故事已成了郭家寨人宝贵的精神财富。赓续精神血脉，建立文化自信；传承红色基因，建设美好家园。郭家寨人正是以此为强大动力在新时代奏响了奋进的致富曲。近年来，郭寨村党委书记张国良带领村领导班子大刀阔斧搞改革，做大做强本村特色产业，大力推进土地集约规模经营，发展花卉苗圃、高效林业，建成了2000余亩花卉苗木基地，实现销售达2500万元，总价值在1.3亿元左右，单这一项，村集体就年增收入50余万元，人均净增打工收入亦有万余元。绿水青山就是金山银山，对于郭寨村来说，苗木产业已经成为支柱产业，不仅致富了村民、反哺了村集体，也让生态绿色成为郭寨村的一片靓丽底色。2020年1月，中国生态文化协会发文，授予全国132个行政村为“全国生态文化村”，泰兴市宣堡镇郭寨村榜上有名，为泰州市唯一一个上榜的。的确，富起来了的郭寨人不仅增强了文化自信，更注重了文化建设。郭寨村先后建起了农民健身公园和文化健身广场、数字电影广场、生态文化长廊，新“二十四孝”宣传长廊和木结构文化塔及“郭寨村农民大舞台”。2020年前后，郭家寨又在村服务大楼两侧各建了一座古色古香的二层木式楼，用作新文明实践站和“三馆”——即农耕文化馆、孝文化馆和村史馆的展览与参观。在这里，人们可以看到诸如斗臼、手拉风箱、扶犁耕地等古老而又离我们尚不曾远去的生活劳动用具和用蜡像还原呈现的农村生活劳动画面。这里的“三馆”内容，是历史和时代的缩影，提醒着每一个村民、每一位来参观者都要不忘初心，不忘过去，不忘来时路，从而更加增强自己在新时代的责任与使命！

是啊！如今的郭寨村，村庄更绿了，河流更清了，环境更美了，我们在田园生态郭家寨可以品特色农家菜，休闲度假慢生活，清爽绿色深呼吸，在看到“民富、村美、文兴”的同时，我们更要知道美好生活的来之不易，更要自觉地把红色的基因融化到自己的血液中，从而昂首阔步踏上新征程！

## 蒋堡传统鼓儿书，村中故事永唱传

我喜欢玩短视频，最近刷抖音，刷到泰兴元竹蒋堡村一位蒋女士的抖音，不由为她那颇让人为之感染的满是笑意的神态，为她那用地道方言即兴而说的满满正能量的顺口溜，而赞美有加。看了蒋女士的短视频，我便油然地想起了我们泰兴城北关于蒋堡村的三个意思相近的歇后语：蒋家堡的女婿——这叫个如意（非常中意、满意）；蒋家堡的女婿——这叫个呵喜（非常高兴）；蒋家堡的女婿——这叫个热潮（非常热闹）。同时，我还想起了起源于蒋家堡的泰兴传统的鼓儿书，想起了泰兴民间文化协会会长、友人陈桂生对蒋堡村的有关介绍。

蒋家堡人生性乐观，男帅女靓，故有人问蒋家堡的女婿，蒋家堡的姑娘怎么样，娶了蒋家堡的姑娘开心不开心，蒋家堡这个地方热闹不热闹，这女婿就做了“这叫个”（即非常）如意、呵喜、热潮的回答，于是也就有了所说的那三个歇后语。其实，还有一个歇后语，虽未直接说蒋家堡，却也是说蒋家堡的人；说的是蒋家堡的蒋家奶奶一生经商，总是笑迎四方客、八方商，真正是“相逢开口笑，诚信搭商桥”，因而生意做得特别好，据说直到她百老归天进棺材时还是笑容满面的样子，所以就有了“蒋家奶奶哈（下）棺材——笑姿咪咪的”这样的歇后语（无贬义）流传了下来。

蒋家堡历史上曾有蒋家荡、三姓庄之称。据当地族谱记载，早在千年前的人口大迁移中，这里的蒋姓就由安徽迁徙而来。蒋姓祖先在此开垦种植，繁衍生息，开枝散叶。因蒋姓首居于此，这里当时又离东海不远，还是一片湿地，而且空旷得很，所以最初这里便称为蒋家荡。到了明朝初年，苏州阊门移民又有了其他两姓家族人来此定居，于是蒋家荡就易名为三姓庄。其后这里又陆续来了丁、郝、黄、王、周、何等其他姓氏，人口急增，庄子扩大，丁姓人居多，甚至形成了丁家巷。到了清朝嘉庆年间（1796—1820），这里已成为一个很大的庄了，显然以“三姓庄”作为庄名既显其小，也不合实际。由于当年岳家军曾在此镇守，筑堡抗金，加之此时这里虽依然水系环绕，但因泰兴本是襟江带海之地，此处也就在岁月流逝中随海滩东延，江沙淤积，而早已由湿地变成了高沙之地；同时居住于此的人口仍以蒋姓为主、为最多，这样便很自然地将庄名改成了蒋家堡。因庄大，蒋家堡内又分为大蒋家堡、小蒋家堡、蒋家堡东南野，不过对外则统称为蒋家堡，简称蒋堡（《泰兴县志》有记载）。

蒋堡村位于泰兴元竹镇西南角，与新街镇毗邻，属于苏中高沙土区域，沿袭泰兴东北部方言。蒋堡的人文地理独特，护庄河自北向南分别以龙王池、中池、兜包池、染缸池四池相连，池与池间的连接则以万柏桥、万贯桥、万官桥三桥相连。原村中一圆形小水塘高出的部分（俗称“小池岸”），传说系“龙眼”，连接原蒋氏祠堂门前的一条南北向河道，古人称为“龙脊”。现村党群服务中心和农民文化广场就建于这“龙脊”之上。兜包池外的学校与染缸池边的土地庙遥相呼应，学校建于当年国民党还乡团所筑的炮楼处（老人们记忆犹新）；土地庙旁的银杏树据说为明初军师刘伯温所栽。

面四池而居的村民人丁兴旺，仁人志士更是不胜枚举。当年人们尊称为“大先生”的蒋泽民就是泰兴最早的共产党领导人之一，蒋泽民因在当地有才高八斗、学富五车的赞誉，所以他便以乡绅身份作掩护，在州府、县衙踱进踱出，一方面为我党搜集情报，另一方面则专门替平民百姓伸张正义。的确，蒋堡村的近现代史，就是一部红色革命史。无论在土地革命中，还是抗日战争和解放战争中，蒋堡都是有名的红色模范村、支前村和拥军村。许多有志向的蒋堡籍青年或加入党的组织或参军走上了战场。当年，红十四军驰骋苏中时，蒋堡村就有包括蒋泽民在内的数名秘密党员参与革命活动。

抗战时，蒋堡人民在共产党领导下，利用村庄地理优势与驻守严徐庄和黄桥的日伪军展开游击战、拉锯战。泰兴独立团经常驻屯该村，人民群众一边帮独立团补充给养，一边参与挖路设障等抗敌活动。苏中“七战七捷”首战的宣家堡战役时，蒋堡就为前线我人民子弟兵组织了近百人的担架队。

1947年，国民党还乡团乘我军北撤山东，在蒋堡建据点。蒋堡身份公开的党员（如丁唯一、丁大德、蒋凤早、蒋碗女等）大多随军北上，秘密党员则继续就地掩蔽斗敌，骚扰敌人。他们打冷枪、贴标语、除叛徒、坚壁清野，令敌人寝食难安，不足七个月敌人即仓促逃窜。这一时期，蒋凤桂、蒋怀俊、蒋九思、丁巨丰、蒋国甫、蒋高虎、蒋金香、蒋万金、蒋步青、丁玉英等党员都为此做出了突出的贡献。

当年，丁巨丰在黄桥秘密活动时，他发现身边有一个人是国民党特务，自己是共产党员的身份已经被这个特务察觉，而随时有被捕的危险。为了摆脱这个特务，他施了个“金蝉脱壳”之计，假借请这名特务到附近的酒馆吃饭，却故意将外套脱在住处的椅子上，待到了酒馆，他便对特务说自己的钱包在外套口袋里，匆匆出来，外套忘穿，想请特务去他住处拿一下，他自己先在酒馆点菜。他这么说着，就将钥匙掏了出来给了特务。特务不知有诈，就去了，丁巨丰由此而得以逃脱。

为了人民的解放，为了新中国的诞生，蒋堡村先后有蒋泽民、蒋肃民、蒋开荣、蒋九思等十多位好儿女献出了自己宝贵的生命。抗美援朝战争打响后，为保家卫国，蒋堡村蒋宝庆、蒋宝银、蒋言让、蒋香池、蒋红军、蒋言达等有志青年又踊跃报名参加了中国人民志愿军，毅然决然地踏上了抗美援朝的战场，浴血奋战，经受了血与火的考验，直至凯旋。蒋堡村民世世代代以农耕为生，但祖祖辈辈的蒋堡人都崇尚文化，尊师重教。自清代始，村里就有私塾学馆设立。比较有名的塾师，“大先生”蒋泽民肯定是名列其首，另外还有“二先生”蒋正锉、“三先生”蒋超群、“四先生”蒋鉴泉等十多位。他们践行儒家“重礼尚教”的理念，广纳村中农家子弟而授之。民国初，开明绅士陈六中夫妇利用位于顾庄寺附近的蒋氏宗祠，创办了泰兴县第五临时小学，使蒋堡及周边的一大批农家儿女在此受到了良好的教育，同时也为革命事业和后来的建设事业培育了许多宝贵的人才。

解放后，蒋堡村曾办过蒋堡小学、蒋堡初级中学、蒋堡农中。蒋堡籍从事教育工作的则达70余人，其中尤为突出的是，蒋堡涌现出的中学老校长蒋文质、蒋芝林和享受国务院政府特殊津贴的南昌师范大学教授蒋凤池等。不仅教育上有这些杰出人才，蒋堡村还有不少人走上了行政领导岗位，成了有关单位的“领头羊”，为国家建设做出了莫大的贡献。从蒋堡村走出的农家子弟蒋兆信曾任扬州市常务副市长；蒋兆宏则是副厅级干部；还有蒋凤和，他曾经担任过南京军区干休所所长。

叙述到这里，我们应该也就不难明白，蒋堡人为何那么乐观，为何不怕困难，敢于为正义事业不怕牺牲，勇往直前，就在于他们有一个重教的理念与传统，有着自己的崇高信仰。这种理念和信仰坚定了他们的文化自信，也使他们有了一种不惧一切艰难困苦，始终对未来充满美好向往并为之不懈奋斗的乐观主义精神。

是的，蒋堡人的乐观与他们的文化自信是分不开的。泰兴具有数百年历史的传统鼓儿书的起源，经泰兴市民间文化研究会长达七年的调查探源，认定蒋堡就是泰兴鼓儿书的三大起源地之一。蒋堡村的蒋氏鼓书，源于明，盛于清，二十世纪四五十年代为鼎盛时期。据考，蒋堡村的蒋氏鼓儿书，由这里的蒋氏先祖，16世纪的老私塾先生蒋宗达（字国珍）传世说书。有资料描述其着长衫大褂、戴乡绅帽、执纸扇说书之雅像，令乡党十分敬重，是闻名乡里的“龙香火”；其子蒋振青（小名蒋虎儿）与其门房叔父蒋庚成，为正统的“香火传人”，各带徒若干，弟子众多，门户远及泰州、姜堰、海安、如皋、靖江等地。与“龙香火”同类不同师、同庄并存的还有老艺人蒋龙池（1916年生），其门徒比龙香火传人更多。徒子徒孙百人之多，其长子蒋国琪（现居银川，已八旬有余），幼时曾随父学艺，自称蒋龙池关门徒弟的孙德明，也已年逾古稀。喜悉，蒋氏后人现蒋堡村的当家人蒋凤寿，为传承发展蒋氏鼓儿书，已在蒋堡村人中物色传人。一批具有较高思想素质、文化功底和表演天赋的爱好者，在名师传授下勤学苦练，已初步具备了传承鼓儿书的基础，正为蒋氏鼓儿书的发扬光大不懈努力。

2018年11月，“泰兴鼓儿书蒋堡书场启动仪式”在蒋堡村举行，这是泰兴鼓儿书的首个书场，泰兴鼓儿书的代表性传承人悉数到场。“鼓儿一敲咚咚咚，铜锣一打当当当。今天不把别的唱，夸夸蒋堡好地方。水清岸绿树成行，晚上散步亮堂堂。远望家家住洋房，近看户户达小康。”民间艺人即兴编词，激情献艺，从而再现了泰兴传统鼓儿书的辉煌，再次展示了泰兴鼓儿书的艺术魅力。现在，蒋堡村已成立了“泰兴鼓儿书艺术团”，仅2020年就为村民提供了40多场次惠民演出。新编、演唱并录制的专题鼓儿书唱段，通过微信传播，使得广大党员干部和村民们受到了一次次艺术滋润的思想熏陶，传统的鼓儿书也因此成为基层宣传教育的一个良好载体，在新时代焕发了新的生命力。

笔者在蒋堡书场留影

“生生世世蒋堡人，来龙去脉溯根本。一谢先祖迁徙苦，二谢父母养育恩……人生在世比贡献，否则愧对先辈人。人过留名雁留声，凡人立志做能人。”这是蒋堡人新编的鼓词，也是蒋堡历史与蒋堡人精神的形象写照。蒋堡村水系发达，护庄河四池三桥相通，历史悠久，人文厚重。新编传唱鼓儿书，寓教于乐，涵养着“勤劳、智慧、进取、和谐”的新蒋堡精神，形成了向善向上的良好村风。

获评为省“吴仁宝式优秀基层党总支书记”、泰州市劳动模范的村党总支书记蒋凤寿虽已年过花甲，到了该退休之龄，但在上级党委真诚挽留和全村百姓的热心期盼下，他依然任劳任怨地奋战在乡村振兴第一线。他任支书时才33岁，是从乡办厂厂长的位置上转任的。他踏实做事、低调做人，将人品变“作品”，将一个曾一度成了“酸粥村”（特指脏乱差）的村子接了过来，精心治理，悉心打造，变成了一个国家级的文明村。在他的带领下，蒋堡村不断创造出崭新业绩，成为泰兴市乃至泰州和全省乡风文明建设的一张亮丽名片。

近年来，蒋堡村先后荣获全国文明村、国家级生态村、江苏省三星级康居乡村、江苏省最美乡村、江苏省民主法治示范村、江苏省文明村、江苏省水美乡村、泰州市强富美高十佳示范村、泰州市特色田园乡村等称号。2020年4月，被农业农村部公示为江苏省唯一的“全国21家村级乡风文明建设优秀典型案例”。蒋堡村有“乡情共享片、滨水垂钓片、田园科普片、菊田游赏片”四片科普劳动实践基地，村国家现代农业产业园创建项目也业已成功完成。

“漫步村道心舒畅，环境优雅景色靓。四池三桥古村落，文明新花开满庄。男女老幼同奋斗，蒋堡明天更辉煌。”蒋堡鼓儿书，切切实实反映了蒋堡人的心声，也预示着蒋堡村乡村振兴的道路更加宽广。如今的蒋堡村，正乘着新时代的强劲东风，努力朝着乡村建设更新更美的宏伟目标阔步迈进。蒋堡的明天一定会更加美好！末了，且借用蒋堡那位玩短视频的蒋女士说的两句鼓儿书式顺口溜为本文作结：“要知蒋堡拽不拽（棒不棒的意思），欢迎你到蒋堡来；更多故事与你嗨，且听下回再分解！”

# 访考古村梅家庄，感慨良多思绵长

泰兴梅家庄是自宋末就已存在的近千年的古庄。这里曾经梅香十里，风光旖旎；这里曾经有着偌大的地主庄园，至今敞厅遗存尚在，一口老井依旧；这里也曾洒过烈士的鲜血，弥荡过战争的硝烟……毋用说，梅家庄的历史是多么的悠久而厚重！然而，这里的许多标志性的历史建筑都已斑驳或湮没于岁月的烟尘之中了，许多的故事或美传也都被岁月尘封。

不仅如此，梅家庄之庄虽宋末即已存在，可是查泰兴县志，却发现这一庄名直至光绪十一年（1885）才始而有之。古庄所在位置——清朝康熙、嘉庆《泰兴县志》都是这样标注的：鞠叶庄，在城（泰邑）东北30里；光绪县志标注则为：（城东北）鞠梅马三庄30里；民国时泰兴地图将梅家庄所处位置又冠以一个新名称——“梅家荡”，而记载到有关梅家庄的历史事件，倒是一律采用了“梅家庄”这一名称。泰兴市人口普查时发现，梅家庄有鞠、叶、刘、戴、陆、严、梅这几个姓氏，以鞠、叶姓氏最多，梅姓最少，只有5户，还是从一个锅子上分下来的（指同宗同族的一家），偏偏庄上这最少的梅姓倒冠了庄名……这到底是为什么呢？

或许正是有着这么多的不解，很有必要去解开其中之谜，抑或是为了打开那尘封的记忆，对梅家庄的历史文化做些挖掘、保护和传承，“抢救”性的留有一点文字记载，所以，出生于梅家庄并在梅家庄长大，现客居苏州，于苏州一家科技公司任职的叶文建先生，还有梅家庄的现任党支部书记刘国祥，在得知笔者退休后仍在笔耕，并致力于地方历史文化的挖掘与研究时，才颇费周折地终于联系上了笔者，特邀笔者去梅家庄做个探寻访问性的文化考察。虽然其时笔者正因病在家休养，又恰逢壬寅六月的高温之季，但他们的邀请对笔者来说，可谓正中下怀，笔者写了老叶庄，写了鞠家庄，就没有理由不去写与这二庄相邻，与这鞠、叶二姓有着千丝万缕联系，且其文化内涵决不输于这二庄的梅家庄；再说，其二位对笔者如此信任与期望，笔者又焉能辜负了他们的一片心意，由此，笔者即欣然应允受邀。

成行已定，偶尔的小恙，小暑的高温，当不足虑，岂奈我何？驾着电动代步车，笔者从居地出发，上宣泰路，沿着杨根思烈士纪念馆南侧的同心大道，顺着同心河，一路向东，穿老叶街市，过老叶大桥，再经港上，过众安桥、梅前桥；梅家庄那夏季的丛丛花生之黄花点缀着绿野，秆秆玉米之胡须飘飘于“棒”顶的颇具泰兴东乡特色的田园风光，那俨然中又斗折蛇行，呼朋引伴般错落有致的庄舍，便一下子都展现于笔者的眼前。古庄之风也随之扑面而来。

梅家庄地处泰兴新街镇南大门，隶属新街镇，北接鞠家山，南联鞠家垛，西邻鞠家庄、老叶庄，东靠野肖村。南北有新曲河、新广公路纵穿，东西有梅庄中沟和正在修筑中的504省道横贯。全村有19个村民小组，716户，2600余人。梅家庄的村委会位于村子的中间。笔者开车驶过横跨梅庄中沟的梅庄西桥，在一块空地停了车。随之，即信步走进树木扶疏、修竹浓荫中的梅家庄。但见这里沟河交错，丝丝柳枝轻拂于水面，田田荷叶拥托着亭亭莲苞，座座屋舍环绕在沟汊荷塘的四周，令人如入桃花源，犹在古寨中。

这般古韵村景，不由地让笔者陡然想起了一句关于梅家庄的民谣：进了梅家庄，衣裤晾在肩膀上。这民谣的意思大概就是说梅家庄河多、水清、塘美，让人忍不住就要脱去衣裤，跳进河塘里去浴个痛快。于是，笔者忽然有所悟，一下子明白，为什么民国时的泰兴地图竟将梅家庄标注为梅家荡了；同时也明白，曾因坍江不断迁徙，却偏偏爱到多水之处傍水而居的梅姓，当年为什么其宗族支派中会有人要到这里来落户了。

带着这样的所见所悟之得，笔者来到了梅家庄村委会的办公室。细心周到的刘支书已为笔者找来了所需的《鞠氏族谱》和《叶氏族谱》，还为我请来了20世纪60年代曾任过梅家庄支书，对梅家庄历史有不少了解，现已耄耋的戴春生老人及其他有关人员，从而为我挖掘、考证梅家庄的历史文化提供了很大的方便。

梅家庄的《鞠氏族谱》载：“始祖伯伍公原籍姑苏派衍真卿生值兵变，来徙延令卜居港东，后裔蕃与丕基式郭，百世留声。”又载：“我族宋末迁泰以来，历元迄明，书缺有间，至万历之年，馨之、少林二公纂辑谱牒始，有成书其后一，于崇祯庚辰（1640）修，再修于国朝康熙甲戌（1694），复修于雍正甲辰（1724）……”由此可知，鞠姓伯伍公是宋朝末年为避战乱，最先从苏州迁徙来到泰兴港东（港上东面，鞠家庄在港南）梅家庄这块地方定居落户，散枝开叶的。查《叶氏族谱》则得知，梅家庄叶姓与老叶庄叶姓同宗同祠，同为培德堂，始祖福一公，亦为宋末避战乱从原籍苏州洞庭迁来。对此，笔者曾在关于老叶庄的专文中有过详述。据《延令叶氏族谱》载，老叶村的东叶在解放前有祠堂，称培德堂。培德堂后又分南北二十三甲，现分居全市各乡镇（街道）。目前，泰兴叶姓人口达七万多，基本上都是培德堂始祖福一公的后人。梅家庄靠近老叶庄，这里的叶姓在元初就有了。由于彼时这里还未有其他姓氏来此居住，庄上只鞠、叶二姓，故庄名便按鞠叶庄称之。

时至明清，这里又先后有了刘、戴、陆、严、梅几个姓氏来此落户定居。梅姓来得最晚，是光绪年间（1875—1908）来的。因梅姓在庄上现在只有五户，这五户人家人口也不多，均是敦厚之人，对其家族情况几乎一无所知，更无族谱或家谱留存，故梅家庄梅姓的来龙去脉只能向请来的几位年长的老人了解。据戴春生老人说，他曾听他家的上辈人讲，梅家庄的梅姓原来居住在泰兴刘陈的阳春岸（刘陈合并于黄桥后，阳春岸隶属黄桥镇，亦称杨春岸、杨春庵），是光绪年间发生坍岸，才由阳春岸搬迁来的，搬来的姓梅的就一家，现在姓梅的这五户人家都是一个锅子上分下来的。

一位刘姓老人回忆道，他听上辈人说，他们刘家的老祖宗是个读书人，他栽了许多梅花树，由自家的门楼到荷塘边，形成一片梅林，说是冬有腊梅夏有莲，做人就要像梅、莲，洁身自好，干干净净；然而梅树成林几年，却未见梅花盛开；正当犯疑，这年冬天，来了一姓梅的人家要在此落脚，令人称奇的是竟见梅花骤然怒放，团团簇簇，暗香浮动，他大喜过望，就去找鞠氏和叶氏族长商议，决定将庄名改称为梅家庄。从此，梅家庄这一庄名便正式叫了开来。

原来如此！两位老人所言之事与梅家庄这一庄名出现于县志所记时间——也就是光绪十一年这一节点，是基本吻合的。所以，也是可信的。根据与两位老人的交谈，我还得知，解放前梅家庄有一个很大的祠堂，那就是刘家祠堂；还有一个很大的庙宇，这庙宇便是戴家庙。一所祠堂、一座庙宇，都是清朝时的建筑，但皆于解放初被拆除建了学校，祠堂和庙宇里有关梅家庄的人物与事件，以及梅家庄刘氏家族和戴氏家族的记载资料也因此而荡然无存，这不能不说是一个遗憾。

戴春生老人说，尽管当年命名梅家庄的有关细节记载已经缺失，但梅家庄以梅立志的精神，还是一代一代传承了下来。这位老人跟我详谈了两个人，一个是梅家庄的晚清秀才刘贯清，一个则是他的嫡亲叔父戴文烈士。

刘贯清这个人在梅家庄的口碑相当好，时至今日，还有一个谦谦君子的好名声。论名位，当时梅家庄，包括邻庄四乡，没有谁比得了他，他是晚清秀才，并在辛亥革命后任过泰兴司法课的课长，亦任过民国初的帮审员长，应该说是当地的显赫人物，可谓位高望重，无人不知，无人不晓，然而他却为人谦和，无论尊卑，皆以礼相待。他每每回梅家庄，尚在村头，就下轿步行，遇到庄人，不管穷富，一律抱拳施礼，亲切招呼。

正因为刘贯清崇德礼贤，亲和待人，所以乡亲们大凡遇到难以解决或解决不了之事，总喜欢找他，只要找到他，一切问题也就迎刃而解了。梅家庄那会有个诨号叫“三叭子”的卖肉的人，一天清早，他上泰兴城卖肉，不料刚进城，肉（包括身上的钱）就被几个“二流子”抢了个精光。“三叭子”只好哭着去找时任县审检的刘贯清。刘给他安排了早饭，让他不要着急，先吃早饭，说他自有办法。待“三叭子”吃完早饭，那几个“二流子”也被找到，并将所抢的猪肉和钱乖乖地送还给了“三叭子”。

刘贯清名如其人，一贯清白做人，重教不重财，他没给他的子女留下多少财产，到解放时竟然地无一分，被评定为贫农成分，但他却将子女都培养成了有用之才。他的长子刘正讯解放后在上海一所大学工作，次子刘通讯则在姜堰中学任过党委书记。他家是真正意义上的“书香之家”，也是“梅香之家”。

梅家庄的精神不仅体现在刘贯清这样的名流乡贤身上，也体现在戴春生的叔父戴文那样的烈士身上。戴文抗日战争时就参加了革命，入了党，曾任我方财经局（后改为财政局）会计。解放战争初，泰兴独立团在姚家庄遭到五倍于我的敌人的包围，由此，发生了“姚庄惨剧”，一时黑云压城，我地方许多干部被迫随军北撤。戴文本在北撤之列，但因身体不好而留了下来。一天傍晚，戴文背着装有10余根金条和一些流通券及我方县财经机密资料的袋子潜进家中准备藏起来。他和爱人徐兰青刚在屋后一棵大树下将袋子藏好，回到屋里正准备吃晚饭，谁料叛徒和顽乡长已领着肖家利据点的人抓他来了。戴文来不及逃脱，即落入魔掌。敌人拷打了他一个晚上，也没问出他们所需要的一个字，第二天早上便极其残忍地杀害了他。待到同为梅家庄人、时任我第五区区长的陆泽带了近一个连的兵力前来营救时，戴文已经壮烈牺牲。

戴文牺牲时年仅24岁。他的妻子徐兰青当时才21岁。徐兰青去为丈夫收尸时，发现戴文的胸前被敌人戳了三个窟窿，头也被敌人削去了半个。她强忍悲痛和一位陆姓乡亲用被单将戴文的遗体裹好带回家掩埋于屋后。1947年底至第二年春，形势逐渐好转。不久，顽乡长和叛徒被我方抓获，在公审他们的群众大会上，徐兰青怎么也控制不了自己悲愤的情绪，她拿着荆条冲上公审台，对两个吓瘫了的家伙，狠狠地各抽了三荆条。公审、枪毙了顽乡长和叛徒后，徐兰青在陆泽的引领下，完好无损地向组织递交了她丈夫用生命保护的我党的财产和机密。陆泽解放后曾做过副县长。徐兰青自丈夫牺牲后，再未嫁人，现已98岁高龄，我去拜访这位可敬的老人时，她不在家，听说是被在靖江的女儿或亲戚接走了。于是，我到她家屋后的一块庄稼地里寻到了烈士的墓碑（其实，这是烈士的衣冠冢，烈士的遗骸已迁葬于泰兴杨村庙烈士纪念馆的烈士墓地）。我和陪同我的刘支书一起向烈士作了凭吊！

老支书戴春生等有关人员还向我讲述了民国时梅家庄的两个大地主鞠志丹和叶余德（绰号风老三）的事。这两个地主，鞠志丹最有名气，是泰兴最有名的大地主之一，他家建有偌大的地主庄园，号称鞠家大院。根据《泰兴县志》及相关资料记载：右十五区册，保卫团设梅家庄；民国十八年（1929）夏秋之间，国民党泰兴县政府拟订临时保卫团组织章程，饬令各区招募团兵，第五区的保卫团就设在梅家庄的鞠家大院里，保卫团团长就是大地主鞠志丹，有团丁近200人，枪200余支，是当时泰兴最大也是最有实力的保卫团。县志记载：民国二十九年（1940）1月16日，日海军陆战队广野部队从天星桥、七圩港分别由汉奸魏尔圣、蔡鑫元带领登陆，侵占泰兴城，国民党县长朱雨峰及其所属常备旅弃城退至梅家庄。自然，国民党的临时县政府也就安在鞠家大院里。

鞠志丹固然是大地主，有其反动的阶级立场，死心塌地效忠国民党，但毕竟受着梅家庄的精神感召，未忘祖训，抗战时非但没有投靠日本人，而且还做了点有益于抗战的事，手上也没有血案，因此解放后，人民政府并没有枪毙他，而是送他去了青海劳改。他最终病死在那儿。他的儿子，一个去了台湾，杳无音信；留在大陆的已无后人。叶余德也没作多少恶，之所以他的诨名叫“风老三”，是因为他排行老三，脾气又大，不过来得快，去得也快，所以人们都称他“风老三”。他也是病死的。他的后人有一个曾孙叫叶江星，现为广东省惠州市泰兴商会会长。

鞠、叶二地主的老屋土改时分了一部分给贫苦农民，在历史风雨中毁坏了一部分；鞠家大院早已不复存在，所幸尚有一点遗存。在刘支书的陪同下，笔者去看了鞠家大院那遗存的仓廪（亦说“敞厅”）。到了鞠家大院的遗址，自然已不见那高高的院墙和门楼，亦不见那台阶、门槛、廊柱、花格屏、女儿墙的几开进的排排屋舍，唯有杂树掩映下的三间青砖黛瓦的老屋，那屋梁上精致雕刻的图案、那屋顶木料的别致构造，仿佛在告诉人，昔日的这里曾是多么的辉煌闪耀，其主人家又是多么的显赫富庶。只是时过境迁，看着鞠家大院仅剩的这点斑驳陆离、破旧不堪的遗存，还有不远处荒草丛中的地主“风老三”家所遗存的现已成危房的三间老屋，笔者不禁感慨良久。

看过鞠家大院的遗存，看过“风老三”家的老屋，笔者和刘支书移步于“风老三”家门前的古井边。这据说已有几百年历史的古井，直至今天，依然井水清清，依然在为人们洗衣浆衫所用。笔者对刘支书说，这井就是镜子，它照着我们，也照着历史；井水荡漾中所透出的、所萦绕的是梅家庄的精神之魂，愿我们能将梅家庄的精神发扬光大，并世世代代传承下去。刘支书对我的话表示赞同。

从梅家庄回来后，晚上，笔者躺在床上，恍恍惚惚中，眼前依稀出现了一片梅林；梅林的入口有一条花团锦簇的廊道，入口处廊道的拱门上是“梅家庄文化产业园”几个镏金大字。笔者似乎被这几个字吸引了，遂顺着廊道走进梅林深处，但见烈士和乡贤塑像分立于梅道两侧；其后数丈，鞠家大院遗存和“风老三”家的老屋亦作修缮，并各增建了几间古色古香的厢房，用作梅家庄的村史展览。隐隐约约的好像是刘支书在说，这是地方政府主导、我们主打，并由鞠志丹和“风老三”后人投资建成的。“好！”笔者兴奋地在大叫声中醒来，方知这是一梦！

愿笔者的拙文能微澜涟漪，愿笔者的梦能在梅家庄成为现实！

## 溯源庄严知根脉，严家堡村真不凡

庄严，自古连用，字不同而含义相同，于是便有了“庄严肃穆”这样的成语！所以，以中国汉字的含义来观之，庄严这两字本身就不分你我，而经常同时出现于书面；以汉语语法的角度来分析，庄严则是一个并列式或叫联合式的合成词！有意思的是，据考庄严宗族，竟同为楚庄王的后裔，两姓同根同源，而且庄姓严姓对此具有强烈的认同感，这在百家姓中可谓独此一家！

溯源严姓，其起源虽有五六种之说，然最重要的起源则是来自于改姓，由庄姓改严姓！这也是最有史实根据的。东汉时期，东汉的汉明帝名字叫刘庄，按古代的帝王制度，臣民需要避天之名讳。而庄姓在当时已是名门望族，更是受人关注。于是族人纷纷改姓，由于庄严二字的含义接近，也常常连用，所以当时的庄氏就改为严姓。改朝换代之后，部分族人改回庄姓，部分族人则传承严姓。自此，天下庄严两姓并存，这就是庄严同宗的历史缘故！

天下严姓多出于此，江苏省泰兴市即古延令的严姓亦是。其得姓始祖为严忌。严忌本庄姓，西汉辞赋家，后人称“严夫子”。著述甚丰，有辞赋24篇，今仅剩《哀时命》一篇，为哀伤屈原之作。严忌少时与司马相如等俱好辞赋，曾作《哀时令》赋，借哀叹屈原秉性忠贞、不遇明主之事，抒发自己怀才不遇的感情。吴王刘濞网罗人才，招致天下嬉游子弟。严忌与邹阳、枚乘俱仕吴，以文辩著名。曾上书谏阻刘濞谋反，未纳。后游历于梁，得到梁孝王的厚遇。世称“庄夫子”。严忌之姓严，亦为死后之事。严姓族人因尊严忌声誉，奉其为严姓的得姓始祖。根据新发现的木活字本《延令严氏族谱》所载，延令严氏为东汉名贤子陵公之后。子陵公即严光，一名遵，字子陵，会稽余姚（今浙江余姚）人，为严忌之后第二十四世始祖。少有高名，与刘秀同游学。建武元年（25），刘秀建立东汉，严光于是隐名换姓，隐居在桐庐富春江畔，每日垂钓，后此地为桐庐严子陵钓台。刘秀思贤念旧，就下令按照严光的形貌在全国查访他。齐地报称有一男子披着羊裘在泽中垂钓，刘秀怀疑那就是严光，即遣使备置安车、玄纁，三聘而始至京都洛阳。

司徒侯霸与严光是老相识，派人送信给严光。送信的人便对严光说：“侯公听说先生到了，一心想立刻就来拜访，限于朝廷的有关制度不便，所以不能来。希望能在天黑后，亲自来向你表达歉意。”严光不说话，将书简扔给送信的人。口授说：“君房先生：官位到了三公，很好。怀着仁心辅助仁义天下都高兴，拍马屁看人脸色办事可就要身首异处了。”侯霸收到信看过，封好了再上奏刘秀。刘秀笑着说：“这狂家伙还是老样子。”当天就亲自来到严光居住的馆舍，严光睡着不起来，刘秀就进了他的卧室，摸着严光的腹部说：“哎呀！子陵，就不能相帮着做点事吗？”严光又睡着不讲话，过了好一会儿，才睁开眼睛，看了好一会儿，说：“过去唐尧那样显著的品德，巢父、许由那样的人听说要授给官职尚且去洗耳朵。读书人本各有志，何以要到强迫人家做官的地步？”刘秀说：“子陵，我竟然不能使你作出让步？”于是便上车，叹息着离开了。

后来，刘秀又请严光到宫里去，谈说过去的交往旧事，两人在一起相处好多天。一次，刘秀随意地问严光：“我比过去怎么样？”严光回答说：“陛下比过去稍稍有点变化。”说完话便睡在一起。严光睡熟了把脚压在刘秀的肚子上。第二天，太史奏告，有客星冲犯了帝座，很厉害。刘秀笑着说：“我的老朋友严子陵与我睡在一起罢了。”后授谏议大夫，严光不肯屈意接受，于是归隐富春山（今浙江省桐庐县境内）耕读垂钓，后人把他垂钓的地方命名为严陵濑。

建武十七年（41），朝廷又一次征召他，严光仍不就。严光八十岁时，在家中去世。刘秀倍感哀伤，诏郡县赐钱百万、谷千斛安葬，墓在陈山（客星山）。唐朝的严镇藩是严光的后人，也是泰兴严氏最早的始迁祖，曾世居江阴，后迁延令，其裔孙又迁徽州府，再迁小河，至严道敷之父任如皋县教谕，而复迁延令，于延令邑东北筑堡安家，开枝散叶，泰兴严家堡村因此而得名。

严家堡村现在是泰兴市新街镇（原南新镇）的一个村，位于泰兴市的东北角，其具体位置为新街镇张吉村的北面，新街镇管凤村的东面，新街镇车马村的西面，元竹镇蒋家堡的南面，中有古马干河横穿而过，村中有宁靖盐高速公路穿过。严家堡村庄由严前村、严堡村两个村组成，总人口约四千多人，村民各户男丁皆姓严氏，据考，该村自古即无他姓。这在苏中以自然村庄为主体的各行政村中，恐怕是极为少见的。

严家堡村因其严氏素有重教之传统，故严家堡村的教育颇具特色，出了不少的乡儒、乡贤和名人。现有严堡小学一所，而以前的严堡学校，既有小学也有初中，校长严择贤先生，还有严文斋先生、严汉清先生等都是泰兴市教育系统很有名气的教育工作者。曾留学美国、中国美院博士研究生的严健民先生就是在严堡学校读的初中，并于1987年由老家严家堡村考入浙江美院。他美院毕业后曾留学美国并应邀在美国讲学。留美期间，严健民的山水画在美国等七个国家和地区展出，三十多幅作品被美国、加拿大、新加坡及中国香港等国家和地区博物馆收藏。美国康州举办的五十年一次的艺术庆典上，严健民被授予全美艺术最高荣誉奖——华盛顿金徽·金钥匙奖。华盛顿金徽·金钥匙奖是美国政府奖项，不定期颁奖，在当地备受关注，而严健民是第一位获此殊荣的华人。2006年，严健民回到国内，并于中国美院攻读了博士学位。

在严家堡，还有一颇有名气的书香之家，也是军、烈属的红色之家；这个家庭既出了国家级的教育模范人物，也出了为国捐躯的革命英雄人物。这就是乡儒也是乡贤严瑞蘅家。严瑞蘅，生于1909年，曾是一位在严家堡一带极富影响力的德高望重的私塾老先生。因为他辈分高，又排行老二，所以，无论晚辈还是同辈，人们都尊称他为“二老爹”。这个“二老爹”因其名望，而任过严家堡小学的董事多年，他秉承祖训，以诗书传家，不仅将四个儿子都培养得相当出色，而且也深深地影响了他的大家族。如果说他的长子和三子将他家的“书香门第”染成了打底的红色的话，那么他的二子就又上了一道清色，他的“老贵儿”（小儿子）严寅贤则将“书香门第”四字抹上了耀眼的金色！

严寅贤先生于1955年在泰兴严家堡出生，是严瑞蘅的最小的一个儿子，也是最得其“儒教”真传的一个儿子。他是全国教育系统劳动模范、全国优秀教师、全国推动读书十大人物、语文特级教师、北京一零一中学原副校长、北京市海淀区责任督学，北京市朝阳区、通州区名师工作室导师，全国中语会学术委员会委员、北京一零一中学学术委员会委员。在中国教育报、光明日报等发表论文50多篇。专著《教书与铸魂》被中国教育报评为全国读者喜欢的100本书，被海淀区列为50本经典必读书目。参编人教社高中语文必修教材第三册，选修教材《写作与修改》。退休后一直返聘在北京一零一中从事语文教学工作。

严寅贤的大哥即严瑞蘅的长子严法贤，年少时就学医，后参加革命，成了部队的一名军医。1949年4月初，渡江战役中，严法贤同志所乘的连队指挥船在渡江过程中遭到敌人猛力阻击，指挥船不幸被敌人炮火击中，严法贤同志当场壮烈牺牲，时年21岁（未婚无后）。严法贤的战友，后来曾任解放军360医院副院长的周汝模，在国庆60周年时，特写了一首诗怀念严法贤同志。诗云：

严兄法贤虽西归，吾弟无时不思念。当年渡江攻白沙，你我同战江北岸。前突后指救护忙，开战杀敌英雄胆。蒋军垂死还挣扎，无情子弹兄魂断。千呼百叫你不应，我心确似穿万箭。你为祖国已尽忠，遗愿实现后人担。大陆解放早完成，宝岛台湾事待办。待你诞辰一百年，祝愿祖国统一现。

严寅贤的嫡堂兄严举贤也是早年就投笔从戎参加革命的一个了不起的人物。他打过孟良崮，曾和严法贤在孟良崮相遇。他也曾被捕过，被国民党反动派关进了江西集中营，也就是曾关押过新四军军长叶挺的地方。江西解放时，他被营救了出来，因没找到大部队，他便自己徒步历时一个多月回到严家堡。他家里人那时还以为他早就牺牲了呢，他妻子已给他烧纸烧了好几年了！后来，严举贤终于找到组织，并在彭真身边做过事。严寅贤的另一个嫡堂兄叫严佑贤，1958年任浙江金华县粮食局局长，当年他因"党外干部不如党内干部吃香"这句话，被打成右派，离了婚，一个人带着三个孩子回了严家堡。落实政策后，他得以改正，其一家人的悲欢离合的现实故事非常感人！

严寅贤还有一个堂哥叫严裕贤，20世纪50年代毕业于扬州师范学院中文系，是解放后严家堡的第一位大学生，也是严家堡的第一位科班出身的老师。毕业后他一直在泰兴大生中学工作至退休，曾任大生中学副校长。他写得一手好毛笔字，据严寅贤回忆，当年他写的毛泽东的一首词，非常有功夫，不输于有的书法家写的毛笔字。严裕贤有个儿子叫严峻，曾就职于中石化仪征化纤涤纶一厂、中石化仪征化纤瓶片部，并被评为江苏省新长征突击手、仪化公司先进工作者、仪化立功奖章获得者、仪化十佳青年、中石化仪化公司劳动模范、中石化仪征化纤优秀共产党员、优秀党务工作者。1990年10月，李鹏总理到仪化一厂中控室参观时，负责向李鹏总理介绍装置运行情况的正是严峻。现在严峻是省应急厅派驻宿迁市应急管理局的安全专家，是中国石化摄影家协会会员。

从严家堡村走出的革命志士、杰出人才自然绝不止宿儒严瑞蘅这一大家，而是严家堡的这整个严氏大家族。有一位出生于严家堡的革命老前辈，在严家堡他与严瑞蘅平辈，叫严瑞朗，至2022年，已是94岁的高龄老人了。他是以团级干部转业到江苏省水利勘测总队工作，最后在江苏省水利设计院纪委副书记的岗位上离休定居扬州的。

严瑞朗14岁在泰县二中乡师班读书时，因表现突出加入中国共产党的外围组织。这期间，他积极参加抗日宣传活动，动员老乡给新四军送粮食、送物资。16岁时，在泰兴中学光荣加入了中国共产党。1947年3月，严瑞朗加入新四军，被分配到华中第一军区政治部文工队。

严瑞朗从军期间，曾多次参战，在如皋观音堂、白米、口岸、运粮河镇、北沙岛等多地作战。1949年4月19日下午，严瑞朗随部队参与渡江攻打北沙岛的战斗。北沙岛位于高港口岸西南方向的长江之中，面积约3平方公里，岛上驻有国民党部队一个加强营的兵力（500余人）。严瑞朗和战友吴迪被派往进攻北沙岛的18团2营4连（突击连）搞宣传。19日下午4点左右，突击连的木船在江口待命。不久，战斗打响了，头顶上炮弹呼啸而过，对面敌人的阵地上硝烟弥漫，全连100多人安排在6条木船上，大家奋力划向百米江面的北沙岛。最后我军俘虏了岛上全部敌人。第二天傍晚，大部队从泰兴七圩港渡江，前去解放常州。事后严瑞朗写下了一首诗《战北沙》记录此役：江中有岛名北沙，顽军妄阻我南下，万炮弹雨落蒋巢，雄兵飞渡把敌抓。

据严家堡村党总支书记严新泉介绍，严家堡村有着光荣的革命传统，除了严法贤、严举贤、严瑞朗等参加过解放战争外，还有严居正（严瑞朗的大哥）、严瑞池、严细寿等都曾参加过解放战争；年近花甲的退伍老兵严金凤，1985年曾在老山前线参加一年半的战斗，负责部队战略物资的运输工作，当兵四年多次荣获嘉奖。严家堡村的这些革命英雄、革命战士构成了严家堡村的红色文化。基于此，严瑞朗老人2020年国庆节从扬州回到老家时，特提议家乡要成立一个红色文化展馆，以把革命先烈的精神传承下去。老人还特意把严家堡的村委会一班人带到扬州，参观了他在扬州宝带社区成立的红色文化展馆。从扬州回来后，严家堡村即建起了一个200多平方米的红色文化展馆，严瑞朗捐赠了第一批红色藏品。

今天，严家堡村正把红色资源和党建工作结合起来，和数字乡村的建设结合起来，以助力家乡经济文化的发展。是啊，如果说泰兴是教育之乡，那么美丽的严家堡就是教育之庄；如果说泰兴是红色革命老区，那么严家堡就是红色文化之村。严家堡的严氏根脉不凡，严家堡的教育、红色资源丰厚，严家堡人智慧、勤劳、善良，因此，我们相信，严家堡的明天一定会更加美好；严家堡一定会跻身“中国最美乡村”之列！

## 道是祖籍在龙港，京剧大师梅兰芳

京剧大师梅兰芳先生的祖籍地为泰州无疑是人们的共识。不过，或许多数人只知梅先生祖籍与泰州城的海陵相关，却很少有人知道其祖籍也与泰兴滨江镇的龙港村有着密切的关系！据考，梅先生先祖梅乾元于明永乐年间（1403—1424）避战乱，从宁国（今安徽宣城）迁居延令（今泰兴），梅氏家族一支在泰兴生活

梅兰芳先生

10余世后，可能于明嘉靖年间（1522—1566）因坍江而散居沿江，从此迁往海陵。

其实，泰兴过去就有梅兰芳的祖先居住在马甸的说法，只是似乎并未有人去真正考证，后来，好像见过泰兴籍作家傅文章先生做了点探考，笔者亦有所研考。与此同时，笔者又有一些新的发现，以为梅兰芳先生的祖籍基本可以肯定就在龙港和马甸一带，后来迁移，那是因坍江所致。

笔者的这一观点源于一篇报道和梅氏族谱，并对一些相关的考证意见做了研究，故而有此结论。2007年，《安徽日报》记者张敬波的一篇报道引起了泰兴市历史文化研究会的关注，在这篇题为《一个梅氏后裔的文化吁求》的报道中，有这样一段话："据考证，现代京剧大师梅兰芳，其先祖梅乾元也是在明初由宣城避居江苏泰兴的。"为此，曾任泰兴市历史文化研究会副会长的高俊源生前回忆，原市第二招待所东侧，接近府前街处，确有一个堂号为"汝南堂"的梅氏宗祠。泰兴市博物馆原馆长赵固平则想起，他有个姑父姓梅，住滨江镇龙港村，姑父的亲戚族人沿江居住的很多，从龙港村向北至马甸的双彭、口岸的龙窝口，至姜堰的大泗、海陵一带均有居住。难道他们与梅兰芳有关吗？经过反复研讨，市历史文化研究会成员得出一致意见，要证实梅兰芳的祖先与泰兴有关，最好的办法是找找泰兴的梅氏家谱。于是，一套编修于1948年的《延令梅氏重修宗谱》终于出现在大家面前。

《延令梅氏重修宗谱》首页记载："（本原公）本居宁国，于永乐年间，值靖难兵起，避居延令西江。"梅氏一支迁居延令（今泰兴）的始迁祖"本原公"叫梅乾元。从谱中不难看出，梅兰芳的先祖梅乾元是为了躲避战乱从"宁国"迁泰的。明初宁国府即现在的安徽宣城市，也就是说，梅乾元是宣城梅氏的后裔。此外，高浚源回忆中的"汝南堂"也得到了间接考证。原来，梅氏并不是宣城的土著居民，宣城梅氏的始祖，是五代时期居住在吴兴（今浙江湖州）的汝南籍人梅远。唐朝末年时，梅远在宣城为官，热爱宣城的风土淳厚，于是定居在宣城，遂为"汝南世家"，"汝南堂"堂号由此而来。从谱中还可以了解到，梅兰芳先祖梅乾元是永乐年间因为兵荒马乱，而迁居泰兴西长江边上的。

那么，具体是哪儿呢？经过仔细查阅资料并深入分析，该地已不存在，早在明代就已坍入江中。《延令梅氏重修宗谱》有这样的记载："（本原公与配何氏）合葬于西江徐家垈，因坍迁厝卞家庄"，意思是不仅梅乾元后裔的住宅地坍于江中，连他们夫妇二人的坟都不得不迁到“卞家庄”。虽然家谱上没有因为坍江导致梅氏家族四散、迁居各处的记载，但从他们各自的墓地足以看出该家族不再定居一处，自明正统、弘治、正德、嘉靖四朝，梅氏“祖茔”分别在李家河、梅家尖、江家楼等处，以后又至城北大马庄、北城浦子河（渡子河）、郭家寨、王官营、口岸东乡戚家庄，足以证明梅氏家族因坍江而四处迁移。

梅兰芳名澜，又名鹤鸣，字畹华、浣华，但《延令梅氏重修宗谱》中，却并无梅澜或梅鹤鸣的名字，甚至连他的祖父梅巧玲、伯父梅雨田、父亲梅明瑞的名字都没有，仅有他的曾祖父梅天材和伯祖梅泰祥出生时间的记载，其他均无记载，这是什么原因呢？

史料记载，梅兰芳祖父梅巧玲八岁就给了苏州江家做义子。江家因无子嗣，起初待梅巧玲很好，后来娶一继室生子后就把梅巧玲视为眼中钉。不久，有一种专买小孩子去学戏的人贩子来到苏州，把时年十一岁的梅巧玲买走并转卖给福盛班做徒弟，从此梅巧玲便走上了学艺的道路。而梅天材、梅泰祥父子估计是因为贫穷，为生计不得不离开泰州老家，远走他乡，从此和家乡族人完全失去联系。所以当梅巧玲满师出来自立门户后，派人去泰州接梅天材来同住时，老家早已不晓得搬到哪里去了，梅巧玲到死也没有找着他的父母兄长。

1948年，梅氏家族修谱，因为梅巧玲有出继江家这一原因，虽然修谱者系和梅巧玲同为长房志宁公的后裔，但出于维护封建族权的需要，加之当时艺人的地位很低，这些修谱者断然将梅巧玲等人“削籍”，不上《延令梅氏重修宗谱》。所幸的是，现在梅氏家族新修族谱时，这种偏见已得到纠正。

由上可知，梅兰芳先生的祖籍与笔者家乡泰兴的确是有着一段剪不断理还乱的关系的，说梅先生的先祖是泰兴龙港地带人也是有据可查、有案可稽的。至于亦说为马甸，那肯定是坍江的原因，后来的被迫再迁移，仍然是源于坍江；不管怎么说，从上面的考证可知，梅兰芳的先祖明代时就已是泰兴人，梅兰芳的祖籍无疑是泰兴，这应该是不争的事实了。

（此文曾发表于《泰兴历史文化》2018年第3期，化用佚名）

# 庄名官沟有来头，细说往事尽乡愁

笔者曾言及泰兴的村庄名多有故事，而且有其基本规律，大多与地形地貌之自然状态、首居姓氏、人文情怀、战争史实，道佛遗典、掌故传说等相关。一些庄名甚至于此颇有几个方面的内涵。比如自然状态，除指田野上的沟、河、湖、港、湾、井、桥、坎、篰、埂、埠等原生态状貌外，还有就是诸如庵、庙、祠堂、楼、园等这一类建筑。这种由空间和地面方位所形成的村庄，约占全部村庄总数的三分之一。

就现时的乡镇名来说，古溪曾名苦溪，除由古姓渔夫在此捕鱼，更因有溪水而得名；分界镇，是原泰兴县与如皋县划分界址时，由村东边的大小界沟而来；横垛镇则由横向的大小垛子而留名；元竹镇出自野竹园和元垛这两个古村名；黄桥镇古志称永丰里，后称黄桥，传说中虽说由纪念黄姓县令所造的黄公桥而来，但毕竟离不开一个桥字；张桥镇则是因由张姓在河上建造一座桥而留名；河失镇取自原老龙河处的河头和失迷（石梅）这两个村的首字；曲霞镇则是在解放后取原霞幕圩、曲水圩两地首字而定；现滨江镇更是出自旧时西濒长江的这一自然环境。

单以水或桥得名的，在原黄（桥）辖区，有官沟、陈家港、鹤脚湾、陈桥、八角井、刘家井、湖头、埠口桥、林家埠、丁桥河、港上、八尺沟、刁家网、桥子头、盐河、阳春岸等。在原印（庄）辖区，有安乐桥、刘家井、杨家湾、长挂口、洋思港、戚家湾、安乐桥、商家井、曹庄埠、莲子荡、木排沟、长流河、张家湾、截河坝、绿涛塘、通江市等。在辅辖区，有北湾、倒石桥、张立荡、桑木桥、马家桥、水洞坝、凌家埠、拐子湾、高家桥、蔡家桥、樊家桥、李家桥、冯三桥、蔡唐桥、渡子河、王垈、井垈、南湖头、北湖头、大孙（生）桥等。在原口（岸）辖区，则又有苏垈、三叉口、张家河、纪家沟、曹家河、曹家网等。

以建筑物实体得名的，有五里墩、蒋家堂、小坟头、七里庵、永宁庵、庙头庄、张家坟、野庙口、碾头庄、顾庄寺、毗卢市、送子桥、香店头、严观音堂、千手观音堂、茶庵、禅师殿、祠堂头、南沙楼、朱家楼、吴家楼、仓房头、戴家窑、歇脚棚子等。

以自然景状而得名的，有东西雁岭（群雁栖息丘陵）、野秦庄（地形似琴，讹化为秦）、钱家荡、张梧桐、孙家花园、黄楝树、梧桐树、殷家坂、小野竹园、杏塘、皂角树、和尚圩、扁圩等。再就是自然状态与战争史实相结合并包含人文情怀的庄名，如今天要介绍的官沟村即官河庄就属这一类。

官沟位于泰兴东门外十五华里处，沿老城黄路边（官路）南近张家营（南宋建营时称朱家营），北邻盐泥场（盐泥村），西邻何家庄，东靠宁通高速公路与姚家岱接邻。据泰兴新编县志记载，明万历二十五年（1583）有官沟，清康熙二十七年（1688）增有桑木桥（桥南桥北），雍正二十五年（1747）至今发展成为六十个村庄，属十里甸管辖。

查阅该村《马氏族谱》文序记载，马氏先祖一世士英公至元乙亥年（1215），本籍河南贸易至泰兴城东封家庄开基创业而居（本族二世分支官沟）。查阅本村《周氏族谱》文序记载，其先祖修公周王府建康贵族，大明永乐之初（1404）燕兵南下，征伐四起，本族修公避之苏州，居民流窜，不忍燕兵蹂躏之苦渡江而北至延令邑至东城之外，官路边（老城黄路）择于里土名官河庄（官沟）创业而居，至今已有六百多年历史。查阅本村徐氏族谱文序记载，徐氏原系姑苏阊门，宋元时期赫赫之家声，大明之初，因干戈之故，始祖福安公渡江而北避邑泰兴城东失迷庄而居，因城东有良田百顷，令子孙以耕读传世，氏族六世分支官沟开基创业，康熙年间（1662—1722）徐氏大纲（字伦玉）曾出任扬州知府，年老返乡择同族于徐家桥定居，安享晚年。

据《泰兴县志》略记，南宋时，岳军曾在泰兴东建有李家营、杨家营、朱家营（张家营），隶属镇江卫，朱家营为第一所。官河庄始建之期，按《马氏族谱》记载，始建于1215年，距今800多年；按《周氏族谱》记载，始建于1404年，距今600多年；按《泰兴县志》记载，明万历二十五年（1597）有官沟，至今有420多年。官河庄到底建于何年，有待查证。

其实，官沟村早年历史之鉴，滩涂之地，东临大海，芦苇丛生，是飞禽走兽的栖身之地，曾遭海盗倭寇掳掠于此。1972年，本庄南兴修水利，曾挖到一些几米长的圆木头和一只麋鹿角，水利工程员周余先拿回作为高级药材施舍本村一妇女治好了久病多年的乳腺毛病。其时，农业学大寨，改造大自然，整田平地高潮时期又有了新的发现，在挖掘老城黄路沿线的高坡坨子田时挖至80厘米以下沿线1000余米宽，在三四米之内挖有大量的碎砖石头朽木杂物陶缸陶罐等物，似古城遗址，古城北侧田里发现了8口古井，井砖弯弓形还带有砖隼，有的井中还有水，被生产队猪舍使用多年，遗迹还能寻到，更奇怪的是在北侧田里挖到了一些蛋壳，实感好奇。由此被发现的历史古迹推测，东西沿公路的古城遗址应为南宋岳家军驻军朱家营驻建的城防工事。站岗放哨，瞭望敌情，工事北侧是岳家军练兵之处，每一口井证明是一处伙食房供军所用。

官沟河从张家营往北穿越古城防工事一直通往老龙河，南宋岳家军为了军中运输，拓宽河床，疏浚淤泥，在河东岸建有码头一座，故名“小码头”，是军中漕运水道，军为“官”也。军人疏浚拓宽非民之工程，故名为官河（官沟河），故而有了这条河而得官河庄名。在小码头东出口处，有一田块名为营内，东出口近一千余亩地在南宋时也曾是军营使用；这块地后成了民宅。小码头因何闻世?《周氏族谱》记载，雍正年间（1723—1735），先祖去世，葬于小码头西南向，归宗入祖坟。官沟人称小码头是块凤凰地，是因清末后人入祖坟时，两只野鸡由官沟河东飞向西南方向，于是乎斯地斯人皆云小码头是块凤凰地。

官沟河是官沟村中间的一条主要河道，村中间有两条东西河由东向西横穿官沟河，流向小何家庄（东西河古无河名）。官沟村建村伊始，倚东西河床相向而建，大门到河床近二十米左右，每二室户留一条巷子、建一座木桥，供村民南北通行，即称河南河北。在官沟河上架有大木桥一座（称桥东桥西），大清以后外来姓氏来到该村定居，即成了前庄后庄。民国初年，桥东马氏住户增多，村内宅基不能建造，就从桥东往北约一华里处新建有十几户马姓住户，后称“马家荡”。荡子虽小，可在抗日战争和解放战争时期是区游击队的活动之地，原姚官乡乡长马金生出生于马家荡，解放战争时期与敌交锋，在官沟西头光荣牺牲。

大清至民国年间官沟已形成了两条半边街。明代中期在官沟西头建有大平庵古寺一座。中三间内供观音菩萨和地藏王菩萨。僧人二十余名，僧田八十余亩。僧人圆寂后葬于庵西墙外，至今尚有十三座僧坟于地下，1940年古寺被日本人焚为灰烬。

民国二十三年（1934），周氏集资在官沟前庄购地二亩建周氏宗祠一座。后被日伪拆去围墙厢屋，于姚家岱筑了碉堡三间；抗战胜利时分赐于东瓦匠两间，翻身委员耿荣山一间。自道光、光绪年间该村周氏曾有五户大家良田百余亩，可谓本村之富翁。道光年间十年九荒及光绪年间朝政不稳，加上富家子弟奢侈吸鸦片等原因，逐步衰落。本村的中等人家，仍以农为本，慢慢度过灾荒之年。该村桥东马氏、周氏以开糟坊养猪为起点，家产越盘越大，可算得上官沟之强人，民国初年本村流传着“文老山就爱得钱和周荣芝家的田”。

酿酒并非糟坊坊主一人赚钱，而是全村农户都被调动起来，加入酿酒行业，形成一个酿造整体。酿酒户的宗旨：养猪守本分，酿酒求翻身。当时糟坊有十五个坊主，产出白酒的销路可是件大事。因那个年代不懂得贸易这一商业规律，只知道用能装四五百斤的大缸将酒存放家中等客上门收酒，村民不敢私自将酒卖到酒行，一旦酒到了酒行等于放了脱线风筝，拿不到现银圆，买不到高粱，等于自行关闭加工交易，由此该村有文化懂经营的有识之士当上了经纪人，有银之士当起了酒贩子，贩酒者都是该村有头有脸人家的后代，酒到他们手上庄上的人比较放心。虽说几经周转，酿酒人赚得不多，但按经纪人的指定地点将存货销出去，酿造这盘水还是活起来了，停产的危机相继得到缓解。民国十二年（1923）该村邱氏在广陵镇办了酒行，规模颇大，又临靖江交界处交通方便，凡是到他行的酒资金返回快，加上诚信度高，从此该村每天都有两千斤酒送到广陵镇邱氏酒行。高粱酒都销往上海滩，由此缓解了本村酒的库存，同时邱氏又介绍姜堰粮食货栈的老板到官沟洽谈高粱生意，互惠互利。各个糟坊掀起去姜堰推高粱的高潮。每天都有十几桶独轮木头小车子吱吱嘎嘎地从姜堰曲塘推回高粱，全村一片繁忙景象。去姜堰运粮户都是二十上下年轻力壮的小伙子。他们把车辫子往肩上一套，随口唱起自编的“东方发白天刚亮，要去姜堰推高粱”的小调，就推着独轮小车上了路，相互追逐十里以外，年复一年往返走了几十年。

官沟村当年除了酒坊，还有碾坊六户、油坊九家、粉坊二十几家、染坊四家。油坊兴起吸引了从扬州进来的徽商。徽商见到本村油坊之多需要黄豆，便到淮北贩黄豆来此兑换豆油，兴旺三十年之久。自光绪年间该村就成了东门外农工商品集散地，凡贸易经商者到了官沟拿出各家的商品与经纪人见面说明情由，没有不成交的。因此就留下了“臭肉烂猪头，卖不掉上官沟”这句口头禅。

官沟这块土地上的始建三大姓氏有官宦王府之后、家产万贯之祖、贸易生意之家，从大清至民国末年，各类作坊手工业商业处于鼎盛之年，这些自然离不开该村对文化教育的重视。光绪年间该村出秀才一名，由此为本村私塾奠定了基础。清末民初办有私塾三所，后发展成八所。周围村庄的适学儿童均来就读，外庄人都称“官沟文人多，书法写得好，对子对得好”。

该庄一位中医为民治好了难医之症，请私塾耿先生写了一块“妙手回春”四个红漆大字的匾挂至其正屋上方，传至现在。同治年间杨家营一女嫁官沟，联姻红帖子上写了一副对子，上句“官沟官沟里有水，何谓官沟？”（泰兴方言将“天旱”之“旱”和“水干”之“干”都读为“guan”，即“官”音，故这里以谐音用了“干”意）；耿老先生即以墨涂之“杨营杨营营中无兵，咋称杨营？”

1940年，官沟办起了第一所泰兴县立官沟初级小学校，村民集资建了五间校舍，由周懋官任第一任校长，抗战期间学校教唱“只有血，只有铁，只有热水救中国”等抗日救国之歌。1948年，在原初小的基础上建立了泰兴县官沟小学，高年级多名学生进入了泰兴中学。1950年抗美援朝该村周振和报名参加了志愿军，参加了抗美援朝，屡立战功，1953年转至兰州铁路局任党委副书记、书记。1952年毕业泰中的徐连山公派留苏三年，回国任黄河机器厂高级工程师。1956年毕业泰中的周子寿考入清华大学，毕业后任清华副教授、教授，为“九大”代表。该村有四名博士，两名留美回国任复旦、交大教授，两名就职于国家高科技单位。目前仍有四名博士生两名硕士生就读于国家重点大学。

另外，官沟还是“鹞子”（风筝）之村。清光绪年间马氏先祖在该村自创发明了九串铃风筝，高度足有3.5米左右，风筝上有8个通风窗，系有各种型号不同的风铃，风筝上了天，风铃随风而响，高中低音悦耳动听，传至十华里之外，空中九串铃却仅有18厘米大小，在空中翩翩起舞，堪为一绝。由此开始，官沟马氏又扎起了蜈蚣鹞、蝴蝶鹞、清明鹞、八角鹞、晾日子鹞（月亮鹞）。那时，有80%以上的儿童青年都参加放鹞子，到了官沟，几百只鹞子密布空中，让人叹为观止。风筝直至20世纪60年代才逐渐消逝。现在看来马氏风筝应算首创之文化，自清光绪至今已有200年历史，实在应为官沟村的风筝文化遗产。

1940年至1945年期间中共泰兴地下党组织负责人何同伦在本村前庄公路北侧东头第一家设立地下交通站，东有姚家岱据点，西有小何家庄碉堡，唯官沟是地下党可南北通行之通道。任命徐永官为地下党交通员，收集敌情，监视日伪行动，按指定地点和时间将情报送于三十亩三窑头第二窑门左上角一块砖缝内，按其情报在姚家岱西首偷袭日伪军，最后击毙了两个日本兵，后伪军逃至据点。1943年，中共城黄区委地下党负责人黄云祥同志到本村组建由区委领导的民兵组织十人，民兵组织成天活动在日伪眼皮底下，利用好本村的地理优势晚上割电话线挖公路，破坏其官沟段的公路交通，埋地雷并监视伪军和乡保长在本村的活动轨迹，特别在国民党破坏了国共谈判期间从黄桥至泰兴近五十华里筑了土城防的土城墙，阻止我军南下，城黄区委一声令下，一夜之间夷为平地，敌人疯狂到龙河北“扫荡”，被本庄自卫队堵阻在东凌家埠，缴获机枪一挺，活捉两个匪自卫队和匪保一人、富农一人，当夜枪毙三人，释放一人。1948年夏秋之交期间泰兴城的匪军下乡“扫荡”围堵本村游击队时，姚官乡乡长马金生光荣牺牲，同年年底伪军疯狂“扫荡”本村导致两个翻身委员光荣牺牲。1948年春天，本村游击队接受区委命令配合据点内的地下党负责人姚德生半夜从据点东北角剪掉铁丝网，活捉了哨兵两人，第二天凌晨姚家岱据点被解放。1949年1月本村游击队配合城黄路打援战争负责供给埋伏在村后独立团的伙食，沿城黄路站岗放哨，下午打援的号声一响，把敌人从官沟夹至失迷这一段，消灭二三零师敌人三千二百余人，缴获山炮轻机枪等武器。自抗日战争至解放战争直至西南剿匪和渡江战役，本村参加新四军的三十五人改编成中国人民解放军，参朝作战志愿军。两名属区县委领导的游击队十人共计四十五人。十五年的战斗中光荣牺牲烈士四名，载入官沟村革命历史史册。

官东官西原系两个村，行政体制合并后为新的官沟村党总支委员会，几年前党支部重新修订了新的发展方案，2013年底，官沟村告别了古式七架梁瓦屋和两条东西半边街的建筑结构模式，一排排三层小洋楼呈现在世人面前，各家各户的三轮电动车取代了吱吱嘎嘎的独轮小车子，电动摩托车成了上班族的专用交通工具。各类中高档私家车百余辆穿梭在村前屋后，自身带的录放机成天唱着民间小调在村间田头回荡，陶冶着中老年人的道德情操，从田野到村间的水泥路旁栽着各种行道树，夏天蝉儿高唱，春天鸟语花香，使人心旷神怡。

该村地处现在的环保工业园区，境内三条由市区到高速公路的双车道道路横穿本村，其中两条穿越本村直通省道。村北有一处人工湖，亭台楼阁，曲桥溪水，更是村民休闲的好去处。如今，一个美丽的新官河庄正呈现在世人面前。

## 银杏之乡银杏村，中国银杏第一村

“蓦看银杏树参天，阅尽沧桑不计年；汉柏秦松皆后辈，根蟠古佛未生前。”这几句诗记不得是哪位诗人写的了，说汉柏秦松都是银杏的后辈，可见银杏生存历史的悠久。据考，银杏在2.5亿年前的侏罗纪时代就已经扎根于世界之中，在科学家的眼里，它是名副其实的“活化石”呢。这种珍贵的活化石，她的家乡在哪里？她的家乡就在泰兴！

泰兴是“银杏之乡”，泰兴的宣堡镇是“中国银杏第一镇”，泰兴宣堡镇的“银杏村”则是“中国银杏第一村”。虽然在中国称为“银杏之乡”的地方有六处，分别是江苏省泰兴市、江苏省邳州市、湖北省安陆市、山东省郯城县、广东省南雄市、浙江省长兴县，但是只有泰兴的古银杏树、银杏树移栽数、银杏果生产量、独有的大佛指银杏果质量等均居全国各地之冠，由此而赢得了中华“银杏树第一市”美名。现阶段泰兴银杏树生产量约占全国总生产量的三分之一。1995年6月，全国人民代表大会常务委员会副委员长田纪云为泰兴市题字“银杏树第一市”；1996年春，国务院发展研究中心市场经济体制研究室在全国各地“中华之最”评比中，授予泰兴“中国银杏之乡”头衔。

据《泰兴县志》记载及有关专家论证，银杏栽培历史已有1400多年。现有500年以上古银杏121株，其中千年以上的12株。笔者所知的泰兴古银杏最出名的有7株，这7株银杏株株都来历不凡，都各具故事颇有传奇。它们分别在泰兴三阳村、泰兴凤凰天公园、泰兴顿车村、泰兴古银杏森林公园和泰兴宣堡镇的银杏村。

三阳村的古银杏雌雄同体，内有乾坤，相传是刘伯温发现此金沙岸之地是龙脉要穴，便从别处移栽来这株奇特的银杏树，以镇龙地。这株银杏所结之果正是标准的大佛指，人食之能治病强体，当地老百姓称之为“仙果”。据传，在栽植此树时，刘伯温还留下石马、石狮守护。后经战乱、时代更迭，石马、石狮不见踪影。所幸此树至今还在，石狮也从河里找到，石马也找到了一匹，另一匹仍在继续寻找中。

凤凰天公园的那株银杏因形似凤凰，其主干像凤凰向西南昂首眺望，其他分干则似翅似尾，故又名“凤凰树”，相传也有千百年树龄，其美传，笔者另有专述，故在此不再详叙。顿车的古银杏，据说其围甚大，几人都合抱不过来，可以环树顿几部推车（亦说树洞里可顿车），让人休息，顿车的庄名正是来源于此。遗憾的是此树后来毁于战火。泰兴古银杏森林公园里的两株千年银杏，雄的一株当地人称之为“银杏皇帝”；雌的一株则称之为“银杏皇后”，其传说与当年岳家军在宣堡抗金有关，笔者亦有专述，当同样不再赘述。

还有两株就是“中国银杏第一村”——泰兴宣堡镇银杏村里的古银杏树——“聚仙峰”和“步云塔”。

“聚仙峰”坐落于宣堡镇银杏村六组，相传树龄逾千年。树中心主干高约30米，干周长约7米，冠幅20米，由于主干历遭雷击，其顶部枯朽，好似剑山刀锋。其根须部再生银杏树3株，同根合抱呈现出公孙同座景象，其景如诗如画，情似神仙聚会。该村居民以树冠名，先树后庄，人称“银杏树”庄。又说该树是龙的化身，相传有一年洪水泛滥，雷电交加浑浑噩噩之际，有一条水龙从云端降至古银杏上，盘踞树冠，龙头远伸数十米外港河里帮村民吸水消灾（称之为龙汪）。从此，村民们为祈求神灵保佑，将这柱形似山峰、犹如神仙聚会的古银杏称为“聚仙峰”。此树因而被善男信女奉为“神树”，每逢传统节日，树下鞭炮声此起彼伏，瞻仰拜祭者云集树下，善男信女多达数千。

“步云塔”坐落于泰兴市宣堡镇银杏村三组，又名鸭脚。该雄树相传近千年，以独立主干成势，中心主干高约40米，周长5.5米，冠幅30米。与树伴衬的是“复兴庵”（位于东侧），先祖拜树为神，又续建庙。该自然树以曹氏为主护，当年暴发特大洪灾，沿江难民迁移在该树下，只见数以千计的白鹭云集树上，美似一座白色宝塔，其景壮观可嘉，故称为“步云塔”，并慢慢流传开来。

说到曹氏，就不能不说一下这里的德卿塔。这是一座八角玲珑塔，塔高8米，占地20多平方米，建于清朝时期，是村民为纪念当时的盐场大使曹德卿而立，新中国成立后曾多次加以修缮，距今已有百年。据史料记载，清朝初年，曹德卿受命扬州盐府担任宣堡地方盐官，并在此定居。目前，曹氏家族在银杏村定居已有24代。德卿塔位于宣堡镇银杏村（原曹家河村）曹沈三组，因塔下葬有清代康熙年间（1662—1722）盐通御史曹德卿，故名。塔于20世纪60年代“文革”中被毁，20世纪90年代初在原址复建。塔后有曹德卿后人栽百年古梓树一棵。

银杏村是泰兴的千年古村落，200多年前这里曾是舟船繁忙的码头，祖传号称此村落为船地。村落银杏资源丰富，遍布民居周围，有古银杏群落9处，位于宣堡镇银杏村东侧，东临两泰官河，与曹家河隔河相望。新发展成片银杏林7处，其中千年古银杏树2株、五百年以上古银杏树108株、三百年以上古银杏树140株、百年以上银杏树510株，有一株五百年以上的古梓树，古遗迹有德卿塔1座、武进士墓1座、复兴庵1座、宋元古军井5口，可谓文化底蕴深厚，称之为“中国银杏第一村”可谓名副其实啊！

银杏村里说银杏，人们都说银杏果是白果，银杏叶是鸭脚，银杏树是公孙树、子孙树、摇钱树、平安树、生态树、缘分树、礼仪树、万世树。在“银杏之乡”的泰兴，早就流传着美丽动人的“银杏仙子”的传说。据说，这美传的来源就发生在泰兴宣堡的银杏村。相传很久很久以前，银杏村里的人们一直过着男耕女织的幸福生活。忽然有一天来了一只蝙蝠精，它偷吃家禽家畜、残害孩子。观音菩萨知道后就派银杏仙子下凡为民除害。银杏仙子下凡后化作一棵银杏树，用银杏治愈了全村乡邻，并且在与蝙蝠精斗智斗勇的过程中，和村里的青年金泰产生了情愫。为了能使善良、幸福永驻人间，他俩甘愿化作雌雄两株银杏树，根相连、枝相接，造福子孙后代。

银杏是吉祥之树，在千万种树里，泰兴选择了银杏；在无数个地方，银杏选择了泰兴，这是泰兴的幸运。因此，银杏作为泰兴的“市树”是理所当然的，作为江苏的“省树”也是不二选择，作为中国的“国树”也是绝对有资格的。呵！银杏村人应该骄傲，更应该为建设美丽的乡村而奋斗！我们所有的泰兴人都应该骄傲，都应该为把“银杏之乡”建设成一个美丽的大花园去踔厉前行，奋斗不息！

## 桑梓方言堪称奇，更有奇俗村黄西

滚滚长江东逝水，岁月上溯三千年，彼时镇江、扬州一带无异今日之吴淞口，江水由此奔海；烟波浩渺的海面上奔腾着汹涌澎湃的广陵潮，潮水冲积，江沙不断沉淀，江海于镇、扬东面正孕育着一不凡之地——泰兴。到了两汉时期，泰兴东部、北部地区终渐成陆，且相继出现了济川、柴墟、东阳等繁华小镇。特别是位于江、淮、海三水交汇之处的济川镇，更成为“贾舶商帆多由此入”的水陆码头，于是乎，魏文帝曹丕临此而留下了千古名篇《济川赋》。

如果问，泰兴人的祖先是从何时何地而来？那么大致可由这篇《济川赋》推断，自两汉时期泰兴这块土地从江中横空出世起，泰兴人的祖先即从北方迁徙到这里来了，并因此而产生了泰兴本土独特的方言。泰兴虽与泰州、泰县（现泰州姜堰区）相邻，并统称为“三泰”，但本土泰兴方言却与泰州、泰县的方言有很大的区别。本土泰兴方言卷舌音很多，即使泰兴城里人的所谓平舌音，也多有点“咬舌子”的味道，而泰州、泰县，包括相邻的大丰、东台、海安、如东等地的方言都是没有卷舌音的。没卷舌音，这和苏南方言非常相似；而有卷舌音，则一般是以北方人为主的。

桑梓泰兴，人们多称呼外公为“婆姥姥”，这个称呼和北方人称呼外婆的叫法是非常相近的，且非常奇特，恐怕是国内唯一的这样的叫法了。同时，泰兴人还有一个独特的饮食习惯，那就是喜欢喝粥，这也与北方人的这一习惯相似，只是泰兴人后来将粥发展成自己更爱喝的——有“泰兴咖啡”之称的独特的元麦粯子粥与大麦粯子粥罢了。

由此可知，本土泰兴的先民首先应该是北方人，因为当时曹魏已统一了北方，三国鼎立的局面早已形成，北方人随征来泰兴完全有了可能，后来自然又有了东西南北许多地方的移民陆续迁徙到此，尤其是明初从苏州阊门和山西洪洞来了大批的移民到泰兴，从而使泰兴的本土方言兼收并蓄而更具有了其独特性，且形成了以北方卷舌音为主，兼顾吴方言和江淮方言的独特风格。

这里试举几例。其一，与时间有关的方言。辰光（时间、时光）、早更头嘎（大清早天蒙蒙亮的时候，拂晓）、八大老早（很早）、晏咯啰（晚、迟）、早起（早晨）、小日中（接近中午）、日中（中午；又有“中饭”之意，例：快点家来吃“日中”）、老日中（中午偏后）、晚着嘎光阴（晚茶时辰，中、晚饭之间吃小餐的时候，下午三四点钟，泰兴人称这个时候吃小餐，叫吃晚着）、捙散暗（黄昏前）、夜上（夜里，天黑以后）、新近头里（春节至元宵节期间）、清明脚下（清明节左右。另有“端午脚下”“月半脚下”等说法）、腊月黄天（腊月）、年脚下（临近春节）、初头嘎（农历每月初的几天）、昨朝（昨天）、夕子（又称先子，即前天）、夕夕子（大前天）、庚朝（今天）、门朝（明天）、后朝（后天）、外后朝（大后天）……

其二，与亲属名称有关的方言。老爹（又称老老，即祖父、爷爷）、奶奶（祖母）、爹爹（老子、父亲）、大大（又称大嬲，即伯父）、牙牙（又称奄嬲，叔叔）、嬷妈（伯母的统称）、大妈（大伯母）、二妈（二伯母）、襬襬或孃孃（姑母）、姑爹（姑母的丈夫）、姨老爹（父亲的姨父）、姨奶奶（父亲的姨母）、婆老爹（亦称婆姥姥，即外祖父）、婆奶奶（外祖母）、舅老爹（父亲的舅舅）、舅奶奶（父亲的舅母）、舅子（妻子的兄、弟）、亲翁（亦称亲家公，子女爱人的父亲）、亲家母（子女爱人的母亲）……

至于泰兴人特有的方言——杲昃（即东西，日出为杲，日落为昃，故有杲昃之称；亦称杲梓）；釜冠（锅盖）；上苏州（睡觉）、圬蒴（原指给蓄养牲畜睡的地方上的干细土，引申为脏、乱、差；泰兴人的方言“酸粥”也有这个引申义）、搞沫（胡说的意思）等等，就不一一去列举了。

这些方言无不体现了泰兴人豪放质朴的性格，同时也说明其母语正是来自北方方言区，并随历史的发展而发展成多元的具有独特风格的泰兴方言。

说罢桑梓独特的方言，再说桑梓有一个村的独特年俗。我们知道，在中国，人们在旧年的最后一天，也就是除夕，有守岁的习俗，守岁从吃年夜饭开始，年夜饭要慢慢吃，可以一直吃到深夜，迎接新一年的到来——正月初一，春节过大年。然在我们泰兴有一个村却偏偏不是这样的，这个村就是泰兴市原马甸镇的黄西村（现隶属泰兴市滨江镇）。

当全国人民都在除夕夜放鞭炮，吃团圆饭守岁时，黄西村的人们却和往常一样劳作；直到大年初二，男女老少才穿上新衣服，欢天喜地地过年。黄西村人把正月初二定为辞旧迎新的日子。这是一个特殊的民俗，个中自然有来历传说。

泰兴黄西村又叫黄家西庄，因为泰兴有两个以“黄家”命名的地方，一个在泰兴东面的黄桥、河失，位于老龙河畔，由十三个半园子组成，统称“黄家溪”（因为黄家溪是老龙河经过的地方，老龙河河流弯弯曲曲，形成了十三道弯，即十三个道子，故黄家溪有十三个半园子）。一个在西面，为了区别于东面的黄家溪，这西面的黄家庄便叫黄家西庄。以姓为地名固然是常见的，但黄姓更有其独特的一面，因为古时有“黄国”，公元前648年被楚国所灭，黄国人为了使子孙后代将来知道自己身世，便在自己的名字前加上“黄”字，所以史书上称黄姓人是“以国为姓”，同样我们也就不难理解泰兴这两处之地因黄姓首居而以“黄家”命名了。

相传清乾隆三十八年（1773），黄家的老祖宗黄氏兄弟从姜堰（泰县）挑着箩担，逃荒至泰兴李秀河小镇西头的一块地方，搭棚落户，乞讨为生，日子很艰苦。大年初一这天，黄氏兄弟外出拾草，在坟边挖草时发现一个坛子。兄弟俩打开坛子一看，惊呆了，原来坛子里面装满了白银。穷苦的兄弟俩从来都没过过年，他们怎么也没想到会时来运转，意外地获得了这么多银子。兄弟俩把坛子搬回家，大年初二，二人就到李秀河镇上去，把过年需要的吃的用的买全，回家放鞭炮，设席守岁，从此，兄弟俩就把初二定为守岁的日子。

年后，黄氏兄弟又因好心安葬了地藏王庙的和尚而得到了很多金银财宝，他们就砌房造屋，娶妻生子，从此人丁兴旺，逐渐发展形成了现在的黄西村。后人不忘老祖宗是在初二发迹的，于是将初二守岁的习俗流传至今。泰兴黄西村独特的年俗，即使在全国，也可能是独一无二的。

现在，黄西村大年初二守岁，已作为泰兴的非物质文化遗产来传承了。呵，伲泰兴真是个不凡之地呢，不仅有奇特方言，有奇特村俗，还有独特的美食、不凡的人，有机会笔者将向各位看官一一道来。当然一方水土有一方文，一方水土养一方人，各地都有各地的地方文化，正是这样的地方文化才汇成了我们伟大中华民族灿烂的文化，才使我们为之而自信，为之而骄傲！

# 龙河腾蛟

## 卷下

## 泰兴名贤上溯古，居首当是潘及甫

潘及甫是北宋庆历二年（1042）的进士，系泰兴有历史记载以来从政的第一人。出生于泰兴的潘及甫，曾师从理学先驱“宋初三先生”之一的“安定先生”胡瑗。据说潘及甫严立学规，以身示范，要求家庭成员知礼奉法，许多官员及后辈书生都奉他为楷模，故有“百官楷模”之称。最值得后人颂念的是，潘及甫和他的哥哥潘希甫一门两代共出了八个进士，在泰兴史上绝无仅有，为泰兴“开科第一”。直至今日，在泰兴博物馆布展的名人馆内，他的画像常被人们静静地瞻仰，许多家长带着自己的孩子到这里多直奔潘及甫画像前，以希望孩子能效仿潘及甫，在学业上有所成就。

据《延令荣阳堂潘氏族谱》记载，潘及甫，字宪臣，泰兴荣阳堂潘氏家族的第六世孙；这支潘氏家族的迁泰始祖名叫潘肇元，五代时就从静海迁居到泰兴城北柴墟遵化乡。出身寒门的潘及甫，十分重视学业。北宋仁宗年间，理学先驱、教育家胡瑗在泰州、苏州、湖州的名气已经家喻户晓。在胡瑗50岁时，他接受宰相范仲淹同年好友腾宗谅的聘请，去浙江任湖州州学教授。潘及甫正是此时怀着对一代宗师胡瑗的崇敬之情，专程负笈赴湖州拜师求学的。

胡瑗见潘及甫衣饰行李虽然寒碜，但眉清目秀，气宇轩昂，落落大方。他当即从《礼记》《易经》《春秋左传》中各选了两题问之，潘及甫一一作答，出词吐句温文尔雅，谦恭有礼。随后，心中颇喜的胡瑗以“颜子所好何学论”为题，让潘及甫再作一篇文章。潘及甫思索片刻后，便挥笔疾书写好一篇洋洋洒洒的文章送到胡瑗手中。胡瑗阅后，赞之曰：“非诸生比也！”立即决定让潘及甫插班学习。潘及甫“插”的不是“普通班”，而是湖州州学的“重点班”——经义斋。

当年胡瑗在湖州首创“分斋办学”，特别是他提出的“文武兼资”“通才与专才兼顾”“一人专治一事又兼摄一事”，与我们现代科学教育承认主修一门，并可兼修一门至二门，毫无二致。其中治事斋主要是培养技术人才，分设专科“如治民以安其生，讲武以御其寇，堰水以利田，算历以明数”，学生可主修一科，兼修一科。而经义斋，则是特选“心性疏通，有器局，可任大事者”，为国家培养栋梁之材。潘及甫入学后，十分珍惜这来之不易的机遇，“凡有疑而未判，与所缺而未知者”，必向恩师请教。胡瑗对这位来自家乡的弟子更是悉心辅导，有时“极意讲论，自昼竟夜，殆忘寝食矣”。半年不到，潘及甫学业大进。胡瑗很看重这个弟子，常在众人面前夸奖他。他在授课时，讲到《易经》中“君子以自强不息”，就曾以潘及甫为例，赞其“终日乾乾，反复道也”。

欧阳修所撰《胡安定墓表》云：“先生讳瑗，字翼之，姓胡氏。其上世为京兆（即陕西安定堡）人，后为泰州如皋人。”故当年，胡瑗得知潘及甫乃海陵（泰州）之延陵人（泰兴人），尚未婚配，又见潘及甫这般有才，由此特意将小妹许配给了潘及甫。胡家小妹是海陵有名的女才子，不仅品貌双佳，诗赋俱通，亦善琴棋书画，曾有多少官宦子弟前来求亲均吃了闭门羹。潘及甫虽是寒门学子，但胡家小妹亦心仪其人品和才华，愿与潘及甫结为秦晋之好。潘及甫喜出望外，非常感谢恩师的青睐。“胡瑗择贤嫁小妹”，在湖州、泰州等地一时传为佳话。

庆历二年（1042）春，年轻的潘及甫与哥哥潘希甫一同赴京赶考。“壬午科”会试由礼部主持，实行全封闭的“锁院制”，考卷糊名誊录，朱卷评阅，选拔的贡士参加殿试。殿试后分“三甲放榜”，一甲赐“进士及第”；二甲赐“进士出身”；三甲则赐“同进士出身”，只相当于进士。潘及甫兄弟二人因成绩优异，被一同列入一甲。潘氏“一门双进士”的消息传回柴墟后，顿时轰动全泰州。而此次“壬午科”也可谓人才济济，同科进士一甲第四名的王安石，后来成为北宋一代名相。

潘及甫登进士科后，走上了从政之路。初任海州怀仁（今山西怀仁县）县尉，后任袁州宜春主簿、筠州（今江西高安县）通判；不久，他升任分宁（今江西修水县）知县。因政绩显著，嘉祐年间（1056—1063）升为著作佐郎、寿州霍县知县（今安徽霍邱县），后又任寿春（今安徽寿县）知县。潘及甫在“七品芝麻官”的任上一干就是二十多年，官职虽小，但他每到一处都尽心尽力做好任内政事，兴水利，办学堂，除弊端，护黎民，泽被后世。潘及甫非常崇拜范仲淹，他为官的信条是“忠言嘉谟”，即要像范仲淹那样“拥有忠恳的言论，卓越的计谋”，为百姓造福。在江西的分宁县执政期间，潘及甫亲临工地身先士卒，带领老百姓兴修水利，疏通河道，建堤筑堰，既排除了水患，又灌溉了农田。他倾注心血主持修理疏通的这条河道，就是现在江西的修水河。后来“分宁县”便改名为“修水县”，可以说这是当地百姓对潘及甫先生的最好纪念。在安徽霍县，他的事迹更为感人。淮河流经霍县，水患无穷，老百姓深受其害。他一调任霍县便深入民间，问计于民，商讨治理淮河的具体方案，并立即付诸实施。在治理淮河时，他曾病倒一个多月，不等病愈，硬是拖着病体又来到淮河工地上，与民工们住在一起，风餐露宿，亲自带领民工挖河道，筑堤岸。在潘及甫身先士卒的带领下，霍县治淮工程很快就竣工，化水害为水利。

据史料记载，潘及甫在任期内，政绩显著，他带领老百姓治理修水、淮河，很快就见到成效，分宁、霍县两地的农业生产得到较快的发展，深受百姓称道。嘉祐年间（1056—1063），潘及甫还为家乡泰兴悄悄做过一大善事。有一年，泰兴发生水灾，滨江一带田地均被江水淹没，颗粒无收，百姓生活困难，无力交粮纳税，然而掌管泰州钱粮征收的转运使，却不顾百姓死活，天天派人催缴秋赋。泰兴县令汪縠审视灾情后，根据实际情况，豁免灾民全部秋赋，并组织赈灾。转运使知道汪縠免赋赈灾的消息后，大发脾气，仍然下发文书，催索赋粮。后来，家乡来人把此事告诉了潘及甫，潘及甫立即呈文上疏。朝廷知悉泰州灾情后，便召回转运使，派龚鼎臣为安抚使，至泰州各县调查灾情，安抚百姓。汪縠后来受到了朝廷嘉奖，泰州沿江各县的秋赋连同陈欠均一并免征，乡民如释重负。王安石曾在考核官员时，对潘及甫的鉴定是“选于吏部久矣，皆能以才自备，为在位者所称”。

治平元年（1064），宋英宗“召近臣择师以教宗室”，潘及甫“被召为忠正武昌郧国公三院教授”，因母亲病逝“丁母夫人忧”而未行。潘及甫守丧期满，迁任寿春县令。他关注民情，兴利除弊，倡导教育，深得民心。一次，“近郭有杀人取财者”，他洞察案情，火速破案缉匪，“杀人者其党十数，应时皆获，吏民叹以为神”。潘及甫任满赴京时，乡绅、雅士、老少夹道相送，依依难舍，情景感人。

潘及甫为官清廉，生活极为俭朴。宋代的官员大多讲究修饰打扮，服装华丽。潘及甫除规定场合必着官服外，平时均穿布衣，过着极其“低碳”的生活。《（光绪）泰兴县志》记载：及甫“不修边幅，毋乃舛与”。这是说，潘及甫服饰简陋，不修边幅，反而让人敬佩，不肯错过与他结交的机会。为什么呢？因为潘及甫“宏道高致，希风申穆”。在众人眼中，他是高人异士，品行高尚，学识渊博，加上“器宇宽洪，言辞倜傥”，有特殊的风度和魅力，当时的贤士大夫乐于与之交游。潘及甫的子侄进士及第后陆续走上仕途，但都涉世不深，不谙为官之道。他对这些春风得意的后生们说：“潘家世代住在水乡，喜欢的就是清清水。潘字三点水，为人，上善若水；为学，大智若水；为官，廉洁若水。”“廉之若水”典出《晏子春秋》。齐景公问晏子：“廉政而长久，其行何也？”晏子对曰：“其行水也。美哉水乎清清！其浊无不雩（污）涂，其清无不洒除，是以长久也。”像水那样，涂除尘垢，才能永远保持清明公正。

潘及甫率先垂范，廉洁奉公。他仕途的后期，担任过“屯田员外郎”，这是中央官吏中的要职，主管军垦农场的钱粮大权，他“一尘不染”。他最后任江州（现为江西省九江市）通判，授左朝散郎。宋代通判，以文臣担任，地位略次于知府，但掌握连署州、府公事和监察官吏的实权，号称“监州官”。江州是富庶之地，潘及甫俸禄不低，却入不敷出。可谁想到，这位高官退职告老还乡，居然是两袖清风，空空如也。他平时的积蓄去哪儿了？一是用于购置书籍。潘及甫“未尝一日去书不观”“处则充栋宇，出则汗牛马”。回乡时，随行物品中最多的就是一箱箱书。二是用于公益慈善。他任地方官时，忙于修水利，办县学。有时资金不足，他连自己的“老本儿”也贴进去了。三是用于接济亲友。《（康熙）泰兴县志》记载：“对亲族中之贫、寡、孤、幼者，及甫都能以恩待人，收容抚慰。”他的一位姨母“寡贫无所依，迎之家，数十年事之如母”。潘氏家族中的几个“孤幼”，他均收养，供其读书，“抚恤婚姻如己子”。更为可贵的是，潘及甫自己的晚年生活，曾一度陷入贫病交加的地步，他甘守清贫。旧县志中录有他的一首诗《送友》：“聚首浑无益，送君将奈何？已经贫病后，一任别离多。鬓发新霜雪，衣裳旧薜萝。不堪明月夜，挥手唱骊歌。”意思说：疾病缠身，囊中羞涩，不能给别人带来好处了。鬓发越来越花白，衣服越来越破旧，老朋友也是聚少离多了。虽有一点无奈，他还是把老朋友送至门外，在月光下挥手告别，在心中唱一曲骊歌。

潘及甫在仕途之中，还有一个重大贡献，那就是传承和践行恩师胡瑗的教育思想，倡导和弘扬“立学教人”的社会风尚。胡瑗曾说：“致天下之治者在人才，成天下之才者在教化，教化之所本者在学校。”谁来办学校？“弘教化而致之民者在郡邑之任”。为此，潘及甫谨遵师嘱，在江西、安徽任知县时，不遗余力，以办学为己任，“广设庠序之教”。所办县学，他亲自挑选教谕（掌管县治教育）和学正（主管学规，负责训导）。官府在治水中，开垦了大片荒地，均为官田，他划出一部分作为“学田”。学田所收租粮用于县学官员和直学（即教师）的薪金和日常开支。

宋神宗即位后，王安石当上了宰相，实行著名的“熙宁新法”，变法中也包含了科举制度和学校教育的改革。王安石看中潘及甫，推荐他为秘书丞，任楚王宫太学教授。皇上赐其五品服，以太常博士身份为王室子弟授课。潘及甫在楚王宫“严律礼法”，仿效恩师胡瑗，制定了一系列新“学规”。他将学规赋诗二十首，书成条幅悬挂于屏风之上，全力推行“明体达用”的教学思想。所谓“明体”，就是要皇家子弟明白“仁义礼乐”等封建伦理纲常和道德规范的内容、要求。所谓“达用”，即将儒家经典的道理，通达于实际，运用于实践。潘及甫在讲学时，行端表正，一丝不苟，学规各项条例，必“以身先之”。同时，在楚王宫教学之余，潘及甫还让学子“习射、投壶、蹴鞠、弈棋”，开展各种健身活动；“雅乐歌诗”，组织宫内才艺表演。楚王宫的太学，不仅建立了严谨有序的学习制度，也充满了活泼欢乐的气氛。宋神宗对楚王宫太学教学甚为满意，特嘉奖潘及甫。后来，潘及甫多次以年高恳辞教授之职，神宗不允，“愈九考不得罢”。

潘及甫退居柴墟后虽年老体衰，但依然在家乡积极倡导办泰兴“县学”，并在柴墟镇遵化乡“三一宫”筹办了一所“潘家庄学塾”。他用《吕氏春秋·劝学》对县学和学塾的学子说：“生之为人，有耳能听，如不学习，‘其闻则不若聋’；有目能视，如不学习，‘其见则不若盲’；有口能说，如不学习，‘其言则不若喑’；有心能思，如不学习，‘其智则不若狂’。”意思说，学习不但能使人受益，而且是为了知晓天性之理，发挥个人自身的潜能，千万不能荒废学业呀！

潘及甫一生喜读书，晚年仍与书相伴。“发愤忘食，乐以忘忧，不知老之将至。”后来，他因眼疾不能阅读，便让子侄捧书在床前诵读。他终日侧耳静听，毫无倦容。直到谢世前一日，他仍卧床听读《周书》《汉史》，并口授诗篇，分赠亲友。他的诗“宗盛唐，不事雕绘”，后人评价为“真唐音也”。

元祐八年（1093）年底，潘及甫“寿终，享年八十”，葬于柴墟城西北五余里的伏龙桥畔。后人将其生前诗文编成《潘朝散文集》30卷（见《五山耆旧集》卷一）。据明代嘉靖《维扬志》卷一九记载：《潘朝散文集》已佚，“《送友》一诗”仅为“片鳞一角，弥足珍也”。

“高山仰止，景行行止。”潘及甫一生励志文行，勤政为民，廉洁奉公，师儒兴学，不愧为青史流芳的一代名贤，不愧为一代良吏。在潘及甫的影响下，潘氏家族以“诗书传家”，身体力行儒家的“修己治人之实学”，磨砺德性，在北宋科考中独领风骚，逐渐成为宋代泰兴望族。秉承恩师胡瑗的教育思想，潘及甫把“办学兴教”的种子也播洒在泰兴大地，经过一代代人的薪火传承，泰兴崇文重教蔚然成风，已成为名闻遐迩的文化之乡、教育之乡。

# 黄桥顾昕大孝子，国史泰兴第一人

古语云：百善孝为先。是啊，自有文明，即有孝道；万事百善，孝是第一。孝是中华民族延续不绝的传统，是中华文化持久不衰的根脉，是构建现代文明和谐社会的基石。泰兴是银杏之乡、教育之乡，也是孝子之乡。泰兴，这片古老的土地，既催生了许多慷慨悲壮的英雄故事，也留下了许多脍炙人口的文人轶事，更流传着一些可歌可泣的孝子传说。

以孝行而上《宋史》“孝义篇”的顾昕，是泰兴自南唐建县以来载入正史的第一人。他是泰兴的第一大孝子，也是大宋泰州的第一孝子。泰兴黄桥人顾昕，一个载入史册的普通百姓的名字；这个名字细数流年代代相传，曾影响了多少泰兴儿女，因他而诞生的泰兴千年孝道文化，也从此深深扎根于这方土壤。

2013年1月，笔者听说大孝子顾昕的家乡黄桥镇东顾村，为弘扬孝道精神，促进社会和谐发展，建起了“顾孝子纪念堂”。于是，笔者决定亲自去看一看，同时顺道去黄桥公园看一看那庄重高耸的顾孝子亭，以加深对顾昕用五十年的光阴恭侍母亲的事迹的了解，以将顾昕的事迹与被世人称颂的汉代海陵孝子董永“卖身葬父”的事迹作联系，由此来进一步挖掘、研究和更好地传承家乡的浓郁的孝道文化。

从顾孝子纪念堂所陈列的有关资料，笔者得知顾昕是唐末随父母由姑苏吴郡迁来古镇黄桥定居的。《（光绪）泰兴县志》卷二十记载；“顾昕，一名忻，先世吴郡人，陈黄门侍郎野王，其十世祖也，大父文龙，以画名。”此述表明顾昕是吴郡望族顾氏之后。《世说新语·赏誉》曰：“吴四姓，旧目云：‘张文、朱武、陆忠、顾厚。’”这是说姑苏吴郡四大姓中顾氏是最为厚道的。《周易》之上经《坤》（卦二）明言：“君子以厚德载物。”作为江东儒学大族的代表，顾氏之“厚”恰表现出了其深厚的儒学文化传统。据泰兴历史文化研究会张定先生考，吴郡陆氏是西汉前期由北方迁吴郡的，吴郡朱氏是西汉末由下邳南迁的，而吴郡张氏的始迁祖是张良的七世孙，所以，自张良往下推七代，估计张氏迁吴郡当在西汉末年或在东汉初年。吴地“四姓”中，只有顾氏为汉代以前定居江东的土著。吴郡顾氏大约自两汉之际就已开始接受儒学熏陶，其代表人物多有良好的儒学修养，顾氏子弟多表现出儒雅、忠厚的特征。由此我们即可明白，顾昕之

"孝"是有其家族精神积淀的深刻影响的。

据《泰州晚报》的《顾昕：大宗泰州第一孝子》一文载：

唐昭宗乾宁四年（897），顾昕十岁，父亲顾彦晖在梓州治所自刎。今黄桥东顾村顾氏祠堂内有其父顾彦晖的简介：顾彦晖，名慈，唐末大将，官剑南东川节度使。据《新唐书》记载："庚申，建陷梓州，剑南东川节度使顾彦晖死之。"顾彦晖，唐末名将顾彦朗的弟弟，可惜文武才情皆不及其兄，遂被剑南西川节度使王建（后为前蜀高祖）吞并，失去了王图霸业。母亲钱氏携带年幼的顾昕顺江而下逃至长江下游的泰州永丰里避难，永丰里，即今泰兴黄桥镇。《（光绪）泰兴县志》记载了这一经过："还吴，家泰兴之永丰里。"到达黄桥后不久，顾昕母亲因舟车劳顿和家逢巨变一病不起。年幼的顾昕不得不承担起照顾母亲的重任。他夏天替母亲驱赶蚊虫，冬天替母亲暖好被褥，每日侍奉汤水，将好吃的肉食都献给母亲，无微不至照顾母亲整整十年。直到母亲的病治好后，顾昕才正常饮食。但顾昕并没因母亲身体康复而忽视对她的关心。每日天刚放亮，他就穿好衣裳、戴好帽子领着妻子、孩子到母亲房间问候，看母亲需要什么，这样的孝行一直坚持了五十年。

后来，母亲老了，眼睛也看不见了。顾昕每日哭泣，为母亲祈求，并咬破手指，用鲜血在布帛上抄写佛经多卷。不知是顾昕的诚意感动了上苍，还是顾昕照顾方法得当，母亲的眼病竟渐渐恢复，以至于在烛火之下也能缝补衣物。顾母以九十多岁的高龄无疾而终，这都是顾昕孝顺侍奉母亲的结果。

顾昕去世后，乡人为彰其孝行，将其葬于黄桥西门桥外原宅，并建"顾孝子祠"一座。顾昕也因事母"至孝"，成为载入《宋史》中"泰州第一人"，自然也是泰兴载入国史的第一人。《宋史》卷四五六载："顾忻，泰州泰兴人。十岁丧父，以母病，荤辛不入口者十载。鸡初鸣，具冠带率妻子诣母之室，问其所欲，如此五十年，未尝离母左右。母老，目不能视物，忻日夜号泣祈天，刺血写佛经数卷。母目忽明，烛下能缝纫。九十余无疾而终。"

为了纪念顾昕的孝行，人们彼时不仅建了"顾孝子祠"，而且还在其墓旁建了顾孝子亭。明万历十九年（1591），泰兴知县段尚绣又在亭中立石碑，刻"宋顾孝子墓"，清道光十四年（1834），泰兴知县李震亦在亭两侧石柱上增刻，联曰："孝列史书，五十载晨昏不改；墓凭碑石，二百年风雨无伤。"顾孝子亭碑联遗迹今犹在黄桥公园内。笔者在黄桥公园内见到了这座亭。亭身呈褐色，亭顶为藏传佛教那种特有的白色宝顶，四条白色的亭脊上连宝顶，下弯弧成四个上翘的亭角，给人一种神秘的流动感。亭子下面一半是山石，一半几乎是悬空而立，让人于敬仰之意顿生间遂见墓碑与亭联。

其实，旧日亭中同时还有碑文《御制孝子顾昕诗并序》，系明成祖朱棣亲书。由皇帝御制诗文昭彰孝行，这在泰州一带几乎是唯一。《御制孝子顾昕诗并序》，收录于永乐十八年（1420）明成祖编著、内府刊刻的《孝顺事实》一书，是当时最高学府国子监的教材。一代名君为一个普通百姓写诗作序，以资昭彰，这在历史上亦极为罕见，可见其对孝道的重视。其文云：

子之事亲，贵乎有孝爱之诚也。是故，致其谨于起居饮食之间，顺其欲而不咈其志，致其忧于疾痛昏眊之时，忘己之所自养而尽诚以祈其安，此君子之孝也。顾昕其庶几乎！鸡鸣而起，冠带以适其母之所，问其欲而敬进之，至于五十年之久，未尝少违，固可谓孝矣，初以母病，绝滋味且十年，及母老而失明也，则又昼夜号泣以祈天。诚感如此，母目复为之开明，至能缝纫于烛下，康宁寿考九十余而终。此岂勉强于朝夕者之所能哉？盖孝爱之至也。昕既尽诚于事，生则能慎，其终可知矣。彼于生事有未尽，而徒于送死加谨焉者，岂不有后时之痛哉！故于昕有取也。诗曰：

鸡鸣冠带谒慈闱，所欲遵承志不违。五十余年如一日，油然孝敬世间稀。

母疾荤辛忍自供，母盲号泣诉苍穹。终令母目重开朗，端为纯诚故感通。

前有《宋史》留名，后有朱棣赋诗并序，在接下来的岁月里，前往顾昕墓前的凭吊者也就时常有之。于是也就有了明万历十四年（1586）泰兴知县段尚绣往黄桥顾孝子祠的拜谒。明万历十九年（1591），段尚绣结合当时泰兴盗贼四起、世风日下的实际，再次特地赶赴黄桥，重修了顾孝子墓，倡导孝行，并于墓前立碑纪念，石碑正面书有“宋顾孝子墓”五字，背刻序文记载事件缘由：丙戌秋，余涖兹土，展谒顾孝子祠，索传读之，知孝子之孝，感天地，格鬼神也。辛卯秋，因公事过黄桥，里人告之以墓处。今□□然遗思焉，爰命立石，以示不朽，亦以风后之为子者仪型于奕无穷也。

明嘉靖十二年（1533），泰兴知县朱篪在泰兴城东门内也建造了一座顾孝子祠，并撰写了《顾孝子祠记》，以示纪念。距顾孝子祠不远处，还曾建有一座“孝里坊”。可惜的是，顾孝子祠已于抗战期间被日军拆毁。清道光十四年（1834），泰兴知县李震与黄桥司巡检王有烈重修顾孝子墓，并建顾孝子亭一座，彼时的亭为六角，皆用麻石而成，亭内前两柱，高2.7米，径29厘米。柱上增刻的“孝列史书五十载晨昏不改，墓凭碑石二百年风雨无伤”这副对联对得极其工整，上联说顾昕事迹，下联讲墓碑历史，令人沉思而铭记。

是的，顾孝子墓、墓碑与顾孝子亭近百年一直位于黄桥西寺桥外；民国时，曾有人因私偷偷把顾孝子墓平了，后来许多顾姓人一纸诉状将之从县里一直告到省法院。最终，省法院裁定顾姓人赢，顾孝子墓于是得以修复。“文革”期间，顾孝子墓与顾孝子碑、亭皆遭破坏，碑被砸成四块，沉入河底。2000年8月，人们从河底将墓碑残片捞出，重新拼成整块后立于黄桥公园顾孝子亭内。黄桥公园里的顾孝子碑、亭是由黄桥镇政府重修的，碑、亭后是一处高高的土堆，立于其上即可以俯视整个公园。在顾孝子亭左侧，尚有几只石马、石羊等明代墓道石刻，低鸣悲伤地诉说着这段流传千年的往事。

如今，人们依旧可以从墓碑上一道道裂痕看到历史遗留的伤痛。但事实已证明，代表中华优秀传统的孝文化绝对不会因为一块墓碑、一座亭子的推倒就不复存在，它会一直在历史的沉浮之中代代流传。在距黄桥公园几公里之外的东顾村，村民们现建起一座顾氏宗祠，亦为顾孝子纪念堂，其院落内也有顾孝子墓、亭，基本都是按照黄桥公园内原样复制过来的，目的就是让孝文化在顾孝子的故里产生更加积极的影响，让孝敬长辈、乐善好施、互帮互助的传统美德能得到进一步发扬光大。

泰兴黄桥顾孝子的故事贯穿着泰兴及其全泰州的千年孝道主题，一直在岁月深处以它最淳朴、最炽热的普世情怀引领泰兴乃至全泰州的子孙行孝敬德。有人说，只要一个人对父母孝顺，对双亲尊重，那他的为人必定不会差到哪去，甚至在以后的人生道路上走得更远、更好。笔者深以为是，因为心有大爱的人，他的人生必定也是充满爱心，必定诚实守信，尊师爱友。

从顾孝子的故事我们可以看出，“孝”的确是中国社会的魂魄，“孝道”乃中华五千年历史里最源远流长的民族瑰宝。自古以来，不论是贵族官胄，还是平民百姓，家族里家谱族规必定有这么一条：尊老敬老孝老。由此，“行孝”永远是做人立世的根基，“孝文化”也永远是家文化的核心、骨架与基础。

## 诗人县令惟尤袤，为民请命世称道

在泰兴历史上，有一位诗人县令，他因刚正不阿，为民请命，勇于担当，精忠报国，故而近千年来一直为泰兴人民所铭记。他就是与杨万里、范成大、陆游并称为“南宋四大家”的尤袤。绍兴三十一年（1161）初，尤袤走马上任泰兴县令，虽然他在泰兴任职两年不到，但他在这短短的任期内却为泰兴人民办了许多实实在在的大事、好事、善事，而给泰兴人民留下了世代相传的口碑。同时，他

尤袤像（泰兴博物馆藏）

诗才横溢，在泰兴以诗纪实，以诗铭史，也使我们至今都对这位诗人县令无比崇敬与怀念。

尤袤出生于无锡的一个书香之家，5岁即能为诗，10岁时，人称其为神童，15岁时，他的辞赋就已在无锡、常州一带相当闻名了。南宋绍兴十八年（1148），尤袤举进士，原为状元及第，因得罪秦桧，而被改为三甲三十七名。这让时年21岁的尤袤看透了朝廷的腐败与官场的黑暗，于是他暂缓为官，随儒学大师喻樗先生游学，直至34岁，他才为保土安民来到泰兴担任县令。当时宋室已是风雨飘摇，而不得不偏安江南。泰兴处于南宋的北边防区，常遭金兵侵犯，“县旧有外城，屡残于寇”。尤袤上任后，一面为民请命革除苛捐弊政；一面率领军民整修城郭。这些，在泰兴的县志上都有记载。《（康熙）泰兴县志》就有“（尤袤）下车即询民瘼，筑邑城池”这样的记述。

南宋朝绍兴三十一年（1161）十月，尤袤到泰兴任知县尚不到一年。此时，金兵大举南侵，扬州、真州（今仪征）等城都已被攻陷，随之又兵临泰兴城下。《泰兴县志》中这样记载：“金骑至城下，统制王刚劝之去，袤坚守不为动。”《三朝北盟会编》中描述更详：“二十六日未时以来，有金人马军二十余队，前来泰兴县诸门外攻城，放火烧门，城上用甲军弓弩箭往，实时开门遣差枪刀斧手临壕迎敌，续差将官亲随李思齐、王铸将带马军出城掩杀，王刚躬亲统率将佐官兵分布督战，拥杀金队入河及杀死不知其数……”《（康熙）泰兴县志》：“适金兵至陷扬州，分掠旁邑，独泰兴以有城得全。”可见当时尤袤率兵抗金意志是多么地坚定，又是多么地指挥若定，其最终的胜利更说明他先前率军民修筑城墙是多么地富有先见之明。

《大明一统志》载：“尤袤，绍兴中知泰兴县，奏免邵伯镇置顿及漕司输槁秸之弊，又修筑外城。已而金人克扬州，独泰兴得全。民感其德，为立生祠。”这一史料的记载，足见尤袤为官的尽职与担当，也足见他因为官的作为而多么地深受泰兴人民的由衷爱戴。尤袤于泰兴知县任上，眼见金兵蹂躏两淮地区后，淮南人民，流离失所，死伤无数，由此特通过一位流离失所的淮民的口吻，写下了他平生最重要之诗篇《淮民谣》。“流离重流离，忍冻复忍饥。谁谓天地宽，一身无所依。淮南丧乱后，安集亦未久。死者积如麻，生者能几口？荒村日西斜，破屋两三家。抚摩力不给，将奈此扰何？”他在诗中的这些描述，给我们呈现出了当时贫苦大众在水深火热中的悲惨情景，令我们读之如泣如诉。

尤袤不仅于诗中描述，更直言上书朝廷，为民请命，要求革除苛捐弊政。《（康熙）泰兴县志》载：“邵伯镇置顿，为金使经行也，使率不受而徒为，是厉民耳。又漕司输藁秸，凡置一束费且数十金。二弊不能去，民间苦之。”尤袤《大暑留召伯埭》中云：“清风不肯来，烈日不肯暮。平生山林下，散发颇箕踞。”那时候南宋主和投降派为讨好金人，在邵伯镇（距泰兴60里，今属扬州江都区）设了一个机构叫“顿”，专用于金国使者过往之方便，相当于今天的酒店，有专人看守，负责此类的官员亦借此征夫敛财，泰兴百姓上缴秸草，一捆捆秸草，送来运去，苦不堪言，而金人使者并未在此有过停留，故设此“顿”实乃劳民伤财。尤袤经实地调查后遂实情上奏朝廷，请求蠲免，终使这两项弊政得以革除。

尤袤还有一首诗《易帅守》也是写于泰兴的，其中有这么几句：“维扬五易帅，山阳四易守。我来七八月，月月常奔走……”此诗写于绍兴三十一年（1161）七月，金人即将南侵，赵氏朝廷却拉拢亲信，多次调动将领，从而造成“将不知兵，兵不知将”的荒唐局面，令上任七月余的尤袤，每月都在拜见调任官员的路上奔走，尤袤因而以此诗讽刺这种劳民伤财、有伤边防的谬误之举，同时也表现了这位诗人县令强烈的忧国忧民之深情。尤袤的秉直，固然令朝廷不悦，但他在泰兴的卓越政绩，还是使他受调入京，有了擢升，官至礼部尚书。南宋乾道八年（1172）农历二月，尤袤因参与一些大臣反对孝宗任用安庆军节度使张说执政，于次年冬被赶出京城，贬任台州（今浙江临海）知州。后宋孝宗对尤袤勤于政事和忧国忧民的品德十分叹赏，又提升了他。宋光宗即位后，听信奸臣对尤袤的诽谤，南宋绍熙元年（1190），尤袤再次被逐出京城。绍熙五年（1194），尤袤病逝，终年六十八岁。

尤袤离开泰兴后，虽然升迁反复，仕途坎坷，终致赋闲，但百姓对心系于民、为民办事的官吏，总是心存感激，泰兴人民特地为尤袤修建了尤公祠。明武宗年间，泰兴孔庙内修建了名宦和乡贤两祠。名宦祠中祭祀了十位于泰兴为政履职之外乡良臣名将，尤袤列于首，其中还有另一位南宋官员，那就是曾亲临泰兴抗金的著名民族英雄岳飞。由此可见，尤袤在泰兴人民心中的地位是多么崇高！

## 翟善气冲四关厢，功名铸就冢宰坊

大凡泰兴人都知道“四关厢”的传说，那就是泰兴之所以会建四关厢，盖因明代朱元璋的军师刘伯温到泰兴，看到这里风水好，是块龙地，担心泰兴要出人才，与朱皇争天下，而为关龙破气才建的。据说刘伯温不仅精通兵法，知晓天文，而且在风水上有极高的造诣。在民间，还有“三分天下诸葛亮，一统江山刘伯温”的说法，说刘有寻龙脉、点龙穴、断地气辅佐江山之能。刘伯温要帮朱元璋保天下，于是在泰兴这块龙地建了关“龙”的“四关厢”。

有意思的是刘伯温算天算地，却未能算自己。他虽是朱元璋取天下和保天下的头号功臣，但却未能做到丞相，且最终死于他的政敌居于丞相之位的胡惟庸之手。相传当年胡惟庸跟刘伯温关系很不好，他唯恐朱元璋再次重用归隐的刘伯温，导致自己失宠。于是他便趁刘伯温生病，假意让医生前去给刘伯温看病，背地里却是暗自下毒谋害刘伯温，加快了刘伯温的死亡。当然民间也有说法称刘伯温是被朱元璋害死的，但由于这种说法没有记载在史册里，因此不足为信。

为了巩固朱家江山，朱元璋最终废了宰相制乃至中书省，这样六部里的吏部尚书差不多就是不是宰相的宰相了。所谓吏部尚书，乃中国古代官名，为六部中吏部的最高长官，掌管全国官吏的任免、考课、升降、调动、封勋等事务，为中央六部尚书之首。唐宋是正三品，明代是正二品，清代为从一品。通常称为天官、冢宰、太宰。吏部尚书相当于现在的中央组织部部长兼中央机构编制委员会办公室主任、人事部部长。恰恰是明代，而且是明初，不让泰兴出宰相的泰兴偏偏出了一个不是宰相的宰相这样的大官。这个大官就是明代吏部尚书翟善。泰兴城里有一座大宰相坊，纪念的正是明代吏部尚书翟善。

翟善，字敬甫，泰兴县城人。明洪武二十一年（1388）入选国子监，授吏部文选司主事，后任员外郎、吏部侍郎、代理尚书、吏部尚书等职。据《明史》记载，翟善任职期间，选贤任能，清廉公正，极得皇帝赏识。

为了表达对这位翟善的敬重，家乡人民为他建冢宰坊，原址在泰兴泰定桥北。后在泰兴市文化博览中心正门的东面，重建冢宰坊，正对着西面的司马坊。

《明史》中关于翟善的记述不多，兹引述于下：“翟善，字敬甫，以贡举历官吏部文选司主事。二十六年，尚书詹徽、侍郎傅友文诛，命善署部事，再迁至尚书。

明于经术，奏对合帝意。帝曰：‘善虽年少，气宇恢廓，他人莫及也。’欲为营第于乡，善辞。又欲除其家戍籍，善曰：‘戍卒宜增，岂可以臣破例。’帝益以为贤。二十八年，坐事降宣化知县以终。”翟善生年不详，但从朱元璋“善虽年少”的语气中，大致可以推测他生于洪武初年前后。据说他在洪武二十一年（1388）被选入国子监，很顺利地通过科考进了吏部，并很快升至吏部尚书，可谓少年得志。

当然，翟善少年得志有一定的背景。洪武二十六年（1393），朱元璋的儿女亲家、开国元勋蓝玉因谋反获罪被杀，牵连被杀的竟达一万五千多人，包括当时的吏部尚书詹徽、侍郎傅友文。吏部一时无主，朱元璋便相中了年轻的翟善，让他先主持一下吏部事务。想必翟善出手不凡，事务主持得中规中矩，不久便升迁做了尚书。明初的吏部尚书是正二品官职，直接对皇帝负责，为百官之长。翟善当了吏部尚书，基本上可以说是官居相位了。

虽说泰州和泰兴在朱元璋的记忆中，不会有很好的印象，那位从泰州起家与他争雄天下的吴王张士诚岂能让他轻易忘记？但翟善这位刚刚成长起来的泰兴才俊着实让他赞誉有加。翟善应是明代八股科举制度确立后较早成长起来的一批人才。从《明史》的记载来说，他“明于经术，奏对合帝意”，功底还是扎实的。他气宇恢廓，品行高尚，作风严谨，很有做官的气度胸襟，非一般人能比。

朱元璋对当朝的文官武将，有用严刑峻法铁腕驾驭的一面，同时也给为其统治服务的官吏以相当的照顾，其中最重要的就是免役，在朝为官者，不仅免除徭役，而且在人身等级和土地所有权方面也都受到特殊照顾。翟善表现好，朱元璋就想褒奖他，要为他在家乡泰兴营造府第。翟善却说，家中宅基地太小，我又没什么功绩，就不要花国库里的钱了。朱元璋听了更加高兴，说：“官居宰相位，而无地起楼，善与寇准同风矣。”朱元璋又要免除他家中的兵役，翟善又说：“守卫国家的兵卒应该增加，怎么可以因为我而破坏了国家的制度呢？”再次谢绝了朱元璋的奖赏。《明史》说他“经明行修”“名实相称”，看来确实如此。朱元璋对他委以重任，也就不让人感到奇怪了。

总的来说，朱元璋对翟善还算不错。当然，这是以翟善“合帝意”为前提的。就是这样，翟善的吏部尚书也没能做多长时间，洪武二十八年（1395），就因罪被降为宣化知县。至于所犯何罪，却没有什么记载。

翟善尽管给人一种“刚开头就又结了尾”的遗憾，但继续当下去，难保不会刀锯加身。古语云：伴君如伴虎。对于那些嗜杀成性的皇帝，离开他们远一步，就等于远离死亡一步。别的不说，就说明朝，那些开国功臣，甚至于上晓天文，下知地理，比同诸葛亮的刘伯温都未能善终，而翟善能以宣化知县安稳而终，对他来说，又何尝不是一件好事呢？为了表达对翟善的敬重，家乡人民为他建了气冲“四关厢”的“冢宰坊”。如今，“四关厢”终去；然，“冢宰坊”仍在！

# 丰姿俊伟李民瞻，明初朝廷一柱石

《扬州府志》载：“俨，字民瞻，泰兴人。洪武元年，选充通赞官，转都督府断事，升刑部侍郎，命宣谕陕西，还加谏议大夫、刑部尚书。是年，转户部尚书，旋出为陕西等处行中书省参知政事，卒于官。”这说的是曾分别任过明朝初年刑部尚书和户部尚书的李俨。

李俨（1328—1376），字民瞻，为泰兴人，其实他原为当涂人，是因娶泰兴望族朱十一公女为妻而来泰定居，生有珪、玺、琳三子，曾居住于泰兴的礼义巷。这条巷子原称镇安巷，后因巷内出了一名行侠仗义的陈七，他用手中的笔为穷苦百姓免费代写诉状，且为不识字的农民打官司，后被人称“义讼陈七”，从而以“中华乃礼义之邦”这句话，得名礼义巷。

李民瞻于元至正四年（1344）乡试得中举人。洪武元年（1368），李民瞻选充通赞官，洪武二年（1369）升宝庆卫知事，洪武三年（1370）转大都督府都事。洪武五年（1372），李民瞻作《论辅治三计》，深得明太祖的赏识。朱元璋称赞李民瞻“丰姿俊伟，词器轩昂，非寻常者流”，擢升为刑部侍郎，勅命前往陕西宣谕教化，并御笔为其改名为俨，以赞誉其品貌及学识才能的不凡。行前，明太祖嘱咐李俨：“西秦之地，朕常亲临，卿此去当以至公处心，以符朕望”，并赐尚方宝剑，让他“便宜行事”。果然，李俨不负厚望，“岁未期，其地称治”。洪武六年（1373）四月，李俨回京复命，升任刑部尚书。同年十一月，调任户部尚书。

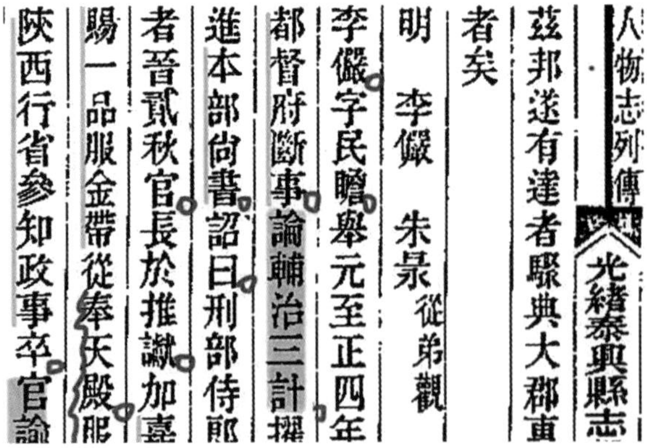
人物志列傳　光緒泰興縣志
茲邦遂有達者縣典大郡
者矣
明　李儼　朱杲　從弟觀
李儼字民瞻舉元至正四年
都督府斷事論輔治三計擢
進本部尚書詔曰刑部侍郎
者晉貳秋官長於推讞加嘉
賜一品服金帶從奉天殿服
陝西行省參知政事卒官論

《（光绪）泰兴县志》内页

须知，明代的户部机构相对以往各朝而言，其权力与执掌范围都扩大了很多，被有些学者称为真正地管理国家财政、经济的最高机构。因此，李俨任户部尚书在废除宰相制度的洪武时期，应当说与同为洪武年间任吏部尚书的泰兴籍的翟善一样，都是不是宰相的宰相。有意思的是刘伯温为帮朱元璋保天下，曾令泰兴建“四关厢”，使泰兴由此而流传“三山不出头，逆水向西流，文官不拜相，武官不封侯”的民谣，意为泰兴人在外做官，文官最高做到尚书、侍郎，但不会做到宰相，武官也只能做到总兵一级就结束了。然而，偏偏泰兴人李俨于洪武六年（1373）十一月就做了户部尚书，泰兴人翟善则于洪武二十八年（1395）被授吏部尚书，更是成了名副其实的百官之长。

据史料载，李俨在被任命为户部尚书时，朱元璋在任命诏书上盛赞李俨：“前任刑曹，去非法，定五刑，决疑狱，允称其职胜，汉之廷尉正黄霸也不过如是。今掌户曹，联与定厥事，无不精审，决无再论，虽唐刘晏岂能过乎？朕当以柱石倚。”在奉天殿举行的任命仪式上，朱元璋赐李俨一品金织仙鹤袭衣金带，让他穿戴停当，由宋濂、刘基等人礼送回家。李俨这等荣耀，这在明初实在是难得又难得的。

洪武七年（1374），李俨升迁陕西行省参知政事，“国家建行省，以分镇方面，凡兵民之政皆领焉，任实重矣。居是职者，必才略足以经济，乃充称之尔惟懋哉”。洪武九年（1376）六月，李俨在陕西积劳成疾，卒官。消息传到京城，朱元璋下令“辍朝一日”，祭祀李俨。既卒官，李俨之子李珪等自陕西以骨榇归，且依舅氏，葬于泰兴姜溪之原。

## 泰兴河失司马墩，出了燕忠清廉臣

纵观古代历史，清官廉吏可谓灿若繁星，比较起来，明朝似乎更多一些。不过说到明朝的清官廉吏，大家可能只对杨继宗、海瑞、于谦等耳熟能详，其实还有一位清廉之誉决不在这三人之下的泰兴籍的明朝高官，因未上《明史》传记而被忽视了，未被人们所熟知。这位泰兴籍的明朝高官就是燕忠。直到20世纪80年代初，天津市蓟州出土了燕氏（燕祥、燕忠、燕鼎祖孙三代）的墓志铭，燕忠的感人事迹才为人们所知悉。

关于燕忠的籍贯和官职，燕氏族谱和现在的燕氏族网都可查到一些简要的文字记述。燕忠（1459—1515），字良臣，号两溪，祖居泰兴河失司马墩，明朝初期随高祖五公徙居蓟州。燕忠聪慧过人，青年中举，25岁时考中进士，是明代蓟州通过科举考试进入仕途的高官，官居正三品。先后任常州和宁国两府推官、福建道和浙江道监察御史、山西巡按、陕西按察副使、陕西苑马寺卿、陕西按察使、陕西左布政使、都察院右都御史、大理寺卿等要职，死后被追赠为刑部尚书。

这样的记述得到了证实。在天津市蓟县城东五里碑（今城关镇东大井村北），有一处燕家坟。1983年在位于人民东路的燕家坟施工时，先后出土了燕祥、燕忠、燕鼎祖孙三人的墓志铭。志文中记载了三人的籍贯与生卒年月及生平事迹，他们的事迹尤以燕忠最为感人。明嘉靖《蓟州志》也记述了燕忠的事迹，与墓志铭上所述基本一致。

由于燕忠性情刚直严峻，平常话很少，不笑谈，不轻易与人交往，人望而畏之，贵近有所请托一概严厉拒绝，且为人低调，被评价有包希仁的刚正严峻和赵阅道的廉洁直率，因此，他故去后，其名字被州志、县志列入先贤名录之中，《明史》虽无其传记，但在《明史》的《李承勋传》《郑岳传》和《李梦阳传》中还是有多处提到他的名字和事迹。蓟州城内还曾建有他的功名牌坊，名曰“大廷尉坊”。燕氏祖孙三代的墓志铭出土后，燕忠的清廉事迹终让人们有了一个较为详尽的了解。这里且对燕忠父亲燕祥和燕忠本人的墓志铭作点实录。

明故处士燕公（祥）墓志铭为弘治十年（1497）五月初一日，志面有划痕，志文略有残损。姑且摘录于此。

蓟州处士燕公，年八十有一，以弘治丙辰仲冬十有三日病卒于家，公之子监察御史忠时出使应天等郡，阅月始闻讣，明年丁巳既报使，将归卒丧，卜以其夏五月初一日，葬公于州城东隅之原，乃介其同寅陈君廷献即宏问埋铭，泣且告曰：先处士举忠也，莫然不以艰子故弃弗教。忠甫任衣冠，即遣入州学，俾就贤师良友，资初筮丽泽之益。由是忠寻领乡荐，遂中甲辰进士。及忠出推常州、宁国二郡，先处士实偕行就禄，朝夕必谕忠忠孝，惴惴焉惟误狱府辜是惧，由是忠得脱官谤，列剡疏，入为御史。为御史且三年，忠每自幸吾父犹无恙也。如天之福，庶几蒙被封典，以报罔极之恩乎。今则已矣。无所逃罪矣。语毕抆泪，遂授以乡进士李伦所状公名字、里邑、世系、行实，卒以铭请。按状：公讳祥，字景善。其先世为扬之泰兴人，自其曾大父辛五府君洪武中来戍渔阳，于是为蓟州人……

明故通议大夫大理寺卿赠刑部尚书燕公（忠）墓志铭墓志铭为正德十年（1515）八月初六日，志文亦略有残损，当一并录摘于此。

夫公名忠，良臣其字，别号西溪，起成化甲辰进士。丙午，授常州府推官。归守内艰，服除，改宁国府。两郡故多豪右，莫敢窥其庭户。凡所谳狱，多平反。民某贾于江淮间，其仆偶有过，被笞，怨家嗾之曰：汝为彼服劳，尚汝笞，不汝庇，汝复何恃？盍为汝图之。遂与仆杀其主于采石，因盗其货。愬于官，罪人久不得。公廉得其情，捕而鞫之，遂伏辜。郡大旱，承檄发官廪赈恤，多所全活。弘治甲寅，被征为福建道监察御史。归守外艰，戊午服除，改浙江道。以灾异陈亲贤、纳谏、重名器、节财用、严赏赉诸事，言甚剀切。孝庙嘉纳之。庚申，出按陕西，力举宪度，风声凛凛。虽方岳重臣，未尝假以辞色……自奉俭约，在仕途三十年，禄入仅供朝夕，田园邸舍无所增置，卒之日，囊无余蓄。讣闻，上遣官谕祭，命有司营葬事。吏部奏公刚正，得大臣体，法应赠典。报可，赠刑部尚书。盖异恩也。生天顺己卯八月五日，其卒以正德乙亥正月七日，寿五十有七。其先扬之泰兴人，国初，高祖五公徙居蓟州……

燕忠墓志铭除记述他主要生平事迹外，还涉及明代封赠制度和官员的考核制度，是研究明代官吏管理不可多得的实物见证。据有关报道，在清理燕忠墓时，除墓志铭外，考古还发现一件铜镜和三枚铜钱，这与当时同级官吏的随葬品相比少得实在可怜。燕忠墓志铭是由光禄大夫、柱国少傅兼太子太傅吏部尚书杨一清撰文；荣禄大夫、太子太保兵部尚书陆完书写；资善大夫、都察院右都御史食俸一品侍、经筵官石的篆书。这三位在《明史》中都有传记，并载有《杨一清奏议》《石淙类稿》和陆完《水村集》。一块墓志铭的文、书、篆分别出自明代的三位高官实属罕见，同时从中可窥见燕忠非同一般的名望和燕忠其人、其事的神秘色彩。

由燕忠父亲燕祥和燕忠本人的墓志铭，我们可以得知，燕忠的籍贯是江苏泰兴无疑。我们同样得知，燕忠的父亲也是个读书人，燕忠的成长过程离不开家庭环境的影响。燕忠读书时其父严格要求，不顾家庭经济困难，将其“遣入州学，俾就贤师良友”。燕忠走上仕途其父“实偕行就禄，朝夕必谕忠，忠孝惴惴焉”。燕忠非常尊重其父，父亲去世后他还“克奉遗教”。在官职升迁问题上燕忠的态度是“大臣进退，当以正求得之”。我们更由此了解到燕忠的许多感人事迹而为之感佩。

据《古蓟州》（天津古籍出版社2006年版）一书载：“被誉为有宋代清官包希仁（包拯）、赵阅道（赵抃）风范的燕忠，生活节俭，居官30年，俸禄收入仅供全家生活之用，没有购置过一亩田园，没有建筑过一间新房。逝世之时，家中没有一点积蓄。正德皇帝得知燕忠逝世的消息，大为震惊，特派遣大臣颁发谕旨到灵前祭悼，追赠燕忠为刑部尚书，并派专人办理丧葬事宜，将其灵柩运回蓟州，葬于城东燕氏祖茔。”燕忠的这种清廉，即使今天，也值得我们引以为楷模，好好学习。

“人过留其名，雁过留其声”，五百多年后的今天，我们无比敬仰泰兴籍的先贤燕忠，其清廉事迹理应得到更好地宣传，且于今天有着非常的现实意义。作为泰兴人，我为家乡有过这样的先贤而感到无比的自豪与骄傲，我们家乡人更应该要学习、传承、发扬和光大他的美德和作为。我们要以家乡的先贤们为楷模，一心一意谋发展，为家乡的安泰、振兴与美好，为国家的安泰、振兴与美好去做出各自的奉献！

## 一代名吏舒曰敬，功德永铭遗带亭

翻开卷帙浩繁的中国封建社会历史，总会看到不少有关记载贪官污吏恶行劣迹的篇章，相比较而言，清官廉吏虽然如同凤毛麟角，但他们生动的廉政故事、掷地有声的话语，浩然长存的正气，青史留名。在泰兴市东门外原有一处碑亭，碑亭斗角飞檐，气势恢宏，其后的修竹茂林，尤显气韵非凡。亭中有一巨碑，镌刻着明朝状元公焦竑所著的《遗带亭记》，洋洋洒洒近千文，赞扬的正是曾任泰兴县令的一代名吏舒曰敬。

舒曰敬字元直，号碣石，南昌人，虽生于小康之家，但博学多才，万历十七年（1589）中江西乡试第二名举人，万历二十年（1592）成进士，同年授南直隶扬州府泰兴县令。舒曰敬首次为官即为一县的行政之长，年方34岁，到任后他体察民情，劝农耕桑，城修政举，深得地方百姓拥护。

舒曰敬初到泰兴地方，便有不少地方富裕之族前去拜见，备上厚礼，欲与之交好，舒曰敬都以“为政一方，自当造福乡梓，何须厚礼”为由婉拒。舒曰敬善察民情，当时有多位民众联书上告地方一巨富，鱼肉乡民，为非作歹。舒曰敬收下状书，表面不动声色，暗地里与衙役便装走访受欺凌的民众，待掌握了确切证据后方才大堂问审。证人、证据俱在，收容地痞流氓、霸占民女良田、无恶不作的巨富这才无法狡辩，一一招供。当此巨富被收监后，又有其多位族人、朋友来为之说情，恳请舒曰敬网开一面，手下留情，但舒曰敬刚直不阿，谢绝说情客以及厚礼重金，依法杖毙了严重触犯刑令的巨富，为受欺凌的百姓伸张正义。如此一来，百姓为其沸腾，都说舒曰敬赛过包青天，而当地土豪乡绅皆畏其威严，查点举止，再不敢横行乡里。昔日一些不良少年也被父母家人领走，严加管教。地方因此纲举目张，寻衅滋事者减少，百姓安居乐业。

对地方土豪，舒曰敬铁面无私，然而对地方百姓，舒曰敬是关爱有加。当时泰兴地方私塾学舍不多，只有有钱的大户人家才上得起学，普通百姓往往是想学却无钱缴纳拜师礼。舒曰敬上任后，鼓励兴办学舍，同时还贴出告示说，凡教书满十人的教书先生，皆可领取官府补助；入学读书的寒家子弟亦可享受官府补助，免除部分杂役，一时间，民风向学，寒门小户也有不少子弟走进学堂，接受官府或私塾教育。

对于城中困难人家、鳏寡孤独，舒曰敬也颁布法令给予赈济。有一位衣衫褴褛的老妪常在官衙附近、市场周围徘徊，虽年事已高、佝偻驼背，仍在四处捡拾可食之物。舒曰敬数次遇见，便随其返家，方知老妪还有一位年幼的孙儿，子、媳早逝，唯老妪与孙儿艰难度日、相依为命。舒曰敬潸然泪下，当即命衙役将其家况登记簿册，官府给予日常补助，同时舒曰敬亦拿出自己的俸禄，送给二人补贴家用。此类事件不止一二，为贫苦人家，舒曰敬散尽俸禄，唯留自己的诗书笔画之资，为此深得百姓爱戴。

百姓感其恩情，田间作物丰收之际，常有人送来府衙苞谷、瓜果之类，请舒曰敬品尝。舒曰敬往往推辞不就，实在推辞不掉，就当众品尝一二，感叹“今年农事甚好”，然后将剩余全部交与衙役，命赈济给城中困难人家，爱民之心由此可窥一斑。舒曰敬厚德爱民，但由于他“锄奸宄而剔巨蠹”，打击地方“豪者”“强者”，因此得罪了不少地方势力、土豪劣绅。适逢扬州知府巡访，有小吏受恶乡绅指使，造谣中伤，以至于舒曰敬县令之位不保。得闻此事后，泰兴百姓群趋府衙，为其申诉，挽留舒曰敬，而在外士人也四处奔走，为其鸣冤。当道者为了缓解这一局势，决定报请吏部议定。而此时，舒曰敬去意已决。

由于舒曰敬为官清廉，所得俸禄也已为贫困百姓散尽，临去时身无分文，思索再三，舒曰敬自毁随身所佩银质腰带，典当换了回家路上的盘缠。（这种情况在明代是正常现象，明代官员俸禄低，不够日常支出，官员非但不能养家糊口，还需家庭接济。泰兴名宦张羽卸任淳安知县时，就是用妻子的首饰与人家结的账，所以，他去保定做知府时，只有孤身一人前往，不敢再带家眷，到北京候选时，也只好住在城郊寺院里）。回时，随身之物，仅有一箱旧衣。送别那日，城中百姓多出家门，一时间“哭声震市”，近百人送舒曰敬至城外十多里。其后，城中百姓凑钱赎出了舒曰敬所配银带，并在东门外兴建遗带亭。泰兴士子张京文受众人所托，奔赴千里外寻访状元公焦竑为其树碑立传。

焦竑（1541—1620），字弱侯，号澹园，江苏南京人，万历十七年（1589）状元，官翰林修撰，明代著名学者。焦竑在官场上并不得意，因为他喜欢“直言

纪念曾任泰兴县令的名吏舒曰敬的遗带亭

时弊”，当权者很讨厌他，将其贬出为福建宁州同知（副知府）。舒曰敬的遭遇引起了焦竑的共鸣，状元公感怀舒曰敬的遭遇，欣然命笔，写下了《遗带亭记》这一泰兴人争相传诵的名篇。“南昌舒侯曰敬，以壬辰进士高等令泰兴。明年八月，上以使者论侯政近猛于民，弗宜其置之散地。于是，邑民皇皇，群千人赴阙愬侯枉，乞假贤令以卵翼民，当事者执不可。侯滨行，贫不能无宿逋，于是解带易镪偿之。环见闻者哭声震市。潜出赀以偿，留其带，相与鸠材负甓为亭荫之。”这段话就出自《（嘉庆）泰兴县志》卷七《艺文上·记》中的焦竑《遗带亭记》一文。

在此文中，状元公发出了“千人之誉，不足胜一人之毁；闾阎之情，又不足回尊膴者之意，欲以弛张如意，安位而行志也，其可得乎”的感叹。对明末“豪者兼众弱以成私”“强者眯上目以噬下”的社会丑恶现象进行了猛烈抨击，同时也感慨，在黑暗社会里，如舒曰敬一样做一个好官，想“植弱扶倾”“察渊洞微”，在“治下”与“获上”之间求得一致难矣。

舒曰敬辞官回南昌后，居家四十年，倾心讲学，多次辞官不就。曾主讲紫阳山、白鹿洞书院，并为滕王阁社、杏花楼社的盟主，与一大批名士往来唱和，喧嗓一时。“一时名公巨卿，多出其门”“四方问业者，履满户外”。朝廷名公巨卿，多出自其门下。他是当时江西二十八名文学星宿之一，又是名震海内的豫章社主要成员，对明时的文学艺术乃至科学等方面的发展皆有很大贡献。明末科学家、《天工开物》的作者宋应星即是舒曰敬的得意门生。

# 清正御史朱一冯，自有定论盖世功

朱一冯生于泰兴名门，其父朱述是明秦王（朱元璋次子秦王朱樉）府长史朱昶七世孙。朱述年轻时家道中落，朱一冯于贫困中苦读成才，万历二十五年（1597）乡试中举，次年赴京会试，成贡士，殿试名列二甲，赐进士出身。天启年间（1621—1627）上任福建巡抚，接替前任巡抚朱钦相，在职期间抵御荷兰侵略有功，1628年被熊文灿接任。

朱一冯的父亲朱述还不到二十岁时，家道已中落，靠县学发给的粮米维持生活，朱述把好田让给两个哥哥，自己靠教书的收入养活双亲。但是哥哥生活依然好不起来，朱述就将自己所得的那块薄田也送给了他们。遭逢荒年，家无余粮，只能靠典当东西换一点粮食。母亲去世后．朱述伤心过度瘦得不成人形；到父亲去世，朱述更受打击，精神一蹶不振。父亲曾经借钱给乡邻，朱述前去索要，借钱的不但不还，还将他辱骂了一顿。朱述回来后把借券锁到箱子里，干脆不要了。他对儿子朱一冯说：“《诗经》里说：柔不茹，刚不吐。（软的不吃下，硬的不吐出。意思是不欺软怕硬）不吃下容易，不吐出困难．我干那容易的。”父亲在困境中刻苦自强的精神和这种刚柔的处世哲学，深刻影响了朱一冯的一生。

万历二十五年（1597），朱一冯和同学戴思敬、何南金参加乡试，一齐中举。次年朱一冯赴京参加会试，二月初九、十二、十五在礼部贡院考试三场，三场下来一冯顺利入选，进入贡士行列，又参加了三月十五日的殿试。这次殿试夺得状元的是山东青州人赵秉忠，朱一冯也联捷赐进士及第。

按惯例朱一冯入翰林院任修撰，掌修国史。后来他的职务不断变化，史书称他初次外出做官，就做出了成绩。他离开京师，外放为信阳（今河南信阳）知州。他对州内发生的案件都要亲自过问，审判定案既事实清楚，证据确凿，结案又迅速。一冯还减免衙门对百姓的乱摊派，当时上面下达信阳州开矿采木等好多劳役。一冯便把节省下来的公费银两作为单独出资，很快把事办妥了，减轻了百姓的负担。同时又革除人夫马匹等不必要的开支和积弊。由于这两项举措，成绩突出，朱一冯被升任刑部员外郎，后又调任兵部员外郎。又曾主持陕西乡试，后升职方司郎中，起草刊发了《邦政条例》，成为一项不变的规章制度。武选司缺人，他被调任郎中又起草刻印了《左牌事宜》，下发为巡捕的法令法规，因此，两司的工作都面貌一新。

万历四十七年（1619）正月，朱一冯升职为福建布政使司右参政兼按察司佥事。朱一冯为右参政兼按察司佥事，既分领一道，又兼管刊名按劾之事，为藩臬二台的助手，官居从三品。

福建这个地方在明代有三大祸患：一是红夷（荷兰人），二是海盗（郑芝龙等武装海商集团），三是山贼。天启三年（1623）秋起，荷兰殖民者数次侵入厦门，并一度登陆鼓浪屿，纵火焚烧民舍。朱一冯奉命督师剿夷，几番出击，均获胜利。战役中，身为泉州守道的朱一冯，“身泛洪涛一千余里，夜以继日，直拼性命，而收荡平”，生擒荷军守将高文律，成功收复澎湖。天启六年（1626），海盗郑芝龙作乱。此时，朱一冯被任命为都察院右佥都御史，巡抚福建。到任后，他大修战具，誓灭这朝廷大害。这时总兵俞咨皋不听朱一冯约束，孤军越境进兵，被郑击败。朱一冯知俞必败，急调都司洪先春、陈文燫等策应，堵住郑芝龙的归路，这样俞得到救援，才免于一死。郑芝龙也因先有准备而退，于是派其同党到道台的衙厅要求招抚他们。乡绅大学士史继偕等建议招抚有利。朱一冯责令把喽啰遣散，杀掉其他作乱的寇贼的可以自赎。并且数月内不准他们登岸，又先后缴获他们的船只和器械。郑芝龙惶恐听命，只得叫他手下三千精卒一齐投降。

捷报传到京城，邸报上也登载了，表示肯定和祝贺。朱一冯以安抚成功平息了郑芝龙的海上之乱，上疏弹劾俞咨皋。俞咨皋与魏忠贤党羽吴淳夫是儿女亲家，因此又一次违逆了魏党。朱一冯手下文武将吏都因功受到奖赏，而一冯非但没有受到奖赏，反而被魏党中伤，指责他在受降的事上，作为一个封疆大臣不以扫荡建立功业而以招安作为结束。朝议俞咨皋罪当诛，熹宗一并治一冯的罪，宰相钱龙锡为朱一冯争辩说：“一冯所驻，远非弃城可比”，这样才被免罪。

熹宗朝是魏忠贤弄权的时代。天启六年（1626），浙江巡抚潘汝桢在西湖首创为魏忠贤建生祠。从此各地寡廉鲜耻之官吏竞相效尤，以至魏忠贤生祠遍天下。上至督抚大支，下及武夫、贾竖、诸无赖亦各立生祠颂德。都城则数十里间，祠宇相望。每建一祠，多者费银几十万两，少者亦几万两。在这样的歪风下，朱一冯强毅不为，福建独无一椽。魏忠贤派人为皇上修陵墓修宫殿，要各地送银，朱一冯一文不给。朱一冯给朝廷的奏疏，对魏忠贤只字不提，而且还参他任用私人。

朱一冯凛然正气，一点不与魏忠贤同流合污，这在当时督抚中是绝无仅有的。朱一冯知道魏党不除，自己就难免遭其毒手，于是称病请求退休。这正是魏党求之不得的。崇祯元年（1628）二月一冯被罢官入京察典。当他将离开福州时，汀州（治所在今福建长汀）的山贼暗中起事。朱一冯立刻命令游击欧阳瑞曾率所募集的浙兵前往平乱。当胜利消息传来时，朱一冯正在离开八闽大地的出关路上。人们望着他那远去的背影，真是依依不舍。于是为他建祠来祭祀他。

朱一冯回到家乡泰兴。家乡由于遭受灾害，一冯拿出钱粮赈济救活无数百姓的生命。扬州负责漕运的巡抚路公专门为他写了一篇《奉优叙》歌颂他。这时明朝已日薄西山，奄奄一息。

扬州也动荡不安，总兵高杰来到这里。高杰（？—1645），陕西米脂人，李自成同乡好友。初随李自成起义，崇祯八年（1635）叛变投降明朝，官至总兵。1644年南下，福王朱常洵封他为兴平伯，守江北，驻扬州城外，与黄得功争扬州。高杰先至，一定要入城，扬州百姓害怕这个瘟君，闭城不纳。高杰攻城颇急，白天到乡村掳掠妇女，老百姓更加痛恨他。高杰这时也到泰兴城朱一冯的居所，借朝命以兵威胁朱一冯，向他索要几万只馒头。朱一冯根本不睬，高杰派兵到他家掘地三尺，把所有家产抢劫一空。顺治二年（1645）四月，清兵南下攻破扬州，明督师兵部尚书兼大学士史可法带领扬州人民奋勇抗击，终因寡不敌众，以身殉国，血洒梅花岭。扬州城破后，被清兵屠城三日。阎应元守江阴，相继城陷殉难。朱一冯的三子朱长源与姻亲戴氏二兄弟等共起，召集难民隔江声援，守卫县城，抗击清兵。兵败被执，不知所终。朱一冯禁不住国破家亡的打击，带着满腔悲愤，于第二年三月离开人世，死后葬于泰兴城西郊金瓶湾（即宝塔湾）法轮塔河北西原，时年75岁。

朱一冯一生为官清廉干练，任事勤快，谋略兼裕，却功高不赏，几不免祸。他的学生周吉在《闽功摘略》中说：由于朱一冯镇抚海岛，全闽安堵者数十年，“自闽逮粤，鲸波晏如”“公于吾间内外诸乱次第荡涤而功高不赏”“乃以得罪要人为其所中，甚至以失地文致其罪，吾间缙绅（当官的）铁韦（当兵的）逢掖（读书的）以至厮养（做杂役的）无不讼公冤者”。虽然这样一位抵抗外族侵略的民族英雄为奸党所不容，但是他却在人民群众中有着很高的威信，他将永远名垂青史！

# 莆田知县何南金，政声能臣泰兴籍

何南金，嘉靖四十年（1561）出生，字许卿，号丽泉，江苏泰兴人，辟授鸿胪寺主簿，早负文誉，与泰州储巏、同邑张京元号称“淮南三俊”，著有《悲华馆》《十笏斋》等集。万历三十五年（1607）进士，翌年（1608）任福建莆田知县。何南金为官时间虽然不长，但政绩斐然，爱戴百姓形象深入人心。万历三十七年（1609）其逝世噩耗传出时，莆田人街头巷尾哭声一片，其遗爱莆田之深可见一斑。

莆田，史称“兴安”“兴化”，又称“莆阳”“莆仙”，素有“海滨邹鲁”“文献名邦”之美誉，是福建省历史文化名城。明万历三十六年（1608），智泉迎来了一位不速之客，一位赏识者。他就是新任莆田县令何南金。

据《闽书·文莅志》有载，何南金，泰兴（今属江苏）人，以进士任，倜傥有文才，邑中佳胜，皆属（撰写）题咏；尝修江口桥，除官路，入疆辟治，有《悲华馆集》。《莆田县志》亦载，何南金，泰兴人，万历三十六年（1608）以进士知县事，性倜傥有文名，邑中名胜如智泉、碧濑诸处，皆有建筑、题记，供游人览眺；尝捐俸修江口桥，先是官路狭小，濡轨（水漫过道路）不便，南金复辟为康庄行道，德焉，著有《悲华馆集》，刻署中，卒于官。可知他是一位性情倜傥、关心民瘼、热心办实事的能臣。

何南金于莆任职未满三年，而有德于民，鞠躬尽瘁，有政声。他文才横溢，对莆田名胜风光，情有独钟；对邑中佳胜，善于观赏评价，多有题咏。尝与居乡名臣、礼部尚书陈经邦、国子祭酒林尧俞等，至所建碧濑亭观瀑，并有唱和诗，收进《莆风清籁集》。林登名《莆舆纪胜》谓，万历戊申（万历三十六年），邑侯何公（何南金）登永兴岩作记，并摘录其大略。

何县令对智泉瀑布景区有两大贡献。一是在智泉左侧一席之地，构建一座观光亭，匾曰“来苏亭”，方便游人观光。该亭居高临下，于三面回合中，透过东面一隅，远望四五十里外的东海一角，显示其选址之匠心。二是撰写《来苏亭记》，形象记述智泉的来龙去脉及其景观特色，为莆田留下一精彩的旅游文学名篇，林登名《莆舆纪胜》谓之“有记特佳”。

这座智泉观光亭，为何名之“来苏亭”？考经典古籍，“来苏”语出《尚书》，形容百姓盼明君前来解脱苦难。联系何县令任上所为，实是以匾言志，实至名归，而青史留名。时下文章读物援引《来苏亭记》皆不完整。兹据旧志所载（清廖必琦《乾隆县志》及《林杨祖县志》《张琴县志》，均全文载何南金《来苏亭记》），全文校读引录于下，以飨读者。

出郭五里，得西山之智泉，泉为石室岩之。登莆城，千峰如堵，绿云浓抹中，作紫笋一枝。矗倚山腰者，石室岩耶。并岩北走若干武许，岩身忽断，一泉横坼东下，迸天马、莲花峰，而为两则。迤北径穷，转从西迤，计武更（张琴志作或）若干，折而入谷。山从豁而得哆，从哆而得隘；泉从濑而上壑，从壑而上门，而吾亭在焉。

智泉脉（张琴志作发脉）于弥陀岩，放滥于三溪口，高下五里而远，三度之亭处，政得拔地之一。弥陀岩下，泉厮为两，流固单细，止从石罅作淙滑声（《名胜志》作淙淙声），至龙岭（张琴志作龙岩）始汇（张琴志作汇之），汇（张琴志无汇字）几至亭处。而山水受关纽夹控之紧，折为三陡。一如釜，一如墙，一如圈缺一，每陡承以呀潭，泉相循叠下，作长白缣，直下二十丈许。

涧底石平如砥，隆如垤，凹如臼，纵横互为泉漕，从陡折下，骤得平地，蜿蜒行于平渠浅涔之中，若澡帛而暴之，又若委蛇而饮之，容与瀺灂，似狎吾亭而不忍去。稍东下百武，则更（张琴志无更字）为绝壑轰流，再下即为（张琴志作则为）横被远引，沉沉浩淼，放至三溪口，而入塍亩矣。三溪灌木翳天，水碓匝地，殊不减武陵桃源。

从亭下视（张琴志作视之），故是井底黝一点。亭三面岩嶂，壑东下一隅，立（阮按，疑为五字，与首句“出郭五里，得西山之智泉”呼应，又与下句“四十里而远海”构成排句）里（张琴志作立望）而郡城，四十里而远海，适补其缺。

泉澎濞（指声势浩大，气势雄伟）差劣九鲤，然笙竽鼓吹，雷霆之声，四时非不足。若夫海天空远，挂插檐阿，镕金漾壁，浴乌吐蟾，直从阳谷飞射岩瀑，绚玉而夭矫之，自可全傲九鲤以有无。彼以吾家九公，走索之裔海，而兹一小子，坐收之榻旁，予则奢矣。敢求多于珠帘、飞凤哉！

亭记后段以智泉与九鲤湖瀑布各自的优劣处进行对比，指出智泉虽无九鲤湖瀑布之雄伟气势，但可赏海天之空远，玉虹之夭矫，堪补鲤湖瀑布之不足。这种劣中见长的思维方法与独到见识，不卑不亢，务实求真，予人启迪。所论实乃全篇画龙点睛之笔，不幸却被掩割殆尽，实可叹也。

2022年3月的一天，莆田一位叫吴国柱的人骑自行车到智泉风景区春游，从“鸣琴”瀑布旁沿山道往上走，到“悬沫”瀑布潭的附近，看到一块大石，朝东那面上有刻字，走近细看，竟然有三行斜字。崖刻最上部横刻二大字“观瀑”，字幅高24厘米，宽55厘米。“观瀑”二大字下方竖刻二行，计十字“巴峡门三析，扶桑海一杯”，字幅高69厘米，宽60厘米。“观瀑”二大字左边竖刻一行落款：“广陵何南金题”，字幅高35厘米，宽5厘米。何南金题刻书法刚劲挺拔，智泉风景区发现明代莆田知县何南金题刻，为莆田二十四景之一“智泉珠瀑”增添了一方明代古崖刻，也更丰富了其文化艺术价值。

最后要补充说一点的是，莆田有一个东岳观，位于福建省莆田江口镇新街中心。此观创建于元至元二年（1336），初时名“佑圣观”，明永乐十一年（1413）重修，后圮。明万历三十七年（1609），莆田县知县何南金重建，改名“东岳观”。

## 税监暴敛殴知县，龙镗命丧广宁门

思来，桑梓之地历史悠久、源远流长，确乎是愈挖掘愈感受到其文化底蕴的深厚，愈增添了对家乡的挚爱之情。如果说以前笔者在整理家乡的四大美传即“季三嗒子的传说”“银杏仙子的传说”“吉高的传说”和“龙开河的传说”时，心里涌起的多是一种家乡文化美美的自豪的话，那么近来在搜集明清时代发生于家乡或与家乡相关的那些事儿时，心里涌起的更多的则是一种历史钩沉的深深的思考。

明万历三十五年（1607）正月，江苏省泰兴县知县龙镗赴京参加“大计”（明朝官员考核制度，每隔六年皇考一次，即皇帝考核一次官员，考核进京外官名“大计”），因考绩不佳，被贬了官。龙镗心中郁闷不乐，带病离京。不曾想，接下来发生的轰动一时的“广宁门事件”，让他从此不知人间“郁闷”为何物。那天，当他走到广宁门时，税监赵禄、王泰、张宪、邢相等人正在收税，见龙镗到来，误认为这个贬官大有油水可捞，于是便横加勒索。谁知龙镗的行囊空匮，税监们就对他拳打脚踢，可怜龙镗那边才刚遭贬职，这边又竟被打得蓬头散发，遍体鳞伤，口喷鲜血，瞬间一命归西。

那年头，如此这般事件，其传播速度，远不是当下互联网时代线上线下互联互通举世皆知众人喷的状况。然而，即使在数百年前，甚至在更加久远的传统社会里，好事不出门，坏事传千里。广宁门打死人事件一经发生，顷刻之间发酵，民众群起发难，联名上书奏请神宗皇帝，强烈要求严惩凶手。联名奏文，由兵部呈给皇帝。明神宗迫于公愤，把肇事者收监。经吏部查明：龙镗致命的一击出自赵禄之手。经过科道、法司合议，于正月二十二日（2月18日），将赵禄处决，邢相等三人充军。这即是“广宁门事件”的大致经过。

其实，明朝税监多是皇宫的太监心腹，一句话，是皇帝的人。明朝的税收沿用了前朝的两税法，本由财政部（户部）主持，但明朝的君主专制独裁达到了顶峰，皇帝另外设立了一个征税系统，由他亲自指派的宦官负责，称为“某地某税提督太监”。到明神宗万历皇帝时，由于常年边境战事，以及前后两百年修筑明长城，国家财力严重消耗，导致明神宗修建自己的陵墓定陵耗时六年时间才最终建成。

定陵工程艰巨，每天役使军工、民匠三万余人，全国平均每户需摊派劳役六天半，共耗白银八百余万两，为当时全国两年田赋收入的总和，可供一千万农民一年的口粮费用。定陵建成后，万历帝带领后妃、臣僚来到陵园，一时兴起，竟在“生圹”（地宫）里饮宴起来。为了榨取更多钱财，明神宗就派了一批宦官到各地去收税，这种宦官就叫作“税监”。税监不但征收苛捐杂税，还向百姓敲诈勒索，像天津的店铺税、东海沿岸的盐税，浙江、广东、福建等省的海外贸易税，成都的茶税、盐税，重庆的木税，长江的船税，荆州（湖北江陵）的店税，宝坻（天津宝坛）的鱼税、苇草税。普通税吏本已是烂污人物，但比起税监系统，他们简直纯洁得如同婴儿。税监系统只要用手向某商店一指，说他漏税，这个商店就是赔了老本儿都不能清偿。

明初，朱元璋为了巩固朱家天下，废了宰相，明朝的君主独裁也由此成为历代之最。到了明朝中后期，皇帝大权在握却昏庸无能、不理朝政，造成了宦官太监势力的极大膨胀。万历皇帝时，朝政废弛，官吏贪污，税监横征暴敛。明神宗派遣矿监、税监四处搜刮民财，成为万历年间一大弊政。明神宗派出去的矿监、税监都是身边亲信太监。这些太监倚仗权势，肥饱私囊，无恶不作。在纺织业比较发达的南方地区，税监的横征暴敛更是严重，从而激发了各地城乡居民反抗税监的运动，甚至发生了痛打税监事件。明神宗充耳不闻，只在乎税监们有没有为他搜刮到钱财，如果税监空手而归，皇帝就特别不高兴，甚至处他们以死刑。在皇权的庇护下，各地税监更加无法无天，胆大妄为。有的地区，征税征得与拦路抢劫差不多的程度；还有的税监下令大规模挖坟掘墓找金子。税监的党羽们十分威风，敢在光天化日闯入民宅，奸淫妇女。说起来龙镗的遭遇只是其中一件“小事”而已，税监赵禄、王泰、张宪、邢相四人也只是当时很“普通”的税监，比他们更为横行霸道的税监大有人在。不过明神宗绝没想到罢了官的龙镗会被税监打死，而且因此引发出了个不大不小的“广宁门事件”。

话又说回来，中国历史上惩贪官、反腐败最厉害的皇帝，恐怕也数明太祖朱元璋莫属了。但到明代中后期，随着整个国家机器日趋腐败，朱元璋的惩贪制度亦遭到严重破坏。当时，科场舞弊盛行，对官员的考核、监察名存实亡，连负责考核选拔官吏和惩治贪污的吏部官员和监察御史们，也大肆贪污受贿。多有花重金买到官位的“父母官”，并无真才实学，一旦上台后，便大肆搜刮，贪污腐败，故税监赵禄、王泰、张宪、邢相等人在广宁门遇到泰兴县知县龙镗时，便误认为这个贬官大有油水可捞。

贬官龙镗是江苏省泰兴县知县，这是让税监赵禄、王泰、张宪、邢相等人认为大有油水可捞的重要原因。明朝中后期，南方已经成为中国的经济重心。江苏省是当时经济极度繁荣的地区，南京等地是当时的经济、商业大都市。江南地区农业生产和手工业逐步发展，丝织业特别发达，富裕的机户开始开设工场，雇用机工，城里的机工总共有几千人，东南沿海一带商业也繁荣起来。江南地区城市、市镇店铺林立，商品丰富，又有享受型消费为主的茶楼、酒楼、戏场之类。这些都让在北京广宁门的贪心税监们产生幻想，看到来自江南的贬官龙镗自然认为他是个有钱的主儿。龙镗因此而再度倒霉以致一命归西也就是自然的了。

鉴于当时的老百姓已经多年遭受税监的横征暴敛，各地反抗税监的运动时有发生，明神宗终迫于公愤，不得不在拖了七八天后无奈地把肇事者收监下狱。他拖不了不处理肇事者，更无法将明朝统治长久地拖下去。给朝廷效力的官员尚且不能自保，何况是市井小民？大明朝的腐败制度终于逼得老百姓走投无路纷纷揭竿而起。

“广宁门事件”后，明朝农民起义风起云涌，三十七年后，李自成率起义军攻破北京，在中国统治了近三百年的大明王朝随之寿终正寝。钩沉这段历史，由泰兴知县龙镗之死引发的“广宁门事件”，即使在今天大概也应该有很多方面值得我们去深思吧！只有去深思这样的历史，我们才能更深刻地体会到“不忘初心、牢记使命”的历史意义和现实意义！

# 清初第一敢谏臣，泰兴籍人季开生

季开生（1627—1659），字天中，号冠月，清初江南省泰兴县（今江苏省泰兴市）人。少年成名，文才卓越，有“江南才子”之称，著有《戆臣诗稿》。顺治六年（1649）进士，为翰林院庶吉士，后改礼科给事中、兵科右给事中。在朝期间，以直言著称，因言获罪被流放，史家称为“清朝第一谏臣”“清朝开国第一名谏官”。

其父季寓庸是江南富户，其弟是著名藏书家季振宜。季开生的祖父季三卿，字鸣寰，明崇祯朝廪贡，生有四子。长子谨庸，明万历朝副贡。次子寓庸（即季开生父），字因是，明天启元年（1621）中举，次年中进士，历官浙江余姚、临海及河南祥符（今开封市）县令，有政声。后任吏部主事，因和权奸魏忠贤的党羽不合，辞官归里，70岁时犹协助泰兴知县陈棐抵御海寇及处理其他乱事，享年84岁，死后人祀乡贤祠。四子道庸，清顺治三年（1646）岁贡，任湖广兴国州知州。

季家原为季家市望族，祖父贡生，父亲进士，兄弟二人也都是进士。父亲季寓庸为官后，将家迁入泰兴县城朝阳铺，在县学宫之左拓地为园（位于今泰兴城内仙鹤湾风光带一带），方圆三里多，凿石堆山，疏流为池，高有台，下有亭，回廊曲径，依山临水，四时皆有可赏之景。园内有宋朝乡贤孙益手植桂树一棵，大十围，根株盘曲，蓊郁苍翠，故其园取名“嘉树”。花开时，开生、振宜兄弟与诸好友唱和诗于树下，酹酒而祝曰：“见树如见人，吾侪不当如是耶？”园中有“春柳读书堂”“静思堂”和“辛夷馆”，即后来季开生、季振宜幼时读书处。以后其从弟昌龄建了一座“东园”，三弟季贞在城北建“日涉园”（即今泰兴城花园河），城之四隅，皆有季氏园林。现“西园”“东园”已成行政村名，盖由此演变而来。

季开生兄弟七人，开生为老大。二弟振宜，早开生二年中进士。三弟贞，字天秀，顺治举人，任工部都水司主事；四弟舜有，字天选，副贡，任南宁府同知；五弟静，字仁山，例贡，任兵部督捕司主司；六弟八士，字南宫，廪贡，知县；七弟芝生，字善伯，应例，任北流知县。一门簪缨，光耀乡里。季开生为人英毅刚强，直言敢谏，同时期的姜宸英称其为“本朝开国第一名谏臣”。

季开生像（泰兴博物馆藏）

顺治十一年（1654）八月，地震频生。季开生疏言："地道不静，民不安也。民之不安，官失职也。官之失职，约有十端：一曰格诏旨，二曰轻民命，三曰纵属官，四曰庇胥吏，五曰重耗克，六曰纳馈遗，七曰广株连，八曰阁词讼，九曰失弹压，十曰玩纠劾。"所列十条"弊端"，道出了巩固大清江山统治关键，与顺治帝的想法一拍即合，深得赏识，立即被予以采纳："疏其目以上，章下所司。"调兵科右给事中。

顺治十二年（1655），明将张名振进犯上海，礼科给事中季开生疏言上奏："防御海寇，宜远侦探，扼要害，备器械，严海禁，杜接济，密讥察。"此奏即受纳。同年夏天，皇后、妃嫔、宫女等人生活居住的乾清宫竣工。为了把乾清宫装饰得漂漂亮亮，顺治帝就下令从国库拿钱，派管理宫廷内务的官员去江南采购精美的器皿。此时，兵科右给事中季开生的家人来京，称来的途中遇见朝廷官员乘船去扬州收美女，季开生听了家人所言，未细加核实，遂据此传闻上书劝阻顺治帝，称"从来歌舞之席，易生怠荒，历史垂戒，何庸臣赘。今当四方多警，楚闽用兵，正皇上励精图治，寝食不安之际，何不移此，使以阅旅，省此费以犒军，鼓忠勇而励防剿之为愈乎？"这一回却闯下大祸。

顺治帝看了奏书，勃然大怒，当即对在场官员说："太祖、太宗早已订立制度，宫中从来不用汉族女子。我是奉皇太后的旨意派人去采购器皿的，何来收美女一说，而且天下还不太平，我怎么可能会做这种事！"顺治帝恼怒季开生不核查消息的真假，就来兴师问罪，实在可恶。于是顺治帝下令撤了季开生的官职，将其流放到尚阳堡（今辽宁省内）。

其实，季开生直言进谏，虽自己申明未细加核实，但也并非空穴来风，《清通鉴》卷十二引《三冈识略》卷三有载："顺治帝命内监赴江南采买女子，大江南北，人情惶骇，为避灾难临头，纷纷嫁女，喧阗道路。"这说明不管怎样，内监赴江南一事已在老百姓中造成恐乱之况了，而季开生的谏言客观上对顺治帝戒奢戒淫还是起到提醒作用的。

季开生在尚阳堡遭遇了很多磨难，但仍不忘自己的本心。顺治十六年（1659），32岁的季开生在尚阳堡被人活活打死。不过，他死之后，不仅没有消失在天下人眼中，还被誉为清朝开国后"第一名谏臣"。顺治十七年（1660），旱，顺治下罪己诏，命吏部察谪降言官，谕曰："季开生建言，原从朕躬起见，准复官归葬，荫一子入监读书。"由此季开生得到平反。顺治帝恢复季开生的官位，派人把他的遗骸送回其故乡安葬，并保送其一个儿子入国子监读书。从这点上来说，顺治帝反省对季开生处罚失误，主动改错，为其恢复名誉，也不失为明智之举，只是国难思良臣，悔之晚矣！

季开生幼喜摹宋、元名迹，山水笔致萧散，骨格陵瞻。后观富春严滩之胜，故丘壑深邃，颇得黄公望简笔松秀神趣。工诗善画之外，他还喜欢治印。《国朝画徵录》《图绘宝鉴续纂》《墨林韵语》《桐阴论画》《国朝别裁诗传》《广印人传》等典籍对季开生都有记述。现西安博物馆藏有季开生治印"千古江山"一枚。

性秉好吟的季开生即使流放来到尚阳堡，依然与流人文士多有交往，歌咏不断，到尚阳堡后不久就参加了冰天诗社。在流放期间，他创作了大量的诗歌作品，其组诗《尚阳堡即事口号》用生动的语句描写了当地的风情、自己的清苦生活以及在这清苦的状况下自己如何坚持创作的情形。"炕火难融被上霜"一句便是他在尚阳那段流放生活和政治生活的真实写照。

这里且录一首季开生为铁岭流人左懋泰送葬之诗以为本文作结，名《送左大来先生葬》，诗中深切表达了对同病相连者的心曲和自己内心深处的希冀。诗云：

重关不禁旅魂过，梦里看君渡塞河。白日总悲生事少，黄泉翻羡故人多。

荒台啼鸟围松柏，废苑寒云锁薜萝。未遂首丘须浅葬，好留枯骨待恩波。

## 藏书达人季振宜，惠泽后世《全唐诗》

季振宜（1630—1673），出生于原泰兴县的季家市（今靖江市季市镇），清初诗人和藏书家，字诜兮，号沧苇，顺治四年（1647）进士，历任浙江兰溪知县、刑部主事、户部员外郎、郎中、广西道御史、浙江道御史。季振宜不仅是顺康之际号称直言敢谏的两朝御史，也是清初江浙地区比较有影响力的主要藏书家

季振宜像（泰兴名人馆藏）

之一。他的藏书以及其所编的《季沧苇藏书目》在中国文化史上留下了浓墨重彩的篇章。同时，他用10年时间编纂了《全唐诗》，后来以此为底本的校补卷被康熙皇帝御定为《全唐诗》，煌煌传诵至今。

季振宜家族的始祖是秦朝末年的季布，其人住楚地，性情耿直，为人侠义好助。中国有一个成语叫“一诺千金”，就是讲季布的典故。季布的六十六世孙叫季达，宋嘉定年间（1208—1224）官通州教授，至泰兴，爱其风土，遂定居季家市。

季达十四世孙、季振宜之父季寓庸是泰兴季氏家族中第一个进士。从季寓庸这一辈开始，为季氏家族从科举到社会名望，再到家族文学成就都引人注目的全盛时期。明朝末年，季寓庸携子搬家至泰兴城西南郊原西园生产队一带建起了自己的新家园——西园，振宜与其兄开生在此刻苦攻读，相继蟾宫折桂，成为进士，其长姊季娴亦为当时著名的才女。

季振宜少负异才，聪颖过人，过目成诵，诗风文采及治学之勤，尤为人称道。清顺治三年（1646）考中举人时，年17岁，第二年联捷成进士。

季振宜一生中最为人称道的是他的藏书，他是中国藏书史上有名的藏书家。明清时期私家藏书日益兴盛，季振宜出生于官宦世家，他的曾祖父、祖父都是贡生，父亲是进士，兄长开生和他本人也是进士，都是与书本打交道的，所谓家学渊源，原本藏书就不少，加之其家在扬州经营盐业，因而豪富。良好的教育环境和雄厚的经济实力为他大力购求古籍善本提供了优越的条件，在原来藏书的基础上，季振宜自己又去江南各地搜求了好多。如常熟毛晋，毛家没落后，其后人将藏书多卖给了季振宜；又如常熟出名的藏书家钱曾，有些钱曾自己的心爱之书，如极名贵的宋版《陶渊明集》十卷，也卖给了季振宜。宋版《陶渊明集》十卷是钱曾的另一个铁哥们顾伊人的藏品，但他见钱曾“苦爱”此书，“遂举以相赠”。康熙五年（1666）底，钱曾又割爱将此书卖给了季振宜。顾伊人以举世奇珍，慨然相赠，而钱曾转售于季氏，可知季氏所得述古堂藏书，必多精粲，所以季振宜的藏书便“富甲天下”了。季振宜曾将所藏的宋版书编录成《延令宋版书目》（又名《季沧苇书目》），后由乾隆朝校勘家黄丕烈刻印传世。由于季振宜对藏书的记载准确，故而被后人尊称为“善本目录之泰斗”。

季振宜在中国文化史上的一大贡献是他自康熙三年（1664）起，在前人的基础之上，利用自己藏书丰富的便利条件，集前人所录及金石遗文的完整篇章，以宋版诸书及各善本参校字句，反复校订、广事补遗，穷十年之功，于康熙十二年

（1673）编成了集唐代诗歌之大成的汇编《全唐诗》，共717卷160册，收入1859位作者的42931首诗。编好之后，季振宜“命书佣缮录正本，将付枣梨，以广其传”。在这本由书佣缮录的正本，即誊清本中，附有季振宜本人的手札，手札的内容是送校、写样、上版之事，也就是说，誊清本出来后，季振宜准备以他雄厚的财力来完成这一文化史上的丰功伟绩。但这时发生了一件大事，季振宜突然去世，印刷发行汇编《全唐诗》一事遂夭折。

季振宜藏书在他死后就开始散出，他付出十年心血的汇编《全唐诗》，也很快换了主人。汇编《全唐诗》有三个版本，简称为原稿本、誊清本（或清稿本）和重抄本。在季振宜去世前，“有三种颜色校雠文字”的原稿本就被他赠送给了苏州的书画收藏大家顾崧，现存台湾“中央图书馆”，并于1976年由台湾联经出版事业公司影印出版；誊清本在季振宜去世后，先传到季振宜的六弟季八士手上，以后又传到季寓庸的孙女婿张丕扬手上。张丕扬将此书收藏于树园中，后来他将此书进呈给康熙，这部誊清本（亦称清稿本）由此而进入了内府。

康熙四十四年（1705）第五次南巡期间，将主持修书的任务交给江宁织造曹寅，并将内府所藏的这套季振宜的汇编《全唐诗》发下，作为校刊底本。这部“内府所藏《全唐诗》”就是季振宜誊录的誊清本（清稿本），此书今收藏于国家图书馆善本部。曹寅在扬州设立诗局，仅用了一年，就将全唐诗编成刻印，这就是为后人津津乐道的《御定全唐诗》；曹寅所主持的扬州诗局在利用这部书编纂了《御定全唐诗》之后，并没有将季振宜的汇编《全唐诗》送还内府，而是重抄一部呈进，这就是现存于北京故宫博物院的季振宜《全唐诗》重抄本，已由海南出版社影印出版。

季振宜不仅是著名的藏书家，还是版本学家、校勘家，同时他的诗作造诣也颇深，在政治上也颇有建树。

季振宜居官直言敢谏，诗文闻名江南，藏书富甲海内，《全唐诗》惠泽后世，这是泰兴得天独厚的资源，更是十分宝贵的财富，值得我们深入研究、挖掘和传承，以让季振宜和他编撰的古籍走进寻常百姓家，提升泰兴的文化影响力。

## 林下风高一季娴，可与清照比诗才

季娴（1614—1683），江南（今江苏）泰兴人。字静姎，一字扆月，号元衣女子，清初才女。她是江南富商季寓庸之女，清初直臣季开生与藏书家季振宜之姊；是兴化籍状元宰相李春芳曾孙、吏部尚书李思诚之子、尚书李长昂之妻。著有《雨龛集》行世。

季娴出生于一个诗礼传家的富裕家族，幼年有机会得到良好的教育；又随家人宦游驱驰，见多识广；父亲季寓庸、二弟季振宜均是当时著名藏书家，一门风雅，可见其渊源有自。季娴在《闺秀集》自序中亦云："予幼非颖慧，先慈氏颇不以蒙昧畜予，因不禁止，课以诗书。迨髫龄，侍家大人宦游中州，驱驰燕邸。其间齐鲁冀豫风物多殊，舟车趨来，山川非一，所经所瞩，觉喉吻间有格格欲出者，因取古人诗歌效之。迨归昭易李维章，倾荼摭古，更不以俗辙相羁限。而舅氏宗伯公藏书架满，缃帙灿然，因得肆览焉。"此序明白地说明了她的文学成就既与其得天独厚的家庭条件、家庭环境密切相关，也与她的婚姻有着重要的关系。

季娴与状元宰相李春芳家族的联姻，可谓是开启她人生的又一个重要阶段。其夫君李长昂，字维章，在世代簪缨的李氏家族中虽名位不算太显，但难得的是他拥有一双慧眼，真诚地欣赏季娴的才华。可以说，季娴的两大文学成就——一是编选刊印《闺秀集》，二是创作刊行《雨泉龛合刻》，均与李长昂的支持密不可分。季娴最初编选《闺秀集》之目的仅为自娱以及给女儿李妍提供阅读范本，但李长昂一语惊醒梦中人："子既羡闺阁之多才，又每叹传人之极少，曷不为诸才媛谋可传藏？"由此可见，她的文学成就的另一个重要因素应该说与其夫李长昂的开明博雅、鼓励支持是分不开的。

季娴喜为诗，兼工长短句，著述极丰，计有《学古馀论》《前因纪》《学禅诨语》《百吟窗》《近存集》《季静姎诗》《雨泉龛诗选》《雨泉龛合刻》《闺秀集》等。其中《闺秀集》为选编诗集，女子出诗集在当时非常少见。她的诗词之风婉约而浪漫，柔意而情绵。像《前题》："青梅如豆压枝低，淡绿轻红映钓矶，柳花如雪漫天飞，笋初肥，莲叶如钱浮小池。"像《秋波媚・忆维章夫子》："晴日疏帘暖气浮，春满画堂幽。嫩黄搓柳，淡红含杏，夕照高楼。忆君临发贻佳句，日懒未曾酬。嗔他黄鸟，偏来枝上，陡唤人愁。"皆可见其这样的诗风。

然而，世事难料，人生无常，人心难测，季娴夫妻二人原本两情相悦，谁知却在后来发生了曲折。顺治十四年（1657）后，季娴因李长昂私藏姬妾而心灰意冷，以致诗风陡变，由柔情浪漫转向禅意，中年以后的作品多为随缘悟道的醒世之文。季娴曾作《浣溪沙·杨花》以抒发自己忧郁而无奈的心情："昨夜东风透露台，无端柳絮遍苍苔。一春心事又成灰。无力自随流水去，有情还伴落花来。天涯游子几时回。"

季娴一生笃信佛教，对父母更是恪尽孝道，曾多次为母亲与弟弟治病而割股祝佛。其兄季开生流戍，迎双亲于家侍奉至孝，又督侄读书，时得称颂。她教子有方，以"植德"立人为要旨，"衣破犹可补，德亏补何有"。其子李为霖16岁即中举，27岁中进士，官湖广荆州府知府，升云南按察使等；其女李妍亦善诗，著有《绿窗偶存》。

有人说："在男性中心的中国古代社会，清思巧唱的名门淑媛甚众，有幸脱颖而出大放异彩的则不多；擅长填词吟诗以抒发心声的闺阁才女甚众，诗文兼长气格俊朗呈现大家气派的则不多；凭夫贵而荣、借家族的高枝显扬自己的贵妇甚多，泽被夫君、让对方因自己而青史留名的亦复不多。明末清初'广陵闺秀'季娴便是这诸多'不多'中凤毛麟角的佼佼者。"笔者深以为然。

是呢，正如"清朝第一谏臣"、娴弟季开生所云："乃姊秀擅闺中，风高林下。"季娴以其卓越的才华挑战彼时女子"锦泊米盐、才湮针线"的宿命，是明末清初历史上有记载的泰兴五位才女（吴馥、季娴、王睿、卢婉芳、陆椿长）中比较突出的一位。她们在等级森严的传统社会营造了一片葳蕤华茂的女性风景。

## 奏本狮吼王令树，池花映日狮子巷

王令树（1657—1720），字桐孙，后改名王枚功，号树人、行一，江南太兴（今江苏泰兴）人。清康熙十一年（1672），王令树15周岁，通过了童试，考中秀才。清康熙十七年（1678），戊午年，江南乡试，考中举人。清康熙十八年

（1679），王令树22周岁，己未科联捷考中进士。清康熙二十七年（1688），王令树任富顺知县，其后历官礼部主事、员外郎、刑部郎中、山西道监察御史等，是泰兴籍十大谏官之一，为康熙爱臣。他是泰兴王氏堂号“映日堂”的第十世孙，也是“映日堂”堂号的创建者，据说创建此堂号是遵循皇旨御意的。

王姓是百家姓大姓之一，同时也是江苏泰兴的名望之族。泰兴的王氏于明代建文年间（1399—1402）因避“靖难之役”从苏州迁至泰兴，世有“两晋家声远，三槐世泽长”之颂，堂号包括三槐堂、映日堂、大国堂、银杏堂、乐学堂、天日堂等，其中尤以映日堂王姓最为显赫，相传其原来的堂号就叫三槐堂，也就是说“映日堂”堂号是由“三槐堂”堂号派生出的。至于是三槐堂开基始祖王祜的哪一支后人，至今尚未找到相关确切记载，但这个家族最早定居于泰兴的始祖族谱上标明是王彦璋。

王彦璋，籍本太原，因靖难兵役，于1399—1402年期间由苏州迁居泰兴，隐居在古泰兴的天宁庄（现在滨江镇蒋港村地界）。谱牒中记载王彦璋的祖籍是在山西太原，这明确了王彦璋这一支王姓属于太原王氏。至于这个家族相传他们来自苏州阊门，实际上是由山西太原到苏州，再由苏州阊门迁徙到泰兴的。其五房十一世孙王新铭有诗集《潜夫诗抄》传世，诗集卷一中有一首诗《代不倒翁解嘲》，王新铭借不倒翁比喻自己，诗中第一句：“生来乡贯系吴阊”，明确言明他的祖籍是苏州阊门。

据史料记载，明初官府多次组织大规模江南移民，计四十余万众，阊门邻近京杭运河，是古代江南最重要的码头之一，在以水路交通为主的古代，从江南去江北，阊门无疑是非常理想的出发地点。阊门由此成为中国最有影响力的移民出发地和集散地，成为海内外中华儿女寻根问祖、溯源报本的朝宗圣地。对于背井离乡的移民们而言，阊门是他们在江南的最后一站，这样，这座城门就成了故乡的象征，寄托乡愁的载体。

根据现有的资料，可以推断：王彦璋这一支王姓家族当年是从苏州阊门乘舟迁居江北泰兴的，而在居苏州之前，作为三槐堂的一支，这支王姓又来自山西太原，后来迁居苏州，生活数代或数十代后，到了王彦璋之时又迁居我们泰兴，为了不忘本，才在史料上注明“籍本太原”。

谱牒中还记载他为“明故处士”“乐隐于农”。处士是指古时候有德才而隐居不愿做官的人，男子隐居不出仕，讨厌官场的污浊，这是德行很高的人所做的选择。加之一个“隐”字让我们看到了一个“采菊东篱下，悠然见南山”的王彦璋。他为什么要隐？因为他是个名士！他是因为燕王朱棣发动了靖难之役才离开故土来到泰兴隐居的，也许他来泰兴的确切时间应该是靖难之役的尾声阶段，因为他看到了朱允炆政权行将就木，燕王朱棣称帝在即，他怕遭到朱棣的报复或因为不愿日后被起用为官而早先一步离开了故土。由此可见他是拥护朱允炆政权，反对朱棣这种大逆不道夺天下的行为的，所以他要“隐”。

到了清朝康熙年间（1662—1722）王彦璋这一支王姓的堂号改为“映日堂”。之所以改为“映日堂”，自然是有缘由的。这个缘由正与泰兴王氏“映日堂”十世孙王令树相关。王令树一向以正直朴诚著称，为官清廉而有担当，敢为、敢谏，既深为朝廷赏识，亦易招人嫉恨，史书称其奏本如狮子吼叫，故他在泰兴所居的巷子被称之为狮子巷。

在富顺知县任上，王令树“勇于治事”，清乾隆二十五年（1760）《富顺县志·宦迹》载其“赋性刚方，遇事有担当……不惮劳瘁，务令均平，奸民莫敢肆横”。其中，他最值得称道的政绩就是推进行政区划调整，重新拟定县域划分方案。要知道，明代至清代前期，富顺一直实行里甲制，规定“十户一甲，百一十户为里，设甲首、里长”。

王令树到任后，发现原有的里甲制已然落后，不仅影响到徭役税赋任务的完成，还严重制约着经济社会发展，迫切需要优化行政区划设置。于是，他果断决定“分六里为四乡八路”，即“县为四乡，乡为八路”。这一制度一直延续至清末，为富顺两百余年的发展奠定了坚实的基础。王令树在富顺的任职时间并不长，大约一年光景。之后他升任礼部主客司主事，再任礼部精膳司员外郎和刑部江西清吏司郎中，并迅速擢升至山西道监察御史。

康熙四十一年（1702），时年王令树45周岁，康熙48周岁。这一年的农历十二月二十八日康熙帝传集部曹于太和殿，特以唐朝诗仙李白《谢公亭》一诗中的“池花春映日，窗竹夜鸣秋”十字，赐王令树御书。“映日堂”的堂号即由此而来。后来，王令树将自己的诗集命名为《映日堂集》。

康熙四十五年（1706），丙戌会试，王令树奉命监卷。监试官都是由皇帝亲自钦点派任的朝廷有名望的值得信任的官员，《清史稿·志》卷八十三言明：“会试监试以御史。”当时列满汉御史各一员，满御史是色克图，汉御史即王令树。会试是中国古代科举制度中的中央考试，应考者为各省的举人及国子监监生。由礼部主持，在京师北京内城东南方的贡院举行。考中者均称贡士，第一名称会元。会试后贡士再由皇帝亲自御殿复试，择优取为进士。而这一年会试发生了中国古代考场上的一件可谓惊天动地的大事。

时为殿试授卷官的张大有在会试即将开考时上书康熙皇帝陈奏了当时考场中的弊端，预言此次会试考试定有舞弊现象发生。张大有（1675—1730），字书登，又字火天，号慕莘。康熙三十三年（1694）中进士，选庶吉士，散馆期成绩最优，授翰林院编修。三十九年（1700）转任礼科给事中。清国史里并未详述张大有到底讲了什么弊端，清代著名的诗人王士禛的一部笔记著作《古夫于亭杂录》倒是提到了："康熙四十五年丙戌会试，总裁官止用二员：吏部左侍郎李录予、工部右侍郎彭会淇。房考皆新差直省督学科道官，余止部属二人。盖所以杜揣摩之弊也。会试总裁，近例用四人，正考皆大学士、尚书为之，变例自是科始。"

清福格著的十二卷风俗掌故笔记《听雨丛谈》中也提到了此事："四十五年丙戌会试。总裁：吏侍李录予、兵侍彭会淇。中式三百人。历科会试主司，皆用大学士而下三四人，本科止用侍郎二人，遂腾物议。"意思就是嫌主考官人数比往年少且资格不够。张大有此言一进，更是导致议论纷纷，所以众人都将眼光盯在了这次会试上。试后，还真有流言传出，根据时为会试监试官王令树之子王新猷、新铭、新建在《王氏族谱》里对这件事的记载是："有人状告外帘的满御史监试官色克图违规进入内帘。"何谓内帘、外帘？古代科举考试中在外提调、监试等谓之外帘官，在内主考、同考谓之内帘官。帘官之"帘"，正取于门之帘。贡院内有至公堂，堂后有门通入，主考、房官、内提调、内监试、内收掌等官员，在堂内保管、批阅试卷，并居住其间。考试前三日，这些官员由至公堂后小门进入，监临随即封此门，并以帘相隔。这帘成为一种界线。帘内的考官称为内帘官；帘外的考官，包括监临、外提调、外监试、外收掌、弥封、受卷、誊卷、对读等官员，称为外帘官。外帘官负责监督考场、考卷弥封、誊录、对读、保管、封送内帘诸事。门闭帘隔，内帘、外帘被分别限定了活动空间，各司其职，帘内帘外不得随意往来，内外公事要隔着门槛交洽。至放榜时方准开帘。

《清史稿·志》卷八十三亦言明："试官入闱封钥，内外门隔以帘。在外提调、监试等曰外帘官，在内主考、同考曰内帘官。亦有内监试，司纠察，不与衡文事。"而当时王、色二御史俱为外帘官，是不得进入内帘的。色克图被弹劾，从这件事上看，王令树是没有任何过错的，也没有牵涉他。但他却没有置身事外，而是上疏康熙皇帝，写明了原委，替色克图辩冤。他在奏折中说："色克图逡巡不入内帘"，也就是说色克图只是在门口徘徊，因为有所顾虑最终并没有进入内帘。两方证词不一，于是康熙皇帝下旨让负责会试的礼部查清楚此事，但是礼部负责的人却含含糊糊地上了一道折子回答了皇上说："此事恐怕存在。"而这个时候，王令树又上疏了一道奏折，直陈了事情的始末，再次证明色克图并没有进入内帘。可惜还没有等到王令树的第二道疏章送到内廷，康熙皇帝已经震怒了，他指责"主司取仕不称职"，命令"下秋部以堪问"。

《清圣祖实录》记载："大学士、都察院及工部尚书温达等遵旨察议会试主考官李录予、彭会淇、同考官李绅文、谢藩、阎中宽、陶仁明等四人，不堪试卷、取中进士、不可谓之无弊。拟李录予等离任，李绅文等革职，会同刑部严审。"一场由"科场舞弊"而引起的腥风血雨就此掀起，此时一同参与会试监考的同僚们人人自危，但唯有王令树一人坦白自信。

其实，康熙皇帝震怒并非色克图一事，晚清著名的经学家俞樾编著的《茶香室丛钞》载：“（康熙）四十五年三月，陈廷敬奏：‘会元尚居易首篇，一千二百字。向来作文，不得过六百五十字，所作违例，应斥革。’从之。”这是说，陈廷敬认为当年的会元尚居易的文章字数太多，违反了规定，而当时的主考官却没有察觉，反而将会试第一名的头衔颁给了尚居易，应予革除。

由此可见，1706年的这场所谓的“科场舞弊案”其实倒不是什么“舞弊”，只是因为本届主司和往年人数、职位差异太大，引起了众人的揣测，而正好会元尚居易又有点不是“实至名归”，众人挑刺挑出了个“舞弊之说”来，所以才引发了康熙皇帝的盛怒。

不过，康熙皇帝虽然削了尚居易的会元头号，并革了一些人的职，但《清圣祖实录》记载：“上谕曰：朕观会试正主考系北人，则必取北人为首。系南人，则必取南人为首。可谓之无私乎。今年科场行贿者、想亦无有。但中所不当中故人心不服。”由此可知，康熙皇帝是相信当年会试没有舞弊现象的！那么康熙皇帝盛怒之下对那些考官们用了刑罚，总不能自己再去认错吧，他只能借着尚居易的事情顺水推舟，以此搪塞，贬谪那些考官的理由就是“不堪试卷”。

那么之前色克图之案又是如何处理的呢？其实这是无中生有罢了，要不是之前张大有奏陈科考之弊端，弄得人心浮动，一片议论，也不会生出此等谣言，更不会扯出尚居易此等小事而引起考场与官场的地震，康熙皇帝心中还是很不舒服的，有一团怒火他不得不发，陈廷敬是重臣，且言之有理有据，他不便怪罪，只能拿始作俑者开刀！最终，张大有因上书陈述科场积弊，引起不必要的非议而降为国子监助教。

这次会试案虽然闹得惊天动地，众多人受到牵连，就连色克图也因为礼部的含糊奏辞一开始被罚俸一个月，但后来又因为查清了整个会试的始末，加之康熙皇帝看到了王令树的第二道奏疏，康熙皇帝被王令树的执着和诚朴而感动，也不忍再去惩罚色克图和那些办事含糊的礼部官员，于是就下旨让吏部不要再去查究色克图和礼部的过错，而且让朝廷上下不要再去非议这件事，圣旨一下，朝廷上下莫不仰慕王令树。史载：“朝野服，共识朴。”之后圣主康熙皇帝还因为王令树“小心精白”，特地设宴邀请了他，此等殊荣在朝廷还是挺少见的。而这一年王令树已经49周岁，半生将过，年华已逝，应该算是到了仕途晚期，但是康熙皇帝还是重用王令树。第二年，康熙四十六年（1707）春，王令树奉命巡视东城。在监通州中南仓时，王令树彻夜巡视，恪尽职守，以报帝恩。

正在王令树得到圣主重用之际，这一年的农历六月二十四日，王令树的妻子李氏去世，他的次子王新铭风尘仆仆地赶去京城给王令树报丧，当时王令树虽然从东城巡视回到了府邸，但又有了新的王命，故推迟了还家的时日。1709年，王令树年老体衰，抱病在身，这时他万分记挂已年过70岁的老母亲张氏。于是王令树遂请归故里泰兴侍奉老母亲。当时宗族称其孝行，邻里称服其端方，此所谓忠孝两全。

晚年归乡后，王令树将御书“池花春映日，窗竹夜鸣秋”视为家珍，供奉在其家庙里。可惜康熙的亲笔御书，映日堂的王氏后人们并未有缘得见，是被毁还是被藏，不得而知，但从御史王公令树的诗中却依稀可见此御书的神韵。王令树诗中有云：“尺幅森如锦，纤毫挽若钧。方员圭璧合，温润瑾瑜陈。点画工营势，纵横妙入神。”此诗对康熙皇帝所赐御书之墨宝可谓描述尽然，赞美之至！王令树晚年虽居县城狮子巷，然其威望依在，据说其大门口立有两个石柱，上书“武官下马”和“文官下轿”。相传有一次王令树出行，对面遇到了知县的车马，知县的随从见到对面的车马上有“映日堂”的标识，不敢造次，遂立即禀告坐在轿子里的知县。知县大人素来与王御史交好，但在这样的场合，还是命令手下道：“映日堂乃皇帝亲自御赐的，快快让道！”

王令树一生工诗，被举为“康熙中后期扬州诗坛领袖”。清代著名诗人沈德潜曾说：“侍御公以诗学鸣海内，东南言诗者多宗之。”王令树生前曾整理自己的几百首诗汇编成册，也许是遥念京师的康熙皇帝，抑或是矜饰其在朝中得到的圣宠，他将诗集定名为《映日堂诗》刊行，现原刊本保存在南京图书馆。从1716年王令树主修《（康熙）泰兴县志》的序中落款来看，其书屋也同样是以“映日堂”命名的，而《王氏族谱》上亦有“御赐”两个字。康熙五十二年（1713），王令树去世，享年63岁，葬柴墟（今口岸），由朝廷重臣、大学士张廷玉作墓志铭。

据考，“映日堂”的祠堂有数十间，在原来泰兴市隆盛巷，即现在的仙鹤湾绿色餐厅和大统华处，其祖茔在现在的西张家堡，现在南门狮子巷那儿的观音禅寺乃御史王令树的家庙。在王令树后，王氏映日堂又出了很多名人，诸如家藏万卷书，与沈德潜、郑板桥等人交好，著有《潜夫诗抄》《百花吟》，去世后由清朝礼部尚书任兰枝撰写墓志铭的王新铭；得到道光帝贺八十大寿之颂联“松柏中标岗陵岁月，芝兰气息龙马精神”，横匾为“得天者厚”四个鎏金大字的王大观；一门忠烈的泰州营把总王忠及其子王建章；千总兼松江营把总王永祥；靖江营守备加都司衔，正四品，与民族英雄陈化成一起抗英的王镛；中国航空和防空创始人、国民党中将王鹗；惊动了周恩来总理亲自出面证实已牺牲于长征途中的中共江苏省委委员王守约；参加抗日战争、解放战争、抗美援朝战争，退伍后担任四川省审计厅副厅长的王潮源；在国防科委聂荣臻麾下供职的军工专家王正元；中国岩石学家，中国科学院院士，曾任南京大学副校长、南京大学地学院院长、国务院学位委员会地质学与地球物理学学科评议组召集人的王德滋；台湾著名作家、记者、“四大名嘴”之一的王大空等，可谓不胜枚举。

今王氏“映日堂”的子孙们皆以“映日堂”之后为自豪，且不忘初心，寻祖问根，尤念“映日堂”的创建者王令树。经考证，泰兴名园如嘉树园、树园与映日堂之间也是很有关联的。季氏嘉树园主人与树园主人张丕阳本是亲戚，而树园主人与映日堂主人也是亲戚。映日堂（三槐堂）的休隐上人去世后，泰兴张氏“三凤堂”的张丕扬曾写《挽休隐僧》：“寂尔阇经西院僧，伤心十载老诗朋。生推华阀唯清昼，死得真诠是惠能。锁骨销时怜瘦鹤，茆斋过处忆澄冰。白头都讲空挥泪，薪尽谁传无尽镫。”原来，王令树的母亲是张丕扬叔祖父、进士出身的张日浣的女儿，王令树和张丕扬则为至交。清朝重臣张廷玉为王令树撰写墓志铭，大概也有可能看在皇帝赠诗的面子上，而又与泰兴张氏之渊源所致。

总而言之，王令树及其所创建的“映日堂”对王氏“映日堂”这一堂号宗族后人的影响是深远的，作为深受皇帝赏识的御史——勤政、廉政的王令树，以及王令树根据御书所创建的映日堂，肯定还有许多的史料、故事有待我们也值得我们去挖掘和考证。近年来，有人就从有关资料上发现，王令树早年就喜欢书画，曾与八大山人朱耷有过交往，亦曾与八大山人的朋友程退夫交往甚频。程退夫原名程道光，退夫是程道光的号，为安徽歙县人，经商于扬州。其歙县同宗程京萼、程葛人等都与八大山人有交往，尤其是程京萼已然成了八大山人与扬州士人联系的中间人，正是他将八大山人引到了以书画为“代耕”之法的道路上来。退夫为扬州富商，工诗，善鉴赏，好风雅，其在扬州的数处斋宇成了不少士人品茗吟诗和书画名流墨宝竞芳之地。王令树亦是退夫斋宇的常客，由此可知，王令树不仅于政有绩，于诗有名，而且于书画肯定也有很高的造诣，不然是不会与书画界的名流常有交往的。

八大山人赠予程退夫的《安晚册》其上卷有一令人叫绝的国画，名《度岭图》；上卷第七纸则有八大山人的朋友李有、王令树等四人跋。李题长诗，款云：“程退夫席上观过岭图并送燕思先生南游。楚藩同学弟李具稿。”王令树题诗，款云：“己卯仲冬下浣，雪中为燕翁先生题于自强堂。廷令王令树。”自强堂，乃程道光之斋居名，王令树也是在退夫家见此图的。《淮海英灵集》甲集卷一载：“王令树，字桐孙，泰兴人，康熙己未进士，官四川富顺县令，政成擢礼部主客司主事历官侍御。”二人之题跋都作于1699年。这一考证足以说明王令树凭自己的才华在文坛、艺坛所立的地位，其声誉绝不亚于他在政坛的声誉！

# 清代泰兴有“双猫”，“季猫”“程猫”丹青妙

我们泰兴人有句俗语，叫作“猪来穷，狗来富，猫儿来了开当铺”，这俗语道出了猫能兴旺发达之处。况且，“猫”谐音“耄”，具有长寿的寓意，更不用说猫驯良可爱，擅于捕鼠，有护粮之功了。故而，“猫”古来即为人们所宠，并且成为入画的好题材。正因为如此，历史上“猫”之待遇几度甚比明星就不奇怪了，时至如今，互联网上不是还有“猫星人”“喵星人”的流行昵称吗?

不过，要真正据史探究的话，爱猫、宠猫之甚、之烈，恐怕要数明清两代最为登峰造极了。明朝几乎就是一个“猫奴”时代，明朝的皇帝差不多都是“猫奴”，且是史上地位最高的“猫奴”。这些猫奴奇葩，不仅养猫、宠猫，尤爱画猫。明仁宗没事就画猫考大臣，明宣宗画猫画到后世留名。上好如此，影响自然是深远的。在清朝取代明朝后，这样的“猫奴”之风，尤其是画猫之风无疑依然会盛行一时。所以，明清两朝猫画的创作是最为兴盛的时期，比如徐渭、八大山人、扬州八怪、任伯年、季应召、程璋等虽画风各异，但画猫皆以写意取胜。其中，季应召和程璋都是清代时的江苏泰兴人，两人的猫画可谓独领风骚，别树一帜!

季应召，字葵藏，出生于清代一个赫赫有名的大家族——有“北亢南季”之称的富豪“南季”之家。邓之诚的《古董琐记全编》卷三中说：“乾嘉间海内富室，推宛平祝氏、查氏、盛氏，怀柔郝氏。康熙时平阳亢氏，泰兴季氏，皆富可敌国，享用奢靡，埒于王侯。祝米商也，郝起农田，余皆业鹾典。”“北亢”是指山西平阳府的亢氏，人称“亢百万”。“南季”指的就是泰兴季氏，这季氏家族不仅富甲天下，而且还出了许多进士，尤其是季应召的父亲季振宜，十八岁就中了进士，为清代著名的大藏书家，其所藏之书同样富甲天下。

季振宜的藏书印，有“宋本、御史之章、紫玉元居宝刻、季沧苇图书记、沧苇、季振宜读书、季振宜字诜兮号沧苇、季振宜藏书”等，后人可据此来鉴别版本，被尊称为“善本目录之泰斗”。季振宜归隐林泉后，与时称为“江南三布衣”的朱彝尊、严绳孙、姜宸英等名噪一时之士相交，他们经常聚会于“嘉树”园中，诗酒唱和，甚为相得。姜宸英曾为之作《嘉树园记》。季应召就生长在这样一个环境中，他是季振宜的长子，虽然没有取得多大的功名，只是一个岁

贡生，就是从州学中被选送到国子监读书取得的功名，但是练就了一手画猫的绝技。因为他的家中藏有名画无数，从他的祖父季寓庸开始，家中不但藏书，还收藏字画，比如东晋王羲之的摹本《神龙兰亭》和元朝黄公望的《富春山居图》就都曾经被他收藏。每天耳濡目染，让他成为一个擅长画猫的大家，据说他画的猫，得者贴壁上吓鼠，有"活猫不如季猫"之誉。

季应召著有《畊砚田斋笔记》，或许是因其家境富裕，不以画谋生，所以季应召的画作流传不多，泰州博物馆所藏的《双猫图》原系收藏家蔡礼泉旧藏，是一件不可多得的季氏精品。画面着重表现的是两只在木架下方嬉闹的花猫，两猫体形有些许差异，黑白色的狸猫趴伏在木架上，看着灰白色的狸猫，灰白色的狸猫看着自己的伙伴，弯着腰，前足伏地，后足蹬地，尾巴上翘，似乎要随时跃扑起来，两只花猫皮色光亮，眼光明亮，凶猛中透着活泼，季应召把花猫嬉闹这种凡俗的事情搭配风雅的场景进行表达，表现了他对生活的悉心感悟及深厚的写实功底。

季应召的猫画，可以说带动了泰兴画猫风尚的流行，在其身后，又有恽清甫、端木芷湘、程璋、刘延芳、孙景儒等人擅绘猫图，这其中以后来寓居上海的程璋名气最盛。当时，有"季猫"之称的季应召画的猫几乎无人企及，只有程璋的猫画，敢于一比，可相媲美。

程璋生于清朝末年，原名德璋，号瑶笙，祖上由安徽新安移居泰兴，他是生于泰兴、长于泰兴的地道泰兴人。他后来寓居上海，曾任教江苏省立第二中学（草桥中学）。叶圣陶、顾颉刚、吴湖帆、郑逸梅等人都曾亲受其教泽。后来束装北上，到清华大学任教。晚年南返，寓居上海，鬻画自给，在此期间结识了许多朋友，如冯梦华、陆廉夫、黄宾虹、赵淑孺、贺天健等，直至去世。

程璋在现代绘画史上是一位创新派画家。当时的画坛被苏南"吴门四王"的画风所笼罩，大家墨守成规，不敢越雷池一步。而程璋参用西方绘画技法，创新透视画法，结合写生，在风行画派之外自创新貌。

程璋画猫，以纯古之画法，融合西洋画理，于写生中重写神，简直把猫画活了，若用放大镜看，会显现阴阳透视之妙。金鉽题诗赞曰："江乡风物季家猫，海上寓公名益高。乞与成都伴琴鹤，归装他日发轻

《双猫图》（泰兴翰轩阁藏）

舠。”（金钺《邑人吴筱衫以程璋画猫贻马县长，属题其端》）但是保守派却不以为然，认为程璋的画不是正宗，甚至斥为“野狐禅”，将其摒弃门外。实质他的画能结合实际生活，富有创造性。他的学生、掌故名家郑逸梅在《程瑶笙在画坛上的创新》一文中称道：“即就艺术而论，也足和任伯年、吴昌硕、徐悲鸿并列。”知师莫如弟子，这种评价应不为虚言。

程璋的《双猫窥鱼图》尤为著名。此画描绘的是一幅秋天的美丽图景。一湾池水迂回流淌，岸边苇草萌发，树枝随风而动，显得遒劲与洒脱。池塘边两只花猫，匍匐在岸上，双眼紧盯着池塘中的游鱼，仿佛在欣赏它们欢快的舞姿。溪水远处，淡色轻染，烟霭迷蒙。全画以水墨设色技法来表现物象，工整细致，将岸石的坚实感，猫鱼的柔滑感，苇草的飘逸感，树枝的风动感，表现得惟妙惟肖。晚年程璋双目失明，虽经治愈，遇事一怒，又复发作，至老只治愈一目。故晚年不能绘画，而作擘窠大字，并请嘉兴篆刻家朱其石刻“盲人骑瞎马”一印，钤于书作上。

富有传奇意味的是，1936年旧历二月二十日程璋因心脏病发作逝于沪的那天，正是他的生日，而且时辰都一样，着实颇显得有点不凡。季应召和程璋这两位泰兴出生的杰出画家，虽然各自的猫画作品都特别出色，但他们的作品又有一点不太一样，季应召的画流传于世的不多，而程璋的画作流传于世的尚不少，北京故宫博物院就藏有其《双猫窥鱼图》等。21世纪初，国家文物局所列禁止出境的书画家名单，程璋与齐白石、徐悲鸿等一起名列其中。

## 道光才子陈东之，六书精研篆名艺

陈潮（1801—1835），字东之，江苏泰兴霞幕圩（今曲霞镇）人。道光十一年（1831）（一作1835）举人。工书，尤工篆书，用笔斩截。他的父亲和伯父都是读书人。其父若锋淹通经术，虽是一个诸生，却很有名。不幸的是其家门多变故，陈家因昆弟几人皆早早离开人世，生活十分艰难。虽然家庭的不幸给陈潮幼小的心灵蒙上了一层阴影，但父辈刻苦好学的精神则给了他强烈的熏陶。

年少的陈潮，没有被颇为困顿的生活击垮，他仍然矢志开卷，后经族人相助，被过继到婶娘家。平时他少言寡语，却勤奋于读书，“于书无所不窥，凡经、史、诸子、百家及古文辞，无不口诵手披，寒冬炎暑无辍”。及至成年，治学已趋向广泛，于经学、文字学、音韵学、算学皆有深入独到的研究，并有著述。同时，他又是一位有名的篆书家。陈潮先以廪生游太学，由于他的学识才华而显名都下。京师诸巨公争识其面，由此声名大振。

当时在人们眼中，京城有十二才子，陈潮为其翘楚，同时的龚自珍、魏源、包世臣对他都很推崇。他与龚自珍友善，学术观点和水平相近，时称“陈龚”。陈潮虽才华横溢，但直到道光十一年（1831）才在京师经顺天乡试中举，后来三次被推荐参加礼部考试，都未能中进士。大兴学者徐松精于史事，尤长于地舆（地理）之学，好钟鼎碑碣文字，识其才，把陈潮延至家中教授儿子。陈潮一面授馆，一面治学，直到逝世。

在徐松家当门客后，陈潮更致力于经学研究，他依据唐石经校定十二经（唐时《孟子》未升为经），手自缮录，对《易》《书》《诗》《礼》《春秋》《尔雅》皆有论订，被称为“自有石经以来第一能读者”。在音韵学上，他求教于硕学名儒何萱、吴伯燕，尽得奥妙。何萱摒弃举业，杜门著述，著成《韵史》78卷。他在信中论其大要，寄给吴伯燕。吴说：“萱之撰《韵史》也，商榷条例多与旧韵书违异，惟吾友陈东之能匡其不逮。自其远游，谈古义者鲜，不知闭门造车，出门果能合辙否矣。”陈潮作为他们的忘年小友，如此被其推崇，可见他在音韵学方面的学术水平。

陈潮治学严谨，研究精审。为研究《周髀算经》，曾夜登高台观察星象，达旦不寐。为研究《缀术》（算经十书之一，祖冲之撰，久佚），从唐代以明算科取士对缀术考试的重视，以及《唐六典》、《隋书·律历志》、唐李淳风注刘徽《九章算术》、王孝通辑《古算表》、宋秦九韶《数学九章》序、沈括《梦溪笔谈》等各种古籍无不一一仔细探究，认为缀术中可能有精密的圆周率、三次方程的解法和正确的球体积计算等成就，于是准备结合当代人的研究成果，写成《缀术辑补》一书。由于刓精敝神，劳瘁成疾，他过早地在京师寓所离开了人世，时年35岁。陈潮的英年早逝，人们无不为之痛惜。徐松为之殡殓。友人杨亮，因同时客于徐松家，在共同治学中结下深厚友谊，千里归故友之丧，到泰兴陈潮老家升堂拜母，痛哭而去。这样，陈潮才得以魂归故里。

陈潮又是一位名扬艺坛的篆书家。时人都认为他的小篆“质朴古雅，上埒阳冰”（唐篆书名家李阳冰），有句云：“荔裳（吴存义）小令东之篆，云伯（何龙文，何萱侄）先生七字诗。”清代小学昌盛，加之江左遗风，学者多习篆籀。然而到了陈潮所处时代，崇尚北碑成了热门。当时包世臣大力鼓吹碑学，扬州一

陈潮篆书

时成为碑学的中心。像陈潮的好友杨亮，与吴熙载、梅植之等都曾同受包氏法，而陈潮学书，却静对时风，独研篆法。他精研六书，不但钻研了许慎《说文解字》，且对徐铉、徐锴以及钱大昕、段玉裁诸家异同，详加考核，夙夜研思，探究原委，从而文字之本，悉在心中。

同时，他直接取法李阳冰和李斯，每日晨起必作篆字数百，寒暑不辍。与陈潮交游者，如何绍基、吴存义、何龙文、李兆洛、陈启文等皆一时之俊杰，他们时相往还，相互切磋，取长补短。这样，陈潮以超人的天赋、学识和勤奋，扬帆书海，深得篆法。他的篆书摆脱了前人拘谨刻板的习气，在邓石如用羊毫作篆的基础上，寓古法而求新意，以圆劲中锋为主，时见提按调锋，常有侧笔取妍，结构章法富有巧思，极尽变化，笔力开张，姿态活泼。评家认为他的篆书和王澍、孙星衍、何绍基以及后来的吴大徵相比，是有过之而无不及的。

陈潮篆书在中国书法史上占有一席之地，是因其独特的审美特色决定的。曾农髯在陈潮"骚作四始勍敌，赋为六谊附墉"篆联上题跋道："东之先生与道州（何绍基）为同年友，道州篆法多取东之，天不与年，流传亦少，殆亦命耶？此联古厚，髯所见第一联也。""古厚"是东之篆的审美特征。所谓"古"，就是遵守传统笔法，即中锋运笔，除垂直笔外，仍坚守每画两头圆的笔法，李斯、李阳冰、邓石如莫不如此。所谓"厚"，就是笔画充实，真力弥满，不薄、不弱、不飘。东之先生能到此境，说明他走的是篆书正轨，是在继承传统的基础上去追求自家风格的。

后来的吴昌硕"以善书《石鼓》闻，变《石鼓》平正之体而高耸其右，点画脱漏，行笔骜磔，《石鼓》云乎哉！后学振其名，奉为圭臬，流毒匪浅，可胜浩叹！"（商承祚《说篆》）东之篆书的另一特色是"神闲"。近代马宗霍说："东之篆书驰骋有势，而神颇能闲，惜其早卒，不能充其所至。"秦人雄图大略，纵横驰骋，横扫六合，统一天下，秦篆亦驰骋有势，神闲意秾。东之先生不像孙星衍那样取则不高，而是直接师法秦篆，并能师心不师迹，得秦篆法乳。何绍基到晚年才认识这一道理，但他的篆书似不及东之。取法乎上，这是东之篆给人们的启示。

康有为评价东之篆，认为"思力颇奇"，但又指责"如深山野番，犷悍未解人理"。其实康书不及东之远甚，东之篆书气势之精邃，是常人难以企及的。康氏笔端草率散漫，显出犷悍恣肆的味道，所乏者"神闲"也。康氏的书作特点之形成，其实并不奇怪。大凡国势强盛或相对安定的时代，书风总是比较典雅，充满从容不迫的自信感。如东之先生，其时在承平，故篆作能上比李斯，神颇能闲。而在乱季，一些书家的笔墨中总透露出一种不安的苍凉之感。所以康氏笔端有这种情绪，正是时代使然。

陈潮的著作有《陈东之经说》，有《依唐石经校定十二经》《诗声衍》《四元细草》。然其书法作品流传并不多，香港《书谱》1978年第6期曾影印其《法家言》轴墨迹5行58字。东之故里公私藏家尚有篆屏、篆联多件，其中《七言石经古歌》屏和“读书大游览，为善小熏修”联墨迹尤为精湛，用笔斩截，宽博雄逸，可见东之篆的风采。

## 何萱学术独自高，一部《韵史》毕生劳

泰兴何氏历史上出了一批又一批高官显宦、文人雅士，业绩辉煌，著述累累。他们非进士即举人。但有一位，虽只是秀才出身，其学术成就之高，在何氏族人中却无能出其右者，他就是清道光年间（1821—1850）的音韵学家何萱。

何萱自幼勤勉，善于钻研，10多岁便取中秀才，数年后遴选为岁贡，升国子监肄业。其父母40岁左右便双双亡故，家境日渐衰落。何萱为生活计，去邻县如皋石庄赁屋居住，以坐馆授徒维持生计。因其学识渊博，教学有方，生徒甚众，收入颇丰。他像其父亲一样十分俭朴，过着清贫的生活，将教书所得酬金购买了很多书籍，积至数千册。当他带着妻儿回到黄桥时，家中房屋已破败不堪，院子里的蒿草长得比人还高，鼠窜蛇游，满目萧条。此时，他虽然才30多岁，但已彻底摒弃读书做官之路。他请人将住处稍加清理和装饰后，即杜门谢客，一心一意做起学问来，跟邻居间几乎断了往来。

他有一位好友叫陈潮，泰兴霞幕圩（今曲霞镇）人，举人出身，著名的书法家、经学家、音韵学家，长期客居京师。当时京师有十二才子，陈潮是其中之一，与其交往者大多为硕学大儒。何萱通过他与武进李兆洛（文学家，通音韵、史地、历算之学）、仁和龚自珍（思想家、文学家，于经学、哲学上造诣极深，

所作诗文极力提倡“更法”“改图”）、邵阳魏源（思想家、史学家、文学家）等友善，常有书信往来，探究学术问题。

何萱所著内容很广，尤精于训诂之学。《韵史》七十八卷是何萱集毕生心血之作。这部书与历来的旧韵书不同，极有创见，绝非人云亦云之作。它以东汉许慎的《说文解字》为本，以梁陈间顾野王（宋顾孝子昕之先祖）的《玉篇》、宋陈彭年的《广韵》以及历代其他音韵学著作佐之，先定其字，后考证各字形、音、义的历代变化。著名音韵学家吴伯盉对此书评价极高，认为何萱之作“使学者真识字而无难也”。

何萱另著有《红露山人文集》十卷，《诗集》一卷，《尺牍》一卷，《红露馆古文》一卷，《琴法指掌》二卷。道光元年（1812），何萱还私修《泰兴县志略》四卷。全志编为地理、建置、祠祀、田赋、官师、人物、选举、表徵八类。该志“质实而典雅，具有史法”。地方志一般均为官修，何萱自己出钱修志，是修志史上罕见的义举。

何萱上述著作大多已散佚，唯《韵史》一书犹存中国国家图书馆。这应当归功于我国近代水利事业的元老郑肇经先生。1924年，郑肇经先生由德国萨克逊大学留学归国后，为抢救历史文化遗产，于公余时间致力于搜集本邑晚清先贤遗稿。何萱的遗稿有缺，他四处查找无着，最后去南京中央研究院和图书馆查询才搜集齐全。

郑肇经先后花了几年时间，将何萱所著《韵史》《泰兴县志略》《红露馆古文》和朱铭盘的著作搜集并校订完整，还将《韵史》稿亲自携至中央研究院请语言学家向培良先生鉴定，罗常培作跋，并会同丁文江与王云五商榷，王云五同意由商务印书馆影印刊行。全书14册8276页，出版后因其有极高的学术价值，多半为日本人购去馆存。何萱的其他文稿未闻再有付印。《韵史》印行后，手稿由郑肇经之子郑玉龙先生保管收藏。抗日战争期间，为保护这份珍贵的文化遗产，郑玉龙先生几经转移于乡间，方得以保存。可惜此手稿在“文革”中竟不知所终。

何萱的治学精神及其成就，对其后辈多有影响。其子何度，后来也成为岁贡，很有学行。侄何龙文，字云伯，少时就有大志，工于诗文，后以贡生身份任桃源县教谕。龙文对河务十分留心，著有《河防策要》一卷。何龙文还著有《滇游草》二卷，另将《月飘诗草》与父亲廷蕙的《大树山庄诗存》、祖父松龄的《云山阁遗稿》汇编成集，分为八卷。

何龙文与当时同乡名流吴存义、陈启文（泰兴人，举人出身，曾任户部员外、郎中，著有《退斋剩稿》）、潘人麟、陈潮及叔父何萱时有唱和。他的七言诗写得很好，荔裳以小令擅长，陈潮的篆字名噪一时，故而当时流传着这样两句话：“荔裳小令东之篆，云伯先生七字诗。”荔裳是吴存义的号，东之是陈潮的字，云伯则是龙文的字，从这两句话足见他的诗的品位。何萱的重孙云泰，字春舫，著有《春舫诗存》八卷。临终，令人镌刻墓碑，题曰：布衣。

## 张八兆璠勇武著，泰兴唯一武状元

张兆璠，字奂瑜，号琴若，据考其出生于泰兴印乐市，即印庄，后住张家花园，故又称其为花园庄人，再后则移居于泰兴城内包家巷北侧今供销社宿舍处。他自幼习武，从小就和他的兄弟张兆鲤喜欢舞枪弄棍，练就一身功夫，并具有非凡的气力，以勇武著于乡里。张兆璠善使一柄大刀，使将起来只见刀光不见人影，一盆水泼过去身上也不湿。因他排行第八，故乡人都称他张八刀。

其乡现有张八状元的墓地，以及石马。据说当年其母嫁印乐市（原印庄）时，辘轚破裂，其祖父说，这个新妇（儿媳）是个八败命（迷信，指给人带来厄运命相的人），其母则随口应道：公八败，婆八败，来个新妇真八败，生八子、住八庄，最后一个状元郎。谁知，后来她的第八个儿子果然是个状元郎！这张八不仅武功了得，而且文才亦高，尤擅诗词，清乾隆十三年（1784）戊辰科武举一甲第一名进士及第。选侍卫，授陕西宜君县参将，累升兴江总兵，调镇江西南昌。

乾隆十九年（1754），抚州乐安县（今江西乐安县）发生灾荒，巡抚命张兆璠领兵前往进剿，平息激愤饥民的所谓叛乱。他体察民情，单枪匹马安抚并解决百姓困难，使灾民免于涂炭。泰兴老百姓了解此情，对张兆璠评价很高。他后调永固任职，因病告老回乡。还乡后，张兆璠即到张氏宗祠祭拜祖先，祭毕，族人要求他在祠堂前的广场上，表演他拿手武艺“舞大刀”。于是，他手执“青龙偃月刀”，骑上“赤兔马”，就在广场上舞起了大刀，一直舞到中午也不停止，大家请他休息，他也不听。他的老家人说：“将军执刀上马，不见血是不能下马的。”结果杀了鸡，用鸡血洒在刀上，他才肯下马休息。

回到花园庄老家，他过着悠闲的田园生活，但因为他做过高官，所以新任泰兴县令到任后都要到花园庄去拜访他。这天，季家市的巡检秦世空去泰兴见县太爷，这位秦世空老爷官虽不大，是个九品的巡检，却处处摆威风，拿架子，到泰兴都要坐轿子，前面还要巡检衙门的衙役鸣锣开道，一般的小民百姓看到这种架势，都让得远远的，秦老爷的轿子威风凛凛地进了泰兴城。

秦老爷回季家市时，走到花园庄时，已经是下午时光，远远地看见一个人打着赤膊站在路边的一条小河边上钓鱼，听到衙役们的喊声无动于衷，一点儿回避的样子都没有，到了这个人身边，走在前面的衙役大声说："大胆刁民，见了老爷的轿子也不回避，真是胆大妄为。"那个赤膊的汉子还是没有反应，这个衙役大怒，一边去抓这个汉子，一边嘴里大骂："你耳朵聋啦！"这时，只见那个大汉轻舒猿臂，只轻轻地一拎一推，那个衙役一下子退下去老远，跌坐在地上，半天都爬不起来。

见此情景，秦世空老爷大怒，他一边从轿子里下来，一边骂道："哪里来的刁民，在我秦老爷面前如此放肆！"那汉子缓缓转过身来，慢慢说道："张八在此，哪里来的什么老爷。"秦世空一看，连忙跪下磕头，连称卑职该死。张兆璠对他说："下次再不准从这条路上走，否则，打断你的狗腿！"秦世空连连称是，灰溜溜地走了。从此，"季家市的老爷——秦世空"这句民谚也就流传下来了。

过了一段田园生活，张兆璠终因伤病复发，不久便卒于家。只是其人虽去，其尚武精神却传承了下来。受其影响，泰兴地区众多年轻力壮的武士对自己的前途更充满了希望，练功习武蔚然成风。在张兆璠的后代中，从事武职者众，他的从子张诗的六个孙子中，一个武进士，五个武举人。中国人民解放军出版《中国历代武状元》一书中有传。

事实上张兆璠的张氏三凤堂家族本就是一个具有传奇色彩的社会地位显赫的名门科举望族。八百多年来，从这个家族中走出过博雅端方的天国使臣，走出过神秀颖发的耿介御史，走出过士民怀仰的挂印知府，走出过忧国忧民的铁骨铮臣，走出过悉心经籍的江淮名宿，走出过敦尚名节的德高乡贤，也走出勤政爱民的张兆璠这样的武状元。

明清两代，张氏三凤堂家族在科举考试中取得了骄人的成绩，共有进士十二名，其中状元一名，亚元（会试第二名）一名，举人三十余名，数量位居泰兴家族榜首。至今，人们对张氏三凤堂仍予以一种信誉、一种敬仰、一种崇拜，许多有关张氏三凤堂的传说，一直在民间流传。在新区，人们用张璁的名字命名了一条河——羽惠河，并在河边建了一座状元亭，纪念张八状元。

解放前，鼓楼东路迎祥口向东今烈士堂烈士西桥西，有一横截鼓楼东路的大石坊，是三敞通道，中间最高，南北对称，中央顶立着一小长方块石，直书"圣旨"两字。上覆有飞檐滴水，下横嵌长方青条石板，自右至左横书"状元及第"

四个石刻大字。两旁各直书一行小字，因年久月深，字迹模糊，依稀乾隆年立坊月日。南北对侧坊，皆是浮雕石刻，东西两面，都是坊面，通道口蹲有大狮，这是泰兴县自古以来唯一的武状元张兆璠“状元及第坊”。不过，在五四巷2号张氏宗祠中，“进士及第”的匾都是横的，只有“状元及第”匾是竖的。

张氏宗祠中的“状元及第”竖匾

有掌故说，他这个武状元也是来之不易，又恰遇着这一“机缘”。据传，清高宗谕武考廷试，亲临试场，张兆璠参加了此考。当时张兆璠正挺马校场中，由于安座时突然鸣炮示仪，他的坐骑乃系刚由关外贡来，未谙如此场面，且又是生人驾驭，闻炮声立即惊跃，直立前蹄，把张兆璠掀坠马背。这时，张兆璠惊破心胆，后臂已着地，急换左手持矛，右手紧勒缰绳，无意中夹握马尾梢，为了不让坠地，急就手紧勒马尾，马负痛，前蹄着地，马尾着力上下一甩，张兆璠就势一跃腾空坐上马背，松脱握着的马尾，马怒吼了几声，奔跑了几丈，跟着驯服了下来。这时，参试的几千人及观试群众不禁掌声雷鸣，乾隆帝及佐试官员也齐声喝彩，张兆璠早已汗透内衣，方惊魂入舍，安下惊心。高宗不知其故，以为张兆璠故弄玄虚，施展这一惊险绝招，一定有独特的本领，立即面授钦赐状元及第。

还有一个传说，就是说他并非死于乡，而是“暴卒于镇”的。这个有点离奇，说是有一次乾隆独自坐在养心殿御书房烛光下看书。看的是《三国演义》火烧赤壁一节，时已更深，伴随太监叩请归安，他接着看到华容道紧张之处，放不下来，摆手示意，太监只好轻轻退出。忽然，听得内书房传来脚步声，侍御人员均在外，怎有人藏在内书房中扰乱他清静。便很气愤地问道：“谁？”立即传来：“二弟云长。”方时，在乾隆眼前仿佛一个面如重枣，飘扬着五绺长须，跨着赤兔马，手挽青龙偃月刀的身影。古云“聪明不过天子”，乾隆立即追问“三弟何在？”内答：“镇守黑龙江张……”。这时，在外的侍御人员听得内宫人声，急匆匆地涌入，使乾隆下面的话没有听清楚，即传谕兵部查复，则找到张兆璠，立即传旨钦召进京。这时的张兆璠，正因不久前与沙俄在乌苏里江发生接触，虽击溃入侵者，由于某点指挥失察，伤亡惨重，上司参到兵部，已待查处。这次接到圣旨认为召进京杀头，因为，在封建君主时代形成一个铁的规律“文怕降，武怕召”，与其进京受死不如自己来一个全尸，便坠金暴卒了。

这种传说它的真实性怎样，有待怀疑。首先张兆璠没有去过黑龙江，“暴卒镇”则有记载。如说民间谣传那也不可能，很大程度出自宫中，这却有可信的“佐证”。首先是清朝对关夫子的“幽灵”特别崇敬，到了乾隆年间（1736—1795）尤为特甚。每年加三级，最后晋爵“协天大帝”，相当于人间的摄政王，还不够。最后代玉皇大帝下召“甲子（年）戊辰（月），禅位关卿”上号“玄旻玉皇大帝”。那乾隆皇帝本人居然自认刘备再世，连最大的贪污奸臣和珅一贯阿谀奉承讨好主子竟避起圣讳“备”来（有文字记载，见和珅有关资料），不知这是清高宗乾隆用的一个“术”。因为到乾隆中期满汉矛盾又激化起来，以此神话传出，我就是汉人，并且是汉人所崇拜的汉昭烈皇帝刘备转世，借腹陈阁老“偷龙换凤”而进入爱新觉罗圣体里来的。如以此推论，说不定张兆璠之死还是一个“牺牲品”呢。

《（光绪）泰兴县志》评价张兆璠：“载稽宦牒，烂然殊绩。征辙勋于当年，丰碑屹于来禩。彼都人士犹歌舞之，矧敬恭桑梓者耶。至于单门寒悴，一至之行名不厕于荐绅事，不出于闾巷，语其梗概，异世兴叹，乡论甚系焉。”张兆璠和他的家族一样固然声名与功名皆显赫，但历史总是有遗憾的。事实上张兆璠卒于家还是可信的。据考张兆璠墓在曹董镇镇东南，今常周乡丁家庄前，大学士梁国治志。当年墓前有牌坊，坟园有屋舍，卵石铺路，曲径通幽，石人、石马、石羊分列两旁。园内古柏参天，荫翳蔽日，森严肃穆，并有外姓家丁（据说后来也改姓张）常年看管。1954年曾对墓进行考古挖掘，出土有一对金花等物。时至今日，仅剩下两只石马成为历史的见证，诉说着岁月的沧桑：一只现在印庄村中的小石桥下作桥墩，另一只在丁立村的电灌站作码头铁水管的支架。但愿能以妥善办法取之保存陈列。

民国年间，张兆璠的后代渐渐没落，他在包家巷的宅子也落了个“张家破大门”的名称。解放后，他的“状元及第”匾也于20世纪50年代被对门的一王姓老汉取去做了棺材板，不过，据老人们讲，王老汉的儿子后来变成智障，绝了后。好在，历史人物所书写的历史之笔终将会被历史记住，无论会有什么样的风云变幻，都不会抹去这历史的记忆。张兆璠就是这样一位被历史记住的武状元。

# 直言敢谏陈启文，治理西宁百姓赞

有一昵称为“彩迷”的读者要笔者写一写嘉庆年间（1796—1820）佤泰兴籍的廉吏西宁道，其只知此廉吏的官职为西宁道，而不知姓名，因闻说这位西宁道不畏权贵，敢与和珅抗争，任西宁道时，更是铁面无私，参奏贪官一大片，以致遭革职流放，当地百姓则哭送数里，可谓感天动地，所以他要笔者无论如何要写一写他。笔者告诉他，这位廉吏叫陈启文，和季开生一样，都是泰兴历史上有名的谏官，是古代泰兴十大谏臣之一；笔者写了季开生，自然也会写他的。

明辨曲直，敢于直言，是佤泰兴的淳朴民风，也是佤泰兴人的优良品德，这在泰兴谏臣身上表现得尤为突出。他们不畏权势，不以利趋，犯颜直谏，弹劾奸佞的故事不胜枚举，流传千古。乾隆至嘉庆时的工部郎中，后任西宁道的佤泰兴籍的陈启文，其刚正不阿的事迹感人至深，令人景仰！

陈启文（生卒年不详），字焕周，号虹江，泰兴县城人。清乾隆五十四年（1789）选贡，廷试第一，授工部七品官。在工部任内，一件公事涉及工、户两部，户部咨文，并未答允。时总理户部者为和珅，盛势正炙，无人敢与抗争。陈启文却无所顾忌，坚持秉公而为，只身到户部大堂请求重办。和珅十分惊讶，在其一身正气的陈启文面前，不得不小下身段，称赞道：别部一个七品小官，敢与我抗争，当风骨不凡！遂更改前议，重新审理。

乾隆六十年（1795），陈启文顺天乡试中举，升主事，历任员外郎、郎中。在部任职20年间，每遇悖理之事，敢于在上司面前据理力争，直至应允照办才罢。有人对陈启文说：“他日工作，你不要多言，只请停止争论三五日，万金立等可致。现暂以白金二千，黄金百两为阁下祝寿。”陈启文辞谢说：“食其利而逃其责，可谓巧矣，造物恶巧，吾不为也。”时和珅大贪，众官趋贪，然陈启文决不同流合污，而且敢于参奏揭弊，实在是难能可贵。

物以类聚，人以群分。陈启文对贪官疾恶如仇，但对同样敢于直言者却视为挚友。他与靖江的郑锡琪是同年，郑锡琪也是乾隆六十年参加顺天乡试中举的。嘉庆六年（1801），郑锡琪考中进士。他和他的父亲一样被授予翰林院庶吉士，散馆后授户部主事，为人清廉敬业。陈启文与他多有交往。可惜，由于郑锡琪读书过于用功，患上怔忡疾，不得不辞官回乡养病。郑锡琪回乡后，沉绵床箦逾二十年。病中口授诸子成《尚书疏证辟谬》八卷，又积成《纪事诗》若干卷。他死后，陈启文在为其所作墓志铭中说："啬其遇，丰其文。子孙绳绳，诵其清芬。"

陈启文，虽官至工部郎中，但他对乡党严振先非常敬重。严振先崇孝正直，他写的《玉如意》被誉为泰兴的《红楼梦》；他的八股文更是闻名全国，其诗则取诸家之长，很得诗界好评，其他文体的文章也写得得心应手，挥洒自如。工部郎中陈启文在《哭严吏部》一文中称赞他"诗备诸家，文兼百体"。

其时，泰兴黄桥何萱的治学精神及其成就，对其后辈多有影响。其子何度，后来也成为岁贡，很有学行。侄何龙文，字云伯，少时就有大志，工于诗文，后以贡生身份任桃源县教谕。龙文对河务十分留心，著有《河防策要》一卷。何龙文著有《滇游草》二卷，另将《月飘诗草》与父亲廷蕙的《大树山庄诗存》、祖父松龄的《云山阁遗稿》汇编成集，分为八卷。陈启文与何萱、何龙文叔侄俩及同为乡党的清官吴存义，包括潘人麟、陈潮等都时有唱和。

嘉庆二十三年（1818），陈启文调补西宁道，西宁本地缺少教化，陈启文"即以振兴学校为先，变易风俗为急"。公余教士，尤重笃行。衙署内有位名叫梁廷灏的小吏，家贫，启文以为可造之才，"赒之，使归读书而训课之"。

与此并举的是修桥治河，以振兴西宁经济。今天的西宁西关桥，即西宁通济桥，望南，可以看到麒麟湾的美景和南川河上修建的人行弓桥和昆仑桥；望北，可以一览中心广场的全貌。桥下生意人们支起了桌椅，摆起了小摊，喝喝茶、聊聊天、谈谈生活中的烦恼和快乐，成了市民们周末休闲的去处；桥上，车水马龙，是连接东西大街的主要纽带，它担负起了畅通西关大街的重任，成为西宁市交通大动脉之一。据《西宁府新志》载："通济桥，即城西二十余步南川河桥，雍正十年建。"《西宁市志・地名志》以及其他相关史料记载：由于河宽水急，此桥多次被大水冲毁；到嘉庆二十三年（1818）由西宁道陈启文重修。

陈启文到西宁后着手治理时，即发现了这里官场腐败的乱象。他以为不铲除腐败这一毒瘤，西宁就很难出现一个全面振兴的崭新面貌。但这种盘根错节的腐败毒瘤，要铲除又谈何容易？这种斗争，必然会付出代价的。

这一年，东科尔寺呈控贵德同知嵇承裕贪墨番族赔缴赃钱，因东科尔寺系属蒙古寺院，故而新调任青海办事大臣纳尔松阿介入处理。但因陈启文"附青海大臣奏章，据迹揭参"，使其最终衍化成了西宁办事大臣与陕甘总督的一场较量。陈启文"不畏强御，类贪婪者恒被参劾"，一纸奏章参倒了大半个西宁官场。

接到其参奏后，清廷责令陕甘总督长龄查办，长龄奏称："实系该厅追缴各役长支工食。并非追出赃钱。"然则纳尔松阿却声称：厅役姜有功供认，刚咱、达仓二族番目，各交赔赃小钱四百串，完受族番目交过赔赃小钱三百三十串，嵇承裕扣留不发，谕令该役捏称各役缴还工食钱文，不许说出赃钱。并将陈启文原呈声叙呈览。嘉庆皇帝再次降旨令长龄都同藩司程国仁覆讯。

据《清仁宗睿皇帝实录》卷三七四载："陈启文固执己见，仍遵前旨。将陈启文严参示惩。该督即檄调陈启文来省，令其眼同讯问，务令无可置辩，方足以服其心。傥结案之后，陈启文又复控诉。朕另派员审出确情，则原审之员不能辞咎也。将此谕令知之。"最终议定，"纳尔松阿系西宁办事大臣，陈启文之曲直，与伊无涉，乃屡次代为陈奏又擅发驿递"，着改发乌鲁木齐效力赎罪，陈启文去职查办。

启文获罪，押解入京，受其教助的梁生一路随行，伴宿囹圄五十日，后又往返万里护送启文妻子灵榇归里。启文作《与梁生书》谢之。五十多年后，时两淮盐运使方浚颐闻泰兴朱铭盘讲述此事，作《书梁生》以为天下风，赞扬"非陈公不能知梁生，非梁生不能报陈公"。只是朱铭盘转述时误记于陈启文河南道员任上，遣戍时间也计为六年，亦可证陈启文事迹蔽而不彰，文献多踵谬承讹。

陈启文谪戍塞外时，旧治西宁士民远送至平番（今甘肃永登县）界，馈食物不绝，痛哭乃返。及赐还，复至其处守候远迎。陈启文停车旬日，别时士民泣不能止。维彦称父亲被逮三年，未尝稍有戚容，对此不觉陪泪。启文作《平番途次别西宁士民二首》：平生老泪不轻弹，得失何妨一例看。底事绠縻收不住，哭声人助雨声寒。似将向我诉颠连，此别何须意惘然。我自不材今去矣，尔曹孝弟力耕田。

陈启文素仰苏东坡。《泰州日报》所载姚晟的《治水直臣陈启文》一文中说："在戍所，陈启文以读书省察为事，尤喜读《周易》与《道德经》。自省之余，读东坡与李公择第十一书，看到'吾侪虽老且穷，而道理贯心肝，忠义填骨髓，直须谈笑于死生之际'的豪句，则又爽然自失。他的内心始终还是以'道理'和'忠义'为立身行事之本，渴望如东坡般'虽怀坎壈于时，遇事有可尊主泽民者，便忘躯为之，祸福得丧，付与造物'，而非仅以清操独善其身。友人马良辅《赠陈虹江观察》诗有'赤胆轮囷长似铁，白头萧散独忘机'句，或许贴近启文晚年心迹。"这段话对我们了解和客观评价陈启文还是很有帮助的。

陈启文谪戍至乌鲁木齐三年整，道光元年（1821）赦归。居家十余年，陈启文对家乡利弊仍多有建言，立论恳切，风采卓然。其间，沙涨芦田入官之事，陈启文十分不平，他认为此田应归民所有，并呈书当道，为民请命。足见正直敢谏是他一生未变的秉性，忧国忧民也是他一生的情怀。他所著《退斋剩稿》三卷，可谓是这种情怀的体现。佤泰兴有此"不凡风骨"之人，这是佤泰兴的骄傲！

# 光绪翰林沈文瀚，沈太史第满贤才

泰兴历史上，曾有许多古代名士，都在翰林院待过，尤其是明代和清代。明代朝廷命官因多从翰林院选拔，所以明代由进士做官的泰兴籍官员进过翰林院也就不必多说了；清代也有，像有“清朝第一谏官”之称的季开生，任过帝师和吏部左侍郎的吴存义，他们都曾在翰林院司职过。也正是由于这一点，因而称他们由翰林改任的官职较多，称他们为翰林的亦偶尔有之。不过清康熙年间的李梦昺、朱青选，清光绪年间的茅景容、沈文瀚、金鉽，因他们在翰林院任编修期间，没被朝廷改任其他部门要职，故都称他们为翰林，光绪的茅、沈、金三位，则被冠有“泰兴三翰林”之称。

“泰兴三翰林”之一的沈文瀚的故事正是本文要着重叙说的。沈文瀚，字澥湫，又字海秋，泰兴县城人，中共隐蔽战线英雄沈安娜的大伯父。其原籍苏州，清咸丰年间（1851—1861），太平军占领苏州，沈文瀚的祖父为避战乱，带着家人从苏州迁徙至泰兴。在泰兴城内北大街（今鼓楼北路）北小桥北侧，包家巷和虹桥巷之间，沈家人建起坐西朝东六进祖屋。光绪十八年（1892），沈文瀚参加壬辰科殿试，高中二甲六十二名进士，后授翰林院编修，并长期供职于此。自此，沈家这座斑驳的老屋内挂上了“进士”匾额，庭院中停放着大红官轿，成为“沈太史第”。

沈文瀚是光绪十八年五月为翰林院庶吉士的；光绪二十年（1894）四月，散馆，授翰林院编修。说到这里，或许有人对翰林院不是太了解，笔者就稍作一下介绍。翰林院是唐代初置的宫廷供奉机构，安置文学、经术、卜、医、僧道、书画、弈棋人才，陪侍皇帝游宴娱乐，统称翰林院，并非正式官署。晚唐以后，翰林学士院演变成了专门起草机密诏制的重要机构，有“天子私人”之称。在院任职与曾经任职者，被称为翰林官，简称翰林。宋朝后成为正式官职，并与科举接轨。明朝以后，翰林院被内阁等代替，成为养才储望之所，负责修书撰史，起草诏书，为皇室成员侍读，担任科举考官等。翰林们虽无行政实权，但名贵清华，他们不仅是皇帝的文学侍从，有的还实际上是皇帝的老师，像江苏省原副省长、金陵女子大学校长吴贻芳的曾祖父吴存义就曾在翰林院做过帝师。由此可见，翰林们所处的位置非常重要，是成为阁老重臣以至地方官员的踏脚石。所以，即使那些达官显贵，也是不敢有丝毫慢待的。

历史上，在各朝各代，翰林学士始终是社会中地位最高的士人群体，集中了当时知识分子中的精英，社会地位优越。唐朝的张九龄、白居易，宋朝的苏轼、欧阳修、王安石、司马光，明朝的宋濂、方孝孺、张居正，晚清的曾国藩、李鸿章等，皆是翰林中人。

沈文瀚有个妹夫叫沙元炳（1864—1927），乃为其时隶属通州府（今南通市）的泰兴东邻如皋人，字健庵，晚年别号碯髯。沙元炳生于如皋一个书香仕宦之家，诗人，是近代如皋地方的第一贤达。光绪二十年（1894）中进士，后升翰林院编修。其热心地方公益事业如水利、慈善等，协助创办如皋公立医院。同时兴办实业，如广丰制腿公司、广丰榨油公司、广丰德中药号等。另外，他还创办如皋多所学校。光绪二十六年（1900）初春，张謇与沙元炳、沈文瀚、范肯堂等商讨了在南通创办师范学校的有关事宜，并由沙元炳在如皋率先创办了全国第一所地方公办的中等师范学校，沈文瀚最早在如皋师范任教。1906年，沈文瀚亦在泰兴创办了泰兴女子师范学堂。

沈文瀚与沙元炳是亲戚加朋友，沈文瀚与金鉽（笔者亦有专文介绍）则是老乡加朋友。据金鉽的嫡孙——南京大学地理与海洋科学院教授金瑾乐先生告诉笔者，他祖父金鉽不仅与老乡沈文瀚是朋友，而且与沙元炳更是同郡、同窗、同舍、同年的挚友。沈文瀚、沙元炳、金鉽这三人有这样的亲密关系，又同为光绪翰林，足见他们的友情绝非一般，可谓志同道合。应沙元炳之邀，沈文瀚和金鉽曾一起参与了沙元炳组织的《如皋县志》的编纂工作。

沈文瀚兄弟四人，他是长兄，其四弟沈文济也就是沈安娜的父亲是前清秀才。沈文济，字季航，曾手书“先伯兄海秋先生行述”，详尽介绍了沈安娜父辈的艰辛家世和他与龙璋、沈文瀚、金鉽办学堂及设警务所、减税、开焦土港、龙梢港等史实，是极其珍贵的经典文献。沈安娜的女儿华克放曾委托笔者的亲戚要笔者在泰兴查寻其外祖父的手书真迹，笔者通过泰兴博物馆馆长得知沈季航的这一墨宝由泰兴翰香阁阁主张先生

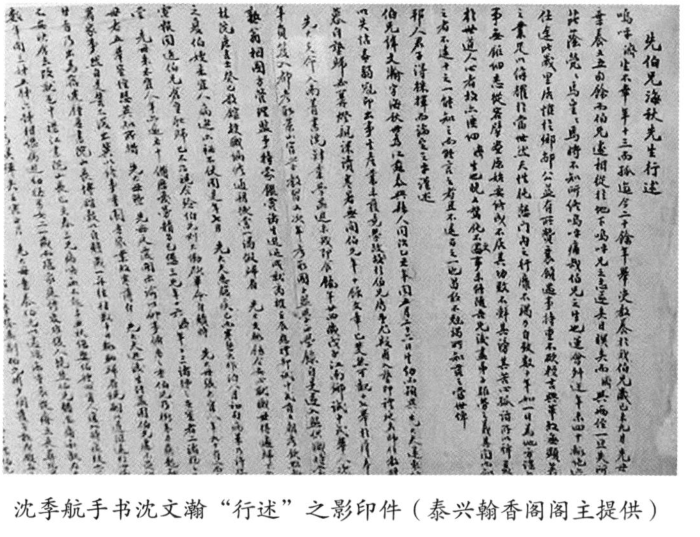
先伯兄海秋先生行述

沈季航手书沈文瀚“行述”之影印件（泰兴翰香阁阁主提供）

收藏，遂取得联系并得到确定，笔者即将张先生发的真迹图片转给亲戚，并由他再转告华克放。其实，沈安娜在其回忆录（《丹心素裹：中共情报员沈安娜口述实录》，中共党史出版社2016年版）中也有专写其大伯与大婶的段落。

沈安娜说她的大伯父沈文瀚是前清光绪年间的进士，任翰林院编修，是长达二十六卷的《（宣统）泰兴县志》的总纂，1922年秋去世。她的二伯父、三伯父早年夭折。她的父亲沈季航排行老四，是清末秀才，20世纪20年代曾在家里设私塾，后执教于县立城东女校及襟江小学，教授国文、地理等课程。清末民初的沈家，作为大户人家，有四个门堂。沈文瀚身为翰林，住的门堂最大，后院还有一座小洋楼作翰林书房。大门内的回廊上有一顶褪了色的轿子，沈文瀚外出办事都要坐轿前往。那是一种身份的象征。她的母亲杨淑怀是江苏省东台县人。当年她外祖父与大伯父因一同进京赶考时相识，遂成为莫逆之交。沈文瀚在与杨先生闲谈中，讲到四弟季航为人忠厚，尚未娶亲，杨先生立即表示愿将长女淑怀嫁于季航。不久，沈家便请了媒人上杨家说媒。杨家则信守诺言，包了一条船，载了嫁妆，将杨淑怀嫁到泰兴沈家。

沈文瀚的夫人，也就是沈安娜的大伯母也出身于封建世家，书香门第，而且还是个才女，会作诗。沈安娜小时曾亲眼看见她与大伯父一起吟诗作对，因此对她很有些崇拜。

她也很喜欢我，经常亲自给我梳小辫子，夸我聪明懂事。对家族中别的女孩则很少这样做。大伯父在世时，大伯母一心相夫教子，从不关心家政。大伯父去世后，她自然成了封建大家族的当家人。在她看来，女孩子裹脚是天经地义的事情，没想到居然遭遇一个7岁小女孩的顽强反抗！我不明白，喜欢我的大伯母为什么非要让我裹小脚，更不明白把脚裹成小粽子样有什么好看。躺在床上的我又挣扎又喊叫，实在累了，虽然双脚火辣辣的生疼，渐渐地还是睡着了，而泪水还留在脸颊上。守在一边的姐姐十分心疼。姐姐沈珉比我大3岁，已经10岁了。大伯母认为10岁的女孩骨头开始长硬，不好缠了，沈珉便躲过了这一劫。半夜时分，我又疼得醒过来。我爬起身想把裹脚布解开，但是针线缝得严严实实，无法解脱，我便哀求姐姐道：‘给我拿剪刀来，我要剪掉！剪掉！’沈珉起床点上灯，找出剪刀交给我。我拿起剪刀，狠狠地把裹脚布剪开了，疼痛的双脚立刻有了一种被‘解放’的感觉。看着那一堆蛇皮状的裹脚布，我含着眼泪开心地笑了……

这段回忆再现了当时的沈家情况，也让我们对沈文瀚及沈安娜的成长都多了一层了解。

据说沈文瀚还有个族侄女，小字箴娘，由于书香门第出身，而满腹经纶，能吟诗作赋，颇有才名。怎奈由娘胎内带有一块黑斑“胎记”，遮盖左眉左眼，因此，到了二十二岁仍待字闺中。后来，因其伯父沈文瀚的关系，她嫁给天长某地乡村一个穷秀才。

这位秀才尚有母亲和一个十来岁的妹妹，仅靠一两亩薄瘠山地生活。为了生计，更为了不让追求功名的丈夫分心，她决定自己打开一条衣食来源。嫁进这秀才家后，她即抛去大家闺秀的身份，不要婆婆和丈夫操劳，而是会同小姑，肩着农具，下地耕耘。她又托人购了一台织布机，以入夜织布，并督促丈夫夜读。如此下来，却也换得四口之家衣食无忧，并有节余，一家人和睦相处，赢得了当地“贤孝媳妇”的美名。

在怀孕期间，她田事不能胜任，她在央人代劳的同时，另自招收十几岁的少女或初嫁的少妇传授刺绣并读书习字，这样不但解决了雇人耕织的劳金，且得到了孕期必须用费的来源。丈夫在这样的环境下，发奋苦读，终于高中进士，出任安徽无为军主簿。她为这个家挣了十来亩田，依旧昼耕夜织，并兼收女弟子开设经史、刺绣两班，成为远近首屈一指的“女先生”。

她丈夫进士及第，因有京报，她是知道的，但她却不知丈夫“铨点”无为军主簿。因为没有接到家书，她心下颇有惦挂。久则，京考回乡的人口中传出，她丈夫已透出见异思迁的心念。她闻言坚决否认，断言辟谣，依旧奉姑抚幼，日出而作，日落而织。可一年多过去，她仍未收到一纸家书，心中不免有所感觉。一日有人上门说，他是代另外人传家书的，她丈夫托他传口信，上任后公务闲时，自会来家接眷。来人同时问及有无家书带给他。箴娘察言观色中体会出丈夫的心意，依旧面不改色殷勤款待，临走给他一封家书央他带去。她丈夫接到后拆开一看，却是一首七言四句，写道：爱君笔底出云霞，自拔金钗付酒家。此生幸作诗人妇，不惜殷勤叶贴花。

整个内容没一字涉及丈夫的忘义，更没有挖苦表功，只在第二句略点到：欠下酒债还是新娘首饰抵还。可末一句含义最深刻是由俗语“牡丹虽好，还仗绿叶扶持”化出的，由于我绿叶“不惜殷勤”日夜操劳，才显出你花的秀美。丈夫看后，心里引起自责，打消再婚的念头，立即派妥当的人持家书接其眷属。箴娘打开一看，也是一首七言四句，以七绝步和她的原韵道：日主糙糠接晚霞，勤耕紧织古人家。何当负却西窗烛，别向青云摘野花。

诗的第三句用的李商隐夫妇久别重逢西窗通宵“剪烛夜谈”的典故，来谴责自己的妄恩负义。由这一故事引发对后人的教导：首先遇事方要沉着，不可操之过急，先闹得满城风雨，反而使对方不得下台，逼得恼羞成怒，把事情闹僵。

以上所叙有史实，有美传，无不说明了沈文瀚这翰林之家浸润了多么浓厚的文墨之香，产生了多么重要的影响。

沈文瀚无论是工笔还是书法，都笔墨淡雅，而又极显功力。他写了一副行书七言联，联曰：嘘虹啸鹤诗无敌，狎凤驯蛟笔有神。款为：吾县城东南隅为风景最胜处，静山（注：即杨静山，宛楼）筑楼其间，四周名迹并凑，轩楹罗而致之，以名兹楼，亦他日园亭佳话也，既为题榜，复得二语，书请正可。戊午仲冬史文瀚记。从此联可以了解到杨宛楼除在日涉园旧址兴建了私人花园外，又在城东南风景名胜处构筑了两层洋楼，民间称为杨家楼，地处有名的飞凤桥畔。周边还有张氏东田草堂、桐竹园、戴大章东园、张丕杨的树园，还有封燕昌的花园。真可谓："最是南郊景色丽，碧烟看云问红霞"；袁尔职也曾赞道："维兹延令，实甲南关""家家多月榭风亭，处处尽平泉金谷，乐可忘返，美不胜收"，堪称一时之盛也。

我们读其诗、联、款，观其书画，不仅会有一种美的享受，而且还可从中了解到家乡泰兴的古风和更多的历史。沈文瀚——沈翰林，还有笔者亦专文所写的金鉽——金翰林等，他们都不愧为泰兴的一代翰林名士！

## 金太史第乃御笔，金鉽才华冠流辈

光绪至民国年间，泰兴城南草巷与苏利巷的交界处，有一座不小的宅院，院内有四十余间房屋和大大小小三座花园，这就是泰兴城有名的金太史第。在宅院临南草巷的大门堂入口处的屏门上方高悬着一块近三米长的匾额，上书"金太史第"四个大字，据说是当年光绪皇帝的御笔亲书。

这位金太史，名鉽，字范才，一字式金，号蘅意，别号陶宧，为清末民初著名文史学家、教育家、方志学家，可谓大名鼎鼎。他是晚清翰林，师事"通州三生"（张謇、范当世、朱铭盘），曾三度参与修纂《江苏通志》，故而有"金太史"之称。

据延令金氏族谱载，金鉽生于清同治壬申年五月廿三日，即同治十一年（1872），卒于1951年。其祖上为安徽休宁人，明末始迁居泰兴，至金鉽已九世。父永康公，字松乔，少时从岳丈戴氏经商，肆衣为业。稍有积蓄，出资托其弟经营木业，结果本金损折一空，木行倒闭，只得以剩余木料制作成简单家具市售来维持家计。金鉽幼从母读书，后师事同邑名士朱铭盘［朱铭盘，字俶僩，号曼君，泰兴人，晚清著名学者、诗人。他是光绪八年（1882）举人；与南通张謇、范当世，如皋顾锡爵，海门周家禄，并称“江苏五才子”。同年，他参加援朝，著有《东援记功碑》。因《江苏地方志》对其有详述，故本书未再专篇对其介绍］，聪慧明敏，七龄能属对，八岁通诗文，有“神童”之誉。

金鉽像

光绪十五年（1889），金鉽考入南菁书院，当时由著名学者黄以周（浙江定海人，第二任南菁书院山长）与缪荃孙（江阴人，第三任南菁书院山长）分主书院经学、辞章科目的讲习。当时与金鉽同砚的众学子中有武进吴稚晖、上海钮永健、六合田其田、如皋沙元炳等。据吴稚晖回忆，当时书院有三位弱冠学子才学出众，被目为神童，一为无锡杜嗣程，一为六合田其田，还有一个就是泰兴金鉽。光绪十七年（1891），19岁的金鉽参加拔贡考试，名列全省第四，成为优贡生；两年后赴江宁乡试，与吴稚晖、钮永健等同中举人。光绪二十一年（1895），金鉽赴京会试，名列前茅；后殿试中二甲第67名进士，入选翰林院庶吉士，时年仅23岁。

考完会试，等待发榜期间，甲午战败，清廷签订了丧权辱国的中日《马关条约》。舆论一出，举国哗然，在京应试的举人群情激愤。康有为写成一万八千字的《上今上皇帝书》，与梁启超一起联络十八省应试举人1300多人联名上书朝廷，提出拒签和约、迁都抗战、变法图强三项主张，史称“公车上书”，金鉽也是联名上书的举子之一，这表明金鉽的拳拳爱国之心。金榜题名后，金鉽南归省亲，途遇林旭，二人在海轮上竟夕长谈，彼此仰慕。两年后，林旭等“六君子”在戊戌政变中慷慨就义，金鉽有诗挽亡友：与君黄海同舟夕，手抱班书说贾生。北海高明时少小，东坡灾难到公卿。弹冠我负一言诺，钩党君成六士名。今日墓田归不得，右军怀抱向谁倾?

金鉽看透了清政府的腐败无能，无意进取仕途，便于同年底向翰林院请长假，不再返京。

2020年，“江山代有人才出——进士家族后人寻访项目阶段成果展”在南京中国科举博物馆开展时，据南京大学地理与海洋科学学院教授，时已90高龄的金鉽的孙子金瑾乐介绍，他祖父金鉽，是清光绪二十一年（1895）进士，26岁时就官至翰林院编修，例称乙未翰林，雅称太史，后来成为清末民初著名文史学家、教育家、方志学家、国民政府国史馆特约纂修。在科举考试中，功名获得者，除一甲三名状元、榜眼、探花外，翰林是最引人注目的，“翰”的本义是指有色彩的羽毛，古人常以羽毛为书写工具，故“翰林”又有“笔”的含意，引申出来，“翰林”两字之意就是形容有“文采”，而翰林院则是形容“文翰之多若林”。翰林可以协助皇帝参谋、顾问国家大事，为皇帝起草诏书、机要文件，同时又可作为文学侍从之臣，随侍皇帝左右，甚至还可以作为上书房行走或翰林院侍读学士，陪皇帝、皇子及近支王公读书；此外，翰林还可以主持或参与重要文史的修撰与著述、做科举考试的主考官。总而言之，翰林的地位相当显赫，被称为“神仙之职”。

说到这“神仙之职”，笔者还要插叙一个苏中三翰林酒会对的故事。光绪年间，泰兴翰林金蘅意（《中山塔史话》有叙），会同如皋翰林沙元炳（生世不详），应泰州一翰林（姓氏失传）相邀，至泰州其私宅做客。时有裁缝在府做衣，杯酒间议定行酒令助酒，公推主人出题。主人即宣布开句规定用古人七言近体诗一句，跟着三个字，且要一二合成第三字，又要与首句七言诗意思连贯。当即主人开例道：“有约未来过夜半，奴心怒。”吃过门酒后，接着是沙元炳行门令道：“闲看儿童捉柳花，合手拿。”吃过门酒令后，金接着道：“为他人作嫁衣裳，亡心忘。”古人“亡”有时读“无”，也作无字讲。金回家告诉他父亲。他父亲虽是位木匠，兼做木料生意，但通诗文，立即批评他这一令欠“通情”，说裁缝吃的是生意饭，怎好把来客生意忘去？应改为：为他人作嫁衣裳，亡（wú）心忙。这一改非常传神，意思说：人家倒出嫁了，我还不知待到哪一天，也就无心为她去忙了。

光绪二十八年（1902），知县龙璋将襟江书院改建为学堂，金鉽受聘任学堂总教习（校长）。为办好学堂，他多次出资修建校舍，购买书籍，置备仪器，并在龙璋的支持下选送丁文江等一批英才出国读书，之后又主事泰兴县立中学。光绪三十年（1904），金鉽任如皋安定书院山长（校长）；同年，由江苏学政唐景崇聘请，又回到他阔别9年的母校南菁书院（时改名为“江苏全省高等学堂”）担任监督（校长），时年36岁。为培育人才，他殚精竭虑，不遗余力。两江总督端方欲图维新，广罗人才，知其才华，拟擢任显职，均辞不受。问其志趣，对曰：“但愿从事教育，无他求耳。”他遂于光绪三十四年（1908）被派赴日本考察教育事业。金鉽乘船到达长崎，后转赴福冈、大阪、东京等地。考察期间，他处处留心，观察入微，约半年后返国。通过这次考察，金鉽对日本教育之普及、学校纪律之严明、课程设置之先进颇为敬佩，认为教育实乃强国之根本。端方不久移督直隶，他对金鉽考察归国后的打算也就没有下文了。

1911年辛亥革命，改朝换代，民国肇始，金鉽以声望被里人公推为泰兴县民政长，主一县之政，在任两年。其间，他首创泰兴孤儿院，收恤孤独，闾里称善。民国三年（1914）冬，金鉽经江苏省省长齐震岩推荐，就任江西省彭泽县知事。彭泽地瘠民贫，而政府征收的赋税日加无已，如依法征收，则百姓不堪重负；如拒不执行，则对上又无法交代，令金鉽左右为难，正是“亦知忧国苦民军，政拙催科疾在躬”（金鉽《留别彭泽》）。不久，袁世凯上演称帝闹剧，倒行逆施激起举国声讨，并引发了护国战争。金鉽不愿在“洪宪”朝为官，一再上书请疾，仿效陶渊明弃官归隐，回到故乡泰兴。

金鉽致仕回乡后，莳花种草，每值花好月圆之夜，即邀请朋好墨客，赏花弄月，吟诗作赋，得林泉之乐。金鉽请好友亦曾为翰林的沈文瀚题写“陶宧”二字，勒石以为宅名，以志自己与古贤陶渊明一样归隐林下的淡泊情怀。宅院深处有小楼，名曰“江山小阁”，为陶宧主人读书修志之所。1928年，江苏省政府又成立省通志编纂委员会，决定重新编纂省志，聘庄蕴宽为《江苏通志》第三任总纂，金鉽为编纂，同时被聘的还有陈去病、张相文、陈汉章、柳亚子、柳诒徵、丁宝书、朱文鑫、吴稚晖、刘三、陶惟坻、戴超、钮永健、叶楚伧、陶葆廉、胡朴安15人，多为江苏知名人士，可谓文人荟萃，阵容庞大，而金鉽最为年轻。翌年元月在《江苏通志》编委会成立大会上，推选庄蕴宽、陈去病（吴江人，近代诗人，南社创始人之一）、柳诒徵（镇江人，国学大师，图书馆学家）、金鉽等5人为常务编纂，从这年春天起在镇江焦山松寥阁共修《江苏通志》。他们每莅京口，或登楼品茗饮酒，谈南菁北都角艺故事，讲述江南文坛前辈诸公薪火衣钵；或买舟翦江，联榻松寥阁，扬榷方志义例，穷日夕不倦。总纂庄蕴宽（1886—1932），是金鉽在南菁书院时的学长，尤其诙谐健谈。春秋佳日，更是割鲜剧饮，拈韵逞奇，相与翛然忘世，首尾将近三年。直到庄公去世，通志局同仁才纷纷散去。庄公曾手书一联相赠：“少日才华冠流辈，暮年词赋动江关。”这无疑是对金鉽一生的高度概括和赞扬。对此，金鉽十分珍爱，将它做成木雕挂件，一直挂在客厅内。

1938年苏北沦陷，日军驻泰兴占领军司令加藤登大佐强征金宅作为驻军司令部。日军在金宅每日操练，砍伐树木，践踏花草；到了冬天，竟将房屋地板撬起来劈作柴火来生火取暖，把个昔日充满文人气息的幽雅宁静宅院弄得鸡犬不宁，满目疮痍。历尽沧桑，如今的南草巷金太史第已不复旧日模样，只有“陶宧”二字石碑依然挺立，述说着宅院主人往日的悲欢故事。

抗战胜利后，老友吴稚晖、钮永健等曾推荐金鉽任国史馆特约纂修，但由于其年迈体衰，未克赴任。1950年，金鉽在家中风，1951年夏去世，享年79岁。故物中，发现一副金鉽老人写给先祖父孙蔚滨的楹联，其联曰：侧身天地更怀古；回首风尘甘息机。

从此联看，金公的字意近苏东坡，风神蕴藉，遒丽秀逸，功力深厚，颇为可观。值得一提的是，金鉽与李瑞清、柳诒徵两位过从甚密，他们晚年常勉励金鉽之孙金瑾乐将来以中央大学为首选，而中央大学便是南京大学的前身。1951年金瑾乐以第一志愿报考南京大学地理学系，以第二名录取；本科毕业后被分配到中学当了两年地理老师，1957年调回南大任教直至退休。金瑾乐父金僧麟乃中医，据金瑾乐教授跟笔者讲，解放初，泰兴县政协尚未挂牌，他父亲就几次受邀参加了县政协会议。金教授的儿子金晖1977年毕业于金陵中学，被分配到南京第四建筑公司当瓦工。同年中断了十年的高考制度恢复，1978年他便以一名建筑工人的身份参加高考，并以高分被南大地理系地图学专业录取，由此而成了父亲的学生。

金晖南大毕业后在北京中科院地理研究所工作，随后被介绍到美国马里兰大学继续深造。其子如今是旧金山一家公司的数据科学家，其女艾米则走上了父辈的道路，现在旧金山从事地图软件研发工作。金鉽之后不愧为翰林之后，如今泰兴的这金氏之家更可称为“地理世家”。

## 严振先著《玉如意》，“泰兴红楼”妇孺知

历史上叫严振先的很多，大名鼎鼎的《天演论》译者严复的父亲就叫严振先，是个悬壶济世的中医；笔者的桑梓泰兴也有个严振先，他是被称为泰兴《红楼梦》的长篇章回体说唱本小说《玉如意》的作者。泰兴的这个严振先既有高超的文艺技巧，亦有高明的中医医术。有人说，严复的父亲严振先就是泰兴的严振先，笔者只知严复的父亲是福建人，对其是否与泰兴有根脉关系未曾考证，故不敢妄言。

据泰兴博物馆的有关资料记载，《玉如意》的作者严振先（1756—？），字鹏飞，号南池，为泰兴新市严家园子（一说严家垡）人。他从小酷爱学习，聪颖过人。十六岁补贡生，曾师从黄桥望族何氏举人何湘，受益颇多。此事《芸楼存稿序》有记载：“先生（指何湘）四上公车不第，遂绝意于仕进，抗颜为师，陶成后学。经先生口讲指划者皆有名于世，庶常严振先、观察陈启文其尤著者也。”清乾隆六十年（1795），严振先考取进士，历任吏部主事、员外郎等职。

他工诗文，著有《南池文集》《游吴草》等，且精通医学，为人看病，从不计较报酬。根据有关文字记载，严振先幼年丧父，事母至孝。母亲生病后，夏夜他竟睡在帐外服侍，不避蚊虫叮咬。严母系大家根底，知书达理，喜闻古事，尤其喜欢听鼓词，故严振先常为母亲讲述诸史故事，或说唱弹词，娓娓不倦。这一年，严振先携母赴京就职。母亲整天坐船，颇感寂寞，便要儿子为其散心，她说："儿啊，你喝的砚墨水多，就给娘说说故事吧。"于是严振先便给母亲讲述一些历史故事，日复一日，不让母亲感到冷清。然而他腹中故事虽多，哪经得起一天讲几个？不多时就有了"青黄不接"的感觉。他想，故事总是人编出来的，我何不自己编故事来说给母亲听呢。于是他就根据自己曾游历杭州的所见所闻和泰兴本地风光及民间传闻，采用艺术手法，晚上编，白天讲，一路编完讲妥，船也到了京城。后来他将这些故事编成书，这就是我们今天所见到的说唱本《玉如意》。

《玉如意》是一部长篇章回体说唱本，叙述了邬府长女云英嫌贫赖婚，次女琼英顺命代嫁的一个普普通通的婚姻故事。书中反映了封建社会宦海浮沉、家庭兴衰、世态炎凉、人情冷暖的真实情况。其艺术特色，不仅表现在构思的新巧、想象的丰富，而且还在于他紧紧抓住姐妹易嫁的感情变化，并通过有关内容的生动描写，热情地歌颂了清官、淑女的善良行为，强烈地谴责了贪官、负心汉的丑恶行径，给人们留下了"善有善报、恶有恶报"的深刻印象，泰兴人民因之称《玉如意》是一篇"劝世文"，文人墨客则将这部作品誉为泰兴的《红楼梦》。有人说这个故事取材于本县殷家庄某富户的事，所以泰兴有"黄桥人不唱《扒抢记》，殷家庄不唱《玉如意》"的说法。

《玉如意》有说有唱，语言通俗易懂，明白如话。唱词以七言为主，间以长句，读来琅琅上口。书中大量运用泰兴方言俗语，极富地方特色，识字的人看得懂，不识字的人听得懂，语言生动活泼，耐人寻味，百读不厌。特别是纯熟地运用了大量方言熟语，使泰兴人倍感亲切。这是到目前为止唯一一部准确运用泰兴方言熟语最多的文学作品，为保留和传播泰兴的历史文化遗产起到了很大的作用。朱东润先生还将其译成英文，介绍给国外读者。

泰兴的文人墨客之所以称《玉如意》为泰兴的《红楼梦》，是因为《玉如意》与《红楼梦》同出于清代乾隆年间（1736—1795），同系封建社会缩影，同系历史文化经典，的确可算得上是"姐妹"篇。《红楼梦》开头有"好了歌"，《玉如意》开头是"觉世歌"。《玉如意》说唱本，系严振先先编故事讲与母听，然后逐步写成书稿，在其中进士的乾隆六十年（1795）前后不久问世。书中以浙江杭州、嘉兴的郝、邬、钱三大家族为背景，构出了妹代姐嫁并助丈夫寒窗苦读后高中状元的主要情节，道出了三大家族的起落始末。

据对《玉如意》颇有研究的泰兴马甸人傅文章说，他听其父讲，傅家与严家是世交，严家败落后，严振先常乘傅家（当时傅家住现虹桥镇的李家港）猪油酒船队去杭州等地游玩，游历中的所见所闻也就成了严后来写《玉如意》的重要素材；严振先为何在偏僻的乡村能以杭州、嘉兴为背景写《玉如意》，写出郝、邬、钱三大家族兴衰盛败的故事，并将杭州、嘉兴的人物风情写得活灵活现、栩栩如生，无疑主要得益于此，当然更有泰兴和其自家的影子。

这本书通过封建社会家族塑造了一个封建社会制度的忠孝人郝砚耕，应该是《玉如意》说唱本得以延续下来的原因之一，其独特的文学艺术形式，能让人们口口传唱则是其二。《玉如意》说唱本历史上广为流传，人们在各种场合说唱，官府从不禁止。目前见到的《玉如意》有三种残本：一为手抄本，一为上海铸记书局的石印本（缺第一回至第七回），一为泰兴宝章阁书店的木刻本（缺第一回、第二回、第三回）。三种版本，手抄本尤为珍贵。

《玉如意》距今已200多年，是泰兴历史上的一朵文化奇葩。说唱本曾被“家家传送、户户誊抄”，有的以斗米一回的工钱请人抄写，只是现很难找到一部完整的《玉如意》说唱本，也很难说现存的三种《玉如意》说唱本哪一版与严振先原著更为接近，更难看到三种《玉如意》哪一版没有一字一句的错误。

1995年，叶秀中先生收集《玉如意》数种版本加以校注，由江苏古籍出版社出版。傅文章亦搜集到多种版本，他因从小就听其父说唱《玉如意》，故对《玉如意》情有独钟，且一边学习说唱，一边积累资料，从而根据祖传和他自己发掘的版本，经过多年整理、补充、校正、注释，先改编成长篇小说《红尘梦》（因《玉如意》《红楼梦》同出于清朝乾隆年间而题此名），于2005年由中国作家出版社出版，后将《玉如意说唱》（中国最长的单篇说唱）、《斗金叶子》（中国最早的牌艺）系统整理、逐级申报，他由此被评为泰州市非物质文化遗产代表性传承人。

综上所述，长篇章回体说唱本小说《玉如意》在泰兴乃至江浙数省农村之所以流传200余年，至今仍为老百姓所喜爱，所喜闻乐见，为许多有志之士去挖掘与传承，就在于其内容的丰富与深刻，对真善美的歌颂和对假恶丑的批判，具有劝世性，同时在文学艺术形式上又极接地气。作为本以八股文见长并闻名全国的严振先来说，实在是难得，实在是很不简单！无怪乎工部郎中陈启文（泰兴籍人）在《哭严吏部》一文中称赞他“诗备诸家，文兼百体”，足见其才华！

# 新考泰兴大生桥，廉吏二贤实盖帽

笔者曾发表过一篇题为《泰兴桥名知多少，今日且说大生桥》的文章，对位于泰兴城西南十里的大生村的“大生桥”作了一番专门的介绍，只是那篇文章，对其由来的探究偏重于神话传说的文化传承，而对其历史的考证则似乎有点苍白，故而决定从历史的角度来重新考证一下。

新考泰兴大生桥，竟发现这个桥名、这个地名与两个了不起的历史人物颇有关系。这两个人物，当是泰兴历史上有名的廉吏贤士：一个是道光二十八年（1848）的举人、泰兴知县张行澍；一个是有“智慧女神”之称的原金陵女子大学校长、江苏省原副省长吴贻芳的高祖——泰兴出生的道光十八年（1838）进士、咸丰帝师、三部（礼、刑、吏）侍郎吴存义。此二人之所以皆与大生桥这个桥名、这个地名有关，个中自然是有其感人故事的。

呈东西向的大生桥，跨在泰兴的老天星港上，为五孔拱形石桥（现有两孔已埋于两岸泥土之中），如长虹卧波，至今古韵十足，风韵撩人。它是泰兴市境内最古老的石桥，桥面麻石车辙印痕深陷，仿佛像一位历史老人讲述着他经历的风雨沧桑。

据《泰兴县地名录》载：“大生桥，原名大孙桥。明正德年间张育宁建。后村以桥名，讹为大生桥，相沿至今。”其实，此桥原称为大孙桥。康熙年间（1662—1722），此桥东的鱼塘因有孙氏以三块长条石作桥面搭的小石桥被俗称为“小孙桥”，彼时县志撰写人因此意会这西边明朝张氏所建的大桥便是“大孙桥”，直至光绪十二年（1886）修的县志依然称此桥为“大孙桥”，故“大孙桥”之桥名倒确实存在不少讹误成分。但是，大孙桥后来称为大生桥，则绝不是讹称，而是另有缘由的。

那么，大孙桥这个桥名是何时变为大生桥的呢？从《泰兴县志》上去查找，康熙志上为“大孙”，而民国志已称“大生”了。但在撰于光绪十二年（1886）的光绪志上，却两名并存，其中“乡聚”“河渠”的条目中称“大孙”，而在《辅辖图》中却标为“大生”，这说明清光绪年间二名同时流行。大孙与大生，命名方法上有点不同。“大孙”是以姓氏命名，而“大生”则明显带有感德之义了。

据《（光绪）泰兴县志》记载，大孙桥处同治元年（1862）建有张公祠，祀张行澍。张行澍，字瀚门，河南祥符人。道光二十八年（1848）由举人任泰兴知县。这一年夏六月，飓风大作，江水暴涨，大水淹进县城，平地水深数尺，沿江百余里一片泽国，房屋漂没，灾民无数，受灾的百姓全部“露栖”。幸好，泰兴百姓遇到了一个廉吏知县张行澍。

这个张行澍廉洁奉公，生活清贫，是一位少有的勤政为民的清官、好官。他很孝顺母亲洪氏夫人，到泰兴任知县时，也把母亲接到身边。张母不肯清闲，跟在老家一样，整天忙着纺纱织布。张行澍挤出有限的生活费用，采办棉花等物资，支持老母织布济贫，以至一年四季后衙机杼之声不绝于耳。冬天，张行澍将母亲亲手缝制的棉衣拿来救济穷苦百姓，自己却不肯留下一件新衣过年。这样的一个好官，眼见着泰兴的百姓，尤其是江畔的天星港这边的百姓受了这么大的灾，他怎会无动于衷呢？

岁大饥，民相聚，“吃大户”开始兴起，时称“吃麻雀儿会”，灾害很快就要引发动乱。张行澍紧急召集官吏和地方上的乡绅商议集资，决定按人口赈灾，发放口粮。这当儿，时任云南提督学政的吴存义（吴贻芳的曾祖父）正好回家乡治丧，于是倡议赈灾，并亲自到富户家中劝捐。知县张行澍更是大力组织富户响应。富家拿出钱粮，吴存义总是长跪说：“我为数十万灾民跪谢啦！”大家为吴存义和知县的诚意所感动，一个多月共捐钱十九万余缗。

行澍、存义二贤用这些钱购买米谷，核户计口后，再用小船运到大孙桥分发给灾民。《清史稿》载：“吴存义，字和甫，江苏泰兴人。道光十八年进士，选庶吉士，授编修。二十二年，督云南学政。边徼士风敦朴，存义力为提倡，文风改观。回民煽乱，存义按试永昌竟，出郭数里，城中火起，待学使去而始发也。二十八年，丁母忧归。会江北大水洊饥，存义议赈，躬诣富室劝捐，多感其诚，出赀购米谷。存义棹小舟散给饥民，全活甚众。”当时，灾民望着一船船运来的救灾粮，高兴地说：“船到大孙，灾民大生！大孙桥成了我们的大生桥了。”于是，大生桥的名字就这样被渐渐叫开了。

第二年，知县张行澍又组织百姓加固江堤，疏浚河港，从而消除了潮患。《泰兴大事记》录曰：“道光三十年（1850年）知县张行澍修筑北自庙湾、南至王家港（今天星桥）江堤，长8000余丈，高1丈，宽5尺，基宽3丈，人称张公堤，以志其功。”张行澍离任泰兴后十余年期间，泰兴西乡因江堤高筑，多次成功抗御水患，田谷连年丰收，百姓念念不忘他在泰兴留下的恩惠仁爱。后来，张行澍任江宁知县，因太平军起，他去上元拜访知县刘同缨，见刘在衙门上用朱笔书了“毋害我百姓，愿以身代”几字，遂表示回去亦书此字，而策马回转，不料刚出城门，即遇太平军，张行澍不愿受辱，即从马上跳江殉难，历史的悲剧的一幕也就由此而定格。

张行澍死后，家徒四壁，一个叫孙寅的泰兴人因事到河南去，路过张行澍老家，目睹张家清贫之状，不禁凄然泪下，拿出盘缠来帮助张的家人。泰兴的百姓得知张行澍去世的消息，为纪念他的“大生之德”，于是在县城和大孙桥旁同时建起两座张公祠，意在让张行澍永远能看到泰兴西境平安、民得大生的景象。时任吏部侍郎的吴存义也为此专门撰写了《大孙桥张公祠记》，以表达泰兴百姓对他的感激之情。

大孙桥是西江口与泰兴县城之间的一处重要桥梁，历史悠久，自张育宁修造至今，期间又几次维修，个中又有许多的故事。它的修建，它更名为大生桥，皆沉淀了很深的文化底蕴。泰兴的名桥有许多座，然而像大生桥这般既特具历史价值和历史故事，又完好保存至今的，恐怕难有出其右的了。

大生桥，是两位非凡之人成就了它，使之成了非凡之桥，非凡之地。轻轻拂开它尘封的历史，它的绚丽的光辉竟是这样的灿烂，我们不能不为之而激动，更不能不为它不凡的由来，为它相关联的历史人物、神话美传而浮想联翩，而深受感染，深深地沉浸其中和深深地陶醉其中！

（本文曾以《大生桥新考》为题发表于《泰兴历史文化》2022年第2期）

## 革命先贤朱履先，一生传奇功名留

朱履先是清末举人、中国第一批留日学生、辛亥革命英雄、孙中山的中将，同时也是抗日战争功臣、陈毅元帅的好友。他经历了清朝、北洋军阀、中华民国和新中国四个时代，见过日本仁治天皇，见过大清慈禧太后，也见过孙中山、蒋介石、刘少奇……可以说，他的一生，是充满传奇、满是故事的一生。笔者根据朱履先将军后辈的回忆及有关朱履先生平事迹的报道，特写此文，以飨诸君。

1884年6月6日，朱履先出生于江苏泰兴黄桥镇，原名先志。1902年，已经是满腹经纶的18岁的朱履先，认为国势衰弱，列强欺侮，只有从军学武，才能强国

朱履先（《黄桥镇志》）

雪耻，决心东渡日本，学习军事。他终于以优异成绩如愿以偿地考取了官费留学资格，考入东京日本陆军士官学校，学习炮兵。中国许多有志青年，为寻救国救民之道，先后都到这所由明治天皇兼任校长的日本知名学校深造。朱履先在这所学校先后结识了孙传芳、杨宇霆、李烈钧、阎锡山、蒋介石等人。朱履先在日本学习期间，深入留学生中宣传资产阶级民主思想，千余名留学生召开隆重大会，欢迎这位革命志士的到来。

清光绪三十四年（1908），朱履先于日本士官学校毕业。回国后，受慈禧接见，经部试奖给举人，任清新军三十四标二营管带，驻南京城内杨公井。此时，朱履先受孙中山民主革命思想的影响，已看清了清政府的腐朽本质，故慈禧的拉拢并没有动摇他萌发出的投身反清、投身革命的思想。

朱履先率领三十四标二营士兵，一面积极练兵习武，一面积极与革命党人赵声、柏文蔚密切联系，暗中投身反清爱国的革命活动。1911年10月10日，武昌革命起义的消息传至南京，朱履先等新军官兵大为振奋，决心投入这场改朝换代的大革命中去。此间，同盟会上海总部和武昌革命政府，又不断派人来南京鼓动第九镇统制徐绍祯起义。朱履先深知他的这位顶头上司受同盟会的影响，倾向革命，也出面积极劝说和鼓动徐绍祯认清形势率兵起义。徐绍祯几经思考，决定响应革命，在秣陵关举起起义大旗，命朱履先率三十四标进攻雨花台。朱履先被任命为前敌指挥官。

战中，朱履先身先士卒，勇往直前，率部发起数次冲击，终因子弹匮乏，守军工事坚固、炮火猛烈，未能成功。起义部队后因伤亡惨重，被迫撤退至镇江。11月12日，中国同盟会江浙联军总司令部在镇江成立，徐绍桢任总司令。朱履先随徐部加入江浙联军，不久投身光复南京的战斗。因拥有秣陵关战役的作战经验，他被徐绍桢委以重任，与刘之洁率领的苏军合力攻夺雨花台炮台。24日，战斗打响。南京城内守军加重火力，并在雨花台炮台四周布下地雷，欲负隅顽抗。朱履先灵活运用战略战术，排地雷、挫守军，与刘之洁默契配合，一举攻占雨花台炮台。29日，朱履先率前卫突击队迅速突破守军防线，兵临中华门城墙下，他架起云梯，第一个登上中华门城楼……

朱履先以其杰出的军事指挥才能与在战斗中表现出的忠勇，深得孙中山与黄兴等同盟会领袖器重。12月2日南京光复，辛亥革命取得胜利，他由黄兴介绍加入同盟会，孙中山先生委任其为陆军第二师中将师长兼南京城防司令，获授二等文虎勋章，还亲自为朱履先书写了“将军府”匾额。朱履先由此被誉为“江苏三杰”之一。1912年元旦，朱履先被再次委以重任，担任孙中山临时大总统就职典礼阅兵总指挥，时年仅28岁。

中华民国临时政府成立后，孙中山为缩减开支，作出裁军决定。朱履先率先响应，脱下戎装，组建南京讲武堂，出任堂长，并把所获5万元裁军费全部捐献给临时政府，决心以另一种方式追随孙中山先生。不久，袁世凯窃取革命成果，旋即称帝。孙中山倡议二次革命，终以失败告终。袁世凯去世后，北洋将领把持政权，掌握北方与东南诸省。山西、东北与西南诸省，则由当地军阀纷纷割据，混战不断。面对支离破碎的中国，朱履先痛心万分，但默默寻求救国的出路。他随柏文蔚创立革命军，以图北伐；他为老同学阎锡山当过顾问，也在冯国璋处担任过参谋长；1927年，他应安徽省主席陈调元之邀，先后在蒙城、寿县等地担任过县长；“九一八”事变前后，他受邀在蒋介石国民党军政部任过职。几经浮沉，均失望而归，遂于1932年退出军界，隐居故乡黄桥。

返回黄桥后，朱履先在乡梓为民办事，声望极高，被地方人士尊称为“三大人”。1937年七七事变，日本全面发动了侵华战争。时隔不久，辛亥革命的发祥地武汉沦陷了。朱履先听到消息，大哭一场。“孙中山先生领着我们浴血奋战成立的中华民国，就要毁在蒋介石手中了，中国人要做亡国奴了！”朱履先声泪俱下，痛不欲生。

汪精卫公开投降日本后，为了拉拢朱履先，派亲信解某捎信给他，只字不提要他出山，只说要送800匹布给他开布店。朱履先将信摔在地上说：“一群无耻的卖国贼。我朱履先岂能与他们为伍！”时隔不久，汪精卫又命秘书长褚民谊派特使尹某带着“江北招讨使”“苏北委员长”“和平军总司令”的委任状，到黄桥动员朱履先赴任，朱履先声色俱厉地说：“我朱履先是个堂堂正正的中国人，绝不认贼作父！”褚民谊的特使碰了一鼻子灰，灰溜溜地离开了黄桥。

为摆脱汪伪再来纠缠，1940年4月，朱履先暂别黄桥，化名刘金麟避居上海。在上海，抗日救亡运动如火如荼。报纸、电台对新四军奋战苏南、屡挫日寇的事迹报道，使这位曾经的国民党军官精神振奋，百感交集。他对共产党、新四军的抗日壮举，心生敬佩，随之萌生与之相识的渴望。不久，他听说陈毅、粟裕率新四军移师苏北抗战，便立即从上海回到黄桥。

当时黄桥正由国民党江苏省保安四旅何克谦部盘踞着。他们不打日寇，却横行乡里，无恶不作，黄桥百姓恨之入骨。日寇侵占靖江城的消息传到黄桥，国民党黄桥区长和警察局长企图从南坝桥乘船逃跑。有人向朱履先报告，朱履先气愤地说：“把他们拦下来！”200多民众跟着朱履先赶到南坝桥，向逃跑的区长和警察局长喝道：“人民平时养活了你们，一到大难临头，你们不是挺身而出，共赴国难，反而丢下百姓，卷带家财逃跑，天理不容，国法不容。如果你们不赶快回去坚守岗位，就把你们捆绑起来，送交上级政府处置！”愤怒的群众也齐声痛骂这些怕死鬼。区长和警察局长一看情况不妙，只好乖乖地返回区公所和警察局。隔了一天，他们还是趁黑夜逃跑了。

1940年7月28日傍晚，忽然枪声密集，由远而近。第二天凌晨枪声渐止。天刚蒙蒙亮，一夜未眠的朱履先打开大门一望，迎面墙上墨迹未干的一条大标语映入眼帘：“团结抗战，打倒日本帝国主义！”落款是新四军苏北指挥部。朱履先顿时心头一亮：哦，新四军果然来了。

黄桥镇上住着一位爱国将军朱履先，号称“黄桥镇第一名流”，陈毅早就听说了。于是他和管文蔚在百忙中一同登门拜访了朱履先，并再三交代随行的人“一定要谦恭，执晚辈之礼”。新四军苏北指挥部总指挥陈毅、新四军挺进纵队司令员管文蔚的登门造访，使朱履先大为感动。陈毅高度称赞了朱履先的高尚民族气节，朱履先顿然心头一热，感动地说，我对贵军对陈将军仰慕不已。贵军在江南奋勇杀敌，威名远扬，在黄桥又一举全歼何四旅，为民除害，对百姓秋毫无犯，这和国民党军队完全不同。管文蔚随即又将新四军的“三大纪律，八项注意”抄给朱履先看，朱履先赞不绝口：有这样的军队，中国才有希望！

陈毅十分恳切地对朱履先讲述了新四军当前的困境，真诚希望能得到他的帮助。陈毅的真诚谦恭打动了朱履先，他带动黄桥镇工商界人士一次就向新四军捐款6万元大洋。朱履先的态度极大地影响了三泰地区的中上层人士，他们由怀疑观望转变为赞同拥护共产党和新四军。

团结抗日的共同心愿，进一步加深了这新老将军的友谊，陈毅成为朱履先家的常客。粟裕、陈丕显、管文蔚、朱克靖、陈同生等高级将领，也常到朱履先府上畅谈。陈毅是个棋迷，朱履先也爱好下棋。他们对象棋、围棋都很精通。时常两个人边下棋边高谈。新四军当时正缺粮缺钱，在朱履先的支持下，新四军筹集粮食三千石、现款六万元，解了燃眉之急。

为支持新四军的抗日活动，朱履先跟随新四军领导人多方奔走，呼吁国共合作抗战，做了大量工作。当得知朱履先与海安名流、曾任国民党江苏省省长的韩国钧私交深厚，陈毅便请朱履先出面引见，派朱克靖去海安拜望韩国钧，即紫石老人。朱履先欣然应允。朱克靖到访后，韩国钧多次写信给朱履先，征询对新四军的看法。朱履先每信必复，向其介绍新四军在黄桥抗战的情况，并以鲜明态度表示对新四军在苏北抗战的支持。这对韩国钧最终坚定地站到共产党一边，发挥了重要作用。

朱履先还在黄桥战役中，发挥了重要作用。他识破韩德勤逼新四军退出姜堰的阴谋，稳住了国民党苏鲁皖边区游击总指挥李明扬，使其按兵不动，保持中立，由此对黄桥决战的胜利起到了关键性作用。

此间，朱履先两次函电国民党军政要员，呼吁停止内战、合作抗日。此举虽未能力挽狂澜，却在全国产生了很大影响，为配合陈毅的“孤韩”策略，发挥了重要作用。

1940年10月3日至6日，陈毅、粟裕率新四军7000将士与韩德勤部决战黄桥。战斗中，朱履先不顾个人安危，坚持与共产党人共进退。因担心管文蔚的苏南口音不便与黄桥群众沟通，他不顾管文蔚劝阻，在炮火中坚持陪同管文蔚、陈丕显检查黄桥城内各项支前工作。在他的号召下，黄桥士绅们慷慨解囊，捐钱捐物；工商户正常营业，全镇3家磨坊和63家烧饼店夜以继日地磨面粉做烧饼、制干粮，支援前线；百姓们一呼百应，组成担架队，冒着枪林弹雨，赴前线抢救伤员。黄桥战役的胜利离不开黄桥人民的支持，朱履先为此做出了重要贡献。陈毅在战时发出由衷赞叹，说朱履先“真不愧是位军人”。

1940年10月7日上午，黄桥战斗结束了。只有5000多人的新四军，歼灭了1.1万多人的韩德勤部精锐部队。11月15日，苏北临时参议会在海安召开。14个县的388位代表参加会议。会上，朱履先当选为苏北临参议会副议长。韩国钧当选为名誉参议长。

1943年1月，党组织对朱履先在实际斗争中的表现进行了认真考察后由叶飞、朱克靖介绍，经陈毅批准并报党中央，59岁的朱履先光荣加入了中国共产党。但组织决定，因工作需要，他作为特别党员，只可与朱、叶联系，不公开身份，不参加组织活动。朱履先从革命大局出发，毅然从命。随后，他的儿子朱宝权、女儿朱宝清也相继加入中国共产党，参加革命工作。

1945年冬，朱履先当选为鲁苏皖边区临时参议会副议长。1946年解放区开展土地改革运动，朱履先无条件服从党的利益，将自家280亩良田全部献给政府分给农民。朱履先的这一壮举，极大地教育了当地乡绅，推动了土地改革进程。1946年7月，蒋介石发动内战，华中野战军作战略转移离开黄桥，粟裕临走前特地登门向朱履先告别，并将缴获的一把日本军刀赠送给他作为纪念。野战军走后，国民党军队以百倍疯狂对以黄桥为中心的四县进行血腥清剿，白色恐怖笼罩了苏中地区。当地群众知道敌人是不会放过朱履先的，为了“三大人”（朱履先排行第三）的安全，人们便在他家后院砌了一层夹墙，挖了一个地窖，一有情况便让朱履先躲到夹墙里，或是睡在地窖里。时任中央华中工委书记的陈丕显得知朱履先处于十分危险的境地，很快派人越过重重封锁，将他接到较为安全的滨海县合德镇。国民党没有抓到朱履先，遂将他家二十几间房子全部拆毁。1948年陈丕显特地送给朱履先一支从淮海战场缴获的美制卡宾枪，留作纪念。

朱履先于1945年6月15日曾被选举为赴延安参加解放区人民代表大会的苏中代表候选人，但他因严重的高血压病未赴延安；1949年7月党中央通知朱履先赴京参加全国第一届政协会议和开国大典，他仍因严重高血压病未能赴京参会。1950年朱履先任苏北人民政协副主席、苏北行署副主任兼苏北抗美援朝分会主席。1952年建立江苏省，年已68岁的朱履先任江苏省人民政府委员、江苏省政协委员、江苏省抗美援朝分会副主席和中国人民保卫和平委员会江苏省分会常务委员……1954年底不幸中风瘫痪，1959年病逝于南京，葬雨花台，终年75岁。

朱履先的一生，是历经四个时代、充满传奇的一生，是不断追求进步、追求真理的一生，是为国为民、无私奉献的一生，党和人民一直怀念他。1996年，泰兴市政府为朱履先建立了一座纪念碑，叶飞抱病为他书写了碑名：朱履先先生纪念碑。斯人已去，但位于泰兴黄桥镇王家巷东首、坐南朝北的中将府依在，孙中山先生亲笔题写的匾额“中将府”悬挂于大门堂中央。“中将府”保存完好，现为泰兴市文物保护单位。这是历史的见证，也是朱将军革命功勋的见证！

## 她是红色女特工，芳名安娜真英雄

有一部电影叫《谍战玫瑰》，又称之为《重庆谍战》，这部电影是以著名地下工作者沈安娜女士为原型拍摄的。另有音乐剧《速记员》和电视剧《旗袍》《蛰伏》《敌营十四年》等，也都是上演和拍摄的红色特工沈安娜的传奇故事。还有《中共情报员沈安娜口述实录》一书，则更详尽地介绍了沈安娜不平凡的一生。虽然，随着相关电影的上映、音乐剧的上演、电视剧的播出和书的出版，被称为“按住蒋介石脉搏的人”的沈安娜的事迹已为大家耳熟能详，但笔者依然想以这篇拙文说说沈安娜，因为她是我们泰兴人，是笔者家乡的自豪，更是笔者永远敬仰和崇拜的英雄！

1915年3月14日，沈安娜出生在江苏泰兴城北的一个书香之家。她的父亲沈季航是清朝末年的秀才，希望她温婉如玉，为她取名“沈琬”。沈琬生性聪颖，三岁就能读书识字，在父亲的教导下，不仅字写得好，还写得快，被人誉为神童。

她七岁时就敢于反对女人裹脚，让自己成了“天足”，十三四岁能熟练写得一手漂亮的楷书和行书，还能赋诗作对。15岁那年，她更是考入了泰兴中学，令人刮目相看。在学校里，沈琬勤奋学习，踏实进取，得到了老师们的赞许。

1932年，17岁不到的沈琬为了帮助姐姐逃脱包办婚姻的枷锁，竟然大着胆子，和姐姐一起跑到了上海。在上海，姐妹俩都以优异的成绩考入了高级中学。沈琬在南洋商业高级中学结识了中央特科地下党员华明之，并随之热恋而成了后来的革命伴侣。她的姐姐沈珉也同样于此时走上了革命道路，启蒙她的人则是华明之的学长兼同志——舒曰信。不久之后，沈珉与舒曰信亦结为爱侣。正是在这个时候，受苏联十月革命的影响和华明之、舒曰信的建议，沈琬和姐姐都改了名字，从此后她便叫沈安娜，她姐姐则叫沈伊娜。

由于沈安娜在泰兴中学读书时，她的家道就因其父亲去世而中落了，所以到了1934年暑假，沈安娜终因交不起学费而不得不辍学。为了学一门谋生手艺，她进入了“炳勋中文速记学校”。当时，谁也没想到，此刻的一个无奈之举，却成就了她非凡的一生。她在中文速记学校凭借着优异的成绩，竟然第一次受到了来自组织的特别指示。这年的冬天，国民党浙江省政府要招一名速记员，中央特科领导王学文希望沈安娜能承担这项工作。经过考试，沈安娜顺利地成为浙江省政府秘书处议事科速记员。当时的沈安娜无论如何也不会想到，上海地下党组织的这一次安排，竟使自己从此开始了14年潜伏在国民党中央核心机关的地下情报生涯。

浙江是蒋介石的家乡，那时更是国民党统治核心区。在浙江省政府的会议上，沈安娜的身影逐渐多了起来。身为秘书科最年轻的人，她反而获得了最大的信任。加之她为人机敏，速记本领高超，记录会议时，她全神贯注，耳朵、脑、眼、手全部投入，一分钟便能记下200多个字（繁体）。沈安娜凭着工作上的过硬本领和为人正派的作风，很快得到蒋介石亲信朱家骅的赏识。沈安娜跟随朱家骅参加许多重大会议。因为沈安娜超人的速记本领，让朱家骅每一次都能完整地领悟蒋介石的意图，从而加深了蒋介石对朱家骅办事能力的认可。这期间，沈安娜趁内部混乱之际，取出组织需要的机密文件，每每都能悄悄地送往中共地下党的手中。

七七事变后，上海及周边局势日趋严峻。1937年8月上旬，党组织派遣在上海担任党组织情报交通员的沈伊娜前往杭州取情报，并指示沈安娜，如战事扩大到杭州，就跟着省政府走，等待时机与党联系。八一三事变当天，沈安娜分三次送走丈夫、姐姐、婆婆和儿子，浙赣铁路局派遣华明之到金华工作，姐姐、婆婆和儿子去了上海。当日本侵略者的炮火蔓延至沪杭地区，沈安娜只身一人留在杭州跟随浙江省政府辗转西撤，与上海党组织失去了联系。年底，浙江省政府迁至金华，夫妻俩重逢，通过各种渠道了解到中共中央在武汉成立了八路军办事处。此时，她秘密见到了董必武和周恩来两位领导。为了获取国民党的核心机密，周恩来希望她能借助速记进入国民党的更高的机密处，并叮嘱她“在国民党核心工作，一定要注意隐蔽，既要大胆，又要谨慎”。

1938年，沈安娜终以其极为出色的业务水平正式进入国民党中央党部秘书处，成为当时最重要的三位速记员之一。沈安娜的丈夫华明之也于此时借妻子工作调动的关系，一同到了这里。由于沈安娜速记工作的业务能力，是被时任国民党浙江省主席朱家骅所赏识而受其推荐进入国民党中央党部工作的，所以她不但得到了国民党党部人员的信任，甚至蒋介石对她也很是信任。至此，沈安娜进入了国民党的核心部门，有了更多的机会参加重要的会议，并取得更多有价值的情报，为中共的革命工作提供了极大的帮助。

国民党内部架构是极其松散混乱的，以至于速记处当时包括沈安娜在内，竟然只有两个情报员。而且，两个人用的，还是两套完全不同的速记方法。这也就意味着，在整个国民党内部，沈安娜的速记符号只有她一个人能看懂，这样一来，她想记下一些情报，就更加容易了。但是，沈安娜还是觉得不安全。所以，她干脆自己研究出来了一套速记符号，这样，全世界再也没有人能破译沈安娜写出来的符号。1939年1月，沈安娜被指定为国民党五届五中全会的速记员，并负责保管会议的有关文件。在主席台上，她第一次见到了蒋介石，而且就坐在离蒋介石不远的地方。会后沈安娜第一时间将会议上通过的《防制异党活动办法》和《关于共产党的处置办法》等文件送交给董必武和博古，从而揭露了国民党的反共阴谋，打击了国民党的反共气焰。

此后，无数次的国民党中常会、中央全会、国防最高委员会、最高军事会议上，她就是在距离蒋介石近在咫尺的位置，用速记符号记录下会议内容；蒋介石每每说到特绝密的问题时，常扭头要求沈安娜不要记，一旁的沈安娜就把蒋介石接下来的讲话牢牢记在心里，等到休息时上厕所之际，再偷偷记录下来。沈安娜回家将所记的会议内容和蒋介石的绝密讲话进行翻译后，由华明之将情报用极细的毛笔写在极薄的纸上，藏进竹竿、板鸭等一切意想不到的地方，交给联络人。蒋介石做梦也没想到，一直埋头记录的沈小姐，竟是中共情报员。

1939年秋，南方局组织部负责人博古根据沈安娜的表现，考虑到沈安娜的入党申请，认为她经受了严峻考验，在隐蔽战线为党做出了贡献，已经具备了入党条件，决定接收沈安娜入党，由卢竞如做她的入党介绍人，并负责同她秘密联系。沈安娜在国民党中央党部担任速记员的工作，职位不高但位置非常重要，在会议记录和废弃文件里经常能得到很多绝密情报。国民党开会密谋对付共产党，会议信息往往第二天凌晨时分已由华明之浓缩、摘要、密藏，经交通员之手，连夜送到了周恩来等人的住处，中共领导人甚至比国民党委员们还要早看到他们的底牌。沈安娜获取的情报在对敌斗争中发挥了巨大作用，远在延安的毛泽东，曾在沈安娜获取的情报上写下重要批示。就这样，沈安娜在国民党心脏潜伏了十多年，为中国共产党提供了大量重要情报，直到解放后撤回，也无人怀疑过她是共产党。

1949年4月，党组织指示沈安娜和华明之：不必随国民党南下了。沈安娜知道，黎明即将到来，便全身而退，悄然离开南京，到了上海。5月份上海解放，沈安娜和她的丈夫华明之终于回到了党的怀抱，沈安娜长达14年的地下谍报生涯也宣告结束。这个处在蒋介石身边最亲密的红色美女特务，完成了她光荣的使命！老蒋的一生，都在懊悔自己不够提防这个绝顶聪明又长相可人的美女！但这一生，沈安娜都令他无可奈何了！

解放后，沈安娜继续在党的秘密情报战线上工作，华明之则离开了情报战线。1983年，沈安娜从上海市国家安全局的工作岗位上离休，华明之从上海国际问题研究室离休。随后，他被国家安全部聘为咨询委员。他们从上海移居北京，安度晚年。

2003年，华明之在北京病逝，享年91岁。2010年6月16日，中共最杰出的秘密情报员之一沈安娜女士因病医治无效于北京逝世，享年95岁。追悼会6月20日上午在北京八宝山革命公墓举行。沈安娜女儿华克放向外界透露了她母亲临终时的一个细节，“母亲弥留之际曾喃喃自语，‘我暴露了？他们抓人了，从后门跑……’当时护士、护工、医生都很奇怪。我作为女儿，我了解这么一段历史，就很理解她”。难以想象，沈安娜临终时会说“我暴露了”四个字，可见她当年承受的压力是多么的可怕。

有人说，共产党人都是特殊材料做成的，这话很对，却也说得并不完全准确。其实，像沈安娜这样的情报工作人员，都是有血有肉、活生生的普通人，他们不是生来即为英雄，长期深入虎穴的战斗生活磨炼着他们的意志，他们之所以能在那个不见刀枪和硝烟的战场上隐忍数年，也许有两个词就足以概括，这就是“信念”和“承诺”。这是台湾同胞评价沈安娜时所说的。红色特工沈安娜是泰兴籍女英雄，泰兴人民将永远怀念她！

## 智慧女神吴贻芳，铿锵玫瑰风采扬

吴贻芳（1893—1985），号冬生，江苏泰兴人，是中国第一届女大学生，第二位大学女校长。1928年受聘于母校金陵女子大学，先后主校23年。1945年，出席联合国成立大会，成为在《联合国宪章》上签字的第一位女性。1979年获美国密执安大学为世界杰出女性专设的“和平与智慧女神”奖。1985年11月10日逝世。

民国时期的教育界，流传着这样的说法：“男有蔡元培，女有吴贻芳。”如果说蔡元培在我们心中的形象是清癯消瘦的松柏，那么吴贻芳先生则像极了凌霜傲立的梅花，一北一南相映成趣，成为我们回望民国图卷时不可忽视的风景。

大幕徐徐拉开。吴家二小姐贻芳，美国密执安大学生物学与哲学双博士在读，才貌双全，年过三十，依旧未婚。说亲的媒婆，来了一拨又一拨，踏破了门槛，吴小姐却始终不点头。有好奇的人问：“吴小姐，你为什么不结婚？”吴贻芳微笑着回答：“我在等待一个合适的人。”时光之轴不停转，三年过去了。一个英俊的男人来到吴贻芳家里求亲，吴贻芳欣然应允。是谁？竟然让吴小姐青眼有加。他是“教育之神”。从此，吴贻芳成为教育的女主人。帷幕缓缓闭合，故事至此，画上完美的句号。

这是1948年8月，吴贻芳主校20周年纪念活动上，金陵女大的学生们自编自导自演的话剧。“吴贻芳嫁给教育”，这个生动意趣的故事，一时传为佳话。演到精彩处，坐在台下的吴贻芳微笑着点头。她少年坎坷，中年执校，为金陵女大贡献了数十载青春。她一生未嫁，但说她是嫁给了教育，这并不过分。1928年秋，35岁的生物学博士吴贻芳自美国学成归来，她站在阔别已久的母校讲台上，望着台下稚嫩如自己当年的面孔，感慨良多。这是吴贻芳受聘担任金陵女子大学校长的“首秀”，那时的她恐怕也未曾料到，此后寒来暑往23年，她会像株梅花扎根于此，命运亦与金女大紧紧缠绕。

1893年1月26日，湖北武昌，候补知县吴守训的妻子朱诗阁，顺利产下一女婴。恰逢寒冬时节，腊梅芬芳，吴守训触景生情，为女儿起名“贻芳”，别号“冬生”。吴氏祖籍江苏泰兴，曾祖父中过翰林，祖父亦是举人，作为家中的二女儿的吴贻芳，算得上出身官宦之家。此时的中国，在西方思想冲击下，新事物层出不穷。宦门女儿贻芳，虽长于闺门之中，也曾裹过小脚，却有敢于求新、不让须眉的胆识。吴家姐妹都是异类，不同于一般的名媛淑女，贻芳和姐姐贻芬，不屑于学习女红，反倒异常憧憬新式学堂。但守旧的父亲并不同意，他认为女子的幸福并不在读书，而在于嫁个好人家。贻芬生性刚烈，据理力争无果之后，竟然试图吞金自杀。吴守训夫妇受惊不小，妥协之下，将姐妹二人送入杭州弘道女子学堂，姐妹俩终于得到上学的机会。此时吴贻芬15岁，吴贻芳11岁。

学有两年，姐妹俩在二姨父即杭州名士陈叔通的帮助下，来到上海的启明女子学堂学习英语，这为吴贻芳日后的出国打下了牢固的语言基础。十里洋场的繁华，也让她感受到了中西方之间巨大的差异。从武昌到杭州，从杭州到上海，又从上海到苏州，尚未及笄的吴贻芳，常与同学写诗赏诗，旅游踏青，与教师探讨学术，与外教谈天说地。学堂仿佛为这位天真的少女打开了另一扇窗，让她能时时在新世界探头而出。她对未来充满好奇与渴望。然而，始料不及的是，接二连三的厄运，即将降临到她头上。

1909年，父亲吴守训因为一笔公款被上司诬陷。惊恐与愤怒之下，吴守训跳江自杀。随后，哥哥吴贻榘不堪生活压力，随父亲跳江而去。双重打击之下，母亲朱诗阁一病未起。姐姐吴贻芬伤心过度，在母亲的棺椁旁悬梁自尽。短短一个月时间，幸福的一家七口，只剩下吴贻芳、年迈的老祖母和不足七岁的妹妹吴贻荃三人，巨大的悲痛让吴贻芳神思恍惚，天天以泪洗面。直至后来，吴贻芳回忆往事时依然痛彻心扉："人生的不幸几乎全集中到我身上，我真是哀不欲生，也萌生了轻生的念头……"

幸好二姨父陈叔通劝慰她："自杀是不负责任的表现，你上有老祖母，下有小妹，你对她们有责任啊！"年仅十六的吴贻芳，成为家庭的顶梁柱，亲人也是支撑她活下去的唯一原因。丧失亲人的巨大打击让这个天真烂漫的少女一夜之间成熟起来，此后的一生，几乎都没有露出过开怀笑容。

苏轼曾有言：古之立大事者，不惟有超世之才，亦必有坚忍不拔之志。陡遭巨变的吴贻芳先生，正是在此等情景下，磨炼出了坚强与克制的品格，并贯穿其一生。

不可否认的是，民国时期虽有民主与科学思想的熏陶，但囿于时代的局限性，男性仍然在社会上扮演着主要角色。有所成就的女性，如秋瑾、吕碧城、林徽因等，都被称作传奇，盖因这样的女子，确是太少了。吴贻芳先生，正是以她中国第一批女大学生、第二位大学女校长的身份，巾帼不让须眉，为金女大之于教育界、为教育界之于民国、为民国之于世界舞台，增添了一抹绚丽的色彩。

"寻常一样窗前月，才有梅花便不同。"在金女大时，吴贻芳便担任学生自治会的会长，并组织同学参与了五四运动的游行。大学毕业后，吴贻芳曾被聘为北京女子高等师范英文部主任、教师。这期间她常应邀参加社会活动，作家冰心在回忆文章中写道：我第一次得瞻吴先生的风采，是1919年在北京协和女子大学大礼堂，她从容地走上讲台演讲时，就惊慕她的端凝和蔼的风度，她那清晰的条理、明朗的声音，使我感到女大从没有过这样杰出的演讲者人选。

吴贻芳在担任金女大校长之后，除了发展教育，对社会活动亦保持着高度的关注。七七事变之后，蒋介石邀请社会名流在庐山共议国事，吴贻芳也在受邀之列。会议结束，吴贻芳赶回南京，带领女大学生们参加募捐，到医院、难民所服务，尽自身绵薄之力。

1941年3月，国民参政会第二届第一次大会在重庆开幕，并实行主席团制，吴贻芳当选为主席之一。在五位主席中，唯有她是女性，但却又是很有威信，受到了社会各界的关注。中共元老董必武这样称赞她："像这样精干的主席，男子中也是少有的！"1945年，吴贻芳作为中国无党派代表，与首席代表宋子文、中共代表董必武等赴美国旧金山出席联合国制宪大会，成为在《联合国宪章》上签字的第一位女性。

一个月后，在旧金山，吴贻芳穿着暗色旗袍，面色沉着地走上主席台。她以中国代表的身份，讲述近代中国遭受的种种磨难，并阐述了中国政府对维护世界和平的看法。而大西洋的东岸，金女大的学生们，也一边听广播，一边爆发出热烈的掌声。美国的精彩表现，让吴贻芳在国内的威望水涨船高。

1946年，宋美龄提出让吴贻芳担任教育部部长。吴贻芳开玩笑拒绝道："我是不会上当的，国家刚刚康复，金女大还有许多工作需要我去做。"与那位被鲁迅讥讽为"寡妇专政"、热衷打压学生运动的中国第一位女校长杨荫榆不同，吴贻芳不仅自身积极投身民主爱国的政治活动，也对学生给予了足够的支持。她坚决抵制政治对学术的干预，1948年，在国民党政府大肆抓捕进步学生的最黑暗时期，吴贻芳先生站了出来，以自己的声望拒军警于校园之外，将学生庇护于羽翼之下。时局艰难，金女大却无一人被捕。吴贻芳先生的风采，逾百年仍可想见。

吴贻芳在《联合国宪章》上签字（泰兴名人馆藏）

1949年4月21日，解放军突破江阴炮台，全面渡江。这时，南京"重要军话台"接到来自宋美龄的特急长途电话，要求金陵女子大学校长吴贻芳接电话。第一次，电话铃响了很久，接起电话的人说吴校长不在。隔了一阵，宋美龄又命秘书来电，得到的回复仍是不在。无奈之下，宋美龄只能要求当时供职于电信局的王正元转达，让吴贻芳搭机离宁。

王正元辗转获知，吴贻芳并未离校，只是明知宋美龄用意，拒接电话。金女大、金女大的学生是她不离开的理由。同时，人民生命财产、城市古迹文物也让她万分牵挂。当时解放军尚未进城、国民党溃逃，必须有人出来维护安定。于是，吴贻芳甘冒风险，参与维持南京真空时的治安。中华人民共和国成立以后，吴贻芳曾担任过江苏省副省长兼教育厅厅长、全国妇联副主席、民进中央副主席、全国政协常委等职务，但这些在她眼里，恐怕都没有“金陵女子大学校长”来得珍贵。这是真正的教育家，与今时今日的“教育官员”们自然不是同一个衡量体系。

1951年，中美关系恶化，美国政府冻结美国在华资金，教会办学的金女大，断绝了经济来源。次年秋天，教育部决定在原金女大的旧址组建南京师范学院，吴贻芳担任南师院建校筹备委员会委员。半年后，吴贻芳被任命为江苏省教育厅厅长。此后30余年，吴贻芳始终放不下金女大。即使她荣耀满身，甚至被母校密执安大学授予“和平与智慧荣誉奖”，热闹之余，她仍觉得遗憾。

吴贻芳密切地关注着金女大毕业的“999朵玫瑰”，谁的工作遇到困难了？谁常年旅居国外终能回国了？谁的住房问题长达数载得不到解决？……1979年，“文革”之后的首次校友会，白发苍苍的学生们，牵着吴贻芳的手，像孩子一样哭喊：“老校长！老校长！”

1985年，92岁的吴贻芳，终于一病不起。一日下午，她突然清醒过来，想说话，却又说不出来，一张脸憋得通红。守护在旁边的学生们急得直打转。直到曹婉对她说：“校长，您是想复办金陵女子学院吗？您放心，我们一定办到。”她才慢慢平静下来，从此离开了人世。

“如果男女混校，女子永远无法在学校中发挥领袖作用，这样，我们怎么能培养出女性领袖呢？”吴贻芳的声音铿锵依然，言犹在耳。1987年，根据吴贻芳先生的遗愿，经江苏省人民政府批准，南京师范大学复设金陵女子学院，金女大之精神，得以薪火相继。吴贻芳的一生用坚强和努力创造出自己的奇迹，又用坚守和善良创造出金陵女子学校的奇迹。

# 百科全书丁文江，誉为霞客名流芳

泰兴市黄桥镇米巷10号，原本是“丁家花园”。这“丁家花园”在20世纪40年代的黄桥决战中曾是新四军黄桥战役指挥部，陈毅、粟裕、陈丕显等新四军领导人皆在丁家花园办公和住宿。决战前夕，陈毅偕夫人张茜在丁家花园度过了他的40岁生日。黄桥决战誓师动员大会也由陈毅在丁家花园主持召开。传唱不衰的《黄桥烧饼歌》亦在此诞生。故而，这里曾作为新四军黄桥战役纪念馆，自在情理之中。直到2017年，这“丁家花园”才恢复了它本来的身份，称之为“丁文江故居”。人们由此而知晓，“花园”的主人原来是丁文江，这是丁文江的家。

笔者虽是泰兴人，但到黄桥的次数并不多，每次去，也都因事务而来去匆匆。大概就是在2017年底2018年初吧，笔者陪南京的客人到黄桥古镇游览，这才有机会比较仔细地参观了丁文江故居（现已更名为丁文江纪念馆），同时对丁文江也有了一个比较详细的了解。

丁文江是被誉为“中国近现代地质学之父”的杰出科学家，西方哲人罗素对他的评价：“是所见的中国人中，最有才、最有能力的人。”国学大师傅斯年说他：“确是新时代最良善、最有用的中国人之代表；是欧化中国过程中产生的最高菁华。”然而，历史总像在子午线之间忙碌的光环，照亮一面，而忽略另一面。丁文江本应广为人知，但过去由于宣传不够，也由于一些历史的原因，知道他的人并不很多；今天，处于互联网的新时代，同时又加大了宣传力度，并拍摄了《丁文江》电影，了解丁文江的人终于多起来了。这是令人十分欣慰的，因为了解丁文江，学习丁文江的科学钻研精神、爱国精神对于我们今天在新时代、新征程中为中华民族的复兴踔厉奋发、奋然前行将具有特别重要的意义。

丁文江故居

有人说，乡村的老宅之中，大都是穿长袍的故居；

而丁文江的故居，倒像是“翘胡子的故居”。这话怎么讲？这得从丁文江的出生地说起。丁文江，字在君，1887年4月13日，出生于苏中泰兴古镇黄桥米巷的一个绅士家庭，千年古镇的龙河水滋养了他，使他从小就成了佼佼神童。他读书很早，“五岁就傅，寓目成诵”，十岁即读完“四书五经”，尤爱古今诗词，成绩过人，深得称赞。11岁时，他一篇千字《汉高祖明太祖优劣论》，即令塾师叹其为“神童”。13岁时，他考秀才，早闻其名的泰兴县知事龙璋特命他到县衙内进行特别面试，出文题《汉武帝通西南夷论》以试其才。丁文江提笔成文，文通理顺、观点明确，且声韵和谐、字句精美，龙璋看后大为赞赏，称他为“国器”，当即收为门下弟子。

龙璋主张维新，崇尚新学，他力劝丁父送丁文江出国深造。1902年秋，15岁的丁文江在龙璋帮助下东渡日本，踏上海外求学的征程。在日期间，他学习日文和英文，并担任留学生所办刊物《江苏》杂志编辑。两年后，日俄战争爆发，日军攻袭旅顺港，在日本的中国留学生也因受歧视而无心读书。其时，他受到在欧洲游学的吴稚晖等人的劝促，于1904年3月，离开日本到英国去留学。他先在英国东部一个名叫司保尔丁的村镇读中学；两年后，考入剑桥大学，但只住半年就因故辍学了。他趁此机会到欧洲大陆游历了一番。1908年，他考入格拉斯哥大学，学动物学和地质学，两年读完六年课程，三年获得两张文凭。

1911年，25岁的丁文江从欧洲学成归国。此时，距离他离开家乡泰兴黄桥求学海外，整整9年。当年被称为“神童”的儒雅少年，已经成为一位怀揣地质学、动物学双学位，掌握了日、英、法、德四种外语，有着广阔的国际视野的青年学者。1913年，丁文江先生应工商部之聘任矿政司地质科科长。他认为“科”是办公文的机构，而地质科无公文可办，建议改地质科为地质调查所。他请来地质学家翁文灏、章鸿钊先生借用北大地质系旧址（已停办），办起了中国第一个地质机构——中国地质调查所，丁文江先生为所长、翁文灏先生为副所长。这里培养了中国地质学界的许多领袖人物，如谢家荣、王竹泉、叶良辅、李捷、谭锡畴、朱庭祜等。

1918年，北大恢复地质学系。丁文江先生去美国聘请了古生物大家葛利普先生来北大任教。后他到欧洲考察，得知李四光先生在英国伯明翰大学学地质，特地去找他，动员他学成后回国教书。有了这两位教授，北大地质系的教学质量显著提高。在丁文江先生的领导下，中国地质学成绩卓著，早在20世纪20年代就获得了世界声誉。归国后，他除了创办地质研究所和在北大恢复地质系，还完成了中国第一份野外地质调查及芜湖以下扬子江流域地质报告。他的“大上海计划”勾勒出了“东方明珠”的市政梦图，他的丁氏地图以实测资料，按等高线，运用分层设色法绘制，彼时被誉为“中国图学界一部空前未有的巨著”。

丁文江像（丁文江故居藏）

由于丁文江思考、调查、撰文，总是口不离雪茄，加上两撇微微上翘的胡须，很欧化、很洋帅。这与其桑梓故里土朴民风迥然不同，故有人称他是小镇走出的大人物“翘胡子”，说他的故居既是“长袍故居”，更是小镇独有的“翘胡子故居”。

是的，在丁文江故居老宅的墙上有一帧照片，那是1933年夏，丁文江参加第16届国际地质大会，在华盛顿的合影。照片上，那个站在一群金发碧眼洋服绅士中间的中年男子，不仅一对微微上扬的美胡须，金钩玉翅，而且还戴着一副墨镜，显露出一个中国人的特有才华与底气和带着的那种从容与自信。

1934年，丁文江担任国民政府中央研究院总干事。任职期间，对中央研究院体制进行了大刀阔斧的改革：整顿全院行政中心——总办事处、创立中央研究院评议会、设立基金保管委员会、制定编制预算制度等等。1936年，时任院长的蔡元培赞其任职“不过一年有半，然而对于研究院的贡献已经不少……在君先生实事求是的精神，案无留牍的勤敏，影响我们全院同人的地方很大……”

华北事变后，日军进一步侵华，中国的能源安全岌岌可危。心系国民的丁文江十分忧心北方能源基地的陷落会导致北煤不能南运，而影响南方的工业与交通。当时国民政府曾酝酿请丁文江出任铁道部部长，丁尚在犹豫未决。1935年12月，他受铁道部委托到湖南考察煤矿，同时受托为准备内迁的清华大学及其研究机关寻找新址。去前，有人劝他战乱时期不必亲自前往，他却称“事关抗战，关系重大，必须亲自走一趟”。怎料，此行却成了这位科学巨匠科研与生命的终点。

12月7日，丁文江赴湖南潭家山矿。为获得第一手资料，他不顾劝阻，亲自下到坡度45度、斜深170米的洞底，测量煤层厚度。出洞时，丁文江受了风寒，12月8日夜，在到衡阳生炉火抵寒时，不幸发生煤气中毒，脑中枢血管受破坏，遂移往长沙救治，却终无回天之力。1936年1月5日，丁文江逝世，时年49岁。

从泰兴黄桥古镇走出的丁文江是中国现代地质学的先行者，他首创地质调查所，并担任所长多年，把地质调查所建成了中国最早的一所完整的科研所。他在地质调研和学术出版等方面都达到了公认的国际水平，成为中国科学发展史上的骄傲，也是他的家乡我们泰兴人的骄傲！黄汲清先生将他比作20世纪的“徐霞客”，而其成就又远远超过徐霞客；与他同时代的温源宁，形象地称他是一位“百科全书式的人物”。这些赞誉可谓名副其实，实至名归！

# 文理大师丁西林，喜剧史上大名鼎

丁西林，原名丁燮林，字巽甫，1893年9月29日生于江苏泰兴黄桥镇。他是中国剧作家（中国现代戏剧史上唯一一个专门写喜剧的剧作家）、文学家、物理学家、乐器工艺家、社会活动家，在文学、曲艺、戏剧、音乐、书法绘画、语言文字等方面均有高深的造诣，尤以戏剧创作成就最大，被誉为“东方的莫里哀”“独幕剧圣手”“中国现代喜剧之父”。他还被毛泽东主席、周恩来总理称赞为“多面手”。

是的，丁西林自小聪颖，学业优异，1910年他考入上海南洋公学，1913年毕业；1914年赴英国伯明翰大学攻读物理学、数学，获理科硕士学位。1919年回国，受蔡元培校长聘请，他入北京大学任物理学教授兼理预科主任，后多次被选为物理系主任。其间，他以热电子发射的实验直接验证了麦克斯韦速度分布定律，其结果在1921年发表于*Proc.Roy.Soc.A*（后来葛正权又用分子注做了同样的工作，其结果在1934年发表于*J.Frank.Inst.*）。

与此同时，他延聘优秀人才到北大物理系执教，故而令北大物理系一时人才济济。由于早年留学海外在伯明翰大学攻读物理学和数学时，丁西林就对萧伯纳等人的戏剧非常着迷，所以随着这位物理学家的处女作独幕剧《一只马蜂》在1923年问世，中国的“独幕剧圣手”也就诞生了。剧本机智的对话、幽默的风格一时脍炙人口。时人评论：“在‘五四’以后不久，看到好几种初期的通俗剧和闹剧，浅显易晓，忽然看到丁西林的《一只马蜂》，便觉得突出同侪，耳目为之一新。”甚至有人拿其中的主人公吉先生，同“鲁迅所描写的阿Q”相提并论，认为“艺术手段是同样的高妙”。

丁西林像及《一只马蜂》海报

从1923年起，他陆续发表了8部独幕喜剧与8部多幕剧，这让他在中国的话剧史上留下了浓墨重彩的一笔，也奠定了他作为“中国现代喜剧之父”的地位。现代文学研究者钱理群称：“丁西林在20年代，以至整个中国话剧史上，都是一个独特的存在。中国现代话剧是以悲剧为主体的，他是为数不多的喜剧作家之一；中国现代话剧的主要代表作大多是多幕剧，而他却执着于独幕剧创作的艺术实验……他出现在中国现代话剧的初期，可是从起笔就达到了高水准，表现出一种艺术上的成熟。”

1927年，他应中央研究院院长蔡元培的邀请，赴上海筹建物理研究所，并出任所长，直至1948年，其间曾三次代理中央研究院总干事这一统筹全国学术研究的重要职位。同时，丁西林在担任中央研究院物理研究所所长期间，既在物理学上对重力和地磁作过多方面测试和深入研究，建立了中国自己建造的第一座地磁台；又在音乐器材方面开发出了符合12平均律的“11孔新笛”。这种“11孔新笛”与传统笛子的一个重大差异，是将笛子具有特殊音色的笛膜取消，使音色不似曲笛或梆笛那样明亮清脆，而是有一种介于箫和西洋长笛之间较温厚的音色。在近现代出现的国乐团中，新笛扮演了笛类乐器中中低音域的角色，与交响乐团中的长笛有类似的作用，大约有半数以上的国乐合奏曲中有新笛的配置。

他甚至还创造了“笔形查字法”，见字知号，按号找字，当今的五笔软件中之所以把“木、丁、西”这三个放在S键这一并不符合字根规则的键上，就是软件研发者为了纪念他而设置的。抗战开始后，丁西林随研究所西迁昆明；1940年，到香港；香港沦陷后，他携眷逃出，在广州遭汪伪软禁。汪伪政府曾约请他去南京任职和中山大学任教，均遭拒绝。其后他化装逃出广州。抗战胜利后，他于1947年初辞去物理研究所所长职务，赴山东大学任教。1948年6月1日丁西林应北京大学、中央研究院同事庄长恭之邀，到台北工作，任台湾大学理学院物理学系教授兼教务长。1948年8月1日，庄长恭校长第一次请辞离台，他以教务长代理校长；8月中旬，他到山东青岛处理事务，从此永远离开台湾。

1949年9月，丁西林作为无党派人士参加了第一届中国人民政治协商会议。中华人民共和国成立后，他是中国作家协会会员（1955年起），且为第一、二、三届全国人民代表大会代表，政协第二、三届全国委员会委员，先后历任政务院文化教育委员会委员、文化部副部长，中国人民对外文化协会副会长、对外文化联络委员会副主任、北京图书馆（现为中国国家图书馆）馆长、中国文字改革委员会副主任、中国戏剧家协会常务理事等。1974年4月4日，一代鲜见的文理大师丁西林在北京逝世。

# 著作等身朱东润，泪干作传李方舟

在当代，大凡中文系出来的人，应该没有谁不知道朱东润这个名字，因为大学中文系的重要教材《中国历代文学作品选》就是朱东润编写的。笔者知道朱东润是复旦大学教授、中文系主任，并同时知道他是我们泰兴人，则是在省泰兴中学读高中那会儿，听语文老师讲的。后来到苏利巷一同学家玩，笔者又得知1896年12月4日朱东润先生就出生在泰兴城这苏利巷旧宅的一个失业店员的家庭，谱名属“世”字辈，原名世溱，为明代福建巡抚、督师抗击荷兰侵略者朱一冯之裔孙；先生于泰兴的居所后定于泰兴城南东鞠家巷东首，此居由先生与夫人邹莲舫辛勤劳动撙节置于1937年，是其故居。

参加工作后，笔者到南京师范大学中文系进修，自然也就对朱东润先生有了进一步的了解。原来朱东润先生不仅长期担任复旦大学中文系主任，从事教育与学术研究工作几十年，著作等身，名重学林，是当代著名的教育家、书法家、学者，而且是著名的传记文学家、文艺批评家、文学史家，有着“传记文学第一人”之誉。于是，心下对朱东润先生更加敬佩和仰慕，更为佤泰兴有这样的文学大家、国学大师而骄傲和自豪！

朱东润先生的童年是在家庭屡遭不幸中度过的。他有三兄，大哥世淦、二哥世□、三哥世潆。在他四岁时，二哥因肺病夭折，同时父亲失业，家贫无以为生，赖以典当度日。虽然日子艰难，但朱东润却天性爱读好学，五岁便观《三国演义》绣像，而爱不释手，父亲为之讲解，他即跟从父亲学习，开始识字。父亲觉得他是块读书的料，便变卖家当，在他刚满六岁时，就送他入了私塾。1904年，泰兴县创办初等小学，称蒙学堂。此时朱东润九岁，初入小学丙班，旋升乙班。次年入官办高等小学（时称东门大学堂，其前身为襟江书院）预备班。这年的旧历三月廿一日，他的父亲不幸去世，终年五十一岁。1906年，朱东润从汪民甫先生读《左

朱东润像（朱东润故居藏）

传》，甚得汪先生器重，并蒙字以“东润”。

1907年年初，他三哥世溱应征投军，入清新军第九镇。这一年的春天，他以第一名的好成绩考入襟江小学。至秋，得族人资助，他赴上海投考南洋公学附属小学被录取，学习期间，获南洋公学国文大会小学组第一名，得奖金四元，购《经史百家杂钞》一部。1910年夏，他于南洋公学附属小学毕业，因家贫及族人资助中断，准备辍学，幸得南洋公学堂长唐文治先生资助，而升入南洋公学中学部。1911年10月10日，武昌起义。上海光复后，他参加南洋公学巡逻队护校。旧历九月十八日，他三哥世溱参加江苏第九镇起义，组织监狱暴动，事败，在南京遭清军杀害。这年，朱东润16岁。三哥的就义，对朱东润触动很大，终其一生，他都抱爱国爱民、反对专制、追求民主之旨而不移。

1913年秋，朱东润先生入留英俭学会，赴英留学，次年进入伦敦西南学院读书，课余从事翻译，以济学费。1916年初，朱东润先生放弃学业，毅然回国参加反对袁世凯复辟称帝的斗争。1917年秋朱东润先生应聘至广西省立第二中学任教，开始了他长达七十余年的教学生涯。1919年朱东润先生回到江南，任南通师范学校教师。1920年年初（旧历年底），朱东润买了双草鞋，冒着风雪，从南通步行100多里回泰兴与同乡邹莲舫女士完婚。

邹莲舫女士出生在一个普通的家庭，她的父母也都是老实本分的旧社会人，因此给不了她太多有价值的东西，她从小就被灌输“相夫教子”“三从四德”的传统妇德思想。她与朱东润的婚姻是由父母包办的，结婚时，她19岁，朱东润长她4岁。邹莲舫刚嫁过去的时候，感到了很大的压力，毕竟自己的文化水平远远不及自己的丈夫朱东润。可是，她并没有妄自菲薄，而是在平日里主动积极地看书学习，不断增长自己的文化知识，以尽量不使自己在丈夫面前总显得茫然无知。与此同时，邹莲舫作为旧时女子，还充分发挥自己的长项，把家里料理得井井有条，并凭借周到的关心和出色的针线活，让丈夫感到十分满意。久而久之，高级知识分子丈夫完全爱上了文化低下的妻子。她为他一共生下了四个儿子三个女儿，将朱家香火越烧越旺。

1929年朱东润出任武汉大学特约讲师，受闻一多先生委托开设中国文学批评史课程，后晋升为副教授、教授。1937年抗战全面爆发后，他忍痛抛妻别子，愤然离开沦陷的家园，绕道东南亚，远赴大西南，在四川大学任教，并为维护民族生存而斗争。之后的八年，朱东润和邹莲舫分隔两地。八年里，邹莲舫一人操持全家事务，日本飞机的炸弹落下，她让全家人躲在房间的床下不准出门，而她自己却仗着胆子大忙前忙后、跑进跑出。物价上涨，货币贬值，她就提前购进大量物资，困难时再拿出去以物换物。有人看她太辛苦，劝她把孩子分几个给四川的朱东润带养，她怕路上出事，没有听从。一直到抗战末期，她才让大女儿朱清淤拎了一桶她熬的蟹油去四川看望朱东润，她把自己的浓情蜜意都融进了这一桶蟹油里。战乱期间人心难免不安，朱东润的朋友、学院的其他老师，因熬不住长期寂寞，纷纷解开包办婚姻的束缚，在四川另续琴弦，而朱东润对邹莲舫的感情却始终没有变化。八年间他经常和邹莲舫互通书信以寄相思。后来朱东润在《李方舟传》中用诗表述了当时对妻子的思念之情：宝镜香残秋漏冷，戍楼天远报书迟。但愿他生重觌面，一生长得伺蛾眉。

1942年8月，朱东润任重庆中央大学教授。1943年，执教于重庆中央大学，教学以外，用力于传记文学研究与写作，完成了《张居正大传》，由开明书店出版；《中国文学批评史大纲》《中国文学批评述论》《史记考索》等著作亦相继问世而陆续由开明书店出版。1947年秋，朱东润至无锡国学专修学校任教。1949年秋，脱离无锡国专，任江南大学教授。解放初的1951年春，朱东润任齐鲁大学教授，同年秋，改任沪江大学教授。1952年全国高等院校院系调整时，朱东润先生调入复旦大学中文系任教授，1957年起任复旦大学中文系主任。由于工作的变动，朱东润携妻子和儿女，一同搬到了上海居住。在此之后，他安心工作，还跟一些很有名的高校教授成了好朋友，一起探讨欧美世界，分析中国的社会弊病。

20世纪50年代，为了“多快好省”地搞工作，复旦校园中文系的学生、教师纷纷登台，决心要这个“提前”那个“提前”，为此大家把朱东润先生“促”上了讲台，要他表态。他本坐在那里一言不发，这时却如箭在弦上，踌躇再三，他终于在敦促声中开了口；看他那神情，真像要他下地狱似的。他说，原定五年完成的《陆游传》《陆游研究》《陆游诗选》三部著作，已提前为四年，现在决心再提前一年，三年完成。不料，他这痛下决心的姿态依旧引起满堂哄笑。那时定出的指标，大家论月计天，一年尚嫌太长，何况三年？！人们催逼着他再鼓点劲、再加快一点，他却再也不肯改口，只是无可奈何地叹道：“这已经非常紧张，再也不能提前了！”三年很快就过去了。人们也早已忘却了当年的那种天真的豪情，但朱东润先生却如期完成并出版了他的三部著作。

20世纪60年代初，朱东润参加慰问团去西北慰问建设职工，他不断写信给爱妻邹莲舫，和一生从未出过远门的邹莲舫分享他在大西北的新奇感受。他把他在西北看到的少数民族的服装都画了像，寄给邹莲舫看，不停地告诉她外面有些什么事情。1965年秋，年近70岁的朱东润携同邹莲舫一起到南翔的古猗园游玩，庆祝古稀之寿，但朱东润万万没有想到这次出行竟然成为他有生之年和邹莲舫的最后一次出行。

在“文革”里，朱东润的学术成就、不平凡的经历，他与名教授们探讨欧美世界、分析中国的社会弊病等竟荒唐地都成了他的罪状，他也就自然难免不受批斗。他是一个文人，是一个知识分子，倔强的他只相信真理，而决不肯低下高贵的头。与此同时，性格刚烈的妻子邹莲舫为他鸣不平，为他叫屈，为他斗争。她细数朱东润忘我工作的点点滴滴……她大声责问：这样的好人，你们怎可这般对待他？

然而，社会的疾风骤雨根本不加理会，而是一遍又一遍地痛击在她的身上。邹莲舫在解放后曾经义务帮助政府开办缝纫学习班，解决了一些人的就业问题，之后又在复旦大学办过教工食堂，兢兢业业。但在那场运动中，她曾经的这些行为竟被定义为剥削，使她也成了被批斗的重点对象。一次又一次的折磨，她终于熬不下去了。1968年11月30日的下午，邹莲舫一个人在家里悬梁自尽。她留给朱东润的只有一张字条，上面写着：东润，我先行一步了，钱留在衣袋里。这一年距离她和朱东润50年金婚只差一年。在见到房梁上的那条白绫时，朱东润失声痛哭起来，他悲哀地声嘶力竭道：“那么多苦，你都挺过去了，为什么这一次你要放弃呢？”

是啊，妻子邹莲舫是一个十分要强的人，究竟为何在这一次灾难中选择“先行一步”呢？1930年长子君达因病夭折，她咬牙挺过了丧子之痛；1948年二女儿秀若因病去世，她又坚持了过来；抗战期间她一人料理全家事务无所不能、无所畏惧，因为在这一切的背后，都有丈夫的爱给了她巨大的鼓励和支持，让她知道有爱就有希望，但是这一次丈夫连自己都难以保全，让她感到了绝望，她不忍丈夫受辱，也不愿自己受辱，她想用生命来唤起社会、唤起人们的良知！

“钱留在衣袋里”，这短短的六字遗言，是妻子邹莲舫对丈夫和子女最后的交代，也是她作为妻子和母亲，最后操的一份心。妻子走后，丈夫朱东润一时很难走出那片苦海，他茶不思饭不想，日渐消瘦，精神恍惚。好在他本是一个傲骨的学者，不愿意就此告别人世，而是想要等待时机自证清白，这才在强大的意志力下顽强地活了下去。失去邹莲舫的打击整整纠缠了他五年，之后才稍稍宽解了些。对此朱东润在他的自传中描述道：“50年的夫妻了，我曾因为远别而流泪，因为追忆而流泪，但是在她死后我没有眼泪了，因此我只是淡淡一笑。从那天开始，直到今天我经历过不少的艰辛，但是我始终没有眼泪。”朱东润说他的生命春天永远没有了，再也不会有春天了。妻子生前的音容笑貌常常浮现于其眼前。她的纯真与勇敢，朴实与善良，是中国无数普通家庭妇女为爱为家默默奉献一生的高贵品格。于是，孤独而倔强的朱东润开始暗暗地为亡妻立传。

朱东润学术之丰，固然是其一生的伟大成就，而其传记文学，更有其深远的影响。他不仅通过其作品描述了一位位历史名人的一生，也通过这些人物故事展现出一段段历史、一个个时代的变迁，他被称为真正开拓中国现代传记文学领域的第一人。“传记文学是文学，同时也是史。因为传记文学是史，所以在记载方面，应当追求真相，和小说家那一番凭空结构的作风，绝不相同。”这一段被奉为中国传记文学写作标准的话，却被它的倡导者朱东润在72岁这年，亲自违背。这年，朱东润没再为历史上的大人物写传记，一个叫“李方舟”的平凡女子却成为他传记中极为另类的主角。问题在于，这个主角，查无其人。这位传记文学第一人，难道在为一个虚构的人物立传？

这是为什么？《中国青年报》有一篇纪念朱东润先生的文章，其中有段文字或许是最好的回答：“即使是最严肃的评论者，也许也会原谅朱东润。因为这本《李方舟传》，是这位著名传记作者对爱情的一次隐秘追忆。他的妻子因为受他‘反动文人’的罪名牵连，遭到迫害，自杀身亡。他把对这名温柔贤淑、刚强果断、为丈夫和子女奉献了一生的家庭妇女的思念，寄托于‘李方舟’。这位老人一生追求历史的真实，晚年却被迫选择了曲笔。每当夜阑人静，他趴在堆满书籍和杂物的床上，‘展纸染毫，透过细细密密的文字，与亡妻相会’。他说，她‘把他生命里的春天带走了’。”

由此我们即可明白，李方舟的原型其实就是朱东润结发49年的妻子邹莲舫。“李”取自“莲”的谐音，“方舟”则是由“舫”字拆分得来，因为涉及历史问题，书中的地点、人名皆用化名。朱东润这位当年一心要“替中国文学界做一番斩伐荆棘的工作”的学者，未曾料到，自己有一天会在每日强迫劳动之后，偷偷摸摸地写作妻子“平凡的一生”。而在后人眼里，这种写作隐晦而艰涩。他的《李方舟传》丝毫没有提及“文革”，只在最后一章，写到老夫妇同游南翔镇，无意中听到一首骚体悲歌如天音传来，夫人“惨然泪下”。“忆昔与君初觌面，下车三揖都且妍。生则同室死同穴，有如皎日矢云天。自谓身世永相保，岂知一夕摧风烟。呜呼！此身虽在复何补，到老负君泪如泉。”朱东润用他的诗为《李方舟传》结了尾，也给他和邹莲舫的情感找到了一个可以寄托的地方。半个世纪的爱情依然没能抵挡得住政治风暴的侵袭，然而朱东润却在风暴中留下了一本不同寻常的传记。

他的学生每读到这里，便仿佛看到一个面带愁容、满腹隐忧的老人，“被知识分子传统的入世精神驱使着，吃力地跟着时代跑”。1979年5月，朱东润先生以83岁高龄加入中国共产党，表现了他对共产主义的忠诚信念，以及刚直守正、以德立身、以天下为己任的节操，体现了他追求真理、注重科学的精神。1981年朱东润先生被国务院学位委员会聘为博士研究生导师。他还历任国务院学位委员会第一届学科评议组成员、国务院古籍整理规划小组成员、中国作家协会理事、上海古典文学学会名誉会长、国际笔会上海中心理事、《中华文史论丛》主编等职。朱东润先生赤子情真，1982年将全部24间房产及4000余册藏书捐献给家乡政府，倡办图书馆，敷扬文教，泽溥乡梓。

1988年2月10日，朱东润先生在上海逝世，享年93岁。是年10月，先生的故居

朱东润故居

由当地政府正式命名“朱东润故居”，刻石纪念，并将先生骨灰迎回安放于内。2003年5月，朱东润故居被列为泰兴市文物保护单位。泰兴市人民政府多次修缮先生故居，2004年再次拨款维修老宅，扩建了一进8间呼应原貌的仿古建筑。故居新貌，亭台回廊，荷塘山石，花木扶疏，水光云影，成泰兴靓丽一景。

朱东润先生的故居再次修缮扩建后，先生弟子著名“红学”家、国学大师冯其庸为先生故居亲题“先生之风、山高水长”以志贺。现在，朱东润故居已常年免费开放，参观者近百万人次。笔者常去泰兴城南，每到城南，都要到朱东润故居去走一走，都要在故居久久凝视“先生之风、山高水长”这八个大字，都会想起朱东润先生生前曾经说过的一句话：“朱东润希望，在他死后，人们能说一句‘我国传记文学家朱东润死了’，就足够了。”

在笔者的心里，总以为朱东润先生的那句话就是他的墓志铭。朱东润先生不仅通过他的作品描述了一位位历史名人的一生，并且还用曲笔写了一位平凡的中国妇女即其爱妻的不平凡的人生之旅，从而通过这些人物故事展现出一段段历史，一个个时代的变迁，他的确是真正开拓中国现代传记文学领域的第一人。朱先生的一生经历了无数波澜，他始终把个人的命运和民族的命运紧密联系在一起，无论遭遇怎样的厄运、面临怎样的艰难，他从不灰心丧志，从不放弃自己的努力，相信只要人们坚持奋斗，这个民族总会获得光明的前途。朱东润先生这位伟大的传记文学家的精神将会流芳千古；人们，尤其是家乡人民将会永远怀念他！

# 凭吊沈毅观血誓，擦亮底色使命记

“柳外莺啼声呖呖，桃李闲时，已过清明节。”辛丑年三月，沈毅烈士的长孙沈胜来先生和甥孙朱建鸣先生曾与笔者相约，可否于清明前后择日同去泰兴的红色革命圣地刁家网凭吊沈毅烈士；欲去刁家网凭吊沈毅，乃笔者夙愿，今有烈士后人相约同往，笔者自然是甚感荣幸而随即应同。只是当时笔者因事滞留南京，一直到清明过后一周，笔者与沈胜来先生、朱建鸣先生，还有曾在泰州市政府机关工作过的朱女士才得以成行共赴刁家网。

那天，我们坐的是朱建鸣先生亲自驾驶的越野型宽敞轿车。一路上，笔者倾听着沈胜来先生讲述他爷爷当年是如何投身革命，来泰兴播撒革命火种、在泰兴刁家网创建中共江浙地区首个独立党支部，并建立起江苏第一个苏维埃红色政权的故事；倾听他沉痛叙述爷爷沈毅为了信仰，为了党的事业，为了人民的解放，不屈于敌人的威逼利诱、严刑拷打，最后慷慨就义的英勇壮举，以及他爷爷牺牲后，他奶奶是如何带着才九个月大的他的父亲过着那讨饭度饥、颠沛流离的苦难生活的情况……听着这些，未到刁家网，笔者已泪湿眼眶，更于心中增添了对沈毅烈士的无限缅怀与敬仰，也多了一份对烈士后人的真诚的敬重。

笔者与沈胜来（左二）、朱建鸣（右一）、朱女士（左一）合影

车到刁家网的“独支”旧址纪念馆门口，我们下了车，只见纪念馆大门的门楣上高悬着一块匾额；匾额上张爱萍将军题写的“中共江浙区泰兴独支纪念馆”几个镏金大字赫然在目。

大厅的正中间是沈毅烈士的半身铜像，大家站在沈毅的铜像前默默地向烈士三鞠躬，致哀。在铜像两侧的醒目位置，左侧陈列着沈毅当年穿的碎花青衣长衫和礼帽，右侧陈列的则是浸透着沈毅汗水和心血的一只手提藤包。沈胜来先生说，1925年，沈毅同志就是穿着

沈毅烈士半身铜像

这样的长衫，戴着这样的礼帽，提着这只藤包，装扮成生意人，走进刁家网，到泰兴来播撒革命火种的；他提着这只“藤包”，以推销笔墨为掩护，结识了一批又一批塾师先生、学生和青年农民，与他们拉家常，结为知己，向他们宣传革命理论，帮助他们迅速提高阶级觉悟，从而带领着他们走上了革命的道路。

随后，我们来到大厅东侧的纪念一馆，在这里，我们一边参观，一边听着沈胜来先生和朱建鸣先生及纪念馆讲解员介绍沈毅的生平事迹。

沈毅，原名沈鸿钧，1900年1月28日出生于泰州市北门外破桥河东的一个平民家庭。九岁时，父母相继去世。他由外祖父抚养，就读于泰州景范学堂。家境的清寒、国家的危难，使沈毅从小就励志求学，发奋读书。他博览群书，在学校各科成绩优异。1914年，迫于生计，十四岁的沈毅不得不辍学到上海的一家绷带厂当童工。1919年，由于工厂倒闭，沈毅回到泰州，在美国教会办的福音医院当护士。半年后，随叔父到泰兴，在分界警察所当文书，不久调到黄桥警察所当巡士。在黄桥，他因揭露警察所的腐败内幕，遭到所长报复后愤然辞职。

1922年，沈毅与泰兴黄桥马巷丁家次女丁芳梅结为伉俪，次年即到广州投身革命，并加入了中国共产党，成为泰州地区的第一个共产党员。1924年底，沈毅受中共江浙区党委书记罗亦农派遣，到泰兴县东乡开辟农村革命工作。经过调查，沈毅发现黄桥东北乡的刁家网是一个能很好发展革命力量的立足点。一来此庄子有上百户人家，绝大多数靠种租田为生，受尽地主的盘剥，吃了上顿无下顿，人人面黄肌瘦，骨瘦如柴；二来此地处于泰兴、如皋、泰县三县交界处，反动统治力量薄弱；三来这里的群众在三年前有一些人参加过“一百零八庄农民火烧震东市（横巷）抗猪捐”的斗争。所以，沈毅决定首先开辟刁家网这块根据地，并以此作为活动中心，点燃革命火种，开展苏北的农民革命斗争。

同时，沈毅还发现作为农村知识分子的塾师出身贫苦，受帝国主义、封建主义的压迫剥削比较深，充满着对旧社会的愤恨，对光明的追求，他们热切希望有人来领导斗争，推翻旧世界，建立新社会，并且他们在农民群众中有较大的影响力。于是，1925年沈毅化名沈乐平来到刁家网，以卖笔作掩护，首先结识了塾师刁子宽、戴奎等人。在沈毅的启发下，塾师们对当时的形势及自己所肩负的责任有了更进一步的认识，他们很快接受了反帝反封建的思想，成为团结和发动群众的骨干。在沈毅倡导下，塾师们利用私塾的房屋课桌，办起了农民夜校，向广大群众宣传革命道理。

1926年2月，沈毅在上海向江浙区委汇报工作时，详细介绍了开辟泰兴农村工作的进展情况以及工作打算，受到江浙区委书记罗亦农等领导和同志们的高度重视，认为“泰兴首先团结了一批贫苦的塾师，通过他们向广大工农宣传革命思想、迅速发展农民协会，是一条好的经验。这对于单纯在学校知识分子中开展工作，运动发展迟缓的地区来说，具有很好的指导作用”。会后，江浙区委以内部汇报记录稿形式，介绍了泰兴的革命斗争情况，并派夏霖、曹壮父等人来如泰地区视察，由此推动了农民运动的迅猛发展。

1926年4月，正是青黄不接之时，广大农民已竭粮断炊，按以往的惯例，若此时向地主借粮，将来连本带利都还不出。沈毅敏锐地察觉到这是一次发动群众的绝好机会。于是，他发动广大农民，在刁家网地区掀起了有史以来首次的“春荒借粮”斗争。当地的地主们看到群众人多势众，情绪激昂，不由地心惊胆战，最后不得已，只好忍痛将五百多石粮食借出去，利息也不敢要了。春荒借粮斗争取得完全的胜利。为了更深入地发动群众，进一步启发农民，沈毅还创作一首《醒农歌》在农民中教唱。

是年夏，在沈毅的倡导下，刁家网农民协会成立。不久，周围八十里的部分村庄（今泰兴、泰县、海安部分地区）相继建立了农民协会，会员人数达数千人。与此同时，沈毅还发展了刁子宽、戴奎等十多人加入了中国共产党，并创办了名为《晓星》的杂志，用以传播反帝反封建的思想。他为《晓星》创刊号题诗：漫漫长夜晓星上，黎明之前见曙光，旭日东升从地起，睡狮觉醒在东方。

1926年秋，泰州地区第一个党支部——中共泰兴县独立支部在泰兴刁家网宣告成立，沈毅任支部书记。独立支部的建立，宣告泰兴革命斗争有了坚强的领导核心。从此，刁家网成为两泰（泰兴、泰县）地区党组织发展的基地。群众中普遍传颂着“要找共产党，就到刁家网”的佳话。刁家网成了泰兴最早点燃革命火种的地方，其播种人就是“卖笔先生”——沈毅同志。星星之火，可以燎原，刁家网的革命火种在整个三泰地区（泰兴、泰县、泰州）迅速燎原开来，农民运动蓬勃兴起，这一革命斗争的经验得到了毛泽东同志的充分肯定。

1927年上半年，沈毅获悉蒋介石发动“四一二”反革命政变的消息。他随即要求党内同志隐蔽身份，凡是参加了国民党的共产党员，一律以国民党员的身份出现。五月，国民革命军第十四军渡江进入泰兴，沈毅以国民党员的身份出面欢迎。该军政治部委任沈毅为国民党特派员，指定由他去筹建国民党泰兴县党部，并任筹委会主任兼组织部长。县党部成立后，沈毅利用其特殊身份，安插共产党员在各要害部门负责。当时，代表封建恶势力的泰兴公安局长陆文凤及一些人借蒋介石公开反共、在军队内“清党”的机会，肆意逮捕殴打共产党人和国民党左派人士。为了反击这股反动势力，沈毅抓住有利时机，以国民党县党部的名义，对陆提出弹劾，结果陆文凤被撤职查办。但陆文凤并不甘心失败，他伙同泰兴商会会长及县警卫队队长等人，纠集巡警和流氓打手，伪装成“民众自卫队”，冲进国民党泰兴县党部，抓捕了李亚飞、刘伯厚等国民党左派人士和共产党员十八人。又四处砸抢，抢走文件、印鉴，撕毁孙中山遗像和国旗，高呼反动口号，并在全城大肆搜捕共产党人。

当天深夜，沈毅在黄桥获悉此事，立即派人通知各农民协会，发动农民连夜行动，围攻泰兴城。7月2日上午7时，沈毅以国民党泰兴县党部执行委员的身份，指挥万余农民围住泰兴城，要求当局无条件释放被捕人员，严惩肇事者，反对“清党”。国民党县政当局对此要求置之不理，围城农民愤而攻城。国民党反动派在惊慌之余，竟下令警察对登城农民开枪射击，当即有十多人被打死，二十多人受伤。狡猾的敌人诱使农民暂停攻城，要沈毅和被抓捕的李亚飞会话，并乘机抓捕了沈毅。

由于群龙无首，农民们只得忍痛撤退。后经我党多方活动营救，沈毅、李亚飞等人于8月3日被保释出狱。沈毅出狱后，仍以国民党员的合法身份回到泰兴县党部。他将县党部的日常工作交给秘密共产党员去办，自己则集中精力到刁家网秘密发展党员，积蓄革命力量。

1927年秋，新建立不久的中共江苏省委，领导全省各地举行暴动。泰兴县党组织在与省委取得联系后，成立了中共泰兴特别支部；1928年初，又组建中共泰兴县委，沈毅为首任县委书记。县委成立后，沈毅根据江苏省委指示，积极准备组织农民暴动。二月，沈毅配合中共南通特委书记黄逸峰在刁家网训练暴动骨干二十多天。三月间，沈毅召开党员骨干会议，布置各支部和农民协会赶制大刀、长矛，收集鸟枪。四月初，沈毅见到了来如泰地区视察的江苏省委农委书记王若飞和特派员杭果人，并听取了省委关于发动“五月暴动”的指示。

1928年4月28日深夜，一个地下党员从外面急匆匆地跑来向沈毅报告说：“泰兴县警察局为了加强对泰兴东乡农民运动的镇压，决定给古溪派出所增加枪支弹药。听说明天大早要路经刁家网西首的八字桥。”沈毅高兴地说：“瞌睡送来了枕头，好极了。”当即召集刁九善、戴奎等骨干分子开会，研究布置好后，就各自分头准备去了。

第二天一大早，天雾蒙蒙的，一个巡官押送枪支弹药，由黄桥起运向古溪方向进发，渐渐走到八字桥。此时，八字桥旁的麦田里，刁九善带领的七八个党员正埋伏在桥南，戴奎一支人马在桥北，各人手持大刀、长矛，虎视眈眈，伺机动手。他们看见两个警察前面引路，中间是用推车运枪支弹药的车夫，后面跟着一个巡官和一个警察，正大摇大摆地走着。警察们做梦也没有想到这里会有伏兵。走在前面的警察正过了桥，后面的巡官嘴里还哼着小调。说时迟，那时快，戴奎几个人哗啦一下猛扑过去，扑倒走在后面的巡官和警察，敌人嘴里刚说“不好”二字，便都倒在了血泊之中。前面的警察感到情况不妙，转脸向后一瞧，就在这一刹那，刁九善等几个人手起刀落，捅死了二警察。车夫说：“饶命呀！”刁九善说：“我们都是穷苦人，没有你的事，回家去吧！”不到十五分钟，就结束了战斗。

沈毅等县委一班人认为八字桥夺枪暴露了目标，现在只有当机立断，将原先准备5月1日举行的暴动，提前到4月30日进行。这真是：农民斗争要武装，自制土枪日夜忙，“五一”起义提前干，只因八字桥夺了枪。4月30日下午，刁家网正式竖起暴动大旗，附近土豪劣绅闻风而逃，愤怒的农民将他们的粮食分光，房子烧毁。同日，沈毅还派出一支精悍的突击队，袭击古溪公安分局，缴获六支枪和五百余发子弹。5月1日，沈毅将暴动队伍分为两路，一路开往官柴场、古溪，一路指向野芹庄、谢家荡。数十里方圆内，暴动农民缴枪支、分粮食、焚毁田契和债据、火烧地主庄园。泰县东南乡的农民也赶来参加暴动，暴动队伍更为壮大，当两路队伍会师于钱家荡时，已增至两万余人。起义农民所到之处，红旗招展，锣声震天。暴动狠狠地打击了地主豪绅和国民党反动派的嚣张气焰，使广大贫苦农民扬眉吐气。

5月3日，当暴动队伍集结于耿家园，准备和如皋的暴动队伍联合行动时，国民党泰兴县公安局局长李亚东率县警一个中队赶来镇压。沈毅身先士卒，始终战斗在最前线。他指挥武装农民安全转移至刁家网，利用有利地形与敌对抗。激战数小时后，国民党泰兴县长丁作则又向泰县借来公安队一百多人参加镇压。由于敌我力量悬殊，农民群众在枪林弹雨中只好纷纷离散。

暴动失败后，白色恐怖笼罩如泰地区，国民党反动派调集军队大肆残杀共产党员和暴动骨干以及群众，还发出通缉令，悬赏两千元大洋通缉沈毅。沈毅被迫栖身于一条小船上，漂泊在泰县里下河花家舍水面。国民党泰县县长董汉槎在泰州接到泰兴县长丁作则于沈毅转移泰州东北水网地区的情报后，当即会同兴（化）东（台）泰（县）警察联防区区队长程鹤年，派出探警伪装收购鸡蛋，在水网地区反复侦查。6月25日凌晨，全副武装的敌人包围了花家舍沈毅所在的那条小木船。沈毅见十多条木船向自己隐身的船划来，立即警觉地和妻儿跳进河中，终因寡不敌众而不幸被捕。

沈先生介绍到这里时，朱先生说，要知道他舅爷爷沈毅被捕后为何会那样地英勇无畏，坚守革命气节，视死如归，直至慷慨就义，只要到纪念馆后看一看血誓碑和沈毅的旧居与旧居前的枸杞树就明白了。于是，我们来到巨大的血誓碑前，朱先生和朱女士轻轻地读了碑文中沈毅及党支成员当年写下的血誓："枸杞不死，共产不灭；如有异心，神人共歼。"笔者听着、看着，似乎听到了英雄当年的声音，似乎看到了英雄当年举起的钢铁般的拳头。在参观沈毅旧居时，笔者看到了旧居门前那一簇碧绿的枸杞树，想象着秋天到来时那满树的枸杞果该是怎样的血红、怎样的火红！

走进沈毅的旧居，只见沈胜来先生默默地从西屋看到东屋，看得满眼的泪水。他指着西屋简陋的木板床、蚊帐、煤油灯和东屋的手推车、纺棉车及灶台说，这就是他爷爷和奶奶生活的地方；1927年，他的父亲就出生在这里，是革命老妈妈顾为兰、陆素珍接的生，他奶奶身子弱，没奶水，是这两位革命妈妈用自己的奶水喂养了他的父亲，所以说怎么都不会忘记刁家网和刁家网的老百姓。笔者望着沈毅旧居中的一切，望着旧居门前的枸杞树和不远处的血誓碑，沈胜来先生在来时的路上跟笔者所谈的他沉痛的话语（他爷爷沈毅当年被捕就义的一些细节，还有他爷爷牺牲后，他奶奶带着只九个月大的他的父亲讨饭流浪的那些情况），又"惊涛拍岸"般地回荡于耳际。

沈毅当年被捕后，被解往泰州。国民党泰兴、泰县两县县长对他进行了几次会审严讯，又许以高官厚禄，妄图加以收买。沈毅则将三堂会审变为对敌人的反审，他慷慨陈词，痛斥得敌人理屈词穷。他与妻儿一起，被关入国民党泰州县衙门东侧扬郡试院"大营"。狱中，沈毅为儿子改名叫"革儿"，意在"将革命进行到底"。敌人虽对他们施尽各种伎俩与酷刑，终不能动摇他们的意志。会审的国民党"三泰"（泰兴、泰县和泰州）县长无可奈何、恼羞成怒，遂联名急电，报国民党江苏省政府，要求批准对沈毅就地处置。同时决定，待沈毅处置后，将其妻儿释放，以"放长线钓大鱼"，企图通过他们寻找党组织的踪迹。

6月28日，沈毅被敌人押赴泰州大校场刑场。他拖着沉重的镣铐，沿途高唱《国际歌》，并向聚集街道两旁送行的人群道别。在人群中，他忽然看到了挚爱的妻儿，又看到他们旁边的几人在探头探脑，沈毅知道这是监视的特务。这时，沈毅的妻子正以悲痛欲绝的目光注视着他。她知道，从这一刻起，她将失去丈夫，儿子将失去父亲，他们将生活无依。沈毅走过妻儿前，他听到了妻儿悲怆的呼唤，他向妻儿投以充满叮咛与期望的最后的深情一瞥，而后从容地走向行刑处，大声对一旁的刽子手说："谁做我的事，请快，请快！"接着，便高呼口号。在"共产党万岁"的口号声中，刽子手的枪声响了，泰州地区早期党的优秀干部、第一个共产党员、第一个党支部书记、第一个县委书记，农民运动的领袖沈毅，用鲜血和生命谱写了一曲惊天动地的正气歌。

沈毅牺牲后，他的妻子丁芳梅在老百姓的帮助下，怀揣着沈毅的照片，带着儿子，摆脱敌人的盯梢，连夜逃离泰州城，开始了天作被、地当床的生活。母子两人曾在一个冬天的寒夜躲在人家的屋檐下，被不知情的房主人浇出的洗脚水淋湿，差一点被冻死。为保护自己，他们从不敢暴露身份，而是辗转流浪于东台、海安、靖江等地，靠讨饭度日，最终被江都鸭孙庄的一户姓高的农民收留，革儿依高姓，叫高华。

新中国成立后，沈毅之子革儿，一次从江都到泰州办事，无意中在泰州泰山公园旁的泰州烈士纪念馆里发现了父亲的照片，他即刻回到江都将此事告诉了母亲。年过半百的丁芳梅取出藏在棉被里的沈毅的照片问儿子，是否看错；革儿说绝没看错，一模一样。丁芳梅让他重返纪念馆，将父亲的事迹抄回来。他重返纪念馆后，被馆长询问，只得实情相告。馆长当即向上级做了汇报，领导即派朱建鸣先生的奶奶，也就是沈毅的妹妹赴江都确认。当沈毅的妹妹认出嫂嫂，丁芳梅拿出沈毅的照片让领导比对进一步确认无疑时，姑嫂、姑侄不由抱头痛哭，在场的所有人也都泪流满面。

丁芳梅母子被接到泰州城里，党和政府给他们作了妥善的安排。革儿重新定了自己的姓名，叫沈国华。政府将沈国华安排于泰州烈士陵园工作，沈国华在此工作直至退休。他母亲因进城后，想到以前的林林总总，而过于激动，不幸中风失语，虽经多方救治，精心护理，终无回天之力。

离开"独支"纪念馆时，笔者随烈士的后人到沈毅烈士墓前再次凭吊，轻轻地缓缓地朗诵了自己新填的词《卜算子・刁家网凭吊沈毅烈士》："夙愿向未偿，欲去刁家网。烈士孙亲晤叟知，邀遂驱车往。旧址独支堂，闻醒农犹唱。沈毅藤包火种播，血染燎原旺。"是呢，沈毅烈士的血没有白流，他当年播下的革命火种早已燎原三泰大地；他的革命精神更是薪火相传。如今，我们重温那段历史，讲述沈毅烈士的事迹，也正是为了"不忘初心、牢记使命"，不断擦亮无私奉献的鲜红底色，像沈毅那样只要革命事业需要，只要人民需要，而甘洒热血写春秋！

# 泰兴好儿王庆生，红色海安播火人

泰兴的北邻是南通的海安市，这里有一个处于南通、盐城、泰州三市交界之地的村子，叫东夏村，古称营溪。据传，建炎四年（1130），金兀术渡江南进侵犯中原，岳飞曾亲率中军到达海陵县（今海安市）上官运盐河以北地区，并在此一条小溪边安营扎寨，因而得名。数百年来，这个历史悠久的古村落见证了岳飞“精忠报国”的铁血丹心，还见证了陈粟大军苏中“七战七捷”，以及中国共产党海安境内第一个支部的诞生。自然，营溪也就从此与到这里播撒革命火种的泰兴好儿王庆生的名字紧密联系在了一起。

“农民头上三把刀，租子重，利息高，苛捐杂税多如毛。”民国时期的东夏人民处在水深火热的重重压迫之中，由于饱受地主资产阶级的压迫和摧残，过着牛马不如的日子。“种田的兄弟们，好痛苦啊！无衣无食无住行，白白辛苦。终年地拼命做，只为他人造财富……”1925年夏，中共泰兴县独立支部书记沈毅扮成卖笔墨的先生，来到江苏海安开始建党活动，由他为发动民众而创作的《醒农歌》很快流传开来。次年夏，出身贫苦农民家庭、以塾师为职业的王庆生即被他的入党介绍人沈毅派至营溪（今东夏村）发展党组织。

王庆生，1909年3月生于泰兴市分界乡团结村一家贫苦农民家庭，历经磨难，读了点书，成年后以私塾先生为职业谋生。他是1925年认识秘密到泰兴播撒革命火种的共产党员沈毅的，并经沈毅介绍加入了中国共产党。1926年初夏，他奉沈毅之命，于海安河南地区的营溪一带，从事革命活动，发展党员。王庆生在沈毅的指导下开展工作，由沈毅创作的《醒农歌》也让这里的农民运动风生水起，蓬勃开展；党建工作亦水到渠成，孕育欲出。

营溪村老一辈的人一般都记得王庆生当年到营溪的事情。“1926年夏季的一天，有一位身穿蓝色长衫，头戴银灰色礼帽，脚着白底黑面布鞋的青年，来到这里后，借住在我们村翁庄小桥口附近一户王姓人家，以办私塾教书为名作掩护，开展革命工作，传播进步思想，秘密发展共产党员，并组建党支部。”据营溪村（今东夏村）村民吉成凤回忆，其父吉祥太生前曾多次对她讲述当年王庆生来到营溪的情况。王庆生利用私塾书房开办民众夜校，陈述国民党政府的腐败、社会的黑暗、农民的苦难，号召广大贫苦大众团结起来，跟着共产党走，改造旧社会，打破旧世界。在这里，王庆生先后结识了谈明勇、王文元、陈应雨等本地进步青年，并介绍他们加入党组织。

那时，营溪翁庄小桥口两畔的河坡布满高高的芦苇，王庆生等人在这里举行秘密会议有很好的隐蔽作用。1927年元月的一个傍晚，王庆生等几名党员如约聚集到私塾学馆，他们用红纸和黄纸制作了一面党旗张贴在墙上，营溪乡第一次党员会议在这里郑重举行。会议选举王庆生为支部书记，支委是朱焯（又名朱静波）、谈明勇、王文元、陈应雨。大家向党旗宣誓："牺牲个人，严守秘密，阶级斗争，努力革命，服从党旗，永不叛党。"铿锵的声音，像闪电般冲破了黑暗的历史长空，王庆生同志郑重宣布："中共营溪支部成立了。"

这次会议成为海安县革命斗争史上一次重要的支部会议，宣告了海安县中共第一个党支部——营溪支部的诞生，王庆生也成了海安第一个支部的创始人和首任书记。从此，海安县河南地区的革命斗争掀开了新的一页，营溪成了海安红色根脉的起源地，并与泰兴的刁家网联成一起，将革命的星星之火燎原了广袤的苏中大地，照亮了江海平原。

营溪支部建立后，王庆生组织贫苦农民学习文化知识，宣传革命道理，建立农民协会，并任营溪农民协会主席，先后组织了"反联军游行""年关斗争"等活动。同年11月底，王庆生调任中共泰兴县委委员。1928年，如泰地区农民举行"五一"暴动，王庆生任暴动第三大队政委。暴动失败后，转入地下斗争。1930年6月，王庆生任红十四军三团一营营长。9月20日，时任红十四军新编别动队队长兼政委的王庆生，带领短枪队30多人，在大元垛祁家利准备镇压反动地主武装和叛徒时，不料被叛徒察觉而告密，由此遭到任家庄、蒋垛和姜堰三路敌人的合击。王庆生在指挥部队突围时，于野竹园北荡不幸中弹壮烈牺牲，年仅21岁。

话题再转回到营溪，当年王庆生在这里撒下革命火种，营溪成了初心的起源地，同时也承载了无数革命仁人志士前仆后继救国兴国的梦想。据说，从20世纪20年代末至解放，有一首民谣一直在百姓之间广为流传："营溪有班共产党，身上穿的筋挂筋、浪挂浪，洋油箱里放爆仗，吓得土豪劣绅都投降。"营溪支部诞生地位于雅周镇东夏村9组。1991年5月，海安县人民政府为营溪支部诞生地立碑。2019年1月，海安市人民政府又在孙庄街道营溪村4组建成了中共营溪支部纪念馆，使红色血脉一代代赓续下去。

# 投身革命传奇人，侃嘎司令陈玉生

1938年2月16日，这个春寒之夜，在泰兴原常周乡龙王殿张之仙家的大院里，一个年轻人郑重宣布成立“抗日救亡大队”，并自荐任大队长，他，就是后来被誉为“草鞋司令”“侃嘎司令”（方言，指我们的司令）的陈玉生。

1900年，陈玉生出生于泰兴三区广陵陈家庄的一个普通农民家庭。因生活所迫，15岁的他在本家族兄（堂兄）陈玉祥的带领下到上海生和隆油厂当徒工。刚离开贫苦的家乡，来到花花世界大上海，陈玉生对眼前的一切都很新奇。尽管当徒工非常辛苦，但比起在家乡“吃了上顿没下顿”的日子，陈玉生觉得很知足，因此，在上海的最初几年，他一心只顾着埋头做工。

1930年秋，红十四军在江苏通海如泰斗争失败后，家乡有一些革命者逃到了上海，住在陈玉生家中，和他谈起了红十四军开展武装斗争，建立苏维埃政权以及打土豪、分田地的情况，陈玉生听了打心眼儿里觉得很痛快，渐渐地萌发了对革命的向往。1936年春，陈玉生由陈进觉介绍，加入了上海市工人抗日救国会。在救国会工作时，他开始接触到了许多有关共产党的知识和中国共产党的抗日思想。这些，使他更加积极地投身抗日救亡运动，由此也引起了日本人的注意。1937年春，日本人勾结上海公安局，诬陷他与日本纱厂罢工时打死一个日本人有关，使他锒铛入狱，妻儿5人也饱受囹圄之灾。反动警方七次严刑审讯，但七次无一得其供词。他说，我的皮肉你们可以糟蹋，我的骨头你们奈何不得。在毫无实据的情况下，上海公安局无可奈何地释放了他的妻儿。可是，他们却与国民党泰兴县政府串通一气，以他在1931年隐藏过共产党和红十四军人员为由，将他转押至泰兴。

自身的经历，在救国会期间接受的教育，使他悟出一个道理：能够推翻这万恶社会的只有革命，能够解放工人、农民的，只有共产党。10月，在泰兴监狱里，当他听到日寇侵略我国的消息后，义愤填膺，遂发动难友向监狱负责人要求“到前线打鬼子去，决不做亡国奴”，他们以绝食相争。同月，终出牢笼。回到家乡陈家庄，陈玉生未曾疗养一下倍受摧残的身体，便与从上海回泰兴的陈进觉等人在靖（江）、泰（兴）边区联络一批爱国青年，成立了“靖泰抗日救亡协会”，并发出“动员起来，组织起来，打倒日本帝国主义，打倒汉奸卖国贼；武装起来……保卫家乡……”等10条抗日宣言，号召苏北各界人士团结抗战。此后，又联络了一批骨干，筹建起了抗日游击队。

1938年2月，日军侵占季家市，烧杀抢掠，蹂躏人民，激起人民的无比愤慨。陈玉生即通过商借的方法，先后向泰兴的鹅湖、洋港、八井等近10个乡借得长、短枪100余支。抗日救亡大队成立以后，附近的年轻人慕名而至，几天时间，部队发展到200余人。他把一副沉甸甸的担子搁在了自己肩头，“不用扬鞭而奋蹄”，带着这200多个年轻人风里雨里跌打滚爬搞军事训练，为实现心中那个抗日杀敌保家乡的宏愿而苦练杀敌本领。可是，国民党泰兴县县长朱路九却对陈玉生的爱国之举怀疑多端，他借口地方枪支不得动用，多次逼陈玉生交还枪支。陈玉生一次又一次义正辞严驳斥了他的无理要求。朱路九不顾大敌当前，派出孙昌魁率泰兴县常备大队和三区常备中队共800余人分三路围攻陈玉生这支年轻的抗日武装。

为保存实力，不得已，陈玉生带领游击队撤至靖江县境内。当时，靖江城已被日军侵占两个多月。日寇气焰嚣张，经常出城“扫荡”，杀人，放火，强奸妇女，抢劫财物，无恶不作，惨绝人寰，犯下滔天的罪行。1938年2月21日，陈玉生得知驻靖江城的日军一个中队和伪军，次日早上将要出城，到泰兴广陵镇一带“扫荡”。“带队的人是谁？”陈玉生问。侦察员说：根据可靠情报，带队的是黑田中佐。陈玉生已经听说过，黑田是一个嗜血成性、极端残忍、杀人不眨眼的日本强盗。日寇侵占靖江城后，黑田屡次率领鬼子下乡“扫荡”，烧杀淫掠，无恶不作，双手沾满了中国人民的鲜血，欠下了中国人民一笔又一笔的血债。陈玉生怒火中烧，拍案而起，狠狠地说：“打的就是他。”他鼓励大家必须勇敢作战，敢打敢拼，要给日寇一个沉重的打击。傍晚，陈玉生又亲临现场，观察地形，以作好这次伏击战的具体布置。

战前的这一夜，玉生心情很不平静。经过几个月的努力，亲手创建起来的这支抗日游击队，现在就要初试锋芒，即将进入抗日战争的前沿阵地，心里有一种说不出来的喜悦，同时又感到肩上的责任重大。夜深了，他还伏在灯下，审视作战方案中的一些细节，考虑即将进行的这场战斗，临时可能出现的情况和问题。“一定要保证胜利！”他对自己说。

陈玉生（中）（黄桥新四军纪念馆藏）

翌日凌晨，部队在落家桥集合。大队长陈玉生和政治部主任陈进觉，宣布作战部署，又进行了战前补充动员。陈进觉说：“日本强盗，烧了我们多少村庄，杀了我们多少同胞，现在，向日寇讨还血债的时候到了，我们一定要勇敢杀敌，为人民群众、为国家、为民族报仇雪恨。”陈玉生的讲话中，要求全体队员勇敢杀敌，为民报仇，为国立功。队员们都摩拳擦掌，情绪激愤，斗志昂扬，誓与日寇大战一场。天亮以前，各中队按照作战部署，全部进入伏击阵地，作好战前的一切准备。

八点多钟，驻靖江城的日寇出动了。黑田率领一个中队的日寇、日伪军约三百余人，耀武扬威地朝范石桥走来。陈玉生目不转睛地注视着前方的情况，眼看敌人全部进入伏击圈内，陈玉生立即鸣枪，发出攻击令。这些第一次上战场的年轻人，虽无什么战斗经验，但他们对装备优良、骄横无比的侵略者毫不胆怯，陈玉生率年轻的战士们与日寇激战八小时，击毙日军多名，缴获三八式步枪8支。挫败了日寇侵犯广陵镇的企图，狠狠打击了日寇的嚣张气焰。

靖（江）泰（兴）人民受到很大鼓舞，往日骄横跋扈的日军龟缩在靖江城内一度不敢下乡。这次战斗，抗日救亡大队也付出了血的代价，5人负伤，2人英勇牺牲。

他们的抗日行动，得到了靖泰人民的拥护和支持。当晚，广陵镇的群众抬着米和猪肉赶来慰问他们。东海镇镇长张青萍为牺牲的青年召开追悼大会，从孙庙到六角桥，家家户户在门口挂灯致哀，男女老少挥泪送亲人；许多青年找到政治处要求参军，杀敌报仇。

然而，陈玉生的坚决抗日却激怒了国民党南通专署保安司令袁国宝。他设下毒计，企图扼杀这支年轻的抗日队伍。2月底，袁以发军饷、给番号为诱饵让陈玉生带队到南通整训。

陈玉生毕竟初出茅庐，缺少经验，3月初，他率队到了南通。南通人民夹道欢迎这支抗日有功的部队。何克谦等也假惺惺出面迎接。陈玉生和部队被安排在广东会馆宿营。此后，部队每天到南门大操场训练。陈玉生的警惕性很高，对何克谦等人保持戒备，从不离开部队。一个星期过去了，没有发生意外事故。

3月16日，连日来在暗中窥探他们的袁国宝趁陈玉生去理发之际，借集合陈玉生部队训话为名，收缴了抗日救亡大队的全部枪支。谁知次日早晨，日军侵入南通，袁国宝闻风而逃。所幸在袁收缴陈玉生部枪支时，陈玉生夫人杨桂芳的枪却“漏了网”。原来，杨桂芳一到南通见军营满墙标语，偏没有抗日的，这个被称为泰兴的“双枪老太婆”的巾帼英雄就多了个心眼，暗藏了一把枪，正是这支枪帮助中了袁国宝圈套的陈玉生冒险突围了出来。第二天，在如皋西来镇陈玉生又集合了突围出来的百余人。铮铮铁骨的他们抱头痛哭。他们为祖国的大好河山落入敌手痛哭，为国民党不抵外侮摧残同胞而愤怒。

然而，内外交困并未使陈玉生气馁，挫折使他更坚强。他决心重建抗日部队。3月下旬，他先后收缴了国民党如皋县张黄港税所、江安区常务队、石庄、西米区公所、泰兴县古溪警察分局的枪约200支，并说服一些力量单薄的自卫队和古溪警察局的爱国巡警钱鸿等30多人带枪加入，在短短的两三个月内，重新组建的游击队一下子发展到六七百人。

为取得抗日的合法地位，初夏，陈玉生率部受编于张公任的通如区右翼指挥部，编为张部第三支队第一大队，陈玉生任大队长。商谈具体事宜时，陈玉生提出“保证部队统一建制，部队的人枪指挥部不能调动，指挥部不再派人到部队来，违背抗日的命令一概不执行”等四条要求。张公任表示同意陈玉生的意见。这支饱经风雨的抗日队伍暂时有了立足之地。

6月初，日寇多次向季家市发动进攻，气焰十分嚣张。7月13日，准备充分的陈玉生率部袭击了季家市、靖江县城的日军。黎明时，120余颗手榴弹一下子甩到季家市日军驻地，惊醒了的日军被吓得晕头转向，未作抵抗，仓皇而逃。陈玉生率部乘势追击至靖江县城，靖江城守敌亦弃城而逃。陈玉生率部入城，缴获日伪许多物资，并打开仓库，赈济难民。

一个星期后，日军集结部队前来报复。因力量悬殊，在消灭了敌人有生力量后，为避免不必要的牺牲，陈玉生率部撤到季家市，日军重兵尾随到季家市，他们又撤到黄桥。正当陈玉生率部到黄桥休整时，祸起萧墙。刚刚打击了日军的陈玉生部，又遭到韩德勤的无情打击。韩德勤下令保四旅何克谦将陈玉生部一网打尽，阴谋未逞，恼羞成怒的他便下令撤销了“通如区右翼指挥部”番号。

为保部队能生存，张公任和陈玉生商量后，决定利用国民党鲁苏皖边区游击总指挥部即李明扬部的番号。10月，他们到泰州找到正在招兵买马的李明扬，双方一拍即合。李明扬委任张公任为总部第三纵队司令，陈玉生部隶属3纵，编为第8支队第2大队，陈玉生仍然是大队长。1939年秋，陈玉生升任8支队支队长。不过，对部队的发展，对挂上苏北最大实力派的番号，陈玉生还是不满足，他发现在部队建设上有许多自己力所不能及的问题，一个更大的愿望，在他心中一天比一天更迫切：找到共产党，让共产党指导他、帮助他领好这支部队。他的爱国之举，中共苏北特委也看在眼里，1939年，党派金求真进入他的部队，他终于如愿以偿，加入了中国共产党。

据“上海热线”《“草鞋司令”陈玉生》一文载：“这年深秋的一个早晨。江南茅山南麓的一条羊肠小道上，行进着一支不足百人的队伍。只见他们中间约莫有十几人身着灰色的新四军军服，其余人的着装皆是袖臂上印有‘鲁苏皖’字样的灰黄色军装。打头的是一位敦实汉子，此人腰板挺直，足蹬草鞋，腰揣一支盒子枪，黑油闪亮的脸上透着一股豪气。这些人满面征尘，嘴唇干裂着，显然他们经过了长途跋涉。中午，这支队伍来到了溧水河畔。这时候，只听得‘得得得’一阵马蹄声由远而近，说话间，一匹枣红马已到眼前。马上端坐着一位戴墨镜的新四军首长，浓浓的四川乡音使人感到随和、亲切。‘你们是从苏北泰州来的吗？’敦实汉子赶紧‘啪’一个立正，‘报告首长，我们是……’戴墨镜的首长翻身下马，一眼瞧见了那汉子脚上粗陋的草鞋，便笑了，‘你一定是草鞋司令陈玉生啰？辛苦了，辛苦了。’两双大手紧紧握在一起。戴墨镜的这位新四军首长就是八面威风的陈毅将军。其实，李明扬心里清楚陈玉生至少是倾向共产党的。他看重陈玉生，又老谋深算，想借助新四军保存和扩大自己的实力，且私下里与陈毅已有了接触。所以，陈玉生此行是有特殊使命的。”

国民党江苏省政府代主席、鲁苏战区副总司令韩德勤因李明扬与陈毅接触而扣发“二李”（李明扬、李长江）弹药。李明扬同乡旧友、国民党三十二集团军副总司令王敬玖允诺送李一大批弹药，但须李派人到江南丁蜀山的三战区军需处提取。李明扬喜忧参半。喜的是军需有了着落，忧的是从泰州到丁蜀山600余里，行程曲折，日军在这一路设置了五道封锁线。李明扬斟酌再三，只得借助新四军的力量了。于是，他给陈毅修书一封，恳请新四军帮助护送这批弹药。陈玉生正是他送信的“信使”，他请陈玉生带亲笔信和慰问新四军伤病员的5000块大洋给陈毅将军。但李明扬并不知道，陈玉生此时已是中共地下党员，投奔新四军是他多年的夙愿。陈玉生听说让他送信，喜出望外，这正是回到党的怀抱的极好时机。只是，陈毅为了团结联合李明扬，争取中间势力，此次并没有让陈玉生归队，更没有扣下他的这批弹药。

陈玉生听从了组织的安排。翌日，他率领部队和挑夫，渡江北上，回到泰州，将子弹、炮弹运到总指挥部，向李明扬汇报路上的经过，并带了口信：陈毅司令员不久将来泰州登门拜访李总指挥。其后，他参加了著名的郭村保卫战，枪林弹雨中，“草鞋司令”又一次威名大振。

战斗结束后，陈毅正式电告李明扬，说陈玉生的部队早已是我们共产党的游击队，是一支不穿我们军装的新四军，因此陈玉生的八支队他留下了。这样，陈玉生和他的八支队便全部留在了新四军。陈玉生和他的八支队编入新四军序列后，陈玉生担任新四军苏北指挥部第三纵队副司令员，随之一直到解放初，他又先后担任苏中军区第三分区司令员、独立旅旅长、华东野战军华中指挥部副参谋长、华东野战军苏北兵团副参谋长、苏南军区参谋长等职。陈玉生同志深受家乡人民爱戴，他不仅被乡亲们亲切地称为“草鞋司令”，还被誉为“伲嘎司令”，即我们的司令。

中华人民共和国成立后，陈玉生历任华东军区海军后勤司令部司令员兼政委、华东军区海军司令部第一副参谋长。1959年起任江苏省人民委员会副秘书长、中共江苏省委统战部顾问、江苏省人民政府顾问、江苏省第四届政协副主席。1994年3月21日，陈玉生在南京逝世。

# 持节声名盈海外，业著中华是曾涛

曾涛，原名曾海仙，1914年5月出生在江苏泰兴姚王镇曾家庄（原隶属十里甸，现合并为姚王）一个农民家庭。四岁时，曾涛的祖父和父亲在一个星期内相继病故，由于曾涛父亲是单传，其父不幸早逝，家里一下子失去了经济来源，故孤儿寡母，日子过得非常艰难。只是曾涛的母亲虽然目不识丁，然十分要强，她一直没有再嫁，咬紧牙关，靠卖田借债将曾涛抚养成人。曾涛在他的外祖父、舅舅及姑父的资助下读完小学，然后又考上了不需交学费的无锡洛社乡村师范。

受到当时进步思想的影响，曾涛经常参加学生运动，投身到抗日救亡的第一线。1937年，他与几个志同道合的朋友和同学一起前往延安投奔革命。年底，他们在西安经八路军办事处介绍参加了革命工作。曾涛曾先后在浙江丽水、庆元、富阳和江苏泰兴、靖江、宝应以及华中区和华东局等开辟农村工作。20世纪初，随着中国解放的隆隆炮声，从家乡扛起枪杆参加拯救民族危亡使命的曾涛，从一个充满爱国热情的小知识分子，逐渐成长为坚定的共产主义战士和革命干部。

1959年10月18日午夜，时任上海市政府秘书长的曾涛，突然接到上海市委组织部的电话：中央决定调他到外交部工作，并准备派他去古巴。当时，古巴革命刚刚成功，对中国很友好，但国民党的“大使”还在，所以古巴领导人劳尔·卡斯特罗向中国提出派一位负责干部为正式建交做准备。由于古巴紧靠美国，古巴又是我国政府在拉丁美洲派常驻代表的第一个国家，情况比较复杂，中央组织部在好几个候选对象中选中了曾涛。

去古巴之前，周总理对古巴工作的任务、方针等作了具体指示，当时的副总理兼外交部长陈毅元帅也对曾涛作了很多鼓励。陈老总是曾涛在苏中、上海工作时的老领导，对他十分了解和信任。就这样，没有任何外交经验的曾涛，连电台和机要员也没有，便以新华社古巴分社社长的名义，带着准备重过游击生活的思想到达古巴，开始了他的外交生涯。

在古巴，曾涛广泛接触古巴党和政府的领导人和各界人士，结交了许多朋友，其中包括著名的革命人士切·格瓦拉和菲德尔·卡斯特罗。1960年9月2日，哈瓦那举行了百万人参加的古巴人民全国大会，菲德尔·卡斯特罗慷慨激昂地演讲时，突然把坐在主席台上的曾涛拉到讲台边，握着他的手高高举起，然后大声

上图左三为1960年在古巴时的曾涛（泰兴名人馆藏）

宣布："从现在起，古巴和中华人民共和国建立外交关系，让台湾的代表马上离开！"当时只见近百万双手举了起来，广场上顿时响起了震耳欲聋的"中国""中国"的欢呼声。

从这一天起，曾涛成了中古两国建交谈判的中国政府代表，后来代表中国政府在中古建交公报上签了字。曾涛在完成了初步的建馆任务后奉调回国，任国务院外事办公室秘书长。

1962年，曾涛被任命为中国驻阿尔及利亚首任大使。由于古巴与阿尔及利亚关系很好，切·格瓦拉几乎每年都去访问阿尔及利亚，而且每次去都要到中国使馆看望曾涛，留下吃一顿中国菜。

1970年6月，在首任驻南斯拉夫大使伍修权回国12年后，为了改善中南关系，周总理要曾涛出使南斯拉夫。曾涛到达贝尔格莱德时，南斯拉夫的重要报纸都在显著位置刊登了他的大幅照片。当时尚处于"文革"期间，《南斯拉夫是社会主义国家吗》一书的影响尚未消除，曾涛在周总理的支持下，成了凿开中南冰河的大使。从此，中南两国的关系进入了新的阶段。

曾涛被调任驻法国大使，正值1973年6月。3个月后法国总统蓬皮杜将作为欧洲主要发达国家的第一位元首访华，意义重大。到法国后，曾涛除必要的拜访外，集中精力进行多方面的调研工作。蓬皮杜总统当时已经得了癌症，但仍坚持要到中国来访问。当他把这个情况及时报告国内后，中国的接待计划更加严格、细致，周总理表示满意。

驻法期间，曾涛曾经两次接待过邓小平同志。第一次是1974年4月初，邓小平时隔近半个世纪重游巴黎。第二次是1975年5月，邓小平正式访问法国，这是中国向法国派出的最高级别的代表团。

在法国，曾涛和多位法国政要交上了朋友，以至于1974年法国总统德斯坦出席曾涛举行的国庆招待会。据法外交部礼宾司官员说：在法兰西共和国历史上，总统出席外国使馆国庆招待会，这是第一次。1997年3月法国驻华大使毛磊获悉曾涛逝世的消息后，立即报告法国当局，法国当局委托驻华大使向曾涛的夫人及家人表示最诚挚的哀悼。唁电中有这样的评价："曾先生在他丰富的事业中，展现了一位外交家的优秀品质，法国人民在他任驻巴黎大使期间有幸欣赏到了他的外交才能，他曾本着友好、合作的精神，为法中关系的发展作出了很有意义的贡献。”

1977年元旦之后，曾涛离别法国担任新华社社长。在担任新华社社长期间，他和社党组其他领导同志一起，在做好为报纸、电台、电视台供稿的前提下，先后创办了《半月谈》《瞭望》《经济参考》《环球》等报刊和新华出版社，形成了新华社多层次、多渠道、多功能的宣传报道体系。他还十分重视新华社与国外通讯社和其他新闻机构的友好交往，多次率新华社代表团赴国外访问，与多家外国通讯社签订了交换新闻的协议。

在担任新华社社长时，曾涛兼任第五届全国人大常委会副秘书长，主管外事工作。1982年至1992年，他当选为第六届、第七届全国人大常委会委员、外事委员会副主任委员，继续任全国人大会议期间的副秘书长、新闻发言人。任期结束时，曾涛已在全国人大常委会工作了13年，做了三届全国人大开会期间的新闻发言人。对于中外记者来说，在全国人大会议上打交道最多的是曾涛。在新闻发布会、记者招待会上，曾涛气宇轩昂，举止有度，坦然自若。来自世界各地的新闻传媒的记者立场不同，政治态度不同，所关注的问题也不同，提出的问题五花八门，其中不乏刁钻古怪、具有挑衅性的问题。对此，曾涛总是面带微笑，从容对答。他独特的风格给记者们留下了鲜明而深刻的印象。

在人大工作期间，曾涛充分施展外交才能。他每年都要率人大代表团出访一两次，多次参加接待来访的外国议会代表团。不论是出访还是接待来访，他都会利用各种时机和方式了解对方，宣传中国。10年中，他的有关报告和建议，为高层决策提供了重要参考。

1993年，曾涛以79岁高龄从人大常委的岗位上退下来，1995年获准离休。1997年，曾涛因病医治无效，走完了革命的一生。“扬威敌后，擘画申城，持节声名盈海外；业著新华，功留人大，长垂典范励来人。”穆青题写的这则挽联高度概括了曾涛的光辉一生。

曾涛同志为回报家乡的养育之恩，生前嘱咐家人将书籍捐给故乡学校，同时要求家人变卖珍藏的书画作品，所得款项用于资助家乡贫困学生。2006年8月21日，泰兴籍著名外交家曾涛同志的子女曾辽东、曾东漉回到故乡，与泰兴市有关单位就增加曾涛助学奖励金、建立曾涛展览室、资助广陵小学等事宜进行了商谈。现在，在泰兴城区济川小学北门前，有一条交通要道，东起润泰路，西至济川路，全长680米，宽度为24米，按城市次干道标准规划建设成双向四车道和两条人行道，这条路有一个响亮的名字——曾涛路！

# 小坟头庄岂等闲，出了双谢和足斋

笔者曾有专篇介绍过泰兴北邑的“小坟头”，这是笔者的邻庄，也是一个普通而又不一般的村庄。说其普通而又不一般，是因为抗日战争时期从这里走出了三位投笔从戎的普通却又不一般的热血青年。这三位青年原都是普通的教书人，后来都投身革命，并都曾担任过泰兴的红色县委书记或县长，因此有小坟头“红色三杰”之称。

这“红色三杰”之首杰是谢克西，其原名叫谢熙民，又名谢克。1917年，他出生于这个叫小坟头的村子，这个村离笔者所居住的村子也就三里多一点。谢家是当地有名的书香门第，谢克西的二叔谢久香是京师大学毕业的，新旧知识都很丰富，为人正直，不趋炎附势，有着真挚的爱国情怀。谢克西深受其影响，自小就富有正义感，对于纨绔子弟耻与为伍。

1932年，谢克西进入私立黄桥初级中学读书，时年15岁。“九一八”事变后，黄桥全镇群众集会，呼吁同胞们团结抗日，支援前线。谢克西投入其中，将父亲给他买早点的钱都捐了出来，自觉地接受了革命的洗礼。1934年夏，他考入如皋师范，并在这里汲取了先进的革命思想，接触到了马克思主义的理论，从而成了爱国进步学生中的骨干。

1937年七七事变后，谢克西从如皋师范毕业回到泰兴，先在大薛庄小学任教，不久便参加了革命队伍，在鲁苏皖边区游击总指挥部三纵陈玉生领导的二大队工作，任政治教官，且于1939年3月，经金求真和黄云祥介绍加入中国共产党。同年4月，中共泰兴县工作委员会成立，金求真为书记，谢克西为组织部长，黄云祥为宣传部长。在黄桥决战中，时任泰兴县委书记的谢克西在组织群众支前和领导地方武装支援主力部队方面发挥了重大作用，受到了陈毅的赞扬。

1947年3月初，国民党反动派对苏中南线开始第三期大规模的极其残酷的“清剿”，形势十分严峻，南线坚持斗争的同志渴望得到上级的指示。危急之中，谢克西和有关领导干部，冒着危险，穿过层层封锁线，传达上级党委的指示，他自己也作好了随时牺牲的准备；同时，按照上级的指示，如有主要干部牺牲，只要他活着就要顶上去。这个时候领导又派了一名叫谢克的同志来，也就在这时，上面有关领导才知道原来一地竟有两个干部叫谢克，彼此的信件经常收错，因这个又派来的同志在东部工作，地区领导人姬鹏飞就建议他改名谢克东，在西部工作的谢克自然也就改了名叫谢克西。

谢克西遂离开南线，另有重要任务。正是在这一年的3月，敌人以五倍于我的兵力在泰兴姚庄包围了我泰兴独立团，泰兴县委书记叶悌青和县长张鹏举先后壮烈牺牲，谢克东即连夜赶去接任县委书记，与南线的同志们在极其艰苦的环境下，挤大“鱼塘”，坚守了南线阵地。

解放后，谢克西历任中共江苏省委委员，江苏省总工会主席、党组书记，江苏省科委党组书记兼中国科学院江苏分院党组书记，当选为中共八大代表。20世纪60年代初奉调外交部，先后出任驻锡兰、尼日尔大使。1989年8月22日，谢克西谢世，时年72岁。

谢克西一生俭朴，正直无私，两袖清风，是一名真正的优秀共产党员，人民的好公仆。谢克西有一位孙女叫谢景，20世纪80年代曾与笔者在泰兴城北中心初中做过同事，按说谢克西完全可以为她安排到一份很不错的工作，但谢景却是靠自己考录做的一个民办合同教师，足见谢克西的党性原则有多强！这样的共产党员也才为广大老百姓所永远敬仰！

这第二杰说的是常足斋。他虽不是土生土长于小坟头，但他于1938年初在泰兴城北小坟头小学教过学，并于这年10月和谢克西、祝明鉴一起到皖南新四军军部教导队学习，从而投身革命，次年即加入了中国共产党。1940年5月，常足斋担任中共泰兴东北区区委书记，8月份又调任中共泰兴县委组织部长。这年底，原泰兴县委书记谢克西调靖江县工作，即由常足斋代理泰兴县委书记职务。

不久，形势急剧变化，国民党发动“皖南事变”，掀起第二次反共高潮；日本侵略军又侵占了泰兴黄桥，斗争情形十分复杂。此时，常足斋已积劳成疾，但他仍带病坚持斗争，由于病情愈加严重，他不得不离开工作岗位，在医治期间，他始终不忘为党工作。1944年初，他对前去向他辞行后来曾任泰兴县委书记的陆铁夫说：“老陆，看来我的病不会好了，今后的工作望你们继续努力。我做得太少了……”同年3月17日，常足斋不幸病逝。

第三杰是谢邦佐，他也是土生土长的小坟头人。还有，他和前两杰一样，都是师范毕业，都教过学，都是投笔从戎参加抗日战争的。后来，在解放战争初因张鹏举县长不幸落入敌手，故而组织上遂决定由谢邦佐担任泰兴县代理县长。

出生于1914年8月的谢邦佐，两岁不到就失去了父亲，家庭陷入困窘之境，幸好他有一个了不起的母亲，这位伟大的母亲，靠帮人家做针线及农忙时打短工，送他上学，将他抚养成人。小学毕业后，谢邦佐考取了无锡洛社乡村师范；1935年乡师毕业，先后在镇江、南京任小学教师；1937年七七事变后，回到原籍泰兴任小学教师。1938年谢邦佐与曾涛、谢克西、常足斋等同志约好，准备同去陕北或皖南找共产党，后因家中有事，他未能去成。同年，他与李学民同志等参加“砥砺社”，购买了不少进步书籍阅读，后被敌人发现，就设法将书藏到黄桥镇典当铺内。

1940年，他在黄桥小学任教，同年8月，新四军东进黄桥，他立即投身革命，先任军民联合办事处教育科副科长，后任五区区长。10月初黄桥决战，他配合县委书记谢克西全力以赴做支前工作，组织群众从河里打捞枪支弹药，并打扫战场。抗日战争时期，因为谢邦佐对敌斗争坚定，以致他的家庭多次遭受敌伪军的迫害，除东西被抢劫一空外，他的母亲及年老的外婆还有不到十岁的长子，都被敌人抓去坐过牢，但敌人的威胁，丝毫未能动摇他抗日救国的决心。1946年，解放战争开始，泰兴县被反动派军队占领，全县军民在敌后坚持斗争。由粟裕同志指挥的苏中“七战七捷”第一仗的宣泰战斗（宣家堡、泰兴城）中，谢邦佐与黄仆、张仲凡等同志一起做后勤工作，谢邦佐是主要负责人。

1947年3月17日，在姚庄突围战中，谢邦佐与一部分同志，涉过几条河，冲过周桥据点（该据点是土顽把守），由此侥幸突出重围。当天的下午，敌人大部分撤回据点，谢邦佐与一些同志联系后，组织乡村干部，打扫战场，将叶梯青书记的遗体收棺掩埋。然后，谢邦佐与朱映山同志一道去向南线领导汇报情况，汪海粟专员接待了他们，并说，地委领导已从敌人广播中得知泰兴县机关受损失情况，并已研究决定，派谢克东同志任泰兴县委书记，谢邦佐同志为代理县长（因张鹏举县长被捕，当时尚未牺牲，故用代理一词）。

与此同时，地委决定抽调泰州县团一个连武装，由周开锋率领，随同谢邦佐回泰兴坚持斗争。3月19日白天，分区部队打下如皋境内的据点谢家甸，全部人马冲过谢家甸，到达如皋境内东王庄。这时群众家中十室九空，没法筹集粮食。当晚只搞了点山芋，烧山芋茶当晚饭。谢邦佐因疲劳过度，躺在床上不想吃，汪海粟专员亲自端了一碗山芋茶送到他面前。在那艰苦的战争岁月里，上级领导对下级的关怀体贴及同志间的阶级友爱，令人感动。

由于机关、部队在此不能久留，领导决定：趁谢家甸（交通要道）尚未被敌人占领，连夜撤离如皋地区。南线领导机关及部队，过通扬运河封锁线，转移到海安县去，并决定：谢邦佐同志和周开锋同志带一个连武装在原地坚持，理由是怕他们当夜赶不回泰兴，途中会出危险。谢邦佐说，他岗位在泰兴，死也要死到泰兴去。就这样，来回200多里的急行军，几经周折，才到了泰兴境内找到县委，谢邦佐将任职介绍信交给县委书记谢克东同志，后即随县委行动。

这时，南线斗争形势十分严峻，数日后，县委领导开会商量，一致认为，面对强敌，我方内线的武装力量薄弱，如不采取有力措施，恐难继续坚持下去，最好是要求分区派部队从外线支援，把敌人的疯狂气焰压下去，让全县军民能够继续坚持斗争。谢邦佐见此情况，遂挺身而出，临危受命去向分区汇报。其实，他已三天突了两次大围，日夜急行军200多里，身体也很不好，但他将个人安危置之度外，为了大局，还是拼着命地去完成这一任务。当晚决定后，他立即动身，生活用品一样未备，只带了谢克东同志的亲笔信和一支短枪，由两个通讯员随同就出发了。

到分区后，汪海粟专员跟他谈话，要他留在地委休息，暂不回泰兴。谢邦佐提出：他是受泰兴县委委托来汇报情况，请求支援的，无论如何也要将分区的意见带回去，才好交代。汪专员说，地委领导考虑到南线的形势，对仍在那里坚持的同志都将陆续撤出来，以保存力量，待将来再打回去。并决定要谢邦佐留下来，个人服从组织，这是纪律。谢邦佐就这样离开了战斗多年的泰兴根据地。

谢邦佐由于走得匆忙，且未料到领导不让回去，故对家属子女未能妥善安排，在他离泰兴不久，他的妻子金鑫不幸被敌人抓去。敌人将邦佐的妻子金鑫残忍地枪杀在泰兴城北门外，并曝尸荒野不准收尸，让其被野狗啃咬。中共泰兴城区区委书记宗毅同志闻之，即设法抓捕顽属，从而以顽属作交换条件，强迫敌人为金鑫收尸。金鑫被捕后，留下一个吃奶的小女孩，无人抚养而夭亡。长女培先和长子荣祖在群众的掩护下逃出家门，后由当地组织护送出去，才幸免于难。他家中的房屋被敌人拆掉，东西被抢劫一空。在解放战争初期，泰兴军民遭受挫折，谢邦佐个人也是家破人亡。尽管如此，谢邦佐跟党走、革命到底的决心从未动摇。

1948年，经组织批准，谢邦佐与在海安县委机关相识的周瑆组织了新的家庭，结为终身伴侣。渡江战役后，谢邦佐担任苏南行署农林处领导，1954年周恩来总理任命其为江苏省农林厅副厅长。1957年谢邦佐受调扬州专署任副专员；1958年至1961年任泰州县委第一书记；1961年调回扬州，任常委副专员，分管农业；1976年任扬州专署农委主任，后调江苏农学院任党委副书记、副校长，主持工作。

谢邦佐和他的老乡谢克西一样，心里装的只有工作，只有人民，想到的只有如何发挥共产党员的模范带头作用，而从不以权谋私。他的长子荣祖，1957年南师附中高中毕业，未能考取大学。国家号召上山下乡，邦佐同志就动员孩子回泰兴老家参加劳动锻炼，将来再考大学。

当时各地兴办农中，当地组织根据他的劳动表现，选派他去当农中教师；上面规定，农中教师一律不准考大学和改行。1959年，泰兴组织上送他到南京教师进修学院学习一年。一次地区召开各县宣传部长会议，泰兴的宣传部长与泰州的宣传部长商议，准备让谢书记的孩子学习结束后，调泰州安排到公办学校工作，这样就可成为国家正式教师，户口也可迁到城市，而泰州则另派一名农中教师给泰兴，作为交换。

当时，泰州的宣传部长在泰州县里开大会，与谢邦佐爱人周瑆坐在一起，就对她谈及此事，说他与泰兴组织上已谈好了。下班后，周瑆就将此事告诉了邦佐。谢邦佐一听很着急地说，不合国家规定的事，怎么能这样做呢。第二天上班后，他就找了分管文教的书记，请他跟泰兴有关组织通电话，言明这事不能办。他说，小孩在泰兴工作，当地组织上根据国家规定及本人表现，应该怎么使用，是他们的事，我无权干涉，要是因为我在泰州工作，就把他换到泰州来违规使用，这是绝对不行的。因他态度坚决，此事就作罢了。后来农中解散，荣祖只好转到社办厂工作。直至1992年他的这个长子因病去世，还是农村户口。

谢邦佐同志于2001年7月去世，终年87岁。斯人已去，幽思长存，家乡人民不会忘记他，将会永远怀念他。“小坟头”走出了三位投笔从戎的革命英杰——谢克西、谢邦佐、常足斋，足哉！他们是“小坟头”的骄傲，也是全泰兴人民的骄傲！

（此文写谢邦佐的内容被节选发表于《泰兴历史文化》2024年第2期）

## 血洒泰兴叶梯青，雪泥鸿爪史册留

诗人臧克家在《有的人》这首诗中吟道：“有的人活着，他已经死了；有的人死了，他还活着。”是啊，解放战争时期牺牲在泰兴这片红色沃土上的时任泰兴县委书记叶梯青烈士，就是一个永远活在人民心中、虽死犹生的人。

叶梯青，原名景根，祖籍浙江省余姚市马渚镇下叶，1914年4月30日生于上海一个职员家庭。他从小酷爱读书，并以优异的成绩从高小毕业，后又考入民办中学。他以“二石一文”作为自己的座右铭，一石印文“一片冰心”，意要一身洁白，如冰清玉洁，无愧于世人；另一石印文“雪泥鸿爪”，意为像飞鸿凌空，以四海为家，一停一个脚印，留于人间。他还自撰“钝室铭”一文，意为世人爱锐爱利，他却爱钝爱迟；世人钻营逐臭、追求名利，他却钝于入名利之途。他的

叶梯青烈士之墓

"二石一文"体现出叶梯青从小就树立了正确的人生观。

15岁那年，他进了荷兰商人的安达银行当练习生，边工作边进立信会计夜校学会计业务，同时进量才夜校学习英语。就在这时，他与共产党的地下组织有了接触，参加了共青团组织。

1933年，叶梯青加入中国共产党，同年任地下党上海市法南区区委委员、区委书记。这时他化名金耿，积极组织工人运动，举办工人夜校，秘密发展党员，点燃革命之火。1934年3月，已任共青团法南区委书记的叶梯青参与领导上海美亚绸厂工人的大罢工。罢工持续了一个多月后失败。由于叛徒的出卖，叶梯青在上海福履理路138号被捕，敌人把他当作要犯，单独关押在巡捕房的一个地下室里，他化名为陈阿大，在刑庭的审判中，毫无惧色地道出自己只不过是一个流浪单身汉，只因在福履理路寻一个同伴而被捕。法官问："你是不是共产党员？你在共产党里干什么的？"叶梯青从法官的问话中听出，他们尚不知自己的底细，因此他更坚定地回答："什么共产党？我只听到过，却从未看到过。"法官气急败坏地从他的一顶呢帽中取出一张难解的"密条"，以出示证据："这是什么？"叶梯青镇静自若却又假装糊涂地解释：这顶帽子是我从路边地摊上买的便宜货，至于帽子里夹了什么，那我全然不知。法庭解不出这条子中的含义，没有充分证据说他是共产党，只得按"危害民国罪"判刑五年，因他自供只有16岁属未成年人而减半执行。

1935年5月9日，敌人将他解送苏州反省院，叶梯青进反省院后坚持和敌人作斗争，在敌人面前他一声不吭，装呆作傻，在狱友中间他不断宣传革命道理，生活上处处关心难友。监狱艰苦的生活环境使他得了肺结核病。1936年，经家属出钱活动后，将他交保释放。

出狱后，叶梯青很快恢复了组织关系，并投入了抗日救亡活动。1937年8月13日，日军侵略上海。叶梯青随即参与发起成立上海"沪南青年救亡团"，并担任泰利收容所一个分所的主任，利用合法身份开展抗日救亡工作。1939年11月，叶梯青任中共沪西中国纱厂委员会书记，组织领导了永安三厂的工人罢工。1941年4月，他又服从党组织决定，到苏中抗日根据地任三地委委员，负责领导开展党的秘密工作。

临行前，他父亲送他去外滩上船，叶梯青真切地对父亲说：“多保重，在革命尚未胜利之前，我是不会回家了……”他告别亲人远离上海来到如西县，担任了苏中三分区秘密工作部（又称乙种组织）部长。1945年底，国民党当局撕毁《双十协定》，蒋介石亲自发布了进攻解放区的密令。泰兴县正面临着严峻的斗争形势。此时，组织上派叶梯青到泰兴县任县委书记兼任县独立团团政委之职。从此，他从秘密工作岗位转向公开正面的对敌斗争。在他的领导下，泰兴的各项工作成绩突出，得到地委领导多次表扬。

为支援前方主力部队作战，泰兴独立团多次输送兵员到主力部队，最后仅剩下两个连，这两个连队还经常由分区南线党政军委员会调去参加如西一带作战。叶梯青每次都是服从大局的需要，他认为在战争环境下，没有一支坚强的武装是要吃亏的。于是，他与县长张鹏举、团长赵容经过研究后，决定建立路南游击营和口泰宣游击营，各区建立区队武装，县政府组建警卫连，泰兴的武装力量又大大发展。叶梯青把刚组建的武装经过短期训练之后，便拉到前方去锻炼，在战斗实践中去学习，机动灵活地运用“避实击虚、避强击弱”“保存自己、消灭敌人”等战略战术，截击了敌人运输去黄桥的军粮，消灭敌人十余名；偷袭了口岸区灯架湾据点，一举歼灭了土顽30多名。

1946年7月，苏中战役打响，华中野战军在泰兴境内先后发起宣（家堡）泰（兴城）攻坚战役和如（皋）黄（桥）路战斗。在此期间，叶梯青和县长张鹏举等领导同志组织发动全县20万群众全力以赴，投入支前工作，受到了粟裕司令的表扬。1947年3月16日夜，县级机关和县团移驻林家埠，叶梯青面对敌人开始的第三期“清剿”，坚定地表示：“要斗争就会有牺牲，每一个革命者，都要作好这样的思想准备。”17日凌晨，敌人以5倍于我的兵力从泰兴城、黄桥、姚家埭、蒋家堡等据点出发“会剿”，包围了姚家庄。为保存有生力量，县委决定向北突围。

撤离途中，叶梯青指挥军民有序地行动，在许家庄附近过众安港时，他让部队和群众先过浮桥，由于临时搭起的浮桥，经不住桥上重负被压垮了，幸好大部分军民已通过了众安港，叶梯青在撤退时总是走在最后，他只好乘船过港，船行至中途，他突然发现还有几个同志未过河，更有一个掉在水里，但此时敌军已追到离河边不远了，叶梯青不顾个人安危，毅然决定把船返回去抢救同志过河，同时沉着而迅速地撕毁了随身所带的全部文件，以免落入敌手，作了万一被抓的打算。由于同志们积极配合，行动迅速，终于全部过了河。

叶梯青等人从许家庄附近乘船过河后，部队集中在袁家庄，又遭敌人的封锁包围。在摆脱敌人夹击的战斗中，叶梯青被一颗子弹击穿肩部。为了不被敌人俘虏，他嘱警卫员补上一枪。警卫员不忍，背着他艰难地向前走去。这时，敌人的又一颗子弹打中叶梯青的头部，这位年仅33岁的共产党员，在泰兴的土地上，洒尽了最后一滴血。

叶梯青牺牲的噩耗传来，泰兴广大军民无不流下热泪。尽管那时，泰兴的第三次反“清剿”斗争还处在紧张阶段，但广大军民为他召开了万人追悼大会。在追悼大会上，许多干部、群众为失去这样一位好干部、好领导而悲痛。为了告慰先烈英灵，永远铭记先烈业绩，在群众的要求下，上级决定把新街区改名为梯青区。1950年1月5日，泰兴将叶梯青、张鹏举二位烈士的灵柩从杨村庙迁葬于泰兴县烈士纪念堂，并召开了公葬大会。

## 坚硬脊梁张鹏举，慷慨就义志不移

张鹏举，1911年8月28日出生于泰兴县城西王家巷一个农民家庭。1928年考入江苏省立吴江乡村师范。“九一八”事变后，积极进行抗日宣传。1932年夏毕业后，先后在武进、扬中、泰兴等地任教。七七事变后，即民国二十六年（1937）10月回泰兴，参加抗日救国活动。

民国二十八年（1939），张鹏举加入中国共产党，历任中共泰兴县八区（后称蒋华区）区长、县政府财务科长、泰县县政府秘书等职。民国三十四年（1945）春，张回泰兴任县长。同年9月，他与中共泰兴县委书记莫珊组织干部群众配合分区主力部队，于12日光复泰兴县城，发粮5万斤赈济县城贫民，贷款2万余元支持156户小商贩复业。10月，组织群众抢修溪桥，保证了渡江北撤的苏浙军区部队和辎重及苏南部分地方干部顺利通过县境。12月31日，国民党军队大举进犯泰兴城，县政府机关撤到农村，他与县委书记叶梯青领导军民开展锄奸反霸斗争和减租清算运动，保卫抗战的胜利果实。

民国三十五年（1946），苏中“七战七捷”首尾两仗均在泰兴境内打响，他与县委书记叶梯青组织干群送粮草、抬伤员、运弹药，以大量人力、物力支持前线，保证了战斗顺利进行，受到粟裕司令员的好评。在泰兴市革命烈士纪念馆解放战争时期展厅，墙上张贴着革命烈士张鹏举的事迹介绍，还有一封残破的张鹏举县长的亲笔信，虽然只剩下一角，却见证了苏中“七战七捷”时，泰兴军民积极支援前线的情形。这封信的意思大体上就是写给前线的人，叫他们把所剩余之粮以及其他什么物资，一并取回来，落款张鹏举。

民国三十六年（1947）3月，国民党军队对泰兴进行“会剿”。16日，县团驻地被围。张鹏举带领县团的干部战士突围，由于弹尽援绝，他不幸被俘。敌军押着他在黄桥“游街示众”。他慷慨陈词，痛斥敌人。国民党泰兴区长、县长等几度对他诱降，均遭痛斥；后又轮番审讯，亦无所得。国民党泰兴县县长吴侯不相信共产党员的骨头这么硬，耐不住性子要亲自来审讯。

“你就是张鹏举吗？”

“我是人民的县长！你是哪里来的东西，有什么资格问我？无耻的混蛋！”张鹏举唇枪舌剑，三言两语便把吴侯痛骂了一番。

吴侯故作镇静，叫随员给张鹏举倒茶。张鹏举一把掳过茶杯掼在地上，指着吴侯的鼻子就骂：“你们这群美帝国主义的干儿子、蒋匪的忠实走狗，不要高兴得太早，你们现在正坐在快要爆炸的火药桶上，很快就要完蛋了。”

“我，张鹏举，为人民解放事业而死，死得其所。千千万万的人民大众是决不会饶恕你们的。你们将永远被钉在历史的耻辱柱上。”

敌人无计可施，决定杀害张鹏举。4月11日，鹏举临刑，直立不跪，膝部连遭数弹，仍屹然挺立。中第六颗子弹时，身躯才慢慢倒下，旋又挣扎站起。行刑排长按他肩时，他用尽最后之力咬其手臂，至此，方倒于血泊中，牺牲时年仅36岁。他在刑场上屹立不倒的“硬脊梁”形象深深印刻在了泰兴人民心中，泰兴人民将永远怀念这位英雄县长。

## 一门忠烈访谈知，杨家伯书伟男儿

泰兴济川街道办的渡河村是笔者的邻庄。这里有一门忠烈，那就是曾经四乡八村的人都知道的“双烈”英雄家庭——杨老太家。虽然英雄的母亲杨老太于解放后不久就去世了，但即使在今天，说到渡河村曾有位母亲叫“老太”，仍是很多人都耳熟得很的；只是“老太”有两个儿子曾先后为共和国的诞生而牺牲，杨家乃一门忠烈的事却已渐渐地鲜为人知了。“为了忘却的纪念”，为了不能忘却的记忆，于是乎笔者于2021年正月，来到了渡河村，来追寻烈士的足迹，来对知晓烈士事迹的人做一个访谈。

其实，对渡河村杨门忠烈的事，笔者儿时曾模糊地听先父讲过。先父之所以熟悉杨门二烈士的情况，是因为先父彼时亦参加了革命，曾与他们一道共同战斗过，算得上战友了。可惜，岁月流逝，先父所讲的详情已不记得了，只依稀记得说“老太”有两个儿子，大儿杨伯书主要从事我党的地下工作，做过我党的地下交通联络员，后被国民党反动派的保安队残忍杀害；二儿杨伯井（景）也参加了新四军，是在攻打海安的战斗中壮烈牺牲的。其实，笔者原本有更好的机会得知杨门忠烈的真实的感人之细节的。因为笔者曾是杨伯书烈士的独子杨国昌先生的门生，后又与之同事，只是错过了机会，国昌先生早已病故多年。这让笔者忽然就有了一种时不我待的紧迫感与使命感，因此，笔者才徒步来邻庄渡河村作寻访的。

由于杨伯井（景）参加新四军后就在部队没再回家，直至牺牲于战场，他的事迹自然也就无法做过多的了解，所以此次访谈的重点主要是关于杨伯书烈士事迹的详细情况。遗憾的是，笔者从渡河村的前庄走到后庄，连续问了几个按年龄皆可称之为爷爷、奶奶的人，想请他们谈谈杨伯书烈士，可他们大多一无所知，即便有一二所谓知者还不及我知之一二。就在笔者深为怅然和唏嘘之时，在折回前庄的一个小小超市的门口十分幸运地遇到了一位老者，这位老者竟是杨伯书烈士的堂弟。

老人名叫杨伯富，已是90多岁的高龄，虽拄了个手杖，但身子骨还很硬朗，说话中气十足，那精气神真的叫人很是佩服。他先是作了自我介绍，然后问笔者是从哪里来，了解杨伯书的情况，是不是要宣传烈士的事迹。笔者告诉他，自己是渡河村东边王垄村那个解放前和解放初任渡井乡乡长李正坤的儿子，父亲是在杨伯书烈士的战友陈凤章——首任红色渡井乡乡长后的继任者，来渡河村就是为了了解杨伯书烈士的情况，以宣传烈士，让更多的人记住烈士，发扬烈士的革命精神，去为今天的伟大的中华民族复兴建设事业做出更大的贡献！老人一听立即激动起来，紧紧拉着我的手，连声说：“好啊！好啊！想不到你是老乡长的儿子！你父亲，也是个硬骨头人，我认识，认识！”又说：“你总算找对人了，现在没几个人知道杨伯书烈士的情况，我是杨伯书的堂弟，堂哥革命时，我虽是个半大伢儿，但那时的情况我都清楚地记着呢！”以下是老人的讲述。

我的堂哥杨伯书是1915年2月出生的。他自小聪明，记性也好，十一二岁时，我那个人称老太的婶婶怕把他耽误了，想让他识几个字，不再像他们一样做睁眼瞎，所以家里虽穷，大婶还是和我大伯一起想办法送他读了私塾。只是堂哥也就上了半年多，便因家中实在困难而停了学，第二年我大伯就让他学了裁缝手艺。谁知道，我堂哥虽然当时年纪小，却在这个时期接触了渡子河庄上的两个重要人物，可以说我堂哥后来走上革命道路是与这两个人对他所产生的重要影响分不开的。

这两个重要人物，一个是庄上的绅士，叫陈良斋，经商致富，在渡河庄上为老百姓共修了四座桥，两泰官河的渡子河段有名的万泰桥就是当初他出资修造的。他早年加入过孙中山的同盟会，富有革命思想，曾到庄上的私塾去过两次，堂哥杨伯书聆听过他讲的一些革命道理和革命故事。另一个是我们大家庭的邻居，隔壁卖肉的陈凤章，他卖肉眼观六路耳听八方，常偷偷给他讲泰兴刁家网那里农民暴动的事。后来，陈凤章参加了革命，很自然地我堂哥参加革命也就是早晚的事了。

我堂哥学了裁缝手艺，因性格刚烈，不甘心受地主恶霸的欺负，就拉了庄上的几个伙伴一同到香港去谋生。谁知到了香港，又遭到资本家的盘剥，累死累活地干，却依然难维生计。

1941年，香港沦陷，我堂哥亲眼见日军到处杀人放火，这个时候，他又得知家乡也遭日军侵犯的消息，便决定回家乡参加革命，参加抗日。堂哥徒步千里，跑了整整36天，才历经千辛万苦回到家乡。可到了家，却是有家归不得，白天日寇和伪军下来“扫荡”，乡亲们都“跑情况”躲到野外去了，他也只好先躲起来，等到晚上再回家。晚上回家后，他听说庄上的一位妇女被日寇奸污了，不由义愤填膺，恨不得立即就要去县城跟日寇拼命。

这时，陈凤章来到我婶婶家，见我堂哥回来了，很是高兴，他们一番交谈，彼此都有了了解。当我堂哥知道陈凤章已是乡抗日队伍领导人时，立即主动要求参加抗日队伍。我婶婶是个明白人，表示坚决支持。陈凤章很感动，很快就让我堂哥参加了抗日救亡的伟大斗争。堂哥响应抗日民主政府的号召，一手抓抗日，一手抓生产，开展减租减息，发展农业生产，维护村民的合法权益。由于他表现积极，不久就当上了渡子河村的第一任红色村长。

1942年5月，新四军一师一旅对盘踞在泰兴县宣堡镇的国民党特务武装“忠义救国军”实施攻击。堂哥杨伯书负责组织村民为新四军部队提供粮草，救护伤员。经过数小时激烈战斗，新四军终将“忠义救国军”赶出泰兴地区，使其撤回了江南，从而粉碎了国民党反动派企图“围剿”苏北新四军的企图。堂哥由于在这次战斗中表现积极勇敢，党组织遂吸收他光荣地加入了中国共产党，并让他担任了渡井乡农抗会会长。

为积极推进反"扫荡"、反"清乡"斗争，打破日伪军的封锁，苏中区党委决定在各地建立联络站。渡井乡位于泰兴、宣堡、马甸三地的中间部位，为打破日伪军之间的联络，1942年12月，泰兴党组织决定在渡井乡设立联络站，由我堂哥杨伯书担任联络员。我堂哥即在泰兴北乡一带，以裁缝身份为掩护，四处活动，打听敌人的动向，收集敌人的军事行动情报，并及时向上级报告，从而成了一位名副其实的中共地下党员。

堂哥和抗日地下人员基本上都是单线联系。那时，我还是个半大伢儿，经常看到堂哥从龙梢港、马甸或城里"做裁缝"（实际上是去侦察敌情或与那里的地下党接头）回来后，总要到屋后不远的坟地里去转转，到坟头上去拔拔草；堂哥离开一会儿，我又看到讨饭模样的人也到坟地里去转悠，有时是男的，有时是女的；还有的时候，是他们先到坟地，他们离开后，我堂哥再去。我感到奇怪，就问堂哥这是为什么，堂哥让我不该知道的就不要问，更不能乱说，否则会被鬼子抓去杀头的。我点了点头，自然也就没有再问，但心里已明白了八九分。后来，我终于知道了，那坟地就是堂哥他们传递情报的地方，那坟头则是隐藏情报之处。

1944年8月，泰兴伪县长吴侯带领三百多人准备夜袭新四军根据地，吴侯的外甥是中共地下党员，知道消息后，迅速将情报送到渡子河坟场，堂哥杨伯书及时取了情报，遂报告给了渡井乡红色乡长陈凤章。陈凤章知道情报非常重要，立即汇报中共泰兴县委。县委研究决定，以攻为守，命令渡井乡游击连参加，配合泰兴独立团两个营，提前隐蔽于渡子河鼍河（即两泰官河）西岸的宗家庄前的高粱地里，在伪军的必经之路设伏。半夜时，伪县长吴侯果然骑着大马带着三百多伪军从城里奔此地而来，他怎么也没想到在这里遭到了新四军泰兴独立团和渡井乡游击连的伏击。他所带的伪军被我独立团和游击连打得屁滚尿流，死伤过半，他本人则被吓得从马上摔下，摔伤了一条腿，要不是几个随从又将他奋力扶上马，差一点这家伙就被活捉了。这一仗除吴侯和几个随从仓皇逃脱外，独立团和游击连共俘获伪军102人，其余多被击毙；共缴获机枪1挺，子弹6箱，长枪80支，短枪2把。由此，大大地打击了敌人的嚣张气焰，敌人再也不敢轻举妄动了。

我堂哥杨伯书白天化装侦察敌情，夜深人静的时候还经常用他的裁缝剪刀剪断敌人的电话线，切段敌人的电话联系，他的剪刀至今还保存在革命烈士陵园。每当得知敌人要到泰兴北乡"扫荡"的情报，不管是天寒地冻，还是刮风下雨，他都要赶紧联系乡长陈凤章他们，及时组织群众在日伪军的必经之路设路障，拆桥梁，从而配合地方武装择机消灭敌人，迫使日伪军寸步难行。

夏秋农忙季节，我堂哥杨伯书挨家挨户动员村民上缴粮草，动员开明地主捐款捐物，为抗日武装提供粮草等物资。同时他还将自己的亲弟弟杨伯井（景）送到新四军部队。1944年3月我堂哥杨伯井（景）于淮安车桥战役中不幸头部中弹而光荣牺牲，他牺牲时为新四军1师1团2营3连2班班长，年仅20岁。

1946年1月，国民党军首先破坏停战协定强占了泰兴城，并迅速成立了还乡团、保安队，对我根据地人民进行清算和到处捕杀我共产党人。泰兴城的国民党还在渡子河万泰桥设了据点，从而给我党的地方武装和革命活动造成了非常严重的威胁。渡子河的上空更是一时乌云翻滚，处于一片白色恐怖之中。此时，我大军从大局考虑，开始战略转移，作为地方干部的堂哥杨伯书则主动留下来组织群众进行地下武装斗争。

这年7月，堂哥冒着危险筹粮筹草，支援粟裕司令员指挥的部队反击、攻打泰兴至宣堡一线的国民党军，为夺取苏中“七战七捷”宣泰战斗的胜利提供了后勤保障。同时，堂哥继续在夜间袭击敌人，曾和一战友用木制手枪偷袭据点，吓得敌人赶忙缴枪；我堂哥他们竟一枪未放而夺得真枪3把、子弹1箱。敌人由此对我堂哥恨之入骨，千方百计要抓捕他，只是几次抓捕都未成功。

1946年9月26日这天傍晚，堂哥杨伯书和乡长陈凤章、乡财经杨伯余一道在渡子河后庄田野里的一个高粱棚里密谈有关情况和除奸工作，不料被化装成地方民兵的敌人发现。原来，白天他们先后来此隐匿时，奸细就已发觉了，遂到据点告了密，据点又将这一情报报告给了国民党泰兴县党部的中统特务机构。所以，敌人立即做了部署，南边有县城清乡团派人来捉拿，北边有马甸保安队从井垈向南围捕。当时，南边来的敌人化装成民兵，并轻轻地呼唤他们。饿了一天的杨伯余正在啃生萝卜，不知有诈，以为是自己人，就应了一声。这一应，引领清乡团的匪乡长周长生、渡河万泰桥碉堡执勤连连长杨天山当即就认出了他们，遂带着县城清乡团派来的人向堂哥他们扑来。陈凤章见情危急，忙叫没带枪的我堂哥和杨伯余赶快隐蔽突围，他自己则开枪吸引敌人奔向王垈方向。

当时张桂琴区长带的我区中队一部分人移营到王垈庙头后面的小树林里，听到枪声，派你父亲过来侦察，恰巧遇到陈凤章蹚过驴子汪那条与你们王垈搭界的小沟，陈凤章就被你父亲营救走了。

其实，我堂哥和杨伯余在乡长陈凤章调虎离山的掩护下，趁着天色渐暗，的确是甩开了敌人的，他们隐藏到了北边不远的荞麦地里。由于枪声渐停，堂哥和杨伯余以为敌人已经远去，就直起身来张望，不料被北边马甸过来的向南围捕他们的保安队再次发现，因而不幸落入魔掌。马甸保安队队长张彭岩当即将他们五花大绑押到了马甸，并上报到了国民党县党部。新上任的县党部书记叶冠群和中统特务处派国民党泰兴六区区长刘源亲自审讯。刘源知道我堂哥是共产党的老交通，就先拉关系说他们叶书记老家就是王垈的，是邻庄人，只要我堂哥他说出地下党的名单和联络站，说出乡村干部及土改积极分子的住址姓名，他就不但不会死，而且还可以进城去做官享福。我堂哥坚定地回答："不知道！共产党员是不怕死的，想让我当叛徒做梦去吧！"敌人见软的不行，就露出了他们豺狼的本性，极其残忍地对我堂哥施用了各种毒刑，三番五次地让他坐"老虎凳"，吊"老鸹飞"，同时用皮鞭抽，用烙铁烙，往他嘴里灌辣椒水，把他折磨得死去活来。每当我堂哥杨伯书醒来时，还是一句话"不知道！"我的堂哥是真正的坚定的共产党员、钢铁汉子。

杨伯书同志革命烈士证明书

1946年10月3日，刘源命令马甸保安队队长张彭岩将杨伯书和杨伯余二人押到马甸彭庄外的一棵大树下，说这是最后的机会，问我堂哥还说不说。我堂哥知道自己就要就义了，于是他高呼口号："打倒反动派！中国共产党万岁！"气急败坏的敌人见没有审到他们想要的结果，竟残忍地用刀割下了他的舌头。然后张彭岩挥了挥手，他手下的两个刽子手分别朝我堂哥和杨伯余各开了一枪，杨伯余当场倒地牺牲，我堂哥杨伯书却因子弹没打到要害，没有倒下，他转身扑向敌人，咬下了刽子手的耳朵。敌人恼羞成怒，就按住他，敲掉了他的牙齿，挖掉了他的双眼，砍去了他的手脚，一刀一刀的剐下他身上的肉。我堂哥杨伯书就这样被敌人以极其残忍的手段杀害了。他牺牲时年仅31岁。

杨伯富老人在讲述的过程中，眼里和语气里充满了对堂哥杨伯书的无比敬仰和对敌人的刻骨仇恨，声音几度哽咽。说到这里时，他双唇哆嗦，再也控制不住自己的感情，一任老泪溢满他那沧桑的脸颊。笔者也是满眼的泪水，紧紧握住老人的手说："党不会忘记这些为了新中国而牺牲的先烈们！共和国不会忘记他们！人民也不会忘记他们！"

杨伯富老人最后告诉我说：

杨伯书和杨伯余被敌人杀害后，村里的老百姓冒着危险、不顾一切地去彭庄收尸。邻居张荣林用棉被包裹着杨伯书的尸体，又用被单裹好杨伯余的尸体，然后分别放到木制独轮车的两侧，就这样用独轮车将两位先烈的遗体推回了渡子河。大家自发吊唁，怒打了反动派暗派来的特务。村民们帮助两位烈士的家属将两位烈士安葬在庄上的小河边。解放后，杨伯书、杨伯余都被追认为烈士，他们的遗骸被迁葬于烈士陵园。1952年曾发过烈士证给他们家属，1983年再次确认，又颁发了新的烈士证。

老人忆叙到此，也就意味着笔者对杨伯书烈士生平事迹的寻访结束了。有幸遇到杨伯富老人，使笔者对杨伯书的生平及革命过程与感人事迹有了一个完整的了解，令笔者万分感谢。笔者要搀扶老人，送他回去。他谢绝了。他说他虽然年纪大，但硬朗得很呢，只要将杨伯书等烈士的事迹宣传好，让更多的人记住他们，他将来百老归天也就没得遗憾了。老人的话再次让笔者这挂鞭园丁感到了一份沉甸甸的责任。是啊，没有烈士血与泪，哪有今日康安宁？革命先烈抛忠骨，誓当铭记砥砺行；民族复兴中国梦，告慰英魂定实现！

（此文发表于《泰兴历史文化》2021年第4期）

## 泰兴江姐段玉芳，铁骨红心志如钢

泰兴，自古人杰地灵，英雄辈出。在这块热土上不知上演了多少幕历史大剧，流传着多少可歌可泣的故事。这里我要说的是解放战争初佤泰兴的一位平凡而又非凡的女英雄——她就是被称为“泰兴江姐”的段玉芳！段玉芳的事迹，我在儿时就听说过了。那时，夏夜乘凉，在村场上听文化馆派下乡的说书人说过，听盲人唱剧唱过。后来，更观看过宣传段玉芳的《铁骨红心》剧目的演出。故而，我自小就对段玉芳这位女英雄产生了深刻的印象。

1946年秋天，国民党反动派侵占了江苏泰兴，打响了苏中内战的第一枪。驻在当地的新四军，为了保存实力，更好地打击敌人，决定暂时北撤。一天，黄桥区武工队的王队长，来到周庄野庙荡的翻身小组长、贫农段玉芳家里，问她能不能藏些军用品，段玉芳坚定表示可以藏，说是只要党交给她的东西，她即使倾家荡产、流血牺牲，也绝不会丢掉！不久，武工队送来一百二十件军装，一百多套单裤褂和很多棉大衣、棉被、鞋子、袜子等；还有八十八个钢盔、六十五个手榴弹以及皮带、短枪、子弹等许多军用物品。当晚，段玉芳在外面放哨，丈夫和三个儿子在山芋塘里，锅膛下面，磨膛底下，猪食槽下都挖了洞。但是东西太多，放不下，他们又到河坎上挖，挖到天快亮了，钢盔还没放进去。就在这时，匪甲长马锁儿走来了。段玉芳急中生智，知道此人是个好酒的见酒醉，便乘他还没看清什么，就赶快叫丈夫把他带到家里，喂住他那张馋嘴。她丈夫把匪甲长领到家中，炒菜，弄酒，糊弄得他摇头摆尾地走了。

敌人在何头庄安下据点后，天天到村里“扫荡”。一次，有六个武工队的同志到了她家，段玉芳招待他们吃过饭，他们即向东北方向隐去。然而他们前脚走，匪保长后脚便带领自卫队追来了。匪保长问段玉芳：“刚才我们看见有人从你家出去了，都是些什么人？”段玉芳说：“你们看花眼了，没人到我家，不过确实见到有人从东山墙外向西北走了。”敌人信以为真，直朝西北追去。谁知，他们在西北方向竟遭了另一支武工队的痛击，被打死了几十人。匪保长逃回村后，恼羞成怒，一进段玉芳家门，拿起铲子和枪柄就打她嘴巴，打落了四颗牙，满口都是血。又把她吊在大梁上，脖子上挂上一桶水，架起豆秸烧她的下身，烧得她满身都是血泡。接着，敌人又把她丈夫和她大儿子也吊在二梁上。敌人绑她三儿时，她三儿大骂，咬了敌人一口，被匪徒们活活掼死。她三岁的小儿也被匪徒扔到粪缸里淹死了。段玉芳忍受了极大的悲痛，坚强不屈，眼睛瞪着敌人大叫：“人长百岁也是死，树长千年劈柴烧，反正我没什么可说的，随便你们打吧！”

这以后，敌人又多次逼她交出埋藏的东西，让她坦白出武工队所在的地址。罚她作苦工，给她坐“老虎凳”，吊“老鸹飞”，上踩棍，什么刑罚都用遍了，她怀着几个月的身孕当场流了产；又几次要杀死她。她的丈夫、大儿子、两岁的小儿子都被敌人活活折磨死了，但是，任凭上刀山，下火海，段玉芳嘴里只有一句话：不知道！

为了对付凶残的敌人，也为了争取活下来，以便告诉组织所藏军用物资的地方，段玉芳只好装疯，她狂笑，她大哭，她在风雨中跑，她甚至身上涂满了自己的大小便。敌人问她藏没藏枪，她就说她没有藏缸。在三个多月的对敌斗争中，她以惊人的革命意志，忍受敌人给她精神和肉体上的残酷折磨，为党掩护了十四名同志，保存了大量的军用品，为解放战争做出了她特殊的贡献。

人民没有忘记她为新中国的诞生所做的贡献。解放后，她的事迹得到了广泛的宣传，她被称为“泰兴的江姐”。在著名的“越剧十姐妹”中，有着“越剧之花”美誉的表演艺术家竺水招，为了在排练新戏《铁骨红心》时扮演好段玉芳，她亲自带队到泰兴的农村深入生活，与生活原型段妈妈同吃同住，体会革命老人的精神风貌，从而成功地扮演了段玉芳这个“源于生活、高于生活”的艺术形象，成为她现代戏中的压卷之作。

此时，我参照有关资料写下此文，心中依然不能平静。为了新中国，多少人作出了牺牲，付出了自己的青春、鲜血乃至生命啊！而今我们伟大的祖国不仅傲然于世界民族之林，而且是任何强大的敌人都不可小觑。这是最可告慰无数革命先烈和革命英雄们的，共和国的旗帜上有他们血染的风采。没有他们，就没有我们祖国的今天，就没有我们所有老百姓的今天！我们应该永远记住他们，决不可也决不会忘记他们！

## 特等功臣一渔民，渡江英雄丁广田

丁广田（1918—1974），泰兴天星人。1945年10月，他连续16昼夜驾船运送北撤新四军，并救起北撤新四军及苏南地方党政干部56人。渡江战役期间，他连续运送大军与物资过江，并于1949年4月23日晚，迫降一艘敌舰，俘敌120人。由此，他被评为全国特等功臣，受到了毛主席和朱总司令的亲自接见。

抗日战争胜利后，中国共产党为避免内战，争取和平，决定让出浙江、苏南、皖南等革命根据地，从1945年10月上旬开始，新四军将长江以南的部队以及大批地方干部北撤到苏中地区。负责驾船运送北撤的新四军及江南地方干部的最主要的船工便是十分熟悉水性的丁广田。丁广田连续8昼夜，驾船护送渡江。第九天，改用轮船运输。10月15日晚，担任掩护的第四纵队部分主力部队，乘坐“中安号”轮船，作为最后一批北撤人员渡江。结果，风大浪急，中安轮由于船体陈旧，加之超载，行至泰兴天星桥镇约2公里的江面上不幸沉没，包括第四纵队政委韦一平在内的800多人遇难，获救者不足百人。这是中共党史上非战斗性死亡人数最多的重大事件。

当日，部队到达常州武进荫沙口的江边，天色已经漆黑。大家按原列队，听从指挥，逐一上船。部队在江岸先上了一只小木船，小船围绕河滩行走半圈，再渡上大轮，这是镇江轮船公司的“中安号”轮船。汽笛拉响后，船体慢慢离了岸，机身加大了马力，轮船加速前进，风声呼啸，江浪啪啪地拍打着船体，大家都屏着气，谁也不讲一句话。大约几十分钟后，有人说船舱底下漏水了，船上情绪顿时慌乱起来。

一位领导带着警卫，在船的上下走动着，交代坐船行军的纪律，他还对大家说：“同志们，现在轮船已航行到长江中间了，船底舱有点漏水，不要紧，再坚持一下我们就可以越过江中心了。如果有谁不服从命令，不听指挥，就坚决执行军纪处置！”这番话使大家的情绪暂时稳定了下来。

但船舱下的漏水愈加严重，船体顷刻间失去了控制，船舱内的人向船上涌去，站立着的人也跟着船体失去了重心，一会儿向左倾，一会儿向右斜。悲剧顷刻间就发生了，汽笛拉响了呼救信号，船上顿时一片哗然，轮船急速沉向江底，近900名新四军指战员掉入滔滔江水中。船只沉没时，稍通水性的官兵纷纷跳水逃生，但刚刚入水就被湍急的江水卷走。不会水性的官兵，只能抱着暂时没有沉没的轮船部分，拼命呼救。

汽笛凄惨的鸣叫与落水官兵惨烈的呼救声，越过宽阔的长江，惊动了泰兴天星桥附近的渔民。当时为运送北撤新四军及江南地方干部忙了七八天的渔民丁广田就睡在江边的渔船上。他听到呼救以后，立即叫醒江边的另外几艘渔船前往救人。只是此时是大风的黑夜，几艘渔船只能根据断断续续的喊声判断方向，最终只有丁广田一艘渔船赶到出事现场。中安轮已经几乎沉没，丁广田的船太小，装满了也只有21人，再多船就要沉了。有过经历的人都知道，落水的人会本能地抓住任何东西，哪怕是一根稻草。这对于来救人的船只，非常危险。另一艘刚刚赶到现场的小渔船，瞬间就被几十人抓住船身，导致翻覆。船老大靠着极好的水性，抱着船桨跳入水中才逃生。没想到，这艘翻覆的小船还救了幸存者陈瑞洪的性命。

丁广田迅速将船驶到岸边，又找到了另一艘渔船，两船立即再赶回去。此时中安轮已经全部沉没，仅剩下一个烟囱。丁广田的后人描述他当年看到的悲惨一幕：中安轮沉下去之后，只有一段烟囱露出水面，沉船时间很快，最初烟囱还是滚烫的。但就是这段烫得入肉的烟囱上，10来个人一直抱着不肯撒手。丁广田他们两艘船又装满了40多人。在一块中安轮漂浮的顶棚上，就有40多人，他们勉强救走了20多人。渔船太小，船舷已经接近江面，实在不能再上人。见顶棚随时可能沉没，他们只得将绳子抛到长江里面，有许多战士拉住绳子往岸边游，这样又多救了几十人。到第三次回来的时候，连烟囱也看不到了。他们将少数抱着漂浮物浮在江上的官兵救起！！这样前前后后一共救了近100人，这近100人中，有56人都是丁广田救的。这次北撤的900多人，除了这被救的近100人，另800多人全部牺牲。

牺牲军衔最高的是政委韦一平，他的警卫员回忆：“当时船马上就要沉了，我找到一块木板，让政委赶快跳水逃生。他却说自己年纪大了，而且脚有残疾

（在红军第三次反‘围剿’时，韦一平左脚被子弹击穿致残），游不了水，让我自己走。我不同意，他就说那我们两人一起走，让我先抱着木板下水。我说这么小的木板支持不住两个人，政委说可以的，你抱着就是。我刚抱住木板，政委突然从背后用力将我推入水中，江水一下将我冲走几十米。我当场就哭了出来。政委明白木板只能救一个人，他牺牲了自己救了我。”

1949年4月21日夜里，毛泽东主席和朱德总司令向中国人民解放军下达了“打过长江去，解放全中国”的作战命令。此时，万船竞发，泰兴船工丁广田即是其中的一员。当夜丁广田将先头部队送至江南——申港，半夜12点又送出第二批。其中有一次，他的船到江中心，橹被敌人打断了，这时，木船顺江往下游流，他跳入江中，沉着应战，把船顺着线绳沿江南的江岸边走，避开敌人的火力点，到达了安全地点。

更可贵的是，23日晚，丁广田驾船向南岸急驶过程中，遇到敌人中型巡洋舰“永纪号”，舰上载着120多个国民党官兵，他临危不乱，机智勇敢地以一条木帆船截获并协助解放军受降了舰上的120多名国民党海军。当时敌人欲降又想反抗，这个时候他机智勇敢地跳到敌舰上，大声说：“解放军的大炮摆了几十里，你们还能往哪里逃？赶快举起白旗，向解放军投降，才不会白白送死。”恰巧说话间，解放军真有一颗炮弹落到了敌舰上，敌即大乱，军心动摇。丁广田趁机继续大胆吼道：“快派代表跟我上岸接受投降，晚了就完蛋了。”终于，副舰长等12人为代表上了丁广田的船，经过解放军的协调，“永纪号”舰敌全部投降。

丁广田作为一个普通渔民却为新中国的建立做出了很不普通的贡献。祖国没有忘记他，人民没有忘记他。他被评为渡江英雄、全国特等功臣，他所驾驶的船则作为渡江英雄船被陈列在南京博物馆里。1950年，丁广田受特邀到北京参加了国庆观礼，受到了毛主席和朱总司令的接见。党和国家给了他最高荣誉！这是他的骄傲，也是泰兴人民的骄傲！

# 解放上海英名墙，泰兴果生名其上

2020年10月，有消息说为纪念家乡的特级战斗英雄、伟大的国际主义战士杨根思牺牲七十周年，桑梓泰兴将组团去丹东祭扫，当时笔者的一位同仁特将笔者此前于公众号分享的一篇文章《泰兴籍新四军老战士史保东》呈于有关方面，要求赴丹东团队到时顺道去看望一下尚健在的佤泰兴籍的老英雄、现定居于长春的史保东。为此，笔者则想起了佤泰兴的另一位并不为许多人所知，在上海解放战役中光荣牺牲的英雄周果生。笔者之所以想起他，并且要在此时说说他，实在是因为他文武双全的事迹太感人，他牺牲时太年轻，他的英名曾湮没于岁月太久。

周果生，1931年秋出生在江苏泰兴的一个悬壶济世的很有名气的医师之家。他的父亲叫周馀庆，字雪渔，是甲午战争爆发的光绪二十年（1894）生人，是私立南通医学专门学校首届毕业生，也是泰兴建制以来首家西医医院——县立延龄医院（1916年建）的创始人。周馀庆曾到解放区为新四军干部治过病疗过伤，并鼓励自己的子女投身革命队伍，报效国家。

据与笔者同为泰兴历史文化研究会成员的赵华杰的《周馀庆和延龄医院》一文载："1939年春，泰兴县城沦陷，日军强占县立医院房屋，县立医院被迫解散。周馀庆满怀爱国情怀，先后将四个儿子和一个女儿送进革命队伍。长子周伯藩（又名白帆），1939年入党，抗日战争期间任苏中地委宣传部副部长，黄桥市委书记。次子周华生，1939年入党，早年参加新四军挺进纵队，后任新四军电台台长，华东军区通讯局通讯科长。三子周林深，1939年参军，1943年入党，历任泰兴县秘密工作支部书记，参加过苏北著名的郭村反包围战和宣泰战役。（1943年12月9日，周馀庆不幸病逝，他的长女和四子为了实现他的遗愿，姐弟俩于1945年一起参加了革命。）长女周来以，1945年参加新四军，1946年入党，任'三野'解放军电台报务员。四子周果生，1945年入伍，任'三野'第29军86师8连政治指导员，1949年解放上海在潘家桥战斗中不幸牺牲，年仅17岁。"赵华杰告诉笔者，他文中所写的内容都是根据2004年5月周馀庆长女周来以、次女周来莹、三女周刊讯的集体回忆整理而成的；其时，周馀庆的长子、次子和三子都已先后去世。

赵华杰的文字记载真实地向我们揭示了周果生烈士成长的革命家庭背景。据上海龙华烈士陵园的有关资料显示，周果生是1948年加入中国共产党的，在上海解放战役中任29军86师258团7连副政治指导员。1949年5月12日，年仅18岁的周果生在宝山潘家桥战役中，带领战友们冲在最前面，快要接近敌人时，他不幸被敌人用机枪击中腰部，壮烈牺牲。这与周家人的回忆应该是基本吻合的。

周果生是上海战役牺牲的连以上干部中年龄最小的。一直以来，人们都以为在上海战役中牺牲的战士共有7612人，在上海宝山烈士陵园“热血丰碑——解放上海烈士英名墙”上，镌刻着为解放上海而壮烈牺牲的近8000名烈士的英名，而英名墙的正中央则把位置留给了“无名烈士”四字，以祭奠和告慰那些为解放上海牺牲的无名英雄们。龙华烈士陵园曾将这些烈士名录结集为《热血丰碑》一书。一次偶然的机会，周果生的哥哥看到了这本书，他马上联系陵园负责人，表示书中遗漏了他弟弟的名字。经过考证，这才终于发现了“第7613名”烈士——周果生。后来，周果生的二嫂从其二哥遗物中找出了果生在人生最后时刻写给家人的一封信以及他的党员小册子，遂将此捐赠给了龙华烈士陵园。

事实上，每一位烈士的确认工作都是翔实而仔细的。之前，在一段时期内查实的数据是，解放上海时牺牲的烈士共7784名，其中解放军指战员7612名，随军支前干部和民工72名，地方烈士100名。当龙华烈士陵园烈士确认调查组收到了于北京民航局工作的周果生烈士哥哥的来信时，因《为解放上海而牺牲的烈士英名录》中的确未将其列入，故为确认，遂进行了认真负责的确认调查工作。

根据有关报道，为了查证这一情况，调查组做了大量的查访工作。他们首先找到了周果生生前的战友戴书仁和石祚祝，两位老同志回忆了周果生牺牲时的情景：“1949年5月12日，我团奉命在上海的咽喉吴淞、月浦、杨行向敌逼近，三营七连（周果生所在连队）是全团的前卫。当天下午一时多，部队追击到潘家桥，该地有敌一个连驻守，见我军至，边打边逃。周果生同志在前面带领一个排穿过大桥追击残敌，过桥后向东追到半里多路，不幸中弹负重伤。当战斗结束时，听到了七连副指导员周果生同志已经光荣牺牲的噩耗。”

得到战友证明之后，调查组又在中共一大会址纪念馆的馆藏资料中，找到一份《上海战役牺牲政治干部花名册》，其中第三页便记载有周果生同志的名字。调查组人员还亲赴江苏，找到了1986年江苏省人民政府给泰兴县人民政府“关于同意周果生同志为革命烈士的批复”，这份合法文件证明了周果生同志的烈士身份。

三方面材料汇总的结果表明，周果生同志确实是为解放上海而牺牲的烈士。从此，热血丰碑上也镌刻上了周果生——经确认的第7613名解放军烈士的英名。由此这名当年牺牲时年仅18岁的连副指导员的档案被公布于众。名为“1949，激战于上海”的主题展览还首次向公众展出了周果生人生中的最后一封信，字字吐

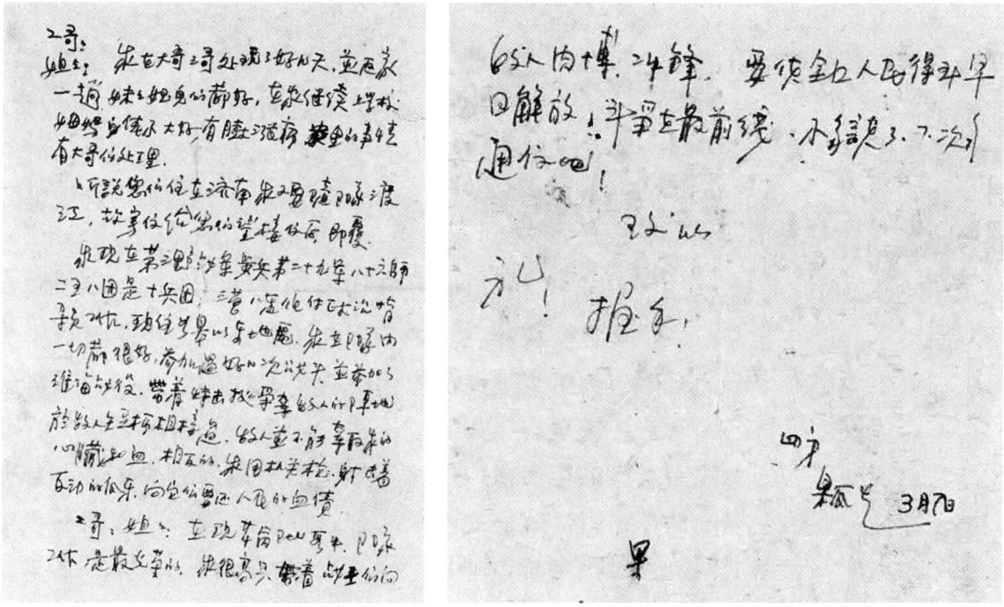
二哥：
姐姐：我在大哥二哥处玩了好几天，並回家一趟，妹妹姐夫们都好，在我继续上学校。妈妈身体不大好，有膝关节病，家里的事情有大哥们处理。
听说您们住在济南，我又要随队渡江，故写信给您们，望接信后即覆。
我现在第三野战军华东第二十九军八十六师二五八团[illegible]，三营八连任政治指导员，驻在[illegible]以东地区。我在队内一切都很好，参加过好几次战斗，並参加了淮海战役。带着突击队争夺敌人的阵地，与敌人短兵相接过。敌人並不能夺取我的心脏和血，相反的，我用机关枪，射击着反动的爪牙，向他们要还人民的血债。
二哥：姐姐：在现革命阶段中，部队工作是最光荣的，我很高兴带着战士们向敌人肉搏，冲锋。要使全国人民得到早日解放，斗争在最前线。不多说了。下次通信吧！
致以
敬礼！
握手！
四弟
果生 3月7日
果

陈列于上海龙华烈士纪念馆的周果生烈士家书

露着对革命的热情与决一死战的勇气。

周果生生命中的最后一封信是他于1949年3月7日渡江战役前夕在战场上写下的，收信人是他的二哥和姐姐。在这封家书中，周果生向家人汇报了他最近战斗的情况，字里行间透露出英勇无畏的气概和与敌人誓死搏斗的决心。这封信现收藏于龙华烈士纪念馆。周果生人生中的这最后一封信已经泛黄，然字字句句皆饱含深情。

信中说："带着突击队争夺敌人的阵地，与敌人短兵相接过。敌人并不能夺取我的心脏和血，相反的，我用机关枪射击着反动的爪牙，向他们要还人民的血债……在现革命阶段中，部队工作是最光荣的，我很高兴带着战士们向敌人肉搏冲锋，要使全国人民得到早日解放，斗争在最前线！"这是一个革命者最坚定的誓言、最执着的信念、最无悔的奉献，字字情深，读来感人肺腑。这是他留给亲人的最后一封信，也是他人生中的最后一封信。两个月后，他为中国人民伟大的解放事业献出了自己年轻的生命。

在战友眼中，周果生是一个"年轻的、勇敢的、工作出色的政工干部"。他担任连队支部书记、副政治指导员时，还不满18岁。因为他有文化，在军中只要一到休息时间，他就会给战友说快板、讲故事、说笑话，开展文娱活动，受到领导和战士的一致信任。因为年少体弱，部队领导想调周果生回文工团，他却坚决不肯去，他说："我不离开前线，我要终生为连队服务。我要参加战斗！我要和战士们在一起！"

是的，周果生始终没有离开连队，为了自己的信仰，他早已置自己的生死于度外，始终发挥着党员的模范带头作用，冲锋陷阵于最前面。事实上，无数次在电影中显现的那“交党费”的镜头，在周果生人生的最后时刻曾真实上演过。周果生中弹后，他强忍着剧痛，对正在替自己疗伤的通讯员和身边的战友说：“不要管我，冲上去，不能让敌人逃掉！”他从口袋里拿出两个小笔记本，对身边的同志说：“这是全连的党员名册，请交给党组织。”接着，他又拿出一些钱，说：“这是我所存的钱，请代交给党，这是我交的最后一次党费了！”

周果生的事迹感人至深！当我从有关资料中看到这些介绍时，我的眼睛湿润了。周果生为了新中国的诞生，为了大上海的新生，为了人民的解放，为了自己的信仰，他献出了自己的所有，甚至自己年轻的生命。他倒在了新中国黎明的曙光即将出现的那一刻，他用自己的生命换取了我们今天的幸福，他的最后一封家书则是留给我们的宝贵的精神财富。我们决不能忘记这样的英雄。共和国不会忘记他，大上海不会忘记他，人民不会忘记他，桑梓人更应该记住他！周果生和英雄杨根思一样将永远活在我们的心里！

［笔者曾把本文部分内容与泰兴融媒体记者燕丽娟共同改写了一篇题为《周果生烈士家书：斗争在最前线》的文章，分别发表在2024年的“学习强国”泰州平台（2024.1.10）和全国平台（2024.1.22）上］

## 红色沃土泰兴地，出了英雄杨根思

大凡我们泰兴人去外地，只要一说到来自泰兴，人家都会说，泰兴是英雄的故乡，是特级战斗英雄杨根思出生的地方。是的，佤泰兴不仅因银杏而名，因长江在这里拐了个弯襟江带海而名，因黄桥决战和苏中“七战七捷”的首尾两仗都曾在这里打响而名，更因在这片红色的沃土上出了新中国第一位特等功臣和特级战斗英雄杨根思而名。笔者作为英雄的家乡人自然会因此而自豪，所以笔者自小除了会唱《黄桥烧饼歌》，更会唱并喜爱着《志愿军战歌》《英雄赞歌》和《谁不说俺家乡好》这三首歌！

英雄杨根思是在朝鲜的长津湖战役的小高岭战斗中，率部接连击退美军8次进攻，最后抱起炸药包与敌人同归于尽的。他牺牲后，朝鲜民主主义人民共和国追授他为“朝鲜民主主义人民共和国英雄”称号，并授予他金星奖章和一级国旗勋章。2009年9月14日，杨根思被中央宣传部、中央组织部等11个部门评为100位新中国成立以来感动中国人物之一。2019年9月25日，他被评选为中国“最美奋斗者”。

杨根思（杨根思烈士陵园陈列馆藏）

这位杰出英雄的故里是我们江苏泰兴的羊货郎店，即现在的泰兴市根思乡根思村，这个村与笔者的衣胞地王垈紧紧相邻。从小到大，笔者几乎每年都会去杨根思烈士陵园凭吊，去那里汲取杨根思的“不相信有完不成的任务，不相信有克服不了的困难，不相信有战胜不了的敌人”的精神力量，去接受灵魂的洗礼。每一次去，笔者都要伫立于杨根思烈士陵园中央的杨根思怀抱炸药包、脚踩美军士兵、怒视敌方的那高大的雕塑前，久久地凝望，深深地缅怀着英雄那可歌可泣的一生。

1922年11月6日，杨根思出生在羊货郎店庄的一个贫苦农民家庭，原名叫羊庚玺。按说孩子出生了，做父亲的本应高兴，可羊庚玺的父亲羊德堂却高兴不起来，而是眉头紧锁地呆立一旁。因为他知道作为没有土地的贫困的佃农家庭，多一个人就意味着多一张嘴，苦日子将更难熬了，自己肩上的担子也更重了。从此，为了养活全家人，羊德堂只能比以前更加辛苦地忙碌，更加披星戴月、累死累活地劳作。然而终因劳累过度，羊德堂在儿子羊庚玺8岁那年，再也无法支撑，竟一头栽倒在晒谷场的麦垛旁，再也没有醒来。几天后，羊庚玺体弱多病的母亲也积郁撒手而去。从此年幼的羊庚玺只得与仅比自己大两岁的哥哥相依为命。为了生存，童年的羊庚玺给地主家当过“牛倌”；13岁时又与哥哥一起到上海林记地毯厂当童工。不久地毯厂倒闭，他哥哥则因在工厂做工时身体备受工头摧残而含恨去世。孤苦伶仃的羊庚玺不得不去卖报、捡食、拉黄包车，且常常遭受租界巡警的毒打，其悲惨生活与张乐平笔下的《三毛流浪记》几乎无异。后来，张乐平见到杨根思（即羊庚玺），知道了这些，他真想为此再创作一部作品，但因没有机会与杨根思过多交流，只好匆匆为他画了一幅速写。

饱受生活磨难的羊庚玺对那个人吃人的社会深恶痛绝，他想父母，想哥哥，更想推翻那万恶的旧社会。后来，羊庚玺又回到了家乡。此时，经过黄桥决战，以黄桥为中心的抗日根据地建设如火如荼。新四军和地方武装在敌后进行反“扫荡”作战，重挫日伪军锐气；泰兴各区乡都建立了游击队和基干民兵大队，早就向往革命的羊庚玺遂参加了当时五官乡的基干民兵队。1944年3月，苏中新四军在抗日根据地扩军，羊庚玺以五官乡基干民兵的身份加入了新四军。新兵登记时，部队工作人员将羊庚玺误写成杨根思，参加新四军于羊庚玺来说犹如新生，因此这一误写成的杨根思也就成了他的新名字。在宝应夏家集，22岁的新兵杨根思被分配至新四军一师一旅一团一营三连三排九班。从此，新四军战士杨根思开始跟随大部队征战南北。

杨根思首次参加战斗时部队上没有给他配枪，只给他一把长矛。在那次战斗中，新四军打的是伪军，面对新四军迅猛的攻势，伪军四散而逃，在追击的过程中，杨根思盯住一个拿枪的敌人，敌人见他身上没有枪只有一把长矛，就向他乱开枪，杨根思一个跳步加一个箭步上去，用长矛和敌人进行殊死的搏斗并刺杀敌人，从而缴获了敌人手中的枪，参军后杨根思的第一把枪就这样到了手，他的英勇行为受到了排长的表扬。1945年11月，杨根思光荣地加入了中国共产党。1946年1月，到达山东兖州地区的新四军开展了轰轰烈烈的大练兵运动，杨根思被师部送去八师学习爆破技术。通过勤学苦练，反复揣摩，杨根思很快掌握了爆破技术，成为一名爆破能手。1946年6月，新四军发起攻打泰安的战斗。战斗中，杨根思18颗手榴弹显神威，最后又在受伤双眼被包扎的情况下扔出两颗手榴弹精确地命中了目标。战后，杨根思首获团“战斗英雄”称号。1946年10月13日，杨根思跟随部队冒雨进攻郭里集敌据点。杨根思故意抛出斗笠，趁敌人射击斗笠的刹那，飞冲到敌堡下。他把拉雷摆成个倒“品”字形，然后猛拉导火索，只听一声巨响，敌堡被炸掉大半截，后续部队即迅速冲进郭里集。战斗结束后，在团庆功授奖大会上，杨根思被誉为“爆破大王”。1947年1月，在齐村战斗中，杨根思抱着炸药包冲到大碉堡前，迫使碉堡内近一个排的敌人都乖乖地爬出来缴了枪。战后评功，杨根思被授予“华东一级战斗英雄”“三级人民英雄”称号。

1950年5月，杨根思参加了军首届英模大会。在这届英模大会上，杨根思被评为全军一级战斗英雄，随后又提升为连长。1950年9月25日，全国战斗英雄代表会议在北京召开。在350名全国战斗英雄代表中，佤泰兴有3人因战功卓著参加了这一盛会，成为共和国的开国英雄。这三位泰兴籍英雄分别是“爆破大王”英雄杨根思；解放战争中为我人民解放军第一个活捉国民党军兵团司令的英雄印永鑫；六次负伤，多次立功，被誉为“铁骨头”的丁崇义。在这次会议期间，三位泰兴籍英雄和其他英雄代表一起受到了毛主席和朱总司令的亲切接见。收藏于江苏省档案馆的发行于1950年10月10日的《新华日报》上，刊登了华东军区三野参加全国战斗英雄、劳动模范代表大会的代表们的签名，签名的左下角，有一个为我们大家所熟悉的名字——杨根思。2000年10月30日，《解放军报》上刊登出一条消息：南京发现一本题字册，上面留有118名1950年英模大会代表的题字和签名。这个题字册上有杨根思亲笔题写的“在党和毛主席的领导下共同进步，为人民服务到底”的誓言及他所签的名字。这是目前唯一发现的杨根思的手迹，短短20个字道出了杨根思心底最朴素的情感和信念。2020年，杨根思烈士陵园在整理档案时发现了一份资料，是杨根思同志1950年9月在全国战斗英雄代表大会上的讲话，亦是目前国内发现的唯一一份杨根思口述资料，为我们研究杨根思的战斗历程和“三个不相信”精神，提供了十分翔实的历史依据。那次全国战斗英雄代表大会临近结束时，周恩来进行了“抗美援朝、保家卫国”的动员。会议结束不久，许多战斗英雄就随部队开赴进抗美援朝的战场，杨根思就是其中之一。

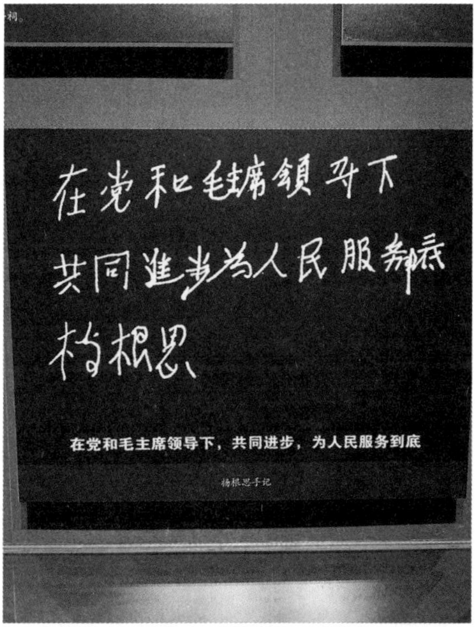

杨根思誓言（杨根思烈士陵园陈列馆藏）

杨根思所在部队被选为入朝作战的先头部队，他被任命为中国人民志愿军第20军第58师第172团3连连长。1950年10月7日他即跟随部队率其连队开始秘密入朝参战。他们由东线紧急入朝。东线多高山，气温达到零下30多度，战士们穿的还是华东军区发的薄棉衣、棉鞋。加上敌机轰炸，战士口粮不能及时供应，只能吃冻得硬邦邦的土豆。据“根思连”第18任连长翁海林说，面对这些困难，作战前，杨根思连长作动员讲话，这次是他第一次也是最后一次，喊出了“三个不相信”的战斗宣言。杨根思的泰州籍战友杨德盛在朝鲜战场上时，他的连长就是杨根思，杨德盛亲眼看见了杨根思在小高岭阵地牺牲的全过程，他后来的回忆也证实了翁连长所言。1950年11月28日，在长津湖战役中，杨根思奉命带1个排扼守长津湖畔1071高地东南的小高岭。29日，面对号称“王牌”军的美军陆战第1师的狂轰滥炸和轮番进攻，杨根思带领30多名战士奋勇冲入敌群，用刺刀、枪托、铁锹展开拼杀，血战长津湖，接连击退美军八次进攻。当投完手榴弹，射出最后一颗子弹，阵地上只剩他和两名伤员时，面对蜂拥而上的敌人，杨根思从容不迫地抱起炸药包冲向敌群，与爬上阵地的40多名美军同归于尽，英勇捐躯，年仅28岁。

杨根思烈士雕像

杨根思烈士的事迹影响和教育了整个志愿军。在临清江反击战的时候，就出现了38位杨根思式的英雄。到了上甘岭战役时，出现了包括黄继光在内的68位杨根思式的英雄。黄继光牺牲后，从他的饭包里发现三本连环画，第一本就是《杨根思》。1952年5月9日，中国人民志愿军领导机关追记杨根思特等功，追授他“特级战斗英雄”的称号，列入《志愿军战斗英雄谱》，杨根思由此成为新中国第一位特等功臣和特等战斗英雄；与此同时，杨根思所在连队被追授为“杨根思连”，这也是新中国成立以来中国军队中第一支以英雄的名字命名的连队。1953年6月，朝鲜最高人民会议常任委员会追授杨根思为“朝鲜民主主义人民共和国英雄”的称号，授予他金星奖章、一级国旗勋章各一枚，并修建了杨根思英雄纪念碑。中国人民志愿军总司令彭德怀则题词赞誉他是“中国人民的优秀儿子，国际主义的伟大战士，志愿军的模范指挥员”。

为了纪念英雄杨根思，世世代代记住英雄杨根思，永远赓续红色血脉，英雄故里泰兴“羊货郎店”，于1955年改名为“根思乡”。在杨根思牺牲后，江苏泰兴各界五千余人参加了他的追悼会，“根思乡”建起了杨根思烈士祠，在此基础上，最终形成了如今的杨根思烈士陵园。人们从他牺牲的小高岭上捧一抔泥土，连同他生前的几件衣物，安葬在陵园内的衣冠冢。杨根思的那“三个不相信”的铿锵有力的宣言，书写在杨根思烈士陵园内，连同一旁苍劲的松柏透出浩然正气，永远激励着所有泰兴儿女去为建设美好家园、建设祖国而砥砺前行。写完此文，笔者的耳畔似乎又回荡起了《志愿军战歌》《英雄赞歌》和《谁不说俺家乡好》的歌声……

# 伟哉家父李正坤，两袖清风扎基层

提到家父李正坤，大概解放前夕和解放初，四乡八村的人无论老幼都不会不知道的，尤其是我们王垈及邻庄的渡子河，还有根思乡的井垈这三个村，更是无人不知，无人不晓。就是现在到这三个村，只要说起李正坤，80岁以上的老人，几乎都会依然亲切地称道他为硬骨菩萨李乡长；60岁以上的人则都夸赞他为好人李支书。

在笔者的印象中，父亲多是穿卡其蓝的中式土布衣，戴卡其蓝的有檐解放帽，说话做事，甚至走路都是六月里吃黄瓜——嘎嘣脆；他的眼睛布满红丝，却炯炯有神，沧桑的脸庞，慈祥中总透着坚毅。看似平凡的父亲，应该说是很有着他的特质的。他集乡气、英气、豪气于一身，其身份、经历、性格、人品都刻在他的脸上，都显示在他的举手投足之中，让即使不认识他的人，也能一见便可感知他肯定是从战争硝烟中走过的，有故事、有个性、有着农民本色和战士本色的一位农村基层干部。

的确，父亲原本就是一个普通的农民、普通的战士、普通的农村基层干部，但他的不平凡的经历，感人的故事，两袖清风、一心为民的品质，却在乡亲们的心中铸就了“硬骨菩萨李乡长”“好人李支书”的丰碑，也在笔者的心中树立了一个高大的英雄形象。

父亲生于1916年腊月初三，没于1997年正月初九。他去世的时候，原泰兴市燕头乡党委书记张余堂，时任燕头镇党委副书记、后曾任泰兴市副市长、泰兴市政协主席、泰兴市人大常委会主任的刘荣华，时任燕头镇组织科科长的叶荣贯等都先后到家中向我父亲作了最后的告别。十二年后父亲的忌日这天，曾经于战争年代冒险掩护过父亲，且与父亲产生了传奇爱情故事的母亲，不知是否冥冥中与父亲有约，竟然也在这轮回了一个生肖的正月初九撒手西去了。这是怎样的不可思议啊！

据父亲生前讲，他是27岁那年秘密参加共产党的地下活动的，主要任务是锄奸，当时应该是1943年。1946年，父亲在国民党占领了泰兴城，成立了保安团，组织了地主武装还乡团的黑暗时刻，毅然亮明身份，并担任了共产党这边的渡井乡乡队长，也就是红色乡队长。隶属渡井乡的有四个村，即王垈村、渡河村、井垈村和余庄村。渡井乡的红色乡长是陈凤章，国民党那边渡井乡的匪乡长是盘踞于渡子河万泰桥据点的周某生。

1946年9月，陈凤章与乡财经杨伯余一道在渡子河田野里的一个高粱棚里跟红色联络员兼渡河村红色村长的杨伯书相见谈工作，不料被化装成地方民兵的敌人发现。匪乡长周某生、渡河万泰桥碉堡执勤连连长杨某山当即认出了他们，遂会同马甸保安队队长张某岩带来的保安队一齐向陈凤章他们扑来。陈凤章见情危急，忙叫没带枪的杨伯书、杨伯余赶快隐蔽突围，他自己则开枪吸引敌人奔向王垈方向。谁知狡猾的敌人并未上当，而是仗着人多兵分两路追击着他们。杨伯书、杨伯余两位同志虽甩开敌人，但还是于隐藏的荞麦地里被敌人再次发现而不幸落入魔掌。他俩受尽了酷刑仍坚守党的秘密，最终惨遭敌人杀害，光荣牺牲。陈凤章突围到王垈与渡河搭界的驴子汪时，枪里没了子弹，他刚蹚过这个小汪沟，敌人就追上来了。紧要关头，幸好父亲带领乡武装人员刚刚移营到紧靠这里的薛家野田，听见枪声，知有情况，就奔来了。父亲和陈凤章一样，枪法都很准，他发现敌人正在追击陈凤章，遂举起手中的驳壳枪，朝敌人“叭叭叭”就是一阵点射，撂倒了几个敌人，终于化险为夷，成功地营救出了陈凤章。

那会，敌强我弱，父亲经常带着乡红色武装人员移营，有时一天要几次移营，以保存实力，消耗敌人；晚上常摸据点袭击敌人，或铲除奸细，抑或抓捕镇压还乡团的恶霸分子。连续几天睡不好觉，对父亲来说实在是常事一桩。正是因为这样的战争环境，才使父亲有了“飞毛腿”“红眼睛”的绰号。母亲说，父亲就是个“兔子”，他练就了一双兔子腿，奔得快，一步能跨三疄田，谁也跑不过他；他熬红了一对兔子眼，是曾经常没得睡熬成的，是为牺牲了的战友哭成的，也是杀敌人杀成的。母亲又说，他属龙，命大，不然早就牺牲了；北撤那年，他暴露了，敌人追捕他，是她把他藏在柜子下的地窖子里，才死里逃生的；陈凤章也命大，也活到解放后呢；他们都是头拎在手上革命不怕死的人，不顾生死，不相信战胜不了那些坏蛋，最后还真的战胜了呢！

是的，当年陈凤章被父亲营救突围出来后不久，就进了泰兴独立团正规建制，参加了“北撤”，然后又随部队渡江参加了解放江南的一系列战役，解放后病故，据说粟裕大将亲自批示，追认陈凤章为革命烈士。陈凤章受命进了独立团正规建制后，父亲于1947年3月成为中国共产党正式党员，继任了他的职务，任渡井乡红色乡长。那时，正是黎明前的黑暗时期，我独立团北撤时在姚家庄遭到了三倍于我的敌人的突袭包围，县委书记叶梯青在突围途中中弹牺牲，县长张鹏举不幸被俘，后英勇就义于黄桥。父亲奉命留在地方寻机铲除恶霸，消灭还乡团，以打击敌人的嚣张气焰。

一天早晨，父亲和一个侦察员刚从敌人据点附近侦察回到王垈庙头的一户可靠的人家，一碗山芋粥还没吃上一口，就见一股敌人从袁家庄方向扑了过来。说时迟，那时快，父亲和那位侦察员一起立即从后门跳入屋后的沟坎，分头潜入桑树林里。其实，敌人已经发现了他们，只听“叭叭”几声枪响，那户人家的大门即被打成了凉篷子大的一个洞。所幸歪打正着，我区公所武装队正好移营到桑树林，敌人遭到了我们的伏击，死的死，伤的伤，侥幸漏网的即没命地逃去。

父亲他们根据侦察到的敌情，不久便抓捕镇压了渡井乡匪乡长周某生和渡河据点执勤连连长杨某山，又联合马甸西江村任红色村长的笔者二舅他们抓获镇压了杀害杨伯书、杨伯余的刽子手张某岩，从而为烈士报了仇，雪了恨！

解放后，父亲仍任过乡长，亦任过渡群乡党委书记。因没有文化，1957年，他向自己的上级和战友——时任副县长的张桂琴要求下放回家，做不拿工资只拿工分的基层干部。获准后，他先后任过邵百水利团团长，王垄大队支部书记，薛马大队支部书记，王垄村副支部书记，直至退休。在他扎根农村基层期间，他带领大家挑河、挖渠、整田，将自家的树砍去为老百姓建房。三年困难时期，他和乡亲们风雨同舟，没有半点特殊。他舍不得吃舍不得穿，想到的都是乡亲，唯独没有他自己。他将工作视为生命，敢于争先，从不认输，他以自己亲民为民的作风和求实务实的实绩赢得了乡亲的信任，也受到了上级的多次表彰！

父亲一生廉洁，正直坦率，大公无私，疾恶如仇，俯身为民，不谋官位名利，所以老百姓都称他是好人。父亲为新中国的诞生、为新中国的建设都做出了自己的宝贵贡献，吃过糠、扛过枪，打过日寇和国民党反动派，扎根农村带领百姓建过大粮仓，可谓是有功之臣。然而，父亲从不言功，更不居功！我爱父亲，他虽没给笔者留下什么物质财富，但他却给后辈们留下了取之不尽的宝贵的精神财富。父亲在笔者的心中永远都是一座山，一个了不起的英雄！

（此文原题为《我心目中的英雄——敬爱的父亲李正坤》，2023年1月18日被中共泰兴市委宣传部评为一等奖）

# 毕生心血为治水，水利泰斗郑肇经

郑肇经（1894—1989），字权伯，号泉白，著名学者、水利学家，九三学社社员，为江苏省泰兴市花园巷人（祖籍河南荥阳，清道光年间至泰兴落户）。他早年留学德国，获德国国试工程师学位。郑肇经是辛亥革命以后对我国近代水利事业发展做出过开创性贡献的杰出人物之一。中国近代科学治水和水利科学研究事业的先行者、奠基人。全国政协副主席、水利部原部长钱正英称郑肇经先生为“我国近代水利事业的元老”。

郑肇经从小受到良好的启蒙教育，4岁时在祖父、养父督促下诵读诗书，6岁入私塾就读，11岁入泰兴高等小学读书，与丁西林、周壬庆等同班。清宣统元年（1909），郑肇经离开泰兴至通州（今南通市），考入张謇创办的通海五属中学为插班生，直到毕业。就学期间，他崇尚民主政治，曾与同学丁西林等5人一起剪辫明志。

他的年少时代正处于清朝末年，朝廷腐败加之列强入侵，天灾人祸连年不断。特别是黄河久已失修，疏于管理，经常决口泛滥，民不聊生。幼年的郑肇经目睹黄河决口泛滥，百姓逃荒，饿殍遍野，开明殷实的家庭培养了郑肇经独立、进取、坚韧、刻苦的特质，使他走上了奋发求索、兴利除患、励志报国的道路。

他写道：“水利兴，则国资其利，民赖以安。水利废，灾祲荐至，黎庶沉沦。小之关系一国之治乱，大之关系民族之盛衰。是以振兴水利为国家要政之一，岂偶然哉。”

郑肇经（泰兴名人馆藏）

民国元年（1912），他考入南京法政大学预科，毕业后改考德国人办的上海同济大学医工学堂工科，先入德文科学习4年。时值第一次世界大战爆发，中国对德宣战，郑肇经曾与同济大学学生一起去北京请愿，要求将同济大学改为中国自办。民国六年（1917），郑肇经从德文科毕业，升入同济大学土木工程科，并于民国十年（1921）毕业，获工学学士学位。

1921年，他以“最优等”成绩前往德国萨克逊工业大学留学，成为我国首批赴德学习水利的工科留学生。当他踌躇满志到达德国时，却发现当时校方并不承认中国学历，要对中国留学生复试，考试科目竟达14门之多。郑肇经慨然应试，其优异成绩令德国教授刮目相看。萨克逊工业大学8位皇家院士联名建议，今后对同济工科毕业留德学生，一律免除复试。与此同时，世界水工泰斗恩格司亲自提名郑肇经为其首位中国研究生。留学期间，郑肇经参加黄河丁坝试验，探讨治河原理，数次至欧洲考察，并将《制驭黄河论》携回国内，译成中文发表。1924年，郑肇经获德国国试工程师学位，他放弃了种种优厚条件和待遇，毅然归国。回国后，任南京河海工程专门学校、河海工科大学、中央大学水工教授。1929年任上海特别市市中心建设委员会委员，市工务局技正、工程科长。青岛回归，设立特别市，借任特别市政府参事，专任青岛港务局局长兼总工程师。1931年特别市撤销，仍回上海市工务局，任主任工程师、代局长。当时的中国，水利建设落后，江河流域几乎年年发生水患。1931年夏秋之交，江淮流域发生特大洪灾，里运河决口27处，苏北10个县被淹，死亡七八万人之多。

江苏耆宿韩国钧邀请郑肇经去苏北治理淮河洪水，郑义无反顾地站在了整治洪灾的第一线。他赶到江都、高邮灾区，与工程人员同住窝棚，粗茶淡饭，深入工作一线，指导大家用先进技术堵口复堤。由于体力严重透支，回到南京鼓楼家中，郑肇经大病一场。1933年10月，他调任全国经济委员会简任技正、水利处副处长，接任处长，主管全国水利工程和水利科学研究事业。

1938年，黄河花园口决堤。滔滔浊流席卷豫、皖、苏三省40余县，酿成5.4万多平方公里的黄泛区，受灾群众2000万人以上。当时，正值日军犯境，郑肇经在国际红十字会等组织和当地群众协助下，从重庆绕道昆明、河内、香港、上海，历尽艰险进入苏北抗战地区，夜间赶测缺口数据，进行堵口试验。日军飞机飞得很低，不时扔下炸弹进行轰炸。有一次，和郑肇经相邻的一条船被敌机炸开，死伤民众多人。就是在这样的情况下，郑肇经仍坚持奋战在排涝一线，规划排涝固堤，展现出无私为民的高尚情怀。这一年全国经济委员会水利处改组为经济部水利司，他任司长，不久辞去。

郑肇经学以致用，把水工实验技术植根于中国水利建设事业，1925年他首办水力实验河槽于“河海”，传授水工实验技术；1930年筹划水工试验室；1934年2月创办北极阁水工试验室（又称临时水工试验室，即今东南大学水力学实验室原址）进行水利工程的试验与研究。该室同年9月13日被命名为中央水工试验所，并于1942年1月1日起改名中央水利实验处（今南京水科院前身），1950年易名南京水利实验处（此后大部迁往北京，成立北京水科院）。在这16年中，郑肇经连续担任了中央水工试验所筹备主任、所长、中央水利实验处处长。全国解放以后，郑肇经任同济大学工学院一级教授、代院长，兼任华东军政委员会水利专门委员、太湖水利委员会委员，重工业部聘为航舶码头工程研究委员。1952年他在上海参与筹建华东水利学院，1953年到华东水利学院任河川系、农水系教授，直至终年。

他历经晚清、中华民国和新中国三个时代，为水利事业的繁荣做出了开创性贡献，是20世纪工作时间最长且不间断的水利名人。他一生始终没有脱离教学第一线，在60余年的教学生涯中，曾先后在河海工科大学、同济大学、中央大学、华东水利学院和河海大学担任教授，主讲过治河工程、水利工程、市政工程、海港工程、渠道工程、灌溉工程、农田水利工程、水文学等专业课程，其循循善诱、诲人不倦的精神，深深地刻在每位学生的脑海中。他的学生其中很多人功成名就，具有很高的声望。

由于学校没有专门的水利教材，郑肇经自编《中国水利史》《河工学》《渠工学》《海港工程学》发给学生，在这些专著中，他坚持治河必须从实际出发，提出“国人研究河工者，对于中国固有之河方策，不可不习，尤其注意中西治法不同之点，究其利弊，加以改良，而求进益”。

其中，《中国水利史》是我国水利史研究的开创之作；《河工学》是我国治河工程颇有影响的大学教科书，从1933年出版至1953年先后9次再版，解放前后的老水利工作者，大都读过这本书。

英国著名学者李约瑟博士及日本的中国水利史专家，都曾引用这本书的研究成果并给予很高的评价。李约瑟博士在他的巨著《中国科学技术史》中说：“如果没有郑肇经的《河工学》《中国水利史》作指导，要想写就《中国科学技术史》中的水利史那一部分内容是不可能的。”

我国近现代的水利事业是无论如何也绕不开郑肇经这个名字的，他既是我国第一个现代水利科学试验研究机构——中央水工试验所（中央水利实验处）的创始人和长期领导者，又是我国第一所现代水利高等学府河海工科大学的首席水工教授和我国第一所综合大学（中央大学）水利系的创立者。他是国际知名的水利、市政工程专家和中国水利史研究的先驱者，因而也是我国近现代的水利大师、元老和元勋。他是我们泰兴人和所有国人的骄傲！

# 杏坛双奇二韩老，百岁又三十一同

近代杏坛出了两位奇人，他们是同姓，同年、同月、同日、同地生（同月同日为农历），同进一所学校，同时毕业，同时参加工作，同为教育工作者，同有体育爱好，又一起活了103岁，在同一年辞世。这两位十一同的奇人都是泰兴黄桥人，一位叫韩秋岩，一位叫韩百城。

韩秋岩（1898—2001），原名士元，字君恺，江苏泰兴黄桥珠巷街人，是著名的机械工程学家、书画家、诗人。他早年毕业于北京工专机械科，和胡厥文为同学，后留学于法国、意大利，专攻航空机械，获法国航空工程师学位，回国后历任中央大学、河南大学、江南大学、西北大学教授，中国第一辆坦克动力系统即是由他设计完成，由此成为二级教授工程师。1949年后，他又多次以科学家的身份受到毛泽东、邓小平等领导人的接见。他壮年西行，支援国家西北建设；晚年退而不休，创办诗社、写字作画。他奔波一百余年，纵横三个世纪，诗、书、画、印，精湛斐然，耄耋之年仍坚持冬泳、长跑等体育锻炼，获“全国健康老人”称号。

韩秋岩十一岁时父亲病逝，为养活他们姐弟四人，母亲日夜操劳，稍有积蓄后，便开店卖棉花，家境逐渐好转。韩秋岩生性要强，学业成绩除唱歌外，门门名列第一。1923年，他于北京工业专科学校毕业，1924年与何卓甫、严则韶、何季生、丁廷楣、丁廷标共创“私立黄桥中学”，他担任第一任校长，并且兼任英语老师。

韩秋岩

1925年，他因率学生欢迎北伐军，联军过境时怕遭灾，遂逃往南京，经友人介绍在南京市任秘书科科长，以后又任财政局会计科科长。在此期间，业余学习国画。以后赴法国勤工俭学，考入巴黎航空工学院飞机系，毕业后去意大利实习，实习期间，帮当时的国民政府检验了订购的飞机，回国后，得到航委会秘书长周至柔的嘉奖，并把他介绍到中央大学任教。抗日期间，他任200师修造厂上校设计股主任，不久升总工程师、副厂长、并试验成功我国第一台坦克发动机。他因看不惯官场倾轧而辞职，去胡厥文办的新民机械厂任厂长，后随人群逃难至重庆，被派往玉门油矿担任工程师。

1947年，韩秋岩回江苏苏州工专任系主任。解放前夕，他配合地下党保住了学校和实验工厂。解放后，实习工厂生产自来水管，韩秋岩可谓为苏州人吃上自来水做出了贡献。1950年，韩秋岩赴北京出席了第一届中华全国自然科学工作者代表会议。会议期间，他受到了毛泽东、朱德等党和国家领导人的接见，还聆听了周恩来总理长达两小时的讲话。新中国成立不到两年，正值国家开发大西北。1952年春，韩秋岩到达西安。他这一走就是十三年，先是在西安农械厂工作了八年，任总工程师等职，后又转到陕西机械研究院，一直到1965年退休。

1975年，韩秋岩回苏州定居。他重拾了早年就有的业余爱好书画。工科出身的韩秋岩当年在创办黄桥中学的时候就开设了图画、体育等课程，他那时即身体力行，钟情于诗书画印。至年逾九十，他仍泼墨丹青，挥笔不辍，而自成一格。他曾任苏州沧浪诗社社长国画院兼职画师、江苏省美术家协会会员、石涛艺术学会顾问、终南印社顾问等职。他的书法宗颜鲁公题画字似扬州八怪中的黄慎。他的画多为写意，上追徐渭、石涛，与齐白石、吴昌硕为同一画风。他的印宗秦汉封泥，刀法自然潇洒。同时，他的诗也清新脱俗。1980年，他创建沧浪诗社并任社长，编辑出版期刊《姑苏吟》《沧浪诗词》和多种诗集。由此，他可称为诗书画印四绝。

韩秋岩先生的业余生活是文体两相宜。体育活动自1953年学太极拳始，一直未间断。他常年长跑，还促成了苏州老年长跑队的建立。他组织同好冬泳，成立了冬泳协会。在年过八旬后，他还三上黄山、七登华山、入蜀攀峨眉山，六去青岛海泳。他的体育锻炼事迹被中央电视台报道过，并因而获得了全国健康老人称号。全国人大常委会原副委员长胡厥文先生盛赞他："年逾八十，长跑三千六百米而不衰，游泳一千五百米而不竭，身不满五尺，而心雄万夫。"

韩老曾任过苏州市政协常委，90岁时他加入了中国共产党。他说我一生历经了很多党派，现在看来还是共产党好。他在苏州住公房，却将黄桥老家的四间主居连同五千册书籍送给家乡作图书馆。百岁生日时苏州市老龄委、中国人寿保险公司，颁与他《世纪老人》镀金百寿匾。他身跨三世纪，实为传奇人物。

2001年9月20日零时20分韩秋岩先生在苏州大学第二医院谢世，享年103岁。先生遗体告别仪式于2001年9月24日在苏州殡仪馆举行，遗像两侧的主挽联是：为科教兴国奔波一百多年劳苦功高，凭书画余事纵横三个世纪无与伦比。

再说韩百城，他与韩秋岩一样，都出生在黄桥，都生于1898年农历的八月初八日。韩百城先生是泰兴市和苏中地区著名的资深教育工作者。

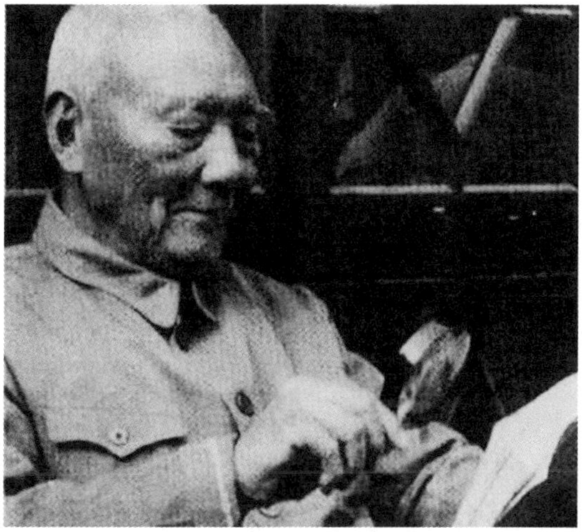
韩百城

韩百城又叫韩书侯，出生于泰兴市黄桥镇果园村的西官典头的一个十分贫苦的农民家庭。他有一个哥哥和两个姐姐，排行第四。韩百城三岁那年，父亲在罱泥时突发急症倒于泥船中，连腿都未来得及伸直就不幸离世。为了不受人欺负，他跟哥哥学拳术，从七岁起又到黄桥街上的武馆里习武。

当时，全家省吃俭用，供韩百城在黄桥的崇实小学读书。小学毕业后，他考取了省立六中，因家里没钱，他读了一年又转考省立第五师范。那次入学考试，他因家里穷穿不起好一点的衬衫，上身只披了一块布，将就着赶考。考试时恰逢下大雨，雨水滴滴答答地打到他的座位上。试卷弄湿了还怎么考？他无奈之际急中生智，立即将那块披布解下来，挡住雨水的侵袭，终于考完。事后，他很庆幸这块披布竟帮了他的大忙。那是1918年，他终于考取南京五年制师范。

1923年韩百城毕业后，即从事小学、中学教学工作，时间长达近六十年之久。1938年，他先后任泰兴县羌溪（位于昆芦市）初等小学校长，涟水县二高教员，泰兴县龙溪（位于河头庄）小学校长，黄桥小学教导主任、校长。他疾恶如仇，其间因看不惯当地恶势力的嚣张，曾三次愤然辞职，回村设馆坐塾。在羌溪时，该镇的劝学所长是个恶霸，故意与他为难，于是辞职离开。龙溪的恶霸头子身居县督学之位，仗势欺人，致使他无法正常工作。第三次辞职发生在黄桥小学校长任内。他在黄桥小学的十年中，前八年任教导主任，后二年任校长。他接任校长后，黄桥区的区长与时任县长兼教育局长狼狈为奸，对学校的行政事务和财经收支横加干涉，为所欲为。韩百城哪能屈服于他们横行霸道，有理又无处说，不得不以辞职进行抗争。

1945年8月，韩百城在泰兴中学三院分部（设在野王庄）任校务主任；后蒋介石撕毁《双十协定》，国民党反动派大举进攻解放区，共产党举办的黄桥中学，被迫迁至现在元竹镇的丁家庄，韩百城就是在此时进入黄桥中学的。据韩老生前回忆，他是1946年2月到黄桥中学的，其时，姚古渔任校长，姚琮（校内领导和教师中唯一的共产党员）和他分别为教导处正副主任，同时他兼授语文。

韩老生前曾回忆道："学校迁至丁家庄不久，敌人就下乡'扫荡'，往往出人意料，出动大批部队，向根据地突然袭击。有时深更半夜，枪林弹雨遮天盖地而来。他们杀人放火，无所不用其极。根据地的人民听到敌人‘扫荡’便四散奔跑，不管男的女的，逢沟过沟，只求逃出性命，实在不是人过的日子。在敌人这样残酷的迫害下，我校师生依旧把学校坚持办下来了。为了坚持与敌人作长期斗争，我们便将室内教学改为室外游击教学。学生自带书包、小凳到校外选择比较安全的地方集中上课。后又将游击教学改为分散教学，根据学生家庭居住情况，就近结合，编成自学小组，教师分派辅导区，分别对学生进行辅导。那时的学生大多数对学习都很认真。在敌人经常下乡‘扫荡’，日夜提心吊胆的情况下，他们能听老师的话，抓紧时间，把老师布置的学业任务、叫他们所做的事情（如送情报和了解情况等）不折不扣地完成，是难能可贵的。”1947年，苏中解放区处于最困难时期，上级党组织安排部分已经暴露身份的我地方工作人员北撤。同年5月，韩百城撤至苏北解放区，任专署编审室的编审员。

1948年8月，韩百城任霍庄中学副教导主任。1949年2月，韩百城任黄桥中学教导主任，同年8月任黄桥中学校长。1950年6月韩百城加入中国共产党，1972年，他从黄桥中学校长岗位上离休。他百岁华诞那年，中共泰州市委副书记邵军、中共泰兴市委书记常龙福、市长黄龙生等领导曾专程到黄桥中学为他祝寿，对他数十年的杏坛生涯所做出的光辉业绩、所做的杰出贡献给予了高度评价！

韩百城离休后，他的爱好没有“离休”，这就是习武健体。他从小就坚持体育锻炼，数十年如一日，从不间断。幼年开始习武，日复一日，年复一年，刀、枪、剑、棍样样精通，得心应手，出奇制胜。他的那把柳叶龙凤宝刀，跟随了他的一生，每天晨练一个小时，全神贯注，一丝不苟，意到、气到、血到、力到。九十三岁高龄时，他被评为全国健康老人。

据曾被国家授予“新中国体育工作开拓者”的光荣称号、原泰兴市体委主任、20世纪50年代曾为韩老学生的薛锦林生前撰文说：“韩老曾担任过县第一、二届政协副主席，有一个五代同堂的革命大家庭，子女中有的是厅级、军级以上干部。1990年12月份，全国健康老人表彰大会在南京召开，韩老为扬州地区的唯一代表，参加全国健康老人表彰大会，我作为县体委主任，又是韩老的学生，当然义不容辞地全程陪同韩老出席。会上安排了体育节目表演，在节目主持人大声宣布‘下面一个节目是泰兴县93岁的韩百城老先生的刀术表演’，同时介绍了有关情况后，会场上立即爆发出雷鸣似的掌声，全场的目光一齐投向韩老。当韩老手执宝刀、镇定自若、英姿勃勃健步走上舞台时，掌声更是经久不息，有的人一面鼓掌一面站起来要一睹韩老的风采。大家看到韩老身材魁梧、红光满面地站在主席台正中，犹如一棵不老之松，无不啧啧称赞。韩老凝神片刻，表演开始。韩老舞得出神入化，只见刀光闪闪，令人眼花缭乱，发出擦、擦、擦的响声，不到五分钟观众就报以三次雷鸣般的掌声。当时在主席台就座的韩老的学生、省委副书记周泽即离席走过来向韩老表示热烈的祝贺。”

韩老晚年的居室朴素而简陋，墙壁上贴着一张条幅，上书“要把九同变十同”。这意思就是说他与黄桥中学的第一任校长韩士元先生是有同年、同月、同日、同地生，同进一所学校，同时毕业，同时参加工作，同时从事教育工作，同时爱好体育这九同的，他和士元先生曾相约，要争取同过100岁，把九同变十同，故书写此条幅和士元先生共勉。

几年后，两位老人都实现了自己的愿望，双双迎来百岁华诞，受到政府、社会、母校、学生、子女对他们的真诚祝福。似乎上苍有意眷顾他们，或冥冥之中已有了安排，其后三年，他们竟又在同一年中相继辞世，而共同度过了人生的一百零三个春秋。他们都共同为自己的一生画上了圆满的句号。

（感谢东南大学设计院从事设计研究工作的学者、泰兴历史文化研究会的同仁王颖铭先生为笔者作了一些资料和图片提供。本文曾发表于《泰兴历史文化》2023年第3期，原题为《杏坛双奇人，泰兴二韩老》）

## 核酸开拓做领跑，科学报国王德宝

我写了许多家乡名人，有古代的，也有近代、现代和当代的；有清官廉吏，也有文人墨客、科学大师和英雄模范，他们都是从泰兴这块土地走出的骄子才女，都是侃泰兴的骄傲！今天介绍的是又一位泰兴籍的杰出科学家，中国核酸生化领域的开山人——王德宝！

在泰兴名人馆，笔者了解到王德宝是我国核酸生化领域的开拓者和奠基人，创建了我国首个核酸研究室，领导并参加了世界上首次人工合成具有生物活性的酵母丙氨酸转移核糖核酸的研究，成功合成了拥有生物活性的酵母丙氨酸转移核糖核酸，使我国人工合成生物大分子的研究处于世界领先地位。王德宝先后获国家自然科学奖一等奖、陈嘉庚科学奖生命科学奖、国家科学技术进步奖三等奖等奖项。20世纪80年代，我国人工合成酵母丙氨酸转移核糖核酸的喜讯传遍了全国

王德宝（泰兴名人馆藏）

各地，这是我国核酸生化领域具有里程碑式意义的研究成果，同时也带动了多种核酸类药物的研发工作，开辟了我国核酸生化领域的新局面。这一研究的成功，离不开杰出的海归科学家王德宝及其团队的努力。

据王德宝的学生刘新垣院士回忆，先生严谨治学，从不做没有把握的事，虽获得了很多荣誉，但淡泊名利，从不为此骄傲。王德宝怀着对祖国科技事业最纯粹的热爱，将一生都奉献给祖国的核酸生化研究工作，是核酸生化界之楷模，也是后辈之榜样。

泰兴名人馆和《黄桥镇志》对王德宝的生平事迹都有介绍。1918年5月7日，王德宝出生于江苏泰兴的一个千年古镇——黄桥，黄桥镇地处周围四县的交汇处，是苏北土特产的一个集散地，既历史悠久，又繁华富庶，且文化底蕴十分深厚。王德宝的父亲王嵩樵作为一名知识分子，对子女教育十分严格。王德宝四岁便跟随当地耆宿名儒吴铁珊先生读私塾，在吴先生的谆谆教导下，王德宝对知识的渴求愈发强烈。1929年，十一岁的王德宝插班到镇上的新学堂——黄桥镇小学读五年级。一年后，他顺利考入南通崇敬中学。中学期间，王德宝表现出对生物化学领域浓厚的兴趣，如饥似渴地汲取先进知识，也在心中埋下了科技报国的远大抱负。

1936年，王德宝同时被国立中央大学和浙江大学录取，他选择了离家较近的国立中央大学学习生物化学专业。1940年，22岁的王德宝顺利从国立中央大学毕业，并留校担任助教。三年后，他转入成都中央大学医学院的生化科，在郑集教授（中国生物化学开拓者之一）的带领下，展开了一系列关于植物蛋白质营养价值的研究工作，为讲师。抗日战争胜利后，王德宝于1946年夏随校迁回到南京。1947年，王德宝参加公费留美的招生考试，仅有10个名额。他以优异成绩通过筛选，顺利获得留美资格。同年，他前往美国路易斯安那州立大学学习制糖专业。翌年，他转入华盛顿大学医学院生化系，在诺贝尔生理学或医学奖得主卡尔·斐迪南·科里教授的带领下继续开展核酸生化领域的研究，完成论文《胞苷的酶促脱氨》，获硕士学位。1949年，他前往美国西部保留地大学任助教，经过两年钻研，取得了不少研究成果，包括在戊糖乳杆菌中发现了能有效分解腺苷、胞苷和黄苷的核苷酶等，并顺利获得博士学位。1951年9月，王德宝毅然决然地选择了归国工作，他坐了五天五夜的轮船，不料在行至檀香山后遭美国政府阻挠。直到1954年10月才重新踏上归途。他几经周折拿到签证，花了两个月时间，不畏艰辛，取道法国、英国和中国香港，于1954年底如愿返回日思夜想的故土，后被分配到中国科学院上海生理生化研究所工作。其间，他发现的新的酶促法，被世界各国药厂普遍采用。

回国后，王德宝先是创建了核酸研究组，随后于1961年建立了我国第一个核酸研究室，开辟了我国在核酸生化领域的新天地。当时，研究所、研究室的条件都很差，王德宝怀着一颗赤诚报国的心，率领同仁开展核酸的分离、纯化以及结构、功能的研究工作。他被任命为“酵母丙氨酸转移核糖核酸的人工全合成”研究学术组组长和“大片段合成与总装”会战组组长，该研究是由中国科学院四个研究所、一个大学和一个化学试剂厂协作进行的。在工作中，王德宝发挥全体成员的智慧并坚持严格的科学态度，带领研究队伍不计名利地埋头钻研，以坚韧不拔的定力、革故鼎新的勇气，耗时十三年，于1981年11月20日终于成功合成了具有完整生物活性和天然分子结构相同的酵母丙氨酸转移核糖核酸。这项研究有助于进一步揭示核酸在生物体内的功能和作用，是我国在探索生命科学奥秘的征程上取得的一项重大成果，使我国在人工合成生物大分子的研究方面居于世界领先位置。同时该研究获得了1984年中国科学院重大科技成果奖一等奖、第三届国家自然科学奖一等奖等殊荣。

为了培养从事核酸生化研究的专业人才，为我国核酸生化领域的快速发展奠定坚实基础，他主持编写了《核酸：结构、功能与合成》上下册系列丛书，该书为生物化学、分子生物学等领域的研究者和高等院校师生的学习和研究提供了重要范本。他曾兼任复旦大学、上海科技大学教授，开设核酸专题课程，还为生化所研究生及新分配人员进行核酸相关知识的讲解，起到了很好的社会效应。在硕士、博士培育方面，他先后招收了多名博士生和硕士生，培养了众多核酸生化领域高层次人才，为我国研究生教育事业做出重要贡献。晚年的王德宝经常到世界各地演讲，将先进的核酸生化知识传遍世界。1982—1984年，他在美国、英国等国外的大学、研究所作报告，获得国际学术界的普遍好评。他的研究团队也蜚声海内外，其中美国杂志发表的《中国近期的核酸研究》一文曾对他们的研究工作给予了高度评价：上海王氏小组在核糖核酸的研究方面达到了和西方科学界同样的水平。

王德宝一生醉心学术，致力于推动我国核酸生化领域教育事业的发展，他是我国核酸生化领域教育的开创者。1979年和1981年他连续两次被授予上海市劳动模范称号，1980年他被选为中国科学院学部委员（院士）。他是中国第四、五届全国人大代表，上海市五届政协委员，中国生物化学学会第一、二届常务理事，中国第六、七届全国政协委员。2002年11月1日，王德宝先生走完了辉煌的一生，他倾其所有书写了我国在核酸生化领域不朽的神话。

# 精研岩石王德滋，古稀之年成院士

1927年6月27日，王德滋出生于江苏泰兴县城的一个知识分子家庭。祖父王云龙饱读经书，做过泰兴县司库。父亲王心楼是一位教育工作者，毕业于张謇创办并亲任校长的通州师范学校。1946年王德滋考入中央大学地质系，1950年毕业于南京大学（前身为中央大学）地质系，留校执教至今。他是南京大学地球科学与工程学院教授、博士生导师，《高校地质学报》主编，曾任南京大学副校长、南京大学地学院院长、国务院学位委员会地质学与地球物理学学科评议组召集人、中国地质学会副理事长、中国矿物岩石地球化学学会岩浆岩专业委员会主任、中国博士后科学基金会理事。1997年他当选为中国科学院院士。

王德滋的童年很不幸，在他7岁和9岁时，母亲和父亲相继病逝，两个姐姐合力挑起了将他抚养成人的重担。1933年，王德滋进入创办于咸丰十一年（1861）的襟江书院读小学。1938年小学毕业后，王德滋先后就读于泰兴私立沪光中学分校、泰兴县立初级中学（即今江苏省泰兴中学前身）。其间，正值抗日战争全面爆发，日机经常到泰兴县城轰炸骚扰，泰兴中学一度迁至离县城10多公里的樊家堡的一座庙宇，而宿舍则安排在另一座相距3华里的更小的破庙里，条件极其艰苦，每天清晨学生都要整队跑步上学。1941年起王德滋在泰兴延令中学读高中，延令中学每学期向学生收取一石米的学费，但同时也规定：“凡是品学兼优、学习成绩位居前三名的学生，免缴学费。”王德滋凭借勤奋、毅力和才华，学习成绩始终保持在前三名之列，从而获得了整个高中阶段免缴学费的奖励。

王德滋（泰兴名人馆藏）

1946年，王德滋19岁，此时他面临着大学和专业的选择。当时的国立中央大学有文、法、理、工、农、医、师范七个学院，四十多个系培养着三千多学子，是全国的最高学府。与现在的高考不同，那会儿的大学都是自主命题、独立招生。这一年，王德滋专门从泰兴来到南京“赶考”，考场就设在城南的钟英中学。彼时考生有两三万人，但因为抗战的战火刚熄，中央大学也才从重庆迁回南京，录取的名额特别有限，仅招500名，考试十分紧张，竞争非常激烈。

王德滋自信自己的实力，同时，据有关媒体采访他的报道说，他也是受三位前辈的影响，所以才毅然选择中央大学，并选择了地质专业，而为此来到南京的。

对王德滋影响深远的三位前辈，一位是他的姑父朱东润，当时朱东润已是中央大学的中文系教授。朱东润鼓励他说，你立志考地质系，选中央大学就是选对了！后来经过激烈的竞争，王德滋如愿以偿，终于考取了。朱东润非常高兴地说：“你真不简单呀！你中举啦！”

第二位是丁文江先生，他是泰兴人，是王德滋的老乡，中国地质学的奠基人之一。他不仅于地质学很有造诣，对古生物学也有独到的研究。1936年，丁先生因为煤气中毒去世，年仅49岁，英年早逝，墓地就在湖南的岳麓山。丁先生比王德滋整整大了四十岁，虽说王德滋久闻丁文江之大名，却无缘相见，但到了高中，听闻了丁先生的事迹后，他对丁先生的崇拜之情油然而生，由此当时就立志：“我要继承丁文江的道路！”

另一位前辈是谢家荣先生，是丁文江的嫡传弟子。谢先生写过一本《地质学》，书里有大量的、美妙的图片，展示了奇妙的地质现象和祖国的壮丽山河。王德滋偶然在同学家读到这本书，深受吸引。当时他就决定，我要读地质学，而且是第一志愿就选地质学！这个选择，即决定了他一生的道路！

在中央大学学习期间，王德滋的学业成绩很优秀。与此同时，他向往革命，追求进步，积极投身于爱国学生运动，参加了发生在1947年5月的“五二〇”爱国学生运动。1949年1月，王德滋被吸收加入中国共产党，成为中央大学地下党组织的一员。南京解放前夕，他又参加了“四一”爱国学生运动和“应变、护校、迎解放”的斗争，成功阻止了国民党政府极力想将中央大学迁往台湾的企图。中央大学后更名为南京大学。1950年7月，王德滋于南京大学地质系毕业，成为中华人民共和国第一届大学毕业生，并留校担任南大李学清教授的助教，负责岩石学实验，兼地质系图书室管理员和南京大学工会秘书。

1952年秋天，南京大学地质系师生中的党员合建一个支部，王德滋担任支部书记。1954年7月，南京召开第一届人民代表大会，当时，南京大学选出了两位市人大代表，一位叫陈毅人，时任南京大学党委副书记，另一个就是王德滋。那时，他才27岁，能当选南京首届人大代表，这让王德滋的心里感到无比的自豪。王德滋后来说，他这一辈子，就当了这一届人大代表，但对他的影响却是终生的。的确无论是后来他当了南大副校长，还是1997年当选为中国科学院院士，他都始终记得，自己曾经是南京市的一名人大代表，应当为南京的老百姓多做点事情。

1956年党中央号召“向科学进军”，王德滋就利用周末做科研。每逢礼拜天，他就带着水壶和干粮，乘最早的一班火车到达工作地点，一个人独自翻山越岭调查煌斑岩，采集标本。晚上背着几十斤的石头标本，乘最晚的一班慢车回到南京，就这样，利用了十几个礼拜天，再加上室内的实验工作，王德滋的第一篇论文《江苏高资下蜀煌斑岩的研究》于1957年成功发表。1978年3月全国科学大会召开，迎来了科学的春天。这一年王德滋由讲师越级晋升为教授。同时他也开始担任校领导职务，但仍“双肩挑不歇肩”。

王德滋在我国首次提出了次火山花岗岩这一概念，结束了学术界长期以来将火山岩和花岗岩人为割裂的倾向。他率先发现了S型火山岩，破除了国外同行认为不存在S型火山岩的观点。1978年和1982年先后获全国科学大会奖和国家自然科学二等奖。他系统研究中国东部中生代火山岩及其成矿关系，取得了重要成果，1990年获国家教委科技进步一等奖。1997年，他当选为中国科学院院士，主持了国家自然科学基金重点项目“中国东南部晚中生代花岗质火山—侵入杂岩成因与地壳演化”，取得了突破性进展，2003年获教育部自然科学一等奖。

王德滋作为地质系的学者，为南京大学在国际花岗岩界的先进学术地位的确立及日后对火山岩和花岗质火山-侵入杂岩的研究，都有着突出的贡献。在这背后，一直有着他的夫人洪奉青的支持。笔者从王运来、李运庆的《山石磊落自成岩——王德滋传》一书和佚名《岩石学家的钻石婚》一文中了解到了王德滋和洪奉青的爱情故事。王德滋和洪奉青是1948年经朋友介绍而相识相知的。他们热爱知识、追求进步，对许多问题有着共同的洞见。两人大学时便保持通信，渐渐地加深了对彼此的了解，情谊也随之升温。在王德滋面临大学毕业分配之际，他们确认了恋爱关系，自此同甘共苦，相互扶持一生。

1955年6月，洪奉青进入王德滋所在的南京大学工作。王德滋在南大从事教学科研工作，写了很多论文、教材，并翻译了不少书稿，由于文稿内容几经修改比较潦草，当时没有打字机，只能用稿纸誊清，洪奉青的字迹工整清秀，且对王德滋的字迹熟悉，于是，她在工作之余，重新誊写了王德滋约有两三百万字的文稿。

20世纪60年代，王德滋因受“文革”冲击而带有极大的精神压力，洪奉青一直相伴左右，为他疏导解忧。在人生的道路上，洪奉青的陪伴给了王德滋前进的力量，是他重要的精神支柱。二人相知、相守几十年，同甘共苦，情感弥坚。1996年，洪奉青出现了记忆力衰退的情况。从此之后，王德滋夫妇便形影不离。研究生答辩、外出讲学、参加学术会议，王德滋都带着洪奉青。

2008年，洪奉青的症状逐渐加重，开始长期卧床，认知能力也逐渐衰退，难以自理。王德滋挑选细心的保姆为她擦洗身子，频繁、主动地与医生交流妻子的病况，安排营养膳食并亲自将饭菜弄细碎再喂她吃。尽管洪奉青对自己的印象也变得模糊了，但王德滋仍亲自守在病床畔同她讲话，每天拉着她的手一遍遍说：“老伴、老伴，真正好！老伴、老伴，老来伴！手拉手，向前走！”

王德滋始终守护在洪奉青的身边，且成为她抵御疾病的重要精神支柱。从1948年相识到2013年洪奉青因病离世，二人患难与共、相濡以沫六十五载，被学界同仁誉为“岩石学家的钻石婚姻”。2014年清明节，王德滋去墓地凭吊，他在洪奉青的墓前默念着：“生死茫茫，天人永隔，心之所系，终生不忘。”王德滋把洪奉青的照片放大后挂在床头，又从中挑选了四十张，夹在一个照相簿里，放在案头，几乎每天都要翻看，以寄托他的思念。

王德滋院士今年（2024年）已97岁高龄了，但他始终心系学院发展和青年学子的成长。他常常嘱托青年学子，希望他们多一些理想，多一些对科学的热爱，多一些对真理的执着追求，鼓励青年学子把“坚、毅”的品格和“诚、朴”的精神紧密结合，努力成长为“德智体美劳”全面发展的有理想、有本领、有担当的新时代地学青年。

2021年是南京大学地球科学与工程学院地质学科成立100周年。一百年来，南京大学地球科学与工程学院为国家培养了超过一万名地学人才，为国家地学事业的发展做出了巨大的贡献。值此百年华诞，王德滋院士从个人积蓄出资设立“滋兰奖学金”，用于奖励地科院品学兼优、热爱地学事业的优秀学生。这既是他对地科院的拳拳之心，也是他对地科学子的殷殷希望。相信他的希望之花一定会结出累累的丰硕之果的！

## 国级劳模何永乐，扬泰第一响当当

小时候，笔者常听父亲说到何永乐这个名字，说他是我们泰兴也是三泰（当时的泰州、泰兴和泰县）及全扬州地区第一位全国劳模，而且还见到了伟大领袖毛主席，真是太了不起了。那时，也就是二十世纪五六十年代，父亲和何永乐都在泰兴农村基层工作，何永乐简直就是父亲心中的偶像。即使以后好多年好多年，父亲也还是总会时不时地提到他，而且每每提到他，总是一副肃然起敬的样子。

那会儿父亲工作成绩也很显著，每每得到上级的表扬，戴过大红花，上过领奖台，还从县里扛回了获得季军的大红旗，并因此拿到了梅兰芳返乡访问演出的入场券，去“梅乡”（泰州）人民剧院观赏了京剧大师梅兰芳演唱的《霸王别姬》。虽然能有这么荣幸和有这个荣誉已是不简单了，但父亲对自己仍不满意，却对“何韩”高级社的何永乐社长很是羡慕与敬佩。他曾暗下决心，一定要层楼更上，干出更出色的成绩，也当个全国劳模，去北京开会。他甚至徒步几十里，亲自到泰兴珊瑚区的何韩去向何永乐取经。只是他因反对“浮夸”风，非但劳模没当成，而且要不是解放前就任过红色乡队长、乡长这资格，还差点就被“拔白旗”（即免职）了。

父亲敬佩何永乐，是因为何永乐不仅聪明，有智慧，而且非常有吃苦耐劳的实干精神，并干出了非常了不起的成绩。对于何永乐，可能现在已没有多少人知道他，但他在泰兴当代史上绝对是留下了浓墨重彩的一笔。二十世纪五六十年代，何永乐这个名字不仅在扬泰地区家喻户晓，而且名扬全国。他在泰兴第一个创办了农业生产合作社，第一个创造了农业生产的“三改”与“何韩模式”。

解放初期，何永乐积极响应党和政府的“支前生产两不误、组织起来奔富路”的号召，带头在何韩庄成立了第一个帮工队，为伤残军人、烈军属和无劳动力户提供生产帮助。1950年，为解决农民在农业生产中各自的劳动力、畜力、农具不足的困难，发挥集体劳动经营的整体优势，35岁的何永乐积极响应党的号召，带头创办了泰兴县第一个农业生产互助组。1952年夏，他又带头创办了扬泰地区第一个农业生产合作社。1954年年底，何永乐农业合作社扩大到50多户，1955年合作社的粮食单产和社员分配在全县第一，全村所有农户都加入合作社。从改农

1950年泰兴县农业生产互助组成员合影（后排左五为何永乐）
（泰兴历史文化研究会丁老师和王老师提供）

民单干而成立“帮工队”，再改“帮工队”为“互助组”，又改“互助组”为合作社，何永乐的这“三改”在泰兴，乃至在泰州地区、扬州地区都可谓是一个开拓性的创举，由此而极大地调动了农民的生产积极性和极大地提高了生产效率。1956年，何永乐被评为全国农业劳动模范。

1958年，何永乐提出了“新三改”方案，改旱田为水田，改纯作为间作，改低产作物为高产作物。这一年，何韩大队在扬州地区率先建起了电灌站，试种了300亩水稻，实行“麦子—玉米—稻子”轮作，即先种一茬麦子，再长一茬玉米，秋收一茬水稻，一年三熟，从而创造了亩产一吨粮的奇迹。全村1400亩土地全部实行“三改”模式，并获得高产，由此形成了“何韩经验”“何韩模式”，在二十世纪五六十年代的中国农业战线上领跑了全省乃至全国。当时，《新华日报》作了跟踪报道。泰兴老乡、现居南京的一位王老师和泰兴的一位丁先生，两人与笔者同为泰兴历史文化研究会成员，他们分别向笔者展示了自己所珍藏的载有这些报道的《新华日报》各一份：一份是王老师珍藏的，是1957年2月17日的《新华日报》，所载文章题为《出席全国农业劳模代表会议的代表座谈记录：泰兴县何韩庄农业社代表何永乐……》；一份是丁先生珍藏的1963年2月20日的《新华日报》，以整个版面载了两篇重要文章，一篇题为《何韩十年》，另一篇题为《颂“何韩十年”》。

那时，不仅《新华日报》及其他报纸媒体对“何韩经验”作了充分报道，而且扬州地委第一书记胡宏、省委第一书记江渭清也都先后亲自到何韩大队蹲点调研，以总结和进一步推广何韩经验，从而产生了更为广泛的影响，两年间全国各地有三万多人次前往泰兴何韩取经。

何韩大队在那会有耕地1400亩，每年向国家上缴粮食20万斤，储备粮食50万斤，群众口粮每人每年400斤以上。何永乐还带领群众办起制鬃厂、养猪场、三麦加工厂。初步形成了以工养农、以工兴农、农林牧副渔全面发展的新模式。三年困难时期，在何永乐的带领下，何韩大队的粮食产量未受到太大影响，整个大队非但没有人得“浮肿病”，而且人均年收入高达400元。与此同时，他们还用50万斤储备粮救济邻村上万人，帮助周边的村庄渡过了难关。这在当时的中国，近乎一个奇迹。何永乐的工作笔记中详细记录了当年大队的生产情况。麦子种了多少？农作物和绿肥的种植比例怎么安排？当年的亩产量如何？笔记里一目了然。

1963年春，江苏省副省长、原金陵女子大学校长吴贻芳（泰兴籍）和副省长、工商界知名人士刘国钧，率在宁大专院校部分教授到泰兴考察何韩大队生产、生活情况，大队支书何永乐作了介绍，受到了吴、刘二人和所率人员的一致好评。1966年，时任中国人民解放军副总参谋长的张爱萍来何韩大队视察，为何永乐留下了这样的题词：“数风流人物，还看今朝。”2013年4月2日上午，在泰兴市珍贵民间档案捐赠仪式上，泰扬地区首位全国农业劳动模范何永乐的儿子何世俊将父亲生平使用的物件郑重地交给市档案馆，其中就有尤为珍贵的书画——张爱萍给何永乐的题词。

是啊，何永乐一生都热爱着他脚下的这片土地，也热爱着这片土地上的人民。谁家的田里的庄稼长差了，他就成天扎在人家田里帮忙；谁家农忙时缺劳力了，他就在谁家干得像头老黄牛。平凡的他在平凡的世界里，在这样平凡而又激情燃烧的岁月里，却创造了那样非凡的业绩，并成就了非凡的他。2002年，87岁的何永乐安详地离开了他的亲人，离开了何韩这片土地上的人民，但历史不会忘记他，这片土地上的人民也永远会记住他！

## “嫦娥之父”叶培建，“定海神针”功勋著

2023年的六一国际儿童节那天，笔者收到了一位爱生的祝福。他说，没有谁能阻止得了岁月的脚步，同样，只要老师愿意，也没有谁可阻止老师不败岁月，岁岁年轻，祝老师六一快乐，童心依旧。这一祝福语，让笔者非常感慨，不知为什么，笔者忽然就想起了我们泰兴籍的航天总师，被誉为“嫦娥之父”的人民科学家叶培建，就特想将这一祝福语送给他，因为送给他才最合适，而且送给他最能代表我们所有人的心愿！

叶培建已年届八秩，2023年已逾78岁，算是高龄人了，但这位已经为中国航天事业奉献50余年的功勋人物，依然以旺盛的精力工作在航天一线，为国担责，再立新功。他说：“我不觉得自己老。我最怕人家说我老了，我觉得还能干点事，因为周围的同事也说：‘老叶，你精神状态挺好的，多干点事儿。’那我就再立新功！”他的话说得自信而豪迈，让人听了也跟着乐呵，无怪他有“定海神针”之誉了。

是呢，叶培建院士是我国嫦娥系列月球探测器研制团队的“大专家”，是无数年轻人心中的“主心骨”，也是一座为年轻人撑腰的“靠山”；“统揽全局、高屋建瓴”，便是叶培建院士在众多航天人心中的形象，正如他的航天团队的队

员们所言："从资源二号到嫦娥一号，从圆梦月球到逐梦火星，有他在，'发射不紧张、队员吃得香'，只要他在场，哪怕不说一句话，大家也感到踏实。"由此可见，大家是发自心底地敬佩他和发自心底地毫无保留地信赖他！的确，他就是一枚"定海神针"！

叶培建院士之所以在大家心目中会有如此崇高的地位，笔者以为除了他杰出的令人叹服的科技水平和渊博学识外，还在于他的率真、率直的特有的人格魅力和为国担责、责任大于天的那赤胆忠心的赤子情怀。虽然叶培建院士曾数度回乡，但遗憾的是笔者皆未曾有机会见到他，不过从一次简短的笔者猜测中的私信、从他的《外婆·李秀河》的文章里，从乡亲们由衷的赞评中，以及新闻媒体对他为我国航天事业的付出所作的一系列报道中，笔者便已深深地感受到了他的魅力与情怀，更不用说在他身边工作的嫦娥系列月球探测器研制团队的队员们和所有见过他的人了。

记得2022年4月，笔者的一篇拙作《钟灵毓秀之庄镇——泰兴李秀河》在公众号发表不久，就收到了一昵称为"TLBY"（这其实是昵称四字的首个拼音字母，因不便透露，故以字母代之）的私信，言之曰：李秀河，有我外婆对我的爱，也有我的童年和我童年的许多美好记忆。读了这私信，笔者不由惊异万分，难道这是叶院士给文章的留言？笔者从有关报道知悉，叶院士为了排除干扰，专心于国家的航天事业，很少看互联网，更没建立微信圈，他怎么可能会留意于笔者的公号，留意到这篇文章，并且还私信于笔者这个普通的作者呢？所以，笔者不敢相信，更不敢肯定这是叶院士的私信。可是，这样的话又分明是叶院士的口气说的，而且说的是叶院士自己的事，况且，叶院士的童年的确是在泰兴李秀河的外婆家度过的，使他至今对李秀河都充满了一种甜蜜难忘的情怀；况且，私信的那头像恰是广袤深邃的宇宙空间里有一卫星样的航天器正飞向月球这样的图案，因此，这私信者难道真是……说实话，笔者还真费神猜想了好一阵子。

不过，笔者没有再去做过多的纠结，更没有去试图与叶院士取得联系，因为，笔者知道叶院士的家国情怀，知道叶院士所肩负的国家重任，笔者没有理由去打扰他，也决不可以去打扰他。笔者深深地理解叶院士，深深地明白和懂得叶院士是那样挚爱着自己的祖国，那样挚爱着自己的衣胞地家乡泰兴，挚爱着度过他童年生活的泰兴李

叶培建院士（泰兴名人馆藏）

秀河。

1945年1月，叶培建出生在泰兴胡庄镇海潮村一个军人家庭。他的父亲叶蓬勃、母亲周忠秀，都是新四军的老战士。1946年，苏中“七战七捷”的第一仗——宣堡战役打响。叶培建的父母随部队北撤时，将不足一周岁的他送到毓秀乡（现根思乡）李秀河村的外婆家。自此之后，这家人就很少团聚。整个解放战争期间，叶蓬勃夫妇也只是在大军渡江前夕，顺道回乡看望过儿子一次。

1951年，叶培建在李秀河村小学开始接受启蒙教育。他在七岁以前，一直和外婆一起在农村生活。至今他还记得，在农村主要靠粯子粥、山芋、芋头度命，在灾荒严重的1950年还吃过观音土。那时，有吃的，外婆总是先留给他吃，虽然，父母不在他身边，以致后来父母回来，他也不认识，甚至不肯叫妈妈，但外婆的爱却给了他无比的温暖；同时七年多的农村生活和以后的生活环境，也养成了他不怕艰苦的习性。1952年，叶蓬勃抗美援朝回来，叶培建从此离开了泰兴，离开了李秀河，开始跟父亲“转战四海”。部队到哪儿，他就到哪儿，所以他在南京、杭州、湖州都上过学。

泰兴胡庄镇海潮村是叶培建院士的出生地，有他的叔伯兄弟，李秀河村是他的外婆家，也是他上小学的地方。28年后，他回到阔别的故乡，叶培建感到亲切和兴奋，看老屋、看儿时睡的床，看望儿时一起玩耍的伙伴，回忆艰苦而快乐的童年。虽然上完小学一年级他就离开了家乡，但叶培建院士记忆力惊人，家乡的路、桥、河，乡邻的名字他都记得一清二楚。他常说：“家乡是一个不可变更的要素。我的很多生活习惯和我的一些文化基因的沉淀都受到了影响，它要影响一辈子。”所以他有着浓厚的家乡情怀。虽说，为了国家利益，他一生除了童年是在家乡度过的，但家乡却始终在他的心中，伴随着他的一生。

叶培建回忆自己的童年生活时总说，他孩提时代，跑不快，跳不高，和小朋友在一起玩“官兵抓强盗”的游戏时，排不上“大王”和“二王”，甚至“三王”都排不上，只配当小兵……上中学时就大不一样了，他学习成绩跑在最前面，仅用两年时间就读完了初中的全部课程，被学校保送到浙江省湖州中学，这是全省乃至全国都算一流的中学。上中学时他当过的最大官儿就是学习委员。年轻人本来就都有一颗不安分的心，那是风起云涌的日子，正是孕育年轻人美好理想的年代，他当年的理想就是当一名外交家。

高中毕业时，他的各门功课都很优秀，在填写大学志愿时，他接受了军人父亲的教诲，要他立志做一名科学家，将来用自己的才华为国家的强大做出贡献。他父亲认为国家正处于建设时期，很需要理工科人才。不过，叶培建想搞飞机专业，因此他填报了北航、南航等大学，然而却意外地被浙江大学录取了，直到“文革”才知道，这是因为当年浙江省把省内很多优秀的学生留了下来。但他毕业的时候，还是分配搞航天。他说："这是缘分！"

1971年，叶培建父亲不幸被"文革"中的极端者迫害致死，叶培建悲痛万分，遂向组织报告了这一情况，组织相信他和他父亲对党的忠诚，依然看重和重用他；改革开放后，又让他成了第一批出国的留学生，使他有了赴瑞士求学的机会。当时有人担心他出国后不会回来，但组织上信任这位军人的儿子、革命的后代。留学的日子里，叶培建埋头苦读，瑞士风景优美、经济发达，这些都没有分散他读书的精力。1985年8月，获得瑞士科学博士学位后，叶培建便动身回了国。

回想那段异国求学岁月，后来时不时有人问起他，为什么从国外回来了？叶培建的回答，简短却铿锵有力："提这个问题，就是小看我！"叶培建坦言："我心中一直有个情结，一定要为国家做点事情，爱国情怀在我这里，不是靠思想教育来的，是与生俱来的，是融化在血液当中的。我从来没有过留在国外的念头，因为我有奔头，要为祖国做贡献，也正因如此，不管国外多好，国内多苦，我也要回来！"

正是因为有这样的情怀，叶培建才始终不为利禄所动。其实今天做股票的每个人都应该感谢叶培建，叶培建自己不做股票，但是做股票的现在能用计算机操作，通过卫星就可以到深圳交易所，这个系统就是叶培建带队搞出来的，是得过一等奖的。深交所当时要以每年40万的年薪聘请他，要给他大房子就更不用说了，而他当时的工资一个月才2000多块钱，但他还是坚定而坚决地婉拒了。他没有去，所以中国空间站有个常务副院长说，叶老总要是去了就是个百万富翁，不过多了个百万富翁，就少了个科学家，面对月收入2000多元和年薪40万的数字之差，叶总却平静如水，他就是个不为任何利禄所动的人。

1993年，叶培建任中国资源二号卫星有效载荷副总设计师，开始了他领导卫星研制工程的历史。1996年，他担任了中国资源二号卫星的总设计师兼总指挥。2000年，资源二号01星成功发射。然而，卫星入轨后的第二天突然失去了联系。在完成任务后的返回途中，叶培建收到了卫星"失联"的消息。听到这个消息时，叶培建的心都碎了。"当时我真想车从山上掉下去把我摔死。"叶培建回忆说。因为他感到难以向全国人民交代。责任比命大，但天大的担子也得扛起来。紧急关头，叶培建直面难题，争分夺秒找出原因。当卫星再一次经过中国上空的时候，工作人员立刻发出了正确的控制指令。机会抓住了！卫星接收到正确指令，迅速调整姿态，恢复了正常运行。该星大大超过两年的设计寿命，实际工作了四年多，成为应用广泛的"智多星"。

2004年，我国探月工程批准立项，年近60岁的叶培建老将出马，担任"嫦娥一号"卫星总设计师兼总指挥，这是我国探月工程的第一颗绕月人造卫星，面对一些国际航天强国的技术封锁，叶培建带领着平均年龄不到30岁的科研团队从零开始。在近4年的时间里，“嫦娥一号”研制团队超常付出，攻克了多项核心技术难题，2007年10月24日，“嫦娥一号”发射升空，之后经历八次变轨进入月球轨道，正式开展绕月探测任务。中国的探月工程由此迈出了关键的一步，然而，有一件事让叶培建“非常难受”，因为“嫦娥一号”本来可以在2007年4月份发射，那我们就是亚洲第一，但一个兄弟型号发射出了问题，使得我们的发射推迟了6个月，日本9月份抢在我们前面发射了一颗，我们就变成亚洲第二了。所以，叶培建感到很难受。他暗下决心，一定要在以后搞出几个第一来，为我们国家争光！

自此开始，探月工程五战五捷，奔月的梦想在中国航天人手中实现。“嫦娥四号”发射前，很多人主张像“嫦娥三号”一样，在月球正面着陆，因为这样更安全、有把握，但叶培建力排众议，建议让“嫦娥四号”在月球背面着陆。他说，我们要创新，要敢于干一点别人没干过的事。2019年1月3日，“嫦娥四号”成功落月，在北京飞行控制中心指挥大厅，叶培建微笑着走到“嫦娥四号”执行总监张熇身后，轻轻拍了拍她的肩膀，两代“嫦娥人”的手紧紧握在一起。美国国家宇航局副局长说，从此以后我们不能再说中国人只能跟着我们干了。

作为总设计师，他对卫星研制技术工作要求精益求精，抓大也抓小，甚至细化到卫星的各级技术状态。他常说，对质量问题就是要“捕风捉影”，才能亡羊补牢。同时他又说：“人家是一个脑袋两只手，我们也是一个脑袋两只手，人家能干成的事，我们也一定能做到！”

作为两总的叶培建，对队伍的管理以严格著称，了解他的人都知道，他说话办事从来都是直来直去，尤其工作上更是处处以身作则。他要求大家上班不迟到，他便总是提前半小时到办公室，把一天的工作按顺序列出。每逢节假日，他总是要到试验现场转一转，2000年的五一节，七天假，他和试验队一起加了五天班。他注重队伍的精神状态，在试验队里开展了“温暖工程”。队员的个人需求，他都要尽力而为，为他们排忧解难。他是了不起的杰出科学家，同时他也是一个普通人，他也有他的苦恼与悲伤，在他研制卫星的关键时刻，他的夫人却不幸去世，这让他悲痛不已，但他只能将悲痛埋在心里。为了化解悲伤，他拼命工作，他要以更辉煌的成绩报效祖国，告慰夫人在天之灵！

叶培建的妈妈曾动情地说过叶培建夫妇的事。她说，叶培建工作之后，有几年从北京回南京来看她，没想到孩子身上居然穿的是媳妇厂里的工作服，外套脱下来，身上的棉衣棉裤也打了补丁。“生活节俭得令人难以想象。”她说，媳妇常向她“告密”，为了省钱，叶培建连理发都是由妻子来剪的。叶培建不仅生活节俭，而且对母亲极为孝念。一般情况下，叶培建每个星期周末都会给老人打电话，问候老人的身体等等，这已成了母子间的固定“约会”。即使有特殊情况不方便打电话，也会由妻子代为问候，十足的孝顺。

叶培建回家待得最长的一次是1997年，一共待了有四天时间。那次，老人家忧郁症突发，原本精神的一个人一下子人事不省，叶培建匆匆忙忙地赶回家。母子俩坐在家中对望，叶培建含着泪要母亲挺住："千万要好起来啊，家中不能没有你！我不能没有妈妈！"或许真因这样的真情感动了上天，他的妈妈终于恢复了过来。

叶培建如此的节俭，有如此的赤子情怀，这样的爱他的事业、爱自己的祖国；爱他家乡，爱他的外婆，爱他的妈妈还有他的妻子，或许正是因为这些，才铸就了他伟大的人格，才赢得了他在同事和部下心目中的崇高地位与威望。这样的人，又有谁不会尊敬、谁不会信赖，谁不会看成是一个可放心依靠的引领人呢？！

只是，超常的付出，让叶培建落下了一身伤病。2021年5月15日，"天问一号"探测器在火星乌托邦平原南部预选着陆区成功着陆，76岁的叶培建红着眼睛鼓掌的画面让人动容。不为人所知的是鼓完掌后，叶培建发现自己站不起来了。"腰肌劳损，回去躺了十多天。"叶培建打趣地说，"从我当总师开始，就形成了一个不成文的现象，只要我腰疼就成功了。中国资源二号打过三发。我有两发是躺在床上指挥的。"他的话说得乐观从容，却让人欲泪动容。

而今，叶培建收获了包括"人民科学家"这样的国家荣誉称号在内的众多荣誉，国际小行星组织还把编号456677的小行星命名为"叶培建星"。在2019年叶培建院士被授予"人民科学家"这一称号的同时，另有数学家吴文俊、天文学家南仁东、医学家顾方舟、核物理学家程开甲等四人也被授予了"人民科学家"这一国家荣誉称号。"五位'人民科学家'，很遗憾，其他四位都去世了。"每每谈及此事，叶培建总是低下头，沉默几秒钟，然后缓缓地说，"所以我还要替他们多做点事。"

叶培建始终淡泊名利，过着简朴的生活，并以昂扬的斗志，继续为国担责，再立新功。他对自己未来的规划是做好两件事，一是继续帮助年轻人完成未来的型号任务，二是为中国培养更多的航天人才。北京2022年冬奥会火炬传递中，叶院士步伐矫健，手持火炬完成了80多米的传递活动。为了这次传递，叶院士坚持每天慢跑，他说要向全世界展示中国航天事业奋斗永不止步的精气神。那段时间他腰一直不好，但是他还是坚持接受了这个任务，他跑的时候跑得挺快，因为在他的心里航天的发展和跑奥运会火炬一样，是要薪火相传，一棒一棒传递下去的。

为航天事业奋战了五十余载的叶老，把自己的经历写成了两本书，第一本叫《走在路上》，第二本叫《永不停步》。他希望中国航天事业，一直走在路上，并且永不停步。为了传好"接力棒"，如今的叶培建在参与嫦娥六号、嫦娥七号、天问二号的研制工作的同时，还担任了南京航空航天大学航天学院院长，他要将航天精神传递到一代又一代年轻人心间。

叶培建院士说，中国航天的空间无限，未来可期。他说得对！在攀登科学高峰的路上，一代代中国人将接力奋斗。只要奋斗不息、奋进不止，永远有人“正年轻”，恰似少年。我们的中国科学院院士叶培建，从青春年少到年近八秩，从“嫦娥奔月”到“逐梦火星”，始终保持炙热的少年之心。愿笔者的老乡——“人民科学家”“嫦娥之父”叶培建越活越年轻，半生归来仍是少年！

## 他是科界一新星，院士常进泰兴籍

2019年11月22日，中国科学院公布2019年新晋院士名单，共计60人，泰兴籍科学家常进名列其中。这位新晋院士是中国科技界的一颗耀眼的新星，他毕业于中国科学技术大学，是天体物理学家，主要研究方向为空间天文，长期从事空间伽马（γ）射线和高能带电粒子探测技术方法研究，其发明的观测高能电子和伽马射线的方法得到国际同行的高度评价。常进现任中共第二十届中央委员会候补委员，国家天文台台长，中国科学院副院长、党组成员。

1966年7月，常进出生于江苏省泰兴市河失镇的常周。1981年，常进从常周初级中学考入泰兴中学，三年后，在班主任黄银生老师的建议下报考了中国科技大学并如愿被中国科技大学近代物理系录取。1992年8月，常进于中国科技大研究生毕业后到紫金山天文台做科研工作，1995年4月加入中国共产党。在此工作期间，他先后任中国科学院紫金山天文台研究员、博士生

常进院士授奖仪式（泰兴名人馆藏）

导师和台长，中国科学院暗物质与空间天文实验室主任、暗物质和空间天文研究部主任、探月天文应用分系统主任设计师、863-703项目和973子项负责人、南京欧美同学会（南京留学人员联谊会）第四届理事会常务副会长。

常进创新发展了一种高能宇宙线电子探测的新技术方法，并成功应用于美国南极长周期气球探测ATIC实验。基于该技术方法，常进提出并作为首席科学家领导实施了“悟空”号暗物质粒子探测卫星（中国科学院战略性先导科技专项首批四颗科学实验卫星首发星）项目。“悟空”号于2015年12月17日成功发射，实现了我国天文卫星零的突破，一些关键性能指标世界领先，被《自然》杂志誉为开启了中国空间科学新时代，并已在电子宇宙线与质子宇宙线的能谱测量方面取得突破性进展。由此，人们喜称他为“悟空”的师父。2018年11月，常进荣获何梁何利科学与技术进步奖（天文学奖）；2019年2月27日，由常进领导的暗物质粒子探测卫星“悟空”号（DAMPE）科学团队研究成果“首次直接探测到电子宇宙射线能谱在1TeV附近的拐折”成功入选“2018年中国科学十大进展”；2019年10月，常进荣获首届中国空间科学学会科学奖，同年11月当选为中国科学院院士。2020年9月30日常进就任中国科学院国家天文台台长；2022年在中国共产党第20次代表大会上，他当选为中央委员会候补委员；2023年5月，他被国务院任命为中国科学院副院长、党组成员。

常进有如许杰出成就和如许荣誉，他的亲人为他骄傲，他的老师、校友为他骄傲，他的家乡120万泰兴人为他骄傲，所有关注他的国人都为他骄傲！出生于泰兴市河失镇的常进，家中兄弟四人，排行老大，老二叫常文，比常进小三岁，直到哥哥外出求学离家前，两人都在一起生活。常文说，兄弟四人感情很好，这和大哥常进的懂事、大度分不开。在那个生活物资贫乏的年代里，常进常常把吃的省下来，留给弟弟们。

相比于三个弟弟，常进要瘦弱一些，平时兄弟间发生小打小闹，吃亏的往往都是常进。常文说，大哥很老实，做人做事都很规矩，成绩很优秀，一直都是自己和其他兄弟追赶的榜样；还有，就是哥哥为人非常低调，就连当选院士的事情，家里的弟兄们还是从别人口中得知的。“常进工作后，每年很少回家，即使过年回家也只是过了除夕第二天就匆匆离开。我们都知道，他一心扑在天文事业上，这不能怪他。希望他能多为国家做点贡献。”对于这位“忙碌”的儿子，常进的老母亲言语中充满了自豪。

笔者的好友，泰兴市老科技工作者协会教育分会副会长李健说：“常进从小勤奋好学，我参加工作第一年，他正好上初二，就在我班上。”对于这位学生刻苦好学的精神，李健每次到各个中小学进行公益宣讲时都要讲一讲。中学语文课本上曾经讲过我国科学家童第周借着路灯演算习题的故事，这样的事情，常进也常常做。有一次，晚自习后，老师检查宿舍，发现其他学生都在，却独独少了常进。去哪儿了呢？老师把四周都找了一遍，最后在学校附近的一间公共厕所门口找到了常进，他正借着厕所的灯光看书。为了强化英语学习，常进走到哪都随身带着一个小本子看，老师了解后才知道，这个小本子记满了单词，即使是去厕所的时候，常进都要拿出来看看，努力记几个单词。

我的恩师丁裕昌先生2019年11月得知常进当选为院士的消息，则是他的大学同学陆婉芳女士告诉他的。1957年我的恩师丁裕昌在南京大学与陆婉芳同学（丁老师是地理系地貌专门化专业，全国仅三十人，惜不久丁老师患肺结核病，因而退学。次年重考，于第二志愿“优先录取”师范学院，做了光荣的人民教师），陆留南大化学系任教，因她先生早就是中科院院士，故有学报信息，所以她在第一时间将这一信息发给了丁老师：“美云（美云为吾师母柴美云）、裕昌多么好！你们培养的优秀人才常进今年荣升中科院院士！你们功不可没，为你们骄傲，为母校自豪！（随附学报照一张）。”

丁老师兴奋之余，即将此信息用微信分享给了我，其信如下：

长贯，好！我和你们都是泰兴中学校友，无论做什么工作，只要认真做好，聚沙成塔，一定会有成就！

你我都做教师，培养好学生，打好基础，未来必会向各方面发展！我当年一心想做科学家，但是客观现实让我做了一个普通教师。我并不后悔，做科学家，自然不一般，本人有科研成果，会为许多人所景仰。做普通教师精力的投入则是烦琐的日常事务，每天改作业要花去许多时间！你我都成了学生前进道路上的铺路石，然而当多年后许多学生在各条战线上做出成绩来时，我们的心中是多么的欣慰！像常进就是特别的例子！

黄银生老师是他的班主任，教了他们三年数学，我又是黄银生的班主任，也是教了黄三年数学！我们要祝贺常进，也应该祝贺黄银生培养出如此优秀的人才，当然我也因此而感到高兴。这样我应该算是常进老师的老师，你是我的学生，论辈分你比他高一辈呢（笑）！

陆婉芳是我在泰兴中学和南京大学的同学，从1957年我们分别有六十年！2017年我女儿陪我重游南大校园，询问一些散步的老人，竟然找到了她的家，就是因为她先生是中科院院士，住在南大院士楼没有搬过家！不多说了，祝你健康快乐。

2019年6月2日下午，常进重返母校江苏省泰兴中学，为学弟学妹们作了一次关于暗物质的精彩讲座，题为“空间探测暗物质粒子”。对于当时即将到来的高考，常进寄语每一位高考考生：伟大的事业来自平凡的小事，要打牢基础，坚持到最终的胜利！同时，他祝愿考生们在高考中都能发挥出最佳水平，考出自己最理想的成绩，而取得圆满成功。

是啊，伟大来自平凡，常进则是于平凡中创造了伟大！我们大家都为他骄傲！

## 工程院士陈学庚，农机创奇中专人

在笔者的家乡泰兴，有这么一个人，他扎根边疆工作六十载，虽只有中专学历，却成了中国工程院院士，石河子大学机械电气工程学院研究员、博士生导师；他一辈子只干了农业机械研究一件事，却推动了新疆棉花生产两次大提升；他就是陈学庚，自称“土八路”，习近平总书记却对他说“英雄不问出处，一切人才都要在战场上见分晓”。

陈学庚，1947年4月29日生于江苏省泰兴市。1960年，13岁的陈学庚随父母支援新疆建设。1964年，17岁的陈学庚报考了奎屯农校。他填了三个志愿，都是农业机械。让大家从手握坎土曼的辛苦劳作中解脱出来，是年少的陈学庚最简单的愿望。四年后毕业，陈学庚被分配到兵团农七师的一个机械厂。

刚进一三〇团机械厂没几天，厂领导就安排陈学庚当派工员。在别人眼里，这是一份比较轻松的工作，想得到这份工作的人不少，但陈学庚却不“领情”，他给领导说，自己想去车间锻炼。身边的人不解：“放着这么舒服的工作不干去找累？”可陈学庚心里明白，自己在学校只是学到了理论知识，几乎没什么实践经验，眼前最重要的是掌握实践技能。陈学庚经常请教别人，遇见自己不懂的，或看到别人的技术长处，不管对方是大学生还是普通工人，他都视

陈学庚（泰兴名人馆藏）

其为老师。正是因为有这样的学习态度，他的技术水平日益提升。

“70年代的经历确实为我后来的科研工作奠定了基础。”陈学庚回忆过去，感慨地说，“从刚出校门的略知皮毛，到带领团队参加省部级项目的农业装备研究开发并发挥重大作用，专业知识的掌握确实是人生最重要的环节。这个环节不过硬，后续奋斗就会显得有心无力。”直到现在，陈学庚最喜欢做的事还是自己的“老一套”，无论到哪里，都喜欢跑到当地的农业机械生产厂转转，看看别人的产品质量、制造装备的发展状态，或者去田间地头和农户聊天，了解新技术、新机具在使用中存在的优势和不足。“只有在生产一线才能真正发现问题，应用研究的机会其实就在解决问题里。问题解决了，你对社会、对国家就做出了贡献。”陈学庚经常这样说。

20世纪80年代前，新疆棉花种植水平一直较低，每年春季定苗和秋季采收时节，兵团就全民投入棉花生产。即便如此，1982年，新疆棉花的总产量仅占全国的4%，兵团皮棉平均单产也仅有38.6公斤，新疆皮棉平均单产34.1公斤，低于全国平均水平。直到王震将军来兵团视察，提出从国外引进地膜棉花栽培技术的建议后，兵团各植棉团场才开始试种地膜棉花。由于增产效果明显，这项被誉为“白色革命”的先进技术开始迅速普及，然而人工铺膜的低效率成为提高棉花产能的“绊脚石”。只有中专学历的陈学庚认领了研发机械化铺膜装备的艰巨任务。经历一次又一次的失败，陈学庚团队终于在1982年成功研制出铺膜播种机。这种机械实现了铺膜、播种的联合作业，大大加快了地膜覆盖栽培的效率。当时试验面积是七亩半，获得了115公斤皮棉的好成绩，这在兵团引起了极大的轰动。

据《新民晚报》的《讲述·一辈子一件事》的报道，笔者了解到陈学庚为扩大新疆棉田种植所做的巨大贡献。20世纪90年代末，新疆生产建设兵团提出发展育种、播种、灌溉等在内的“六大精准农业”，团场职工亟需涵盖全生产流程的农业机械新装备，任务再次落在了陈学庚的肩上。按照要求，一个窝只播一粒棉种，当时世界上还没有这方面的技术。陈学庚一头扎进了棉田，他说，不深入一线，不了解机械的使用条件，是研究不出好机具的。看场地、采数据，经过不懈努力，2003年，陈学庚的膜下滴灌铺管铺膜精密播种机终于研制成功，并一举获得7项国家专利。这种新型农机一次作业就能完成播种管护8道程序，填补了世界同类机具的空白。随着机械化难题的不断攻克，新疆棉花种植的机械化水平不断提升。2012年，新疆棉花种植面积占全国36.6%，成为我国最大的棉花生产基地。

新技术的落地应用，造福了无数农民，这是陈学庚最欣慰的。但在新机械、新材料的应用中，陈学庚开始关注一个更深层次的问题。虽然地膜覆盖、栽培确实为我国农业的发展做出了重大贡献，带来了巨大的经济效益，但农田残膜治理工作的不彻底，也为农业的可持续发展留下了隐患。作为地膜的主要成分，聚乙烯的降解期限长达两三百年。年复一年地使用地膜，如果不能及时回收处理，就会对土地造成污染，这个问题让陈学庚寝食难安。给子孙后代留下一片净土，不能变成一句空话。

2017年，陈学庚提出农机、农艺、农膜结合发展的理念。从升级农艺栽培技术到提升地膜质量，再到研发回收残膜的新型机具，陈学庚带领团队全套同步推进。他把回收的残膜进行二次加工又生产出其他产品，形成了一条地膜绿色应用的完整产业链，这一科研成果让世界同行惊艳无比。

几十年来，陈学庚致力于农机研究和推广，共获得省、部级科技进步奖23项，其中，国家科技进步一等奖1项、二等奖2项；国家星火二等奖1项；获国家专利120余项，国家重点新产品9项，获得中华农业英才奖等国家和省部级荣誉称号16项。撰写和编著《旱田地膜覆盖精量播种机械的研究与设计》等著作4部，在《农业机械学报》等国内学术刊物发表论文40余篇。2013年12月，他当选为中国工程院院士；2017年12月，正式到任石河子大学机械电气工程学院。2018年，陈学庚又有了一个身份：石河子大学研究员。

虽然，陈学庚取得了如此骄人的成就，而且还享有国务院政府特殊津贴，但他总是谦虚地说自己是一个“土八路”。“为什么我叫自己‘土八路’，是因为我没有硕士和博士学位，只是针对新疆兵团农业存在的突出问题，攻克瓶颈，一点一点往前走。尽管取得了很多成果，但都没能静下心来做理论研究。”陈学庚说。为了“补上”这一课，陈学庚选择到石河子大学。“这是一所综合性大学，高层次人才聚集，学术氛围浓厚，对于总结、提炼过去的工作，静下心来做理论梳理，有很大的优势。”

五十多年的光阴，从青春到华发，陈学庚以近乎痴迷的专注，潜心农业机械化研究，大大推动了新疆的棉花种植水平。中国工程院院士、我国知名农业机械专家罗锡文曾这样评价陈学庚：“他对我国棉花全程机械化做出了突出贡献，对新疆扩大棉花面积、稳定棉花产量发挥了关键作用。”

是的，陈学庚扎根边疆60余年，可以说，他将自己的一生都贡献给了边疆。他说：“有一种精神在支配着我奋斗，那就是老一辈科技工作者的拼搏精神，有了这种精神，就容易出成果，而且能作出大成果。参加工作五十多年，自己其实就干了一件事，那就是用科技的不断升级推动边疆的物阜民丰。”科技终归要服务人民，陈学庚一辈子践行这个目标，他认为值了。

# 张同星与张将军，感人事迹感人情

张同星，泰兴张桥乡人，1933年出生，1954年泰兴中学毕业，1956年加入中国共产党，同年毕业于浙江大学，分配至沈阳重型机械厂工作。张同星是20世纪50年代核工业部门组建时从东北沈阳调到404厂工作的。我国核工业起步时，国家正处在经济困难时期，参加第一颗原子弹研制的404厂职工，经常自豪地用“我们是在风吹石头跑的戈壁滩上，吃着洋芋蛋制造原子弹的”，形容当时艰苦创业的情景。

当年，张同星报名参加核工业建设，意味着要放弃大城市的生活来到荒无人烟的戈壁滩上创业，这本身就是人生道路上的一次重大考验。况且，那会他还得在“要爱情还是要事业”的抉择面前，又一次地经受与热恋中的情侣分手的考验。来到工厂后，他与来自各地的广大职工一起，投入了轰轰烈烈的工作，为了早日制造出为中国人争气的原子弹，经常是通宵达旦，废寝忘食，带病坚持工作。

他在浙江大学是学铸造专业的，初到404厂，他对核部件的研制一无所知，于核部件的试制，一切都得从头学起。接受新的任务后，他以惊人的毅力，大踏步地走进一个完全陌生的领域，在短短的两三年时间里，他学习和掌握了有关核材料的知识和第二外国语。他查阅了国内外的有关资料，收集和建立了不少外文资料卡片，争分夺秒地为承担新任务做好准备。

1961年上半年，张同星领导的小组终于有了自己的实验室。实验室其实是几间简陋的平房、几张桌子和板凳。张同星却不嫌小不嫌破，他找来一个旧玻璃钟罩，利用它做抽真空的试验。可以设想，一个普通的玻璃罩要变成一个进行试验的设备，其间有多大的距离。张同星七拼八凑，逐步完善，搞成了一套真空系统，就用这些土里土气的自制设备，他们进行了几百次真空熔化浇注试验，取得了大量的参数，为实际操作打下了基础。

后来，在各方面的支援下，他们终于利用一台高真空感应电炉创造出一种完全可靠的浇注方法和模具结构，改造成功我国第一台核部件生产的专用炉。

“文革”期间，张同星被斥为“保皇派”“黑标兵”，多次被拉去游街，但游街结束他摘下高帽即去上班。1975年，他参与完成了热核材料部件的试制任务，使国家核工业又登新台阶。张同星发明的“铀的特殊制造技术”“钚的特殊制造技术”均获国家科委、国防科工委二等奖。个人多次被分厂、总厂、甘肃省和核工业部评为标兵、劳动模范、优秀共产党员，1978年，他出席全国科学大会，同年被全国总工会授予“全国劳动模范”称号。

聂荣臻亲笔题词：“向知识分子的优秀代表张同星同志学习。”张爱萍亲笔题词：“向长期在艰苦条件下，为国防现代化建设坚持战斗的张同星同志致敬！”

张同星工作于国家核工业科研第一线20余年，参与解决一系列重大技术问题，为发展中国核工业做出重大贡献。

1980年初，核工业404厂的工程师、全国劳动模范张同星不幸病倒了，他得的是胃癌，而且是晚期。他是为我国的两弹累倒的。

笔者从中国新闻网报道知悉，为了抢救这位生命垂危的两弹功臣，张爱萍老将军在国防工会的报告上当即批示：把张同星接到北京解放军301医院来治疗。张将军还为此亲自作了安排。张同星一入院，张老将军就在时任全国总工会主席的倪志福陪同下，一起前往医院探望。医院领导汇报了对张同星住院的安排。张同星住进的是高干病房，安排的是有经验的专家为主治医生，护理也是有经验的专责护士。张老将军听后比较满意。

主治医生汇报了初步检查结果为胃癌晚期，只能采取保守疗法，以减少病人痛苦，恢复体质，然后再由专家会诊后定出治疗方案。张老将军听后说：国外说我们用最短的时间生产出原子弹和氢弹是个奇迹嘛，张同星就是创造奇迹的英雄，你们一定要想办法，把他的病治好。他同时指示在安排食谱时要多征求同星的意见。接着他用商量的口气，对倪志福说，是不是把张同星的爱人接来照顾他的生活。倪志福表示赞同。张老将军鼓励同星要安心养病，树立战胜疾病的信心，说治好病就是他当前的唯一任务。他还拟定了从国防科工委、核工业部、主管局和国防工会共十九个领导人的名单，要求都要去医院看望。日理万机的老将军考虑得如此具体细致周到，让人觉得只有心贴心的人才能做到如此入微。

在张同星住院的那两个月里，张老将军几乎每个周末都要与他的夫人，也是他的办公室主任李又兰大姐一起去看望张同星，了解病情和治疗情况。

经过几个月的治疗和调养，张同星的病情相对比较稳定，但治愈的可能性微乎其微了，只能减少痛苦、延长生命。张同星也深知自己的病情，很怀念工作和战友，还牢记自己进入404厂的誓言：死后要把骨头埋在戈壁滩上。

在张同星的一再要求下，经医院同意，他回到工厂休养。后来，张同星病情恶化时，也不宜长途奔波来北京，张老将军批示：由301医院抽调专家会同核工业部和中国国防工会组成医疗小组，前往404厂抢救。在张同星的事迹感染下，在张老将军的关心下，中国民航局安排抢救小组分二次航班当天赶赴兰州，当晚派一架小型飞机把医疗小组送到酒泉，机场无夜航设备，只能用马灯指挥降落，当天医疗小组对张同星进行抢救，但抢救无效，1983年11月10日，张同星为核工业建设献出了他的一生，终年50岁。按其遗嘱，他的骨灰撒于西北戈壁滩上。

抢救小组回到北京向张老将军汇报抢救过程时，张老将军感慨地说：我们又失去了一个受过高等教育，又有二十多年实践经验的人才，这是一个损失。我们要吸取这个经验教训，不仅要宣传张同星这样献身国防工业的精神，更要关心国防工业战线上的广大职工的生活和身体健康。张同星的感人事迹与戎马一生的张爱萍将军的感人挚情，既鼓舞了战斗在核工业战线广大职工的献身精神，也鼓舞了我们为建设强大的祖国在今天的新征程上去踔厉前行、不懈奋斗！

## 潜心水下机器人，死而后已徐玉如

徐玉如，中国工程院院士，生于1942年7月29日，江苏省泰兴市人。他是著名的智能水下机器人技术专家，致力于船舶与海洋工程研究，在潜水器总体、船舶操纵与动力定位、智能水下机器人等技术领域做出了突出贡献，被誉为“中国智能水下机器人之父”。

徐玉如的家庭是一个普通的革命干部家庭，他从小就受到革命理想的熏陶，立志要成为国家的有用人才，报效自己的祖国。1961年，他走进了赫赫有名的哈尔滨军工大学，走进了中国第一个潜艇专业，他的一生由此和海平面之下的世界联系在了一起。1961年7月他光荣地加入中国共产党。1966年，即将毕业在外实习的徐玉如，接到学校发来的让他回学校参加研究生考试的通知。考试的结果是全海军工程系仅有三人通过，其中就有只准备了一周的徐玉如。虽然突如其来的“文革”让他经历了很大的挫折，然而他却更坚定了从事科研的决心。

笔者在哈工大2020年发的一篇《母校不会忘记》一文中了解到，1971年，回到哈船院的徐玉如接到我国第一艘深潜救生艇的研究任务，因受当时研究条件的限制，项目完成得并不顺利，五年时间，课题组的十二个成员或调职或出国，最后只剩下徐玉如一人坚守阵地。“既然投入那么多心血，还没有证明此路不通，就应该坚持研究下去。”在极其艰苦的条件下，他重组课题组，一年之后和同伴利用平面运动机构在水平型循环水槽中实验及理论推算，获得了67个重要的水动力系数，圆满地完成了任务。

他曾先后在哈尔滨电子仪器厂、湖北江山机械厂、哈尔滨船舶工程学院、哈尔滨工程大学工作，历任技术员、助教、讲师、副教授、教授、博士生导师、副校长、海洋综合技术工程研究中心主任、海军预研专家组潜艇总体组成员、船舶力学委员会操纵性学组副组长、《海洋工程》第三届编辑委员会委员等职务。从1972年开始从他事我国第一艘深潜救生艇的研究工作；1987年开始作为水下机器人专家组成员，是“探索者”号水下机器人主要研究成员。曾获黑龙江省优秀共产党员、中国船舶工业总公司劳动模范、中国船舶工业总公司有突出贡献的中青年专家、国家有突出贡献的中青年专家、黑龙江省优秀中青年专家、全国国防科技工业系统先进工作者等荣誉称号，2003年12月当选中国工程院院士，享受国务院政府特殊津贴。

他致力于船舶与海洋工程领域科学技术研究40余年，无论是潜器及深海资源开发系统设计研究、浮游式智能水下机器人技术、智能体系结构技术，还是潜器的操纵性能的机动性、水动力系数的试验获取及分析、舵的设计和特殊情况下的操纵性分析等，都取得了令人欣喜的成就。在潜水器总体、船舶操纵与动力定位、水下智能机器人、微小型水下无人航行器等技术领域的系统集成、水动力分析、总体设计和动态仿真等关键技术方面他做出了突出的贡献，取得了多项填补空白的科研成果。他所研究的“水下机器人技术”，获国防科工委国防科学技术一等奖；“水下机器人集成技术”获中船总科技进步一等奖；“潜器四自由度动力定位系统”获中船总科技进步一等奖并获国家科技进步奖；“探索者号无缆水下自治式机器人”获中国科学院科技进步一等奖并获光华科技基金奖。

与此同时，他曾在国内外各种学术刊物上发表论文近50余篇。他是水下机器人技术研究条件改造项目负责人，水下机器人技术项目负责人，基础研究项目、水下多机器人分布式智能控制方法研究项目负责人，基础研究项目、微小型水下无人探测器基础技术研究项目负责人。他培养了70余名博士和硕士研究生，获得了为中国航海事业做出卓越贡献的“航海教育贡献奖”。所以说，他被誉为“中国智能水下机器人之父”完全是实至名归。

徐玉如把自己的一生都交给了祖国的航海事业，都交给了智能水下机器人研究。20世纪80年代末，徐玉如由于胃部不适到医院检查，医生就怀疑他得了胃癌，胃切除三分之二。然而，为了事业，他再也没有去过医院，直至被确诊为胃癌。然而此时，与他相濡以沫的老伴已患上了肺癌，但这双重打击并没有击垮徐玉如。此后，徐玉如成功研制出了应用于国防建设的8台水下机器人。他清楚知道自己的生命还有多远，于是他上午化疗，下午就回到工作岗位上拼命地工作。2012年2月17日上午11时53分，徐玉如院士不幸逝世，享年70岁。

徐玉如院士治学治教严谨、学术造诣精深、学术成就卓著，为我国水下智能机器人技术的发展做出了特别杰出的贡献，深受业界同志、学校教师和学生爱戴。他的一生，是忠于党、忠于人民、忠于科学和教育事业的一生，是勤于思考、刻苦钻研、不断创造的一生，是艰苦奋斗、谦虚谨慎、无私奉献的一生。他以献身科学的崇高精神，鼓舞着更多的科研工作者继续努力，他以科学研究的辉煌成果，书写了一位科学家的精彩人生。

## 文学大家陆文夫，愿随魂断于姑苏

1928年3月23日，江苏泰兴原七圩镇的四圩，即柏木村，也就是今天的虹桥镇涌兴村，有一颗“文曲星”降落到这里；这“文曲星”指的就是出生在这里，后来成了文学大家的陆文夫。大概是陆文夫自小就喜爱文学，不愿当官，一心为文，故而他的私塾先生才将他的原名“纪贵”更名为“文夫”的。陆文夫一生留下不少脍炙人口的佳作，获奖无数，曾任中国作家协会副主席、中国文联副主席，可谓名扬四海。可作为一个著名作家，陆文夫也留下了难以弥补的遗憾，他最想写的民间音乐家瞎子阿炳传奇，竟未写成，而最终愿随魂断于姑苏。

陆文夫（泰兴名人馆藏）

说到这，话题似乎有点沉重了，陆文夫毕生的成就都在于他的文学创作，所以说陆文夫，还是先轻松一些，从他的文学成就说起吧。就他的文学作品而言，估计最为人知的莫过于《美食家》了，尤其是看过电影《美食家》的人，更应该知道这部电影正是改编自陆文夫的中篇小说《美食家》。他的这部作品曾获第三届全国优秀中篇小说奖。据他的亲朋好友们说，陆文夫先生那时健康而精神，练达又睿智，并能写出这样的脍炙人口的作品，无不得益于他的丰厚的饮食文化。

当年，一部中篇小说《美食家》，使陆文夫“会吃”的声名远播文坛内外。自那以后，陆文夫每到一家饭店用餐，厨师闻知陆文夫来吃饭，便有些惶惶然，大有美食家面前班门弄斧之感，生怕做坏了一道菜，会坏了自己的名声。陆文夫的味蕾似乎特别敏感、发达，能分辨各种酒菜色香味的细微差别。一盘鸡丁端上桌，他只夹一块放进嘴里，就能断定是新鲜鸡肉还是冻鸡肉。民以食为天，食以味为先。他说名厨必须有丰富的想象力，不能墨守成规，要不断创新，做出新菜、新味来。特级厨师应有特级的独创性，应有绝招绝活。可见陆文夫确实是货真价实之美食家。

除了《美食家》获第三届全国优秀中篇小说奖外，陆文夫创作的《献身》《小贩世家》《围墙》等亦分获第一、三、六届全国优秀短篇小说奖；另外，他出版的小说集《荣誉》《二遇周泰》《小巷深处》《特别法庭》《小巷人物志》《围墙》《陆文夫中篇小说选》，长篇小说《人之窝》，文论集《小说门外谈》等都无不饮誉文坛。1985年陆文夫发表的《井》，是继《美食家》之后的又一次创作高峰。陆文夫试图从民族文化心理多种角度考察社会生活。《毕业了》也反映了类似的主题。陆文夫通过揭露长期形成的习惯势力和心理惰性对人性的压抑与束缚，折射出其考察生活的新视角。

陆文夫的小说常写闾巷中的凡人小事，深蕴着时代和历史的内涵，清隽秀逸，含蓄幽深，淳朴自然，展现了浓郁的姑苏地方色彩。古城姑苏的风土人情、园林风景、吴越遗迹、风味小吃、吴侬软语、石板小巷、小桥流水……无不栩栩如生地呈现于他的每一部作品之中。这些苏州特有的文化与风俗，成为他小说中的重要的情节要素，具有独特的文化地域魅力，使其小说赢得了“小巷文学”和“苏州文学”的美称。

20世纪80年代，文学创作空前繁荣，陆文夫也得以和许多作家朋友有缘相遇。在1987年金秋十月举办的盐城“丹顶鹤散文节”上，著名作家陆文夫、海笑久别重逢，自然海阔天空地神聊起来。言谈之间，海笑抛出一句绝对，自称绝无下联，求教陆文夫。上联是：莫言莫言莫不言；这联中的第二个“莫言”巧妙地嵌进了另一位著名作家莫言的名字，连在一起，又别有一番意思，欲工整地对出下联并非易事。

妙笔生花的陆文夫也一时着了难，苦觅下联，弄得神思恍惚，却未能得。一日晨，陆文夫倒背双手，半痴半迷地边走边想。此时恰值中央人民广播电台在播

“新闻和报纸摘要节目”，广播里传出播音员“方明”的名字。真是言者无意，听者有心，陆文夫微微一怔，若有所悟，只见他双手一拍，眉开眼笑，连呼：“有了，有了。”于是径直闯进海笑的房间，气喘吁吁地说：“下联有了：方明方明方才明。”

这副神来的妙对和上联有异曲同工之妙。海笑也忍不住拍案叫绝：“绝对的绝对。”

由此可见，陆文夫是何等的聪慧，文才又是何等之高！他的智慧，他的文才与他的“两个故乡”应该是分不开的。陆文夫的衣胞地在泰兴，他的成长及他人生的大部时间则在苏州。如果说泰兴是他的第一故乡，是襟江带海、人杰地灵的泰兴故乡的乳汁养育了他；那么苏州则是他的第二故乡，是人间天堂、风光秀丽的姑苏那小桥流水成就了他！不过，在陆文夫的心里，最忘不掉的还是故乡泰兴，改不掉的依然是他的乡音。他在《故乡情》里写道：“按照我们家乡的习俗，孩子生下来之后要把胎盘埋在家前屋后的泥土里，这土地便称作衣胞之地。不管这孩子在这块土地上生活多久，这衣胞之地就算是他的故乡。我的故乡不是苏州，虽然我在苏州已经生活了五十多年。可我的衣胞之地却是长江边上的一个小小的村庄，那村庄叫作四圩，属于江苏省的泰兴县。”

陆文夫六岁时开始在离家两三里的小土地庙旁的私塾里读书，从此让陆文夫一辈子都不会忘记的三个字就是他的私塾先生的名字——秦奉泰，因为这个乡曲儒生影响了陆文夫的一生。秦老师特善因材施教，陆文夫始读《百家姓》《三字经》，由于记忆力好，几个月之后，秦老师即让他读《千家诗》《论语》；他不仅让这位得意门生翻遍自己的藏书，还指导他看小说，谈见解，从而使得幼时的陆文夫从小就打下了扎实的文学功底。陆文夫后来回忆说：“秦老师很欢喜，一时兴起还替我取了个学名叫陆文夫，因为我原来的名字叫陆纪贵，太俗气。他这样做不是想把我培养成一个作家，将来也写小说，可这些都在我幼小的心灵中生下了根，让我与文学结下了不解之缘。”

是的，陆文夫从泰兴出发，后来到苏州中学读高中，1949年毕业于苏北盐城华中大学，同年赴苏北解放区参加革命。1949年渡江回到苏州，任新华社苏州支社采访员、《新苏州报》记者八年，1955年开始走上文学创作之路，从此将根扎在苏州，而枝叶却在不断向外伸展。他用纯正地道、智慧优雅的汉语，向世界展示了一个充满细节的鲜活的中国的形象。从《小巷深处》《美食家》《围墙》到《人之窝》《小巷人物志》，在陆文夫的作品背后，始终有一个永恒而巨大的背景和依靠，那就是——中国。

有许多国外的读者，正是从他的小说开始了解中国、爱上中国的。他的小说在欧洲的影响之大，出乎许多出版商和翻译者的意料，尤其是他的《美食家》，巴黎的餐馆老板都十分熟悉。小说通过对于“吃”的讲述，总结了那个历史阶段的人的生存状态，他用饮食行业的兴衰变化，告诉了世人一段中国的历史。

说了这许多，现在可以说一说陆文夫与民间音乐家瞎子阿炳的情结了。他与阿炳的情结应该是他在《新苏州报》社当记者时形成的。彼时，他偶尔听到了阿炳的二胡曲《二泉映月》，他听得热泪盈盈，听得整个身心都受到了强烈震撼，以致夜不能眠，挥之不去。他因此专程去了一趟无锡城，到崇安寺雷尊殿去访问瞎子阿炳。

他是1950年的冬天去的，那会刚下了场罕见的大雪，天气极为寒冷，滴水成冰。遗憾的是陆文夫来得迟了，他没有见到《二泉映月》的作曲者；差了一步，瞎子阿炳已在半个月前过世了（正确日期应该是1950年12月4日上午9时许）。正所谓，失之交臂，阴阳阻隔。瞎子阿炳的老伴董催弟（现误传为董翠娣和董彩娣），在阿炳灵前点香、烧锡箔。阿炳没有遗像，半桌上只有简陋的白木牌位，写着“华彦钧之位”几个墨笔字。据阿炳妻子董催弟说，阿炳是上吊自尽的。他虽给天津客人（中央音乐学院杨荫浏、曹安和二人从天津来）录了《知心客》等曲子，一个铜丸（铜钱）亦没有捞到。那天起身，阿炳想弹弹三弦（家中仅有一把破三弦），取下一摸，咦，蒙上的蛇皮，被老鼠啃了一个大洞，阿要触霉头！阿炳又犯瞎心思了，他想，这样寒冬腊月，怎么还会有老鼠出现？一定老天爷跟他过不去，不准他弹曲，不让他活下去啦，于是就寻了短见。

陆文夫的这次探访，记录了不少真实可靠的第一手资料。他请董催弟到前街“王兴记”吃了碗双浇面，包了几只小笼馒头给阿炳上供。临走时，塞给催弟八万人民币；那是旧币，相当于如今的人民币八元。1950年，干部实行供给制，八元——已是陆文夫半个月的津贴了。第二年初春，他再去探望董催弟，催弟早已不在人世。这对患难夫妇先后过世，仅仅相差二十来天。可以说，对阿炳遗孀董催弟真正采访过的人，只有陆文夫一个。

以后，陆文夫又专程去过无锡两趟，访问了崇安寺雷尊殿的左邻右舍，以及瞎子阿炳的熟人、朋友四五人。这段时间，陆文夫为了揣摩阿炳的心态，不但反复倾听《二泉映月》，还拜姜守良为师，学拉二胡。陆文夫记录了一大本原始资料，拟了创作提纲，兴抖抖地要找当时省文化局负责人汇报。为了谈话从容些，陆特意拣了个星期天下午，去了该负责人于南京申家巷的家里。只是陆文夫话没讲几句，即被打断。该负责人认为陆的觉悟不高，责问他为何不去写革命音乐家——聂耳、冼星海，非要去写阿炳那样的大烟鬼、社会渣滓？说这是个感情问题，立场问题！然后给了本毛泽东的《在延安文艺座谈会上的讲话》，要他好好学习。后来，陆文夫蒙冤被打成了“反党分子”，他因而更加噤若寒蝉了。

陆文夫恢复工作后，好几次又萌发了想写阿炳的念头，却又一直未能写成。

因为，陆文夫只是想写一个真实可信的瞎子阿炳，可顾虑重重，始终难以下笔。这是他的遗憾，也是我们时代的遗憾、民族的遗憾！2005年7月9日，我国当代著名作家、中国作家协会名誉副主席陆文夫因病医治无效，在苏州逝世，享年77岁。

作家刘心武得知陆文夫去世后，悲痛之余不由心生惋惜："陆先生是个温和忠厚的长者，他为人诚恳、热情，我们在一起特别谈得来。一次聚餐，我们热烈地谈论着，走出餐馆好远才想起没付款，他遂又去付费。"刘心武认为，陆文夫早年创作的小说《美食家》《小巷深处》等作品清新淡雅、情趣盎然，字里行间流淌着浓郁的姑苏风情，是同类文章所不可比拟的。是的，陆文夫的创作自有他独特的风格，更有他独特的思考。

在纽约国际笔会第48届年会上，有人问中国作家陆文夫对性文学是怎么看的。陆文夫幽默地答道："西方朋友接受一盒礼品时，往往当着别人的面就打开来看，而中国人恰恰相反，一般都要等客人离开以后才打开盒子。"与会者发出会心的笑声，接着是雷鸣般的掌声。

江苏省原作协主席范小青说："陆文夫是一个从内到外都十分端正的人，从他的走路姿势，从他的举止眼神，都能感受到这一点。他是'即之也温'的君子，有着不怒自威的气度。他的为人生，为写作，都有雄强、方正的内核。他有清淡如茶的一面，也有沉郁似酒的一面。"笔者以为这是对泰兴籍作家陆文夫的最恰当的评价，也是陆文夫先生一生的最真实的写照！

2019年12月于金陵，2022年8月修改于泰兴乡轩书斋

# 参考文献

[1] 宋生.（康熙）泰兴县志//泰州文献：第一辑第5册[M]. 南京：凤凰出版社出版，2014.

[2] 杨激云，顾曾烜.（光绪）泰兴县志//泰州文献：第一辑第6册[M]. 南京：凤凰出版社，2014.

[3] 王元章，金鉽.（宣统）泰兴县志续//泰州文献：第一辑第6册[M]. 南京：凤凰出版社，2014.

[4] 金鉽.（民国）泰兴县志//泰州文献：第一辑第6册[M]. 南京：凤凰出版社，2014.

[5] 泰兴县地名委员会. 泰兴县地名录[M]. 内部资料，1983.

[6] 泰兴县志编纂委员会. 泰兴县志[M]. 南京：江苏人民出版社，1993.

[7] 泰州市泰兴市黄桥镇志编纂委员会. 黄桥镇志[M]. 南京：南京出版社，2022.

[8] 林任申. 黄桥名人录[M]. 北京：中国文联出版社，2003.

[9] 泰兴市历史文化研究会. 泰兴名人[M]. 南京：凤凰出版社，2015.

[10] 泰兴市历史文化研究会. 泰兴印记·泰兴古村[M]. 南京：凤凰出版社，2018.

[11]《古镇季市》编委会. 古镇季市[M]. 南京：江苏人民出版社，2011.

[12] 泰兴市史志档案办公室. 泰兴人民革命斗争史[M]. 北京：中共党史出版社，2000.

[13] 傅文章. 村街相连的马甸[N]. 泰兴日报，2015-01-23（3）.

[14] 泰兴市历史文化研究会. 泰兴名胜[M]. 南京：凤凰出版社，2015.

[15] 泰兴市图书馆. 地名溯源[M]. 内部资料，2012.

# 后 记

“君自故乡来，应知故乡事。来日绮窗前，寒梅著花未？”每当我读到王维的这首诗，我就常问自己，我从哪里来，又到哪里去；悠悠桑梓事，焉能不了知？是啊，树高千尺不忘根，水流万里亦思源。无论生于斯长于斯，一生鲜离故土之我辈，还是天涯海角，宦途商旅之游子，故乡都念兹在兹，始终在怀。少小不知故乡之概念，老来满是故乡水土情。自杏园挂鞭，我常住金陵，然而忘不了的却是我的故土延令；思来，余生真的可以将我的家乡称之为故乡了。

我的故乡延令与济川、襟江、羌溪这三个关乎水的名称都是今江苏省泰兴市的古名。吾乡西枕长江，北接古济水所通的淮水，东临大海，水泱泱，地昌昌，人在三水中，由此得了一个吉祥的地名——泰兴。故乡襟江带海，积沙成土，酿就了泰兴的历史，也酿就了她的秀丽与美传，更造就了一代代的俊杰良才，英雄儿女。那一鼓楼、二水关、三井头、四关厢、五城门、六角桥、七星池、八善堂、九条巷、十院寺之“古城十景”，那宝塔湾、龙河湾、仙鹤湾之“泰兴三湾”，那不凡的羌溪河、不同凡响的“刘半街”，那史韵悠悠的古镇黄桥、银杏人家的宣堡、船港春潮的过船、汤包飘香的曲霞，那王垈、井垈、苏垈古老的“三垈”之庄……无不把那曾经的芳华与硝烟，曾经的故事与传奇融入了这里因长江拐弯而形成的特别的襟江波涛中，留在了老街古巷的宋瓦明砖上，散落于阡陌村落的小桥流水间。

位于江左的泰兴自古地灵人杰，多少从这里走出的理国栋梁、良臣达士、书苑翘楚、撷英俊贤、卫国将士令人钦佩不已，让人传颂至今。从泰兴首个历史名人北宋秘书丞潘及甫、南宋诗人县令尤袤、明代吏部尚书翟善、明初朝廷柱石李俨、明朝清廉御史朱一冯、明朝莆田知县何南金到清朝开国第一名谏官季开生、清朝武状元张兆璠、清朝直言敢谏之臣陈启文；从载入国史的泰兴第一人——大孝子顾昕，到明末清初泰兴才女季娴、道光才子陈潮、出生于誉为“江左甲族”以耕读传家的泰兴何氏大家族的音韵学家何萱、光绪翰林沈文瀚与金鉽；从辛亥元老中将朱履先、于泰兴播撒革命火种的第一人沈毅、红色女特工沈安娜、血沃泰兴大地的县委书记叶梯青、慷慨就义的“硬脊梁”县长张鹏举到全国特等功臣渡江英雄丁广田、特级战斗英雄杨根思；从“百科全书式人物”丁文江、中国现代喜剧之父丁西林、“传记文学第一人”朱东润到人民科学家叶培建、中国科学院副院长常进……这些不胜枚举的名人名家、才子贤媛或英雄人物，可谓灿若群星，同辉日月！

百业俊彦，文脉承传；接力前贤，泽溉后世。我为自己生在这样一个水长地厚、诗风古韵的家园而骄傲、而自豪！这是挖掘、了解了故乡厚重的历史文化的今天的我之真情实感，因为我明白了自己是从哪里来，要向哪里去！

然而，少小时的我于家乡的了解多是缺乏的，这样的意识最初无疑是朦胧的，大概如果说也还有一种自豪的话，那就是为家乡出了个了不起的英雄杨根思而自豪；同时因为出生于一个革命家庭，常听父亲讲那革命斗争故事，而心中总有一种英雄情结，所以在我记忆中的童年的快乐，大抵也差不多就是扮英雄打鬼子吧，再就是感觉那时的乡风清纯，乡亲们和谐相处，生活虽苦，却其乐融融，自然于我也就很有些影响。只是后来我便愈发有点迷茫了，我父亲那样的两袖清风的吃过糠、扛过枪、打过日寇和老蒋的“三八式”农村基层干部，那样的被老百姓称为“好人”的人，在“文革”中竟颇受责难，这是我迷茫之一；我的求学之路也因此受影响，本来已被南京大学新闻系录取，但因人诬告被取消了录取资格，让我欲哭无泪，这是我的迷茫之二；我在职场打拼，固然时运不济，功名难就，却也透过职场看到了新的“官场现形记”，这是我的迷茫之三；一生鲜离家乡，却发现身边不知何时，人与人之间似乎少了真诚，多了冷漠，忘了尊重，没了感动，失了同情，淡了亲情与友情，重了利益和金钱，这是我的迷茫之四……迷茫如许，让我不能不心生怅然，也不能不令我望远沉思。

好在我虽迷茫怅然，却没有沉沦，为了一家老小的生计与生活的改善，也为了有一天能改变自己民办教师的身份，我踏过二轮人力车，摆过地摊，编织售卖过芦席，更多的是工作劳动之余，读书学习，汲取学问。正是由于我没有沉沦，我拿到了南京师范大学的本科文凭，我等来了“民转公”的机会，我知晓了家乡的人文地理，并渐渐地觉得家乡竟是那样的美丽、亲切和厚实，以致在我的心里，家乡——母亲这两个概念，已难分彼此。

烟火乡味暖我腹，文化润我读书台；虽说曾经酸辣苦，热土酿出醇香来。终于，我从迷茫怅然中走了出来，内心有了自己的深层思考，肩上也有了一份沉甸甸的责任。于是，一种要为家乡历史文化的挖掘与传承，为和煦乡风的回归，为家乡精神文明建设做点什么的想法即油然而萌生，在我临近杏园挂鞭之时，这种想法更是内化成了一种使命，且似乎愈发急迫而时不我待。我因此在退休前夕写下了一部以家乡历史文化为背景，以主人公人生经历为主线的长篇小说《杏雨烛泪》。这部35万字的小说于2013年8月由中国文联出版社出版发行，《扬子晚报》及地方报纸与电视台等媒体都作了报道。写作和出版这部小说，许多友人与爱生都给予了鼓励、支持与帮助，尤以杨玉女士和杨习琴校友最让我感激与感动。

不过，虽说出版了一部满是家乡乡土气息的长篇小说，我却总是意犹未尽，总觉得如果不将家乡的来龙去脉说清楚，不把家乡的那些真实的历史画面，那些青史留名的鲜活人物通过笔下的文字再现出来，让乡亲们都知道“根”之所在，“梢”之所向，那么我就会给自己留下遗憾。由此，去探究家乡的前世今生，去溯源古城老街旧巷与镇庄地名之由来、历史之沿袭，然后付诸文字，便成了我的一桩心愿。当我于2015年挂鞭归来，从杏园回到田园后，由于常别延令去金陵，家乡在我人生向晚时竟是渐渐地变成了故乡，因而我的这种心愿也就更加强烈了。

我于是听从了内心的召唤，“吾不识青天高，黄地厚”，唯对桑梓水土地文、史传掌故感兴趣，常骑着二轮摩托或开着四轮电动冒严寒，顶酷暑，乐此不疲地到街坊深巷，到古庄村舍，去拜访宿儒、乡绅、老贤，去寻迹觅幽，去搜资料、阅县志、查族谱，然后回来伏案灯下，笔走龙蛇，融入自己的所思所感，一一整理成篇。自“归去来兮”，弄菊东篱，我常是锄耕、笔耕两相宜，特别是2017年我建立了公众号“乡风儒语”后，我更觉拥有了自己的一片天空，有了一块私家的“自留地”；我可以自由自在，重拾涂鸦之趣，重捡少时之梦，昔于职场尚未“摧眉折腰事权贵，使我不得开心颜”，何况今日衣食无忧，更无须“为五斗米折腰”，我又岂可委屈自己，怎不愿己所愿，事己所事，而活出一个真正的自己来呢？！

如今，野鹤闲云八载余，我已就家乡历史文化素材撰文近90万字。这些文章许多已发表于我的个人公号或被有关的报章杂志刊载，竟是深得广大读者的欢迎与抬爱。忘不了我写下《西江明月照马甸》，两天赢来数千之留言，多少致谢、多少鼓励、多少支持、多少建议、多少乡愁、多少提供的旧闻新料，让我动容的同时，也让我对家乡的历史文化有了更深层次的了解，且由此发现了另一道灵光之门。我同样忘不了顶着烈日去梅家庄走访，村支书领着村委会一班人与我合影留念，为我请知情老者，为我寻来村子的主姓族谱的那一幕幕感人的情景；当我写下《访考古村梅家庄……》后，素昧平生的在苏州某科技公司任职的梅家庄人叶文建先生设法与我取得联系，从此关心不断，在得知我因长期伏案而血糖升高时即为我寻医问药，尤其是知悉我在疫情期间染病，遂将情况告知梅家庄刘支书，这样在第一时间，我便收到了刘支书及我的一位爱生为我送来的急救药，那情那景，让我感动何如？直到现在，每当想起或说起，我都难禁热泪！

为家乡历史而写，为家乡文化而书！为了这样的书写，受他人之感动，也感动了他人，亦感动了自己的事何止这一件两件？我无法去一一细说，我只是更加觉得挖掘和传承好家乡的历史文化，于我已是责无旁贷。当泰兴城埝家堰的张先生、邻庄小坟头的谢先生和南湖的廖先生及曹家荡的老乡长陆先生等素不相识的读者朋友找到我家访我时，他们问我，你这样忘我地笔耕累不累？我告诉他们，说不累，这不是实话，尤其是我已年届古稀，电脑码字更是不易，但苦着也乐着，我做我喜欢做的事，生活充实而丰富，乐在其中，其乐无穷！他们又赞我，说我做的是功德无量的事，乡亲们、游子们——所有的读者们都会很感激的。我则以为我做得还很不够，以前我孤军作战，颇有点力不从心，受邀进泰兴历史文化研究会后，方知有许多前辈贤人早已走在了我的前头，并且也陆续出版了一些专著；好的是我对一些广为人知的代表性的素材颇有自己的新的视角，与此同时我也挖掘了一些新的素材。不过，更多的素材我还未能挖掘出来，已挖掘的或许写得匆忙，未及打磨和作过细考证，故值得商榷甚或错误的地方定会在所难免，如果读者朋友，包括一些专家学者能给予斧正，并给我以包容，谅我、恕我，我就实在感谢不尽了。

花开花谢，云卷云舒，岁月如沙指缝过，流年似水人白头。在我人生之晚秋，每当我从金陵回延令，我都要到故乡西边的江岸走走，在曾经独有的长江断流处，望滔滔之江水，思故乡之古今，叹人生之苦短，直到月儿升起，将那光华的金色碎片洒满大江。“雁字回时，月满西楼。花自飘零水自流。一种相思，两处闲愁。此情无计可消除。才下眉头，却上心头。”李清朝《一剪梅》词里的这长短句可谓是我此刻乡愁满怀的真实写照，同时涌于心头的为传承家乡历史文化，将自己所撰之文尽快结集成书，以谢诸君，以了心愿，以慰平生的那种紧迫感也愈发浓烈。于是，也就催生了这本《月满襟江》！

其实，《月满襟江》缀集的原本是我于杏园别后8年间，尤其是近5年陆续写就的近90万字的全部文章，初步打算分上中下三册，以丛书样式出版，但由于出版社暂无丛书出版计划，加致倘一次性出版，编辑的工作压力太大，操作比较困难。这样，不得已我只好选择压缩，将写地方风俗、民间文化及抒怀忆往为主的下册暂缓出版，将写地名溯源、遗存探究为主的上册和写地方古今之名人名家、英雄儿女为主的中册各选了二分之一合为一本，这便是现在的《月满襟江》。

《月满襟江》最终得以顺利出版，我既要感谢南京师范大学王志高教授和许多好友为我的操心，还要特别感谢泰兴原人大主任、现为泰兴高层次人才促进会会长的戴仁泉先生，他不仅对我所撰之文提出了许多建设性的修改建议，还为我的拙著《月满襟江》的出版给予了鼎力的支持与帮助。当然，我也决不会忘记在写作过程中那些为我无偿提供资料的读者朋友。我要特别感谢与感恩的还有于百忙中欣然为拙著作序的江苏省十大藏书家、中华文化研究会会长、中国政协泰州市最美常委、江苏省有突出贡献中青年专家、泰州学院三级教授常康先生；再就是另一位为我这部拙著写序的北京一零一中学原副校长、全国劳模、特级教师严寅贤先生，以及为我拙著题写书名的中国书法家协会会员、泰兴市书法家协会主席、泰兴市新四军研究会会长助理幸平先生。他们的真情厚谊让我感动而又感激。我甚至颇有点惭愧，我何德何能，竟蒙这么多朋友这般的厚爱？我只能这么理解，这样的厚爱其实都是源于心中有“一轮故乡的月”，是因为我们都有一颗深爱故乡的赤子之心！

《月满襟江》——我但愿它能成为故乡明月的一片月色，让它将故乡的前世今生幻化于襟江上，让人们看到故乡的乡水乡土和人伦之美，由此唤回我们的文化之美与人心之美。我知道今天的时代是一个前所未有的时代，现代文明与乡土文明之冲撞当不可避免，我只是希望在这样的冲撞中我们都能守住传统文明的道德底线，不畏功利浮尘遮望眼，能始终记住我从哪里来，要向哪里去，这便是我撰写《月满襟江》的初衷。现在书终于付梓了，我的心愿也总算又有了一次了却！

2024年元月于桑梓乡轩书斋